征·归·恨

民国通俗小说典藏文库·冯玉奇卷

冯玉奇◎著

中国文史出版社

目　录

征

归

恨

征

自序

　　在民国三十三年的时候，写了《罪》这部小说，大家都说这是暴露了社会上一班醉生梦死青年最普遍的通常病。有许多朋友，不论是旧雨，或是新知，他们都曾经把我当作耶稣一样的，在我面前坦白地承认，说他们也都犯过这样的毛病，看了《罪》小说之后，好像是个当头棒喝，把他们的头脑会震惊得清醒了许多，只是都对《罪》的主角司马起表示同情可惜，因为司马起并非是个生成犯罪的人，都是因社会的不良，而使他坠入了罪恶之门。他们不忍坐视司马起犯罪，群起而向我呼吁，希望他能步入自新之路，于是我不得不接连地续写了《孽》与《霄》两书，来完成大众的愿望了。

　　今春，大明主人瑞春兄与我谈起《罪》《孽》《霄》三部书，他说，在当时的环境里，也许还有许多不能写、不能说的情节和话隐秘着，这当然很可惜，希望我抽空能够再写一部类如《罪》那么的小说，把从前不敢说、不许写的故事和言论都叙述出来，这不是很可以大快人心吗？于是我接受了他的意见，就开始有了写这部《征》的动机。

　　现在《征》终算是完成了案头工作，整整坐了一个月，才算是轻松了一口气，好像是完成了一件任务那么的欣慰，然而《征》的内容是否跟《罪》一样地写得令人感到满意，这就叫我不敢说了。不过《征》的故事和《罪》根本就不相同，当然，读者又得用另一种眼光来细看了。

　　在写这篇序文之前，我接到一封远在千里以外——青海省西宁市北大街自新巷二十三号马永魁君的来信。他是一个读者，他向我说了许多敬慕的话，我很感激他，但我也很惭愧。不过他对于有一个问题表示很抱憾，那就是坊间把我很多的旧作换了一张封面和一个书名，再充作新出版的书售予读者，他们都说我江郎才尽，以致干出这样"旧瓶新装"的事情来。对于这问题，我并非没有想到，实在为了彼此的情面关系，我没有向他们交涉。但如今读者们既然把责任推诿到我的身上来，这使我不能默受冤枉，只好来向大家声明一下。对于"旧瓶新装"的事情发现，这并非是我欺骗读者，实在是坊间对于商业道德有所缺点，故而今后读者们在购买新书之时，希望大家先来检视一下内容是否是从前已经看过的了。这样在读者固然不花冤枉钱，就是我作书的也不会蒙受冤枉被人家责骂了。

兹值《征》付印之前，顺笔附告，以为序。

民国三十七年五月
冯玉奇叙于海上先觉楼

第一回

今天火车站上的旅客比往日特别的拥挤，几乎把整个的月台都塞满了。这些旅客都是怪年轻的男女们，但使人感到奇怪的是，这些青年男女们的手中并不是拿着网篮、衣箱等行李，每人手中拿着的却是一面用竹竿糊成的小纸旗。纸旗上的字各个不同，无非都是些爱国的词句。

虽然天气是盛夏的季节，太阳的光猛烈地在大家的头顶上施虐，好像威胁这班青年男女不要前进的样子。但这班青年男女内心热血的沸腾，也许已超越了这烈日的炎热，所以他们一些也没有气馁。虽然额角上的汗水是像雨点儿一般地冒出来，不过他们的精神依然很充足，显然有威武不能屈的神气。计算他们的人数，足足有五六百个。人虽然多，但秩序倒很不错，并没有乱哄哄的吵闹声，而且还排齐了队伍，显然这是有领导者在指挥他们的行动。

月台上有一个不识字的乡下人，他见了这班青年们，心中似乎感到有些不明白的稀奇，遂悄悄地问着旁边的旅客，说道：

"喂！请问这班人到底干的是怎么一回事情呀？"

"你不知道吗？这几年来，日本人一步一步地欺侮我们中国，最近他们的野心越发厉害了，竟然无缘无故地侵占了我们的华北，但我们的政府似乎还没有反抗的意思，一味地只想和约，所以上海这一班大学、中学里的学生都愤愤地忍熬不住起来了。"

月台上那个身穿中山装好像是个公务员的男子听这个乡下人问自己，遂把自己所知道的悄悄告诉了他。那乡下人不等他说完，还是莫名其妙地问道：

"那么，这一班学生子难道都预备到华北去打日本人吗？"

"不是，不是，他们是到南京去向政府请愿的。"

"请愿？哎！先生，什么叫请愿呢？"

那个乡下人对于"请愿"两个字有些听不懂，这就目瞪口呆地又向他急急地问。那个公务员似的男子见他连"请愿"两字都不知道，心里未免有些轻视他，暗想：大热的天气，多说几句话也是怪吃力的事，我和他谈这些国家大事，还不是等于对牛弹琴吗？于是望了他一眼，却并不回答。那乡下人却不管人家讨厌不讨厌，仍旧猜疑地问道：

"哦！是不是他们向政府去说给他们打仗去呢？"

"他们读书的学生子怎么会打仗？他们是要求政府出兵去跟日本人抵抗。"

那个公务员被他问得忍耐不住了，只好又向他解释地回答。那个乡下人叹了一口气，摇了摇头，倒像煞有介事的样子，说道：

"无论哪一件事情，总是学生子先闯祸的。瞧这么大热的天气，像我们出门人，要做生意度日子，来来去去，也真叫没有法子。像他们吃爹穿娘，多么的舒服，不好好地在学校里读书，偏喜欢在街上流着臭汗地奔跑，这真正是有福不会享。就说日本人打到我们中国来，但到底还没有打进上海，要他们瞎起劲，这不是太没有意思了吗……哎哎！先生，两点钟的火车已经脱班一个钟头了，怎么火车还不开呢？难道今天旅客多，火车倒反而休息了吗？"

那个乡下人自言自语地说到后面，忽然又表示焦急的样子，回头"哎哎"地响了两声，又对旁边那个公务员急急地问。但那个公务员却理也不理的，管自地走开去了。就在那个当儿，火车站外忽然奔进一大队的警察来，他们捎着的步枪个个都上了刺刀，在月台上一字排开。为首的一名警长，他走到学生群中那个领导者的面前，一本正经地说了许多话，好像是劝阻他们乘火车到南京去的意思。这个领导的学生生得高高的个子、结结实实的身体，穿着白帆布的西装短裤、大翻领的衬衫，棕色的皮肤，满面显出英雄的气概。他听了警长劝阻的话，正欲有所回答的时候，那群学生们却齐声地先叫起来道：

"蔡志坚，你不要理他，我们非到南京去晋谒主席不可。"

"警长先生，你听见吗？就是我一个人听从你的劝阻，不上南京去，那也没有什么用处啊！好在我们是为了国家，并没有其他的用意，请你们还是不要来干涉我们吧！"

那个领导的学生蔡志坚含了和蔼的微笑，向那警长低低地回答。那警长明知最最难弄的就是这一班学生们，但为了上面有命令下来，自己若不负责任，在上司那儿怎么好交代？为了这样缘故，他不得不显出严肃的样子，吩咐他带来的一大队部下，向这班学生们略使出一点儿武力的威胁。然而因此引起了彼此的误会，不知怎么的，只听有人喊了一声"打"，一时之间，那很有秩序的学生们立刻暴动起来。一大队的警察，至多也不过四五十个罢了，但学生子却有五六百个，在一声喊打之后，那一大队的警察反而被学生们包围起来。警察们其中为了自卫起见，竟然朝天放枪。但枪声一起，事情就更糟了，因此弄假成真地发生流血的惨案了。

经过这一阵混乱之后，月台上已经变成了舞台一样，真是打得落花流水。好在月台上除了几张长椅子外，是只有一根一根的木柱子了，所以倒也并没十分的损失。警长见事情弄僵，势必扩大，为了避免双方不做无谓的牺牲，于是急急命令部下立刻退出月台外来。这儿有许多的学生子，受伤的受伤，流血的流血，人心都非常愤激，尤其在这猛烈的阳光施虐之下，除了流血，还不停地流汗，在血汗交流下，大家内心的痛苦和无限的愤怒更像火山一般地爆发出来了。

众人正在怒气冲冲预备决斗的当儿，忽然车站外又来了几辆卡车，跳下百余名的警察，在车站四周包围起来。架起了迫击炮、机关枪，威胁学生们立刻离开火车站。月台上几个火气大、爱闹事的学生子，大家都预备冲出车站去抵抗的意思。这时，蔡志坚倒在那张打坏了的椅子旁边，他脸上流着血汗，显然是受了伤。当下听了众人的意思，遂大声地叫道：

"诸位同学，你们不能打出去，你们不能打出去！你们不能凭一时之勇，而做无谓的牺牲。我们是国家未来的主人，我们还有更重大的使命，我们保留着这宝贵的血汗，流到更有价值的地方去吧！"

蔡志坚这一番有理智、有见识的强有力的呐喊，把大众们的怒火又慢慢地平息下来。但大家议论纷纷，有的主张还预备跳上火车到南京去。"不管火车开不开，我们坐上去再做道理。火车一天不开，我们就坐一天，火车十天不开，我们就坐十天。"这办法也是一个苦肉计，有一半粗鲁的人都齐喊赞成，但也有一半思想周密、胆子较小或身体软弱的同学们，他们认为这似乎太犯不着。所以大家人声嘈杂，莫衷一是，委决不下。

就在这当儿，各学校的校长先生也都到来了，他们劝导学生们不要生事，应该好好地读书要紧。其中海风大学的校长吕增辉向学生们演说的几句话最为动人，他已经是个近七十岁的老人，满头银发，用了颤抖的声音说道：

"诸位同学，你们大家静一静，听我来向你们说几句话。中国自从推翻清政府到现在，频发的战争可说是没有间断过，直到北伐成功，方才产生了我们真正的中华民国。然而那时候的国家，好比一个病到九死一生中转出来的病人一样。他过去的病中已消耗了无数的精神，实在是大大地伤了元气，要恢复他的健康，自然得好好地调养。所谓十年生聚，十年教养，非学那越王勾践的卧薪尝胆不可。但可恶的日本人，他趁我国才在学步走路的时候，不断地欺侮我们、侵略我们，一而再、再而三地，终于闹成了今日的华北事件。大凡是稍具知识、有血性的同胞们，对于日本人屡次的侵略我国，可说是没有一个不怒发冲冠、摩拳擦掌地要与他们拼命决战的。所以你们要到南京去向政府请愿，要求政府出兵打仗，这举动完全是对的，我是一百二十四分地同情你们。不过话又得说回来，政府的头脑、政府的思想是绝不会比你们迟钝、软弱的，他们对于日本的野心侵略，又何尝不想予以打击，来替民族争光，来给我们中华民国吐一口气呢？所以一再地忍耐、求和，要国际联盟会来说一句公话，也无非是因为国内没有充实的军力。与其是以卵击石，荼毒生灵，毁灭建筑，那何不委曲求全、努力准备好呢？所以政府有政府的意思，你们年轻的孩子们能懂得了多少呢？比方那么说，政府出兵和日本交战，因为没有实力，节节败退，到那时候到处沦陷，我问你们将如何地收拾？要知道你们在求学时代，唯一的责任就是求学业上的深造，将来可以成为一位专门的技术人才，那时候你们替国家出力，责任是何等的重大啊！我所说的，都是实在的情形，你们千万不要多生是非，还是安安静静地回家去，也许你们的家长也在焦急地记挂着哩！"

吕增辉这一番话说得非常的透彻有理，这一班学生们也就无话可答。于是大家接受了他的劝告，排齐了队伍，由各校校长领导着走出了火车站。其余受伤的学生们，一共十五个，当时由救护车把他们送到医院里去医治了。这一场风波，才算没有扩大地平静下来。

已经是黄昏的时候了，太阳已消失了它日中的淫威，非常吃力地通红了脸，向屋角落旁慢慢地幻灭了。暮霭开始降临了整个的大地，四周是笼上了一层轻罗纱那么的薄幔。

这是广德医院那个头等五号的房间里，室内布置着两张病床。这时床上都有受伤的学生躺卧着，一个就是蔡志坚，另有一个，比志坚更年轻一些，虽然他的额角上和蔡志坚同样地包扎着药水棉花和纱布，不过单从他留着的颊上那皮肤看来，确实比志坚白皙得多，从可知他的体格没有像志坚那么的强壮，他的性情至少也要比志坚软弱得多。他此刻倚靠在床栏旁，两眼望着窗旁被风吹飘起来的白纱窗帘，默默地若有所思的样子。室内是静悄悄的，尤其在黄昏的空气中，更觉得清幽沉寂，只有窗外院子里那两棵高大的梧桐树，茂盛的枝叶受了晚风的吹荡，而发出婆娑的声响。这声韵可以说有些音乐的成分，但也可以说饱含了凄凉的意味，这也无非是各人心境领略的感觉不同而已。蔡志坚似乎发觉他轻轻地叹了一口气，这就回头望了他一眼，饱含了歉意的口吻，低低地说道：

"诸葛雄，你这次的受伤，完全是我累害你的，所以我觉得很对不起你。"

"蔡志坚，你这是什么话？我们无非为了一点子爱国的心才受到这种痛苦，怎么能说你累害我的？那么你又是谁累害的呢？"

诸葛雄连连摇头，回身也望了他一眼，表示不以为然的样子，向他认真地否认。蔡志坚微微地一笑，说道：

"因为这次发起到南京去请愿，原是我拉你加入的。假使我不拉你，凭你的个性，我知道你绝不会自动地加入。假使你不加入，你当然不会遭到这个不幸，所以说起来还不是我害了你吗？至于我自己，我喜欢加入，我发起去向政府请愿，就是这次被警察老爷开枪打死了，我也不叫冤枉，而且我更怨不了别人呀！"

"那么我既然加入了，当然也算我自愿的啦！难道我能怨得了别人吗？不过，那些警察居然开枪伤人，这真是一件岂有此理的事。"

诸葛雄说到后面，大有愤愤的神气。蔡志坚听了，也咬牙切齿地骂了一声"他妈的"，把右手捏了拳头，在左掌上恨恨地一击，但以下的话却没有说下去。过了一会儿，方才激愤地说道：

"吕老头子的话也不完全是对的，无论什么事，忍耐固然要紧，但也得看事情的大小而论的。这样重要的国家大事，如何还能忍耐得了？比方说，日本兵已经打到了南京，你还能说忍耐吗？你还能说对不起，你慢慢地打过来，让我们再准备几年，等充实了军力再打吗？这当然是不可能的事。所以照我的意思，就是宁可玉碎，不愿瓦全。因为做人就是这么一口气，眼瞧着敌人一步一步地侵略过来，而没有气愤的话，这还不是变成一个活死人了吗？那我可受不了。"

蔡志坚怒冲冲地说完了这几句话，他心头的气愤几乎又要直冒到头顶上来了。诸葛雄沉吟了一下，方才徐徐地说道：

"这是各人的性情见解不同的地方，像你所谓是激烈派，像他们完全是缓和派。这两派各有各的好处，但也各有各的害处……"

"我以为，无论一件什么事情，往往被一缓和而起了变化。比方说，日本兵打进了城市，要我们青年人为他们工作，那时候你就万万也不能缓和，你若缓和地做个过虑的余地，那么罪恶就会套在你的头上了。"

蔡志坚不等他说完，就急急地解释了缓和的害处。诸葛雄听了，点了点头，一面伸手摸着自己的脸颊，一面说道：

"你的话固然很对，不过事情也有分别的。就拿战争而言，在这科学时代，打仗绝不是靠着人多而能取胜的。第一要紧是飞机、兵舰、坦克车、大炮等最新的武器，你若没有这些设备，那你就绝没有胜利的日子。"

"忍辱偷生，这是最痛苦的事。假使苟安着活，我倒情愿痛痛快快地死。诸葛雄，那么照你所说，你也赞成缓和的了？"

"也并非一定赞成缓和，我以为终要量自己的能力。否则，诚是无谓的牺牲，我觉得更残忍。"

诸葛雄低低地说，他伸手摸着自己的额角上的伤，轻轻地叹了一口气。蔡志坚两眼怔怔地望着他的脸，心中似乎有些不快乐，遂说道：

"诸葛雄，你说这些话，我真为你的前途担忧……"

"什么？我可不懂你这话是什么意思。"

"哼！那又有什么不懂的呢？我认为你这摇荡不定的意志，将来一定会变，变得我们走上两条不同的道路。"

蔡志坚冷笑了一声，忧愤地回答。他说到后面，又表示无限感触的样子，满面显出凄凉的神情。诸葛雄听他话中有因，一时也气得通红了两颊，恨恨地说道：

"你这话简直是在放屁！你以为只有你一个人是爱国的吗？你说我会

变，你说我会走上另一条道路，我觉得你太侮辱我了！"

诸葛雄说完了这两句话，他气得眼泪都忍不住夺眶流了下来。蔡志坚被他骂了，倒反而满面含了笑容，低低地说道：

"对不起，我错了，请你原谅我吧！"

"没有什么可原谅的，从今以后，各走各的路，各做各的事。看谁对得起国家，看谁负了国家！"

"我的小诸葛，你别闹孩子气吧！我们的友谊非比平常，从小学到中学，从中学到大学，哪一刻哪一时分离过？我们虽不是同胞手足，但我们实在情逾骨肉，何苦为了几句话而闹了意见呢？我来向你赔个罪，小诸葛，咱们和好了吧！"

蔡志坚见他认真生气的样子，倒由不得急了起来，遂赔了笑脸，一面向他行了一个举手礼，一面又俯过身子，伸手过去，温和地说。诸葛雄听了，那股子气愤才慢慢地平了下来，忍不住也笑了，把手伸过来，两人紧紧地握住了。不料正在这个时候，忽听一阵革履声，由病房外走入两个怪年轻貌美的女郎来。她们手里拿了一束鲜花，似乎见了房中这两个人握手的情形，感到奇怪而且有趣，这就"哦"了一声，抿嘴咻咻地笑起来了。一个较大年龄的姑娘连蹦带跳地先走到床边，恭恭敬敬地把一束鲜花献上，还向两人一鞠躬，笑盈盈地说道：

"志坚，小诸葛，你们真勇敢，虽然你们是受了伤，但你们的精神是令人感到无限的敬佩。我们特地来向你们献花致敬，祈祝你们早日恢复健康，不要心灰，不要气馁，继续奋斗，来做一个民族的急进先锋。"

"哈哈！我们史小姐真是好伶俐的口才！听了史小姐的这几句话，不要说我们是略受了一些微伤，就是打破了我们脑袋，我们也不觉得一些痛苦的了。"

诸葛雄先得意地笑了起来，很高兴地说出了这两句话。蔡志坚更加满面春风的样子，望着床边那个心爱的女朋友，低低地说道：

"忠花，谢谢你们来慰问我们，但不知道你们如何晓得我们受伤在这儿呢？"

"你们车站上发生的事情，夜报上早有登载了，我们见了报纸上受伤的名单才知道的。当时我急得不得了，直到医院里一问，方知是受了一些微伤。谢天谢地，我心中一块大石这才落下了哩！"

史忠花絮絮地回答，她脸部上的表情是随了她说话的语气在转变，一会儿忧愁地蹙了眉尖，一会儿安慰地含了浅笑，这意态是分外的妩媚可爱。诸葛雄因为和忠花也很熟悉，所以当下笑嘻嘻地打趣着说道：

"志坚你听，史小姐是多么地关心你。你以后要如待她不好，那你真是没有良心。"

"啐！你怎么知道我是关心他？其实我却是关心着你呀！"

"史小姐，你说这些话不怕志坚打碎了醋罐子吗？"

诸葛雄说着，便笑了起来。史忠花绯红了娇靥，却逗给他一个妩媚的白眼，忠花身后那个姑娘也不由得嫣然地笑了。被她这么一笑，这才把史忠花提醒过来，忍不住"啊呀"了一声，连叫了两声"该死"！一面回身去拉了那女郎的手，一面笑道：

"瞧我这人真是太糊涂了，只管自己跟你们说话，把难得请来的我这位小妹妹忘记给你们介绍了。说起来真是小诸葛最不好，见了我的面，老是没大没小、没有规矩地跟我开玩笑，所以我竟忘记了，小妹妹不要生气吧！"

"自己一见到志坚便没了魂似的，只顾笑呀、说呀地亲热着，此刻倒反而来埋怨在我的头上，这叫我也太受委屈了。"

史忠花见小诸葛一味地取笑自己，遂不理睬他，一本正经管自介绍说道：

"这位郎露茜小姐，是我们医院里的同事，在我们同事之中，她的年龄最小，所以我们便叫她小妹妹了。小妹妹，这两个人我们在报上已经知道了他们的名字，所以我也不必再介绍的了。"

"哦！郎小姐。"

诸葛雄和蔡志坚不约而同地欠了欠身子，向她很正经地招呼着。郎露茜向两人弯了弯腰肢，也一笑地叫了一声"诸葛先生"和"蔡先生"。诸葛雄听了"郎露茜"三个字，觉得她的名字相当的好听，而且也非常的漂亮，于是两眼偷偷地向她窥望过去，果然，她的容貌和她名字一样的漂亮。一个年轻的男子，见了美丽的女郎，心头自会忐忑地震荡起来，因此有些神往，左右地向她目不转睛地细细打量。只见她生得修短合度的身材，腰肢很纤细，具有曲线的美妙。胸部很挺，并不过分的高耸，但却很结实的样子，十足表现出是个情窦初开的处子。她的头发乌亮，并没烫成什么飞机形、波浪式，只拖得很长，披散在背后，覆着下面那个鹅蛋的脸，雪白粉嫩。两颊虽不涂脂，却透现着两圆圈天然青春的红晕。细长的黛眉，弯弯的真是说不出的清秀。活活的眸珠，亮晶晶的，好像两颗宝石，也真有说不出的引人的魅力。鼻子、樱唇、玉齿，没有一处不叫人感到她的幽静。她有些像宋雅海尼，但海尼没有像她温文可爱。于是他又想到她像狄娜窦萍，像桃乐珊拉玛，觉得总也不及郎露茜的幽美娴淑，实在可说是个十全十美的可人儿了。诸葛雄这样失魂落魄地向郎小姐呆瞧着，露茜似乎也有些发觉了，所以她觉得有些难为情，粉脸更红晕得像朵三月里的桃花，别转身子，把明眸望到窗外去了。接着，蔡志坚和史忠花也都发觉了，两人互相挤挤眼睛。史忠花向诸葛雄呸了一声，走上去把手指去划他的脸，笑道：

"你说我没了魂似的，瞧你现在这个模样，莫非你也没了魂吗？"

"哎呀！史小姐，你这话是打哪儿说起的？我有什么没了魂呢？"

诸葛雄方才从沉思中恢复过原有的知觉来，因为自己对郎小姐发呆的秘密被旁人发觉了，心里自然也十分的难为情，只好含笑叫了一声"哎呀"，故作莫名其妙的神气，急急地辩白。但史忠花偏是个直爽的人，她就老实不客气地说道：

"你在我老大姊的面前还抵赖什么呢？你见了我的小妹妹，两只眼睛好像发现了宝贝似的愕住了。人家小妹妹被你看得多难为情的，无怪小妹妹把脸别转去不让你再看下去了。"

"史大姊，你疯了？干吗取笑到我的头上来？那我就懊悔跟着你一块儿来了。嗯！我要回去了。"

郎露茜本来还勉强地站住着，如今被忠花这样明显地一说穿，那就愈加不好意思起来，拉了忠花的手，秋波逗给她一个白眼，却像孩子般地撒娇起来。诸葛雄当然很受窘，两颊热辣辣的，低了头，默不作答。蔡志坚笑道：

"忠花，你这话原不应该说，你的小妹妹固然要怕难为情，就是我们这个小弟弟，他也在怕难为情哩！瞧他，连头也抬不起来了。"

志坚一面说，一面和史忠花忍不住都已笑出声音来了。忠花连忙把露茜拉住了，很有趣的神情，笑嘻嘻地说道：

"其实在这个二十世纪的新时代，你们两人还学着才子佳人那么羞答答的样子，这未免是太以落伍了。我说小诸葛和小妹妹大家都不要怕难为情，据我所知，小妹妹是没有一个男朋友的，所以，我想把她介绍给小诸葛。但小诸葛外面是不是有女朋友，那我倒不能保险……"

"你不保险，我来保险，小诸葛见了女人就会脸红的，他哪儿来什么女朋友呢？我说小诸葛应该有这样一位美丽的女朋友，同时郎小姐呢，也应该有小诸葛那么一个男朋友。你不要以为小诸葛此刻头上包扎得像一个怪人似的，其实明儿纱布一透开，他真是和我一个样子，赫赫有名的小白脸呢！"

蔡志坚这一番话，说得房内四个人都笑弯了腰，尤其是史忠花，更加笑得花枝乱颤，媚眼儿斜乜了他一下，问道：

"小诸葛是个小白脸，我也承认，你也是个小白脸，这未免叫人笑痛了肚子。"

"我的话还没有说完，你性急什么呢？虽然同样的是个小白脸，但也有分别的。"

"有什么分别呢？"

"我后面有注解，因为我是个印度小白脸。"

因为蔡志坚认乎其真地回答，所以大家格外地感到兴趣，这就再度地笑起来了。笑过了一会儿，志坚又说道：

"一个人睡医院那是最最苦闷的事情，所以我不得不找些笑话来给大家笑笑。但是也得感谢两位小姐热诚地来探望，否则，我虽然要说笑话，也无从说起呀！不过我也得向郎小姐道歉，因为我们还是初见，终觉得有些过分地放肆吧！"

"蔡先生，请你不要客气，我以为年轻人应该有说有笑，要不然，就没有春夏之气哩！"

"对了，你们不要以为小妹妹是个惯会害羞的人，她平日在我们同事之中，也是一个有名的会说笑话的健将。明儿熟悉之后，只怕你们都不是她的对手呢！"

史忠花见郎露茜进了病房之后，还只有第一次跟他们两人开口说话，这就笑了一笑，趁此竭力地捧她。郎露茜白了她一眼，妩媚地笑道：

"岂敢，岂敢！承蒙给我戴炭篓子，不胜感激之至。"

"郎小姐这几句话，很有幽默的作风哩！"

诸葛雄方才也插嘴笑嘻嘻地称赞着说，而且两眼还呆呆地在露茜粉颊上打量。露茜赧赧然报之以微笑，却没有作答。史忠花点头笑道：

"可不是？那也显见得我言之不虚了，听诸葛先生也这样说哩！"

露茜不好意思回答什么，始终只是微笑而已。这时，天色渐渐地黑暗下来，病房里已亮了一盏淡蓝的电灯。露茜方才拉了拉忠花的手，低低地说道：

"史大姊，时候不早，我们可以走了。"

"两位今天医院里服务的时间是夜班吗？"

蔡志坚听她要走，遂连忙低低地问她们。史忠花摇摇头，说道：

"不是，我们刚才从医院里下班出来的。"

"既然已经是下班了，那么就请两位在这儿多谈一会儿，吃了晚饭再走，好吗？"

史忠花对于蔡志坚这个要求，她当然是乐而接受的。这就望了露茜一眼，表示征求她的同意。郎露茜心中暗想：我到底比不了忠花，陌陌生生就在这儿吃夜饭，那到底很不好意思。这就托故说道：

"你要在这儿吃饭，你就留着，我因为家里还有些事情，不能奉陪了，很对不起。"

"郎小姐若真有事情，那我们也不敢强留。假使没有什么要紧的，我想回头和忠花一块儿走吧！你是忠花的好朋友，忠花是我的女朋友，大家一次认识了之后，往后便都是好朋友了，所以最好不要闹客气。"

"小妹妹，你听见吗？我们还是等会儿一同走吧！"

史忠花听志坚这样说，遂含笑又向露茜怂恿。露茜附了忠花的耳朵，低低地说了一阵。忠花笑出声音来，拍拍她的肩胛，说道：

"你放心，回头我陪你回家去，要如你妈骂你，有我会给你声明的，那你终可以安心在这儿晚饭了。"

郎露茜听她直接地说出来，因为在志坚和诸葛雄的面前，那当然很不好意思，所以粉脸像桃花那么红晕起来，扭了一下腰肢，嗯了一声，似乎嗔怪她不该明白地说出来。蔡志坚笑道：

"郎小姐的家庭很专制吗？"

"那倒也并不，因为我平日从医院里出来必定按时回家，今天迟回去，我怕爸妈心中要放不下呢！"

"你爸妈很疼爱你吧?"

蔡志坚又含笑地问,郎露茜笑着却没有回答。忠花见志坚大有凄凉之神色,遂温和地说道:

"你听人家有父母疼爱,大概你很眼热吧?不过我却和你一样,在这个世界上可说是孤零零的一个孤独者。"

"那么你们可说是同病相怜的一对可怜虫了,不过孤独者和孤独者配成一对儿,这生活倒又不孤独了。"

诸葛雄好久不说话了,此刻却又开口取笑他们回答。史忠花忍不住也红了脸,向他啐了一口,于是大家又笑起来了。这时的诸葛雄,几次三番想跟露茜直接地谈话,使彼此在陌生之中可以增加一些感情,不过一时里颇觉无从说起,所以明眸只管脉脉地向她瞟望,有时四目相接,大家都很难为情地低下头去,因此越想亲热倒反而越显得淡漠了。一会儿看护送上饭菜,志坚请看护添了两客饭,四个人围坐一桌,也就开始吃饭了。在吃饭的时候,诸葛雄方才有了说话的机会,遂夹了一筷子鱼送到露茜的碗内,说道:

"郎小姐别光吃白饭,小菜也吃一点儿,不要做客呀!"

"我既然在这儿吃饭了,哪里还会客气呢?"

郎露茜一面称谢,一面回答,秋波水盈盈地瞟了他一眼,脸上浮了媚笑,她芳心里是充满了甜蜜的滋味。诸葛雄似乎也得到了一种深深的安慰,脸上颇有得意的神气。史忠花瞧了,忍不住故意笑问道:

"相敬如宾这四个字是什么典故?"

"这是形容夫妇之间之和睦,你敬我爱,好像宾客一样,这种夫妇在现代社会是很难得找到的。"

蔡志坚早已明白忠花问这一句话的用意何在,于是笑了一笑,遂滔滔地一本正经地回答。诸葛雄和郎露茜都是一个聪明人,他们当然晓得志坚、忠花两人的问答完全是取笑他们的意思,一时两人的脸上热辣辣地发烧起来。诸葛雄见露茜垂了粉脸,只管吃饭,于是也俏皮地说道:

"你们两人一唱一和,倒是相得益彰。"

郎露茜听了,这才抬头望着他们也笑起来,四个人都暗暗地好笑着,这就没有再说什么话。大家匆匆饭毕,方由院役来收拾了去。大家饭后彼此谈话,又随便了许多,显然这是因为熟悉了一点儿的缘故。直到九点钟敲过，露茜方才催忠花一同回家去了。

晚上的气候比白天里要凉快得多，夜风阵阵地吹，只觉遍体凉爽。露茜和忠花出了广德医院的大门，遂低低地说道：

"史大姊，我瞧你也还是早一些回去吧！别送我回家了，你我都没有洗过浴，全身怪腌臜哩！"

"没有关系，此刻吹了几阵风，倒不觉什么热燥了。这里人行道很幽静，我们譬如纳凉，就蹀一会儿步好不好？"

忠花很有兴趣地回答。露茜不忍拂她意思，遂点头说好，两人徐步而行。这里四周是很静寂，只有夜风吹着树叶发出沙沙的声响。忠花见露茜垂了粉脸，两眼看着自己的脚尖，一步一步向前移动，默默地好像在想什么心事的样子，于是低低地说道：

"小妹妹，你终算不虚此一行吧！"

"史大姊，我不懂你这话是什么意思？"

郎露茜抬头望了她一眼，怔怔地问她，表示莫名其妙的样子。忠花拉过她的纤手，神秘地一笑，说道：

"怎么？我给你介绍了一个小诸葛，你难道不喜欢吗？"

"大姊，你不要自说自话吧！人家是个大学生，外面女朋友要多少有多少，我可够不上这个资格，还是安静些的好。"

郎露茜此刻对于诸葛雄在她脑海里虽然也留下了一个好感的印象，不过女孩儿家是惯会惺惺作态的，口里却偏偏毫不介意地回答。忠花连忙说道：

"这也不能一概而论的，比方说像志坚，他不也是一个大学生吗？但外面女朋友也很少，其实可说一个也没有的。"

"这和你蔡先生是不可相提并论的。"

"为什么？"

"蔡先生不是已经有你了吗？他在外面要如再交女朋友，你当然要跟他打碎醋罐子了……"

夜风吹着露茜的头发，一丝一丝地飘飞到她的额角旁来，她伸手一面理着云发，一面从月光之下绕过媚意的俏眼，向她盈盈地一瞟，笑嘻嘻地回答。史忠花笼上了一层桃花的色彩，却老实地说道：

"那么小诸葛有了你这个女朋友之后，他自然也再不会到外面去滥交女朋友的了。否则，你也可以跟他闹醋劲儿呀！"

"这情形又不同了。"

"怎么不同呢？"

"大姊，你这样聪明的人，如何糊涂起来呢？蔡先生和你的友谊当然不是一朝一夕而成功的，至少你们是远在几年前就认识的，那么凭了几年的往来，彼此自然生出感情来了。但拿我们来说吧，根本是萍水相逢，还只有第一次见面，我固然不知道他的性情，他也不晓得我的脾气，说不定他已经有了女朋友呢？那么我又何苦加入这个三角恋爱的圈子里去自寻烦恼？再说我不过是一个产科医院里的女看护而已，有什么学识能配得上跟大学生交朋友呢？所以我绝对不敢作非分的妄想。"

史忠花听她滔滔不绝地说出了这一番话，却连连地摇头，表示大不为然的样子，说道：

"小妹妹，你不要自视太低，大学生是人，我们也是人，为什么我们配不上做他的朋友呢？你说这话，我觉得不中听。不过你所考虑的他是否已经有了女朋友，这倒是一个问题。因为三角恋爱这是最糟糕的事情，可以避免当然是避免的好。但这也无非是我们的猜想而已，志坚和他很要好，我过两天不妨细细地问问他，小诸葛到底是否还是一个没有对象的人呢，志坚一定会坦白地告诉我。"

"我认为可以不必煞费苦心地动这些脑筋，因为我们正需要学习产科，假使一有了男朋友的话，至少要分去了一半学习的心。"

郎露茜是个好胜的姑娘，她绝对地表示这一个问题并不放在她的心上。史忠花笑了一笑，拍拍她的肩膀，说道：

"话虽不错，但你的年纪也不算小了……"

"怎么不算小？你不是还叫我小妹妹的吗？"

"从十四五岁叫你到现在，如今你二十岁了，但小妹妹就成了你的名字，将来你到七老八十岁的时候，我若还在世界上活着的话，那我一定仍旧叫你小妹妹。"

"小妹妹变成老妖精了！"

郎露茜扑哧的一声，两人都笑起来了。史忠花接着又说道：

"所以你这个小妹妹，实在也不算小了，趁如今正年轻的时候找一个对象比较容易一点儿，就是我老大姊的心中，也可以放下一头心事的了。"

"这个年头儿，外侮日亟，瞧日本人得寸进尺地侵略我们国家，民族存亡未卜，如何还谈得上儿女之私呢？唉！匈奴未灭，何以家为？"

史忠花见她忧容满面地竟发起牢骚来，忍不住倒又感觉好笑，遂说道：

"然而男婚女嫁，努力生产，也未始不是强国之本，况且你爸爸年纪也老了，下面弟妹又多，你的负担可也不轻呢！"

"大姊，我们别谈这些吧，唉！一个人做到哪里是哪里，假使要有这么多的顾虑，我就一天都活不下去。"

郎露茜被忠花勾引起无限的烦恼上来，她忍不住微微地叹了一口气，话声是饱含了凄凉的成分。史忠花连忙安慰她，笑道：

"这是我不好，倒又引起你的不快来了。小妹妹，你这话不错，一个人做到哪里是哪里，青年人应该自寻快乐，不要自寻烦恼。我们到咖啡馆去听一会儿音乐好吗？"

"不，我想早一些回家了……"

"大热的天，回家也没有事，这样早睡得着吗？"

史忠花是因为她闷闷不乐，所以竭力想要引逗她高兴，但郎露茜看了看手表，却摇头说道：

"九点半也不算早了，回家至少要十点钟，溘溘浴，汏汏衣服，睡觉起码要在十一点以后的了。你把吃咖啡的钱明儿请我吃两只陈皮梅吧！"

"好的，好的，我一定还请你吃巧克力。小妹妹，那么我们明儿见。"

两人说着话都又笑起来，大家握握手，方才匆匆地分别，各自回家去了。露茜的爸爸郎兴民今年已经五十四岁了，他前清的时候倒是一个秀才，旧文学是相当的好，但性情忠厚而软弱，因此历年下来，就没有做什么生意，只在几家学校里教书。无论什么事，要算做教员是最苦的生活，真是吃不饱，饿不死。露茜上面本来还有一个哥哥，要如在世的话，倒也可以做郎兴民的帮手了，但可惜的是，他不幸早夭了。现在剩下的除了露茜之外，还有一个十五岁的妹妹露芬、一个八岁的弟弟露清和一个三岁的妹妹露英。六口之家，都要一个做教员的兴民来维持生计，这是多么的苦恼呢！

露茜的家是在宝山路中原里十八号的一个前厢房内，一个房间却用几只箱子叠起来划分了两间，前面一间是兴民夫妇和露清、露英睡的，后面一间就算是露茜跟她妹妹露芬的卧房了。这时，露茜回到家里，三岁的小妹先跳到她的面前，含笑叫道：

"大姊，大姊！你可曾带了陈皮梅来给我吃呀？"

"哎呀！我忘了，小妹，我明天晚上回家，一定带给你吃好吗？"

露茜自己舍不得买，刚才她所以问忠花讨陈皮梅吃，就是为了这个缘故。露英听了，虽然有些失望，但也只好连连叮嘱，说明天晚上不要再忘记了。郎太太回过头来，向露茜望了一眼，低低地问道：

"露茜，今天怎么这样晚回家，吃了夜饭没有？"

"妈，是史大姊请我在外面吃饭的。"

"现在东西这么贵，你也别老是叨扰人家，很不好意思的。"

郎兴民坐在写字台旁批改学生们的考卷，听了女儿的话，便插嘴低低地关照。露茜不敢说什么，只应了一声"哦"。郎太太已提了铜勺子进来，说道：

"此刻热水倒有着，你快淴浴吧！"

"妈，我自己来拿好了。"

露茜慌忙走上去，接了铜勺子，她便走入箱子划界的所谓后房间去了。她拉拢了布幔，然后脱去衣服，跳入浴盆内洗身了。露茜在淴浴的时候，听母亲在劝着爸爸说道：

"天这么热，你就息息吧！好在明天是星期日，你就明天再改吧！"

"白天里更加热，倒还是晚上风凉，没有几张了，不多一会儿就改完了。"

"唉！要如露光在着的话，至少你也可以不用这么辛苦了。"

露茜听了爸妈的话，心头也很感伤，遂急急地洗好浴，一面穿衣服，一面把浴水去倒了，然后走到写字台旁，低低地说道：

"爸爸，我来帮着你批改好吗？"

"也好，可是你得小心一点儿，别改错了，叫学生们笑话。"

郎兴民到底是上了年纪的人，他在灯光之下坐久了，两眼也有些昏花起来，遂点了点头，向她轻声儿关照。露茜含笑答应，遂在父亲对面坐下，帮着爸爸批改考卷了。

这晚，露茜睡到床上已经是十二点半了，露芬是早已睡得很香甜了。室内已没有了电灯的光，但一切家具还隐隐约约地显露出来，原因是今夜的月色很好，水银样的光芒无缝不钻般地照射到露茜的床边，这使露茜一时里却再也睡不着了。于是她脑海里浮上了史大姊这两句话，"趁如今正年轻的时候找一个对象比较容易一点儿"。是的，这就是所谓人老珠黄不值钱，一个男子是如此，那何况是一个女子呢？但像我这样的环境，上有年老的父母，下有年幼的弟妹，就是有人来娶我，我又怎么能忍心抛掉他们而只管自己远走高飞的呢？这我无论如何也不愿意的，除非对方能负担我家庭中一半的生活，然而谁有这一份儿力量来维持两个家庭的生活呢？唉！那也不过是梦想罢了。露茜胡思乱想地想了一会儿，终觉得很失意，轻轻地叹了一声，也就闭眼睡去了。

　　第二天早晨，露茜匆匆起身，漱洗完毕，便到普济产科医院去服务了。普济和广德相差不远，露茜在经过广德医院门口的时候，她有些情不自禁地跨步入内去探望诸葛雄和蔡志坚。当她步入病房的时候，只见诸葛雄的床边，除了一对中年夫妇之外，尚有一个年轻的姑娘坐在他的床边。这情形看在露茜的眼里，是很受一些刺激的，心头一阵子难过，她不禁怔怔地愣住了。

第二回

　　火球似的太阳从地平线上慢慢地升起来了，夏天的阳光没有像冬天那么的受人欢迎，而且还使人感到十分的憎厌，最好太阳永远沦落在西山没有爬起来的时候，这时每个人心中都这样希望着想。

　　这是一间很宽敞的卧房，房内陈设的全都是克罗米梗子的家具，在夏天里很适宜，至少使人有种阴凉的感觉。这时，床上躺着一个中年的男子，还呼噜呼噜地睡得很熟，旁边有个中年妇人，披着一件晨衣，靠在床栏上，皱了眉头，连连吸着烟卷，好像很烦闷地在想心事的样子。不多一会儿，房外悄悄地走入一个老妈子来，似乎来收拾卧房的神气。那中年妇人就低低地问道：

　　"张妈，昨天晚上，少爷几点钟回家的？"

　　"太太，我也正要来告诉你，昨天晚上，少爷并没有回家来呀！"

　　"啊！少爷没有回家吗？这……孩子到什么地方去了呢？真……是太糊涂了，哎哎！你快醒醒，你快醒醒呀！"

　　张妈告诉的话，使那位太太感到格外吃惊，忍不住"哎呀"了一声叫起来，一面伸手把旁边睡熟着的那男子连连地推动。那男子在睡梦中惊醒，还有些糊里糊涂的样子，"嗯"了一声，喃喃地说道：

　　"不要吵，不要吵，今天是星期日，给我多躺一会儿吧！"

　　"别在做梦了，谁和你吵呀，你的儿子没有了，你……还安安稳稳地睡得着吗？快起来，想想办法才好啊！"

　　"什么？阿雄没有了？他……到哪里去了？"

　　诸位大概已经明白，这一对中年夫妇便是诸葛雄的父母了。当时诸葛龙听了太太的话，方才也有些着慌，连忙从床上坐起身子，急急地问。诸葛太太没好气地白了他一眼，恨恨地说道：

"你这话不是问得奇怪吗？我假使知道他到什么地方去了，我还会这样着急吗？"

"其实你着急也没有用，好在阿雄这孩子也不是三岁两岁了，难道还怕什么人把他拐走了不成？我想他和了三朋四友一定在什么地方游玩忘记了时间，所以在外面宿夜了。唉！这个年头儿，读书反把孩子读坏了。"

诸葛龙在想了一会儿之后，方才向太太这么地安慰，并且感慨的神情，微微地叹了一口气。诸葛太太暗暗想道：阿雄是个二十一岁的年纪了，况且他平日的胆子也很小，大概不至于会闯祸吧！不过想到诸葛龙昨晚也很迟地回家，而且还喝得醉醺醺的，所以欲借题发挥几句，冷笑着说道：

"这都是你做爷老头子的家教好，瞧你自己吧！一天到晚，也不是花天酒地地只知道在外面胡调吗？所以儿子就学你的好样子。"

"太太，我可比不了孩子呀！比方我在外面应酬，那是出于不得已的办法。老实说，我们吃这一项公事饭的，局长喜欢喝酒，你能不陪他喝吗？局长爱玩跳舞，你能不陪他一同玩吗？为来为去，也无非是为了饭碗问题，所以对于这一点，你做太太的应该要原谅我的苦衷。"

诸葛龙听她为了儿子的事，倒又骂到自己的头上来，一时赔了笑脸，只好向她低低地解释。同时不敢再躺在床上，就匆匆起身，叫张妈倒面水洗脸了。但诸葛太太还是唠唠叨叨地说道：

"你这话简直是放屁，你们做公务员的，原是吃国家的饭，只要尽心给国家做事情，局长又有什么大不了呢？他终不能因你不陪他喝酒、跳舞而停你的生意啊！并不是我坍自己的台，国家有你们这一班宝货，所以才会弄到外头人一步一步欺侮进来呢！"

"张妈，你把牛奶去烧来。"

诸葛龙对于太太的唠叨只装一个没有听见，管自地漱洗完毕，向张妈低低地吩咐着说。张妈答应着，便走出房外去。这里诸葛龙穿上纺绸短衫裤坐在沙发上，取了烟卷，闷闷地吸开了。诸葛太太见他大有不乐意的样子，心中也很不自在，她此刻把儿子没有回家的事倒忘记了，一心地在对付自己的问题了。于是继续问道：

"你昨天晚上在哪一个舞厅跳舞？"

"没有在舞厅里跳舞，是在咖啡馆内和局长听一会儿音乐。"

诸葛龙虽然不情愿再和太太谈这些事情，但事实上却又不能不回答她，因为他怕太太要发更大的脾气。诸葛太太把卷烟的灰用手指弹了一下，很俏皮地冷笑一声，说道：

"听音乐？别说好听话，你们这班色鬼，旁边要没有女人陪着的话，你们如何能坐得长久？从实地说吧！你们身旁有几个野女人陪坐着？"

"就……是……局长有一个女朋友，我……我们都是一个人的。"

诸葛龙想不到太太像鬼灵精似的，一猜便猜到自己的心眼儿上去，一时红了两颊，有些支支吾吾地，才说出了这一句话。诸葛太太是个好角色，凭他那种慌张的态度，就可以知道他在外面的行动是相当的荒唐，于是声色俱厉地问道：

"你这话是真的，还是假的？你果然这样安分守己吗？"

"当然真的，老实说，我已经是个五十相近的'亚尔曼'了，我怎么还有心思去交女朋友呢？所以太太千万不必多心的。"

诸葛龙喷去了一口烟，竭力镇静了态度，含了笑容，低低地回答。诸葛太太恨恨地逗给他一个白眼，怨愤地说道：

"我瞧你这人越老越骚了，简直在老变死了！时常深夜回家，这终究不是一个道理，事实上你是在外面胡调，怎么倒反而说我多心呢？我警告你，明天若给我打听出来你外面有野女人的话，那你就当心着命根儿是了。"

"好，好，你只要拿着我的凭据，我情愿受罚的。"

诸葛龙虽然心跳得厉害，但他表面上还是态度强硬地回答。诸葛太太这就弄得无话可说，只死劲地白了他一眼，把卷烟屁股在痰盂内一丢，也披衣起身了。这时，张妈把牛奶拿上，一面又给太太倒洗脸水，然后到床边整理线毯等物。诸葛太太从梳妆台镜子内看到诸葛龙喝牛奶那种安闲的神情，不知怎么的，心头终有股子气愤涌上来，遂滔滔地又说道：

"阿雄的年纪不小了，你做爷的也该留心留心，瞧哪家姑娘好，快给他定一门亲事才是，也免得他在外面东逛西荡地胡闹。明儿碰着了一个坏女人，那不是糟了吗？"

"你这话很不错，我是早已看中一个姑娘预备做我家的媳妇了。"

"是谁家姑娘呢？"

诸葛太太回过身子来,很迫切地问他。诸葛龙笑了一笑,把牛奶杯子放下了,还故意卖着关子似的问道:

"你猜一猜?"

"我哪儿猜得着?哦!莫非你看中的是玉梅这个姑娘吗?"

玉梅是诸葛太太姊姊的女儿,和诸葛雄是姨表兄妹。当时诸葛太太转了转眼球,便猜出玉梅来了。诸葛龙却摇摇头,说道:

"不是,玉梅这姑娘没有爹娘,阿雄已经没有兄弟姊妹了,娶个妻子,若再是那么孤零零的一个,将来生活上就未免太寂寞一些了。"

"算了吧!你就干脆地说,玉梅没有家产,没有一副好嫁妆陪嫁,你所以看不上眼了,是不是?"

诸葛龙虽然是被太太猜中了,不过他还辩白着否认说道:

"不,不!你倒不要误会,我绝对不是为了这个问题。老实说,以我的环境而说,我绝不要女方多陪什么嫁妆,我的宗旨,是完全拣一个人才为目标。玉梅这女孩子,第一就是脾气太古怪,如今担任了两年小学教员,性情更加怪癖起来,所以我不大欢喜她,你觉得怎么样呢?"

"我说玉梅这孩子是怪可怜的,她所以沉默寡言,还不是为了这环境恶劣的缘故吗?一个孤苦伶仃的女孩子,我倒非常地爱惜她。"

"这当然因为玉梅是你姊姊的女儿,所以你才有这样同情她的论调。否则,你一定也会不赞成她的。"

"照你说来,我有一些偏见吗?"

"太太,你不用生气,我拿大体来跟你说一说,你就知道你自己确实是有些私心的了。这个年头儿做人,大家最顾全的就是面子问题,尤其是像我们在社会上稍有地位的人,更不能疏忽这'面子'两个字。况且我们孩子又不多,一共只有阿雄一个儿子,假使结了一份毫无声望的亲眷,这被外界说起来,还以为我们配不起高亲,所以娶一个孤零零的姑娘,这在阿雄本身而言,也很没有光荣的。比方说,我们娶了一个有财有势人家的千金小姐做媳妇,外界就会奉承着说,'喈!到底诸葛龙有手腕,配了这一门高亲。'你想,假使我们在听到这两句话的时候,我们心中又是多么的光荣呢!太太,你仔细考虑一下,我的意思可有些道理吗?"

诸葛太太也是一个极其爱好虚荣的女子,她听了丈夫滔滔不绝地说出这么一篇大道理来,仔细想想,也觉得很以为然,一时呆呆地望着他,倒是无话可答。一会儿，方才微笑着问道：

"那么你到底看中了谁家姑娘做媳妇呢？别卖什么关子了，还是爽爽快快直接地告诉我吧！"

"好，好，我就老实跟你说了，我是看中我们局长的千金小姐做媳妇呢！哈哈！你说，这事情若成功了，将来阿雄的出路还用担心吗？就是我做父亲的，对于前途问题，也着实可沾点儿光哩！"

诸葛龙说这几句话的时候，他内心是万分的得意，右脚搁在左膝上，还微微地摇摆着，同时扬着眉毛，哈哈地笑出声音来了。诸葛太太沉吟了一会儿，慢步地走到窗口旁去吹风纳凉，她有阵考虑的样子，说道：

"你不要以为攀高亲是件得意的事，一旦将来受气的时候，你就会懊悔起来了。"

"你说罗局长是我顶头上司，恐怕我们配了亲眷，将来会受他的气吗？不，不！那是绝不会的。罗局长平日对我最有感情，他一点儿没有上司的架子，尤其在外面交际的时候，我们随便得仿佛是个极知己的朋友一样，所以我在他面前，绝对不用受一些拘束的。假使我们结了秦晋之好以后，那当然更加莫逆了，如何还会受他的气呢？太太，这不是你太多忧虑了吗？"

"那么罗局长的小姐，她有多大年纪了？"

诸葛太太那颗心被丈夫说得活动起来了，于是开口向他又低低地追问。诸葛龙已把牛奶喝完，站起身子，走到面汤台旁，拿了一条毛巾抹抹嘴，回头望了太太一眼，笑道：

"大概比我阿雄小两年，还只有十九岁吧！"

"她叫什么名字呢？"

"叫罗淑娴，容貌生得很美丽，还在高中读书哩！"

"我说最要紧的就是性情好不好，因为这种千金小姐的脾气很不好弄，也许比玉梅更古怪，那将来我做婆太太的不是还要向媳妇大人时常地赔小心吗？"

诸葛太太怕娇养惯的罗小姐脾气更难弄，所以她蹙了眉毛，有些忧愁的意思。诸葛龙笑嘻嘻摇头不迭地说道：

"你放心，罗小姐我时常地瞧见她，她不但没有一些凶恶的性情，而且一举一动、一言一语，无不显出讨人欢喜的神态。这样一位好小姐，并非我过分地捧她，实在是提了灯笼到满街去找也找不到哩!"

"果然是个十全十美的好人才吗?"

"当然了，我的眼睛在这世界上瞧过了多少的人，难道还会含糊的吗?所以我们若娶了这个好媳妇，那不但是阿雄的福气，而且也是我们公婆的福气哩!"

"你也慢慢再高兴吧!罗局长肯不肯把女儿配给我们阿雄，这还是一个问题哩!事情没有一个把握，先横一个福气，直一个福气，我瞧你啊?真是想痴的了。"

诸葛太太撇了撇嘴，有些生气的意思，向他恨恨地埋怨。诸葛龙却贼秃嘻嘻的样子，笑着说道:

"所以我陪着罗局长在外面交际忙，其中也有一个道理的。我想在找到一个机会之后，我马上就向罗局长提亲，只要他一高兴，我想他一定会答应我的。"

"太太，你早晨吃什么?也喝牛奶吗?"

诸葛太太正在静默无语的时候，张妈却走上楼来低低地问。诸葛太太有些埋怨的语气说道:

"你这人越老越糊涂了，你在这里帮了这几年来，难道还不晓得我向来不爱喝牛奶的吗?还匆匆上来问我，真是太叫人生气了。"

"太太，那么你爱吃的是什么呢?"

"有面烧些面上来，否则，我情愿吃稀饭。"

"面没有了，我拿稀饭来吧!"

张妈碰了一鼻子灰，只好闷闷不乐地走下楼去，心中可在想着，你自己这样脾气，哪里还给你娶个好性情的媳妇呢?诸葛龙等张妈走后，便说道:

"那伊府面才前星期买来的，怎么吃得这样快就没有了呢?"

"怎么?是不是我吃完了你心中肉疼吗?"

诸葛龙见太太满面恼怒的神情，显然是误会了自己的意思，这就连忙赔笑说道:

"哪里哪里，我是怕底下人也偷着吃了，所以这么查问一声的。"

诸葛太太方才没有话说。正在这个当儿，忽然见外面匆匆走入一个姑娘来，她手里拿了一份报纸，粉脸有些惊慌，一见了诸葛夫妇俩，便急急地叫道：

"姨爹，姨妈，你们瞧见报上登着这一段消息吗？"

"玉梅，是什么消息呀？"

诸葛太太心头有些震动，忍不住也急急地问她。玉梅把报纸交到诸葛龙的手里，一面很快地告诉道：

"表哥被人殴伤了，他现在睡在医院里呢！"

"什么？阿雄被人打伤了，这……这……可怎么办呀？"

诸葛太太一听这个消息，她急得说话的声音已有些颤抖的成分，大有哭出来的样子。诸葛龙此刻也不及说什么，急急地先瞧着报上登载的消息。诸葛太太见他皱了眉尖，瞧着报纸，呆呆地出神，这就急得跳脚，说道：

"哎！哎！你怎么看了报纸不说话呀？阿雄被什么人殴打的？到底又是为了什么事情？伤势重不重？你也该快点儿告诉我呀！我心中真是急都急死了。"

"打得好，打得好，这种混账的孩子，不给他受一些教训，他怎么知道在社会上是应该怎么样做人呢？"

诸葛龙口中反而会说出这几句话来，那在诸葛太太心里真是做梦也想不到的事情，她又气又急，又怨又恨，猛可走上去，伸手把报纸抢来，交到玉梅的手里，一面说，一面骂道：

"你这个老甲鱼真是要死了，你自己儿子被人打伤了，你还说打得好吗？那你分明有不良之心呀！阿雄死了，你绝了后代，你又有什么好处呢？我此刻不及跟你说话，玉梅快说给我听，阿雄在外面到底闯了什么大祸呢？"

"姨妈，你不要急，我说给你听是了。表哥与同学们在火车站和警察发生了冲突，大家动武，因此受伤了。"

玉梅用了温和的语气向她低低地告诉，但是单凭玉梅这两句话，诸葛太太是绝对不能完全明白的，于是又急急地问道：

"这真是太奇怪了，他们到火车站做什么去呀？"

"因为日本人侵略我们的华北，所以大学生都向政府去请愿，要求政府出兵与日本打仗。警察局派员阻止学生们动身到南京去，学生们不答应，大家坚持了多时，各不相让，彼此自然难免发生冲突了。"

诸葛太太方才有了一个恍然大悟，她这时心中也有些怨恨阿雄不该多事，这就情不自禁地说道：

"向来很懂事的阿雄，这回子怎么竟糊涂起来了呢？日本人侵略华北，这和他又有什么相干呢？要他们学生子瞎起劲！现在自己反而受了伤，那真是太犯不着的了。唉！那么他如今住在什么医院呀？"

"可不是？你现在自己也这么说了吧！一个学生子，不好好地念书，偏喜欢游行呀，请愿呀，大都是抱着风头主义。你想，这种人不打，还打谁去呢？国家大事，当然有大人物会管理，这班血毛未干的黄口孺子，也要他们乱哄哄地来凑一脚，那世界怎么不要造了反呀！"

诸葛龙刚才被太太骂了一顿的委屈，此刻才算有了吐气的机会，这就淡淡地一笑，很俏皮地回答了这两句话。玉梅站在旁边，听他们两人说的话，都觉有些格格不入耳，遂代为表哥辩白，说道：

"姨爹，姨妈，你们也不能完全说学生子们不好，其实在他们也无非为了一点子爱国的心。大凡一个人，终有一股子气，眼瞧着敌人一步一步侵略进来，假使还是糊里糊涂过着灯红酒绿的糜烂生活，那我们中国人真的要变成冷血动物了！"

"话虽不错，但出兵打仗，这是政府的主意，你们小孩子懂得了什么呢？"

诸葛龙听了玉梅的话，不免有些脸红，一时很不喜悦，还是显出老气横秋的样子，教训似的说。诸葛太太这时很急促地说道：

"你们还只顾辩论这些空话做什么？阿雄住在哪个医院？我马上要去瞧瞧他。唉！可怜这孩子不知伤得怎么样啊？但愿老天保佑，没有什么危险才好。"

"姨妈，表哥住在广德医院里，我陪你去吧！"

玉梅低低地回答。诸葛太太连说好的，一面急急地开了橱门，换了一身香云纱的旗袍，穿了一双黑缎子绣花鞋。诸葛龙也只好站起身子，穿了天青华丝纱长衫，套上一双白麂皮皮鞋，三个人急急地坐车到广德医院去了。

病房内的蔡志坚和诸葛雄还只有刚吃过了早餐，两人倚靠在床栏上，大家说着笑话。正在这时，忽见爸妈和表妹李玉梅急匆匆地进来，于是也连忙招呼着爸妈。诸葛太太坐到病床旁边，看到儿子包扎着纱布的脸额，此刻心头只觉肉疼，哪里还敢说一句埋怨的话，拉着儿子的手，几乎流下眼泪来，说道：

"阿雄，你伤得怎么样？没有什么生命危险吧？"

"妈，你不要难过，我只有受一些微伤而已，今天下午就可以出院的。"

诸葛雄见母亲流泪，他心中感到无限歉意，遂含了一丝笑意，向她低低地安慰。诸葛太太听了，念了一声"阿弥陀佛"，说道：

"那真是谢天谢地，幸亏没有伤及要害，否则，岂不是急死人吗？阿雄，你也太糊涂了，为什么不叫人打个电话来呢？我知道你昨夜没有回家，先眼跳心惊地着急得了不得，后来一听到你受伤的消息，我的魂灵也几乎唬掉了呢！"

"妈，后来你怎么知道我受伤在医院里呢？"

"今天早晨，还不是玉梅拿了报纸来告诉我们的吗？"

诸葛雄听了，向床边的玉梅望了一眼，似乎包含了一份感谢的意思。玉梅秋波脉脉含情地也回望了他一眼，在她芳心中虽有千言万语要想跟阿雄诉说，但此刻在众人面前，反而连一句慰问的话都说不出来了。诸葛龙这时也插嘴训诲地说道：

"阿雄，你干这一回事，你知道你自己可有错了吗？"

诸葛雄在父亲面前，不欲有所辩白，所以默然不作答。但诸葛龙却又滔滔地说下去道：

"在从前你好像并没有这么的胆子大，你本来是个安分守己的好孩子，但是到了现在，年纪越大，反而越不懂事，竟会跟着不良分子闯起祸水来了。所以我对于你的行动，表示非常的失望。"

"爸爸……这……这也算不了闯什么祸水，其实每个国民都应该关心国家的事，我觉得我们的行动没有错，是对的。"

诸葛雄听父亲说出这些话来，这就再也忍熬不住了，他为了正义，不得不回说了这几句话。诸葛龙当然非常的恼怒，瞪着眼，喝道：

"什么？你们胆敢和警务人员发生冲突，这还不能说是闯了大祸吗？我做爸爸的教训你，你还要倔强地不肯认错，那你简直是疯了，真岂有此理！我给你读了十多年的书，这一笔教育费，数目可不少，谁知你读得这样不明事理，叫人灰心不灰心？"

"爸爸，你……"

"孩子，你就让爸爸说几句吧！别跟他辩白了。不是为娘的也埋怨你，以后这种闲事少管，空下来瞧瞧电影、玩玩公园，那是正当的娱乐。加入这种团体，又有什么好处呢？如今挨了打，岂不是自讨苦吃吗？"

诸葛太太见儿子还在辩答，恐怕他们父子间事态扩大，所以阻止了阿雄开口，也低低地劝告。诸葛雄听父母都是一样的没有国家观念、民族思想，心中觉得痛苦，望着玉梅，不由得微微地叹了一口气。玉梅逗给他一个眼色，摇摇头，努努嘴，表示不必再和他们顽固的人们多说话的意思。但诸葛龙却又一面孔爷老头子那样态度，说道：

"常言道：'益者三友，损者三友'。我明白阿雄近来结交的朋友不大正路，一定都是些捣蛋鬼，所以他也慢慢地学上了流氓的举动了。阿雄，你的年纪不小了，我做爸爸的不能永远跟在你的身后，这是有关你将来前途的问题，所以你自己得特别注意才好。"

"哼！那才真是笑话。"

蔡志坚对于阿雄父母一进病房就唠唠叨叨地埋怨着先感到大不受用，此刻听他拖泥带水地又说出了这些一窍不通的话来，一时把他的肚子也几乎气破了，因此冷笑了一声，自言自语地说着。诸葛龙回头向他望了一眼，见志坚头上也包扎着纱布，知道他一定也是要到南京去请愿的一分子，于是向阿雄问道：

"这个人是你的同学吗？"

"是的，他是我的同学蔡志坚……"

诸葛雄点点头回答。诸葛龙很鄙视的样子，斜睨了他一眼。蔡志坚本来要向他招呼一声老伯，因为他那种骄矜的神态实在使自己看不入眼，所以别转头去，却故意装作一个不理会。但诸葛龙又向儿子教训着说道：

"我知道你在学校里的同学当然很不少，然而许多同学之中，难免良莠不齐，有好的，也有坏的，这就要看你的眼光了。假使你眼光准确的，你一定会找好的同学做朋友，那么也绝不会发生昨天这样不幸的事情了。只可惜，你结交的同学都是一些胡闹而不知上进的无赖，因此我为你的前途真十分担忧。"

"老先生，我觉得你这些话完全是错的了！"

蔡志坚听他指桑骂槐，明明是在和尚面前骂贼秃，一时心中的气愤真

31

是像火山般地爆发出来，他忍耐不住地回过头来，连一声老伯都不情愿喊地向他辩驳了这一句话。诸葛龙当然表示恼怒，遂瞪了他一眼，喝道：

"你是什么东西？我在教训自己的儿子，你敢来多嘴吗？"

"不错，你的家教太高明、太贤达了，我是十分地敬佩。本来你教训儿子是用不到我来多嘴的，但是你既问明白了我是阿雄的同学，你立刻又骂出什么胡闹、无赖的话来，那你不是明明在骂我吗？"

诸葛龙听他这样说，不由得阴险地冷笑了一声，睁大了那双三角眼，俏皮地问道：

"哦！我倒要请问，阿雄莫非就是你把他带坏的吗？为人不做亏心事，夜半敲门不吃惊，要你多什么心？"

"爸爸，你……何必跟旁人吵闹呢？"

蔡志坚被他这两句话倒是问住了，因为心头痛恨的缘故，所以把他两颊逼涨成血一般的通红，额角上的汗水也直冒出来了。诸葛雄恐怕大家越吵越僵，所以蹙了眉毛，向父亲低低地劝阻。不料诸葛龙把怒气却出到阿雄的头上去，向他大骂了一声"放屁"，恶狠狠地说道：

"你这小畜生，结交了这种流氓似的朋友来欺侮我吗？还敢阻止我说话，你简直是没有王法了！我告诉你，从今天起，不，从此刻起，马上给我跟这混账东西绝交！"

"小诸葛，我想不到你家中有着一个这样宝货的爸爸，这真是出乎意料之外，当然我认为你还有一些希望，还有一些感情可结交，现在我老实对你说，为了你这个无知无识的家长，我先提出跟你绝交！"

蔡志坚为了不甘示弱受侮辱，所以他顾不得朋友间的情感，先灵敏地向小诸葛说。这几句话听到诸葛龙的耳朵里，真是气得发昏，暴跳如雷地戟指大骂，好像把蔡志坚要吞吃的样子。但蔡志坚这回子倒很有涵养似的冷笑道：

"请你不要乱骂人，尊重你自己的人格吧！"

"骂你这个王八蛋怎么样？"

"好，我瞧在小诸葛的面上，我就当你在放屁！"

蔡志坚还是冷冷地回答。诸葛龙气得发抖，正欲有所举动，诸葛太太开口阻拦着说道：

"好了，好了，在医院里别大声地吵闹了，你是探望儿子的伤势来的，还是跟人家相骂来的？"

"我本来就不愿跟这般小人吵闹，倒失了我自己的身份，但这小子欺人太甚，我实在有些忍耐不住呢！"

诸葛龙被太太一阻拦，他的火气会杀住了一大半，但嘴里还神气活现地咕哝着说。志坚冷笑道：

"你的身份固然高人一等，然而你的人格、你的灵魂恐怕早已被黄狗吃掉了！"

"放屁！你……说的什么？你这狗小子！"

"你这情形预备打人吗？老实告诉你，打人是刑事犯，你不怕吃官司吗？"

蔡志坚见他狠乎乎地赶到自己床边来，大有动手欲打的神气，这就逗了他一瞥轻蔑的目光，冷冷地讽刺他说。诸葛太太恐怕闯祸，遂把诸葛龙狠命拉了回来，怨恨地说道：

"算了，算了，我瞧你还是回去吧！别在这儿淘闲气了。"

"都是阿雄这小畜生不争气，倒叫我受人家野小子欺侮！明天若不跟这班野畜生断绝往来，我也不要你这个畜生了，还是给我滚出去，我也当没有养你这个孩子！"

玉梅坐在床边，是竭力压制着阿雄再不要开口说话，免得多生是非。此刻听姨爹又攻击到阿雄身上来，遂含笑说道：

"姨爹，大热的天气，你把火气熄一熄吧！况且表哥的伤势还很重呢，瞧他脸色，多难看的！"

"阿雄，阿雄！你……怎么啦？"

诸葛太太听了玉梅的话，慌忙挨近床边，又肉疼十分地急急地问。阿雄故作万分痛苦的样子，叹了一口气，说道：

"我被爸爸一吵闹，我的伤口顿时会涨痛起来呢！医生说过了，伤口假使涨痛，性命恐怕就会发生危险哩！"

"哎呀！真的吗？断命你这老甲鱼太狠心了，你不是来探望儿子的伤势，你简直是来要儿子的命！你死了儿子，横竖可以娶小老婆再养的，叫我到什么地方再去找这么一个又长大又俊秀的好儿子啊！可怜我儿子若有三长两短的话，我非跟你这老甲鱼算账不可！"

诸葛太太边说边泣，说到后来，竟疯疯癫癫地哭起来了。蔡志坚想不到小诸葛竟有这么一个畸形的怪家庭，一时又好气又好笑，眼见诸葛龙一声不响地呆住着，显然是个十足道地的怕老婆，因此忍不住倒又嘻嘻地笑起来了。玉梅连忙又劝住了诸葛太太，低低地说道：

"姨妈，你别急，你别哭呀！有伤的人最需要的是清清静静地休养，切不可大惊小怪地惊扰他，否则，都能增加他的伤势。"

玉梅这两句话是很有功效的，诸葛夫妇俩听了之后，果然静悄悄的连呼吸都不敢过分的了。就在这个当儿，郎露茜也轻轻地走入病房来。当她看到阿雄床边坐着一个年轻姑娘的时候，她猛可想到昨夜自己所忧虑的一点，觉得果然不出自己所料，因此心头大受刺激，站在病房门口，倒是怔怔地愣住了。蔡志坚发觉了露茜之后，便忙着先叫道：

"郎小姐，你早！对不起你，今天又劳驾你来探望了！"

"蔡先生早，我是顺路经过的，你可不要太客气，怎么样？今天好多了吗？"

露茜被志坚一招呼之后，她的窘态就解除了，遂笑盈盈地走上来，向志坚回答。她心中暗想：我不要使诸葛先生为难，倒还是装个不认识的好。但诸葛雄如何肯不理睬她，遂笑着叫道：

"郎小姐，你没有和史小姐一同来吗？"

"嗯！诸葛先生，你的伤也好了吗？"

"好些了，谢谢你……"

玉梅见表哥对待这位姑娘的情景，好像是特别亲热的样子，一时芳心中暗暗生疑，遂站起身子，故意欲作招呼的意思。诸葛雄似乎先理会过来了，遂把手一摆，给她们介绍道：

"这位郎露茜小姐，是普济产科医院的护士；这是我表妹李玉梅小姐，她在求智小学教书。你们都是服务社会的同志，大家应该认识认识。"

露茜听了，遂含笑走上前来，和玉梅紧紧地握了一阵手，彼此说了几句客套话。玉梅因指了诸葛龙夫妇也介绍说道：

"这是我姨爹、姨妈，郎小姐可曾瞧见过吗？"

"没有，还是初会，伯父！伯母！"

露茜知道是阿雄的父母，遂向他们恭恭敬敬地鞠躬招呼。诸葛太太见露茜长得美丽，和玉梅相较，似乎更胜一筹，所以心头有些好感，遂笑嘻嘻问她长问她短地问了一阵。玉梅见姨妈和她很亲热的样子，一时倒又懊悔自己不该多此一举把他们介绍的了。

这时，病房外面又走入一个西服青年来，他的年纪已在二十三四岁左右，脸白净而又瘦削，鼻子高而尖，两眼很锐利，从这外形上看来，一望而知是个很精明能干的人。他先向志坚叫了一声老蔡，然后笑道：

"怎么样？请愿的报酬，很有滋味吗？哈哈！哈哈！"

"小金，你来讥诮我，还是来慰问我？"

志坚听他这样说，不由绯红了两颊，有些生气的表示，恨恨地问。那个小金连忙摇摇手，赔笑说道：

"不要动气，我和你说句笑话玩玩的。正经的，你伤得没有什么关系吧？"

"今在下午就可以出院，倒叫你关心着，真是多谢！"

志坚在学校里素来跟这个金廷德不大和睦，因为两人思想各异，而行动更加相反，所以对他并没有什么交情可言。今天觉得他来探望自己，至少还包含了一些幸灾乐祸的成分，因此淡淡地回答着说。金廷德见他意殊冷淡，遂走到诸葛雄的床边来，打了一个哈哈，笑道：

"小诸葛，怎么样？不听老人言，吃亏在眼前，我叫你不要加入，你偏听了旁人的话，瞎起劲地加入了。到现在被打伤了，瞧多么犯不着哩！好好一个小白脸，如今包扎得像个怪人似的，明儿脸上要有了伤疤，女朋友见一个逃掉一个，那你可悔恨也来不及了！"

金廷德这几句半认真半打趣的话听到诸葛龙的耳朵里，心中倒不由得急了起来，暗想：这话可不错呀！万一脸上留下了伤疤，局长的小姐她如何还肯嫁给阿雄呢？于是急急地问道：

"阿雄，这你脸上到底会不会成伤疤啊？"

"就是成了伤疤，那也没有什么大不了，反正我又不是卖面孔吃饭的。"

诸葛雄却毫不介意地回答，表示不放在心上的意思。诸葛龙唉了一声，皱了眉毛，埋怨他说道：

"你这孩子懂得什么呢？好好的面孔，若弄成了一个伤疤，这不是破相了吗？唉！阿雄，并非我一再地埋怨你，既然有这位先生劝阻过你，你也应该醒悟才好，谁知你还跟了不良分子去胡闹，那你不是自作其孽吗？我告诉你，一个人交朋友，也得放出一些眼光来，比方像这位先生，他是有头脑、有思想，预先知道这种事情要闯祸，所以他关照你，叫你别加入，但是你偏偏远贤人、近小人，你这孩子简直是昏头的了。"

"这位就是阿雄的爸爸吗？"

金廷德听诸葛龙这样地捧他，心中非常得意，扬着眉毛，望了他一眼，低低地问。诸葛龙连忙含笑说道：

"不错，你贵姓？是阿雄同学吗？"

"哦！老伯，我叫金廷德，大家都是同学，刚才承蒙老伯夸奖，真是惭愧得很！"

"哪里哪里，金先生将来前程远大，我知道你一定会做很伟大的事业。阿雄，以后你千万要跟金先生做朋友才好，因为他是一个有才干的青年，他往后一定有许多帮助你的地方，像这种朋友你实在是少不了的呢！"

诸葛龙见他很自谦的样子，因此益发佩服他到五体投地的模样，还回过头去，向阿雄煞有介事地叮嘱。阿雄眼皮眨了两眨，却并没有什么表示。倒是蔡志坚听得有些不耐烦起来，冷笑了一声，望着阿雄说道：

"小诸葛，你听到了没有？你的好爸爸叫你以后多多跟这位有才干的先生交朋友呢！他将来会帮助你做大事业，升官发财。哼！真是了不得啦！"

"怎么？老蔡，你讥笑我将来没有这个能力吗？"

金廷德听他话中有骨子，不由很生气地瞪了他一眼，恼怒似的问他。志坚却怪俏皮的神气，说道：

"谁说你没有这个能力呀，中国未来的大总统还等着你来上台哩！"

"要如就有这么一天，哼！你……"

"我怎么样？"

"先把你枪毙，免生后患。"

"放你妈的臭屁！你倒真想做总统？只怕在做梦！"

蔡志坚气得血红了两颊，他几乎要从床上跳起来。郎露茜连忙摇摇手，含了微笑，温和地说道：

"蔡先生，你不要动火，同学们说句玩笑话，别认真呀！"

"哈哈！对啦！说句玩笑话，你发什么脾气呢？这位小姐贵姓？"

金廷德方才也阴险地笑起来，表示毫无意气用事地回答。他一面色眯眯的样子，两眼向露茜的粉脸上打滚，搭讪着问。心中暗想：这位姑娘真美丽，我们学校里的女同学一个都及不上她，就是舞厅里最红的舞国皇后张曼华也没有她娇艳可爱哩！郎露茜听他向自己请教姓名，当然不能置之不理，遂低低地告诉说"我姓郎"。金廷德竭力要跟她多说话，遂故作沉吟的样子，问道：

"这郎字是怎么写的？"

"是儿郎的郎。"

"哦，哦！郎小姐，你这个姓倒是很少的呀！"

露茜因为他和志坚不是一路人物，所以也不愿和他多说话，只点点头，报之以微笑而已。金廷德还要想和她搭讪，但露茜看了看手表，却向志坚说道：

"蔡先生，我走了。诸葛先生，我们再见。"

"郎小姐，谢谢你来看望我们。"

诸葛雄连忙含笑地回答。蔡志坚望了露茜一眼，也低低说道：

"郎小姐，你见了忠花，叫她不用到医院来了，因为我们下午就要出院的。"

露茜应了一声，又向诸葛夫妇和玉梅招呼道别，方才匆匆地走了。金廷德见露茜一走，他的神魂好像也会飘飞着跟她去了。暗自想道：这姑娘可爱，我非跟她接近接近不可，她此刻一个人出医院去，那是一个绝好的机会，我岂能白白地错过呢？廷德这样想着，遂向众人点点头，说声"我还有事情，先走一步了"，他便匆匆忙忙像魂不在身似的也跟踪走出病房外去了。

第三回

　　蔡志坚眼望着廷德失魂落魄似的匆匆地跟着露茜走出病房去了，他心中真有说不出的愤怒，遂恨恨地骂了一声"他妈的"，咬牙切齿地说道：

　　"这小子真是我们青年中的败类、害群之马。遗臭万年的事情，将来也只有他会做出来。小诸葛，你看着吧，老蔡的话是绝不会冤枉人的！"

　　"哼！人家是败类，你是栋梁大材吗？真是放屁之至！我眼睛里看起来，你才是青年中的腐化分子，只知道闯祸捣乱，不晓得努力上进的坏东西！我的孩子都被你带坏了。我现在警告你，你以后少和我们阿雄往来，我们阿雄是绝不需要有你那么一个好朋友的。"

　　诸葛龙对于志坚的痛骂金廷德，心中表示大抱不平，遂冷笑了一声，向他竭力地讽刺并警告。志坚气得脸都青了，两手有些发抖，大声道：

　　"好！我也不希望和一个没有人格的父亲的儿子做朋友，从此一刀两断。"

　　"什么？你敢骂人？"

　　诸葛龙不甘示弱地赶上一步，恶狠狠地喝问。玉梅看不过，遂走上来，拉了拉诸葛龙的衣袖，低低地说道：

　　"姨爹，在医院里你跟病人吵闹，回头医院当局来说句公话，也是怪姨爹不好的，所以我劝姨爹还是忍耐一些吧！好在表哥下午就可以出院，你有什么话不是可以回家去好好教训表哥吗？何必在这时候生气呢！"

　　"哼！真岂有此理！都是阿雄这畜生不好，回家之后，我再做规矩，问他下次还要再交这种匪类似的朋友吗？"

　　诸葛龙也觉得这样下去没有一个落场势，所以听了玉梅的劝告，也乐得顺水推舟地，一面骂，一面管自地恨恨走出去了。诸葛太太见丈夫走后，反而向阿雄低低地安慰道：

"阿雄，你爸爸就是那么一副牛脾气，随他怎么说，你都不用放在心上，等会儿到了家中，一切都有我在着，你也可以不必害怕。不过我做娘的也得劝劝你，一个求学时代的青年，最好不要多管闲事，只要努力用功，研究学术，我认为这已经是很对得起国家了。何必还要瞎起劲地游行啦，请愿啦，到现在弄得头破血流，这难道说是爱国的代价吗？唉！我觉得真是太以犯不着了。"

凭心而论，不要说诸葛太太是女流之辈，她说的几句话倒比诸葛龙要有道理得多，因此阿雄和志坚倒呆呆地说不出什么回答的话来。诸葛太太接着又说下去道：

"我这人就不喜欢怪别人不好，总而言之，做人都要自己有主意才好，像你爸爸一味地怨别人把你带坏了，这也太不近人情，你也不是三岁两岁的小孩子，难道胸中一无城府的吗？所以这位蔡先生也不必生气，阿雄爸爸原有些自说自话，你是不用去听他的。不过，我也劝劝蔡先生，你以后把这些精神还是放到书本上去的好，等学业成就之后，你再爱国，我以为也不算迟哩！"

"伯母这几句话自然中听得多，但国家已经到了累卵之危的时期，我觉得光读书实在是救不了国家的。唉！我恨不得投笔从戎，马上跟敌人去决个他死我活呢！"

蔡志坚说这两句话的时候，两颊是涨得血红的，就可知他是从血性中流露出来的。诸葛太太认为这个人有些神经病，于是也不和他多说话。玉梅对于志坚却表示敬意，遂点头说道：

"假使全国的青年个个都有像蔡先生那么爱国的精神，我相信中国绝对有救的，就只是醉生梦死的人太多罢了。"

"我以为醉生梦死的人绝不会醉生梦死到底的，只要我们有力量，我相信也会有唤醒他们的一天。但可恶的是社会的魔鬼，它会阻止我们的前进，因此醉生梦死的人也就越发多起来了。"

"蔡先生，你不要灰心，我觉得像你那么的青年，将来的责任是太重大了。我们都少不了你，有些人都认为要远离你，然而我却觉得需要接近你不可。"

"哦！小姐，你……真是我们的同志！我……还没有知道你的贵姓大名。"

蔡志坚想不到被诸葛龙一而再地辱骂之余，还有那么一位姑娘来颂扬自己，心头这一兴奋，脸上立刻堆满了笑容，他似乎得到深深的安慰。诸葛雄不等玉梅开口，就先介绍说道：

"她是我的表妹李玉梅小姐，刚才我不是跟郎小姐先介绍过了吗？"

"李小姐，刚才我没有注意，此刻我觉得你真是我们的同志，请问李小姐在什么学校里念书？"

"我在高中毕业之后，却没有再进大学。"

"那么你一定在办事了？"

"我表妹在求智小学教书，她是一个模范教师。"

诸葛雄笑嘻嘻代为告诉，有些打趣的成分。玉梅秋波逗给他一个娇嗔，"嗯"了一声，微红了脸，笑道：

"说正经的，你偏拿我笑话。"

"我说的也是实在的话，学校里同事不都称你为模范教师吗？因为她办事认真，从不说什么开玩笑的话，所以她就荣任了训导主任的重职哩！"

"可敬，可敬，李小姐真不愧是个时代的女性。"

"你们这样说，我可站不下去了，姨妈，我先走一步了，你怎么样？"

玉梅含笑说着，回头又向诸葛太太低低地问。志坚以为她生了气，显出慌张的成分，赔笑说道：

"李小姐，你别走，我们说话造次，请你原谅吧！"

"已经九点多了，我该到学校去了，因为今天学校里开教务会议，改天再会吧！"

"玉梅，我也走了，一同回去吧！阿雄，下午我再来陪你出院好吗？"

"妈，那可不必了，我自己会回家的。"

诸葛太太对待儿子到底是慈爱的，临走的时候，又向他低低地问。阿雄很感动地叫了一声妈，柔和地回答。玉梅向两人挥挥手，方才和诸葛太太一同走出病房去了。刚才病房内是乱哄哄的，他开口你说话，声音是没有一分钟停息过。但此刻众人走了之后，病房里这就又归到原有的沉寂。只有窗外梧桐树上的知了鸣声，在太阳光里又吱吱喳喳地呐喊起来。

"小诸葛，我真没有想到，你竟有这么一个爸爸！"

"唉！你叫我有什么办法？"

静悄悄的蔡志坚终于开口说话了，他的语气是有些惋惜的成分，诸葛雄无话可答，他内心是说不出的痛苦和惭愧，忍不住深长地叹了一口气。志坚为了小诸葛的面子关系，他有许多激愤的话，一时里不便说出来，望着阿雄忧形于色的脸，呆呆愕住了一会儿，方才低低地说道：

　　"小诸葛，刚才的事情，请你原谅我。"

　　"什么事啊？"

　　"我此刻想来，觉得不该跟你爸爸这样吵闹，因为我很鲁莽的，对不起你这个好朋友……"

　　"志坚，你不要提了好不好？我求求你，刚才的事请你别说了吧！"

　　诸葛雄两手掩着脸，他说这两句话的神情，痛苦得好像要哭出来的样子。志坚于是沉默了，过了好一会儿，方才又低低地说道：

　　"不过，我相信你，你绝不会效那些愚忠愚孝的故事，而改变你的思想和宗旨……阿雄，我觉得你处身在这个环境之中，你的前途实在是太危险了！"

　　"不，你放心，我有勇气来反抗这四周恶劣的环境……"

　　"是的，我也相信你有这一种勇气。"

　　蔡志坚点点头，含了笑容鼓励他说。诸葛雄也不知道为什么要这样辛酸，他的眼角旁竟涌现了两颗晶莹莹的泪珠。志坚和颜悦色地又说道：

　　"傻孩子，你为什么要淌泪呢？"

　　"我恨！我恨！"

　　诸葛雄握了拳头，咬牙切齿地说。蔡志坚忍不住笑了起来，淡淡地说道：

　　"你恨，你就淌眼泪吗？不！你错了！淌泪是最懦弱的表示，你也读过《唐雎不辱使命》的文章吗？我们若愤恨起来，我们应该举起枪来跟敌人拼命，淌泪又有什么用呢？"

　　"是的，你这话很不错，从今以后，我不再出一点儿眼泪。志坚，我希望你不要离开我，我希望你能多给我一些勇气。"

　　"可是，你爸爸叫你跟我断绝往来呢！"

　　"唉！你为什么老提这些呢？你不是明明地叫我心中感到难过吗？"

　　蔡志坚见他又唉声叹气的样子，遂笑了一笑，不再说什么了。过了一会儿，方才又微笑着说道：

"我们不谈这些，就谈谈旁的吧！哎！阿雄，你这位表妹的思想倒很不错啊！她的家庭，我猜比你要好得多了吧？"

"我表妹的身世很凄凉，她孤零零的只有一个人，没有爹没有娘，所以我非常可怜她。"

"那么她和忠花竟是同病相怜的了！真奇怪，世界上的女孩子都是这样的命苦。不过，正因为她们的命苦，所以她们才有这样坚强的思想和意志，假使她们都生长在富贵之家的话，恐怕她们也都是醉生梦死的一分子吧！"

蔡志坚很感慨地说。诸葛雄点点头，表示他的话说得有理，说道：

"所以自古以来的有志之士，大都是苦出身的。这和做文章一样，杜工部的诗词也是先穷而后工，不穷则不工，愈穷则愈工。"

"你不是说很可怜你的表妹吗？那么你们表兄妹之间的感情当然是很好的了。说得明白一些的话，我觉得你们之间至少已有了爱情的成分，哈哈！你说我可猜得对吗？"

诸葛雄想不到志坚忽然又会笑嘻嘻地问出这些话来，一时两颊也不由得微微地红起来，笑了一笑，摇头说道：

"不！你不要乱猜，我们之间根本没有什么爱情成分的，因为我这位表妹的脾气很古怪，她好像还不懂得爱情是件什么东西。"

"你这话也不尽然，我见她刚才对待你的情形，又关切又体贴，完全有着柔情绵绵的神态，你还赖什么呢？"

蔡志坚一面说，一面忍不住又笑出声音来了。诸葛雄两眼望着窗口外的树篷，心头倒是别别地一跳，暗想：当局者迷，旁观者清，难道表妹对我果然已有儿女之私了吗？但口中还否认着说道：

"我倒并没有抵赖，这也许是你的神经过敏吧！"

"那么我问你一句话，你对于这位表妹有没有爱的意思呢？"

诸葛雄听他追根究底地问得这样详细，一时不明白他的用意何在，遂微微地憨笑着，并不作答。志坚还是继续地追问道：

"为什么不说话？那显见你是默认的了。"

"不！我觉得现在还不是谈爱情的时候。"

"这是你的借口而已，我想你也许是另有所爱的缘故。"

"别说笑话，我根本没有一个爱人。"

"可是从昨天起，我知道你也许是爱上郎小姐的了。"

诸葛雄听他这么说，心头似乎有些慌张，红了脸，急急地说道：

"奇怪，你怎么知道我爱上郎小姐了呢？难道我的行动上已有明显的表示了吗？志坚，请你快告诉我。"

"是的，我看得出来，而且我觉得那位郎小姐，她确实也有爱上你的意思，因为她今天到医院来望你，这就是一个爱的启示……"

蔡志坚从他精细的观察之下，向他明白地告诉。诸葛雄默然了一会儿，似乎有些不以为然的意思，摇头说道：

"你这话也未必一定如此，也许郎小姐是望你来的呢？"

"哈哈！你还强辩做什么？我这人就喜欢说老实话，郎小姐知道我的女朋友是史忠花，她没有这么傻，会跟忠花来夺爱。从这一点看来，郎小姐到医院来探望，其目的绝不是我，而完全是你。"

诸葛雄被志坚这样一说，一时也就弄得哑口无言，低下头来，出了一会子神。志坚也沉吟了一会儿，他似乎有所考虑的样子，方才徐徐地说道：

"小诸葛，我觉得你的环境已经是陷在尴尬的局面了。"

"我不懂你这话是什么意思？"

诸葛雄惊奇地抬起头来，望着他发怔。志坚笑了一笑，说道：

"这是很明显的事情，又有什么不懂呢？李玉梅她爱着你，郎露茜她也爱着你，你在二美包围之下，舍谁而取谁呢？这局面还不是太尴尬吗？"

"我觉得这在你不过是一种猜想而已，也许事实是不会这样的。"

"然而我的观察大多数不会错误，阿雄，我是你的好朋友，所以我才预先提醒了你，你应该自己来选择一下，不要太糊涂地混下去，否则，你会自寻烦恼，自找痛苦。同时使李小姐和郎小姐之间至少也有一个人会感到失败的悲痛，到那时候，未免是你的罪恶了。"

蔡志坚不愧是阿雄的知己，他这一番话说得相当的透彻而爽快，这使阿雄的心头也开始感到左右为难地忧愁起来，暗自想道：表妹和我从小一块儿长大，看她对待我的情形，确实处处关心，十分的有情，女孩儿家为什么要这样呢？那当然是为了爱我的缘故，虽然她并没有向我明显地表示，但她也许是为了怕羞的关系。在十五六岁的时候，玉梅很天真活泼，我们时常手挽手地一同游玩，那时我确实很爱她，好像除了她，在我眼睛里就没有第二个女孩子了。但到了十七八岁的那年，玉梅的性情变了，记得有一次我去拉她的手，她却恼怒地摔脱了我，说我们年纪大了，再不能显出太亲热的样子了，倒叫人家笑话。从那日起，我们疏远了。同时她的父母相继而亡，她便辍学做小学教师去了，我也考入大学来读书，彼此也就更少有碰面的机会。我只道她另有了爱人，所以在我脑海里可说已没有了她的影子，但照志坚观察所得，说玉梅仍旧有爱我的意思。因为我的心中的确有爱上郎小姐的意思了，如今被志坚一提醒，那真叫自己弄得左右为难的了。阿雄只管暗暗地沉思，因此没有回答。志坚有些不耐烦，接着又说道：

"对于李小姐和郎小姐两个人，因为我还是初见，所以我不敢批评谁好谁坏，不过我们青年选择对象，绝不能拿外表的美来做标准，因为内心的美，那才是真正的美。同时还要讲究志同道合、意气相投，假使一个向东，一个向西，这将来当然也不会有美满的果子。所以我觉得你应该拿出目光来，仔细地挑选一下才是。"

"唉……"

"奇怪，你干吗老是不开口，叹气做什么呢？"

"你所考虑的，我简直完全没有想到过，我也未必一定会爱上谁，也许我一个都没有资格去爱她们。"

"那么你愿意糊里糊涂地混下去吗？阿雄，我真代你前途担忧……"

志坚很感叹地说着，表示代替惋惜。诸葛雄猛可抬起头来，问道：

"那么请你给我决定一下，叫我究竟怎么办呢？"

"我问你，你到底和哪个交谊深厚？我以为一个青年，最不好的就是有了新的，便忘了旧的。"

"那么照你的意思，要我去爱上表妹吗？"

诸葛雄听他这种论调，那是很明显的了，遂向他低低地问。蔡志坚点点头，他心里在想：刚才玉梅说的几句话，他觉得玉梅至少也是和史忠花一流的女性，这将来对于小诸葛的前程是大有帮助的，因此他就下了一个判断。诸葛雄苦笑着说道：

"不过，郎小姐她一定会怨恨我。"

"她会怨恨你？难道你已经对她表示过爱的意思了吗？"

"昨天你们不该说什么相敬如宾的打趣话，在人家姑娘心中多少留了一个痕迹的。"

"这个……说来也是你自己不好，你不该把你有个表妹的事情向我隐瞒着，我因为不知底细，所以才说这些话的。"

"我哪里是存心瞒着你，无非没有提起罢了。因为有一个表妹，这也不是什么大不了的事，又何必要跟你报告呢？"

两人说到这里，看护陪了医生走入病房来，于是也不再说话了。经过医生诊察之下，认为没有什么问题，决定两人下午出院了。

下午三点钟的时候，太阳光是最猛烈了，它晒着大地上的万物，都显出垂头丧气，连一点儿精神都没有。病房里的志坚，因为昨夜没有睡畅，所以此刻呼呼地睡得特别香甜。诸葛雄独个儿睁大了眼，望着白漆的天花板，却呆呆地想着心事，他的心事当然是为了玉梅和露茜两个人。因为露茜的一举一动、一颦一笑，太使人怀念了，这样一个姑娘，实在是天上有，人间少，现在她肯爱上我，这不是千载难逢的艳遇吗？我若拒绝了人家，这不但使人家姑娘心中感到失望，就是我这个人也未免太傻太不知情了。诸葛雄完全是存了一种偏见，所以才这么地思忖。不料正在这时，忽听一阵皮鞋声响入房中，原来表妹玉梅已笑盈盈地站在房中了。只见她手拿帕儿，兀是拭揩着额角上的香汗。诸葛雄不知怎么的，见了表妹，心头开始忐忑地乱撞起来，遂低低地问道：

"表妹，大热的天气，你此刻怎么又来了？"

"姨妈方才打电话到我学校里来，托我来陪伴表哥回家去，不知表哥可曾准备好了没有？"

"哦！那真是太对不起你了，此刻太阳晒得最厉害，累表妹跑来跑去，当心中暑，我真不安心，快坐下来息息吧！"

诸葛雄方知志坚的观察没有错，因为自己对她并没有什么爱，所以对于表妹在自己身上尽力，心头会感到极度的不安。他从床栏旁靠坐起来，感谢地说。玉梅走到窗口旁去吹风纳凉，摇摇头，笑道：

"我坐车子来，倒没有怎么感到炎热。表哥的意思，此刻走，还是等会儿回家？"

"我想等太阳偏了西，路上可以凉快一些，你说好不好？但表妹不知道另有别的事情吗？"

"我没有事情，反正今天是星期日，我在学校里也不过批改着学生子的考卷罢了。"

"那么表妹就坐一会儿，你喝茶吗？"

"别忙，我自己会斟着喝。"

玉梅见他欲招待自己的样子，于是摇摇手，她又走到桌子旁去自己斟茶了。诸葛雄见玉梅的粉脸虽然并没有涂着胭脂，但是却也显现着白里透红的云霞，可见外面是热得怎一份儿的程度。因为她到底是为了自己而奔波，所以心头也不免激起了一阵爱怜之情，望着她低低地说道：

"表妹，为了我，累你奔波了好多次，我心里真过意不去。"

"你说这话太见外了，只要你平安无事，我已经是够安慰欢喜了。跑几次又有什么关系呢？"

玉梅回过身子，捧了玻璃杯，殷红的嘴唇凑着杯子正在微微地呷着喝，听诸葛雄这样说，遂把秋波逗给他一瞥哀怨的媚眼，轻轻地回答。诸葛雄对于她这两句话，心头更加地难过起来了，但表面上只好微微地一笑，却没有再回答什么。玉梅喝了半杯茶，问道：

"表哥，你也要喝一杯吗？"

"谢谢你，我喝半杯好了。"

"那么我这喝剩的半杯给你喝了，你嫌脏吗？"

玉梅一撩眼皮，走近床边，把杯子递过来，笑盈盈地问。诸葛雄想不到表妹对自己忽而会显出这样亲热的举动来，一时心头倒有些甜蜜的感觉，遂含笑接过，喝了一口，说道：

"哪里嫌你脏？我只觉甜入心脾，香留舌本哩！"

"嗯！表哥，你这人真……不是好东西……"

"哈哈！哈哈……"

玉梅红了娇靥，忸怩着腰肢，话还没有说完，忽听有人哈哈地大笑起来。这把玉梅、阿雄都吃了一惊，回头去望，原来笑声出自志坚的口中。诸葛雄明知他偷听他们的话而发笑，但表面上还假痴假呆地叫道：

"老蔡，老蔡，你怎么啦，大声地笑起来？"

"哦！哦！我做了一个梦。"

志坚伸手揉揉眼皮，表示刚醒来的样子。诸葛雄望了玉梅一眼，玉梅也表示心定的神气。诸葛雄接着又问道：

"你梦见了什么呀？"

"我梦中看见我的表妹，她把喝剩的半杯茶拿给我喝，还问我嫌她脏吗？我说表妹嘴里喝过的茶叫我喝了，真是甜入心脾，香留舌本哩，表妹听了，骂我不是好东西，因此我就哈哈地大笑起来了。"

诸葛雄和玉梅还一本正经听他告诉梦中的事情，及至听到后来，方知上了他的圈套。玉梅这一难为情，连耳根子都通红起来了。诸葛雄忍不住笑骂着说道：

"你这嚼舌根的坏家伙，在胡说些什么鬼话？"

"嗯！李小姐什么时候进来的？我怎么竟一点儿也不知道呢？"

蔡志坚并不理睬阿雄，管自从床上坐起，见了玉梅，故意又认乎其真地问她。玉梅在这时候真不知道该怎么样回答才好，因此也只好厚了面皮，笑嘻嘻瞅了他一眼，说道：

"我在你梦醒的时候刚进来的。蔡先生预备什么时候出院呢？"

"早哩！等太阳落了山，我才出院去。李小姐，你来陪伴阿雄回去吗？"

蔡志坚听她回答得也很刁滑，于是又笑嘻嘻地问她。玉梅竭力镇静着羞涩的神情，很大方的样子，说道：

"是姨妈叫我来陪伴表哥回家去的。"

"阿雄的福气真好，像我有谁来陪伴出院呢？"

诸葛雄听他这样说，遂情不自禁地笑道：

"不要难过吧！史小姐马上就会来陪伴你出院的。"

"表哥，史小姐是谁？"

"是志坚的达令……"

"哦！我知道了，来陪伴出院的人，都是达令的资格对不对？"

蔡志坚很灵敏地把话又反射到玉梅的身上去。玉梅绯红了两颊，转了转乌圆眸珠，连忙辩解着说道：

"这也并不一定是这样的关系，比方拿我来说，完全是亲戚情谊而来陪伴的。"

"这当然，表兄妹的关系，那又作别论，这是所谓甜入心脾，香留舌本的一句话了。哈哈！哈哈！"

蔡志坚说到后面，忍不住又大笑起来，连诸葛雄都忍俊不禁。玉梅这就无话可答，表面上虽然是很羞涩，但心眼儿上多少有些甜蜜的意味，不过她身子是朝着窗外去，两眼却望着猛烈的阳光发怔。蔡志坚恐怕人家姑娘动了气，遂又正经地道歉着说道：

"李小姐，我这人说话不知轻重，你不要生气才好。"

"说着玩玩打什么紧，这些事都生气，那么生气的事可实在太多了。"

"李小姐说话很爽快，我非常赞同你。以后我希望大家时常见面，彼此可以交换一些新的学识。"

"'交换'两字，我可有些不敢，只是我便有了讨教你的机会了。"

玉梅笑盈盈地回答，神情令人可爱。志坚暗想：好伶俐的口才，到底是个学校里的教师，阿雄若得她为妻，倒实在是个贤内助哩！大家又闲谈了一会儿，时已四点多了。看护来说，有电话请李小姐接听，玉梅于是匆匆地去了。不多一会儿，玉梅又匆匆地进来。阿雄先开口问道：

"谁来的电话？"

"是姨妈打来的电话，她问为什么还不回家去？我说马上就回来了。表哥，我已打电话叫了汽车，那么你就穿上了衣服吧！"

玉梅一面说，一面走到床边，把衬衫、裤子都交到他的手里，大有服侍阿雄起身的样子，阿雄遂匆匆地穿上了。玉梅给他又套上了皮鞋，阿雄忙说："我自己来。"十分钟后，看护入内说汽车来了。诸葛雄向志坚握握手，笑着说声"我先走一步，明儿见"。玉梅也向志坚挥挥手，便跟着诸葛雄走出病房去了。志坚眼瞧他们消失了影子，回顾病房四周，好像显得分外的静寂，一时感到孤独和凄凉，也忍不住微微地叹了一口气。

玉梅和阿雄坐在汽车里，彼此默默地并不说话，只有汽车在马路上经过，发出了微微震动的声音。过了一会儿，还是玉梅先开口说道：

"表哥，我们回家之后，姨爹少不得有向你教训的话，我劝你任他老人家说几句，就是你不中听，你也不理他是了。"

"嗯！我知道。"

诸葛雄的两眼从玻璃片子里望着外面街头的景物，呆呆地出神，只应了一声"我知道"，好像心不在焉的样子。玉梅望了他一眼，低低又问道：

"你在想什么？"

"没有想什么……"

诸葛雄方才回头望着她的粉脸，微微地一笑，玉梅眨了眨眼皮，她似乎欲语还休的意态。阿雄有些猜疑，忍不住问她要说些什么吗？玉梅笑着问道：

"早晨那个郎小姐是蔡先生的女朋友，还是你的女朋友？"

"那当然是蔡先生的女朋友……"

有了志坚刚才对阿雄说的几句话，此刻听玉梅这样问，阿雄觉得在表妹的芳心中多少不免有些醋意的成分，所以他不假思索地，就笑嘻嘻直接地回答。但玉梅似乎不肯轻易地相信，撇了撇小嘴儿，冷冷地说道：

"只怕不见得呢！"

"你这话奇怪，难道你以为我骗着你吗？"

"嗯！蔡先生的女朋友，你刚才不是说姓史的吗？"

"不错，史小姐是老蔡的女朋友，那个郎小姐也是他的女朋友，难道一个人不能有两个女朋友吗？"

诸葛雄听她这样说，觉得女孩儿心细如发，可见她处处地方都留意的，一时心头倒别一阵子乱跳，但表面上还竭力掩饰着惊慌的神情，笑着回答。玉梅斜乜了他一眼，呸了一声，却并不作答。诸葛雄见她低了头，遂挨近了她一些，把她手抚摸了一会儿，笑道：

"照你的目光看来，郎小姐是我的女朋友吗？"

"我不管，是你的女朋友也好，不是你的女朋友也好，本来我也不必问你，你也不用瞒骗我，这都是没有什么进出的事情。"

玉梅并不抬起头来，轻声回答，这语气至少包含了一些怨恨的成分。诸葛雄慢慢地放下了她的手，默然了一会儿，又低低说道：

"怎么？表妹，你生气吗？"

"不，我凭什么要跟你生气呢？"

玉梅这才抬起粉脸，在沉寂的神情上浮现了一丝不自然的强笑。诸葛雄觉得表妹之所以这样不快乐，完全是为了妒忌的缘故，换句话说，是为了怕我另爱别人的缘故。一时想到表妹痴情得有些可怜，我怎么能忍心再和露茜去发生爱情呢？志坚说得对，一个青年最不好的就是见了新的便忘了旧的。诸葛雄想到这里，他把玉梅又疼爱起来，他想对玉梅说些安慰的话，但一时里也无从说起，半晌之后，方才拍拍她的肩膀，说道：

"表妹，无论什么事，最不好的就是发生了误会，误会容易伤彼此的感情，所以我劝你切勿误会才好。"

玉梅听他这样说，芳心里似乎得到万分的安慰，因为他这几句话明明在向我解释，他并没有爱上郎小姐的意思。他不爱郎小姐，那当然是爱上我啦！玉梅想到这里，这会子妩媚地笑起来，秋波脉脉地逗了他一瞥感激的目光，表示心眼儿上完全已没有了怨恨的意思。诸葛雄见她笑得很可爱，情不自禁又去握她的手，低低说道：

"表妹，记得我们小时候就很亲热，后来长大了，你的脾气有些改变了，见了我老是显出冷淡的态度，我真不明白你心眼儿上存的什么意思。"

"一年大如一年，见了面还是勾肩搭背的，那算什么意思呢？你自己太天真了，还来怨着我哩！"

诸葛雄听玉梅这样说，方才明白她之所以冷淡我，并非是为了讨厌我，实在是为了避免外界说闲话的意思。这和《红楼梦》中宝哥哥、林妹妹一样，小的时候，亲热可以显在外面，年纪大了，彼此要亲热，是受了拘束，就是关心，也只好放在心中的了。那么玉梅心中是具有一番苦衷，我怎么能糊糊涂涂地怨她另有所爱呢？一时望着她憨笑了一会儿，虽然并不说话，却把她纤手握得紧紧的。玉梅蹙了眉尖，噘着小嘴儿，逗给他一个娇嗔。诸葛雄方才觉着了，连忙放下手，两人都笑了。

汽车到了静安寺路宝裕里弄口停下，玉梅付了车资，和阿雄匆匆跳下，步入弄内，来到四号门口，伸手揿了电铃。不多一会儿，张妈出来开门，叫道：

"少爷回来了？"

"老爷、太太都在家吗？"

诸葛雄向她探问。张妈点点头，把手向楼上一指，表示都在家的意思。阿雄、玉梅三脚两步走到楼上，只见爸妈坐在小圆桌旁吃西瓜、吹电风扇，真是非常的舒服。诸葛太太先叫着道：

"玉梅，叫你辛苦了，快来吹吹风扇，先把开水过了嘴，吃两块西瓜凉凉嘴、解解暑吧！"

"此刻还好，倒不觉十分炎热。"

玉梅一面说，一面倒杯开水过嘴，吐在痰盂内，回身把开水交到阿雄手里，也叫他过嘴的意思。她自己坐到桌边来，便拿了西瓜吃了。诸葛龙始终没有开口说话，直待阿雄吃西瓜的时候，他方才不乐意似的望着他，说道：

"这头上的纱布还不能解去吗？"

"医生关照过，再过三天，方才可以透去。"

诸葛雄小心地回答，他低了头只管吃西瓜。诸葛太太又肉疼又忧愁的样子，叹了一口气，说道：

"医生说，明儿会不会留下了伤疤呢？"

"不会的，原是一些微伤而已。"

"微伤？你这不孝的逆子！你还觉伤得不够重吗？明儿要如留有了伤疤的话，我可要你的性命！"

大家听诸葛龙这样说，一时倒不禁为之愕然。诸葛太太不由得恼了起来，白了他一眼，恨恨地说道：

"你这话算是宝贝儿子呢，还是讨厌儿子呢？那真叫人弄不懂起来了。"

"要如被人打死了，倒也干净，如今却被人只打坏了面部，好好一个小白脸儿，变成了一个丑脸。你想，还有什么姑娘肯嫁给他？我心中实在是恨透了，所以才说这些话的。"

诸葛龙被太太问住了，倒是发了一会子愕。原来他的存心，是想娶局长的千金小姐做媳妇，只怕儿子面部毁坏了，人家小姐当然不肯嫁给他了，那么他的计划自然也不成功了。他心中的怨恨，不能明白地说出来，所以恨恨地索性咒念儿子还是死了干净。但诸葛太太却气得大骂道：

"你这狠心的老甲鱼，放你臭狗屁，你希望儿子被人家打死了，是不是你可以娶小老婆了吗？不要做你的乱梦！你敢娶小老婆，我不拿斧头来把她劈死，也不做你的老娘了！"

"你这话真也太好笑了，为了儿子的事，说来说去，倒又说到我的头上来。你打哪儿知道我要娶小老婆呢？这不是天晓得吗？"

"天晓得？哼！除非死人不知道，你时常深夜回家，你在外面做余江浮尸吗？你自己没有做父亲的资格，你还有脸来教训儿子吗？你自己也把身子先立得正一点儿吧！告诉你，从今以后，你要再深夜回来，我叫张妈不许开门了，索性叫你到外面去乐一乐，过几天和你算总账！"

诸葛太太越说越光火，涨红了脸，伸手把台子一拍，几乎和诸葛龙要拼命的样子。阿雄坐在旁边，只顾吃着西瓜，脸上还含了微笑，好像死人也不关他的，还显出得意的神色。玉梅看不过，遂把诸葛太太劝住了，说："姨爹以后一定不会深夜回来了，姨妈也不要再生气了。"诸葛龙见儿子笑嘻嘻的神情，他气得有火发不出来，叹息着道：

"现在我这个做爷的好像是犯了罪，不能开口教训儿子的，只要我说一句儿子不好，她就拍台拍桌地会骂到我的头上来。这样地放纵下去，老实说，阿雄这畜生以后还会做出无法无天的事情来的，反正他娘是宝贝着他呀！可是她哪儿知道爱他反变成害了他哩！"

"阿雄，你听见了没有？你也给我争一些气，明天做一些大事业给他看看，他才知道儿子比他是强得多了！"

"妈，你放心，我一定争气，但是你们也不要吵闹了，我此刻要去休息一会儿，被你们一吵，我的头脑子又会像劈开一般地痛起来。"

诸葛雄站起身子来，低低地说，他皱了眉头，已走到自己的卧房里去了。诸葛太太方才不再唠叨了，她取了一支烟卷，玉梅给她划了火柴，她是闷闷不乐地吸着烟卷。诸葛龙见太太不说什么了，他自然更不敢开口了，也取了一支烟卷，燃着了火，连连地猛吸。室内有了两个人吸着烟，那烟圈子是弥漫着整个的卧房里，玉梅陪着呆坐了一会儿，也就悄悄地走到表哥的卧房内来了。

诸葛雄这时坐在长沙发上，却独个儿地叹着气。玉梅笑盈盈地在他身旁坐下来，秋波瞟了他一眼，温情地问道：

"表哥你干吗叹着气呀？"

"没有什么……"

"你不告诉我，我也有些猜到了。"

玉梅把粉脸靠着他的肩头，妩媚地说。诸葛雄见她这样可人的意态，遂握着她的柔荑，奇怪地问道：

"你猜到了什么呀？"

"我想你一定听了姨爹刚才说的话，所以心中感到了忧愁，对吗？"

诸葛雄听她没头没脑地向自己说出了这两句话，益发弄得莫名其妙起来，遂怔怔地望了她一会子，问道：

"我爸爸刚才说了些什么话？我并没有知道呀！"

"嗨！你还假装什么含糊呢？"

"表妹，我真的没有头绪，爸爸他刚才怎么说呢？"

玉梅见他十二分认真地说，似乎确实没有理会的样子，这就娇媚地一笑，伸手抚摸了一下他的额角，低低地说道：

"你是不是担心着你脸颊上留下了伤疤，会没有一个姑娘来嫁给你做妻子呀？"

"哦！你说的是这个吗？"

诸葛雄方才明白了似的笑着说。接着又低低地说道：

"不！这我倒一些也不担心。因为真正的爱情，并不是单讲究这外表的美……"

"表哥，你这话说得太对了，假使选择对象，以外表的美为条件，那就没有资格谈爱情。所以你千万不要难过，你的脸部虽然是受了伤，但爱你的人始终还是爱你的……"

玉梅频频地点头，她无限柔情地说出了这两句话。但当她说到末了的时候，芳心别别一跳，究竟有些难为情，这就红晕了粉脸，忍不住报报然起来了。诸葛雄觉得她这几句话是再明显也没有的了，一时非常的感动，握紧了她纤手，低低地说道：

"表妹，我觉得像你这样的姑娘，才有资格谈真正的爱情哩！"

"嗯！表哥，你怎么偏又取笑到我的头上来了？那我可不依你。"

玉梅已经是感到很难为情了，听诸葛雄这样一说，这就越发感到不好意思起来，她站起身子，撒娇地把腰肢一扭，就走向房门口去了。诸葛雄待要喊住她，但玉梅已匆匆地出房去了。诸葛雄笑了一笑，他似乎深深地感到一种无上的安慰。

光阴很快，一忽儿过了三天。诸葛雄头上的纱布已经透去了，终算是天保佑的，他脸颊上并没有留着伤疤。诸葛太太口里只管念佛，就是诸葛龙心头也落下一块大石那么地放下心来。诸葛雄虽然并不介意这些，但能够一无伤痕，这到底也是一件欣喜的事，所以他也非常庆幸。不过他心中想到志坚脸上的伤处，不知道也可完全复原了没有，一时倒着实记挂着他。正在这时，张妈进来报告，说："少爷，有电话来了。"诸葛雄也不及问她是谁来的电话，他匆匆来到电话间，接过听筒，问道：

"你是谁呀？"

"我是玉梅，表哥，今天第三日了，你脸部上的纱布可曾透去了吗？"

"早晨刚透去，表妹，我告诉你，我脸上一无伤疤，你听了高兴吗？"

"啊！真的吗？阿弥陀佛，真是谢天谢地，我太高兴了。表哥，星期日，我非庆贺你不可，大光明戏院，我请客。"

"你太客气，我来请客吧！"

"不！我来请客……啊！上课铃响了，表哥，我们再见……"

诸葛雄听她天真地说着话，一面把电话挂断了，这就笑了一笑，觉得表妹太可爱了。放下听筒，也就回到房中来了。

黄昏的时候，太阳已落下西山去了，空气是凉快了不少。诸葛雄洗好了浴，坐在家中很闷，遂坐了电车到外滩公园来纳凉。这时，公园里游人如云，男女老少，十分拥挤。其实小小的外滩公园原没有什么好玩，之所以游人这许多，也无非贪图门票最经济而已。诸葛雄慢步走到黄浦江的铁栏杆旁来，望着江面上的别人国家的兵舰，心里反而感到莫名的惆怅。正在感到彷徨之间，忽然迎面走来一个年轻的少女，两人见面之下，都怔了一怔。诸葛雄忽然想到，这不是郎露茜吗？一时忍不住"哦哦"地叫起来了。

第四回

　　郎露茜那天早晨在广德医院探望了诸葛雄出来之后，她默默地出了医院的大门，懒洋洋一点儿精神都没有地走在人行道上，心头是滋长了悲哀的意味。一路上暗暗地想着：原来诸葛雄已经有个这么亲热的表妹了，早知如此，我今天就不该到这儿来探望他了。唉！我何苦要自寻烦恼呢？其实像我这样恶劣的环境，也原没有资格来谈情说爱呀！露茜低了头，一个人正在边走边想，忽听背后有人低低叫道：

　　"郎小姐，郎小姐！"

　　"哦！原来是金先生。"

　　郎露茜回头去望，见是一个西服少年，那少年原来就是刚才医院里也在探望诸葛雄和蔡志坚的，因为大家叫他小金，而且他也曾经向自己招呼过，知道他和诸葛雄也是同学。虽然这人有些油腔滑调不大老实的样子，但他既然叫了自己，自己终不能置之不理，于是含笑也还叫了一声"金先生"。就在彼此招呼之间，金廷德已走到露茜的身旁，说道：

　　"郎小姐在什么医院里服务呀？"

　　"我在普济产科医院里做看护。"

　　郎露茜心中虽然不愿意回答，但口里不由自主地会说出来，她完全是个重情面的姑娘。金廷德想了一想，把手向前一指，说道：

　　"哦！就是过去两条马路那个普济产科医院吗？离这儿倒很近呀！这医院地方很大，我想里面设备一定很完美，郎小姐大概也会接生了吧？"

　　"不！我正在实习，还没有这个资格哩！"

　　"客气，客气，我觉得产科医生比别的似乎容易学习吧！因为女子养小孩儿那是天经地义的事情，比方说，在乡间没有产科医院，那一些没有生理知识的稳婆，不是照样也给人家平平安安地接生吗？"

郎露茜觉得和一个男子谈这些生产的事情，终觉有些不好意思，不过他既然这样说，自己就非回答他几句不可，遂点头说道：

"你这话很不错，乡间还有更穷苦的人家，连接生婆都不用，自己生自己咬脐带，我也曾经听说过。但是就只怕有人难产的时候，那就非请产科医生动手术不可了。科学昌明，就是这种好处，比方说，这个产妇在乡间也许是没有活命的希望，但到了上海的地方，至少是还有许多急救的办法。所以女子做产，能平平安安地生养，这自然没有什么稀奇，假使一有了难产等事情，这性命进出的关系，实在太重大了。"

"郎小姐这话完全是经验之谈，所以女子做产，实在是件很危险的事。假使做丈夫的不待妻子好，那就太没有良心了。"

金廷德表示他将来是个很多情的丈夫，望着露茜的粉脸，一本正经地回答。露茜觉得他后面这些话有些不入正题，因此忍不住感到好笑，抿了嘴儿，却没有表示什么。金廷德见她要笑出来而又忍住了的意态，更觉令人可爱，遂又低低地说道：

"郎小姐和诸葛雄是朋友，还是和老蔡是朋友呀？"

"都是朋友……"

郎露茜认为他这些话多少包含了一些神秘的意思，于是乌圆眸珠一转，很大方地回答。金廷德愕了一愕，方才又搭讪道：

"你们在中学里是同学，对吗？"

"嗯！"

郎露茜觉得没有明白告诉他事实的必要，遂点了点头，毫不介意地应了一声。金廷德见她好像有些冷淡的样子，一时颇觉没趣，想了一会儿，又搭讪着笑问道：

"郎小姐，你看诸葛雄和蔡志坚两人哪一个有才干？"

"我倒看不出谁有才干。"

"你们在中学里同学了几年，怎么会看不出来呢？"

"可是我们分别了也有好几年，一个人的思想也随了环境转变，所以我和他们分隔了两年后，我也不敢加以评判。金先生和他们是现在的同学，照他们目前的情形看来，我想你一定知道谁有才干的。"

金廷德听她这样回答，觉得这位姑娘刁得可爱，她做人是很圆滑的，所以不肯轻易地得罪人。于是笑了一笑，说道：

"照我看来，老蔡的才干当然比诸葛雄强得多。像这种人在社会上危险性也比较多，像请愿被殴的事情，那就是一个例子。"

"你不赞成蔡先生这种行动吧？"

"那倒也不是，我认为老蔡有些傻，因为我们还是学生，学生的责任，就是求学业上的深造，荒废了学业，我终觉得不大好。"

郎露茜笑了一笑，并不表示意见。金廷德接着又问道：

"郎小姐认为我这话没有爱国心吗？"

"不！各人有各人的思想，各人有各人的宗旨，我却不敢批评。"

两人说着话时，不知不觉已走到普济医院的大门口了。郎露茜站住了步，向廷德点点头，微笑道：

"对不起，劳你送了一大段的路。"

"没有关系，和郎小姐谈谈，觉得很投机，所以我冒昧地向你请求，以后我有资格跟你做一个朋友吗？"

"金先生，你太客气了，我们再见吧！"

金廷德这种请求，叫露茜回答什么好呢？一时红了粉脸，微微地一笑，向他点点头，便匆匆走进医院的大门去了。金廷德虽然没有得到她的允许，然而想到她再见的一句话，显然她还有愿意我们见面的日子，那就是答应的表示了。因此很甜蜜地荡漾了一下，方才匆匆地走开了。

郎露茜在医院里换上了白色制服，当她和史忠花在护士室见面的时候，彼此含笑说了一声早。忠花在写字台抽屉内取出一只精美的纸盒来，向郎露茜扬了扬，笑道：

"小妹妹，你瞧陈皮梅，我没有给你忘记吧！"

"哦！史大姊，谢谢你，可是让你破费了，叫我真不好意思。"

"你要这么说，我们就不是好姊妹了。"

两人说着，亲热地拉拉手，也就各自走开到产房去服务产妇了。午饭后的半小时之内，护士们在花园里的树荫下休息。史忠花是个善于察颜观色的机警姑娘，她见露茜今天的神情没有像往常那么地有说有笑，皱了细长的眉尖，大有西子捧心的神气，一时疑心她和家里闹了意见，这就握着她手，低低问道：

"小妹妹，怎么很不高兴的样子，你有什么心事吗？"

"没有不高兴呀！"

"我不相信，哦！我猜到了，昨夜你晚些回家，挨了你爸妈的骂了吗？要如真的为了这样，那你可太受了委屈，我今晚送你回家去，跟你爸妈面前去做个证明好吗？免得伯父母冤枉你跟了情人在一块儿玩哩！"

史忠花絮絮地说到末了的时候，忍不住哧哧地笑出声音来了。露茜的粉颊飞上了一朵艳丽的彩霞，秋波恨恨地逗给她一个娇嗔，"嗯"了一声，说道：

"史大姊，你和小妹妹开玩笑，那可太不应该了，我的情人在哪里？要么就是你！"

"好！我就做你的情人吧！但是只要你不讨厌我这个西贝的情郎。"

史忠花听她这样说，遂深情地把她拥到怀内，拍着她肩膀，笑嘻嘻地说。露茜推开了她身子，逗给她一个媚眼，笑道：

"别说肉麻当有趣的话了，回头见了蔡先生，可早就把我这个小妹妹忘记到脑后去了。哈哈……"

"你这小妮子！我不捶你，你还敢胡说吗？"

郎露茜说完了话，天真地把舌儿一伸，一阵子嬉笑，便转身逃到假山旁去了。史忠花一面恨恨地骂，一面扬着手，却从后面追上去。郎露茜在逃到假山面前的时候，因为无路可逃了，所以只好把手架在额角旁，向忠花行敬礼，一面还笑着连连讨饶。忠花捉住了她，笑着说："你这坏东西，我老大姊可不饶你！"一面说，一面伸手在她腰肢上呵痒。郎露茜最怕呵痒，因此弯了腰几乎笑得透不过气来。忠花这才放了手，问道：

"你下次还敢取笑我吗？"

"大姊，你也太专制了，只许州官放火，不准百姓点灯，那我可不服气。"

史忠花见她鼓了粉腮子，眼睛水汪汪的，那种表情不要说男子见了神魂颠倒，就是同性的见了，也心爱欢喜。这就哑口无言地愣住了，说道：

"那么依你说，是我错了。"

"假使你承认你错了，那才不愧是个贤明的史大姊。哦！正经的，我还忘记告诉了你一件事情。"

郎露茜说到后面，忽然想到了什么似的，一面伸手理着被风吹乱的云发，一面又正经地告诉。史忠花忙也认真地问道：

"小妹妹，你有什么事情告诉我呀？"

"蔡先生和诸葛先生他们今天下午都可以出院了。"

"哦！你怎么知道的？"

史忠花奇怪似的表情向她急急地问。露茜被她一问，一时倒红了娇靥，赧赧然地回答不出什么话来了。史忠花明知她早晨又到广德医院去过了，但表面上还假痴假呆地问道：

"哦！是不是刚才他们来过电话了？"

"不是，我早晨经过广德医院，顺便进去望过他们。"

郎露茜不敢说谎，虽然是直接地说了出来，但她的耳根子都透现着血红的了。史忠花笑了一笑，俏皮地说道：

"那也没有什么，干吗羞涩得这个样子？"

"谁害羞？大姊又胡说八道了！"

"瞧你脸儿像涂了胭脂似的，我猜到你心中一定怕我会取笑你，其实我做大姊的，巴不得你和小诸葛有多接近的机会哩！"

史忠花一本正经地说，表面上是显得那么的认真，按着实际，她这两句话还是不脱取笑的成分。露茜又恨又爱地白了她一眼，但也无可奈何地只好装了一个不理会的模样，管自地接下去说道：

"我临走的时候，蔡先生关照我，叫你下班后不必再到医院去了。"

"还说些什么话吗？"

"没有别的话了。"

"不是说蔡先生还有什么话，我是问诸葛先生他跟你说些什么体己的话。你不要过河拆桥，这样地保守秘密，倒把我介绍人忘记了。"

史忠花说完了这两句话，以为露茜一定要向自己闹着不依了，但事情出乎意料之外，在露茜听了，却并没一点儿反应，竟然低下头来，黯然神伤的样子，轻轻地叹了一口气。忠花这就奇怪起来，伸手去抬她的下巴，低低地问道：

"为什么显出这样难过的神气？是不是他们有话得罪了你呢？"

"不是……"

"那为了什么缘故？哦！你说话呀！"

露茜始终沉默的神态倒叫忠花急了起来，遂向她再三地追问。露茜勉强地一笑，说道：

"没有什么，时候不早了，我们进去吧！"

史忠花欲待拉住她，但露茜已很快地走进院内去了。这在忠花心中自然十分的猜疑，虽然自己平日很会料事，但今天她也有些茫无头绪了，因为此刻在工作时间内，不便多说话，觉得回头非好好诘问她不可。一面想着，一面也走进院内工作去了。

在夏天晚上六点钟的时候，太阳还只有刚落到西山去休息，所以天空还是仗亮的。史忠花在脱下制服的时候，忽然想到了志坚，遂摇了一个电话去问询。那边看护请等一等，让她到病房里去看看。忠花说声"谢谢你"，遂等候了三分钟之久。忽听那边有个男子声音问道：

"喂！你找谁呀？"

"我找你呀！志坚，怎么六点钟了，你还没有出院吗？"

忠花一听口音就知道是志坚，遂笑盈盈地问他。志坚在那边也笑着告诉说道：

"天气太热，回到家里也是受闷，所以我预备迟一些回去。你此刻在什么地方，已经下班了吗？"

"我在医院里呀！马上来看你好吗？"

"好的，我等着你，你快些来吧！"

忠花说声再见，便放下听筒，很高兴地来找露茜。露茜这时拿着一盒陈皮梅，也正预备回家去。忠花忙道：

"小妹妹，你跟我一同到广德医院去吧！"

"他们都出院了，你还做什么去呀？"

"我打电话去问过了，他们还没有走哩！"

忠花一面说，一面拉了露茜向医院门口走。露茜没有回答，跟着她来到广德医院门口的时候，方才停步，说道：

"大姊，我不进去了，明儿见吧！"

"哎！哎！小妹妹，已经到了门口，你干吗不进去呢？"

"……我说不进去，就不进去了，你不用拉我，大姊，很抱歉，我先走了。"

郎露茜简直说不出什么理由来，因此就显出小妹妹娇嗔的样子，把忠花拉着自己的手挣脱了，急急就奔。她奔了几步，又怕忠花生气，所以老远地回过头来，向忠花摆摆手，说了一声抱歉。史忠花站在医院门口，眼瞧着露茜消失了倩影，她呆呆地还想不出她究竟是为了什么缘故不高兴，只好匆匆走进医院，来到志坚的病房。只见病房里只有志坚一个人等着自己，遂连忙问道：

"志坚，诸葛先生呢？"

"小诸葛吗？他四点钟的时候，已经由他的表妹陪伴回家去了。"

史忠花听志坚这样告诉，她心中的疑问已经有些明白过来了。这就"啊"了一声，自言自语地说道：

"怎么？小诸葛原来还有一个表妹的吗？那就无怪的了。"

"我也还只是今天才知道呢！忠花，那么我们走吧！"

志坚并不理会这许多的，一面说，一面向病房外走。忠花点点头，遂和志坚并肩走出了医院的大门，一面说道：

"我们叫车子回去吧！"

"不！让我们在人行道上散一会儿步，回头在外面小馆子里吃了晚饭，我们再回家去吧！"

"你头上包扎了纱布，被人家很注目，怪不好意思的。再说你的伤才好了一些，也不该太劳累，还是回家去休息的好。"

志坚倔强的个性，但是在忠花的面前，却没有违拗的勇气，只好由忠花叫了两辆人力车，一同回家去。志坚的家是在霞飞路尚武坊十六号的一面亭子间里，因为他是一个单身的男子，所以生活非常的简单。亭子间内除了一床、一桌、一个书架之外，是只有两只圆凳子了。两人走进那斗形似的亭子间，在夏天的季节，第一步工作就是先来打开这扇窗子，让傍晚的凉风吹几阵进来，调剂这室内沉闷的空气。志坚把衬衫、汗马甲都剥光了，说道：

"他妈的，这天真热得要命，两天不洗澡，全身都发臭了。"

"我给你烧壶热水来揩个身子吧！"

史忠花望着他挺结实的肌肉，忍不住笑出声音来说。志坚摸着西装短裤的袋，说："钱拿了去！"忠花提了铜勺子，说了一声"我有着"，她便匆匆地走下楼去了。这里志坚拿了一方抹布，东揩揩，西抹抹，暗想：两天不住这屋子，就有那么许多灰尘，上海这地方真是肮脏世界哩！不多一会儿，忠花烧水回来，倒在面盆里，放下了手巾，笑道：

"孩子，过来，我给你擦背吧！"

"在我这孤零零的环境里，倒确实是少了一个照顾我的妈，你要如真愿意有我这么一个儿子，我就决定叫你一声妈。"

志坚走到忠花身旁，笑嘻嘻地说出了这两句话。这倒叫忠花感觉难为情起来，红了脸，啐了他一口，娇嗔道：

"你这话就说得没有分寸，岂不折死了我？"

"谁叫你喊我孩子的？"

忠花这就哑口无言，轻轻地在他背脊上拍了一下，两人都咏咏地笑起来了。志坚一面被她擦背，一面有一搭没一搭地问道：

"刚才郎小姐倒没有跟你一同来吗？她早晨来望过我们，她跟你说起过吗？"

"你提起了郎小姐，我倒要细细地问问你。"

"怎么有意外的故事吗？"

志坚听她认真地说，一时有些惊异的样子，急急地反问。忠花拿手巾在面盆水里搓了搓，然后擦了一下香胰子，又放到志坚背上去揩擦，一面管自地问道：

"郎小姐早晨来的时候，小诸葛的表妹也在吗？"

"已经先在了，还有小诸葛的爸妈也一同来的。忠花，你不知道，我跟小诸葛的爸爸吵了嘴哩！"

"那为什么？"

"唉！我真想不到小诸葛的爸爸是个没有心肝、没有知识的东西，他说出来的话实在太气人了，简直叫我一分钟也忍耐不了。"

志坚叹了一口气，遂愤愤地把早晨吵闹的话向她诉说了一遍。忠花给他擦干净了背脊，似乎感到有些吃力，拿手巾拭拭自己额角上的汗水，望着志坚，有些埋怨的口吻说道：

"我说你也是一个草包，一些涵养功夫都没有，就说他爸爸没有道理，但你也得看在小诸葛的面上，受一些委屈也不妨。你只晓得痛痛快快地出了气，可是你在好朋友面上怎么对得住呢？"

"我想小诸葛一定能同情我、原谅我，况且我后来也曾经向他赔过错，其实他也反对他爸爸的论调的。"

志坚被忠花埋怨了后，便低低地回答，他拿了手巾，还预备浸到面盆里去拧干了擦脸。忠花忙拦阻了他，指指一面盆的乌沫，笑道：

"这样肮脏的水，你还浸得下去吗？我给你换一盆清洁的吧！"

"窗口外有水漏斗，你不用拿到楼下去的。"

忠花这样关切的举动，简直是尽了贤内助的责任，志坚心中是感动得什么似的，遂连忙低低地关照她说。忠花于是把面水倾在水斗内，然后在铜勺子里又斟了一盆热水。志坚先把手巾拧了一条，交到忠花手里，说道：

"你累得满头是汗，快先擦个脸吧！"

忠花也不忍拂他的情意，遂擦了一个脸，一面又继续问道：

"那么，郎小姐早晨到来，小诸葛可曾把她介绍给他父母知道吗？"

"介绍过了，连他表妹也互相介绍了。"

"他表妹姓什么叫什么的？"

"姓木子李，名叫玉梅，她们还谈了好一会儿话呢！"

忠花一面说着话，一面把他脱下的汗背心预备浸到面盆里去。志坚连忙夺下了，拉了她手，到窗口旁去，笑道：

"我的好小姐，你忙什么？为了我，你已经够辛苦了，还预备给我洗衣服吗？我可不敢当，你还是休息一会儿吧！"

"这算得了什么辛苦？此刻洗出了，明天可以干。正经地给你干些工作，你倒又和我闹着客气了。"

"不是闹客气，我们大家坐着好说话。"

"说话管说话，洗衣管洗衣，我洗了衣服，你难道就不好说话了吗？你给我到床上去靠着休息一会儿，我本来还有许多话要问你哩！"

志坚反而被忠花拉着坐到床边去，然后取了汗马夹和衬衫浸在面盆里。她站在桌子旁，一面洗衣服，一面望着志坚，问道：

"你可看得出那位李小姐跟小诸葛很有些爱情的成分吗？"

"我觉得李小姐对待小诸葛的情形是相当的亲热，况且表兄妹之间，多少终有些爱情的成分吧！"

"那么你的保险公司，是应该关门的了。"

"忠花，你这话是什么意思？"

忠花这句有趣的话，说得志坚真是丈二和尚摸不着头脑，他本来是靠在床上的，此刻目瞪口呆地又仰坐起身子，向她怔怔地问。忠花抿嘴一笑，秋波斜也了他一眼，说道：

"昨天你在我小妹妹面前不是保过险吗？你说小诸葛是个老实人，他绝没有一个爱人的。可是隔不了一天，就露出马脚来了。"

"这件事情，我真没有想到，因为他在平日确实是没有一个女朋友，但万万料不到他还有这么一个表妹，我到现在方知他不敢再有女朋友的原因了。唉！保险公司真不容易开呢！"

志坚听她这么说，方才有了一个恍然大悟，一时连忙向她正经地解释，表示并非故意代他瞒骗的意思。忠花听他末后那句话，显然近乎滑稽性质，这就又笑起来了，遂瞅了他一眼，眸珠一转，忽然又一本正经地说道：

"可是，你保险公司既然做了担保，你是应该负一些责任的。"

"叫我怎么样负责呢？我到底没拿过郎小姐的保险费呀！"

"但你说了这一句话，害得人家姑娘痴头痴脑的样子，那你不是伤了阴骘吗？"

"啊！怎么啦？郎小姐她……难道为了阿雄有表妹的事，她竟痴起来了吗？"

忠花说的话听到志坚耳中，当然有些吃惊，情不自禁地"啊"的一声叫起来，慌张了脸色，急急地问。忠花两手搓着衬衫，是挺有劲儿的，她低低地回答道：

"虽然不至于到发痴的地步，但我见了她今天的神情闷闷不乐的，若有所失的样子，可见在她心中，对于这件事多少受一些刺激吧！唉！一个少女的痴心，我真觉得有些可怜。"

"我觉得郎小姐也太会自寻烦恼了，在上海这个地方，一个女子，尤其是像郎小姐那么年轻漂亮的女子，找一个男朋友，这真所谓容易得不费吹灰之力，她何必要这么地钟情阿雄呢？再说她和阿雄仅仅只有两面之交，彼此实在还谈不到什么'感情'两字，她见了李小姐就会感到难过，我觉得她是不善于谈恋爱的缘故……"

"你这话……人家一个小姑娘，可比不了你呀！反正今天爱这个，明儿爱那个，再受些重大刺激，也是无所谓的了。"

"忠花，你……你……这话太挖苦我了。"

志坚听忠花娇嗔地回答，鼓着小嘴儿，显然有些生气的样子，这就急了起来，显现了那副尴尬面孔，笑着说。忠花并不说话，管自地洗衣服。

彼此沉默了一会儿，天色是越来越暗下来，志坚伸手开了电灯，在暗淡的灯光之下，见到忠花的粉脸，也可以发现她额角上冒着汗点儿，这就又说道：

"忠花，你太累了，还是放着休息休息吧！明天我自己会洗的。"

"马上就好了，我一点儿也不累。"

"那么，我给你挥扇吧！瞧你额角上全是汗。"

志坚跳下床来，拿了一把芭蕉扇子，向忠花身上连连挥个不停。忠花笑了一笑，叫他不用扇，但志坚不理她，管自地给她打扇子。忠花知道他也无非是投我以桃、报之以李的意思，芳心里微微地荡漾，也就不阻拦他了。志坚这时又说道：

"忠花，你是郎小姐的好朋友，你应该好好地劝导她，叫她不要为了这些儿女私爱而闷闷不乐，这是不值得的。因为目前的中国，在这样恶劣的局面之下，谁知道将来变化如何？所以我们青年男女，大家还需要把全副精神替国家出力才好呢！"

"是的，我想露茜也只不过是一时的难受而已，明天她一定全都会忘记的。好了，我的衣服洗好了，你不用给我打扇了……"

忠花一面回答，一面已把衣服洗毕，回头望了他一眼，端着面盆走到楼下去了。志坚知道她拿到自来水龙头边去洗了，一时很感动，暗想：忠花完全是尽了我妻子的责任了，我是应该加倍地疼爱她才好。十分钟后，忠花把衣服洗清拿上来，给他晾在竹竿子上。志坚连连道谢笑道：

"辛苦，辛苦，那么我们开始要筹备晚餐问题了。忠花，我们弄堂对过有家广东小吃部，客饭很便宜，我的意思，到那边去吃，好吗？"

"那么我到对面去叫一声，让他们送到这儿来怎么样？"

"不用不用，还是我们过去吃的好，可以热一些，不会冷掉。"

志坚说着，他已披上了一件干净的衬衫，穿上了皮鞋，和忠花一同到弄堂对面那家味香园去吃客饭了。晚饭后，时已九点相近，忠花在味香园门口站住，向志坚说道：

"我不进去了，你好好回家去休养休养，我明天再来望你。"

"时候还早，你再进去坐一会儿吧！我一个人怪冷清哩！"

志坚拉住了她的纤手，涎着脸央求。忠花把脸一沉，有些嗔意的成分，说道：

"我老是陪着你，我难道不用回家去洗澡了？你这人也别像小孩子似的，看你将来也不知怎样为国去出力呢！"

"我太自私了，我没有想到你的身子是怪腌臜的呢，那么明儿见吧！"

志坚含了笑容，只好把她手慢慢地放了下来，很抱歉地说。忠花把沉着的脸又浮现出一丝笑意来，向他挥挥手，是叫他快进弄堂去的意思。志坚重复地又说了一声"明儿见"，他方才穿过马路，走到尚武坊去了。忠花瞧着他走进弄堂，才放心地坐车回家。

第二天早晨，忠花在医院里碰见了郎露茜，她笑盈盈地在袋内摸出两只陈皮梅来，塞到忠花的手里，说道：

"大姊，我剩两只给你吃，家里弟弟妹妹吃了你的陈皮梅，大家都说谢谢史大姊。"

"小妹妹待我真好，还剩给我吃呢！我也谢谢你。"

"这是你自己的东西，还谢我做什么？"

露茜瞟了她一眼，妩媚地说。忠花见她已没有了昨天那样忧郁的神情，遂也不敢再向她提起诸葛雄的事。两人说笑了一会儿，也就各自走开工作去了。这天黄昏的时候，露茜下班后来找忠花，但忠花已经走了。露茜快快地出了医院的大门，心中暗暗地想着：平日忠花终来找自己一同走的，今天怎会悄悄地偷溜去了？照我猜测，她一定和志坚有约会。一想到志坚，就不免连带想起了诸葛雄，因此她感到孤独的悲哀，忍不住深长地叹了一口气。虽然是夏天的气候，但此刻她的感觉，四周的一切，也都会呈现了凄凉的意味。正在低了头，一步挨一步地走着，忽然迎面走来一个西服青年，他一见露茜，便含笑叫道：

"哦！郎小姐，你刚从医院里出来吗？"

"原来是金先生，你上哪儿去呀？"

露茜抬头一看，见是金廷德，遂也微笑着招呼。廷德倒是挺老实地说道：

"我是来拜望郎小姐的，很凑巧，给我碰到了。要如我迟一步的话，那我得扑一个空了。"

"金先生找我有什么贵干吗？"

廷德被露茜这样一问，倒是难以回答，遂搓了搓手，低低地笑道：

"没有什么事情，我想请郎小姐一同去玩玩。"

"谢谢你，我今天还有事哩！"

露茜因为廷德和志坚是相反的人物，他们在医院里也曾经剧烈地争吵过，所以对于廷德根本就没有什么好感。况且他特地来找自己，在他分明是有追求自己的意思，所以露茜心中感到害怕，她便婉言地谢绝，一面点点头，一面便匆匆地走了。廷德见她这样冷淡的神情，自然非常的失望，但他觉得女孩儿家大都欢喜假惺惺作态，摆一些架子，只要我一味地迁就她，我想终有达到目的的日子。在这样思忖之下，于是立刻又追了上去，叫道：

"郎小姐，你急匆匆地这么要紧的样子，莫非已经有了约会吗？"

"金先生，你别开玩笑，我哪儿来什么约会呢？"

露茜被他追到了身旁，一时也只好把脚步缓慢了许多，绕过媚意的俏眼儿，斜乜了他一下，很正经地回答。廷德笑道：

"我以为你和诸葛雄约好的呢！"

"不！这么热的天气，我赶紧回家去洗浴的。"

露茜听他提起了诸葛雄，她心头有些刺激，但也有些感到难为情，粉脸浮现了红晕，摇摇头，很快地否认。心中暗想：他一味地以为我和诸葛雄有关系，谁知他早已有了表妹哩！这真是鞋子没有穿，却落了一个鞋样。唉！我真倒霉。露茜这样想，心中在凄凉之余，又感到怨恨，忍不住暗暗地叹了一口气。廷德听她这样说，希望在他心头又滋长起来，连忙赔罪般地说道：

"我猜错了你，很对不起，请你原谅吧！"

"这也没有什么，你也太客气了！"

"郎小姐，你既然没有约会，我就请你赏我一个面子。此刻正茶舞时间，凡拉蒙舞厅有冷气，那边坐着听一会儿音乐，身子比洗了一个浴还舒服得多哩！"

廷德见她微微地一笑，此刻倒又和颜悦色的表情回答，这就趁此机会，马上向她再三地请求。露茜是个朴素的姑娘，她活了这二十年来，舞厅还没有去游玩过，虽然在书本上常见到描写舞厅里富丽堂皇的文字，但到底没有亲眼目睹，时觉为憾。此刻既有这么好机会，她那颗平静的芳心也不免微微地波动起来。不过刚才这样坚决地拒绝，现在假使柔顺地答应了，那似乎也很不好意思，所以她低了头，并不回答。廷德见她没有拒绝，那就有默允的意思，遂又继续地怂恿着说道：

"郎小姐，怎么啦？你难道一定不肯赏给我脸吗？"

"我怕家里等着我，会不放心的。"

"我想难得玩一次，你爸妈也不见得会责怪你。郎小姐，一个人工作时间要工作，但娱乐的时候也应该要娱乐，否则，我觉得你的精神上是太疲倦了，这样会影响你的健康问题的。"

"你倒是个卫生专家。"

露茜听他像传道一般地劝说，一时望着他倒不由得抿嘴儿笑起来了。廷德觉得事情慢慢接近了，他非常得意，遂不再征求她的同意，伸手一招，叫了两辆人力车，叫他拉到凡拉蒙舞厅去。露茜在这个情形之下，哪里还有推拒的勇气，也只好跟着廷德坐上人力车去了。

凡拉蒙舞厅是上海最富丽堂皇的一个舞宫，里面布置成夏威夷的风景，高高的椰子树，树叶子里装着五颜六色的小电灯，风扇吹着树枝微微地摇动，置身其中，顿觉暑气全消，感到无限的凉快，那身上的汗水自然而然地会收进汗毛孔里去。露茜和廷德坐在舞厅的一角，因为她是第一次到来，自不免东顾西盼地瞧个不停。只见正中还有一个音乐台，上面建筑成半圆形的，远远望去，好像一个月亮。在月亮里面有一班黑人大乐队，那指挥的却是一个白种人，旁边还有一个西洋歌女，她袒胸露背，简直是全身裸着一样。她在音乐起奏唱歌的时候，不但脸部上有表情，就她浑身的肌肉都会微微地颤动，在青年人眼睛里看来，至少有几分肉的引诱。露茜似乎少见多怪，代替她有些难为情，两颊会热辣辣的红晕起来。

"郎小姐，你喝些什么？"

"随便什么好了。"

露茜正在呆呆地出神，忽听廷德向她低低地问，于是回过头来，只见桌子旁还站了一个侍者。因为她不知道在舞厅里是应该喝些什么的，恐怕说错了，会被人家笑话的，所以乌圆眸珠一转，低低地回答。廷德以为她是闹着客气，遂也不再问她，管自地向侍者吩咐，拿两杯冰咖啡来。侍者应了一声，便即匆匆下去。这里廷德取出烟盒子来，拿了一支，向露茜笑问道：

"郎小姐，你吸一支吗？"

"哦！我不会吸烟。"

露茜摇摇头,含笑回答。廷德划了火柴,遂自己吸烟了,一面望着露茜,似乎万分得意的样子,低低地说道:

"郎小姐,你觉得呢?坐在这里,好像是秋凉的天气,哪里还会淌汗吗?所以在这里避暑,倒比上莫干山去好得多哩!"

"不过享受的时间太短促,你终不能一天到晚坐在这里,睡在这里呀!"

廷德被露茜这句话倒是说得怔住了,笑了一笑,就连说:"不错不错,那就是这一点不好。"这时,侍者把冰咖啡拿上,悄悄地退去。廷德握住了杯子,向露茜说了一句"我们喝吧"!露茜含笑点头,拿了杯子凑到口边去的时候,忽然她又放了下来。廷德咕嘟咕嘟已喝了一半,见她不喝,心中有些奇怪,遂忍不住问道:

"郎小姐,怎么你喝不惯吗?"

露茜支吾了一会儿,方才低低地说了一句"是的,太冷了"。当她说完这短短两句话,也不知她为什么缘故,她的粉脸却像海棠花那么绯红起来了。廷德对于她这句太冷的话,倒不禁为之愕然,暗想:盛夏的季节,不喝冷的,难道倒喝热的吗?忽然他灵敏的感觉,有些想到了似的,不禁"哦哦"地响了两声,望着她娇容,神秘地一笑,温情地说道:

"我想到了,那么你就别喝冷的,我叫侍者给你换杯热的吧!"

廷德说时,又向侍者招手,叫他去换杯热的来。露茜听他这一句"我想到了"的话,显然他已明白了自己的秘密,心中这一羞涩,连她耳根子都娇红起来了。但表面上还竭力镇静大方的态度,说道:

"不要紧,其实不换也没有关系。"

"哎!这可不是玩的,一个人最要紧保重自己的身子才好。"

露茜听他偏又这么认乎其真地说,一时更加地难为情,秋波瞅了他一眼,却低下头来了。芳心暗暗想道:他倒是个很能体贴女孩儿家的青年哩!廷德见她这么害羞的神态,他心头只觉无限的甜蜜,遂耸着两肩,也微微地笑了。彼此沉默了一会儿,廷德在露茜抬起头来的时候,方又低低地搭讪说道:

"郎小姐,你府上住在什么地方呀?"

"在宝山路中原里……"

露茜是恐怕他会到自己家中来,所以她并没有把门牌号码向他告诉。

廷德似乎也正因为这一点而感到没有十分的满意，遂继续地问道：

"不知你住在几号？"

"十八号。"

露茜没有办法，在不情不愿之中委委屈屈地说了这三个字。但廷德却一步一步地逼紧着要求道：

"郎小姐，你允许我到府上来拜望你吗？"

"这个……金先生，很对不起，请你还是不要来的好。第一，我家地方太小；第二，我爸妈的思想太陈旧，他们不许我在外面有男性朋友的。所以为了避免麻烦，还得请你原谅才好。"

露茜表示慌张的样子，蹙了眉尖，低低地拒绝。廷德虽然表示失望，但他口里还连说没有关系。这时，侍者把热咖啡拿上。廷德在窘态之中，方才低低地说道：

"郎小姐，那么你喝热的吧！"

"谢谢你。"

露茜握了杯子，凑在殷红的嘴唇旁微微地呷着。廷德觉得她连喝咖啡的姿势都非常美丽动人，真是恨不得把她一口吞了下去，遂低低地说道：

"郎小姐说府上地方小，我觉得这是你过分的客气，也许我们还是初交，所以没有资格到你府上去吧？"

"你倒不要误会，舍间只住了一间统厢房，除了爸妈，还有三个弟妹，他们小孩子成天地又吵又闹，地方本来很小，有了这三个孩子，因此更收拾不好，脏得不成样子，实在见不得客人的。"

"上海本是寸金之地，其实家家都是这个样子的，那也算不得什么。"

"金先生府上住哪儿？"

"我的家在青岛，爸爸开了一家进出口行，在上海我是住在姑妈的家中。"

"那么你的妈呢？"

"我妈在日本的时候就死了。"

"你也到过日本吗？"

"郎小姐，我老实地跟你说吧，我的妈原是日本人，爸爸在我妈死了之后才回到中国来的。他在青岛又组织了家庭，我便到上海来求学了。"

"你一定也会说日本话了？"

露茜暗想：原来他是中日血统混合成的结晶品，遂望了他一眼，又低低地问。廷德含笑点点头，他听音乐台上奏出一曲很优美的音乐来，这就有些脚痒，遂向露茜问道：

"郎小姐，你的舞一定跳得很好，能不能跟我跳一次吗？"

"啊！惭愧得很，我简直一点儿也不会跳。"

"我不相信，你一定骗我。"

"真的，我从来也没有跳过舞。"

"那么我来教你，跳舞也是全身运动，在这个时代，我们青年男女终应该学会了才好。郎小姐，你不要怕，我们去试试。"

金廷德一面说，一面不管露茜同意不同意，他拉了露茜的手，便走到舞池里去了。露茜在这时候已没有自主的能力，虽然觉得男女两人抱在一起，这是一件太难为情的事，不过在灯红酒绿的环境下，爵士音乐的热狂中，同时见到别人也在一对一对地欢舞，所以露茜心中糊里糊涂地把羞涩的成分也会淡薄下去。因为已经是一个二十岁的姑娘了，她似乎也需要有异性这一种的慰藉，来调剂这枯燥的生活。

露茜第一次被他拖下舞池去的时候，她的心头跳得剧烈，全身几乎在发抖，廷德从这一点子看来，知道她确实是不会跳舞的人，遂认真地一步一步地教她。在经过几次拖来拉去之后，这种娱乐到底不是一件什么困难的事情，尤其是露茜一个聪明的姑娘，她似乎也慢慢地入门起来。廷德对她很高兴地说道：

"郎小姐，你真聪明，已经是跳得相当的好了。"

"你还说哩！瞧你那双雪白的麂皮鞋，被我踏得乌黑的了。"

"没有关系，一上了鞋膏，又雪白的了。"

两人说着话，都笑了起来。这时，音乐停止，大家都相继归座。廷德见露茜的神态已没有了刚才那种受拘束的样子，遂望了她一眼，笑道：

"郎小姐，你觉得跳舞还有些兴趣吗？"

"嗯！可是跳得不好，你们会跳的人一定怪受累的。"

"不！我一些也不累，郎小姐身轻如燕，搂在怀内，真是怪舒服哩！"

露茜听他这样说，多少有些轻薄的成分，这就逗给他一个白眼，不再开口说什么了。廷德也觉自己太冒失了一些，倒有些不好意思起来。正在这时，音乐台上镗的一声锣响，接着整个舞厅里便亮了电灯，露茜不知道这是怎么一回事，两眼望着舞池里出神。廷德于是悄悄地告诉道：

"这是开始表演了。"

"表演什么呢？"

"你瞧着就知道了。"

廷德还卖一些关子，低低地说。就在这时，锣声又响，全场的电灯却又熄了下来，只有音乐台上打出一盏电光灯圈子，也不知怎么的，忽然在电光圈子里显现出一个西洋女子来。那女子就是刚才唱歌的这一个，她此刻身上的肉体比刚才还要暴露得多，除了胸前两个金丝的奶罩和腰间一条草裙子外，什么都裸在外面。她有些疯狂的样子，在表演各式各样不同的姿态，这姿态使每个青年都感到心荡神摇，两眼好像着了魔似的定住了。有几个好色之徒，张大了嘴，几乎垂涎欲滴的模样。可是那西洋女子绝无羞涩的意思，大概她是专门吃这一项饭的缘故，所以还把两腿向上一跷一跷地跷个不停，在她腿儿跷起的时候，好像发现她里面是没有穿着裤子，因此舞客们几百道的目光都集中在一处，各人心中益发想入非非起来了。

表演完毕，掌声雷响，还有几个色情狂的男子大叫"再来一个"，但乐队已照常奏乐，舞侣们又纷纷地入舞池跳舞了。露茜看得两颊发赤，心儿犹忐忑不停，暗想：国家已到了这样危险的时期，人们还是这样地荒淫无度，正是："商女不知亡国恨，隔江犹唱后庭花"。唉！那就无怪日本人要一步一步地侵略进来了。我今日随俗浮沉，也过着这种沉湎的生活，那我不是很对不住良心吗？露茜这样想着，因此再也坐不下去了，遂回头对廷德说道：

"金先生，我要回去了。"

"怎么？已经七点多了，茶舞原也快要散场了，我们回头到外面吃了晚饭，我送你回家好吗？"

"不！你已经破费了，很对不起，我要先走一步了。"

"那么我们一同走吧！"

廷德见她站起身子，决意要走的神气，一时也只好低低地说，一面付了茶账，和她一同走出舞厅的大门。在舞厅门口，廷德还要请她吃饭，露茜再三地谢绝。廷德觉得勉强无益，遂给她叫好人力车，付了车资，送她回去。

这晚，露茜睡在床上，想着廷德对待自己的情形，显然有着爱情作用，虽然他很多情，很会体贴女孩儿的心理，但是，他到底是个社会上最普通的青年，他只会享受，只会消耗，有什么志气，有什么抱负呢？露茜这么思忖之下，她对于廷德的一片情爱却是付之东流了。

　　匆匆地又过了两天，这晚，露茜由医院回家，因为心中烦闷的缘故，遂慢步地踱进了外滩公园。看了园内三五成群的游人，尤其是见了对对携手偕行的情侣，她有些眼痒，而且更感到孤寂。正在独个儿徐步行走的时候，忽然一个青年男子向自己"哦哦"地招呼起来，遂慌忙停止了步，向他仔细地一望，原来不是别人，却是自己心中把他怨恨的那个诸葛雄哩！

第五回

　　郎露茜在见到了诸葛雄的时候，当初还有些不能肯定就是他，因为在医院里看见的时候，他满头包扎了纱布，此刻去了纱布，真如志坚所说完全是个挺俊美的少年了。及至诸葛雄先开口招呼了她，她才相信这少年一定是诸葛雄了。当下向他妩媚地一笑，低低地说道：

　　"你是诸葛先生吗？我几乎不认识了。"

　　"怎么？才分别了三天呀！"

　　诸葛雄不知道她说这句话是什么意思，倒是怔了一怔，遂笑嘻嘻地回答。郎露茜明白他是误会了自己这句话的用意，遂连忙解释道：

　　"不是这个意思，因为你在医院里是满头包扎了纱布的缘故。"

　　"哦！你说的是为了这个，但我终认得了你的。郎小姐，你一个人在公园散步吗？"

　　"你瞧我身边还有别的男朋友吗？"

　　郎露茜认为他这句话有些明知故问的，这就用了怪俏皮的口吻回答他。诸葛雄暗想：这姑娘说话倒是刁得可爱，遂也笑道：

　　"既然你没有男朋友在身边，那么我和你在一块儿随便谈谈，大概是没有什么关系的吧？"

　　"只怕被一个人看见了，事情就要弄僵。"

　　"你说的是谁？"

　　"还有什么人？当然是你的表妹，李小姐。"

　　郎露茜俏眼儿向他一瞟，却忍不住抿嘴儿笑起来了。诸葛雄红了脸，心头倒是别别地一阵乱跳，暗想：她这句话不是明明地也在跟我闹着醋劲儿吗？想不到女孩儿家都惯会这一套。一时反觉有些甜蜜的滋味，遂故作莫名其妙的神情，说道：

"你这话是什么意思？我们在一起谈话，就是表妹看见了，和她又有什么相干呢？"

"她……不会跟你吃醋的吗？"

郎露茜虽然是说了出来，但到底觉得十分难为情，尤其在一个并不十分知己的男朋友面前，那似乎更失了自己女孩儿家的身份，所以粉脸像涂上了一层胭脂那么的娇红，她忍不住赧赧然地低下头来。诸葛雄是感到说不出的有趣和得意，因为她在猜测玉梅会跟我吃醋，换句话说，她自己也在和我吃醋。为什么要吃醋呢？那不用说，她当然也是为了爱我的缘故。诸葛雄觉得自己的幸福，遂笑了一笑，说道：

"她凭什么资格跟我吃醋呢？因为她不过是我的表妹而已，难道有表妹的人，连外面交一个女朋友都要受着束缚吗？我想世界上不会有这一种道理的吧！"

"我原是跟你说着玩的，现在我们且不谈这些吧！"

诸葛雄这样地一表白，露茜心中也就越想越不好意思起来，她摇了摇头，遂打岔着回答。诸葛雄向四周望了一眼，见没有一张空的椅子，遂转出一个念头来，说道：

"郎小姐，我请你到水上饭店吃饭，你能赏光吗？"

"我心领了，谢谢，下次叨扰你吧！今天我要早些回家的。"

郎露茜虽然很愿意跟他一同去吃饭，但表面上却不得不这样地推辞，以显姑娘的身份。诸葛雄在没有完全绝望之前，他当然还是再三地邀请，说道：

"郎小姐，你别客气，今天这样凑巧的机会是很难得的，你若一定不肯赏光，那你就是瞧不起我了。"

"可是，我觉得很不好意思……"

诸葛雄这样一说，露茜有些左右为难起来，雪白的牙齿微咬着她薄薄的两片嘴唇，低低地回答，显然有些难以委决。诸葛雄知道她已经有了答应的意思，遂接着又说道：

"这没有什么关系，郎小姐，那么请吧！"

郎露茜见他说着话，还把手一摆，表示很有礼貌请自己走路的样子，一时也不再闹什么客气了，遂点了点头，两人一同步出了外滩公园的大门。水上饭店就在公园的隔壁，走不了二三十步路，就可以到达。这饭店屋子好像是一只船浮在黄浦江面上，风浪大的时候，整个屋子会微微地波动。在仲夏的季节，水上饭店的生意很好，因为食客都贪图里面风凉，窗子打开，又可以看到黄浦江的景色，这里面用不到装电风扇，因为江风拂拂，比这人造的电风扇更加凉快而爽朗。诸葛雄和露茜拣了一个靠近窗口的座桌坐下，侍者把菜单拿上，诸葛雄为了要表示阔绰起见，他当然拣最精美的一种西餐。诸葛雄望了露茜，又低低地问道：

"郎小姐，你要喝些酒吗?"

"哦！我不会喝酒的，诸葛先生要喝只管喝些吧！"

"那么我也不喝了。"

诸葛雄一面说，一面又向侍者吩咐了一句不喝酒，侍者答应，便即下去。郎露茜见他顺从自己的意思，连他自己也不喝了，一时倒很不好意思，遂笑道：

"诸葛先生，你平日会不会喝酒的?"

"我也不常喝，但喝的时候，能够喝上几杯，我觉得喝酒会误事，所以能够不喝，那当然是避免的好。"

"不要过量，喝酒倒也并非完全是件坏事情。诸葛先生，你有兴致，你今天不妨喝一些，不要为了我不喝酒，倒扫了你的兴。"

郎露茜听他这几句话，显然他是一个会喝酒的人，他所以不肯喝，完全是为了自己的缘故，也无非表示他很爱我的意思。那么我也应该很多情地劝他喝一些，这样在他心中当然也格外对我好感了。郎露茜也是个很有心计的姑娘，在这样思忖之下，遂笑盈盈地向他温情地怂恿。果然，诸葛雄听了，心中很是高兴，遂又向侍者招手，一面对露茜说道：

"好！我就听从郎小姐的话，那么喝一瓶啤酒吧！仆欧，我们喝一瓶啤酒。"

侍者来到桌旁，诸葛雄又回头吩咐着说。侍者称是，便又走开了。这时，露茜的芳心里，真有说不出的快乐，尤其是听了他这"听从"两个字，心眼儿上好像涂过了一层糖衣那么的甜蜜，她掀着媚人的酒窝儿，把这几天愁眉苦脸的积闷早已化为乌有了。诸葛雄见了她的娇靥，心里微微地荡漾，真像窗外江水那么地波动着，他低低地笑道：

"照理说来，郎小姐是应该很会喝酒的。"

"诸葛先生，这话叫人不解，你打从哪一点看出来的呢？"

"那我当然有一点根据，才这么说的。"

诸葛雄且不回答是什么理由，似乎还卖一些关子般的，微微地笑。郎露茜听他说有根据而言，这就益发奇怪起来了，定住了乌圆眸珠，怔怔问道：

"你根据什么呢？"

"我根据你的脸……"

"我的脸？我脸上难道有什么字写着会喝酒吗？"

郎露茜以手指着自己的脸颊，笑盈盈地问。诸葛雄觉得她的动作、她的语气都令人感到有趣而可爱，遂扑哧地一笑，说道：

"不是说你脸上写着会喝酒的字，因为你脸颊上有一个深深的小潭，这小潭大家都称它为酒窝儿，有酒窝儿的人还不是会喝酒的标记吗？我想你多少终会喝一些的。"

"呀！诸葛先生，你真会开玩笑，我道你说的什么证据，谁知你绕了圈子，却是说这一句话，你也太有趣了。"

郎露茜到此方才恍然大悟，原来他要说明自己有个酒窝，因此兜了这么一个大圈子，方才说明白了。一时"呀"了一声，忍不住好笑起来，秋波斜乜了他一眼，她粉脸益发像喝过酒一般地娇红起来。两人四目相对，都默默地笑了，这笑是包含了多少情切切、意绵绵、羞答答、喜洋洋的成分。

侍者第一道菜拿上的是花旗冷盘，另外又拿上玻璃杯两只、啤酒一瓶，给他们杯子里各斟一杯，悄悄地退下。露茜等侍者走后，方才低低地说道：

"诸葛先生，我不会喝酒。"

"哦！你不会喝酒？刚才侍者给你斟的时候，你为什么不推拒呢？"

诸葛雄笑嘻嘻地刁难她说。其实露茜因为不常出外吃饭，所以处处地方恐怕被人笑她乡下人，她完全是怕难为情，才不肯当面向侍者推拒。其实会喝酒不会喝酒，那原也没有什么关系，这无非是女孩儿家太爱面子的缘故。此刻被诸葛雄这样一问，那就弄得无话可答，雪白牙齿咬着嘴唇皮子，憨然地傻笑了一会儿，不得已地说道：

"那么我少喝一些怎么样？"

"郎小姐，你若会喝的，那就不用客气，况且这啤酒是有益于身子的，常喝啤酒的人，身子会发胖哩！"

"只怕醉倒了，回不得家去。诸葛先生，我喝半杯，半杯倒给你，你能答应我吗？"

"那么你且喝了再说，假使真的喝不完，剩下的给我喝是了。"

诸葛雄见她拿了杯子，马上就要实行倒半杯给自己的样子，这就微微地一笑，表示此刻不必倒的回答。其实诸葛雄并无其他意思，无非叫她全都喝了的意思，可是郎露茜却赧赧地"嗯"了一声，红着粉脸，说道：

"剩下了给你喝，那不好的。"

"为什么？你能喝就全喝了，不能喝便剩给我喝，那又有什么不好呢？"

"喝剩了的酒给你喝，你不嫌脏吗？"

郎露茜见他还这么说，一时也不知道他是真的老实呢，还是故意这么的，遂索性羞答答地瞟了他一眼，向他低低地问。诸葛雄倒确实有些忠厚，他还是并不理会的样子，说道：

"那没有关系，这也并没有什么嫌脏的理由可说。"

"嗯！我不要……"

诸葛雄经郎露茜这样撒娇般地一嗲，老实人方才也明白过来了，暗想：不错，她的嘴喝过了，我的嘴再喝，她会疑心我有什么轻薄的举动，实在我倒是无心的。因此两颊也不由得红起来，笑了一笑，把杯子举过去，说道：

"那么你就倒半杯给我吧！假使你真的不会喝，我叫仆欧拿瓶汽水来给你冲冲淡，好不好？"

"那倒不必了，要如酒和了汽水，还是光喝汽水的好。其实喝酒，终要觉得有些酒的味儿。"

诸葛雄认为她这两句话完全是会喝酒的口吻，大概是她因为和我初交的缘故，所以她怕着难为情而已，于是也不再说什么，在倒过了她半杯啤酒之后，两人方才默默地吃喝起来。诸葛雄见这只冷盘内有鲍鱼片，有卤笋，有火腿、鸡蛋、牛肉等，遂笑道：

"这儿那盘'塞勒'倒很道地，郎小姐，我认为吃西餐最好，各人一盘，用不到你吃我吃互相招呼地客气。"

"可不是？所以无论什么事，都是外国人爽快，比方说，几个朋友坐电车，大家各人买各人票子，从来也没有见他们你买我买的闹客气。"

郎露茜虽然低低地回答，她心中却在想"塞勒"两个字的意思，那也许就是冷盘的外国名词吧！我倒要记在心里，免得被人家当乡下人看待。两人且喝且谈，等他们吃毕这餐晚饭后，彼此的身世也已经叙述得很详细的了。郎露茜这时粉脸完全透着青春的色彩，这红晕比涂了胭脂还要鲜美得好看。诸葛雄是善于喝酒的，他是并不觉得一些什么，望着露茜媚人的粉脸，笑嘻嘻地说道：

"郎小姐，怎么？你有些头晕吗？"

"没有什么，再多喝恐怕就糟糕的了。"

郎露茜摇摇头，微笑着回答。这时，侍者端上两杯冰淇淋放在桌子上。诸葛雄喝了酒后觉得热燥，拿了铜匙就舀着吃。因为见露茜并不吃，遂低低问道：

"郎小姐，你为什么不吃冰淇淋呀？"

"太冷了，我怕吃了会肚子痛。"

郎露茜虽然是这么回答，但她因为是担着虚心的缘故，所以非常地感到难为情，秋波斜乜了他一眼，大有羞答答的样子。好在诸葛雄是个老实人，他是并不想到这么许多，遂点头说道：

"郎小姐，肠胃不好，那还是不吃为妙，你这一杯冰淇淋也给我吃了吧！"

"我说你最好吃了这一杯就算了，多吃冷的，尤其在油腻食物吃下之后，我劝你也少吃些冷的吧！因为我们中国人的体格，终及不来外国人强壮的。"

"这完全是习惯问题，假使常常这样吃，那也没有什么关系的了。"

两人这样说着，侍者又把一杯热咖啡拿上，在一只白瓷盘子上还放了两只香蕉。诸葛雄指着咖啡，望着露茜，说道：

"你不吃冷的，那么你就喝这杯热咖啡吧！"

"吃西餐在老年人的心中一定不赞成，什么热的吃了，便吃冷的，冷的吃了，再吃热的，那肚子里也要弄不明白了，我觉得这样是很容易生毛病的。诸葛先生，你吃过冰淇淋之后，我劝你别喝热咖啡了，你肯听从我的话吗？"

郎露茜后面这一句话是饱含了多情的成分，诸葛雄似乎不得不接受她的劝告，遂点点头，笑道：

"你是一番金玉良言，为我的好，我怎么能不听从你的话呢？"

"嗨……"

郎露茜觉得他说话的神情有些神秘，这就啐了他一口，低着头赧赧然笑起来了。诸葛雄心儿是甜蜜蜜的，他也得意地笑了。

在走出水上饭店的时候，外滩大时辰钟齐巧当当地敲着八点。诸葛雄说了一句"还这么早"，露茜是个聪明人，她知道诸葛雄在后面一定还有余兴的话，遂先回答道：

"八点钟也不算早了，我还没有洗过浴，想早一些回家去了。"

"郎小姐，那么我们几时再见面呢？"

诸葛雄虽然不敢强留她多玩一会儿，但却显出依依不舍的神气，向她低低地问。这叫郎露茜倒也很难以回答，脉脉含情地望了他一眼，微微地笑道：

"随你好了，你喜欢什么时候再见面，我一定奉陪你。"

"郎小姐，你真好，我太感激你了！"

诸葛雄有些情不自禁地伸手把她握住了，很感动地说。郎露茜被他握住了手，只觉有股子电流那么的热，从他手心间灌注到自己的手里来，她情意缠绵地望着他，却笑盈盈地并不作答。两人默视了良久之后，诸葛雄方才低低地说道：

"我过两天到医院里来望你吧！"

"不！我说你还是打电话给我，否则，同事们见了，会取笑我的。"

郎露茜很羞涩地回答。诸葛雄含笑说好，遂给她叫了街车，付了车资，握手分别了。这晚，露茜睡在床上，因为是欢喜过了度，所以也会失眠了。她望着床头水银似的月光，脑海里浮现了诸葛雄俊美的脸，他是一个多么温文的青年，虽然金廷德待我是同样的柔情如水，蜜意如云，不过我觉得金先生终有些浮滑的成分，单想我不吃冷的这一回事看来，廷德好像很内行的样子，而诸葛先生，却是木然无知的，显然他是并没有明白我所以不饮冷食的原因。一个青年，他把女孩儿家的事情懂得太多了，这就可想他平日和女子接近的机会是那么多，不但是多，而且至少还有些不老实的行为，否则，一个未婚的男子，他如何会知道女孩儿家的隐秘呢？露

80

茜在这样思忖之下，她断定金廷德平日的生活一定很浪漫，他在女子面前用情，完全是他的惯技，说不定还存了一种不纯洁的非分妄想。比不得诸葛雄的用情，他完全是存了求偶的真心，两相比较，自然差得很远，我千万不能上金廷德的当。为了避免将来吃亏起见，我还是及早地远离他好，否则，堕入苦海，那就追悔莫及了。露茜打定了主意之后，也就沉沉地睡着去找寻她的美梦去了。

第二天，露茜到医院里去工作，碰见忠花的时候，便拉了她的手，显出神秘的态度，向她哧哧地一笑，说道：

"史大姊，这几天你老是丢掉我一个人悄悄地走了，是不是跟蔡先生有约会吗？"

"你这小妮子，别胡说八道地取笑我，我可捶你！"

史忠花红了脸，伸手一扬，向她又笑又嗔地说。露茜也忍不住咯咯地一笑，却一骨碌，转身逃开去了。忠花暗想：这妮子前两天愁眉苦脸、闷闷不乐，今天不知怎么的竟这样高兴？一面想着，一面也到产房里去工作了。

这晚下班的时候，院役匆匆进来，向露茜报告道：

"郎小姐，外面有人找你。"

"是谁？"

"一个穿西服的青年。"

史忠花和露茜正在脱去白色的制服，听院役这样报告，忠花这就扬扬眉毛，恍然大悟地"哦"了一声，笑嘻嘻地说道：

"怪不得，小妹妹今天满面春风的样子，原来已找到一个对象了。"

"阿四，你慢走，那青年姓什么？会不会找错了人？"

郎露茜被忠花一取笑，她两颊便一圆圈一圆圈地娇红起来，连忙把院役陈阿四叫住了，又急急地问。她心中是暗暗猜测着，不知道会不会是诸葛雄来找我的？阿四在门框子外回过身子来，却摇头说道：

"我却忘记问他姓什么了，好在他等在会客室里，你出去一看，自然知道是什么人了。"

"嗯！你这人真糊涂。"

郎露茜口里埋怨着，她身子已向会客室里急急地走了。只见一个西服青年站在那张油画的面前，因为他是背向外的，所以不知道他是什么人，但照郎露茜的猜想，那一定是诸葛雄了。正欲笑盈盈地向他招呼，只见那青年回过身子来，却不是诸葛雄，竟是心中讨厌的那个金廷德。露茜在看清楚了是谁之后，她当然表示失望，把媚人的笑意慢慢地消失了。但廷德却老实不客气地走上来，握了她一阵手，笑道：

"郎小姐，我们两天没见了，今天我特地来请你一道吃晚饭去。"

"哎呀！这可太不凑巧了，我一个同事约我此刻去买东西哩！"

郎露茜情急智生地掉了一个枪花，向他低低地说。金廷德皱了眉毛，似乎有些不大相信的样子，继续地追问道：

"你们预备去买什么东西呢？难道明天不能去买的吗？"

"她说是件很要紧的东西，非在今天去买不可的。"

两人正在说话，会客室门口有人探首一张望，露茜肯定是史忠花，遂忙叫了一声"史大姊"。忠花被叫，这就不得不走进室内来，她因为不知道郎露茜对金廷德是十分的讨厌，所以还怪俏皮的口吻笑着说道：

"对不起，我打扰你们了！"

"史大姊，你不是预先约我去买东西的吗？"

郎露茜听她还这样地打趣，心中真有说不出的怨恨，遂很快地向她问着说，同时她又向忠花连连地挤眼睛。可是忠花又误会她的意思了，以为她在男朋友面前故意放刁，所以自己不得不做一个和事佬，遂又笑嘻嘻地说道：

"没有关系，我这东西反正没有什么要紧，明天买也行。"

"史大姊，你这人说话算什么意思？一句进，一句出，刚才不是说很要紧吗？此刻怎么又说不要紧了呢？"

史忠花本是一番好意，可是听在郎露茜的耳朵里，她真是弄得哭笑不得，心中的焦急，额角上几乎冒出汗水来了，这就没有办法的，恨恨地白了忠花一眼，简直有些恼怒的样子。这一下子的情形，把忠花倒弄得也有些丈二和尚摸不着头脑起来，望着她薄怒娇嗔的意态，不禁怔怔地愕住了一会子。倒是廷德笑着道：

"既然这位史小姐肯原谅你，那么你又何必发脾气呢？你就跟我一块儿吃饭去吧！史小姐，你也一同去好吗？"

史忠花见廷德又向自己低低地相邀，觉得一个男子在女朋友的面前低声下气的，真有忍耐性，一时也不禁笑起来，遂说道：

"我们这位小妹妹还是一味的孩子气，知道她脾气的，你一定不会生气。瞧她也不给我们介绍介绍，还在那儿高噘着嘴巴哩！"

"哦！我姓金，名叫廷德。史小姐，我很对不起，累你们今天不能去买东西，但是我请你们一同吃饭去，你能赏光吗？"

金廷德见露茜兀是鼓着小腮帮子不开口，在这个情形之下，他就只好向忠花来一套自我介绍，一面含了笑容，又向她温情地邀请。史忠花还要避一些嫌疑，沉吟了一下，微笑着说道：

"谢谢金先生，我不去了。"

"你不去，我也不去。"

这是忠花意想不到的事情，谁知露茜板住了面孔，很快地也说出了这两句话。一时望着她，倒又好笑起来。廷德连忙说道：

"史小姐，你帮帮我的忙，你就一同去吧！"

"好，好，好！我一同去，我一同去，小妹妹，你这可不用生气了。"

史忠花还认为露茜这小妮子手段厉害，把一个男朋友弄得服服帖帖，好像儿子那么的孝顺，但她怎么知道露茜心头的苦楚，实在比黄连还要苦三分哩！

三人默默地走出了普济产科医院的大门，金廷德撩起衣袖看了看手表，向两人望了一眼，微微地笑道：

"此刻吃饭实在太早，我们最好到舞厅里去坐一会儿。"

"舞厅里有这种恶形恶状的表演，我可不高兴去。"

郎露茜始终显出不情不愿的样子，反对着回答。金廷德忍不住笑起来，遂想了想，说道：

"并不是每一家舞厅都有这种表演的，我们可以换一家舞厅去玩的。百乐门舞厅很高雅，里面都是'琴脱曼'和'雷克司'居多，郎小姐，你赞成吗？"

"好的，我们就到百乐门去吧！"

史忠花不愿他们发生什么感情上的破裂，遂竭力拉圆场地代替回答。于是廷德叫了三辆人力车，便拉到百乐门舞厅去了。到了百乐门舞厅，此刻正是茶舞最热闹的时候，侍者招待他们入座。廷德望了露茜一眼，低低地问道：

"你今天能吃冷的了吗？"

"我喝杯清茶好了。"

"史小姐呢？喝瓶可口可乐好吗？"

露茜冷冷地回答。廷德遂又问过了忠花，忠花没有表示什么意见。廷德遂向侍者吩咐下去，他自己却叫了一瓶啤酒。过了一会儿，侍者把茶、酒、可口可乐全都拿上。廷德一面喝着啤酒，一面向露茜问道：

"郎小姐，你瞧凡拉蒙舞厅的装潢考究，还是这儿考究？"

"嗯！都很好。"

露茜毫不介意淡淡地回答。忠花伸手拉拉露茜的衣角，并且又向她眨眨眼睛，是关照她不要一味地拿这种态度对付人的意思。露茜见史忠花还是没有了解自己的心理，她急得几乎要哭出来，在情急智生之中，她忽然有了主意，遂拉拉忠花的手，笑着说"我和大姊去跳一次"，她便拖着忠花到舞池去了。

"小妹妹，我不懂你这是什么意思，在一个男朋友的面前，固然要用一些手段，但我认为也不要过分地搭架子，否则，事情就难免要弄假成真的呀！"

在舞池里，忠花不等她开口说话，先向她低低地劝告。露茜恨恨地逗给她一个白眼，啐了她一口，冷笑道：

"我的好大姊，对不起，你以后豆腐少吃好吗？"

"怎么？我是正正经经的话，天地良心，我对你还有什么吃豆腐的存心吗？"

"那么你别再说这些话，因为我根本不想跟他做朋友。"

郎露茜认乎其真地回答，她明眸里充满了哀怨的神色。史忠花听了，真有些将信将疑，愕住了一会儿，就才正色地问道：

"你这话是真的吗？"

"当然真的，大姊，你这人也好糊涂的，假使我对他有什么好感，那我何必要推托跟你一同去买东西呢？谁知你不帮我的忙，还一味地说没有什么要紧东西去买。唉！我真是又急又恨，刚才几乎要哭起来呢！"

史忠花听露茜这样说，方知刚才自己完全误会了她的意思，一时忍不住扑哧的一声笑起来，遂急急地说道：

"我哪里知道其中的底细呢？我以为你跟他闹一些小意见，所以撒痴撒娇地发了脾气，我倒是好意，存心拉拢你们的。谁知你……嘿嘿！这可真是太有趣哩！"

"有趣？你简直跟我在捣蛋，难道你没有见我拼命地跟你丢眼色吗？"

"因为事先我并没有知道你对他有什么恶感的印象，所以我当然也没有这么的聪明啦！小妹妹，并非我埋怨你，你在外面有了男朋友，你也不该向我守这样的秘密呀！"

"哎呀！这真是天晓得的事情，我几时有心守秘密呀！那你也不要冤枉我吧！"

郎露茜听她这样的埋怨，一时涨红了脸，急急地向她声明。史忠花淡淡地一笑，她似乎胸有成竹的样子，低低地问道：

"小妹妹，虽然这是不关我老大姊的事情，但我已发觉你们两人之间实在有很密切的关系了……"

"大姊，你不能胡说八道地冤枉人。"

郎露茜急得眼泪汪汪，大有真的要哭出来的样子。史忠花搂紧她的腰肢，亲热地偎住了她的面孔，低低地笑道：

"小妹妹，你别急呀！我当然不能红口白牙地冤枉人，因为我说这一句话，少不得也有一些证据的。"

"大姊，你要如真的说出什么确实的证据来，我死也甘心。"

郎露茜到底还是一个不脱小孩子脾气的姑娘，她说到"死也甘心"的那一句话，眼泪真的从她眼角旁涌了上来。史忠花因为贴着她的面孔跳着舞，所以并没有发觉她在淌泪，遂认真地说道：

"小妹妹，你跟他玩大约不止一次了吧？"

"是的，连今天一共只有两次，第一次是在凡拉蒙舞厅玩的。"

史忠花对于她这坦白的告诉，还不能表示完全的相信，遂又说道：

"刚才金先生问你吃冷的热的，这是什么意思？"

"……"

史忠花倒也是个心细如发的姑娘，她竟出冷门般地向露茜问出这一句话来。郎露茜见她还推开了自己的身子，两眼凝望着自己脸出神，一时倒弄得有口难开，支支吾吾地不知所对。史忠花笑道：

"我倒明白了，是不是你那东西来了，所以不能吃冷饮，对吗？"

虽然是女孩儿和女孩儿之间，但露茜也觉得有些难为情回答，所以红晕了粉脸，只把头微微地一点。史忠花益发笑出声音来了，说道：

"金先生连你这一个秘密他都知道了，难道说你们之间的关系还不能密切吗？"

"照大姊说来，难道我是个这么不知羞耻的贱东西，连这些事都会告诉他吗？"

"可是你不告诉他，他如何会知道呢？"

史忠花铁面无私的表情，兀是一步一步逼紧着问下去说。郎露茜流着眼泪，遂把那天在凡拉蒙舞厅游玩的经过向忠花告诉说了一遍，并且恨恨地说道：

"我自从那天和他游玩了之后，我就觉得这个青年不大老实，日常的生活一定也很荒唐，我就决心预备远离他了。"

"那么你们又是怎样认识的呢？"

"你问到这个，我又得怨恨你的不好了。"

"什么？又是我连累了你？"

郎露茜伸手擦了擦眼皮，哀怨地逗了那么一瞥，低低地说。史忠花凝眸含颦表示不解其意的样子，向她惊奇地问。露茜因把在广德医院碰到金廷德的话又向她告诉了一遍，史忠花这才恍然地说道：

"原来金先生还是志坚和小诸葛的同学吗？他的人品到底怎样？我明天倒要详详细细地问问志坚，他们是同学，当然知道一些的。"

"不必问，不必问，金先生和蔡先生是冤家对头，他们的思想完全相反，而且我也看出他不是一个好人，所以我们不要他来请客吃饭，回头我们马上就走好吗？"

史忠花听姓金的跟志坚是背道而驰的同学，遂也表示十分的鄙视他。但她另有打算地沉吟了一会儿，低低地说道：

"小妹妹，我告诉你，在社会上做人，是不能太以直心直肚肠的，你纵然对他没有好感，但你千万不要把讨厌他的意思放到面部上来。所以我们只管用掉他几个瘟生钱，然后看我颜色，叫他自动地来放弃我们。"

郎露茜听她这样说，一时不由得破涕为笑，点了点头，表示赞成的意思。就在这时，音乐停止，两人也就携手回座来了。金廷德已喝下了一杯啤酒，望了两人一眼，笑问道：

"你们两位哪个舞跳得好？"

"那不用说，当然史大姊舞步娴熟，金先生要不要跟史大姊跳一

86

次呢？"

金廷德认为露茜这两句话有些醋意的成分，所以微微地一笑，却并不作答。史忠花是个开明的姑娘，她认为男女之间跳舞是件毫无关系的事，遂向廷德笑着说："我们不妨舞一次。"廷德有些受宠若惊，一面向露茜告罪，一面和忠花到舞池里去了。

"史小姐，你的舞跳得好极了，郎小姐若和你比较，那程度相差得太远了。"

"留心郎小姐听见了生气。"

跳舞的时候，廷德向忠花笑嘻嘻奉承。忠花瞟了他一眼，却怪俏皮地说。金廷德却一本正经地说道：

"我说的原是实在情形，又不是背后在说她坏话，她生什么气呢？史小姐，你今年几岁了？郎小姐怎么叫你大姊的？"

"我二十三岁了，做郎小姐的大姊，是很够资格的，只怕你也是我的弟弟。"

"不！我二十四岁，齐巧是你的哥哥。"

金廷德笑了，忠花也笑起来。过了一会儿，廷德低低地问道：

"史小姐，我很冒昧地请问你，你有男朋友吗？"

"男朋友吗？不算少，是我认识的男子，都是我的男朋友，不过预先我要声明的，家属和亲戚，那当然是不在其中的。"

"史小姐，你这人很好，挺会说笑话的。"

金廷德对于忠花那么老练的神情，倒也没有了办法，只好微笑着说出了这一句话。忠花转了转乌圆眸珠，却又说下去道：

"其实一个女子有几个男朋友，那是算不得什么稀奇的，假使有了情人的话，这就觉得很神秘的了。"

"那么，史小姐有没有情人啊？"

"我没有情人，倒是我这位小妹妹，她已经有着意中人了。"

"小妹妹，她是谁？"

史忠花这句话是故意给他一个打击，果然廷德感到吃惊，遂立刻假痴假呆地追问。史忠花俏皮地一笑，说道：

"小妹妹就是这位郎小姐呀！"

"真的吗？她的情人姓什么叫什么？史小姐是不是也认识的呢？"

金廷德不知怎么酸溜溜的顿时会感到一阵莫名的妒忌，遂向她低低地探问。史忠花点点头，却并不作答。廷德暗想：郎小姐的情人，除了志坚和小诸葛外，再没有第三个人的了，两人当中，大概小诸葛是郎小姐的意中人，因为一个姑娘终是爱小白脸的，像小诸葛那么俊美的脸，当然是会博得女子的欢心了。廷德这样想着，无形中和诸葛雄便结下一点仇恨了。虽然还想问一问露茜的情人到底是不是诸葛雄，但这时音乐停止，两人也只好回到座桌旁来了。

金廷德回到座桌之后，闷闷地只管喝着啤酒，却没有开口说话。露茜见了，暗暗奇怪，莫非忠花跟他吵过嘴吗？遂向忠花望了一眼，不料忠花拉着露茜却又到舞池里去了。忠花不等她问，就先笑道：

"真有趣得很，我说你已经有了情人，他便心里不快乐起来。"

"哦！我道是什么缘故，原来为了你这一句话。那很好，可以叫他死了这条心。"

郎露茜这才明白了地笑起来，遂得意地回答。史忠花想了一想，说道：

"一时里他还未必肯完全地死了这条心，我们见机行事，慢慢地对付他是了……小妹妹，你的舞步还不大对，我来教你跳吧！"

"本来我原不会跳舞，无非是拉拉黄包车而已。"

史忠花说到后面，又提到她舞步上头去了，露茜笑着回答，一面低了头，一面便看着忠花在教她跳舞的步子了。不多一会儿，音乐又停，两人携手回座。郎露茜还没有坐下，金廷德就站起身子来，笑道：

"郎小姐，我们舞一次。"

郎露茜没有拒绝的理由，遂跟他同入舞池。金廷德似乎很性急的样子，还没有跳半个圈子，就先向她笑着问道：

"郎小姐，我听史小姐告诉，你已经有了心爱的情人了。"

"我不知道……"

"你自己的事，怎么会不知道呢？"

金廷德见她羞答答的表情，回答了一句"不知道"，这分明是不肯告诉出来，遂又急急地问。露茜眸珠一转，瞟了他一眼，笑道：

"我的朋友很多，可是我不知道谁是我的情人，你叫我怎么回答？"

"比方说，在你许多朋友之中，你心中觉得和谁最有好感，那么谁就

88

是你的情人了。"

"这也难说，我觉得他们都很好，那么，难道他们个个都是我的情人了吗？"

"我想多少终有些分别的，况且许多朋友之中，他们终有一个人会向你求爱的，你接受了哪一个爱，哪一个朋友就是你的情人了。"

"可是到现在为止，我一个也没有接受他们的爱。"

郎露茜回答得却也相当老练，那叫廷德也真没有了办法。在愕住了一会儿之后，他终于厚着面皮，直接地说道：

"郎小姐，假使我跟你求爱的话，不知你能可怜我的痴心而答应我吗？"

"这个……"

郎露茜似乎感到有些意料之外，一时全身发烧，通红了脸，说了"这个"两字，以下的话却难以回答出来。但廷德继续地说道：

"郎小姐，我们虽然是初交，但我觉得一见如故，好像前生就认识你似的，你的一举一动、一颦一笑，太使我感到可爱了。我觉得你从头到脚就没有一处是不美丽的，你完全是天上安琪儿下凡一样，我第一次见到了你，我就想痴了，我对你是忠实的、真挚的、纯洁的、坦白的、专一的……"

"够了，够了，金先生，你大概是喝了一杯啤酒的缘故吧！所以我觉得你未免是太兴奋一些了。"

"不！并不是喝了酒的缘故，你不要以为我在说酒话，其实我第一次见到你，我就要吐露我内心爱慕你的热忱，但我恐怕觉得太冒昧，所以我忍耐着。可是，到了今天，我实在忍熬不住了。郎小姐，你是慈悲的天使，你只要答应一声爱我，我就是你终身唯一的奴仆，生生死死都服从你的命令。郎小姐，你……你能可怜我吗？"

金廷德像在演戏似的，情绪是特别的紧张，他用了颤抖的语气，话声是饱含可怜的成分。郎露茜从来也没有遇到过这一种滑稽的场合，她在万分娇羞之余，又感到说不出的好笑，真是恼也不好，笑也不好，遂竭力镇静了态度，一本正经地说道：

"金先生，承蒙你这样地倾心于我，我自然无限感激。不过这问题太大了，我一时怎么能够决定得下？不瞒你说，像你这种情形，我其他许多朋友也曾经跟我演过这一套，那么我既不是齐天大圣，分身乏术，叫我答应哪一个好呢？所以我曾经对许多朋友说，你们的多情，我都收到，不过我要看看谁的忍耐功夫好，谁就得到胜利。因为性急朋友，他们都另找对象了，剩下了最后的一个，我不是就可以答应他了吗？所以你若真心爱我的话，你应该静静地等待着。"

郎露茜也真亏她想得出这几句巧妙的话来，金廷德听了，不由得考虑了一会子，遂皱了眉头，说道：

"郎小姐的苦衷，我也很表同情，不过你既然有这么许多的朋友，这好比买跑马票一样，要中个头奖，真也太不容易了。所以我的希望，不是太以渺小了吗？"

"但是我也没有办法，实在向我求爱的人太多。"

"郎小姐，你可曾计算，一共有多少人数？"

"在去年一共有两百多个，后来到春天的时候，就淘汰了一百多个，最近我计算大概只有五十不到了。"

郎露茜口里虽然认乎其真地说，但心中实在是要笑出来了，她觉得这近乎荒唐的回答，简直是在舞台上唱滑稽一样的了。但金廷德很相信地点点头，他微微地叹了一口气，说道：

"虽然是已经淘汰了四分之三的人数，然而还剩五十个人，这数目依旧很惊人呀！"

"五十个人数不算多，等秋凉天气一到，也许只剩二十几个了；等寒冬天气一到，说不定只有十几个了；等明年春天一到，我猜想至多只剩四五个了。所以你只要有忍耐性，明年今天的时候，也许是你一个人得到胜利的时候了。"

金廷德被她这样一说，心头倒又放宽了不少，暗想：照此说来，我也只不过等她一年工夫，这也算不了什么稀奇。一时倒又欢喜起来，遂笑着说道：

"郎小姐，我准定静静地等着吧！"

"金先生，你肯这样地同情我、原谅我，那我很感激你。"

"哪里哪里，假使我换作了郎小姐的地位，确实也会感到相当的困难哩！"

金廷德被露茜这样的一说，他倒又表示十分明亮起来，遂笑着回答。

这时音乐又停，两人遂也回到座位上来。廷德看看手表，很高兴地说道：

"已经六点四十分了，两位肚子想来也一定饿了，我们还是到外面去吃晚饭吧！"

"也好，不过今天要你花费了很多钱，叫我们真不好意思。"

"郎小姐，你这么说，倒又不像自己朋友了。"

金廷德笑着回答，一面付了茶账，一面把手一摆，表示请她们走的意思。史忠花见廷德不像刚才那么的闷闷不乐的样子了，心中暗想：露茜这妮子的手段真不错，不知她在廷德面前说了些什么话，居然把他又这样的高兴起来了。

三人走出舞厅，廷德在隔壁汽车行里叫了汽车，大家便到雪园晚饭去了。

在雪园饭毕，时已八点多了，照廷德的意思，还要请两人到伊文泰夜花园去游玩。但露茜不肯去，推说爸爸要骂，廷德没有办法，遂要给她们叫车子。露茜说："不必客气，我们自己会回去的。"忠花也向他说不必，还叫他放心，"我会送小妹妹回家"。廷德表示感谢，连说两声"拜托"，方才匆匆地各自别去。

"小妹妹，刚才他在跳舞的时候，曾经跟你说了些什么话呢？"

"不要提了，不要提了，那简直是在演戏哩！"

史忠花等廷德去远，遂向她悄悄地问。露茜一提起了这事，忍不住又好气又好笑的，显出娇嗔的表情，恨恨地说。忠花已经明白了一半，遂也含笑问道：

"大概他在向你求爱了，是不是？"

"我想这完全是你的不好，否则，他还不至于这样性急地会向我求爱。"

"你何以见得呢？"

"因为他听你说我已经有了心爱的情人，所以他便开始对我像话剧那么表演起来，真叫人受窘。"

史忠花听她这样说，益发哧哧地笑起来，因问：

"后来怎么地闭幕呢？"

郎露茜听她问得有趣，遂恨恨地白了她一眼，红了粉颊，把自己跟他说的话向忠花告诉了一遍。忠花握紧了她的纤手，忍不住笑弯了腰肢，点头说道：

"也亏你想得出来，就是一个交际名花，也不得见会有二百多个男朋友呀！那你和至尊宝王文兰在大别苗头了。"

郎露茜被她这样一取笑，不禁连耳根子都通红起来，"嗯"了一声，恨恨地打了她一下肩膀，但连她自己也都笑出声音来了。两人在马路上踱了一会儿步，东拉西扯地谈着，说及华北的情形，日趋恶化，觉得这次战事的发生，大概终是免不了，彼此忍不住又感叹了一会儿。直到九点敲过，两人方才握手分别，各自回家。

匆匆地过了两天，那天在报上忽然登载了一段惊人的消息，就是卢沟桥中日军已于七月七日那天发生激战四次。这消息使整个的上海都有些震动，不过那一班醉生梦死的人，还在说华北虽然要打仗，但上海是乐土，绝对没有什么关系的。因此有一半的人固然在怒发冲冠地表示愤激，而同时还有一半的人却依然歌舞升平地沉醉在灯红酒绿之中。同样是一块中国的国土，但一面是烽火弥天，一面竟然是花天酒地哩！

这是星期日下午两点钟的时候，郎露茜在医院里忽然接到诸葛雄的电话，他在电话里的语气相当急促，要求露茜马上请假半天，到金门茶室来面谈一切，说有要事相商。露茜虽然觉得这个电话来得突兀，但到底因为自己也有爱他的意思，她终于没有拒绝地向医院里请了假，坐车急匆匆地赶到金门茶室来了。

第六回

下午三点钟的时候，落了一场大雨，所以傍晚的气候倒显得很凉快。诸葛雄从学校里考试完毕回到家中，静静地坐在写字台旁。他脑海里是浮现了蔡志坚那种愤怒沉痛的表情，耳朵边好像还听到他强有力的呐喊。

"小诸葛，危机是一天一天地迫近了！这个时代，读书绝不能挽救这恶劣的大局。我不能再忍耐下去了，我看不惯上海这醉生梦死的画面，我要离开这个城市，我要奔进这杀人的战场。我已没有了人类慈悲的同情心，我要见一个敌人杀一个，直到我的血肉和炮弹同化灰尘的时候为止，我才觉得痛快，我才觉得痛快！"

"少爷，老爷叫你过去。"

突然这现实的唤声，震醒了诸葛雄过去的回忆，他回过头去一瞧，原来张妈站在房门口，向自己低低地说。遂答应了一声"我知道"，他站起身子，便懒懒地走到爸妈的上房里来了。只见爸妈都穿舒齐了新衣服，没有等诸葛雄开口问话，诸葛龙先急急地说道：

"怎么？你没有把衣服换上吗？"

"换了衣服到什么地方去呀？"

诸葛雄愕了一愕，表示莫名其妙的神情，皱了眉毛，向父亲低低地反问。诸葛太太含了微笑，告诉他说道：

"今天是你爸爸局里的局长罗武智五十大寿，所以我们都得去道喜。听说非常的热闹，晚上除堂会之外，还有盛大的跳舞会，所以叫你一块儿去玩玩的。"

"小孩子没有见过大场面，我给你也去见识见识，快去换一套新的西服吧！等会儿张妈把汽车就要叫来了。"

诸葛龙口里衔了雪茄烟，接着也向阿雄说出了这两句话，阿雄方才明白了缘故。因为他耳朵旁始终流动着志坚说的这一番话，所以他心中立刻会激起一阵反感，不觉冷冷地说道：

"你们去好了，我不高兴去。"

"哎！回来，我问你，你为什么不高兴去？"

阿雄说着话，身子要向后转，这一来把诸葛龙又气恼得冒火了，遂把他叫回来，板起了面孔，不喜悦地问。阿雄却滔滔地说道：

"华北的事态越弄越扩大了，日本的野心也暴露得格外清楚了。国家已到了累卵之危，民族存亡未卜，我们身为国民之一，是多么的担忧，哪里还有什么心思去拜寿？老实说，假使稍具一点儿心肝的人，他也绝不肯在国难之中来大事铺张做这一个寿呀！所以我不高兴去。"

"什么？什么？你在放什么狗臭屁！真是把我气都气死了。"

诸葛龙本来脸上是笑嘻嘻的，他再也想不到会被儿子这一顿类乎教训似的责备，心头又气又愧，真是恼羞成怒。他绯红了两颊，因为没有什么正当的理由可以责骂儿子，因此他只好连连顿脚，大发其莫名其妙的脾气。诸葛太太也似乎觉得儿子的话未免有些过分，这就一面劝住了诸葛龙，一面埋怨着儿子说道：

"阿雄，你这孩子也太不懂事了，欢欢喜喜叫你一同去玩玩，你为什么偏要这样地不听话呢？这也怨不得你爸爸要发脾气了。就说日本人打进了中国，那也用不到你来担忧呀！"

"吃国家的粮饷、受国家的俸禄的人不担忧，那就只好由我们小百姓来担忧了。唉！快要做亡国奴了，难道还木然无知地花天酒地吗？什么做寿庆祝，只怕敌人一进了门，那就死不得活不能了。"

诸葛雄听母亲的话根本是无知无识，但一个思想陈旧的妇人，这倒怪不了她，只是爸爸身为公务员之一，竟也这样的心肝全无，他感到无限的心痛，这就忍熬不住地说出了这几句话。诸葛龙气得暴跳如雷，连连顿脚，似乎还要赶过去打他的样子，骂道：

"畜生，你这该死的奴才，我养了你这么大，倒叫你来教训我，你来侮辱我，这……还成什么世界？你给我滚！滚出去！"

"哎，哎，哎！你也犯不着发这样大的脾气，你给我坐下来，我自有办法对阿雄说的。"

诸葛太太见父子之间大起冲突，恐怕事情闹僵，遂连忙伸手把诸葛龙身子拉住了，叫他坐到沙发上去，一面走到阿雄的身边，拍拍他的肩膀，说道：

"孩子，你终要听从娘的话，你爸爸是个暴躁如雷的性子，一点便烧起来，你就少说几句，别去引逗他了。听我的话，快去换了衣服一同去吧！"

"哦！奇怪不奇怪？我不愿意去，那也不干你们的事，为什么一定要逼着我一同去呢？我在家里给你们看门不好吗？"

"你有本领反对我，你就马上给我滚出去，我也不稀罕你这个不孝顺的儿子！唉！譬如没有养，譬如死了！"

诸葛龙坐在沙发上，听儿子一味地倔强到底，他的火气不禁又冒上来了，一面猛吸着烟卷，一面威胁着说。就在这时，张妈匆匆上楼来报告，说："汽车已经来了，老爷太太可曾预备好了没有？"诸葛太太连忙向张妈吩咐，叫汽车暂时等在门外，她拉了阿雄便急急地到他房中去换衣服了。

诸葛雄被母亲拉到了房中，还是不肯一同去拜寿。但禁不住诸葛太太做好做歹地劝说了一会儿，央求了一会儿。诸葛雄在这情形之下，真是弄得没有办法，也只好勉勉强强地换了一套凡立丁西服，跟了父母一同去罗公馆拜寿了。

罗局长的公馆是在甘斯东路四百六十号的那座三楼三底的小洋房里，屋子的四周是一个小型的花园，面积虽不大，但却也点缀着亭台楼阁、松柏树峙、奇花异草，颇为幽美。罗公馆的屋子很大，但住的人却很少，因为罗局长的发妻已经亡故，膝下只有一个掌上明珠，名叫淑娴，今年十九岁，还在女子中学里读书。罗局长妻子亡故后，虽不续弦，但他用另一种方式来满足他性生活的安慰，就是接连地娶了三个姨太太。大姨太是一个寡妇，和罗局长本来有些亲戚关系，算来好像还是那寡妇长一辈，不过年纪是只有三十六岁，她因为丈夫死了，才央求罗太太到公馆里来帮忙，虽不算仆妇之流，但平日也照顾一切的家务。万不料罗太太死后的一个月，就被罗局长用强迫的手段糟蹋了，不过罗局长对那寡妇是绝不会有什么爱情作用，也无非是一时之间性的冲动，把她暂时当作泄欲器具而已。至于那寡妇呢，她是哑巴吃黄连，有苦无处诉，不过她的目的，就是只求安安稳稳地度过残生，不希望再有什么贪欢作乐，所以她倒很安静，还希望罗局长最好不要到她房中去缠绕不清。他那个二姨太却是窑子里的红倌人，年纪二十五六岁，她好像是朵正在盛放的花朵，所以风流而妖艳，罗局长虽然十分宠爱，但在二姨太的心中是绝对不会满足的，常在外面偷偷摸摸，干着桃色的勾当，好在罗局长外面应酬忙，他是并不会知道的。至于他的三姨太，年纪还要轻，只有十八岁，比淑娴更小一岁，她本是一个小家碧玉，为了生活，才到舞厅去做舞女，不知怎么被罗局长像发现新大陆般地爱上了，只要有钞票，那个可怜的女孩子也就做了罗局长的三姨太。不过这位三姨太完全还有些孩子气，所以罗局长对她也有些不大配胃口，想着了爱上一阵，其实这"爱"字还谈不到，只能说蹂躏了一阵，不想着她，就把她搁在家中。好在这女孩子还不大解风情，一天到晚蹦蹦跳跳，吃些、穿些、玩些，什么事都不管，在大姨太的手里，好像当她是一个小女儿一样。

罗公馆除了三个姨太太、一个小姐之外，其余都是佣妇使女。虽然罗局长及保镖汽车司机是男子，但他们白天里都在外面，所以平日之间，罗公馆里简直没有一个男人的影子，偌大的一座洋房，终是那么冷冷清清的。不过今天是太热闹了，红男绿女，宾客如云，大门口的汽车接连不断，警务处特地还派十二名警员前来维持秩序，也可见罗局长当时的威风盛极一时。

诸葛龙夫妇带了阿雄，坐车来到罗公馆，汽车直达大厅面前停下，就有招待的拉开车门，请他们入内。当有车务组代为付去车资，汽车由大门进来，却从边门开出，使秩序并不紊乱。

大厅上张灯结彩，正中一个霓虹灯大寿字，满桌子陈列着金银寿星，还有珍珠玛瑙的寿礼，高烧着大大小小九对寿烛。两面寿屏寿对，在灯烛互映之下，更显得金碧辉煌、灿烂夺目。诸葛龙引领着妻子与儿子在寿台前鞠了躬，这时，有个招待的走上来，诸葛龙认识是自己一科的科员张大君，遂向他问道：

"寿翁在哪里？"

"诸葛科长，你怎么来得这样晚？罗局长刚才还问起过你哩！他在里面，我伴科长进去吧！"

张大君一面笑嘻嘻回答，一面领着三人走进内室来。这间屋子里已摆了席，大概是女客坐的，所以粉白黛绿，钗光鬓影，都是莺莺燕燕的一群。此刻正中搭了一台，正在唱滑稽表演，所以女客们也都坐在前面看戏。这时，罗局长和他的大姨太站在窗口旁，喊喊喳喳地不知在说些什么。诸葛龙早已狗颠屁股般地走上去，一面拱手，一面连说恭喜。罗局长回头一见诸葛龙，虽然他们是上司和下属，但两人因为很接近很莫逆，所以满面堆笑地迎上来，一面也拱手还礼，一面叫了一声"老龙，你来得太迟了，我以为你有什么要事哩"。诸葛龙连说抱歉，一面指指诸葛太太和阿雄，说"这是内人和小犬阿雄"，同时又命阿雄拜寿。诸葛雄见罗局长虽然是个五十岁的老者，但块头很大，身材很健强，两道浓眉，一双凶目，人中上留了一撮胡须，确实很有些威严的样子，遂只好上前鞠了躬，叫了一声"罗局长"。不料诸葛龙却瞪着眼，喝道：

"瞧这孩子没有规矩，你应该叫声罗老伯，还有这位是罗伯母。"

"哈哈！没有关系，没有关系，老龙，你倒是教子有方啊！"

罗局长听了，一阵子大笑，望着阿雄的脸说。阿雄没有办法，只好叫了一声罗老伯和罗伯母。这时，诸葛太太和大姨太也笑嘻嘻地说着寒暄的话，大姨太还向阿雄打量了一下，笑道：

"诸葛太太，你真好福气，有这么一个标致的大少爷。"

"哪里来的福呢？一天到晚，就只是淘闲气。"

诸葛太太苦笑了一下，心中暗想：刚才为了叫他们拜寿来，还吵了嘴哩！可是口里当然没有说出来。罗局长见了阿雄那么一表人才的品貌，心里也很欢喜，遂问长问短地向他问了一阵，这里大姨太陪着诸葛太太到台前去听滑稽了。不多一会儿，却见一个花信年华的少妇，打扮得风流娇媚，花枝招展地走了过来，笑盈盈地叫道：

"诸葛科长，你好大架子，直到这时候才到来吗？"

"对不起，对不起，我……因为有些小事。哎，哎！阿雄，这位也是罗伯母，你快来拜见吧！"

原来这个少妇就是罗局长的二姨太，她是听了大姨太的告诉，所以特地走过来招呼的。但她并非是来招呼诸葛龙，她的目的，无非是来看看诸葛雄究竟是个怎样漂亮的美少年。当时诸葛雄听父亲这样吩咐，心中自然十分的惊奇，暗想：罗伯母何其多也！刚才那个徐娘半老的妇人，称呼她一声伯母，倒还有些相像，但这一个少妇，也叫她伯母，这如何说得过去？但父亲既然这么吩咐，叫我又不能违背，因此也只好走上前去，向她行了一个礼，叫了一声伯母。二姨太俏眼儿盈盈地在阿雄面孔上扫射了一下，暗暗喝了一声彩，真是好一个俊美的人才，于是眉开眼笑地说道：

"诸葛少爷，你太客气，你还是初次到来吧！你在什么学校读书呀？"

"我在海风大学读书。"

诸葛雄见了她这盈盈勾人灵魂般的秋波，他感到有些心跳，但也有一些害怕，一面低低回答，一面却把眼睛望到别的地方去，心中暗想：这大概是罗局长的小老婆吧！这时，罗局长向二姨太说道：

"绮雯，淑娴在什么地方？你给我去找来。"

"大概在小船厅里吧！我马上就去叫她。"

二姨太点点头回答，她便匆匆地走到小船厅里去了。这里罗局长又向诸葛龙闲谈几句，一会儿后，只见二姨太拉了一个豆蔻年华的姑娘匆匆地走来。那姑娘见了诸葛龙，先鞠了一躬，叫了一声"诸葛老伯"，然后望着罗局长，低低地问道：

"爸爸，你叫我到来，有什么事情吗?"

"淑娴，我叫你到来，是给你介绍一个朋友的。这位诸葛雄先生，是诸葛科长的公子，他是海风大学的高才生，学贯中西，你将来可以随时地讨教讨教他。"

罗局长听女儿这样问，遂指了指阿雄，笑着告诉。淑娴向阿雄点点头，微微地一笑，叫了一声"诸葛先生"。诸葛雄也就不得不还了礼，叫了一声"罗小姐"，心中却在暗想：真奇怪，罗局长一本正经地把她女儿叫了来，却是介绍给自己做朋友的，那在他心中到底是存的什么意思呢？罗淑娴的俏眼儿也偷偷地打量着阿雄的人，觉得果然是一个挺英俊的青年，她芳心里有些喜悦，因此望着他只是娇媚地笑。罗局长见他们都有难为情的神态，遂对他们说道：

"淑娴，诸葛少爷还是初次到来，你伴着他随意地去谈一会儿吧！"

"诸葛先生，我们到小船厅里去坐好吗?"

罗淑娴方才瞟了阿雄一眼，轻柔地说。阿雄没有说不好的道理，遂含笑向罗局长一点头，他跟了淑娴到小船厅里去了。到小船厅去须经过一条长长的走廊，走廊外有一个荷花池，池面上这时荷花正开得茂盛，衬着绿油油的莲蓬，十分的好看。远远地种植了几株法国梧桐树，此刻斜阳的余晖反映在树叶子上，更添了一层无限美好的色彩。诸葛雄说道：

"这个荷花池倒很不错，尤其是在这时候的景色，倒很可以画一幅绝妙的油画。"

"诸葛先生手里一定藏着一笔很精细的丹青吧！你有空的时候，我一定要请你画一幅。"

罗淑娴倒是一个很会说话的姑娘，她乌圆眸珠一转，却说出了这两句话。诸葛雄笑着，连说了两声"哪里"，因为觉得这里空气很好，他便在栏杆上靠着站住了，接着说道：

"这儿很风凉，比屋子里爽快得多。"

"那么我们就在这儿吹一会儿风吧！"

罗淑娴很柔顺地说，她倚着栏杆，和阿雄并肩站了下来。在一阵一阵的凉风之中，诸葛雄鼻子里是闻到一阵阵的幽香。在当初阿雄的心中，还以为是荷花的芬芳，但仔细地领略，却觉得这香味儿完全是从淑娴身上发散出来的。一时心里不住地荡漾，回头偷望她一眼，觉得淑娴确实也是一个天生丽质的姑娘，不但身材美妙窈窕，而且容貌秀丽，皮肤白嫩，五官端正，真是眉清目秀。若和露茜相较，实在难分轩轾，更因为她打扮得娇艳，穿戴得华贵，所以比露茜更加的美丽一点。他只管默默地偷看着淑娴，所以彼此并没有说什么话。淑娴偶然回头望了他一眼，四目相对，大家都有些不好意思起来。淑娴却嫣然地一笑，低低地又说道：

"诸葛先生，这学期可以毕业了吗？"

"不！要明年这时候才能毕业，罗小姐在哪儿读书？"

"我在青光女子中学读书，很惭愧，也要明年才能毕业呢！"

"你的年纪还轻，明年毕业，那也算不得迟的。"

"嗯！我已经十九岁了，年纪也不轻了，要如聪明一些的话，十八岁就可以中学毕业，十九岁不是可以进大学了吗？"

诸葛雄听她很坦白地把年纪也直接地告诉出来，觉得这位小姐倒是个很爽快的个性，遂微微地笑道：

"也许你上学迟一点，那是怨不了你的。"

"上学倒不算迟，六岁就进学校，可是笨得很，留了两年的级，先生说我聪明面孔笨肚肠，我真有些难为情。"

淑娴天真地说完这两句话，还把舌尖儿一伸，粉脸却微微地红起来。诸葛雄想不到她竟有这么的天真，一时也忍不住笑了，说道：

"小的时候不肯读书，那倒并不是真正的呆笨，大多原因还是为了要贪玩，其实小孩子的时候，谁都这个样子的。"

"难道你也是这个样子吗？"

"嗯！和你差不多。"

诸葛雄笑着应了一声，望着她妩媚的粉脸出神。罗淑娴撇了撇小嘴儿，摇摇头，笑道：

"你骗我，我不相信。"

"真的，我小时候也不肯读书，时常闹着赖学，记得阿妈抱我到学校门口，可是我依旧还逃着回家。想起小时候事情，可真也有趣。"

罗淑娴被他这样一说，捂着嘴，忍不住扑哧的一声笑起来了。秋波水盈盈地逗他一瞥媚眼，低低地说道：

"你这话靠不住，是故意逗着我笑的，你若真的这样不肯读书，但你这么轻的年纪，如何就快大学毕业了呢？"

"年纪不轻了，快要近三十岁的人了。"

"哼！你这人就不诚实，我听爸爸说，你才只有二十一岁。"

罗淑娴逗给他一个娇嗔，有些生气的成分，冷笑了一声，马上地说穿他。诸葛雄表示惊奇，红了脸，笑问道：

"你爸爸怎么知道我的年纪？"

"是你爸爸告诉我爸爸的……"

"但你爸爸为什么要告诉你呢？"

"那你就得问我爸爸去，我怎么会知道？"

诸葛雄这样追根究底地问她，那叫淑娴怎么回答好呢？幸而她是个聪明的姑娘，乌圆眸珠一转，却俏皮地说出了这两句话。诸葛雄倒是愕住了，只好笑了一笑，低低地说道：

"我这人很有些自说自话，罗小姐，请你原谅。"

"那你倒又太小心了，其实彼此说着玩儿，原没有什么关系。"

罗淑娴被他小心地一赔错，倒也不好意思起来，遂红了脸，又娇媚地笑起来回答。两人于是默然了一会儿，看着天空上的晚霞由金黄灿烂的色彩而慢慢地变成紫褐颜色，显然夜幕是完全地将要笼罩了大地。诸葛雄要探听她一下家庭的情形，遂又低低地说道：

"你妈的年纪倒还很轻呢！"

"这是我爸爸的小老婆。"

"我不是说这一个二十五六岁的少妇，我是说那个三十多岁的太太。"

"那也不是我的妈，是我爸爸的大姨太，我亲生的妈，已经死了……"

罗淑娴说完了这两句话，她心头似乎有些悲哀的成分，粉脸上浮现了凄凉的神情，忍不住微微地叹了一口气。诸葛雄就觉得她的身世有些可怜，因为她的爸爸不想而知是个糊涂虫，只晓得三妻四妾，左拥右抱，享受着他醉生梦死的生活。那么她一个女孩儿家，假使有什么心事的话，她又跟什么人去诉说好呢？我的环境也算孤零了，谁知她比我更孤零。阿雄这样想着，有些同情地难过，望着她盈盈欲泪的意态，低低地说道：

"不要难过，都是我不好，不该提起你心头伤悲的事情。"

罗淑娴没有回答，拿了一方小手帕，擦擦眼皮。过了一会儿，才显出若无其事的表情，向他嫣然一笑，拉了阿雄一下手，说："我们到小船厅去吧！"两人方才离开了走廊，步入小船厅去。

所谓小船厅，是一个圆形的厅堂，此刻里面的布置和舞厅差不多。正中也有一班乐队，这时正在奏着悠扬的乐曲，四周陈设座桌，男女宾客已坐满了一厅，大家熟悉的男女们，已在跟了音乐婆娑起舞了。淑娴回头望了阿雄一眼，笑嘻嘻说道：

"你瞧，在这儿坐坐，不是比外面听滑稽看本滩要好得多吗？"

"嗯！这也亏你们布置的了。"

诸葛雄口里虽然这样回答，但心中却在暗想：唉！这种场面究竟是太对不住国家了。正在这时，忽然走来一个亭亭玉立的少女，她打扮得和淑娴一样的华贵艳丽，笑盈盈地向淑娴叫道：

"大小姐，你怎么去了这许多时候才回来呀？你几个同学都在问我找人哩！她们都是顽皮的孩子，我可应酬不了，你自己去招待她们吧！"

"哦！我先给你们介绍，这是我的三姨娘。姨娘，这位是诸葛科长的大少爷，你给我招待招待，我去去就来。"

淑娴说着话，便管自地走开了，剩下的是诸葛雄和三姨太两个人，于是大家点点头。三姨太笑盈盈地叫了一声："诸葛少爷，我们到那边去坐吧！"诸葛雄含糊地应了一声，他也不知该怎么地称呼她才好，因为照她年龄看来，最多不过十八九岁，难道我也叫她一声伯母吗？这不但受的人不好意思，就是我也觉得难以叫出口来呀！一时又想，罗武智这狗奴才真是太可杀了，已经是五十岁的年纪了，还糟蹋人家十八九岁的女孩儿家，这种人一定没有好死的。就在他想的时候，三姨太已领着他走到一个座桌旁边，她摆摆手说了一声"请坐"。诸葛雄点头坐下，旁边有仆妇侍候着，开上两瓶冰汽水，三姨太遂也在他身旁坐下，握了杯子，说道：

"诸葛少爷，别客气，怪热的天气，喝汽水吧！"

"哦！谢谢你。"

诸葛雄忙也握了杯子，含笑说声谢谢。他口里虽然是在喝着汽水，但两眼却在偷偷地向三姨太窥望，觉得这个姑娘的容貌也相当的美丽，皮肤红粉细白，好像剥出鸡蛋一样，生得柳眉杏眼，樱唇玉齿，尤其是经过一番化妆之后，真有说不出的好看。不过她的好看，和那个二姨太显然有不同的地方，二姨太有些妖娆风流之情，但这位三姨太却温文而庄重。因此在阿雄心中不由得代为可惜起来，这真是一朵牡丹插在牛粪上，可怜她真可称为薄命佳人了。不过他又觉得奇怪，一个年轻的女孩子，怎么肯嫁给一个老头子做小星呢？难道她是一个贪财的女子吗？诸葛雄正在呆呆地想着出神，那三姨太恐怕冷落了他，遂竭力地招待着说道：

"诸葛少爷，你吸烟吗？喂！拿烟过来。"

"哦！对不起，我不会吸烟的。"

厅内原有两个小孩子，穿了红色的制服，颈项上挂了烟盘子，走来走去，以供宾客们的需要。三姨太向他一招手，那小孩就走过来。三姨太取了两支，一支递给阿雄，但阿雄摇摇头，却低低地谢绝。三姨太这就说不上什么话去，呆住了一会儿。诸葛雄遂又搭讪着道：

"照理说，我该叫你一声伯母，但我觉得有些碍口，就是你听着也有些刺耳，所以我还是叫你罗太太，你说好吗？"

"没有关系，随便叫什么都行，反正都是一样。"

三姨太似乎勾起内心的痛苦，苦笑了一下，低低地说，脸上浮现了忧愁的颜色。诸葛雄有些代为感到凄然，遂低低地又道：

"你和罗小姐差不多年龄吧？"

"还是我小着一岁。"

"啊！那么你只有十八岁？"

诸葛雄忍不住惊异地叫起来。三姨太点点头，叹了一口气，她有些眼泪汪汪的样子。诸葛雄情不自禁地也叹了一声，脱口问道：

"你怎么会嫁给一个五十岁的老年人呢?"

"没有办法……"

三姨太眼泪已滚落了两颊,但恐怕阿雄看见,把脸别转了去。诸葛雄觉得在这"没有办法"短短四个字中,是包含了多少血和泪混合的成分,他恨这个社会,他恨这个时代,愤愤地说道:

"我知道你一定有万不得已的痛苦……"

"这不用说,否则,谁肯拿自己的青春在这魔爪下牺牲?"

三姨太不等他说完,就很快地回答。诸葛雄看她意态令人楚楚可怜,一时有些感情作用,遂轻声儿说道:

"你能告诉我吗?关于你这不幸的遭遇。"

"我是一个没有父母的苦命人,从小由舅父养大成人。在十七岁那年,他们为了贪金钱,不管死活地叫我到舞厅去做舞女,我没有办法反抗,我只好在灯红酒绿中装笑脸媚人。直到今年春天的时候,罗局长看中我,要娶我,我当然不答应,但我舅父贪财,拿了罗局长两根金条,把我就像货物一般地出卖了。"

三姨太一口气地说到这里,眼泪又流了下来。诸葛雄觉得一个弱女子,在这样恶劣环境之下,确实是没有能力来反抗。他表示同甘共苦情,虽然很想安慰她几句,可是却无从说起,最后又低低问道:

"你也读过书吗?"

"只读了三年的书,也等于不读一样,到现在仍旧是一个亮眼瞎子。像我们这种女子过一天算两天,什么都完的了。"

"这也难说,我想你还可以继续求学,反正没有什么事,读了书有了学问,将来说不定还有光明的前途。"

"唉!'前途'两字是谈不到了,只不过有了学问之后,将来还可以有自立的能力。不过他管得很紧,不许我到外面去读书的,他把我当作一只鸟儿,关在这笼子里只有等死的了。"

"我觉得这种人是该杀的,惨无人道,简直是个魔鬼!哦!罗太太,对不起,我在你面前似乎不应该说这些话的。"

诸葛雄被情感激动得过分的缘故,他愤愤地竟骂出了这几句话,但既然说出之后,倒又感到极度的不安,遂又向她表示十分歉意地说。三姨太擦了擦眼皮,摇摇头,说道:

"不！你骂得很好，我非常感谢你。自从我做了这金丝笼子里的鸟儿之后，大家只有恭维我，说我福气好。像诸葛少爷那样同情我的人，简直一个也没有。唉！社会上的人心，多是那么的阴险，我觉得你才是我的知……"

三姨太说到"知"字的时候，却把那个"音"字再也说不出来，绯红了粉脸，却又别过头去了。诸葛雄听了这话，心头别别乱跳，暗想：这可不对，我无非是偶一同情而已，她若把我认作知音或知己看待，那我岂不是扰乱了她平静的心境了吗？这样一想，也就不敢再说什么了。这时候，那个二姨太也匆匆地走来，一见了他们两人，便笑嘻嘻地说道：

"哎呀！三妹在这儿陪伴诸葛少爷吗？大小姐自己到什么地方去了？"

"大小姐跟她几个同学说话去了，所以叫我代为招待招待。可是，我这人偏又不大会说话，一些也不会招待。二姊来得正好，你来坐一会儿吧！"

三姨太因为自己说了"知音"两字，正在感到不好意思，如今又被二姨太这么地一说，显然她的语气是包含了一点儿神秘的成分，为了避一点儿嫌疑起见，她便很快地说出了这几句话，同时站起身子，她和诸葛雄一点头，便悄悄地走开去了。

二姨太和三姨太的作风就大不相同，她在诸葛雄身旁坐下之后，一见桌子上放着的那两支香烟，立刻取了衔在嘴上，一支交到诸葛雄的手里，划了火柴，笑道：

"瞧，三妹这妮子倒丢着我一个人，她自己走了，我也不会十分招待客人的。诸葛少爷，吸支烟吧！"

"对不起，我不会吸烟。"

"哟！这个年头儿，还有谁不会吸烟的吗？诸葛少爷，你别客气呀！是不是嫌我招待得不好，所以你不肯吸吗？"

"不是，不是，伯母，你别误会，我实在是不会吸烟。"

"你真不会吸，也得吸一支玩玩，要不然，你就是瞧不起我了。"

二姨太把烟卷亲自塞到他的嘴里，笑嘻嘻地说。诸葛雄没有办法，只好吸了一支。心中暗想：她这样放浪不羁的情形，好像浑身都是藏着火一般的热情，这叫人真有些担心被她融化的危险，因此东张西望，大有坐立不安的样子。二姨太见他拿了烟卷并不吸，却让它白白地烧去，这就放下口中的香烟，去拉他的手，笑道：

"诸葛少爷，你真不会吸烟，那么我们还是跳舞吧！瞧这么好的音乐，别错过了啊！"

"伯母，我不会跳舞。"

诸葛雄简直对她有些害怕起来，因此赖在座位上不肯站起身子，红着脸回答。二姨太笑嘻嘻地还是硬拖着，说道：

"现代青年，谁不会跳舞？你别怕难为情。我也不十分会跳的，大家无非热闹热闹而已，你怎么像女孩儿家似的呢？"

诸葛雄被她这样一说，那就没有再拒绝的可能了，只好站起身子，跟着她到舞池里去了。二姨太好像感到特别的兴奋，紧握着他的手，把胸部也紧偎着他的怀内，她的粉脸一味地要贴到阿雄的颊上去，口里还低低地说道：

"诸葛少爷，你的舞步跳得太好了，还说不会跳舞，你不是故意地骗我吗？"

"伯母，我实在跳得不好的。"

诸葛雄竭力把脸仰了开去，他怕这情形会让别人传到罗局长的耳朵里，那就太糟糕的了，所以他心跳得很厉害，使他说话的声音都有些颤抖的成分。二姨太却有些撒痴撒娇的样子，"嗯"了一声，侧了粉脸，把秋波逗给他一个娇嗔，说道：

"你怎么老是叫我伯母？岂不是要折死了我？"

"那是辈分如此，我不叫你伯母，叫什么呢？再说爸爸这么吩咐我，我也不敢不听从呀！"

"你瞧我和你仿佛的年纪，能有资格做你的伯母吗？"

"那不是这样说的，三岁的小孩，做太叔公的也多得很哩！"

"可是我不愿意你这样叫。"

"那么我就叫你罗太太，你说好吗？"

"也不大好。"

"你要我叫什么呢？"

"听说你还只有二十一岁，我比你大四岁，你就叫我一声姊姊。"

"那我可不敢这样没有规矩。"

"我喜欢你这样叫，那又有什么关系？弟弟，你肯不肯做我的弟弟呢？"

诸葛雄见她完全用柔媚的手段来勾引自己，要引诱自己堕入罪恶之门，一时很看轻她的人格，遂沉着脸色，并不作答。幸亏这时音乐已停，诸葛雄很快地放手，便走到座桌旁来了。只见罗淑娴先坐在那里了，诸葛雄因为心虚，所以两颊一阵子发烧，那颗心终有些像小鹿般地乱撞着。二姨太却很老练地笑道：

"大小姐，你在哪儿了？倒叫我来招待诸葛少爷呢！"

"对不起，那倒是辛苦二姨娘了。"

罗淑娴倒也是个可人儿，哧哧地一笑，却怪俏皮地回答。二姨太听她这话中多少包含了一些酸素的作用，一时也不由得红了粉脸，有些羞愧之色。不过她还嘻嘻地笑道：

"我辛苦些倒没有什么，不过明儿你们成双成对的时候，多给我叩几个头吧！"

罗淑娴被她这样一取笑，芳心中也觉得难为情，恨恨地啐了她一口，两颊也热辣辣地红晕起来。二姨太哧哧地一笑，她趁此机会也就很识趣地走开去了。诸葛雄听二姨太这么说，而罗小姐只有羞涩的神情，却没有着恼的颜色，一时倒反而暗暗地担忧，难道罗小姐果然也属意于我了吗？忽然想到爸妈逼着我一同来拜寿，又见罗局长特地把女儿介绍给自己，这样看来，他们心中莫非早有意思了吗？诸葛雄只管呆呆地想着，也就没有开口说话。罗淑娴低低地问道：

"刚才不是三姨娘陪着你吗？怎么一忽儿变成二姨娘了呢？"

"因为你二姨娘来了，所以你三姨娘走开招待别的客人去了。"

诸葛雄竭力镇静着态度，也低低地回答。罗淑娴点点头，她见烟缸上搁着两支燃烧的烟卷，因为冒上来的烟圈子容易逗人咳嗽，遂拿了一支给阿雄，说道：

"这是你吸的吗？二姨娘也真糊涂，她就这么走了。这一支烟是她吸剩的吧？"

"我原也不会吸烟，你二姨娘太客气，一定要给我吸一支，其实都是白白糟蹋的。"

诸葛雄见淑娴把二姨太的一支烟卷塞灭在烟缸的小洞里，于是也跟着把自己那支烟卷弄熄了，微笑着说。罗淑娴见他意态，似乎在自己面前假

106

装老实的样子，遂笑了一笑，说道：

"诸葛先生，我们去跳舞好吗？"

"可是我跳得并不好。"

"别客气，我见你跟二姨娘是跳得挺好的。"

罗淑娴向他妩媚地一笑，俏皮地回答。诸葛雄知道她刚才已看见了自己和二姨太跳舞的情形了，一时很为慌张，虽然在舞池里和淑娴跳着舞，但神情有些木然的样子。罗淑娴略为推开了他一些身子，秋波掠到他的额角上，却见冒着珍珠似的汗点儿，遂微笑着说道：

"诸葛先生，你觉得很热吗？"

"还好，没有十分的热。"

"可是，你额角上的汗很多，我给你抹了好吗？"

罗淑娴一面说，一面把手中拿着的这一方小绢帕亲自按到他额角上去拭汗。诸葛雄觉得一阵夜巴黎的幽香，芬芳地触送到鼻子里来，他觉得淑娴的多情，使人心头有些摇荡，遂低低地说了一声"谢谢你"。淑娴回答了一声"别客气"，她把手帕拿回来，又含笑问道：

"二姨娘刚才跟你说了些什么话没有？"

"都是些空话，说过就丢了。"

"我不是在背后批评人，二姨娘的脾气是挺爽快的，就是太热情了一点，不知道诸葛先生也有些觉得吗？"

诸葛雄明白淑娴远兜了圈子在说话，一时颇难回答，却只好微笑而已。罗淑娴接着又说道：

"三姨娘年纪虽然比我还轻，可是人倒挺稳重的。她高兴起来像小孩子似的，但难过的时候却独个儿流着泪哭泣，我有时候被她哭得真有些辛酸。"

"嗯！你三姨娘确实是怪可怜的。"

罗淑娴见他被自己引逗得开口了，但他附和的这一句话令人有些可疑，这就望了他一眼，奇怪的样子，说道：

"你已经知道她的身世了吗？"

"不……我……没……有知道。"

诸葛雄支支吾吾的神情，他竭力地否认着。但罗淑娴还俏皮地说道：

"你没有知道她的身世，你怎么晓得她怪可怜呢？"

"这是放在眼前的事实，一个十八岁的姑娘做了你爸爸的三姨太，说起来还不能算是可怜吗？"

诸葛雄对于这一点认为很容易回答，遂滔滔地说，表示理直气壮的样子。罗淑娴倒是语塞了，微微地叹了一口气，难过而又怨恨地说道：

"这是我爸爸糊涂的地方，我觉得爸爸太荒唐了一些，但是我做女儿的有什么能力去相劝爸爸呢？"

"你爸爸到底有几个姨太太？还有四姨娘、五姨娘吗？"

罗淑娴认为诸葛雄这一句问话，是包含了讽刺的成分，她摇摇头，逗了他一瞥哀怨的目光，慢慢地垂下头来。这时，音乐停止，两人便回到座桌旁来。诸葛雄见淑娴闷闷不乐的样子，遂又低低地说道：

"罗小姐，你怎么不快活起来？难道怪我言语得罪了你爸爸吗？"

"不！我恨爸爸，他不该害了人家姑娘的终身，像三姨娘这么的个性，她当然不会闹出桃色的事情来。可是像二姨娘这样热情的人，她自然不会像三姨娘那么的老实。所以爸爸娶了这种年轻女子，到最后还是爸爸自己吃亏丢脸！"

"我想不会的吧！她们既然跟了你爸爸，她们当然不会再有什么野心的。况且你爸爸待她们不薄，她们的生活不是很舒服吗？"

"就是因为生活太舒服的缘故，只怕她们会干出非分妄想的事情来。一班年轻的男子，就容易上她们的圈套。"

诸葛雄听她后面这两句话，分明是在说给自己听的，一时很感觉不安，遂认真的表情说道：

"这也不能一概而论的，各人有各人的人格和志气，假使见了一个女人就色眯眯的话，那男子准是个没有出息的东西！"

"那么，你倒是个顶天立地的奇男子了。"

罗淑娴似乎会意他这些话是在向自己表白，芳心倒是着实安慰了不少，秋波斜乜了他一眼，展开一丝笑容来赞美他说。诸葛雄还是一本正经的神气说道：

"我虽不是顶天立地的奇男子，但至少我是不会滥用其情的。"

"我相信你，你是一个用情纯洁而专一的青年。"

罗淑娴妩媚地一笑，她有些情不自禁地握住了诸葛雄的手，欣慰地说。但这句话倒是提醒了诸葛雄，他暗暗地想道：不错，爱情固然要纯洁，但更要紧的还是专一。我不能三心二意地转变爱的方针，因为我已经是有了心上人啦！罗小姐，你这一份儿情意，我是只好辜负你的了。诸葛雄心里虽然这样想，但口中当然没有说出来，他被淑娴握着手，内心反而感到无限的凄凉。就在这时候，三姨太笑盈盈地走来，说道：

"大小姐，外面已摆了酒席，你爸爸叫我来问你一声，说诸葛少爷喜欢吃中菜，还是西餐？吃中菜便到外面去坐席，吃西餐就在这儿等着吧！"

"我说就在这儿吃西餐吧！外面太闹，这儿比较清静些。三姨娘，你也跟我们一块儿吃吧！"

"我可没有那么傻，让你们来讨厌我。"

三姨太咭咭地一阵子细笑，便一骨碌翻身走出厅外去了。罗淑娴和诸葛雄都有些不好意思，微红了脸，互相望了一眼，也忍不住笑了。淑娴低低地说道：

"我三姨娘真有些讨人欢喜。"

"我觉得你和三姨娘的感情比二姨娘好，大概二姨娘和你在意见上不大合吧！"

"这倒也没有什么意见不合，但我的感觉上，三姨娘似乎可爱得多。"

"那么在你爸爸眼睛里看来，不知道是哪一个姨娘好？"

"爸爸却喜欢二姨娘，他说二姨娘会拍马屁，会灌迷汤。其实这些马屁迷汤，按诸实际，也无非是淫荡而已。"

两人说了一会儿话，又跳了几次舞。仆妇们在每个座桌上按照人数摆放了刀叉盘碟及玻璃杯、啤酒、汽水等物。诸葛雄心中暗想：这样花费，究竟太奢侈一些了，要如把这笔费用捐助了华北受难同胞，可以救活多少老百姓的生命呢！这样想着，自不免无限的感慨。在这里确实可称为人间天堂，口里尝着精美大餐，嘴里喝着兴奋的啤酒，耳听热狂的音乐，眼看娇艳的女人。这种生活，若和炮火之下痛苦的受难同胞相较，真所谓有天壤之别。

罗淑娴喝了几杯啤酒之后，她的神态有些异样，在他们跳舞的时候，她把水汪汪的眼儿斜瞟着诸葛雄，低低地问道：

"诸葛先生，爸爸把我们介绍了朋友，不知道你心中可愿意有我这样一个女朋友吗？"

诸葛雄听她这样问，心头又别别地乱跳起来，因此含了微笑，却不知

怎么回答才好。罗淑娴见他不答,自然有些失望,遂犹疑地说道:

"我知道你在外面女朋友一定很多,所以对于我们还只初见的友谊,是并不感怎么稀奇的吧!"

"不!罗小姐,我这人不会说话,请你原谅。"

诸葛雄绯红了两颊,含糊地说。淑娴暗想:难道他果然是一个老实人吗?遂凝眸含颦地望着他,追问他说道:

"诸葛先生,我酒后说话不知轻重,你有心爱的情人吗?"

"没有……"

诸葛雄在这个情形之下,他没有办法,只好违背良心,说了一句谎话。但他既然说出了口,又感到万分的不安,神情有些局促。但淑娴听了,却表示十二分的安慰,娇媚地笑了笑,低低地说道:

"诸葛先生,你假使不讨厌我这个姑娘的话,那么我希望你时常到我家来玩玩,我是非常地欢迎你。"

"好!我一定会来拜望你。"

诸葛雄口里不得不这样地敷衍,但心头却十分着急,觉得自己种下了罪恶,说不定自己害了一个姑娘堕入烦恼的圈子了。罗淑娴当然不知道他会有口无心地说话,所以她对待阿雄也就显出格外亲热的样子了。

吃毕这餐夜饭,时已九点多了,众宾客散了大半,诸葛雄嫌热,说到外面去透透气。罗淑娴因为要去敷衍她的同学们,所以没有跟出来。诸葛雄在小院子里齐巧碰见了二姨太,二姨太一见四下无人,遂一把拉住了他,在袋内摸出一张纸,塞到阿雄手里。她真有大胆的作风,抱住阿雄脖子,很快地在他颊上吻了一个香,便笑着逃开去了。诸葛雄吃惊不小,连忙取了手帕,在颊上擦了一擦,果然抹下一些殷红的唇膏,他摇摇头,叹了一口气。借了月光下面,把那纸条透开,只见上面写了几行字道:

诸葛少爷:

明天晚上九时整,我们在百乐门舞厅一叙。

切勿失约,至盼至盼!

诸葛雄看了这张字条,不由得"呸"了一声,立刻撕成碎片,向泥地上一抛,一面走向大厅里去,一面暗暗想道:这无耻的女人,果然不出淑娴的所料，她对我是存在着歪心眼儿哩！对我一面之识的人尚且如此，可见她平日生活的荒淫、行动的浪荡，那是更甚于娼妓的了。这该死的罗局长，喜欢做一个活乌龟呢！想到这里，倒又觉得好笑。

这时，诸葛龙夫妇俩正预备来找寻阿雄，因为诸葛龙太高兴的缘故，他竟有些喝醉了酒，所以要早点儿回家去。当时阿雄听了，也巴不得早点儿回去。罗局长忙又叫人去喊淑娴到来，淑娴还没有见到过诸葛太太，当下亲亲热热叫了一声"伯母"，请她时常来玩。诸葛太太一见罗小姐果然美丽稳重，心中欢喜万分，拉着她手，大有爱不忍释的样子。但这时汽车已来，诸葛龙拱拱手，嘴里咿唔唉唔地不知说些什么话，罗局长忍不住好笑，遂嘱咐阿雄小心扶着爸爸坐进汽车，大家招招手，说声再会。司机把车门关上，便驶出罗公馆去了。

诸葛龙回到家里，却呕吐起来。诸葛太太很生气，遂唠唠叨叨地向他骂了一阵，说："不会喝酒，自己就该留些量，拼死地喝呀喝呀，喝得这个样子，叫人恨不恨？"诸葛龙却躺在床上，一句也不开口。诸葛雄趁此机会，也就回到自己的卧房来了。

这晚，阿雄睡在床上，哪里能合得上眼？耳朵旁听到的只是"砰哧哧"的声音，眼前浮现的一会儿淑娴，一会儿三姨太，一会儿二姨太，她们都含有了磁性一样，把自己的心会吸引得摇荡不停起来。诸葛雄伸手摸摸脸，想到了二姨太的一吻并明天晚上的约会，他的神志有些迷醉，假使明天晚上应约而去，那以后的发展，必定有神秘一幕的演出。但他立刻又想到自己对淑娴的话："假使见一个女人便会色眯眯的话，那个青年一定是个没有出息的东西！"同时又想到：爱情不但要纯洁，而且更要专一。那么我如何能被色欲的诱惑而做一个社会的罪人呢？阿雄想到这里，便什么都死了心，终于闭着眼睛睡去了。

第二天因为是星期日，所以大家都睡得很迟才起来，也不用吃什么早点，就可以用午膳了。饭后，阿雄坐在上房里略事休息，诸葛太太无意中谈起罗小姐，遂竭口地赞美。诸葛龙听了，十分得意，望了阿雄微微地笑道：

"阿雄，昨天你跟罗小姐在小船厅里跳舞谈笑，玩得很有兴趣吧！你觉得罗小姐这位姑娘人品怎样？又大方又漂亮，又稳重又可爱，比普通一班姑娘真是有天地之别哩！如今介绍给你做了女朋友，你的福气真不浅，真可说是前世修来的呢！"

诸葛龙一面说，一面却哈哈地大笑起来。阿雄当然不好意思开口，所以默不作答。诸葛太太却有些忧虑地说道：

"罗局长虽有意思把女儿配给我们阿雄做妻子，但是我怕罗小姐在家中享受惯了，到了我家，会吃不起苦。"

"那你担心什么？老实说，罗局长只有这么一个宝贝的女儿，他这一份遗产，将来……哈哈……那还用说了吗？况且阿雄毕业后的出路，也有了靠山。这个年头儿做人，有真实的本领还是没有用，最要紧的是穿起黄缎马褂来，那希望就大了。阿雄这孩子太倔强，做爸爸的费尽心思为他打算，可是他却不听我的话，所以想想真有些气人！"

诸葛龙说到后面，又停止了笑声，望了阿雄一眼，表示做儿子的以后应该要孝顺些父亲才好。但这些话听到阿雄的耳朵里，却非常的吃惊，那颗心像小鹿般地撞个不停，暗想：他们做父母的拿我们儿女婚姻竟然自说自话地自作主意，也不管儿女肯不肯，愿意不愿意，这实在是太以专制盲目的了。他想开口反对，表示拒绝这头婚事，但转念一想，我若拒绝，必遭父母痛骂，而且还要监视我的行动，倒不如表面上且不动声色，我慢慢地另打主意是了。一面想着，一面站起身子，假说回房去预备功课了。

诸葛雄坐在房中，呆呆地出了一会子神，他心头感到痛苦，这痛苦叫他有些坐立不安。经过半个钟点考虑之后，他忽然披了上褂，匆匆地奔出了家，来到外面一家香烛店内借打一个电话，约郎露茜到金门茶室来商讨一切了。

第七回

　　郎露茜在接到了诸葛雄的电话之后，她便急急地坐车赶到金门茶室，走入大门，就站住了一会儿，把她明眸向四周张望了一眼。只见诸葛雄已匆匆地走过来，招了招手，叫着"郎小姐，我在这儿"。露茜发现了诸葛雄的人，遂不等他走过来，先含笑迎上去，低低地说道：

　　"诸葛先生，你已等候了好一会儿吧？"

　　"没有多久，我也只有刚来不到十分钟。"

　　诸葛雄一面说话，一面把座桌旁的椅子移开，是请她坐下的意思。露茜把手里的皮包放在桌上，一面和诸葛雄坐了下来，阿雄把预先给她泡好的一壶茶在她面前斟了一杯。郎露茜因为在电话里听他说是要有紧的事情相商，所以她心头是很焦急，一面道了谢，一面忍不住开口问道：

　　"诸葛先生，你叫我到来，不知有什么要紧的事情商量吗？"

　　郎露茜问得诸葛雄倒是怔怔地愕住了一会子，心中暗想：这叫我跟她说些什么才好呢？因为我和她究竟是初交，虽然彼此都有些爱慕的意思，但我和她商量些什么呢？左思右想，终觉得难以开口，遂支吾了一会儿，方才微笑着说道：

　　"没有什么，没有什么要紧的事，因为我心中很记挂你，所以请你出来，大家一同玩玩的，今天不是休息的日子吗？"

　　诸葛雄回答的话叫露茜听了真是出乎意料之外，一时凝眸含颦地瞅了他一眼，"哦哦"地响了两声，忍不住对他嫣然地笑了起来，心中可在暗想：这人真也有些自说自话的，你星期日固然是放假休息的，但我的工作，原没有什么星期不星期的分别呀！我道什么要紧事，原来叫我玩玩的，那我就懊悔请半天假的了。但转念一想，他所以有这种举动，说来终是为了爱我的缘故，那么他这一份儿的痴心，我不是应该要同情他的吗？
于是低低地笑道：

"谢谢你，你这样地记挂我，不过以后你要约我游玩，最好在六点以
后，因为单是为了游玩而荒废了工作时间，那是很不好的。"

"是的，我以后一定不再这么做……"

诸葛雄含了苦笑，心中暗想：我哪里单是为了游玩才约你出来的呢？
但他口里没有勇气声明，只好表示抱歉地回答。郎露茜没有说什么，拿了
茶杯，凑在嘴边一口一口地呷着。诸葛雄觉得空气沉闷，遂竭力想找些话
来谈谈，微笑着说道：

"郎小姐，你爱吃什么点心？我们可以向茶花拿取。"

"吃点心太早，我们就坐着谈一会儿吧！"

郎露茜摇摇头回答。诸葛雄也觉得两点多一点儿的时候，实在也吃不
下什么点心，遂含笑称是。他们呆呆地坐着，却出了一会子神。这时，在
露茜的心中，感到十分猜疑，他急急打电话给自己，原来大家是这么呆坐
着，那不是太没有意思了吗？看他的神情，好像有什么隐秘的样子，莫非
他有说不出的话要想对我开口吗？于是便先试探着问道：

"诸葛先生，我觉得你好像有什么心事吗？"

"心事是有一些，但我觉得一时里也不容易说出口。"

诸葛雄被她这样一问，觉得这给自己是个说话的好机会，遂笑了一
笑，低低地回答。郎露茜秋波脉脉地望了他一眼，奇怪地说道：

"为什么不容易说出口来呢？"

"郎小姐，我……很坦白地跟你说，我见了你之后，我觉得你的人太
好了，在我心眼儿里，好像除了你之外，就什么人都没有了。"

诸葛雄在这个时候，他没有了办法，只好厚着面皮，凑过脸去，向她
低低地说出了这两句话。郎露茜听他居然向自己说出类似求爱那么的话
来，她心头是说不出的羞涩，全身一阵发烧，两颊就热辣辣地通红起来，
俏眼儿向他一瞟，便慢慢地低下头来，默不作声。诸葛雄见她不作答，自
然有些受窘，遂也红了脸，又低低地问道：

"郎小姐，不知道你心中对我也有这么的同感吗？"

"诸葛先生，承蒙你这样看得起我，我心中自然有无限的感激，只不
过我是一个知识浅薄的女子，只怕资格有些够不到的吧！"

郎露茜这才抬起红晕的粉脸，低低地回答。诸葛雄有些焦急的表情，很快地说道：

"郎小姐，请你不要客气，我们年轻的人，还是实心眼儿一些的好。"

"不过……你……不是还有一个表妹李小姐吗？我看她对你也不坏，假使将来弄成尴尬的局面，大家不是会很痛苦吗？所以我认为诸葛先生还得郑重地考虑才好。"

郎露茜这时又显出很老练的样子，向他明白地说。诸葛雄一本正经的神气，也很坦白地说道：

"郎小姐，我和表妹的感情虽然也不坏，但我们并没有涉及什么儿女私爱，我们不过是一些亲戚关系罢了。对于郎小姐呢，这情形又不同了，我要和你做个永久的伴侣，使我们将来造成一个美满的家庭。并不是我花言巧语地来打动你，我敢发誓，我完全是真心爱你，我绝没有存了玩弄的意思，我的希望，就是宁愿海枯石烂，但我们的情爱，始终是天长地久。郎小姐，你相信我这些话吗？"

"我相信你，不过，我也有些忧愁……"

诸葛雄见露茜赧赧然地说，但说到后面，那意态还有些考虑的样子，于是望了她一眼，急急地问道：

"郎小姐，你还有什么忧愁呢？"

"我怕你的爸妈会不赞成吧？"

诸葛雄再也想不到会被露茜一语道破心中的痛苦，这就皱了眉毛，叹了一口气，低低地说道：

"郎小姐，我今天和你来商量的，就是为了这一个问题。"

"哦！那么你爸妈果然是不赞成的了？"

郎露茜起初还是一种猜想而已，现在猜想已成了事实，她粉脸立刻也变成灰白的颜色，"哦"了一声，凄凉地说。诸葛雄忙道：

"事情是这样的，我还是爽爽快快地告诉了你吧！"

诸葛雄说到这里，喝了一口茶，就把昨天爸爸叫自己去拜寿，遇到局长女儿后的情形向露茜告诉了一遍，并且说道：

"我今天听爸爸的口气，好像欲娶局长女儿做媳妇。当时我没有表示什么意见，但我心里是一百二十分不情愿，所以我打电话来约你，预备跟你商量一个办法。"

郎露茜这才有个恍然大悟，暗想：他约我到此，原来是为了这个事情。一时觉得非常的难过，遂摇摇头，说道：

"你约我到此预备商量什么办法呢？我的意思，爱情固然可以自由，但也必须经过家长的同意。现在你爸妈既然已经属意于局长的女儿了，那么我们之间的希望也就太渺茫了。诸葛先生，你的情谊，我很感激，不过我没有福气，所以我不能消受。现在我要劝告你，你还是不要胡思乱想地多费脑筋，我们之间还是维持一个纯洁的友爱，那也很不错的。因为这样下去，大家不但很痛苦，而且还会发生什么意外的不幸。我们假使做了这环境中的主角，那是太惨了，太惨了！"

郎露茜说到后面，声音特别的低沉，脸部是呈现悲哀的神色。诸葛雄的情绪也特别紧张，他握紧了拳头，有些愤恨的样子，说道：

"郎小姐，那不是这样说的，我们为了要自由，我们只有用手段来对付这恶劣的环境，只要我们同心同意地干，我相信绝不会发生悲惨的结局。但我要问郎小姐，你到底有没有这一种勇气呢？"

"我得问你，你预备怎么样地干呢？"

郎露茜被那"爱"所冲动了，她周身的血液在沸腾，遂情不自禁地向他这么问。诸葛雄很坚毅地说道：

"我为了爱你，我情愿脱离家庭，和你一同到外埠去，去做我们青年应做的事情。郎小姐，你肯答应跟我一同走吗？"

"跟你一同走……"

郎露茜低沉地反问了他一句，她那颗脆弱的芳心顿时别别地乱跳起来。诸葛雄点点头，很快地接下去道：

"是的，我们可以离开这万恶的上海，一同去做一对自由的人。郎小姐，你敢吗？"

"这个……我认为太冒险，太没有把握了。诸葛先生，你还是一个学生子，而我呢，仅仅是个产科医院里的实习生而已。我们假使到了外埠，试问我们有什么能力来维持生活？倘然流落异乡，街头求乞，到那时候，求死不能，求生不得，这……便怎么是好？所以我们不能为了一时的感情冲动，而干出太冒险的事，我们应该要三思而行才好。诸葛先生，你以为我这些话也说得有理吗？"

"我想，我们不是跛子，我们不是瞎眼，我们也不是残废的人。常言道，有手有脚，还怕饿死了不成？郎小姐，假使你答应跟我一同走的话，我事先可以筹备一笔钱，至少我们在外面可以维持两个月的生活。"

诸葛雄认为这是她过分小心的思想，所以并不以为然，还说了这些话去壮她的胆量。郎露茜沉吟了一会儿，向他问道：

"那么两个月之后的生活，怎么办呢？"

"难道在两个月的日子中，还找不到做一些事情的机会吗？"

郎露茜倒是默然了一会儿，诸葛雄于是又向她连连地催问。露茜凝眸含颦地瞅住了他，认真地说道：

"这问题太重大了，我认为不是一时之间能够决定的，所以你不能这样的性急。"

"那么你预备考虑几天，是不是？"

"是的，我觉得应该有考虑的必要。"

"那么你几时给我答复？"

"过一星期吧！"

"为什么要那么久的日子？"

"事情太重大，一两天是委决不下的，这个我要请你原谅。"

"也好，我就等一星期听你的回音吧！此刻快近三点钟，我们吃些春卷还是烧肉馒头？"

"我没有饿，你别客气。诸葛先生，我觉得有些奇怪，据你刚才所告诉，那局长女儿还只十九岁，容貌也漂亮，而且家中又有钱，像她这样的姑娘，不是比我更要强上十倍、百倍吗？为什么你却偏偏爱上了我呢？你能告诉给我一个原因听听吗？"

诸葛雄听她这么问，又见她粉脸红粉粉地浮现了朵朵桃花，觉得这意态是分外的妩媚可爱，于是低低地说道：

"郎小姐，两性的爱，绝不是讲究有金钱、有容貌而作为标准的，我认为最要紧的，就是性情好。倘然性情不好的姑娘，她的容貌再美丽一点，家境再富裕一点，那也没有什么用啊！"

"那么你认为我的性情很好吗？"

"嗯！不但性情好，在我眼睛里看来，觉得没有一处是不好的。"

诸葛雄这会子笑嘻嘻地说，表示十二分得意的样子。郎露茜逗了他一个娇嗔，两人都微微地笑了。过了一会儿，露茜忽又说道：

117

"那么我要回医院去了，说不定还可以不用请半天假呢！"

"你已经请了假，何必又急急地回去呢？我们吃点儿点心吧！"

诸葛雄一面劝留着她，一面向茶花手中捧着的盘子内要了几样点心，望了露茜一眼，叫她吃一点儿。但露茜这时芳心乱得很，哪里还吃得下什么点心，只管呆呆地思忖着，她第一考虑的，就是诸葛雄对自己有没有拐骗的手段；第二考虑的，是我能不能跟他一同走。所以诸葛雄叫她吃点心，她也有些听而不闻的样子了。诸葛雄笑道：

"郎小姐，你是不是已经在考虑了？"

"不！这儿不是考虑这些问题的地方。"

"那么我们吃点心吧！"

郎露茜方才含笑点点头，握了筷子，夹着春卷吃了，但吃在嘴里，却有些乐而不知其味哩！

两人从金门出来，已经四点多了。诸葛雄要和她一同瞧一场电影，露茜没有勇气拒绝他，两人遂到隔壁大光明电影院看了电影。出来已经六点十分，诸葛雄还要请他吃夜饭，露茜说天气太热，非回家去洗浴不可。诸葛雄没有办法，只好和她握了握手，叮嘱下星期日听回音的时候再见，方才匆匆地别去，各自回家。

诸葛雄回到家里，见表妹玉梅坐在上房内和母亲谈着话。诸葛太太见了儿子，便埋怨地说道：

"阿雄，你这一下午在什么地方玩呀？玉梅两点半的时候就一直等你到现在，已整整的四个多钟点了，叫人多心焦的！"

"对不起，对不起，我在瞧一个同学，他拉着我在大光明瞧了一场电影哩！"

"表哥，你这就太不应该了，那天我在电话里不是跟你先约好的吗？星期日我请你瞧电影，谁知你反被同学请了去，可见那同学的面子比我就大得多了。"

玉梅这几句话有些酸溜溜的成分，因为她在想那个同学一定是属于异性的。诸葛雄这就"哎呀"了一声，连连拍着额角，说道：

"该死，该死！表妹约我的事情，我竟压根儿都忘记了。其实这也难怪我，因为我这几天的心绪实在太恶劣了。表妹，请你坐一会儿，我去洗一个浴，晚上我来请你看电影。"

诸葛雄一面说，一面匆匆地回到自己卧房去了。玉梅虽然有些怨恨他，但听了他末后的一句话，芳心倒又欢喜起来，于是也就不说什么话了。

晚饭后，阿雄和玉梅真的到国泰大戏院去瞧了一场电影。在没有放映之前，玉梅向阿雄用了神秘的口吻，问道：

"表哥，你下午那场电影一定瞧得很有兴趣吧？"

"大光明那张片子并不好，所以一些也感不到什么兴趣的。"

"电影虽然不好，但陪着一同去瞧电影的人，那终是最好的了。"

玉梅见他木然无知的神情，还以为是他假意地装腔，这就瞟了他一眼，笑嘻嘻地说。诸葛雄方才听出她话中有骨头了，于是立刻一本正经地说道：

"表妹，你这是什么话呀！我下午是和一个男同学在瞧电影呀！"

"哼！我不相信，你一定跟那位郎小姐在一处。"

玉梅撇了撇嘴，冷笑了一声，索性直接地说穿他。诸葛雄心头别别地一跳，暗想：莫非她看见我们的吗？但转念一想，她两点半就到我家的，她怎么会看见我们？我倒不要露出马脚来才好。遂笑了一笑，却又叹了一口气，表示非常颓伤的样子，说道：

"表妹，你居然还要跟我开这些玩笑呢！我这几天心中的痛苦，真是没有人可以告诉呢！"

"你有什么痛苦？倒不妨向我告诉一下。"

"只怕我告诉了你，你也会感到万分的痛苦。"

诸葛雄显出凄凉的神情，低低地说。玉梅起初脸上还含了俏皮的笑，被他这么的一说，心头也感到相当的吃惊，遂急急地问道：

"表哥，到底为了什么事情呢？你快快告诉我吧！"

"爸爸要给我定亲事了，你难道没有知道吗？"

"啊！姨爹给你定的是谁家姑娘呢？"

玉梅心头好像有大石猛击了一下那么的疼痛，遂粉脸失色地追问。诸葛雄皱了眉尖儿，叹了一口气，说道：

"是爸爸局里罗局长的女儿，爸爸是为了奉承上司，才出卖自己的儿子。"

"……罗小姐你曾经碰见过吗？"

玉梅愕住了一会儿，她才灰白了脸，有气无力地问。诸葛雄点点头，轻声地说道：

"看见过一次，是罗局长生日那一天。"

"罗小姐几岁了？生得美丽吗？"

"才十九岁，美不美我并不稀罕。只不过我觉得我们的思想是个别的，我不愿意娶一个有财有势贵族人家的小姐……"

"那你为什么不反对呢？"

玉梅颤抖地说，她的眼皮有些红润。诸葛雄偷窥了她一眼，心头有些惨然，他觉得很对不起表妹，因为自己的对象并不是表妹，无非趁此机会，使表妹可以死去一条心的意思。遂凄凉地说道：

"我当然反对，但是爸爸把我骂了一顿，说我不知好歹，说我没有孝心。我有苦说不出，我只恨我自己没有自立的能力。"

"……"

玉梅默然无语，她觉得眼前呈现了黑暗，再没有什么光明的希望了。就在这时，场子内灯光熄灭了，银幕上也就放映出电影故事来了。这张片子是一个喜剧，故事发噱而滑稽，所以场内笑声不绝，等电影映完，许多观众的脸上还是含了喜滋滋的笑容。诸葛雄回头向玉梅望了一眼，谁知出乎意外的，她的眼皮有些红肿，显然是流过眼泪的缘故。玉梅见阿雄向自己注意，她才想到自己的眼睛，因为喜剧是只有笑的，我若被他发觉哭过了的话，那不是太难为情了吗？因此揉揉眼皮，还故意这么地说道：

"这电影太滑稽了，把我的眼泪都笑出来了。"

"表妹，我们到外面去吃些冷饮好吗？"

诸葛雄感到她的可怜，遂情不自禁低低地说。玉梅点点头，含了苦笑，用了凄婉的口吻也低低地说道：

"好的，趁表嫂还没有进门的时候，我们原该多相聚玩几次，否则，要表哥再陪我出来游玩，那就不容易的了。"

"表妹，你别那么说，叫我听了，心中感到难过。"

诸葛雄想不到玉梅有这样的痴心，一时非常辛酸，只觉喉间有些哽咽的成分。玉梅于是再也忍熬不住了，眼泪就扑簌簌地滚落下来，但又怕人家看见笑话，遂背转身子，拿帕儿很快地去拭眼皮。

两人在一家咖啡馆里吃冰淇淋，玉梅的神情终是那么抑郁而凄切，显出那份儿楚楚可怜的成分。诸葛雄虽然想安慰她几句，但一时里也说不上什么话来才好，相对默然，直到十二点敲过，方才握手分别。这晚，玉梅回到校中的宿舍，却暗暗地又流了一夜的眼泪。

第二天早晨，阿雄在学校里碰见了志坚，志坚悄悄地拉他到校园的一角，望着他笑了一会儿，才低低地问道：

"阿雄，听说你要给我们喝喜酒了，这消息可准确的吗？"

"哦哦！奇怪了，你怎么知道的？"

诸葛雄显出不胜惊异的样子，睁大了眼睛，急急地问。蔡志坚哈哈地笑起来，拍拍他的肩膀，说道：

"我要没有这本领打听的话，那我就算不得蔡志坚了。"

"好一个自负的蔡志坚！正经的，我原也要来告诉你，真的，爸爸要给我定亲，对方是罗武智的女儿，名叫淑娴，今年十九岁，还在青光女中读书。可是，我并不赞成，我实在不愿跟这种人家对亲结眷，所以我打算竭力地反对不可。"

诸葛雄在笑了一笑之后，他又显出很认真的表情，向他滔滔地说出了这一番话。志坚沉吟了一会儿，望了他一眼，说道：

"那么你是另有所爱的了？"

"一方面固然是为了这样，另一方面，我实在看不起那个罗武智，这没有心肝的奴才，国家要他有什么用？他唯一的本领，就是讨小老婆，糟蹋一班可怜的女性。"

"你爱的是谁？能宣布给我听听吗？"

"暂时的恕我不能宣布，也许过几天我会完全地告诉你。"

蔡志坚笑了一笑，也就不再问他。过了一会儿，又低低地说道：

"小诸葛，这几天你看了报纸没有？"

"两天没有看报了，时局怎么样了？"

诸葛雄倒也聪明，他已知道志坚的用意了，遂立刻很急促的表情向他打听。志坚咬牙切齿地冷笑了一声，愤愤地说道：

"日本竟向我们不宣而战了，我看这次的战事爆发，倒绝不是局部的问题，完全是关系着整个中国存亡的问题。所以，我们青年都要负一些责任，切不可专心地在恋爱圈子里用脑筋才好。小诸葛，我把你当作自己的弟弟一样，请你得振作一下才是。"

"是的，匈奴未灭，何以家为？志坚，我很惭愧，我一定得好好振作一下不可。"

诸葛雄有些诚惶诚恐的样子，红了脸，低低地说。蔡志坚表示高兴，握了他手，紧紧地摇撼了一阵。正在这时，上课的钟声敲了，于是两人回到教室去了。

蔡志坚怎么会知道阿雄要定亲的一回事呢？原来郎露茜回家之后，再三地想了一会儿，觉得阿雄的话有些难以置信，万一他存了不良之心，哄骗我一同到外埠去呢，那我不是上了他的圈套了吗？露茜在这样顾虑之下，她便匆匆来找忠花。这时，忠花正从医院回家，见了露茜，先笑盈盈地问道：

"小妹妹，你下午请了半天假，是到什么地方去了呀？"

"史大姊，你不问我，我也要告诉你的。"

郎露茜在椅子上坐下之后，红了脸，秋波斜乜了她一眼，赧赧然地说。忠花一面给她倒了一杯冷开水，一面又连连催她快说。露茜这才厚了面皮，把诸葛雄来找她谈话的事情从头至尾地向她详详细细告诉了一遍。忠花听了，自然不胜惊讶，目瞪口呆地问道：

"他不是还有一个表妹李小姐吗？怎么他又会来爱上了你呀？"

"对于这一点，我也问过了他。他说他和表妹无非是亲戚关系罢了，在他们之间是并没有一些爱情作用的。"

"那么你的意思预备怎样呢？"

"史大姊，你好像是我的同胞姊姊一样，所以我心中要说的话都会不管一切地跟你说了出来。诸葛先生虽然是那么诚诚恳恳地爱上了我，不过他的内心是否和他外表一样的诚恳呢？因为我们没有三年五载的友谊，所以我当然不能一味地信任他。第一我要打听他爸爸究竟可曾给他定了亲？而且是不是罗局长的女儿？等明白了真相之后，我预备再作定夺。"

史忠花听她这样说，暗想：小妹妹所考虑的，也很有道理。常言道：画虎画皮难画骨，知人知面不知心，遂点头说道：

"你的来意，我已经明白了，是不是叫我给你代为打听打听呢？"

"大姊真不愧是我的知音，因为你可以请蔡先生跟他探问探问的。"

"好的，既然这样，等我吃好了晚饭，给你到志坚那儿去一趟吧！"

郎露茜点头称谢，因为怕父母诘问，她便匆匆地告别，先回家去了。

这里忠花吃好晚饭，便到尚武坊十六号去找寻志坚。志坚听了忠花的告诉之后，所以他在第二天早晨就向诸葛雄像开玩笑那么地探问虚实了。诸葛雄以为志坚并不知道，所以还要暂时地保守秘密，其实志坚肚子里已经全部明亮，也无非故意不去说破他而已。

蔡志坚这天放学之后，便匆匆地来找史忠花，忠花在会客室内接见了志坚。她很急促地问阿雄定亲的事情可是真的，志坚点点头，把阿雄父亲果有给他定亲的意思向她告诉。忠花沉吟了一会儿，低低地说道：

"那么阿雄要露茜一同出走，你看怎么样呢？"

"这问题我也很难表示意见，你看露茜小姐可有跟他出走的意思呢？"

"她也没有决定……我觉得这问题是关系着他们两人终身幸福的事情，所以照说是应该由他们自己做主。不过我以旁观的立场而论，不管在名誉上、在前途上，都有很大的冒险性，所以我的意思，最好是不要这样做。"

"你的话很合我的意思，我希望你向郎小姐以利害说之，使她有些醒悟，那在你也可说是尽了朋友的责任了。"

蔡志坚点点头，向她低低地劝告，史忠花答应称是。两人又谈了一会儿，志坚恐怕耽误她工作，遂告别回去。这晚，忠花和露茜从医院里出来，两人在人行道上慢慢地踱着步。露茜已经听到忠花的告诉，知道阿雄父母确实有给他定亲的意思，遂低低地说道：

"史大姊，你也给我出一个主意呀！到底叫我怎么回答他好呢？"

"我想你自己的事情，自己也终有一个主意的。"

史忠花故意放刁，望着她回答，表示不负责任的意思。郎露茜叹了一口气，忧急地说道：

"事情临到自己的头上，还有什么主意想得出来呢？这几天我心乱如麻，母亲说我像失了魂似的，唉！"

"所以说情场多烦恼，还是一个人的时候清清静静，绝没有这种心乱如麻的烦恼。妹妹，我现在问你一句话，你假使走了之后，你的爸妈弟妹将怎么样了呢？"

史忠花很淡漠地说，她的语气表示十分的平静。可是露茜听了她后面这两句问话，好像是一记当头棒喝，顿时把她的糊涂脑子震惊得清醒过来了，她满面显出羞惭的样子，愕住了一会儿，决绝地说道：

"大姊，我……我决定回绝他，我不能跟他出走！"

"为什么？你……"

"我不能为了自己，而忘记了父母，忘记了弱小的弟妹。我假使这样做，我太狠心，我太没有心肝了。"

郎露茜颤抖地说，她眼角旁几乎要涌上泪水来。史忠花很欣慰地握了握她的手，含笑说了一句"你真是一个有理智的姑娘"。两人方才匆匆别去，各自回家。

过了几天，郎露茜打电话给阿雄，约他在外滩公园面谈。两人见面，握手问好，慢慢地踱到黄浦江旁边的长椅子上坐下，开始谈到这个问题上来。诸葛雄急急地问道：

"郎小姐，有了这一星期的考虑，我想你一定能够坦白地答复我了，你能不能跟我一同出走呢？"

"诸葛先生，承蒙你这样真情真意地爱我，我实在非常地感激你。不过，我再三考虑之下，我觉得很抱歉，我不能跟你出走。"

郎露茜红晕了粉脸，低低地说，她皱了细长的眉毛，表示有说不出苦衷的意思。诸葛雄火热的一颗心顿时冷了下来，急急地说道：

"为什么不能呢？你……难道没有爱我的意思吗？"

"不！我坦白地说，我也爱你。不过，我的环境和你不同，我有劳心劳力的爸妈，我还有无知无识的弱弟幼妹，我不能为了爱你，而忘记了这个清苦的家庭。我是老大，我要帮助爸妈来抚养这还未成年的弟妹。假使我这个家也和你一样的简单，一样的富裕，那我一定无牵无挂地跟你走。可我这个家，他们还需要我，需要我来尽一份力量。倘然我抛弃了他们，不管一切地走了，那么年老的爸妈一定要悲痛欲绝，年幼的弟妹一定要痛哭流涕，我还能算是人吗？我还能算是一个有情感的人吗？诸葛先生，这是我拒绝你的理由，我相信你一定能同情我、原谅我，而甚至于可怜我吧！"

诸葛雄听她滔滔不绝地说出了这一大篇的话，一时把要劝她出走的话便再也没有勇气说出来了。他呆呆地愕住着，把露茜纤手握得紧紧的，忽然泪水滚落了两颊。露茜见他流泪，知道他确实十分痴心，心中一酸，泪水也夺眶而出。两人泪眼相对，默然良久，诸葛雄始徐徐说道：

"郎小姐，你的话很有道理，我不但同情你，而且确实很可怜你，我也不能太自私，为了爱你，而使你做个不孝的女儿。现在我决定打消出走的主意，不过我尽我的力量来反对这一头不情愿的婚姻，我在没有绝望之前，我始终还是爱你到底。"

"诸葛先生，我太感激你了。"

郎露茜说了这一句话，她的眼泪益发滚滚地掉了下来。诸葛雄取出手帕，递到她的手里。露茜明白他的意思，遂拭了泪痕，两人静静地坐着。傍晚的江风一阵阵地吹着，虽然是那么的凉快，但在两人此刻的感觉上，却是觉得分外的凄凉。这晚，两人又在外面吃了晚饭，方才握手各自回家。

光阴匆匆，不知不觉地已到了八月五日那一天了，各学校都考试完毕，相继地放暑假了。诸葛雄住在家里，整天没有事情，甚为无聊，但罗淑娴却来望过他好多次，两人在外面也玩过几次舞厅，吃过几次饭。诸葛雄对她虽然没有爱情，但却也没有什么讨厌她的表示，因为她实在也是一个美丽而活泼的姑娘。玉梅既然知道了姨爹有给表哥定亲的意思，她当然感到很失望，从此以后，她也不到诸葛雄家里来，预备终身服务教育界了。

这几天时局很不好，战云一天一天浓厚起来。阿雄在爸爸那儿得了消息，说市府的办事处已迁移到枫林桥去了，因此他很着急，觉得这次战事一定免不了，只怕上海也要划入战区之内了。他想到露茜是住在闸北的，那面靠近火车站，战事爆发，那面最为危险，不知道他们也预备搬家否？于是在八月十一日那天，他匆匆打电话给露茜，约她晚上六时在光明咖啡室碰面。他自己先到北四川路一带去巡视一周，只见日本军用卡车来去不绝，车内都是一箱箱的装得满满的，猜想大概是子弹。两旁商店门可罗雀，一些买主都没有。这时，马路上还有许多搬场汽车、卡车、塌车、黄包车、老虎车，车内都是行李、铺盖、衣箱、什物，显然都是逃难的一群。自施高塔路起至蓬路，这一段的情景，仿佛已入混乱状态，令人心惊胆战。虽然时值盛夏天气，但阿雄目睹此情此景，也觉有些凄凉的意味。阿雄观看了一会儿，因为时近六点，遂匆匆来到光明咖啡室。碰见了露茜，露茜问他今天又有什么事情商量。阿雄悄悄地说道：

"这几天时局越弄越紧张，我看战事一定要爆发。你们不是住在宝山路吗？这地方太危险，你们难道不预备逃难吗？"

"逃难？你叫我们逃到什么地方去呀？"

郎露茜苦笑了一下，向他低低地反问。诸葛雄很快地说道：

125

"不是可以搬到租界里来避一避吗？"

"你别说得那么容易，我们这一家人口不少，况且逃难必须要有充分的经济能力，否则，那是只好在危险圈子里听天由命的。"

诸葛雄被露茜这样一说，因此倒红了脸，愕住了一会子，忍不住微微地叹了一口气，忽然想到了什么样似的，又说道：

"你们难道租界里没有一个亲戚朋友吗？否则，到他们家中去住上几天也是好的，且看战事的变化如何。"

"上海住的地方都是那么的小，住到别人家里去，这是多么不方便的事，所以我们也不愿意打扰人家。我们老老小小一大群，人家也没有这么宽敞地方来安顿我们呀！"

"那么你们就不预备躲避了？"

"我爸妈也商量过，他们叫我带了弟弟住到租界里的亲戚家去，说人口分散些，比较妥当。但我不情愿这样做，要活一同活，要死一同死，何必我和弟弟要逃命呢？"

"其实你爸妈的意思是对的，我倒赞成你们人口分散点。"

"我很感谢你，今天特地约我来关切这些事，不过，我觉得还是在一块儿比较心安一点儿。"

郎露茜明眸脉脉地逗了他一瞥感激的目光，低低地说，她的神情有一些黯然。诸葛雄心中很难过，叹息着说道：

"只恨我没有力量，否则，我一定会帮你的忙。"

"有你这两句话，我已够感谢了。但……我想最近也许不会发生战事，就是要打仗，恐怕也在秋凉以后的了。"

"你看北四川路一带的情形，简直是开战就在眼前了，哪里还有这么许多日子好延长呢？"

"这都是人心惶惶的缘故，像'一·二八'的时候，你瞧不是也没有什么吗？"

"但是这次和'一·二八'情形又不同了，再说你们住的地方实在太危险。"

"我想过几天再做道理吧！"

郎露茜说着话，站起身子，预备要回去了。诸葛雄连忙说道：

"我们吃了晚饭再回去吧！"

"不！这几天我心思不好，要早点回家去。诸葛先生，你不要客气，我们再会吧！"

郎露茜和他握握手，凄然而别。诸葛雄心头好像空洞洞的，他难过得几乎要淌下眼泪来了。自己虽有帮助她的心，可是却没有能力，真是徒呼负负的了。露茜一路回家，走上闸北的区域，情势和租界里却大不相同，想起阿雄的话，也不由得心惊肉跳，惴惴不安。但六口之家，一时间又到什么地方去安身？想了一会儿，恨恨地说道：

"有钱的要逃命，我们穷人把性命看得很淡薄，死就死，活就活，那又有什么稀奇？别为了这些而自寻烦恼吧！"

郎露茜自言自语地说着，也就急匆匆地回家去了。到了次日，局势更加紧张，谣言纷纷，真是风声鹤唳，草木皆兵。史忠花在医院里对郎露茜说道：

"小妹妹，今天风声更不好，我瞧你还是住到我的家里去吧！"

"不！我一个人在外面，家里爸妈弟妹叫我怎么放心得下？不管风声怎么不好，我还是要回家去的。"

郎露茜低低地回答，遂各自走开了。到了下午六点，露茜又匆匆地回家。郎兴民坐在房中，却闷闷不乐地叹着气。郎太太向露茜告诉说，中原里的居民差不多都搬完了，看情形真的不大好，一面又问露茜外面有没有特别消息。露茜不敢说什么危险的话，反而向爸妈安慰了一番。当夜露茜睡在床上，忽然听到噼噼啪啪的枪声，同时还有隆隆的炮声，这使露茜一家人都大吃一惊，急急地起身，不知如何是好，露清和露英是早已害怕得哭起来了。但黑夜之中，又不敢向外张望，也只好躺在床上等天亮。一到次早，兴民和露茜向外打听消息，知道虹江路日军和我方警察大队已经发生冲突了，同时交界处的铁门已关闭，马路上情形纷乱，真有些惨不忍睹的样子。兴民和露茜只好回到家里，只有闭门不出。郎太太是连连念佛，但愿菩萨保佑。可是到了晚上，枪声、炮声更密，而且天空中飞机之声，嗡嗡不绝，日本飞机竟然滥施轰炸，一时闸北的天空，火光熊熊，势成燎原。露茜觉得在这情形之下，真是死到临头。大家急得脸无人色，正欲预备弃家而逃，万不料轰隆隆的一声，一个炮弹落了下来，顿时之间，浓烟弥漫，火光四射。露茜的耳中，只听爸妈弟妹惨叫了一声，但接着一阵墙倒屋塌的声音，连她自己的知觉也都消失了。

第八回

八月十三日清晨，吴淞口已可听见隐约的炮声。至九时二十分，北四川路一带交通完全断绝。在虹江路上海大戏院门口中日军已开始发生冲突，苏州河以南的居民也早已听到很清晰的枪炮之声。下午一点十分，日方飞机完全出动，轰炸沿铁路的我军阵线。南京方面得此消息，当即在二时左右，亦派大队空军到来，分为两路，一路至黄浦江轰炸日本主力舰队出云号；另一路和日机在空中发生激战。一时之间，唯闻机枪嗒嗒、炮声隆隆，历一小时之久，始各停止。

诸葛雄坐在家中，耳听炮声、枪声、飞机声、轰炸声，心头是非常的混乱和焦急，他想着住在宝山路的郎露茜，他额角上的汗水会像雨点儿一般地冒上来。虽然他想出外去打听消息，但诸葛太太却不许他出外，说恐怕中了流弹，这不是无妄之灾吗？诸葛雄没有办法，只好在屋子里像热锅上蚂蚁般地团团打圈子。在下午三点钟的时候，他忽然想道，我这人真也急糊涂了，我不是可以打个电话到普济产科医院去探问吗？于是立刻打电话到普济医院，但那边回答，说郎露茜今天没有到院办事。诸葛雄一听这话，心中这一急，他的心几乎要从口腔内跳出来了，遂忙又问道：

"那么史忠花小姐在不在呀？"

"史小姐吗？请你等一等，我去找她。"

诸葛雄连连称谢，他心中在忧煎着想，露茜难道在家里发生意外的惨变了吗？要如真的这样，唉！这姑娘太可怜了。但愿我的猜想是错误的，上帝保佑她平安无事才好。正在这时，电话里有女子的声音低低问道：

"你叫哪个听电话？"

"我请史忠花小姐听电话，我是诸葛雄。"

"哦！你是诸葛先生吗？我就是忠花，你来问郎小姐的是不是？唉！说起来真要命，昨天晚上，我叫她别回家，住到我的舍间去，可是她放心不下家中的父母和弟妹，决意地仍旧回家。但今天战事爆发，闸北成了战区，苏州河南北交通完全断绝，可怜她关在里面，大概没有办法到租界来呢！"

"哎呀！那……那……可怎么办？她……一家的生命，不……不是太危险了吗？"

史忠花这一番告诉的话听到诸葛雄的耳朵里，他不由得"哎呀"一声叫起来，满头冒着汗水，话声是急得带成了口吃的成分。忠花在那边也急急地说道：

"别的事情还有办法，但这个……简直急死人也想不出什么法子来呀！我只祷告着上帝，但愿保佑她一家平安才好。"

"可不是？我也曾经再三地劝她预先搬到外面来，可是她终没有听从我，到现在叫人急不急呢？"

两人说了一会儿，也只好各道再会，把电话挂断。诸葛雄回到房中，忽听轰隆轰隆的炮声又响了起来，这好像撞在他心眼儿上一样的沉痛。他抓住了头发，伏在窗口上，望着西北角的天空，只见浓烟密密地卷了上来，可想闸北的房屋是正在熊熊地燃烧之中。他脑海里浮上了悲惨的一幕，他几乎有些疯狂起来的样子，恨恨地说道：

"他妈的，可恶的敌人，无辜地杀戮我们同胞，毁灭我们国土，我要从戎，我要杀敌，我要报仇！大家再不起来反抗，我们的血不是已经冷了吗？我们还能算是黄帝的子孙吗？"

"诸葛先生，你这话说得不错，我们青年都应该为国效劳去啊！"

诸葛雄再也意想不到忽然有人会这样地回答他说，这就回头去望，只见房门口站着一个笑盈盈的女郎，不是别人，却是罗淑娴。一时惊奇地说道：

"罗小姐，你的胆子真大，这时候怎么会到我家来呀？"

"这算得了什么胆子大？难道你在租界里住着，还感到害怕吗？那你就不必想从戎杀敌为国出力去了。"

罗淑娴淡淡地一笑，走到桌子旁来，秋波斜乜了他一眼，怪俏皮地回答。诸葛雄方才觉得自己说的话太显矛盾了一点，难怪她要讽刺自己了，一时不由得红了脸，呆了一呆，方点头说道：

"我说你胆子大，倒并不是反衬我的胆子小，因为你是一个千金小姐，居然在炮火隆隆中敢到外面来行走，那我是赞美你的意思。"

"你这些话也太以小觑人了，难道我们女孩儿家就连这一点儿勇气都没有吗？告诉你，你知道今天我到你家来的目的吗？"

罗淑娴在椅子上坐下之后，嘴向他一瞥，秋波逗给他一个娇嗔，表示着很不服气的样子。诸葛雄听她这样说，遂奇怪地问道：

"你有什么事情来告诉我吗？"

"是的，中日开战了，我想这战事一定会扩大，我们身为国民之一，终要给国家尽一份力量。所以我们几个同学预备组织救护队，到战地去服务，不知道你也有意思加入吗？"

诸葛雄对于淑娴这几句话倒是出乎意料之外，一时不由肃然起敬，遂走上去握了握她的手，笑着问道：

"你不怕战地里太危险吗？"

"做救护队也怕危险，那么许多勇士在打仗，怎么办呢？"

"那么你的爸爸答应你这样做吗？"

"我要这样做，爸爸即使不答应，他也阻不了我的。诸葛先生，你难道没有这样勇气吗？"

"不！我绝对赞成你有这样的组织，同时我也绝对愿意加入工作，而且我还可以介绍几个朋友来一同加入，你欢迎吗？"

罗淑娴听他这样说，方才扬着眉毛，笑了起来，紧握着他手，连说赞成、欢迎。正在这时，张妈走进来，说："太太请罗小姐到上房里吃点心去。"诸葛雄于是和淑娴来到上房，只见桌子上放着一盘炒面。诸葛太太含了笑容，低低地说道：

"罗小姐，我们快吃点心，吃好点心，你还是快些回家去吧！在平日我一定留你吃了晚饭走，但如今这么兵荒马乱的时候，我实在不敢留你。你听，你听，这两个炮声多响的，可怜这弹子不知落在什么地方，一定又死了不少的老百姓哩！"

在诸葛太太说话的时候，那天空中隆隆地起了两声猛响，于是她立刻又把话转到炮弹上去，还表示叹息的样子。淑娴摇头说道：

"伯母，你不用担心的，闸北那边在开战，炮弹绝不会落到这儿来，根本好像两个世界一样，所以我倒一些也不害怕。"

"罗小姐，你别那么说，炮弹没有眼睛的，它只要一歪斜好了，那就保不住会落了下来，所以宁可少外出。比方说，中了流弹，这冤枉向谁去诉说好呢？阿雄这孩子我就不许他到外面去，万一碰着恶时辰，那可怎么得了？"

罗淑娴听她这样说，遂向阿雄望了一眼，还淡淡地一笑。诸葛雄觉得这一笑多少包含了一些讥笑的成分，这就红了脸，向母亲说道：

"妈，你的胆子也未免太小了，罗小姐一个女孩儿家也有这么胆量呢！那我到底是个堂堂七尺之躯，所以我也要照旧到外面去活动活动的。老实说，一个人生死有数，假使注定好要死在枪炮之下，你就是住在家里不出去，那枪炮弹子也会寻上门来的。假使有命的话，就是到战地去打仗，子弹照样会避开你哩！"

"诸葛先生这话说得对，越怕死，越要死；越不怕死，也就越不会死，那是很奇怪的事情。"

罗淑娴这两句话说得原属无心，但诸葛太太听了，倒是有意，还以为她是在咒念自己，心中不免闷闷不乐。照她平日的性子，早已要大发脾气，无奈这些话是出在罗小姐的口中，因此十分怒气也只好忍耐了七分，心中暗暗地说道：姜太公在此，百无禁忌，小孩儿说话，当她放屁。她正在想时，忽然飞机声音又嗡嗡地响起来，接着轰炸的声音不绝于耳。诸葛太太因为有了淑娴这两句话，她是更加地心惊肉跳，不免脸色灰白起来，但肚子里说道：我不怕，我不怕死，不怕死的人是不会死的。天老爷，你就不要给我死吧！

"这一定是日本飞机，他们惨无人道地在滥施轰炸了。"

"是的，没有人道的国家，他一定不久长，会亡国的！"

诸葛雄把一筷子已经夹起的炒面却又放了下来，他想着了郎露茜，他心事又上来了，哪里还能再吃得下面呢？皱了眉头，恨恨地说。淑娴也放下筷子，她似乎有一种信念，很坚定地回答。诸葛太太见他们都停筷不吃，遂劝道：

"飞机让它炸，只管炸，我们面也只管吃，冷了容易碍胃的。"

"妈，你这话未免太风凉了，可怜这一个炸弹落下来，在战区之内也不知有多多少少的生命会化为灰尘哩！我们却在这里安安逸逸地吃点心，这叫我们如何还能咽得下呢？唉！同样一个上海，却有天堂地狱的分别哩！"

"这是我们靠外国人的福气，否则，我们也不是要逃难了吗？"

诸葛太太被儿子说得有些脸红，遂只好搭讪地回答。淑娴叹了一口气，很感慨的神情说道：

"可是中国人的劣根性就是爱倚赖人家，要知道靠外人帮忙，那是不久长的。常言道：'求人不如求己'。无论什么事情，终要自己争气才好。比方说，日本屡次欺侮中国，我们把这些委屈终是到国际联盟会里去诉说，结果也是没有什么效力的，没有势力的国家还是不敢得罪有势力的国家。这这次中国是觉悟了，居然不顾一切地抵抗了，这是一件多么兴奋的快事。我的意思，也就是宁可玉碎，不愿瓦全。"

"罗小姐，我以前的目光是错误了，我以为一个贵族小姐，除了珍珠玛瑙来供养之外，根本是不知道一些什么的。但出乎意料之外，罗小姐居然有这样积极的思想、伟大的抱负，那是太令人可敬了，我到今日才相信，罗小姐真是一个不平凡的女性。"

"哪里哪里！诸葛先生，你这样一说，倒叫我太不好意思了。"

罗淑娴见他佩服得五体投地那样的神情，向自己滔滔不绝地赞美，一时不由得扬了眉毛，掀着酒窝儿得意地笑起来了，秋波瞟了他一眼，很自谦地回答。诸葛太太听他们也不知在说些什么，望着两人倒是愣住了一会子，因为天色已经不早，炮声、枪声倒反而密了起来，于是惴惴不安地又说道：

"罗小姐，并非我有讨厌你的意思，实在我很不放心，你还是早些回家去吧！我劝你以后尽量不出来，还是家里住的好，我觉得这样至少可以免去不少的危险。"

"谢谢伯母的劝告，那么我就早些回家了。"

"罗小姐，你生气吗？"

"不！伯母是一番好心，我怎么会生气？"

诸葛太太见她很快地站起身子，预备立刻要走的神气，一时倒又恐怕她不高兴，遂拉了她手，表示亲热万分地说。淑娴嫣然一笑，摇摇头，低低地回答，还表示感谢她的意思。诸葛太太忙又说道：

"那么我叫张妈给你叫车子去。"

"不用，不用，我自己会去叫的，伯母别客气吧！"

"罗小姐，还是我送你到门外去，我给你去叫车子好了。"

诸葛雄眸珠一转，笑着说。淑娴点头说好，没有表示拒绝。但诸葛太太却急了起来，虽然向阿雄偷偷地连连白眼，表示阻挡他的意思，可是阿雄却故意装作没有理会的样子，已跟着淑娴走到楼下去了。诸葛太太心中是怨恨得什么似的，只好跟到扶梯口来，叮嘱着说道：

"阿雄，你给罗小姐叫好车子，马上进来，千万不要到外面去乱走。我是只有你这么一个命根儿，那可不是玩的事啊！"

"知道，知道！自己性命，谁会不要呢？妈，你放心吧！"

诸葛雄却表示讨厌的神气，怨恨地回答。两人走到里弄口的时候，齐巧一个震天响有炸弹声音落下来，在外面听来似乎格外的响，所以阿雄、淑娴也会猛吃一惊，是因为心跳的缘故，所以身子也会离地地跳了一跳。只见马路上行人无不慌慌张张的样子，匆匆地躲避奔走，好像炸弹就会落到自己头上来的模样。淑娴望着阿雄一眼，笑嘻嘻地说道：

"你送我出来，我的责任太大，你还是先进去吧！"

"罗小姐，你在讽刺我？"

诸葛雄两颊热辣辣的，他连耳根子都有些红了，望了她一眼，难过地说。淑娴却毫不介意地还是笑盈盈地神秘地说道：

"你妈不是这么说吗？她是只有你这么一个命根儿呢！我想她这话是在说给我听的，那么我这个责任如何担得了？"

"罗小姐，你不要再说这些话了好不好？我的心像针在刺一样地感到痛苦。"

"不是我故意要讥笑你，我想你要加入救护队，只怕是不可能的事情。"

罗淑娴方才显出一本正经的态度，皱了眉尖儿，低低地说。诸葛雄很快地问道：

"为什么？"

"你到外面来，你妈尚且管教得这么严紧，那何况你要到战地服务去，她怎么肯答应你加入呢？"

"只要我愿意加入，妈不答应，又有什么用呢？"

诸葛雄微微地一笑，他表示毫无问题的意思。淑娴点点头，握了他手，说道：

"那么我有消息再打电话给你，你假使有朋友愿意要加入的话，那当然多多益善，你也可以打电话给我的。"

"好的，你此刻回家了吗？那么我给你叫车子。"

诸葛雄一面说，一面向马路上的人力车一招手，给她叫好了车子，淑娴跳上了人力车，向他说声再会，便匆匆地分别了。诸葛雄眼望着她消失了影子，心中暗想：罗小姐居然有这样勇敢的行动，实在是自己意想不到的事情，我此刻不妨往志坚那儿去一次，问问他愿意加入这个工作吗？诸葛雄这样想着，遂也跳上人力车，叫他拉到霞飞路尚武坊十六号去了。

诸葛雄到了志坚的家里，只见志坚和几个同学坐在亭子里好像在开什么会议的样子，一见阿雄到来，便都招呼让座。诸葛雄说道：

"日本鬼，他妈的，打到上海来了，我们预备做些什么爱国的工作呢？"

"杀敌去呀！小诸葛，你有这个勇气吗？"

同学之中的那个沈大文向阿雄笑嘻嘻地说。诸葛雄也笑道：

"我看你枪都不会开，怎么能杀敌？"

"这次战争，绝不是三年两年能解决的，所以我们可以接受军训，慢慢地训练成功，那不是可以为国效劳了吗？"

这是另一个叫林志伟的同学也插嘴回答。蔡志坚望了阿雄一眼，微笑着说道：

"我们正在会议这一件事情，你有意思加入吗？不过我知道你的胆子太小，而且环境太舒服，所以恐怕吃不惯苦吧！"

"老蔡，你这话太气人了，在你眼睛里看来，难道我是个这样没有出息的人吗？"

"不要生气，我跟你说着玩的，你认什么真？"

蔡志坚见他气呼呼的神气，遂连忙又笑着回答。诸葛雄又认真地说道：

"我今天来找你原也有目的的，因为我有个朋友，他们组织战地救护队，要我加入工作，我想多介绍几个同志进去，所以来找你的。假使我怕吃苦的话，我还会来找你吗？"

"好，好，好！是我错怪了你，请你原谅吧！不过战地救护队虽然也

134

是为国出力的一件事，我认为不大痛快，这工作不够我们的瘾。我们的意思，要么不干，干起来就得痛痛快快地干一下子不可。所以我现在问你，你愿意加入我们这儿来，还是加入他们那边去？请你决定一下子好了。"

诸葛雄听志坚这样说，倒是怔怔地愕住了一会子，暗想：这倒是件左右为难的事情，遂皱眉说道：

"老蔡，能不能让我考虑考虑，明天来答复你们。"

"可以，可以，那是不成问题的，不过你若加入了我们这儿，就得离开家庭，离开上海不可。"

"那当然，我加入战地救护队之后，又何尝不要离开家庭呢？但我答应了你们之后，那边就得去回绝他们了。老蔡，那么你们预备几时出发呢？"

"在一星期之内，我们就要动身走的，你决定了之后，再来告诉我好了。"

"史小姐知道你这一回事没有？"

"她还没有知道，我明天会告诉她。"

蔡志坚低低地回答，诸葛雄也就不说什么了。这时天色已晚，同学们也就各自回家。诸葛雄说他也要走了，志坚没有留他，众人遂分手走散了。

诸葛雄一路回家，只听炮声又密了起来，在黑夜之中，抬头可以见到西北角的天空是烧得血一般的通红，在每一声炮声之后，还有浓厚的黑烟冒了上来，在黑烟里面，还射出猛烈的火焰。诸葛雄心头有些隐隐地作痛，他想到郎露茜的危险，他眼角旁几乎要流下眼泪来了。正在一步一步地行走，忽然见迎面走来一男一女，那男的不是别人，却是金廷德。廷德笑嘻嘻地叫道：

"小诸葛，你到什么地方去呀？我给你们介绍，这位是舞国皇后，鼎鼎大名的张曼华小姐，这是我同学诸葛雄先生。"

张曼华见诸葛雄是个小白脸，遂逗给他一个媚眼儿，笑盈盈地招呼了一声"诸葛先生"，阿雄虽也向她点头招呼，但心中却在暗想：他妈的，国难临头，这小子倒还高兴呢！正欲点头走开，金廷德又笑着说道：

"我们一同到圣爱娜舞厅去玩好吗？那边是露天舞厅，很风凉的。"

"这个时候你还有兴趣玩舞厅，你这娱乐救国的精神太好了。你倒抬头看看西北角的天空，听听这猛烈的炮声，难道你一些也没有忧愁吗？"

诸葛雄以为自己这几句话也算得很厉害了，在无论是谁的耳朵里听来，多少终有些惭愧的感觉吧！可是这没有心肝的金廷德，他好像是已经冷了血一样，指了指阿雄，笑嘻嘻地说道：

"你真是一个傻子，那用得着忧愁吗？老实说，在这租界里住着，好比在海外做寓公一样的安如泰山，虽然炮火很猛烈，你也只当是飞机里发出来的好了。天空中的火光越烧得猛烈越像焰火，远远望去，也更觉好看哩！你不信，我们到露天舞厅去望，那真是买了门票也很不容易看到的哩！"

"对不起，我还有事情，我不能奉陪你们。"

金廷德这两句话听得诸葛雄的火星会从头顶上冒出来了，他铁青了两颊，连肚皮都要气破了。意欲骂他几句，但仔细一想，我也犯不着和这种小人结怨，遂匆匆地一点头，就急急地向前走了。回到家里，只见母亲和父亲在急得跳脚，一见自己回来，母亲就唠唠叨叨地说道：

"阿雄，阿雄，你这孩子为什么这样的不懂事情呢？送送罗小姐上车子，怎么竟连自己都不回家来了？外面炮声又密又响，你叫人急不急呢？"

"真是有趣，那又有什么着急呢？明天我假使出征打仗去了，那你们怎么了呢？空头着急最没有意思。"

诸葛雄却若无其事地冷冷一笑，很俏皮地回答。诸葛太太睁大了眼睛，连说了两声"什么，什么"，急急地说道：

"你要打仗去？你……不要在发昏吧！阿雄，我辛辛苦苦养你到这么大，你现在翅膀长成了，你就预备离开我们远走高飞了吗？那叫我终身靠什么人？倒不如让我早些死了好吗？"

"妈，妈！你急什么？我只不过比方那么说一句呀！又不是真的要打仗去，你哭起来干吗？给人家听见了，倒还以为我在外面真的中了流弹死了呢！所以妈才这么伤心地哭泣了。"

诸葛太太说完了话，却一把眼泪一把鼻涕地哭起来。阿雄心中有些不耐烦，遂怨恨地抢白着说。诸葛龙在旁边听不过，遂也说道：

"阿雄，你这话太岂有此理了，你妈无非是为了一番疼爱你的苦心，才这么着急的。你不感谢父母，还这样没有规矩，这不是疯了吗？老实说，像你这种大少爷的派头，看你也没有勇气去打仗，所以这种话劝你下次少说。"

"少爷，是你的电话来了。"

诸葛雄正欲有所回答，张妈进来告诉着说。阿雄于是匆匆来到电话机旁，握了听筒，问是什么人。那边是个女子声音，说道：

"我是淑娴，你是诸葛先生吗？什么时候回家来的？真唬坏人，你妈几乎要我赔人了呢！那叫我真担受不了。"

"罗小姐，我不懂你这话是什么意思？"

"你还不懂？那我来说一遍给你听。我回家后不到半小时，你妈忽然来了电话，问你是不是跟我一同走的，我当初弄得莫名其妙，后来我告诉她说，我们在里门口就分手的。她说你直到此刻还没有回家，你到底在什么地方呢？你这个人真也糊涂，你要出去，也该入内后再出外的，那你不是明明把重大的责任放到我的肩膀上来承？"

罗淑娴说到后面，却哧哧地笑出声音来了。诸葛雄觉得这笑声有些刺耳，虽然人儿没瞧见，但他两颊也会红起来，遂只好说道：

"罗小姐，你不要开玩笑，我是去瞧几个同学的。"

"是不是为了我刚才对你说的事情呢？"

"是的。"

"他们的意思愿意加入吗？"

"这事情不是三言两语说得完的，明天我详细地跟你谈吧！"

"好！那么我们明儿见。"

两人说到这里，遂把电话挂断。诸葛雄回到上房，诸葛太太第一要紧问是谁打来的。阿雄有些埋怨的口吻把罗小姐来电话责问自己的话说了一遍，他有些怪母亲不该打电话去问罗小姐的意思。诸葛太太也很生气地说道：

"就是打电话去问她一声，那也算不得什么。刚才你们不是一同出外的吗？那么你到底上什么地方去的？"

"我在外面兜圈子，打听战事的消息。"

"要你打听什么？你又不是新闻记者，碰着了流弹，不是自找死路吗？"

诸葛龙一面吸着烟卷，一面恨恨地责骂他说。阿雄冷冷地一笑，说道：

"要中流弹死的人，坐在家里也会中流弹，那是无法躲避的。不会中流弹，一天到晚在外面，也照样太平无事。"

"瞧你这倔强的孩子，简直不可理喻。太太，这样不知好歹的人，以后还管他做什么呢？他爱怎样就怎样，反正我们的话他是当作耳边风的。"

诸葛龙又怒气冲冲地说，表示非常生气的样子。不料就在这时，猛然一声霹雳，把房内的玻璃窗片都震动得"哗啦啦"地响起来。诸葛龙和诸葛太太都急得脸无人色，几乎"哎呀"一声叫起来。阿雄抬头向天空望去，只见一阵一阵浓烟，像卷土似的冒了上来，接着火光四射，满天血红，这情形是多么的惨！诸葛雄的想象中，那一定还有无数的头颅和手臂，掺和在这炮火之中化为灰尘。夜风是微微地吹在脸上，虽然是仲夏之夜，但也不禁肌骨生寒，凄然欲泪了。

大家静静地沉默着，四周是没有一些嘈杂的声息，只有噼啪噼啪的枪声，好像小爆竹般的在空气中隐隐约约地流动。张妈开上了晚饭，诸葛雄吃不了一碗饭，就闷闷地回到自己卧房来了，心中想着露茜的生命，终是凶多吉少。唉！一个多么可爱的姑娘，她……竟是牺牲了。想到这里，忙又伸手打了自己两下嘴巴，自言自语地埋怨着道："胡说，胡说！也许她是太太平平没有遭到危险呢！我怎么能凭空地咒念她呢？那我真是太以该死了。"诸葛雄胡思乱想地想着，忽见房外走入一个姑娘，却是李玉梅，这就站起来叫道：

"表妹，你晚饭吃了没有？好久不见，你怎么这样晚到来呢？"

"我吃过晚饭来的，表哥，听说你和姨爸、姨妈吵了嘴吗？"

玉梅一面回答，一面向他凝眸含颦地问。诸葛雄笑了一笑，摇摇头，说道：

"没有吵嘴，他们把我的性命当作了比什么要人还值钱，连出去一次都要唠唠叨叨地嘟囔。你想，这不是太没有意思了吗？比方说，像你表妹还是一个女孩子呢！照样地还在晚上到路上来行走，说起来不是更了不得了吗？"

"年老的人，他们思想当然和我们年轻的人不同，所以你也不必和他们计较。"

玉梅秋波瞟了他一眼，向他微笑着劝告。诸葛雄拉了她手，一同在沙发上坐了下来，显出亲热的样子，低低地说道：

"表妹，你为什么好久不上我家来？差不多将近半个月了吧！"

"你有着心爱人一同游玩了，我还来惹你讨厌，这我似乎太傻一些了。"

玉梅缩回了纤手，淡淡地一笑，神情有些凄凉的成分。诸葛雄想到表妹的痴心，他也有些感动，遂忙说道：

"你说的心爱人，是指哪一个而言呢？"

"这还用说吗？当然是这位罗局长的女公子了！我在南京路上，已经见到你们两次挽手而行了，真是怪亲热的。"

诸葛雄听她这样说，遂笑起来说道：

"是不是你吃醋了？"

"呸！你别给我胡说八道吧！我有什么资格来跟你吃醋呢？因为罗小姐是姨爹、姨妈看中的好媳妇，在你跟她游玩，也可以说是堂而皇之的事情，谁能跟你吃断命醋？"

玉梅冷笑着说，她的表情带了哀怨的成分。诸葛雄显出一本正经的样子，又去拉她的手，低低地说道：

"你以为我愿意结成这一头婚姻吗？不！我老实跟你说，我并不爱她。"

"这些嘴硬骨头酥的话，请你少说。反正你爱不爱她，也根本不干我的事情。"

玉梅听他这样说，心头虽然感到有些惊奇，但表面上还显出毫不介意的样子，俏皮地回答。诸葛雄却正色说道：

"这年头儿不是谈情说爱的时候，你瞧，战事已经开始了，我们青年是应该有担负起天下兴亡的责任。表妹，你相信吗？我要离开上海，我要从戎去。"

"省省吧！打仗也不像你这一种人。我说你还是跟罗小姐早些结了婚，多制造几个小国民，那也好算是替国家尽力了！"

玉梅噘噘小嘴儿，俏皮地说着，她先忍不住哧哧地笑起来了。诸葛雄听了，伸手在她粉脸上一划，也取笑她说道：

"哎哟！结了婚就会制造小国民吗？这个我倒没有知道呀！请教表妹，小国民怎么样才能制造出来呢？请你说给我听听好不好？"

"嗯，嗯！表哥，你哪儿学来油腔滑调的样子，来欺侮我吗？我可不依你，我非告诉姨妈去不可。"

诸葛雄这两句话问得玉梅两颊绯红，一时也自知失言，可见女孩儿家是不能随便说话的。但她没有办法，也只好显出薄怒娇嗔的神情，预备站起身子，一走完事。但阿雄却又拉住了她，好表妹、亲表妹地向她赔不是，说好话地央求她别生气。两人扭股糖似的正在闹着玩，张妈又走进来了，说道：

"表小姐，太太叫你今夜宿在这里了，外面炮声还不断地这么响着，在路上行走，太太要不放心的。"

"也好，我就宿在这儿吧！"

玉梅点点头，笑盈盈地回答。诸葛雄遂拉她坐下，表兄妹之间又说笑了一会儿，方才道了晚安，各自就寝。阿雄和玉梅在说话的时候，倒也忘记了忧愁，但此刻一个人睡在床上，心中又觉得非常着急。隐约的枪炮声音不绝于耳，但隔壁无线电还没有关熄，正在唱着"妹妹我爱你"的靡靡之音，还有打牌的声音，也和枪声一样噼啪噼啪着传过来。诸葛雄觉得愤怒，觉得心痛，他几乎要骂出声音来。

"唉！全无心肝，该死的东西！炮弹假使有眼睛的话，应该落到这个地方来，我情愿也同化灰尘。"

是子夜两点钟了，炮声似乎停止了，诸葛雄方才慢慢地闭了眼睛入梦乡去。第二天一清早，阿雄又被炮声惊醒过来，遂急急地起身，听外面卖报的声音，也等不及叫张妈，自己匆匆出外去买了一份报纸进来。他第一先看见的标题是："我国空军大显神威，炸沉日寇两艘。"阿雄看了，心中一舒服，脸上会浮现出笑容来。接着又看到的标题是："日机惨无人道，轰炸非武装区，窦山路一带居民房屋化为焦土。"阿雄看到这里，一阵心痛，只觉头晕目眩，几乎站脚不住，要昏跌倒地下去了，情不自禁地说道：

"完了，完了，可杀的日本，我非跟你拼命不可！"

"表哥，什么完了？报上的消息不好吗？"

就在这时，玉梅也起身了，她走进房中来低低地问。诸葛雄一时倒不知回答什么才好，愕了一愕，方才万分痛愤的神情说道：

"表妹，你看，日本太无人道了，居民区域，他们竟也不管死活地掷弹轰炸，可怜我们同胞不是都遭了无妄之灾吗？"

"日本假使有一些人道的话，他也不会侵略我国了。唉！我想最可怜的穷苦人，在闸北现在还没有逃出的居民，当然是只有一群贫穷的人了。"

"表妹，你说的真是一些也不错，这班居民一定都是大大小小人口众多，无力搬居租界，所以只好冒险留居在里面。可是到现在，都不幸惨死了，难道这些人都是应该死的吗？"

诸葛雄点点头，很表同情地回答，他心头有些悲酸，终于忍熬不住地把眼泪水滚到颊上来了。玉梅见表哥流泪，一时倒有些奇怪，想不到表哥竟有这样慈悲心肠，所以眼皮儿也红润起来。其实诸葛雄的伤心，当然另有原因，他是为了郎露茜的缘故啊！可是玉梅心中又怎么能知道呢？正在这时，张妈来请他们吃早餐去了。

下午饭后，玉梅已回校去。淑娴来了电话，她约阿雄到大东茶室面谈，阿雄连说："我就来！"他就瞒着母亲，匆匆来到大东茶室，碰见了淑娴，淑娴笑着说道：

"我本来可以到你家来，因为生怕你母亲会讨厌我，说我引诱你去加入危险的工作，她一定会恨我，所以我约你到这儿来了。昨天你在电话里说事情说来话长，那么你此刻可以详详细细地告诉我了，你到底可以介绍几个同学来加入呢？"

"他们一个也不肯加入，而且劝我也不要加入。"

诸葛雄红了脸，因为听了淑娴提到自己母亲的话，使他感到有些惭愧，所以连说话的精神都没有。不料淑娴听了他这些话，立刻恼恨起来，鼓着红红的粉腮子，冷笑了一声，愤愤地说道：

"你的同学，倒是很爱国啊！他们自己不加入倒罢了，还劝你也不要加入，这是什么道理？那么你的意思预备怎样？"

"我……的意思，也想不加入了。"

诸葛雄起初还有些糊糊涂涂的，忽然见她这样恼怒的神情，方才理会到自己说的没头没脑这两句话使她有些听不懂，所以误会起来了。因为心里感到好笑，遂索性假意装出死样怪气的态度，低低地回答。这当然叫淑娴更加冒上火星来，柳眉倒竖地逗给他一个白眼，恨恨说道：

"你是不是怕死吗？我真想不到你竟这样的胆小！"

"不，不！我并不怕死，我也并不胆小。"

淑娴越愤怒，诸葛雄也越觉有趣好笑，一个在火里，一个在水内，依然死样怪气地回答。淑娴哼了一声，说道：

"你何必还狡辩？你不肯加入工作，那你就是怕死！"

"我虽然不加入你的组织，但我却加入另一个组织。"

"你加入哪一种组织呢？"

淑娴的语气方才缓和了不少，凝眸含睪地瞅住了他出神。诸葛雄微微地一笑，这才滔滔地说道：

"我几个同学的意思，以为加入救护队虽然也是为国家出力的一件事，但他们觉得不够瘾，不够痛快。他们要干，就得痛痛快快地来干一下子，所以他们预备从戎杀敌，跟敌人拼命。我觉得他们的意思很对，所以我决定放弃你们这个组织，而加入他们那个组织。罗小姐，你现在还能说我怕死吗？"

"哦，哦，哦！你……这个人也太刁滑了，为什么不痛痛快快地早些告诉我，却喜欢城头上出棺材——兜着圈子说话呢？这是我错怪了你，请你不要生气吧！"

淑娴连说了三个"哦"字，她的粉脸上方才浮现出一丝笑容来，但还是怨恨地白了他一眼，埋怨地说。阿雄耸着肩膀，却是笑出声音来了。淑娴想了一想，方又很正经的表情，低低地问道：

"可是你们又没有军事学识，一时里怎么能够打仗呢？"

"我们预备离开上海，先去接受军事训练。三个月之后，马上可以上前线，那担心什么？"

"你爸妈答应你这样做吗？"

"这是你所说的，我喜欢这样做，爸妈不答应又有什么用呢？罗小姐，我告诉你，到那时候，我会留书出走的。可是你千万别告诉我妈，我想你也赞成我这样干的。"

诸葛雄告诉了她的计划之后，又向她小心地叮嘱。淑娴点点头，她此刻脸部上倒又显出依恋之情，皱了眉尖，低低地说了"不过"两字，却没有再说下去。阿雄追问着道：

"你说不过什么呢？"

"我说你最好还是加入我们的组织，因为在枪林弹雨中杀敌，那比救护工作不是更危险吗？"

"难道你倒怕起来了？"

淑娴被他问住了，两颊透现了红晕，不由得羞惭地沉默了一会儿，秋波逗了他一瞥哀怨的目光，叹了一口气，说道：

"因为我觉得你的体格，从戎打仗是吃不起苦的，况且……"

淑娴说到"况且"两字，脸儿益发红起来，却没有再往下说。诸葛雄明白她心中多少还有些包含着儿女私情的作用，虽然很感激她的多情，但他却还是冷酷的神态，说道：

"这个年头儿，还有谁吃得起苦难吃不了苦的分别吗？老实说，此刻怕吃苦，将来做亡国奴的时候，那就更加要苦得难以做人了。罗小姐，你是一个不平凡的女性，你心中一定不会感觉到别离的难过。我们各干各的工作，我相信我们将来一定会得到最后的胜利。"

"是的，我更相信我们还会有团聚的日子。诸葛先生，你心中也有这一个希望吗？"

淑娴点点头，明眸脉脉含情地望着他英俊的脸，她的话声已有些颤抖的成分。诸葛雄很感动她的痴情，于是笑了一笑，安慰她说道：

"那是一定的，你可以不必担忧。罗小姐，假使有机会，我们不是还可以随时随地地通信吗？"

"是的，那么你们预备几时动身？我也得送送你们。"

"说不定哪一天，反正到那时候，我会写信来告诉你的。"

两人说着话，大家又吃了一点点心，方才匆匆作别，各自走开。诸葛雄既然决定了从戎之后，他便坐车到志坚的家里去。齐巧忠花也在那边，大家提起了郎露茜这个姑娘，史忠花也抽抽噎噎难过地哭泣起来。阿雄被她一哭，眼泪也夺眶而出。志坚在旁边劝说：

"覆巢之下，哪有完卵？这次战争开始，遭劫难的又何止郎小姐一家人？所以徒然悲痛，又有何用？小诸葛，你的事情，到底决定了没有？"

"决定了，我今天原是来给你的回话，我愿意跟你们一块儿走。"

诸葛雄方才拭了拭眼泪，认真地回答。蔡志坚点点头，遂很高兴地走上前去，伸手和他握了握，笑道：

"很好，那么我就给你一个行期，星期五的晚上十时整，在我这儿大家会集，我们可以启程。"

"你们决定了之后，可不能改期的，否则，我回不得家去了。"

"小诸葛，你勇敢！我们定的日子，绝不改期。"

蔡志坚知道他话中的意思，就可知他是瞒着父母偷逃出来的，遂和他紧握了一阵手，赞美他说。因为星期五离开今天是只有三天的日子，所以阿雄要去预备一切的行李，遂匆匆地告别，回家去了。

光阴匆匆，一转眼已是到了星期五的晚上了。阿雄在吃过晚饭后的神情，是显出特别的不安静，大有神思恍惚的样子。诸葛太太问他有什么心事吗？为什么这样呆木的神气？阿雄说头痛，诸葛太太于是嘱他早些去睡。阿雄答应称是，他便回到房中去了。

第二天早晨，张妈拿了一封信，急匆匆地走进上房里来，她说："这是少爷在床上留着的信，他的人已不在卧房中了。"诸葛龙夫妇得此消息，心中这一吃惊，真是非同小可，立刻急急地起身。诸葛龙把信拆开，看了一遍，不由得"哎呀"了一声，说道：

"什么，什么？这孩子太糊涂，他……竟丢了我们，当兵去了！"

"啊！阿雄当兵去了？这……是打哪儿说起的？哟！天哪！我的心头肉没有了，我还做什么人呢？嗬！嗬！"

诸葛太太还坐在床栏旁穿衣服，一听阿雄去当兵了，她心里这一急慌，不由得眼泪鼻涕地大哭起来。正在这时，玉梅齐巧匆匆地到来，一见姨妈痛哭不止，姨爹却又顿足长叹，遂忙问什么事。张妈在旁边告诉说："少爷当兵去了。"玉梅"呀"了一声，方欲说话，诸葛龙已把那封信交给玉梅，说："你拿去看吧！"玉梅拿了信纸，由于心跳的缘故，她的两手几乎在簌簌地发抖，遂急急地看着，信上写道：

父母大人膝下：

孩儿知道做父母的是多么爱护他们的子女，希望自己的儿子能够长命百岁，永远地陪伴在父母的身旁，过着团聚天伦快乐的日子。然而我这个不孝的儿子，很使父母失望，不但不听从父母的话，而且事到今日，还丢掉你们远走高飞地到外埠去了。我当然很罪恶，很不孝，但是忠孝原不能两全，儿子心中有不得已的苦衷，这是要你们大人原谅才好。

我觉得中国之所以会被外人欺侮，都是因为人民太没有国家观念，似乎爱国终不及爱家来得热心关切，这都是自私之心太重。要知国被侮辱，家就得被毁灭。你们不见闸北多少居民的

144

家呀，都在敌人的炸弹下化灰尘了。唉！我非常心痛，我非常愤恨！现在我要劝劝父母几句话，你们不必太爱惜儿子，不要以为儿子是你们所专有的，其实我的身体已捐给了国家，我的心目中只有一个中国，已没有你们父母了。希望你们的心目中也只有一个中国，那么祖国才有救星哪！

爱固然是美德，但在这个时代，不能有私爱，不能有情爱，我们要博爱！爸爸，妈妈，我希望你们不要爱儿子，我希望你们爱国家吧！

你的儿子雄

留别于出征前的一个夜里

玉梅看完了这一封信，方才恍然明白，表哥前几天对我说的话完全是有含义的。当初我还以为他是开玩笑呢！唉！表哥太伟大了。"爱固然是美德，但在这个时代，不能有私爱，不能有情爱，我们要博爱！"这几句话太令人感动了，玉梅自己也说不出所以然，她的眼泪痛痛快快地流了下来，哽咽着说道：

"表哥是勇敢的，是伟大的！姨妈，你不要伤心了。"

"什么勇敢，什么伟大？简直是自寻死路！我们白白辛苦了一场，他却当炮灰去！"

诸葛龙气呼呼地说，他连连地猛吸烟卷。诸葛太太兀是呜呜咽咽地哭，好像死了什么人一样。玉梅觉得这个屋子里空气太沉闷，她没有再劝慰，遂悄悄地退了出来。当她走出马路上的时候，只见天空中飞机又嗡嗡地出现了，这是中国飞机，他们又大批地去轰炸日舰了。玉梅非常兴奋，她眼前好像看见表哥全副武装，拿了枪杆子，向前冲杀。

隆隆，隆隆，隆隆！

炮声又响遏行云。

早晨的天，烧成了血一般的红！《征》写到这里，暂告一段落。欲知以后情形及郎露茜生死如何，且待《归》说部中，自有一个详细的交代。

一九三七年三月十五日

作者

145

归

序

　　光阴真快，离开《征》小说问世至今，匆匆已有两个月了，读者们对于《征》里面所没有结束的故事，大家当然是非常的着急，都急切地希望早点知道这书中人物的结局如何，所以纷纷来函催促出版续集《归》小说，如雪片飞来。

　　大明主人陈君，亦至情人、多情人也，他一面固然要报告读者们的雅望，另一面却为书中郎露茜小姐向我请求，能够把《归》早日写就。因为他关心郎露茜的生死问题，在他心中非常同情，觉得在沪战开始之时，类如郎露茜之身世及遭遇，必不乏其人。假使把她委委婉婉、曲曲折折地写来，真是悲感而凄切，一定使人可歌可泣，能一挥同情之泪，但当我落第的时候，却把郎露茜忘记了，我竟没有写出来。其实我也并不是真正地忘记，因为像郎露茜这么惹人可爱的姑娘，她的遭遇既这样悲苦，那么写下去必定是苦尽苦绝，所以我作书的也有些不忍写。与其是让她活在世上受苦，那倒不如让她在敌人炸弹下炸死了比较爽快吗？但陈君不以为然，说郎露茜若就此而炸死，那确实是太以令人怀念了。希望我抱好生德，笔下超生，把她挽救过来吧！我见陈君多情若是，遂也不得之不允其所请，但本书限于篇幅，却不能再细细地叙述出来，因此倒又不得不再来续一下了。

　　我想读者诸君也都是多情的人，虽然感到一续再续未免有些拖泥带水的讨厌，但为了这位美丽而温柔的郎小姐，恐怕大家也会感到一份同情吧！

民国三十七年初夏

冯玉奇写于海上先觉楼

第一回

八一三战事爆发，日本军阀曾大言不惭地发表说二十四小时之内占领上海，但事实的展开，却经过了二千四百小时之久，日军已六次增援，仍不能进逼寸土。中国军民，士气大振，将士奋勇杀敌，人民后方工作，全国一致，长期抗战。日本既不能逞强，遂抄袭后路，企图浏河登陆，两军浴血激战，我军终因寡不敌众，三军尽皆牺牲。浏河登陆，宝山县城危急，驻守该县之姚营弟兄，遂亦与城共亡。如是而后，蕴藻浜、张华浜敌兵遂趁机登陆。杨行、广福、庙行都有激战。守了六七日，不得已退至大场。后因日兵在金山卫登陆，进抵松江，我军前后受敌，当局不忍热血健儿做无谓之牺牲，遂传令西撤。但尚有八百孤军，与敌人做誓死战。故八一三沪战一役，在抗战史中创造了最光荣的一页。以门户洞开的中国，日方尚须增援六次，至相持到三个多月之久。若不是金山卫登陆，恐胜负真难预料。故我谓一个到底是虽败犹荣，而一个究竟是虽胜不武。

自从国军西移之后，上海便形成了孤岛。然而孤岛上的人们，都是醉生梦死的居多。所以畸形的发展，仿佛雨后春笋，会更加比战前还要繁荣起来。如此过了一年，日军进占租界，伪组织也相继而起，于是一班可怜的小百姓，在水深火热的地狱中也只好忍痛含泪地过着非人的生活了。

罗淑娴在沪战时期曾组织救护队在战地服务，后因受了微伤，回到租界医院里来医治调养。等她伤势痊愈之后，不料国军已经奉命西撤，她也只好回到家里来过着苦闷的生活了。那时候她心中记挂的就是这个诸葛雄，从戎以来，起初尚有信息，可是也绝不写明他的地址。但事到今日，一年多了，却反而音讯全无，仿佛石沉大海。淑娴忧心忡忡，只怕他为国捐躯，凶多吉少，因此终日闷闷不乐，愁眉不展，连睡觉吃饭的心思都没有了。

这已经是初冬的季节了，天空老是阴沉沉的，好像一个心事重重的人的脸，始终见不到一丝笑容的样子。西北风吹着整个的上海，街上的树叶儿都纷纷地飘飞，在这劫后的环境里，使人更会感到了无限的凄凉。罗淑娴披了一件厚呢的大衣，正从外面匆匆地回来，经过小院子的时候，听会客室里有人在说着话，这话声有点儿异样，好像还有日本人的口音。淑娴心头别别乱跳，遂悄悄地走到窗口旁来，侧耳细听了一会儿。只听父亲的声音在说道：

"我的年纪老了，已经五十朝外了，一切办事的能力，又非常薄弱，所以……恐怕有负重托。我的意思，还是请年轻的人来担任吧！比较可以办得好一点儿。这些我觉得很抱歉，还得请你们原谅才好。"

"罗局长，你何必大脚装小脚呢！况且你是老局长，这一个位置非你来坐不可的。我们这位武吉队长是最爽快不过的脾气，你要推三阻四的显出娘儿态来，那就叫他心里不高兴了。"

这个说话的人大概是甘心做走狗的翻译，他有些劝导也有些威胁的口吻，向罗武智说着。淑娴在窗外听了，心头的跳跃，几乎要从口腔里跳出来，由不得暗暗地骂了一声该死的奴才！这千刀万剐的走狗，亏他说出"我们"这两个字来，简直把他的祖宗都忘了呢！正在恨恨地想，听爸爸的声音又在低低地说道：

"金先生，并非我故意地推三阻四不肯答应，不瞒你说，我最近以来身体也不大强健，三天两头地生病，医生嘱我不能办事情，必须静静地休养才好。所以我的意思，能否给我再考虑几天，我一定可以给你们有个圆满的答复。"

"好的，好的，阿拉相信侬，侬一定肯出来帮忙。罗局长，侬休息休息，阿拉过两天再来拜望侬。再会，再会！"

这个武吉队长说着生硬的中国话，表示非常和气的样子。淑娴知道他们要走了，遂连忙闪身躲入一个墙角里，偷眼望去，果然见爸爸送着两个人从会客室里出来。一个是穿军服的日本人，还有一个西服青年，当然就是爸爸在叫他那个姓金的走狗了。淑娴看他们走远，方才步入会客室里，蹙了眉尖儿，却在室内团团地踱圈子，显然她内心是表示这一份忧急的样子。

不多一会儿，罗武智垂头丧气地走了进来，他的神态有些愁云层层，好像有说不出为难的样子。淑娴于是低低地叫道：

"爸爸！"

"咦！你什么时候回来的？"

罗武智低了头并没有发觉室内有人在着，猛可听了这一声叫唤，他吃惊地向后倒退一步，抬头发现了淑娴，方才又镇静了态度，咦了一声问。淑娴在沙发上坐下，很忧煎地逗了他一瞥哀怨目光，说道：

"我刚回来，爸爸，他……他……们走了吗？"

"孩子，你已经听得很详细了吗？那很好，这件事情，我真有些委决不下，所以我倒要跟你商量商量。"

罗武智也在对面的沙发上坐下，他取了茶几上烟盒内的雪茄，把嘴咬着烟尖头。淑娴见了，很快地站起身子，坐到爸爸那张沙发的靠臂上去，一面划了火柴，一面给爸爸燃火，说道：

"爸爸，其实那事用不到什么商量的，我认为毫无考虑的余地，这是万万也不能答应去干的事情。"

"我当然也不愿干啰！但是，他们逼着我，威胁我，恐吓我，我简直没有了办法。因为不答应他们，他们是绝不肯放过我的，说不定会害死我，这……这……叫我如何是好呢？"

罗武智愁眉不展的神情，一面连连猛吸雪茄，一面有些哭笑不得地回答。说到末了，把两手一摊，还深长地叹了一口气。淑娴忙道：

"但是爸爸若答应了他们，这汉奸两字可不是玩的事情。这好比一块雪白的玉，遭上了一个污点，从此以后，便要遗臭万年，给后世人责骂。爸爸，你难道愿意做这样不名誉的人吗？"

"我何尝不是这样想？但一个人性命总也要的，照你的意思，难道叫爸爸给他们活活地弄死吗？唉！这……"

淑娴见父亲无限怨恨地回答，他除了叹气之外，几乎要哭出来的样子。于是蹙了眉尖，也表示为难的神气，拍拍他的肩胛，低低说道：

"爸爸，你也不要难受，无缘无故给他们弄死，当然也不甘心。我们总要想个两全其美的办法，哦！爸爸，有了，我的意思……"

淑娴凝眸含颦地说到这里，却又停止了不说下去，站起身子，走到室门口去张望了一下，见没有什么人，遂又走到父亲身边，附了他耳朵，轻声地说道：

"爸爸，你还是在今天晚上悄悄地逃走吧！他们找不着你的人，当然也死了心，只好请别人出场来登台了。你说这个办法好吗？"

"这个办法好是很好，但也有两个困难的问题。"

罗武智的八字浓眉又皱了起来，他连连地吸烟，好像有所考虑的样子。淑娴很着急的口吻，迫不及待地问道：

"爸爸，你说的是哪两个困难问题呢？"

"第一个问题，是我该逃到什么地方去好？万一在半路上被他们捉住了，这岂不是更要被他们枪毙了吗？第二个问题，即使我逃走了以后，这一个家当然要被他们封起来。那么剩下你们四个女流之辈，以后怎么过活？你想，这两个问题不是也太重大了吗？"

淑娴细细回味爸爸这几句话，觉得这两个问题不外乎是贪财怕死。一个人舍不得家产，放不了性命，那么要想做一个忠贞的好人，这实在是太以困难了。因此她心头是有些怨恨，怨恨爸爸不该这样没有忠义之气概。虽然她想慷慨陈词，晓以大义，但一个做女儿的人，在爸爸面前，自然也很不容易说过分激烈的话，那当然还是为了要顾全父亲面子的关系。所以乌圆眸珠一转，低低地又说道：

"爸爸这个考虑，固然也对。但我的意思，爸爸可以不必忧愁，你若今天连夜出走，他们防备绝没有这么快。至于到什么地方去，那自由区里也许正需要爸爸这样的人才去为国出力呢！老实说，国军西移之后，照理爸爸也早应该跟着大后方去的，可是爸爸一心希望安安逸逸地做个平头百姓，以为年纪老了，还是留在上海享享清福吧！你的意思，是不预备再做官了，但日本进占租界，偏又来麻烦了你，所以我认为你还是出走的好。假使你答应他们登台的话，将来也难免要遭爱国青年的暗杀，所以这也未始不是一件危险的事情。同样是一件危险的事，我们应该要分析它的价值如何。倘然被日本人在半路捉住枪毙而死，这是何等光荣！外界知道了，个个人代为你赞颂、惋惜，说不定有人给你流眼泪、作挽词。何况这次出走，也未必一定会被他们捉住呢！比方那么说，你登台后被爱国青年暗杀了，这时候不但没有人来同情你赞颂你，而且还要大叫痛快痛快！死得好哩！爸爸，女儿很放肆，不顾前后的，为了爱爸爸，爱祖国，所以要说的话是不得不完全地嚷了出来，这些爸爸应该要原谅我。我现在觉得爸爸面

153

前有两条路，一条是很平坦的大道；一条是很崎岖难走的小路。不过那条大路的尽头，却是黑暗的深渊和苦海。虽然初走的时候很容易，但走完的时候，终身一切就都完了。而这条小路呢，虽然初走的时候很困难很难走，但走到尽头的时候，却会放射出无限的光明，得到名留史册的美誉。爸爸，你应该把眼光放得远一点儿，你就知道应该挑选哪一条路走了。至于房屋地产，这些家产，无非是身外之物，那是算不了什么稀奇。爸爸可以不必可惜。就是我们四个人的生活，爸爸也不用担心，我们有手有脚，难道还怕饿死不成？"

淑娴的话说得真不少，一口气说到这里，似乎有些吃力，遂顿了一顿。望望父亲的脸已是涨得红红的，可是他却只管猛吸烟卷，并没有表示什么意思。淑娴有些口渴，遂在茶几上放着的那杯茶拿来，喝了两口，望了爸爸又急急地问道：

"爸爸，你听了我这些话，是否觉得有些道理呢？你别老是闷声不响的，好歹也发表一些意见才是啊！"

"我此刻内心实在乱得很，我简直不知道怎么样才好。"

罗武智站起身子来，索性在室内像热锅上蚂蚁似的踱起圈子来了。淑娴放下茶杯，也跟着站起身子，说道：

"爸爸，你也是做过局长的人，从前不是也经过很困难的事情过吗？你也得一件一件的都解决了。今天为什么要心乱？我说爸爸总要以国家为前提，放出一点儿勇气来，我相信你就会觉得什么困难都没有了。"

"孩子，你不懂爸爸的意思，爸爸并非是怕死，爸爸已经是个五十多岁的人了，难道还怕死吗？"

"爸爸这话对极了，那么爸爸一定听从女儿的话，预备连夜走了是不是？"

"不过，我也还得考虑考虑。"

"爸爸，这……还有什么考虑呢？一件重大的事情，说干就干，切不可畏畏缩缩地考虑，因为一考虑之后，那事情就会变化。我老实说，一面是流芳百世，一面是遗臭万年，在这一刻之间，价值何止千金？所以我劝爸爸不要豫疑，就决心地走吧！"

淑娴的粉脸在笑过了之后，立刻又平静下来。她觉得胆怯的爸爸恐怕要堕入了罪恶之门，她急得心头像小鹿般地乱撞，连额角上的汗珠都快要冒出来了。罗武智停止了踱步，向女儿呆呆地望着，有气无力地说道：

"我走原可以，但我一走之后，势必连累你们。你们四个弱女子，没有一个男人家给你们出主意，万一日本人把你们捉了去干出非礼的行为来，这叫我在外面也是不安心的呀！"

"我想这是不会的，就是发生了这样不幸，我们也只有一死而已。"

"你把死倒说得这样容易吗？我辛辛苦苦养你到这么大，是花费了多少心血？可怜我半百年纪，只留了你一点儿骨血，你若一死，叫我做爸爸的做人还有什么滋味？还有什么滋味？"

罗武智听女儿简直是逼着自己非走不可的神气，他颓然坐到沙发上去，两手捧了头一面痛苦万分地说，一面是快要流下泪来的样子。淑娴听了，也由不得惨然。但理智胜过了深厚的情感，她终于又滔滔地说道：

"爸爸，在这个年头儿，你把生死别瞧得这样宝贵。不要说我是一个女孩儿家，就是堂堂七尺之躯吧，说不定人家还是三房合一子，五房合一子的人，但在炮火之下，也照样化为灰尘哩！所以死倒没有问题，只要死得有价值，这就比活着更有意义得多。爸爸，我知道你疼爱我，但我不愿意爸爸为了疼爱我，而做一个被人万世唾骂的汉奸。这是多么无耻，多么不忠呢！爸爸，你还是听从女儿的话，快点儿地出走吧！"

淑娴一面说，一面走到爸爸的身旁，连连摇撼他的肩胛，是催逼他走的意思。罗武智呆呆地想了一会儿，遂点头说道：

"好的，我就听从你的话吧！那么我叫你大姨娘给我去收拾收拾应用的东西，你也回房去休息休息。"

"爸爸，你有这样的决心，这才不愧是个中国的好男儿哩！"

淑娴的粉脸方始又展现了欣慰的媚笑，两人点点头，遂各自回房去了。罗武智回到大姨太的房中，只听一阵敲木鱼的声音先触入了耳朵，显然大姨太又在念经了。听了这念经的声音，在今天罗武智觉得有些讨厌，遂大声地叫道：

"韵芬，韵芬！"

这叫声不大和善，带着几分凶恶的成分。大姨太在里面套房内慌忙停止念敲，匆匆地出来，恐怕武智发脾气，预先满面含笑地问道：

"你叫我有什么事情吗？"

"一天到晚，笃笃笃的，敲什么断命木鱼？念什么断命经？这个年头儿，还是念经敲木鱼的时候吗？"

罗武智坐在沙发上，恨恨地骂着，还连连地吸烟。大姨太知道他又有什么不称心的事情了，所以要在自己身上出气了。自己是个人老珠黄不值钱的人了，比不了二姨太、三姨太那么出风头。受了委屈，还不是只好把气往屁眼里出吗？于是还含笑给他倒了一杯玫瑰花茶，亲自送到茶几上，逗了他一瞥媚眼，有气当没气的样子，笑道：

"瞧你不知又是在谁那儿受了委屈，就拿我来当作出气筒了。我管我念经，干你什么事呢？你到我房中来，也是算得出有几天的日子，我就不念经好了，你何必发脾气呢？在别人家房中笑嘻嘻的，到了我的房内，就恶气冲天，那又何苦来？我也不是一定硬拖你来，你讨厌我，就少来。既来了，就不要发脾气，也弄个笑脸来给我看看，我什么都不干的原可以陪着你呀！我的好老爷，还是喝杯热茶吧！"

大姨太这一番功夫真不错，絮絮的一大套话，倒把罗武智说得怒气全消，反而笑了起来。顺手把她拉到身旁来坐下，拧着她的面颊，笑道：

"你这几句话是算趁此机会在跟我吃醋是不是？"

"这话也亏你说得出来，我是个三十七岁快近四十的年纪了，人也老了，色也衰了，还跟你吃醋？那也太以笑话的了。"

大姨太听他这样说，由不得也红了脸，赧赧然地说。罗武智见她徐娘虽已半老，但风韵犹存。此刻清秀颊上盖了红晕之后，自有一股妩媚的风韵。这就半抱了她肩胛，把嘴几乎凑到她的颊上去，笑道：

"你不跟我吃醋，那你为什么说到你房中也算得出有几天的日子？这不是你在怨恨我太冷待你吗？"

"你不到我房中来，我倒并不怨恨你，因为一个人倒也乐得清净。我的意思，以为既然很少碰面了，是应该客气些才好。现在你还这样恶声恶气地对待我，这叫我似乎太感到心痛一些了。"

大姨太趁势偎了他的身子，低低地回答，话声是包含了一些凄凉的成分。罗武智这时把出走的事情早已忘得一干二净了，他对于韵芬盈盈欲泪的意态倒又感觉楚楚可怜起来，遂笑嘻嘻说道：

"你也不要说什么漂亮的话了，我知道你一定怨恨我，你口里说得好听，你心中是多么苦闷呢！我知道，三十四十，虎狼之年，你大概心灰意懒的缘故，所以只好念佛吃素了是不是？"

"不要胡说八道，难道你当我这样好淫吗？"

罗武智见她粉脸益发红晕起来，倒显出了青春的色彩。他有些情不自禁地挽住了她脖子，却在她嘴唇上吻了一下。大姨太嗯了一声，连忙坐正了身子，秋波又恨又羞地逗给他一个娇嗔。罗武智哈哈地笑道：

"越老越俏，越老越骚，女人像你这么年纪最够味儿。韵芬，从今天起，我在你房中非得连宿十夜不可。"

"对不起，我瞧你还是省省吧！"

"怎么，你不要我在你房中睡吗？"

"只怕别人家的心中就要恨死了！我看你还是在我这儿少宿夜为妙。她们年纪轻，比不得我，过不惯冷清吧！"

大姨太微微一笑，怪俏皮地回答。不料罗武智听了，倒又触动了心事，暗想：韵芬的话很不错，她们两个年纪这么轻，如何过得惯孤单单冷清清的生活？我若一走之后，她们还不是树倒猢狲散地跟人走了吗？她们跟了人倒小事，我这个乌龟衔头可太不好听了呀！唉！女孩子家不懂事，只晓得叫爸爸爱国，但她也替爸爸的环境想想，我是多么不容易出走呢！罗武智在这么思忖之下，他把出走的意思全打消了，由不得微微地叹了一口气。

大姨太见他听了自己的话，却呆呆地出神，结果又唉声叹气的样子，一时心头感到了奇怪，遂推推他肩膀，低低地问道：

"怎么啦？呆若木鸡的样子，瞧你今天好像有什么心事的神气。我和你是夫妻，你好歹也说出来给我听听吧！"

"我今天确实有一桩不容易解决的心事，你不问，我原也要来跟你商量的。"

罗武智方才很坦白地说出来，大姨太那颗心先别别地跳了两跳，有些惊慌的神情，问他什么心事。罗武智遂低低地说道：

"刚才日本司令部的武吉大队长到我这里来过了。"

"什么？日本军官认识你吗？"

大姨太不等他说完，先急急地问下去说。罗武智微微地皱了眉头，喷去了一口烟，摇摇脑袋，说道：

"我怎么会认识日本军官呢？"

"那么他来找你干吗？"

"因为他们进了租界之后，一班西洋人都被他们革职，这些公务机关的事情，就少了人手。过去我是局长，所以司令部里闻名到来拜望我，要我登台担任警务处处长职位来维持地方上的治安，我有些委决不下，所以来问问你，你以为答应好呢，还是拒绝好？"

罗武智说完了这两句话，紧紧地握着她手不放松。大姨太本是一个没有受过教育的女子，她当然无知无识，对于国家观念、民族思想，可说一些也没有。当下听了他的话，便显出惊喜的样子，说道：

"日本人打进了上海，他没有看轻我们，反而请你去做官吗？天下哪有这一种事？你不要吹牛皮，跟我开什么玩笑？"

"人家正经地跟你商量，你又说我开玩笑了。我吃饱饭没有事，会跟你开这种玩笑吗？"

大姨太见他十分认真的样子，遂也相信了，于是沉吟了一会儿，方才说道：

"我前儿听你忧愁过，说日本人进了租界，恐怕我们的房屋地产会给他们没收。不过你做了官之后，我们的家产是否有了保障呢？"

"这不用说，当然有保障，而且我们在上海住着，也再不会给日本人有欺侮的忧愁了。"

"那么人家会骂你投降日本吗？"

"这个……"

大姨太的心中似乎还不懂这些汉奸的名词，她问出来的话是相当幼稚。罗武智心头忐忑一跳，说了"这个"两字，顿了一顿，接着又道：

"其实这也是无所谓的事，上海本是中国地方，我又不到日本去做官，在中国本地做事情，这也算不了是投降他们呀！你说我这话可有道理吗？"

"道理是不错，那么你预备答应他们了吗？"

"我还有些委决不下，所以要你来跟我出个主意。"

"我一个女流之辈，懂得了什么呢？只要能够有太太平平的日子过，什么都不管账。"

"那么我来跟你商量，简直是白商量。问菩萨，还有上上签、下下签的分别，问你就一些也没有什么好参考。"

罗武智见她一无成竹地回答，心头不免有些失望，遂叹了一口气说。但大姨太听了，倒由不得笑起来，说道：

"我没有念过书，肚子里一滴墨水也没有，我知道什么？你要商量，应该叫大小姐来，她在学校里读书，就和男人家差不多的了。"

"好了，好了，你不要提起这个小姑娘了，她知道什么？她也许比你还要不知道利害关系呢！我见了她，真有些头痛。"

大姨太对于武智忽然会这样怨恨淑娴起来，那真是出乎意料的事情，倒是望着他怔怔地愕住了。因为罗武智平日最心爱的就是这颗掌上明珠，谁要在他面前说淑娴不好，他就得大发脾气，所以几个姨太太把淑娴也不敢轻易得罪。但今天武智竟然说见了女儿头痛的话，这就无怪大姨太要惊骇得目瞪口呆了，遂低低地问道：

"怎么啦？莫非你和大小姐已经商量过了吗？"

"嗯！"

罗武智应了一声，满面显出不快乐的样子。大姨太娇媚地偎过身子去，秋波脉脉地凝视着他，接着又问道：

"她说些什么呢？赞成你做官吗？"

"赞成？哼！她叫我连夜地逃走！"

"什么？逃走！你能逃到什么地方去呀？"

大姨太不知其所以然地问他。她心里觉得奇怪极了，大小姐存的到底是什么意思呢？罗武智恨恨地把手在膝盖上一拍，说道：

"可不是吗？叫我孤零零一个人能逃到什么地方去？再说你们都是女子，留在上海，叫我怎么能放心得下？你想，这小姑娘也不是太以自说自话了吗？"

"爸爸！"

罗武智刚说完了话，大姨太还没有回答的时候，忽然淑娴在房门口出现了，她沉着脸，叫了一声爸爸，后面还跟着一个三姨太，一同走进房中来。大姨太慌忙站起身子，向淑娴叫声"大小姐快请坐"，她招待淑娴好像客人似的，把那三姨太却并不放在眼里。淑娴望了大姨太一眼，低低地问道：

"大姨娘，你把爸爸应用的东西可有整理舒齐了呢？"

"整……整理什么呀？"

大姨太因为并没有接头过，所以莫名其妙的神气，望着她怔怔地问。罗武智站起身子来，便接口很快地说道：

159

"我没有叫她整理，因为我对于这一件事情还需要考虑。"

"爸爸！你……你……刚才不是说得好好儿的，怎么你一忽儿又起变化了吗？"

罗淑娴很难过的样子，向他急急地问。罗武智这就哑口无言了，默不作声。淑娴望了韵芬一眼，冷冷地笑道：

"我知道爸爸突然变卦，这是大姨娘的主意。"

"不！不！大小姐，你可不要冤枉人，我并没有给你爸爸出过什么主意呀！他告诉我，说日本人请他登台做官，我说这事情应该和大小姐商量商量，因为大小姐是个有学问的女子，那当然比我们要有见识得多了。"

"爸爸，你既然没有听从大姨娘说过什么话，那么你干吗要出尔反尔呢？要知道你若一登台，这好比一张白纸上染了一个墨渍。中国眼前虽然打败了，但我相信将来终有胜利的日子。假使到了胜利的时候，我试问爸爸还能在这个世界上做人吗？不但不能做人，而且连死了恐怕都要没有葬身之地哩！爸爸，女儿是一片金玉良言，你千万不要以为我是没有孝顺之心才好啊！"

罗淑娴听大姨娘慌张地辩白，遂把目光又转移到爸爸的脸上去，用了苦口婆心的语气，又滔滔地说出了这一大篇的话。但听在罗武智的耳朵内，却起了大大的反感。他从来也没有责骂过淑娴，但今天在逼不得已的情形之下，也终于把脚一顿，恨恨地说道：

"你是金玉良言？你是孝顺女儿？你这种单面的思想，不顾痛痒、不管死活的话，来逼我这个年老的爸爸，你简直是大以狠心的了。你叫我走，你叫我走，你还是爽爽快快叫我死好得多！唉！我这么心肝肉那么宝贝你，谁知道你……就不要我这个年老可怜的爸爸了。"

罗武智显出哀痛欲绝的样子，一面说，一面又颓然地倒向沙发上去，大有声泪俱下的样子。淑娴被父亲这么一说，她觉得自己固然是受了绝对的委屈，而爸爸的懦弱和没有志气，实在可怜又复可叹。她到底是个年轻的女孩子，她再也说不出什么话来可以鼓励爸爸。她只觉悲痛激起了无限的辛酸，充塞在她整个的处女芳心里，因此再也忍熬不住地把眼泪大颗滚落下来了。大姨太见淑娴哭了，遂又含了笑容，拍拍她的肩胛，劝慰着说道：

"大小姐，你不要伤心，事情总得慢慢地商量，我知道你是为了爸爸的好，不过你爸爸就是胆子小，一个人怕到外面去，所以……"

"你也不必说了，爸爸假使答应他们登台了，我就永远脱离这个家庭好了。死我不怕，只怕被人家骂我一句是汉奸的女儿，那我简直一分钟都忍耐不了！"

淑娴究竟还是一个小孩子的脾气，她一面说，一面掩着脸，便呜呜地哭泣起来。同时回过身子，预备匆匆向外走了。罗武智这就急了，在沙发上立刻站起身，慌慌张张地叫了一声"淑娴"，三姨太知道他的意思，遂抢步把淑娴拉了回来，说道：

"大小姐，你且别忙呀！我的意思说，老爷既然一个人怕出门，那么我们就一块儿出走。因为大小姐说做汉奸的事情，到底是一件不名誉的，况且……将来也会发生危险的事情，听说上海也有不少重庆分子散布着哩！"

"佩君这意思倒也是一个办法，那么要走我们还是一同走吧！"

罗武智所以舍不得走，就是为了这三个姨太太。至于家产问题，反正有的是金条、美钞，随身可以带着走，那倒没有什么关系。所以一听三姨太的话，便点头回答，表示十分赞成。不料正在这个当儿，忽然见二姨太神色慌张地从外面匆匆回来，带了口吃的成分，急急地说道：

"这是怎么一回事？这是怎么一回事呀？那可不得了！"

"绮雯，什么事情呀？惊慌得这个样子？"

"我……们……大……门外面怎么把守了四个日本兵呀？"

二姨太还是哧哧地说不出话来的样子告诉着，胸口一起一伏，表示这一份样儿的心跳。罗武智皱眉说道：

"哪有这一种事？门房赵四为什么没有进来报告我呢？"

"老……爷！我实在没有知道呀！还是二太太刚回来跟我说了，我才知道哩！"

赵四原和二姨太一同进来的，他却站在房门外，听了武智的话，方才低低地回答。罗武智沉吟了一会儿，把手在额角上一拍，说道：

"对了，对了，日本人的心思很会用，他莫非也怕我逃走吗？所以在大门外预先把守兵队用起来。啊！这……这……可怎么办呢？"

"老爷，你说的是怎么一回事呀？我竟一些也听不懂。"

二姨太凝眸含颦地望着他，表示不明白的意思。罗武智遂把日本人请他登台做官的话，向她告诉了一遍。二姨太笑道：

"真的吗？日本人这样看重你，那不是一件光荣的事吗？"

"放你的狗屁！你……这种无知无识的女子，少给我开口！"

淑娴恨得咬牙切齿，柳眉倒竖，明眸里几乎要冒出火星来。她顾不得父亲站在面前，就骂出了这几句话，一面把脚一顿，身子就奔出房外去了。二姨太气得粉脸发青，两眼几乎翻白。等淑娴走后，便大吵起来，说道：

"这还成什么世界？这还成什么世界？我虽然是你的姨太太，但到底也是她的娘，她竟骂起我来，这……不是造反了吗？你做爷老头子的听了，不但不教训，反而连句话都不开口，这……这……是什么道理呢？你得给我说一个明白。"

"二妹，你不要吵，你没有知道，他们父女俩为了这一件事，刚才也闹着意见哩！我一声没有开过口，她还怪我呢！何况你这样当面赞成，所以她就更加地恨着你了。"

大姨太见她要跟武智拼命的神气，而武智却又坐到沙发上去，一声不响地只管猛吸雪茄，于是向她叫了一声二妹，低低地告诉她。二姨太听了，停止了吵闹，怔怔地望着大姨太，问道：

"大姊，照这小姑娘的意思，预备怎么样呢？"

"照她意思，叫老爷不要在日本人手下做官，说被人家要骂汉奸的。所以她预备叫老爷逃到外埠去，但老爷又放心不下这个家，所以正在委决不下哩！"

二姨太听了，冷笑了一声，走到茶几旁，在烟罐子里取了香烟卷，燃着了火，吸了一口，说道：

"这个年头做人，识时务者为俊杰，只要有好日子过，管得了什么汉奸不汉奸？老爷，你瞧大门外已经有了日本兵把守了，就是要逃走，也逃不到天边去呀！"

"不过大小姐也有大小姐的道理，一个人也不能只管图眼前，而不顾将来的。万一日本打败了，我们还能立足做人了吗？"

三姨太却不以为然的样子，在旁边插嘴回答。二姨太冷笑了一声，自以为有眼光的神气，说道：

"你看中国地方一天一天地缩小下去，这情形还有胜利的希望吗？老

162

实说，一个人总要做得圆滑，不能够固执不化，看风驶船，这样才不吃亏的。"

"我觉得你的眼睛有些近视，所以比较远一些地方，你是看不到的。"

"三妹，你这话是什么意思？"

三姨太讽刺她的意思，可惜二姨太并不懂得，所谓牛吃薄荷，她有些莫名其妙地问她。三姨太一本正经地说道：

"中国虽然节节败退，但大小姐说过的，这是诱敌深入腹地的一种作战方略。只要不签约，不讲和，中国不见得会没有希望的。因为战争到后来，这不是中日之战，是会形成了世界战争。到那时候，正义自会战败野心的。"

"哎哟！你还懂得这些作战方略，明天中国军队还要请你做参谋长去哩！"

二姨太算是报复手段，冷笑着讽刺她说。三姨太还要想说什么，罗武智把脚一顿，恨恨地瞪着眼睛，喝道：

"你们算口才好，这里不是开什么辩论大会，用不到你们一句一句地争论。我此刻心中像油煎一般难过，你们还吵出些什么花头来呢？"

经罗武智这么地一喝，两人这才噘着嘴默不作声了。大姨太也忧烦地吸了一支烟卷，叹了一口气，说道：

"假使日本兵没有在门口把守，那倒还可以听从大小姐的意思，我们一同逃走完事。现在他们已经有了防备，这事情就透着有些为难了。"

大姨太说着话，大家也都没有参加什么意见，只管吸着烟卷出神。这一间屋子里，有三个人猛吸着烟卷，因此空气里满布着烟雾飞腾，好像房内生了煤炉子的样子。过了一会儿，罗武智向三姨太说道：

"佩君，你给我去看看大小姐，她在做些什么。劝劝她，叫她不要太以独腹心思，也得替爸爸的处境着想着想。唉！叫我又有什么办法好呢？"

三姨太应了一声，匆匆出来，见赵四还在房外站着，遂叫他回到门房间去，她自己也就到淑娴房中来了。这里罗武智向大、二两姨太说道：

"我的意思是决定了，还是答应他们做官比较太平。第一，我们不会分离。第二，家产不会没收。第三，我也吃不了流浪的苦楚。有这三点问题，我只好做一个对不起国家的人了。况且我不出场，也总得有个人出来维持的。否则，给地方上糜烂了，也不是一件好事情。上海虽已沦陷，但

163

到底是中国地方，满眼见的也都是中国人，我只要放出良心来，给地方上真正地办事，那我虽然负了国家，也可以说对得起老百姓的了。大小姐的思想，并没有错，我也并不怪她。至于佩君呢，她平日和大小姐常在一处接近，所以也被大小姐同化了。你们两人的意思，我知道，是完全拥护我的。但你们也不必和她们加以口头上的争论，反正我们已抱定宗旨，对她们就敷衍着是了，何必一定要说服她们呢？"

罗武智说了这一大篇话，算是安慰她们的意思，大姨太和二姨太也就没有开口说什么。静静地过了一会子，忽然见三姨太又匆匆地进来，恨恨地说道：

"这真是太岂有此理了，我们自己的家，倒叫他们来管束了。"

"佩君，你说什么？又是怎么一回事呀？"

"现在我们不能走出大门去，只能进来，日本兵拿了刺刀拦阻我们呢。"

"你们出去过吗？"

"大小姐躺在床上哭，我怕她闷出病来，想陪她出去散散心，谁知在大门口就被日本兵拦回来，这……不是太可恶了吗？"

三姨太愤愤地说，满面显出娇嗔的样子。二姨太却笑着道：

"这倒好得很，有了日本兵做管门巡捕，强盗绑匪还有谁敢上门来呢？"

"你还高兴？我们连行动的自由都消失了，他们还不是把我们都当作罪犯看待了吗？"

罗武智见她一味的气呼呼样子，遂叹了一口气，望了她一眼，说道：

"可是，又有什么办法呢？老实说，他此刻要你死，你还能说我要活吗？连我们性命都在他们手里呢！这行动的自由当然是更加要受他们的支配了！"

"但活不活倒不成问题，不自由，毋宁死！自由比活命更需要啊！"

"那你为什么不冲出去啊？你们仍旧退进屋子里来，你们也未必真正有勇气有胆量！哼！"

二姨太马上用了俏皮的口吻，向她讽刺地说，鼻子里还冷笑了一声。三姨太红了脸，也要向她尖酸，罗武智早已连连摆手说："好了，好了，自己人先闹内乱，这还弄得好吗？"三姨太方才不说什么，怏怏地回房去了。

　　如此以后，罗公馆里上上下下的人都被软禁了三天。幸亏厨子把吃的小菜都买足了藏在冰箱里，所以在这三天之内，还不至于受到吃淡饭的苦头。这天午后，大家都在二姨太的房中说话，罗武智很烦恼地在房内踱步，唉声叹气地闷闷不乐，自言自语地说道：

　　"矮子的心思真刻毒，就是要我登台，那么也该派人来跟我接洽了。这样软禁着我，不是存心与我刁难吗？"

　　罗武智说着，大姨太等都默默无语，也微微地叹了一口气。正在这时，忽听赵四在房外叫着老爷老爷。罗武智出外忙问什么事，赵四递上一张名片，说是司令部里有人来拜望老爷了。罗武智接过名片一看，见写着"日本司令部翻译官金廷德"几个字。知道来听回音了，一时展眉一笑，便急匆匆地走到会客室内来了。

第二回

　　金廷德这家伙到底是个怎么样的人呢？在瞧过《征》小说的读者，一定知道他就是诸葛雄、蔡志坚的同学。他们虽然是同一个学校里读书的同学，但他们的志却不同，而道更不合。不光是思想各别，且行动上格外背道而驰。记得战前为了华北事件的发生，蔡志坚与诸葛雄联络了同学们到南京去请愿未遂，结果在火车站酿成了不幸之事。当金廷德到医院中去探望两人伤势的时候，还笑他们是傻子，并说了许多风凉话。后来八一三沪战爆发，闸北烽火连天，炮声震地，大凡稍具血性的青年，个个都摩拳擦掌，无不想替国家去出一份力量，和敌人拼命。但金廷德这小子却把租界当作了天堂，还带了舞国皇后张曼华，花天酒地地沉醉在温柔乡中过着他荒唐的日子。他曾经对诸葛雄说，要如坐在露天舞厅里看闸北的炮火隆隆，浓烟弥天，这仿佛是看放花筒和放焰火一般地有兴味。唉！这种丧心病狂的奴才，言为心之先声，今日上海沦陷之后，他在司令部做翻译，其实也是意料之中的事情哩！

　　他自从陪了武吉队长到罗武智家中去接洽了出来之后，两人坐上司令部汽车，便开回到司令部去。武吉队长衔了半截雪茄烟，两只眼睛望着车窗外的街景，只管呆呆地出神，忽然回过头来，向廷德问道：

　　"廷德，你看这个姓罗的肯出来做官吗？"

　　"有官做，还不答应吗？这除非是傻子，队长放心，他一定肯。"

　　金廷德笑嘻嘻地回答，他一眼见到武吉口里衔着的雪茄已熄了，遂立刻在怀中摸出打火机来，给他燃了火。他的日本话，说得非常流利，武吉听了，表示喜悦，而且他很会向自己献殷勤，日本人也爱吃马屁这一功的。他拍拍廷德膝踝，说道：

"你知道他一定肯？但是刚才他为什么不肯答应？"

"他是装腔作势、假痴假呆推托的，我见他这个老头子很怕死，你对他凶一点儿，他马上就答应了。"

"这也很难说，也许他真的不肯做官，怎么样办？"

武吉这矮子精细而多疑，他蹙了眉尖儿，表示有些担忧的样子。金廷德把拳头在手心上一拍，很爽快地说道：

"他一定不答应，把他枪毙！这老狗太不识时务！"

"不行，不行，枪毙不可以，杀人要看看人杀的，把他杀了，更没有人肯出来做官了。所以你要想一个办法，这办法是非叫他出来做官不可。你有这个本领吗？回头我重重赏你。"

"办法一定有，你不要着急，让我想想。"

金廷德点点头，低声回答。他在袋内摸出烟盒子来，取了烟卷，燃了火，吸烟喷烟，把烟圈子环绕了他整个的身子。一分钟后，他忽然把手在腿上一拍，说了一声"有了"。武吉队长忙问什么好法子，金廷德含了笑容，凑过嘴去，在他耳朵边低低地说了一阵，然后笑道：

"队长，你想这办法好吗？先软禁了他们三天，然后我再去听他回音，这就不怕他不答应。"

"好极，好极，准定这样办。你很能干，将来希望也很大。"

武吉队长认为非常满意，遂哈哈地笑着，拍拍他的肩胛，夸奖他说。金廷德认为给队长这么称赞，那真是一件无限光荣的事，因此眉飞色舞的，颊上的笑容就始终没有平复的时候了。

两人商议已定，回到司令部，武吉队长马上发令，因此罗公馆的大门后门口就都把守了四个日本兵了。

晚上，金廷德到米高美舞厅来游玩，这已经是九点多了。他想叫张曼华坐台子，但曼华已被另一个西装客人叫去坐台子了，于是忙命转台子。侍者答应去了，回说马上就来。廷德一面喝啤酒，一面等着曼华到来。谁知等了一会儿，曼华依然没有过来，而音乐却又悠扬地在奏了。他偶然望到舞池里去，却见到曼华正偎在一个西服青年的怀抱里跳着舞。那青年的脸，紧紧贴着曼华的面孔，显出无限肉麻亲热的样子。这在金廷德心头给予不少的刺激，立刻怒火会从头顶上冒出来，暗想：他妈的！这小子是什么东西？胆敢霸住了曼华，不让她过来吗？我非给他颜色看不可了。一面闷闷地想，一面把啤酒大口喝了下去。等这支音乐停止，方才见曼华姗姗地走来。一见了廷德，便显出吃惊的神气，但立刻又眉开眼笑地说道：

"哎呀！原来是你吗？多早晚来的？"

"嗯！要不是我的话，也许你还不过来的吧！"

金廷德绷住了面孔，显出很不高兴的样子回答。曼华听得出在他这话中是包含了俏皮的成分，遂连忙施展柔媚的手腕，竟然一屁股坐到他的膝踝上去，逗给他一个媚眼，笑嘻嘻地说道：

"瞧你，这人真会吃醋，干吗这样对付我呢？"

"这态度别来对待我，还是跟他多去肉麻肉麻吧！"

金廷德把她身子一推，兀是怒气未消地回答。张曼华这会子也着恼了，遂鼓着小嘴，呆呆地坐着，但一会儿又叹气地说道：

"这几天生意很清淡，物价又一天一天地上涨，这个年头儿的日子如何过得去？因为人家是个生客人，所以看在钞票面子上，不得不向他扎紧一点儿，那也是没有办法的事情。我和你也不是一天两天的交情，你难道不肯原谅我的苦衷吗？"

张曼华说完了这两句话，似乎受了很大委屈的神气，大有眼泪汪汪的意态。金廷德见她这一份可怜的神情，心头倒又软了下来。但口里还不自然地冷笑道：

"扎客人也不是这种扎法的，我看你把面孔好像要贴得黏住了的样子，再弄下去，简直把裤子也好脱下来了。"

"何必说这种话来难堪我呢？我不是老早跟你说过吗？这碗断命饭我是不要吃了。好好坏坏你就娶了我，那么我不做了舞女，就不会跟别个舞客们跳舞了。但是，你又不肯和我结婚，说等你有了地位发了财再说，唉！你叫我等到什么时候才可以实行目的呢？"

张曼华听他这样挖苦自己，心中一阵悲酸，哀怨地说完了这些话，她的眼泪便真的落下来了。金廷德方才挨近了她身子，把手环抱她的腰肢，捏了她一把，笑嘻嘻地说道：

"我并非把你管得这样紧，因为我见你跟别人亲热，我心中自然不受用。好像你这个身子，马上会给别人夺了去似的。曼华，说起来也不是为了爱你的缘故吗？"

"你爱我，我很感激你。但是你真正爱我的话，你也得为我生活做个打算才是呀!"

金廷德听她这样说,遂伸手从袋内摸出皮夹子来,取了一叠储备钞票,塞到她的手里,望了她一眼,又摸摸她的腰胸,笑道:

"你是舞国皇后,谁不知道你是已经红了半边天,为什么在我面前老是哭穷呢?这些钱你拿去用,我往后有钞票,总是你的。好宝贝,别再眼泪鼻涕了,快对我笑一笑。"

"这儿不是房间里,别东一把、西一把地乱捏,痒斯斯的叫人怪难受的。我劝你以后醋少吃,我的身子不是早已属于你了吗?"

张曼华捏了这一叠钞票在手里,她挂了眼泪,真的会笑了起来。虽然她口里还有些怨恨似的说,不过她的态度已相当妩媚,她的娇躯已倒入他的怀内去了。廷德望着她笑问道:

"我不相信,你除了我,难道就没有跟别人发生过关系了吗?"

"你这没有良心的人,才问出这种下作的话来!"

张曼华秋波白了他一眼,恨恨地回说,她一面把钞票已藏入怀内去了。金廷德笑了笑,他也不再追问。因为他很明白,一个红舞女有十个八个情夫那也算不得一回大惊小怪的事,只要眼不见为净,那也就算她是个宝贵的处女吧。于是拉了她手,说道:

"我跟你说着玩玩的,别认真。来,我们去跳一支舞。"

张曼华不说什么,跟着他到舞池里去。她偎着廷德的怀抱,贴着廷德的面孔,照样也显出非常亲热的样子。金廷德表示报复起见,遂故意跳到那个青年的座台边去,眼睛朝他弹发弹发地示威。但当他转背,曼华脸向那青年的时候,曼华当然是以另外一副媚人的姿态对付他,笑靥生春的,眼波频频送情,还把挽在廷德肩胛上的手,向廷德脑后指指,扮了一个鬼脸,表示非常讨厌的样子。好在曼华的鬼戏文,廷德是看不见的,所以一无知晓。至于那个青年呢,他对于廷德的示威固然愤怒,但看了曼华的眉目传情,却又表示安慰。好像有人在告诉他,曼华对他是假情假意,对自己一定是有真爱情的。我倒要原谅她,她不是已跟我打过招呼了吗?其实这世界上做人,尤其在这灯红酒绿的交际场中,像曼华那么一个红舞女,她手段如何可以不灵活?所以这不但使那青年和廷德中了她的圈套,也不知另有多多少少的青年被她玩弄在手掌之中哩!

金廷德和曼华跳着舞,一而再,再而三,甚至于四五六七八……无次数地尽管跳个不停，这在那个青年的心中，当然也要刺激得再也忍熬不住起来。虽然曼华也曾向他一再地秋波送情，媚眼乱飞。但这抽象的安慰，是抵不住现实的恼恨和痛苦的，所以他就差了一个侍者走过来，向金廷德弯腰笑道：

"对不起得很！请客人帮帮忙，张小姐要转台子。"

"是哪一个客人？"

"喏！坐在那边的一个客人。"

侍者向那音乐台前的座桌上一指，低低回答。金廷德一望而知就是那个青年小子，这就冷笑了一声，说道：

"你对他去说，叫他自己识相，快点儿离开这里，否则，我就要给他颜色看。转台子，没有这么容易，叫他不要梦想。"

"小金，何苦来？跟人家结怨，我求求你别多是非吧！"

张曼华听金廷德这样说，不但不敢站起来跟侍者走，而且两颊急得玫瑰花那么通红，带了央求的口吻，向他低低地说。那个侍者原不知廷德是个怎么样的人物，见他脸血红的，显然是喝了啤酒的缘故，因此只道他说醉话了，便俏皮地说道：

"这舞厅是公众的娱乐场，又不是你独开的，叫人家不要玩，你一个人在此跳舞，这就未免太以笑话了。"

"他妈的！"

侍者话还未完，廷德就暴跳起来，骂了一声他妈的，接着啪的一声响，那侍者的脸颊上早已起了五个手指印。那侍者还心有未甘地连说你敢打人吗，但廷德接连地又是一记耳光，打得那侍者满口鲜血。廷德这时在袋内摸出手枪，在桌子上重重一放，骂道：

"你这狗王八蛋！不睁开眼睛来看看，你来管我的事情吗？我瞧你真是活得不耐烦了！他奶奶的！你要死要活？"

那侍者一见手枪，由不得倒抽了一口冷气，知道事情不妙，也只好自认晦气，一声不响地走开去了。这时舞厅管理员还走上来向廷德打招呼，说了一百二十声的对不起，金廷德方才把手枪收起，但口里还骂个不停。他这会子骂，倒并非骂侍者，竟是指桑骂槐的，显然骂到那个青年的头上去。正在这时，突然见那青年分开众人，恶狠狠地走了上来，眼睛一瞪，伸手把廷德座桌上的台布一拉。这一拉把桌子上玻璃杯、啤酒瓶、香烟缸乒乒乓乓地打碎了一地，他也大声地骂道：

"他妈的！你这小子敢在这儿放肆吗？你满嘴里放的什么臭屁！打量老子没有能力来跟你说话吗？"

"好小子！你有种！我就打你这个王八蛋！"

金廷德再也想不到自己不去找他，他倒找上来了，一时气得怪叫了一声，狰狞了面目，挥手打了上去。那青年眼快手快，一面避过，一面早已摸出手枪，对准廷德，冷笑道：

"不许动！你动一动，我就要你的性命！"

这当然更使金廷德出乎意料，想不到那青年也会摸出手枪来。一时恐怕他真的砰地一响开起来，性命交关，这如何吃得消？所以他的火气立刻会忍耐了三分，没有刚才那么凶恶的样子了。曼华焦急万分地叫了一声"小李，你可不能胡来，大家都是自己人呢"！这时看热闹的舞客和舞女一见了家生，大家唬得四散逃开。这个舞厅管理员胆子比较大一点儿，知道他们都是一路人物，大家都有手枪，遂忙也说道：

"两位不要吵，你们恐怕是自家兄弟呢！坐下来大家谈谈吧！"

"谈什么？他妈的！你有手枪，我就没有了吗？"

金廷德在他们说话之间，立刻也取出手枪，拿在手里，他此刻的态度马上又强硬起来了。曼华见他们要决斗的样子，急得把身子在他们中间一拦，慌张了脸色，急急地说道：

"你们不能开枪，要开枪先开死了我。"

这个舞厅管理员见苗头不对，恐怕两人真的一开枪，就得酿成血案。打死了他们自己两只狗倒也无所谓，只怕别人中了流弹，那岂不是无妄之灾吗？于是悄悄地溜到电话间去打电话给日本宪兵队了。这里金廷德环眼圆睁，那个小李紧咬牙齿，两人虽然都握着手枪，但都不敢开放。其实他们都是吓吓人的手段，尤其手枪对手枪的情形之下，他们更加怕死。因为他们的目的，是还要在这社会上横行一时，享乐一时，如何肯轻易地牺牲呢？只不过大家不肯卸台型，所以像要决斗似的僵持着。张曼华乌圆眸珠一转，她把两手伸开，去接过他们的手枪。然后方才落了一块大石似的，笑嘻嘻地走了开去，说道：

"你们没有了手枪，那就没有关系了，有本领空手地打吧！"

曼华这一句话似乎提醒了小李，他觉得先落手为强，遂握了拳头，一个"扑克新"打过去，齐巧中在廷德下颚。廷德站脚不住，身子直向舞池里跌去。小李似乎还不肯放松，直追到舞池，举脚欲踢。但廷德早已一个翻身，奋勇而起，举拳还击。这时音乐早停，舞池变了戏台，两人大打出手，恶斗不已。大家围在四周，也没有谁去相劝，好像看角力表演似的，众人看得津津有味，十分感到兴趣。就在这时，忽听一阵皮靴声，啪啪响入。只见四个日本宪兵，匆匆进来，众人连忙分开一条路来，由他们步入舞池，大喝住手。小李和廷德见宪兵到来，方才停止相打，但各人的头发都已乱糟糟的一团，各人的领带也都散了，显出狼狈的样子。宪兵喝道：

"你们为什么相打？派司拿出来。"

廷德、小李遂把派司拿出来，交了过去。宪兵看了廷德的派司，见上面写着大日本司令部中校翻译官，一时暗想：官衔倒不小。遂忙又看小李的派司，见上面写着七十六号特务机关第十五大队长李自成。这就黯然了一会儿，把派司都交还了他们。刚才那副凶恶的样子已消失了，微微地一笑，说道：

"你们都是自家人，不可以打来打去，为了什么事情吵闹？你们都是官做得很大很大，吃排头，交关难为情。"

"他没有道理，在舞厅里倚势欺人，行为很不好。"

"哼！你有道理？你为什么也倚势欺人？"

小李和小金都操着流利的日本话，向宪兵告诉。宪兵仍觉得这两个人没有心肝，同样地做了汉奸，还要你看轻我，我看轻你，这真是老鸦笑乌炭黑，不拿面镜子瞧瞧自己面孔，于是不和他们多说，就要带他们到宪兵队去。曼华连忙走上去，把枪还给他们，说"手枪快拿好了，何苦来？弄得大家都没有好处"。宪兵见了，很是奇怪，忙向曼华问着生硬中国话说这是怎么一回事。曼华红着脸，有些心跳，有些害怕地告诉了他们。宪兵拍拍她肩胛，也有些色眯眯的样子，笑道：

"侬狄格小姑娘！好来西！"

张曼华一转身，早已逃进马桶间去了。这里宪兵们遂押着两人匆匆出了舞厅，到宪兵队去了。一场风波始告平静。音乐台上的洋琴鬼，也方才砰嗼嗼、砰嗼嗼地重新敲起来了。

第二天茶舞的时候，张曼华坐在位置上正等候舞客的降临。忽然见一位西服青年在自己面前站住了求舞，遂抬头望去，不由"哎呀"了一声叫起来。这青年不是别人，却是金廷德。遂连忙笑盈盈站起身子，把两手扑到他怀内去，显出特别关心的样子，急急地说道：

"小金，事情怎么啦？我昨晚一夜没有好好地睡，替你担着心事，没有什么责罚吧？"

"哎！你替我担忧呢？还是替这个小李担忧呀！"

金廷德贼秃嘻嘻地笑着问，这话是说得分外俏皮。张曼华把小嘴儿一噘，恨恨地白了他一眼，气鼓鼓地说道：

"你为什么老是这样地挖苦我呢？叫我心中真是难受极了！"

"算了，算了，跟你说着玩玩的，你不要生气吧！"

张曼华的迷汤功夫很不错，她口里虽然怨恨地娇嗔着说。但她的举动，还是跟他显出特别的亲热，把她的樱口几乎要凑到廷德的嘴边去了。廷德在她柔媚的手腕下终于软化了，遂笑着向她赔不是。曼华这才展眉弄眼地一笑，还把嘴在他颊上吻了一下。金廷德愕了一愕，因此更有些混陶陶起来。在曼华的心中是很想问一问小李可曾出来没有，但是又怕廷德吃醋，所以这句话也只好没有问出来。这晚廷德请曼华在金谷吃西餐，饭毕，廷德恐怕小李又要上米高美来，这就弄得大家又下不了面子，所以对曼华说道：

"我们到扬子去跳舞，那边有姚莉的唱歌，真是非常动听。米高美那边，反正算我签票出来好了。"

"不要算你签票，我回头可以打电话去请假，说我有些头痛好了。"

"你又给我节省钞票了，明儿娶了你，真是个贤妻良母。"

张曼华这米汤很能博得一个男子的欢心，所以金廷德握了她的手，很疼爱她般地回答。其实曼华原是个中"老举"，廷德不算签票，必定折现。现钞可以全数照收，舞票却只有一半到手。所以曼华实在是为自己而设想，但死勿光的屈死，却偏把多情两字冠在舞女的头上，那就真叫作天晓得的了。

两人在扬子玩到十点钟光景，金廷德忽然心血来潮，他附了曼华耳朵，低低地说了一阵，接着又一连串地问她好不好。曼华红了脸，有些为难的颜色，支吾了一会儿，方低低地说道：

"只怕我这个东西要来了，因为上个月也是这两天的日子。"

"不会那么凑巧的，曼华，你不要刁难我了。喏！这些钞票你拿去买

173

件衣料穿，明天我有钱的时候，再给你买一只钻戒，你欢喜吗？"

金廷德也许捉摸着曼华的心思，他伸手在袋内摸出厚厚的数叠钞票，塞到她的手里，笑嘻嘻地说。曼华见了钞票，眼睛一明亮，她把为难的颜色慢慢地消失。秋波斜乜了他一眼，嗯了一声，便把钞票紧紧地捏着了。曼华既然接受了钞票，那么对于廷德的要求，也就义不容辞了。在这社会上除了三百六十行买卖之外，这当然也是一种交易啊！

金廷德在外面荒唐了两天，方才奉了武吉队长的命令，到罗公馆来听回话。当下罗武智在会客室内和廷德见了面，彼此握手问好，分宾主而坐。仆妇们献茶敬烟，招待得十分周到。金廷德吸了一口烟卷，右脚搁在左膝上摇摆了几下，表示那份安闲的样子，望了他一眼，很阴险地一笑，问道：

"罗局长，你如今已有了三天的考虑，我想你现在一定有了明白的答复了吧！我今天特地来讨一个回音的。"

"金先生，别的是没有什么问题，就只怕我的能力够不到。"

罗武智搓了搓手，很谦虚地回答。金廷德哈哈地一笑，说道：

"哪里哪里，罗局长不必客气，以你的大才，就是担任了上海市市长，也没有什么困难啊！那何况是一个小小的局长呢！只怕大材小用了吧！"

"不过我真不懂你们这是什么意思？我家前后门都把守了日本兵，这两天真叫我们受不了！"

"哦！这是武吉队长的一番好意。"

金廷德神秘地哦了一声，他又微微地笑起来。罗武智怀疑地反问了一句好意，金廷德点点头，把口里的烟圈子喷去了后，说道：

"是的，完全是一番好意。因为武吉队长心中的猜想，以为你不肯做官，是因为胆子小，怕有什么暴徒来暗杀你，所以你迟迟地不肯答应。我们队长有鉴于此，特地派兵前来保护你们公馆。罗局长，你想，这还不是一番好意吗？"

"但……为什么不让我们出去呢？我以为这种手段对付我，简直把这屋子当作了监狱，使人太难堪了。要不如厨子把小菜备得足，我们是只好吃淡饭的了！"

罗武智说这两句话的表情，显然有些怨恨的颜色。金廷德立刻把脸色一沉，很阴险地冷笑了一声，说道：

"这是委屈了你们，不过队长的意思确实很深刻。他派兵队来把守你们大门后门，实在有两层作用。假使你答应做局长了，他派来兵就算保护你们。假使你坚决地拒绝，那么这些兵也可算是监视你们了。那时候你们吃淡饭还算福气，只怕将来就得活活地饿死哩！罗局长，请你赶快地选择一下，到底愿意走哪一条路，我也好到司令部去有个交代。"

金廷德好像是一头野兽，他扯下了脸皮就认不得什么人了。罗武智听了，一阵心跳，两颊就觉得热辣辣地发烧，额角上冒着汗点儿，颤声地说道：

"金先生，请你给我去转武吉队长，我……我……就答应了！"

"好啊！做人应该要干脆爽快，那么才能算是英雄。罗局长，从今以后，咱们是同志了！来！握握手。"

金廷德听他答应了，一时两颊立刻又堆下笑容来，猛可伸过手，和武智紧紧地握了一阵。罗武智此刻面色又平静了不少，笑得脸上的皱纹也就没有平复过了，遂很谦和地说道：

"金先生，以后还得你多多指教，多多帮忙，那时小弟一定十分感激。"

"当然，当然，我们成了同志，互相照顾，这也是分内之事啊！"

两人客套了一会儿，廷德预备回去复命，忽见仆妇出来，低低说道：

"请金先生慢些走，太太还在弄点心呢！"

"金先生，那么就请再坐一会儿，吃了点心走吧！沈妈，你把三位姨太太和大小姐去叫来，来拜见拜见这位年少英俊的金先生。"

罗武智原也是一个老奸巨猾之徒，他知道日本人很信用金廷德，那么自己和廷德联络感情，成了莫逆之交，将来有什么困难的时候，少不得也有许多的帮助。所以听了沈妈的报告之后，索性眸珠一转，说出了这两句话。沈妈答应一声，便进内去请。这里廷德也就又坐了下来，心中可在暗想：他妈的，这老甲鱼的艳福不浅，倒是一个风流的人物，竟有三位姨太太，我要瞧瞧她们到底生得怎么样的品貌哩！就在这时，里面一阵皮鞋脚声，接着走出三个妇人来。金廷德只觉眼睛一亮，好像遇到了吸铁石一般的使他怔怔地愕住了。这时罗武智就介绍道：

"这是我大姨太，这是第二的，这是第三的。你们快来拜见这位金廷德先生，他是司令部的翻译官，将来我们都要靠他哩！"

"客气，客气，三位太太请坐。"

金廷德鞠着躬，笑嘻嘻地回答。三位姨太也笑盈盈地招呼，大家在椅子上坐了下来。这时廷德的眼睛只管扫射到她们的脸上去，觉得那个大的姨太也没有什么引人注意的地方，这当然是年老色衰的缘故。但二姨太的神态和丰姿就觉得令人有些可爱起来，不但打扮艳丽，而且眉目间风流之情横溢，眼睛水汪汪地时时送情，显然是个很热情的少妇，和曼华相较，好像是一对姊妹花。再看到那位三姨太，年龄更轻，娇小玲珑，婀娜多姿，还带有些姑娘的风韵。这就觉得那第二、第三两个姨太太，自己倒有一尝滋味的胃口。想到这里，心中荡漾了一下，脸上由不得笑了起来。罗武智忽然又想到了似的，忙说道：

"怎么？淑娴没有出来吗？"

"她说有些头痛。"

大姨太低低回答。罗武智心中明白她不愿接见的缘故，遂皱了眉尖，沉吟了一会儿。但廷德却又暗想：他的女儿不知生得美不美，我非今天见到了她不可，于是连忙关心地说道：

"怎么大小姐有些不舒服吗？那我是理应进内去问候问候呀！"

"她也没有什么大病，还是我去叫她出来吧！"

三姨太听廷德厚了面皮这么说，一时由不得着急起来。因为她和淑娴感情很好，所以一面说，一面匆匆地入内到淑娴房中去了。淑娴这时坐在房中的沙发上，手托香腮，闷闷不乐地长吁短叹着。三姨太连忙说道：

"大小姐，你爸爸叫你出去呀！"

"我不要见这些走狗！"

淑娴鼓着小嘴儿，恨恨地咒骂着说。三姨太蹙了翠眉，急道：

"你不出去，那姓金的便要进内来望你了。我想你还是出去的好，怕什么呢？"

"我并不是怕他，我实在因为是珍爱我那双宝贵的眼睛。看了这些不知廉耻的走狗，我的眼睛也许会出血的。"

"可是他冒冒失失地进来了，你怎么办呢？"

三姨太见她说得这么沉痛，遂叹了一口气，搓搓手回答。淑娴柳眉一竖，雪白牙齿，紧咬着嘴唇皮子，表示那份痛恨的神气，冷笑着说道：

"他若不要脸地进我房中来，我就会老实不客气地把他骂出去！"

"大小姐，我以为在这个恶劣的环境之下，你就犯不着跟这班小人结怨，只要敷衍他一下，也就算了。你和他闹了别扭，恐怕会遭他捉弄的呀！因为这个时候不是人的世界，你要和狗讲道理，那是万万也讲不通的！"

淑娴听三姨娘这样劝告，遂凝眸含颦地沉吟了一会儿，有些不情愿似的猛可站起身子，说了一声好，她方才愤愤地跟着三姨太到外面会客厅来了。这时罗武智和廷德及两位姨太已坐在小圆桌前吃着点心了，一见淑娴出来，廷德不由得暗暗叫了一声好，他早已笑嘻嘻放下筷子站起身来。罗武智忙介绍道：

"这是小女淑娴。这位金先生，是司令部的翻译官。"

"罗小姐怎么有些不舒服吗？对不起！我打扰了你，快坐下来大家一同吃点心吧！"

"我吃不下，金先生请自己用吧！"

淑娴勉强含了一丝微笑，点点头，招呼着回答。大姨太遂叫三姨太一同坐下吃，罗武智也劝女儿稍许吃一些，说陪金先生，他无非是竭力讨廷德好的意思。淑娴迫于父命，没有办法，只好也坐下了。这时廷德的两眼，望着桌子旁三个美人，大有山阴道上，应接不暇之感。看看二姨太，又看看三姨太，再看看淑娴，觉得三个人都有三个人的美丽，各有风韵，令人可爱。而尤其想到淑娴还是一个处女，他的心更加摇荡起来，不由暗想：那两个姨太虽美，但到底还有老甲鱼在着，偷偷摸摸，究竟不很方便，至于这位罗小姐，我尽管可以明目张胆地追求她，就是给老甲鱼知道，那也绝对没有问题。廷德在这么思忖之下，于是他的目标就集中在淑娴的身上去，望了她粉脸，笑嘻嘻搭讪地说道：

"罗小姐，你还在什么地方读书吧？"

"是的，我在华明大学一年级。"

"啊！你这么轻的年纪已读大学了吗？那你将来的前途可不得了。罗小姐的青春，今年是多少了？"

"二十岁。"

"那么今年该做生日了，罗小姐几月里养的？我该给你拜寿啦！哈哈！"

"这个年头还谈得到做寿吗？这似乎太对不起自己良心了，况且我的生日早已过去快近半年了。"

金廷德很奉承她说，还哈哈地大笑了一阵。但淑娴却老实不客气地讽刺他，俏皮地回答。罗武智接口说道：

"她的生日在三月里，确实已过去半年多的日子了。"

"生日可以补做的，那没有关系。我明天一定得送些礼物给罗小姐！"

金廷德并不因淑娴的讽刺而感到恼恨，还是色眯眯笑嘻嘻地拍她马屁。淑娴连忙很不自在地说道：

"不必，不必，我绝对不敢接受的！"

"金先生，你也太客气了，小孩子生日有什么大不了。"

"二十岁是大生日，应该要热闹热闹的。"

罗淑娴听他简直有些自说自话，心中非常痛恨，遂蹙了眉尖儿，不再作答。就在这时，沈妈匆匆进来说道：

"老爷，不知是谁？一个日本人口音打电话来了。"

"哦！那一定是武吉队长，我去接听好了。"

金廷德听了，他预先料得到似的，遂站起身子，跟着沈妈匆匆走到电话间里去了。约莫两分钟后，又含笑走出来，说道：

"果然是武吉队长来的电话，他知道罗局长答应了，心里很快乐，叫我陪你马上到司令部里去一次。"

"那么沈妈快拧了手巾来，给金先生擦脸吧！"

"不用擦脸了，武吉队长的性情最急躁，罗局长，我们马上就走。罗小姐，我们明儿见。"

金廷德拿了手帕连连擦嘴，一面说，一面向淑娴笑嘻嘻地一点头，身子已向外面走了。罗武智也只好望了望三位姨太太，似乎还想说句什么话，但结果却并没有说出来，他匆匆地跟着廷德也跨出会客厅去。

罗淑娴灰白了脸色，她呆呆地望着爸爸身子消失了后，便一骨碌翻身，恨恨地奔进内室里去。三姨太知道她的心头多少是受了一点儿刺激的痛苦，遂跟着走到她的卧房。果然见淑娴倒在床上，像小孩子那么呜呜咽咽地哭得很伤心。于是走到床边，拍拍她的腰肢，低低地说道：

"大小姐，你不要哭呀！哭坏了身子可怎么好？"

"三姨娘，爸爸一答应他们，我觉得什么都完的了。哭坏了身子算得什么，我就恨不得立刻死了，才对得住国家呢！"

罗淑娴又在床上坐了起来，泪眼盈盈地望着她，悲痛欲绝地说着。三姨太把手帕给她拭了泪，在她身旁坐下了，温情地说道：

"你不要说傻话了，死有重于泰山、轻于鸿毛的分别。无缘无故的死太没有价值，我劝你别说这些话。你爸爸逼于环境，这也是不得已而答应的。我想只要劝他不作恶，不干伤天害理的事情，假使真正为上海四百多万的同胞办事情，也许会得到人家同情的吧！"

"三姨娘，你这话错了，近朱者赤，近墨者黑。既然做了日本人的走狗，你想，怎么还会干出好的事情来呢？所以我们生长在这个家庭里，我觉得是一种耻辱。三姨娘，我……老实跟你说，我预备今天就离开这个家。"

"那么你预备上什么地方去呀？你是一个弱女子，孤零零地到黑暗社会上去流浪，这也是很危险的一件事情啊！"

"我不但要离开这个无耻的家，而且我还要离开这个黑暗的上海。我想到自由的空气里去追求光明。三姨娘，你的心是清白的，是纯洁的，我希望你不要让他们来玷污你才好。"

三姨太被淑娴紧紧地握着手。她只觉得有股子感情激发在整个的心灵里，于是她自己也说不出为什么要伤心，竟是扑簌簌地流下眼泪来了。遂低低地哽咽着说道：

"大小姐，我希望你不要离开我，你若一走，我是更孤零了。其实呢，爱国的工作，到处都可以活动。我的意思，你倒可以拿这个家来做掩护，遮人耳目，尽可以做爱国的工作呀！老实说，你一个人出外去流浪，无亲无邻，到那时候反而求生不能，求死不得，这岂非更加痛苦吗？况且……那个诸葛少爷说不定倒有信来了，你去找他一块儿工作，这倒是好得多了。所以你听从我的话，还是忍耐一些的好。"

罗淑娴被她提起了诸葛雄，芳心倒是怦怦一动。一时沉吟了良久，不禁暗想：三姨娘这话倒是相当有理，光是说要为国去出力，这的确也不是一件容易的事。所以一个人到外面去飘零，毫无目标，也不是一个办法。且等诸葛先生有信到来，我再去找他，那不但有工作可做，而且还有站脚之地哩！这样想着，遂把佩君的手更握得紧了一些，向她逗了一瞥感激的目光，点点头，说道：

"三姨娘，你说的真是金玉良言，我就听从你的话吧！"

三姨太方才展眉一笑，两人拉着手，亲热了一会儿。这时小丫头阿玲匆匆地进来，说老爷已经回家了。三姨太遂叫淑娴一同出去探听消息，淑娴不高兴出去，说要在房中休息一会儿。三姨太也不勉强她，遂管自地到了外面来。只见罗武智在大姨太、二姨太之前说得满口唾沫横飞，好像非常得意的样子。见了三姨太，便说道：

　　"我现在又做了局长，而且这局长比过去做的局长更要威风得多。佩君，你会不会跟淑娴一样地反对我？"

　　"不！我们女人家不懂什么的，反正你做也好不做也好，和我根本没有关系。"

　　"对啦！对啦！你们女人家，只要吃得好，穿得好，住得好，每天瞧瞧电影，玩玩舞厅，不是很舒服吗？我们男人的事情，就根本不必多管闲账。佩君，你想得很明白，你才配做我局长太太哩！"

　　三姨太很圆滑的话，听到罗武智的耳朵里，不由喜欢得眉飞色舞，忍不住笑嘻嘻地夸奖她说。二姨太听了，却有些不受用，遂冷笑道：

　　"只有她一个人才配做局长太太？我就不配吗？"

　　"也配，也配，哈哈！我的好二太太！你的醋性可真厉害啊！"

　　"二妹跟你闹着醋劲儿，才觉得有趣，假使换作了我，那就被人说我是个老妖精了！"

　　大姨太插嘴笑着说，一时四个人都忍俊不禁起来了。这时沈妈来报告，说诸葛老爷来了。罗武智方才停止了笑，匆匆来到会客室。诸葛龙忙着站起身子，连连拱手，说道：

　　"罗局长，好久不见了，你今天打电话给我，不知道有什么贵干吗？"

　　"老龙，我有件要紧的事情跟你商量商量。你快坐下来，抽支烟。"

　　罗武智喜滋滋的样子，和他却握了一阵手，两人在沙发上坐下，还递给他一支烟卷。他要拿火柴的时候，诸葛龙却先摸出打火机来，说了一声"我来我来"，他便含笑先给武智燃着烟卷。两人吸了一口，撮了嘴儿，慢吞吞地喷去了烟圈子。沈妈倒上了香茗退下之后，罗武智方才望了他一眼，问道：

　　"老弟最近干些什么工作呢？"

　　"自从战争开始到现在，就一直空闲到现在，要不是有三个半的积蓄，这一年半来的生活，真要弄得焦头烂额了呢！"

诸葛龙含了不自然的苦笑，微微地叹了一口气。罗武智把身子坐近了一点儿，凑过头去，低低地说道：

"那么你现在总应该有些准备活动活动才好啊！"

"可是，没有机会。这年头儿一年不如一年，我们这种人才简直是找不到什么事情可做。"

"现在有一个很好的机会，但不知道你愿意不愿意做？"

"哎呀！老兄肯提拔我，那是求之不得的事情，如何还有不愿意的道理呢？不知道老兄要组织什么公司吗？"

诸葛龙受宠若惊的，忍不住眉飞色舞地笑起来问。罗武智听了，两颊倒有些微赤，遂摇摇头，表示并不组织什么公司的意思，沉吟了一会儿，说道：

"这件事情，说起来我也出于不得已的办法。环境如此，那还有什么可说呢？"

"咦！老兄这话是什么意思？我简直有些莫名其妙呢！"

诸葛龙对于他这两句没头没脑的话，当然是怔怔地愕住了一会子。罗武智这就抓抓头皮，只好把日本人要自己登台的话向他从实地告诉了一遍。诸葛龙一听这话，不由乐得跳起来了，伸手在腿上很有劲地一拍，嘿了一声，咯咯地一阵笑，说道：

"老兄，这是千载一时的良机啊！你可切莫失之交臂。好极了，你登台，我第一个拥护。有什么工作给我做，我绝对服从局长的命令。"

罗武智想不到阿龙会这样兴奋而坦白地回答，一时把满面惶恐的颜色也就慢慢地褪尽了。他也说不出什么话，只觉得诸葛龙真不愧是自己一个志同道合的良友。因此伸过手去，把阿龙的手紧紧地握住了一会儿，低低地说道：

"这次我做了局长，心想预备给你做副局长，我把你当作弟兄一样看待，你心里不知道喜欢吗？"

"我做副局长？你跟我开玩笑吗？"

"开什么玩笑？我说的话，一是一，二是二，绝对不说笑话。"

"老兄，你这样提拔我，那叫我生生世世都忘不了你的大恩哩！让我先来叩个头，也表示我心中的感激。"

诸葛龙一面说，一面很快地趴在地上，向武智连连磕头。幸而罗公馆的地板都是光滑滑纤尘不染的，所以倒也没有脏了他的衣服。罗武智连忙把他扶起，急急地说道：

"老弟太客气，何必行此大礼？"

"哈哈！算不得什么，算不得什么！"

诸葛龙笑了一阵，他的态度是卑鄙得不能再来形容的。两人于是重新坐下，喁喁唧唧地计划了一阵，商议了一阵，直到天色昏黑，阿龙方才兴冲冲地告别回去。

从此以后，他们在伪组织之下居然又做起官来。金廷德为了淑娴的缘故，他在罗公馆里三天两头进进出出十分忙碌。淑娴只管跟他冷淡，但他却厚了面皮，不是送她礼物，就是请她吃饭看戏。常言道，天下无难事，只怕老面皮，淑娴在无可推却的情形之下，有时候也只好应酬了两次。不过她内心是分外痛苦，也只有暗自怨恨而已。

光阴匆匆地像流星一样，不知不觉在雨雪纷飞中又带走了残冬的影子。三阳开泰，大地回春，又是第二年的清明时节了。这几天风和日暖，草木又欣欣向荣，诸葛太太长日无聊，坐在房中，两手在桌子上抹着骨牌打五关消遣。她的眼睛，却望到窗外屋檐下的燕子窠儿，有一只母燕正在喂食给小燕子们吃。她见这个情形，心头陡然想起了阿雄，可怜这孩子出走已经有两年了。到如今消息沉沉，杳如黄鹤。也不知是生是死，看起来凶多吉少，怎叫我不要痛断肠呢？想到这里，泪如泉涌。把骨牌一推，倒向沙发上去，几乎泣不成声。就在这时，李玉梅悄悄进房，见此情景，倒是一怔，遂低低问道：

"姨妈，你好好一个人怎么哭泣起来呢？"

"我想起你表哥，他至今信息全无，恐怕他在外面是已经……"

诸葛太太见玉梅到来，虽然停止了呜咽，但兀是眼泪鼻涕的样子。当她说到后面的时候，几乎又要哭出声音来了。玉梅也很辛酸，眼皮红红的，泪水忍不住夺眶而出。正在劝慰她的时候，忽听楼下张妈高声叫道：

"太太，太太，大少爷回来啦！"

这消息好像是什么奖券得中了头奖一样令人兴奋，诸葛太太和玉梅慌忙站起身子，先到窗口旁一伏，望了下去。只见天井里站着一个衣衫褴褛的叫花子，哪里还认得出就是阿雄？两人吃惊不小，就脱口连问阿雄呢？阿雄呢？

第三回

当诸葛太太和玉梅伏在窗口望到楼下天井的时候，哪里见到有什么阿雄的人？天井里却站了一个衣衫褴褛的叫花子，显出那份垂头丧气的样子。一时十分惊讶，连问阿雄呢？阿雄呢？张妈这时正在关着大门，听了太太急促的问话，便回身把手向那叫花子一点，说道：

"太太，这……不是大少爷吗？"

"什么？阿雄，你……竟弄成这个狼狈的样子吗？"

诸葛太太做梦也想不到一个西装笔挺的儿子，他竟会在外面弄成了这一副瘟三似的神气回来。心里一阵疼痛，一阵怨恨，她一面说，一面已是急匆匆地向楼下走了。玉梅心中也奇怪得目瞪口呆，暗自想道：表哥不是勇勇敢敢地从军去的吗？怎么会如此模样回家来呢？她一面想，一面跟了诸葛太太也奔到楼下去。只见姨妈抱住了表哥身子，在会客厅里早已一把眼泪一把鼻涕地在哭泣了。表哥满面的肮脏，头发乱蓬蓬像打结稻草那么一团，要如在路上遇见了的话，无论如何也认不出他就是两年前英俊漂亮的表阿哥。此刻他垂了头，好像非常难为情的样子，扑簌簌地也在落眼泪。玉梅瞧此情景，心中也十分难过，眼皮有些润湿，含泪低低地说道：

"姨妈，你不要哭了，表哥既然回家来了，那么以后母子团圆，倒是一件欢喜的事，所以你应该高兴才是啊！"

"太太，表小姐这话很不错，你不要伤心了！"

张妈拧上面巾来，也低低地劝慰。诸葛太太才算停止了哭泣，接过面巾，她先递给阿雄揩泪。但阿雄却倒退一步，摇摇头，很轻地说道：

"妈，你自己先揩好了，我这样揩揩也是不相干的。"

"张妈，你去倒盆洗脸水来，给表哥得好好地洗一个脸不可。"

玉梅见雪白的面巾，擦上了这一个肮脏的脸，也确实没有用，遂回头对张妈吩咐着说，张妈便答应下去。诸葛太太呆呆地望着阿雄，不知怎么地又伤心起来，泪水涔涔而下，说道：

"唉！可怜的孩子！你不听娘的话，所以才吃这样的苦头。我知道你在这两年中，一定是尝尽了千辛万苦的滋味。孩子，你……你现在也有些懊悔了吗？"

"妈，我……懊悔了，我以后一定听从妈的话。"

诸葛雄无限惭愧的样子，他很懊恼地回答。这时张妈把面盆水端上来，还拿了香胰子，放在桌子上。诸葛太太把手巾交给他，说："快洗吧！我瞧了你这个鬼脸，我的心简直像刀割一般的难过。"诸葛雄于是把手巾放入面盆内，低了头，拿毛巾在脸上来回一擦。玉梅忍熬不住开口问道：

"表哥，你这两年来到底在什么地方混呢？"

"我……我……走了很多地方，我……也吃了不少的苦，我此刻想想真也有些犯不着。"

诸葛雄微仰了脸回答，因为那肮脏的脸，此刻沾上了水后，把干的涂了开来，因此更变成一个大花面似的。瞧在玉梅、张妈的眼睛里，这就忍不住感到有趣，扑哧的一声好笑起来。诸葛太太被两人一笑，自己也就破涕了。但立刻又叹了一口气，埋怨地说道：

"你现在也知道犯不着了吗？这就是叫作'不到黄河心不死，到了黄河悔已迟'。不听老人言，吃苦在眼前。你们年轻的人，不给你们吃些苦头，你怎么知道父母的话是金玉良言呢？想当初你留书出走的时候，可怜我为你哭了三日三夜，茶饭不思，还生了一场大病，几乎把性命都送了。今天你弄得这一副吞头势回家，也是给你一些小责罚哩！"

"大少爷，你以后千万不要再不听太太的话才好。可怜太太爱子之心，真也是没有话再可以来形容的了。"

经过张妈这几句话一说，诸葛雄觉得母亲为自己出走而痛哭甚至于生病的情形是证实了。他心里非常感动，一阵子悲酸，眼泪立刻又大颗滚了下来，心头暗暗地说着：崇高的母性！

诸葛雄洗完了脸，玉梅忙叫张妈再换一盆清洁的水来。俏眼向他一瞟，很多情而又关心的表情，说道：

"表哥，我来给你头发也洗一洗，乱得像一蓬草似的，多不舒服呢！"

"好的，那是有劳表妹了，我真感谢你。"

玉梅于是把旗袍长袖子一卷，亲自动手，来按了阿雄的头，把香胰子擦在他头发上，开始给他干着洗濯的工作。洗了一盆水还不够，诸葛太太叫张妈再拿第二盆。把肥皂水也洗清了，方才拿手巾给他擦干，然后用象骨梳子，给他斜对地分成西式。诸葛太太方才觉得阿雄的脸，像自己当年的儿子了。只不过两年来在外面飘零流浪，皮肤已成棕色，没有像过去那么白皙得清秀了，遂恨恨地说道：

"你也拿面镜子去自己照一照，现在真像是个印度人了。"

"表哥，我说你皮肤虽然黑了一些，但人倒强壮得多了。"

"还说强壮呢，我看他再不回家的话，一定要变成黄胖病哩！我知道你肚子一定还饿着，张妈，你快去弄点心来吧！"

"不用点心，最好去盛白米饭来，弄一个热的汤，这样比吃点心舒服。"

诸葛雄听母亲这样吩咐，遂咽了一口唾沫，急急地说。从他这一副表情上猜想，也可见他在外面是没有好好吃过一顿白饭了。张妈忍不住笑了一笑，遂匆匆地走入厨房里去，玉梅望着他也笑问道：

"表哥，你由什么地方回上海来的呢？"

"我从南京那面回上海的，到上海还在半个月之前。"

"哎呀！那你这半个月在什么地方？干吗不早些回家呀？"

诸葛太太不等玉梅说话，便先急急地问，显然还包含了埋怨的成分。诸葛雄叹了一口气，摇摇头，表示有些惶恐，说道：

"我到上海的时候，还没有弄成现在这样狼狈的样子。因为我是不别而行的，所以我怕爹妈会讥笑我，说我既然出走，也得有些成绩回家，才算有面子。如今不得意而回家，这不是很坍台吗？为了这样，我在上海自己又混了半个月，想找些事情做做，弄一口苦饭吃。看将来有机会发了财，再回家来，那不是很好吗？谁知道这劫后的上海，生活日日上涨，百物腾贵，人民都在水深火热中熬煎痛苦。轧户口米不必说，还有许多人家吃玉蜀黍粉过日子，在民不聊生的情形之下，连一个白吃饭不拿薪金的苦差使都找不到，那何况再想发财呢？发财只有富人的命运，因为穷人没有资本囤米、囤油、囤货色呀！我在不能维持的情形之下，我想父母是爱子

185

女的，一定仍旧会收留我，我所以硬硬头皮，不怕难为情地回到家里来。妈，你能原谅我过去的罪恶吗？"

诸葛雄滔滔地说完了这一大套的话，两眼望着母亲的脸，大有叫老人家垂怜的样子。诸葛太太连连叹气，皱了眉头，怨恨地说道：

"你这孩子偏是那么高傲的脾气，只要你肯回家来，我喜欢还来不及，如何会不收留你吗？唉！你该知道，我是只有你这一点儿骨血呀！你在外面过苦日子，我是多么肉痛。孩子，你真想不明白，在上海这半个月的苦头不是吃得更冤枉吗？"

正在这时，张妈把饭菜拿上。诸葛雄于是一面狼吞虎咽地吃饭，一面伸了伸脖子，愁眉不展地说道：

"我知道妈当然不会骂我，就只怕爸爸见了我，就得不肯收留了！"

"阿雄，你放心！不会的，你爸爸敢这样心狠，我就得和他拼命不可。老实说，他也不敢骂你。我告诉你，你爸爸自从去年冬天又做官了，这会子做了副局长，比从前更大了。罗局长这人真好，全是他提拔你爸爸的。"

诸葛太太一面安慰他，一面又把最近的家庭状况向他告诉。阿雄听了，抬起头来，大概饭吃得很干，塞住喉咙，不免有些打噎，遂连忙吃了一羹匙汤，方才惊喜似的表情，说道：

"妈，爸爸做了副局长？这是真的吗？"

"当然真的，我如何会骗你？"

"那么我以后在爸爸局里弄一个差使，大概是不成什么问题的吧？"

李玉梅在旁边听诸葛雄竟然会说出这一番话来，她心中倒是闷闷地不乐了一会子，暗自想道：表哥在外面去了两年，怎么人会变换了一个样子？连思想都和从前完全不同了。他留书出走的时候，那封信是写得多么激烈慷慨，他是一个热血的爱国男儿，他是为祖国去效劳了。我是何等佩服他啊！谁知道今日这样狼狈而回，仿佛是两个人的脾气了，这不是太以令人感到惊奇了吗？我以为他听了姨爹做了伪政府的官儿，一定要大大地表示不满意，哪知道他还想一同去做官，这个变化不是太令人感到心痛了吗？意欲向他用话责问，但碍着姨妈在面前，所以要说的话也就说不出来了。正在十分生气的当儿，忽听大门有人笃笃地敲了两下。张妈忙去开门，进来的就是诸葛龙。阿龙见会客室内坐着一个瘪三似的人，低了头，吃着饭，那种情景显出了一份的穷相，一时暗暗奇怪，

186

这是什么人呢？遂很快地跨步入内，方欲开口相问，只见那瘪三站起身子，向自己恭恭敬敬地鞠了一躬，叫了一声爸爸，但立刻又坐下低头吃饭了。诸葛龙真有些丈二和尚摸不着头脑，一时怔怔地向他望了一会子，气呼呼地说道：

"什么？你……你……就是阿雄吗？"

"是的，他刚回家来，你不要骂他，阿雄现在想明白过来了，一个孩子只要肯改过自新，你应当饶恕他的。"

诸葛太太听阿龙开出口来的语气不大好，知道他是要发脾气了。虽然这也难怪阿龙的，但到底因为疼爱儿子的感情浓厚过了一切，她立刻代为回答，并且预先地关照他说。诸葛龙这时的恼怒已扩大得不能抑制，虽然平日有些怕老婆，但这时候他是顾不了一切的，冷笑了一声，怒冲冲地骂道：

"你这畜生的本领大呀！翅膀长成会飞了呀！我以为你这一出去，总会干出一番轰轰烈烈的大事业来。谁知道一无所成，弄得做叫花子那么的模样回家来，我看你还有什么脸在世界上做人呢？"

"……"

诸葛雄被骂，却一声也不响地依然低了头吃饭，这神情是显出那一份颓伤的样子。诸葛龙在过去教训儿子的时候，不但儿子不大肯服帖，就是太太也要庇护了去。但此刻的阿雄，好像是一个罪犯一样的没有开口余地，就是诸葛太太也庇护不出什么话来。所以诸葛龙心中得了意，越骂越起劲了，继续滔滔不绝地大骂道：

"你这畜生！你说呀！你为什么死不开口呢？我瞧你有志气的，总要到外面去打天下，打一个成绩来给我看看。你为什么又会回家来活现世呢？我问你坍台不坍台？哼！瞧你还是死了干净哩！"

"够了，够了，阿雄已经承认错了，你断命骂还要多骂什么呢？你真个要他死了，你才甘心吗？你这黑良心的父亲也太没有道理了！"

诸葛太太听他还是神气活现地骂下去，这就把一股子气愤再也忍耐不住了。那双三角眼一睁，也大声地发脾气了。诸葛龙被太太眼睛一弹，他的火气仿佛遇到冷水一般地会熄灭了大半，微微地叹了一口气，望着太太的脸，大有哭笑不得的样子，说道：

"你看，你看，儿子坏到这样地步，还舍不得让我好好地教训他一顿，明儿他的胆子不是还要大起来吗？"

"教训儿子固然是不错，但也得有个分寸。儿子犟头倔脑的不听话，这是当然要打要骂的。现在阿雄完全地认错了，他一进门就请我饶恕他原谅他，他以后再不敢这样做了。你想，圣人也有三分错哩！何况是一个年轻的孩子？所以阿雄肯改过，他实在还是一个好孩子。你做父亲的，理应好好安慰他可怜他才是，谁知你竟骂他死了干净。这真是大放狗屁，他若真的死在外面，你断了后代，将来没有羹饭吃，你又有什么好处呢？唉！阿雄这孩子知道你的贼脾气，要不肯收留他，骂他，叫他死，所以他迟迟地在外面又吃半个月的苦头，你这狗肚子连儿子都猜到了呢！害他多吃苦头，说起来还不是你这个老甲鱼害他的吗？唉！阿雄！你这苦命的孩子啊！你是修不着一个好爸爸呀！所以害你吃这样痛苦。我活着做人，你还不会十分受委屈，明儿我眼睛一闭，你岂不是要被这个黑心人活活地弄死了吗？孩子，倒不如趁今日我们娘儿在一起，一同地让了他，一同去死了好吗？张妈，你快去叫车子，我们娘儿俩马上走！哦！天哪！我前世作了什么孽？今生才嫁了这么一个人面兽心肠的好丈夫啊！哦哦！嗬嗬！"

诸葛太太起初说的话还有些气愤愤的样子，但说到后来，却改变了作风，竟然是越说越悲伤，越说越痛心。她好像是唱新闻，又像在唱小曲，唱到末了，却是眼泪鼻涕哀哀欲绝地大哭起来。不过她这种音调是很有一些魔力的，连旁边的张妈、玉梅、阿雄也都被她引逗得流泪不已。诸葛龙听太太说儿子在外吃苦，还是自己害的，这当然是激动了十分反感。不过听到后来，又见到太太死了什么人一样地伤心哭泣着，一时倒有些糊里糊涂起来，好像事情果然是自己错了的样子，反而低声下气地说道：

"太太，你也用不着这样伤心哭泣呀！自己身子也得保重点儿，不要为了小孩子，哭出病来，那就太不合算了。"

"我不合算，你才合算呀！横竖我死了，你可以赶走儿子，从此小老婆一五一十地可以讨进门来，这不是称了你的心愿了吗？"

"何苦来？何苦来？说这一种话，我真觉得是太没有意思了。唉！我也变成是一个犯罪的人一样，简直连一句话都不能开口的。"

诸葛龙连连地叹气，他颓伤地坐到沙发上去，取过一支雪茄烟，燃着火闷闷地猛吸。这时张妈拧了面巾给太太拭泪，玉梅在旁边也低低地相劝，诸葛太太才算停止了伤心。她一眼望阿雄放下饭碗的时候，立刻又关心地说道：

"怎么？你饿得这一份样儿，如何只吃了一碗饭就不添了？是不是被你爸爸骂得吃不下去了吗？"

"又是我的错，又是我的错！哎哎！我的好儿子！我以后不敢再来骂你，你只管添了饭吃吧！你吃一碗饭，回头又是我的罪孽。唉！这年头儿老子倒是真的不容易做！"

诸葛龙急得红了脸，反而向阿雄央求地说。诸葛雄摇摇头，把桌子上面巾拿来，抹抹嘴唇皮，说道：

"这不和爸爸相干，我原是真的吃饱了。"

"张妈，你去预备好洗浴的水，给大少爷去洗个浴吧！这套破衣裳快换下来丢到垃圾桶去，别搁在家里，当心白虱掉落在地上。"

诸葛龙听儿子这句话倒是解了自己的为难，遂也显出和颜悦色的样子，向张妈低低地吩咐。张妈答应，便到厨下去拿水。这里玉梅给阿雄到房中去寻找旧时穿的西服及衬衫小裤等东西，阿雄于是便走到楼下浴间里去了。

"太太，你真不知道我心中的意思，儿子回来了，在我心里当然实在也很欢喜，不过表面上就不得不教训他几句，这样使他下次再不敢莫名其妙地胡闹了。这两年来的日子，他到底在什么地方混？不知道你可曾问过他吗？"

诸葛龙见室内只有他们两个人了，方才放低了喉咙，含了笑容，轻声说。诸葛太太叹了一口气，摇摇头，说道：

"他在什么地方混，我也没有详细地问他。他说到上海的时候还在半个月之前，是由南京来的。他又说懊悔了，不该留书出走的。因为他现在觉得在这两年中吃这样苦楚，是很犯不着的。而且他听你做了副局长，心里很高兴，希望你给他介绍到局里去工作。我见他完全明白了，改过做人了，我心里怎不欢喜？但见了他这种可怜的神气，他到底是我亲生儿子，我还有勇气骂他吗？我只有可怜他，原谅他，他是个不懂世道崎岖的小孩子，都是朋友交得不好，所以上了人家的当。唉！我见了他如何不要痛哭起来呢？"

"只要他肯改过做人，将来自然还有希望。太太，你也不要伤心了。

现在我们局里也需要工作人员，像阿雄一个大学生的资格，自然可以进去做些工作的。"

诸葛龙见太太说完了话又掉下泪来，一时想想女人家的心肠，难免如此，何况阿雄本来她就欢喜得像宝贝一样，于是点点头，又很温和地安慰她说。诸葛太太这才擦擦眼皮，走到楼上阿雄房里来。只见玉梅站在衣橱面前，正在给他理着应穿的衣服，遂低低地问道：

"玉梅，短少了什么没有？"

"样样都有，只是少了一双袜子，有的也都是破了脚跟的。"

"袜子可以问他老子要一双穿，他们父子的脚是差不多大小的，我到房中去拿来。"

玉梅说了一声好，诸葛太太遂回到自己房中去了。这里玉梅一面检点衣裤等物，一面暗暗地想着：表哥的形迹非常可疑，因为他素来是个有志气的青年，既然出征去打仗了，如何还会逃回来呢？而且弄成了这个样子，这不是叫人奇怪吗？难道他真的因为受不了苦，所以改变他的思想和行动了吗？一时又细细回忆他刚才说的话，他想发了财再回家，这句话也太使人失望，难道他上次出征是为了发财的目的吗？假使果然如此，他们父子俩是一齐落水的了。姨爹这人中毒已深，实在无可挽救。像表哥这种青年，前途真不可限量，他竟也坠入这黑暗的深渊里，那不是太以令人痛惜了吗？唉！我不能袖手旁观，我一定要劝导他拯救他不可。

玉梅呆呆地想了一会儿，她方才拿了小衣小裤及西服衬衫等走到浴室门口，笃笃地敲了两下。诸葛雄在里面问谁，玉梅含笑答道：

"表哥，我送衣服给你。"

"表妹，谢谢你，你给我放在门口地板上吧！"

玉梅点头说好，她便到上房来。见姨爹坐在沙发上吸烟，姨妈拿了袜子正走出来。玉梅说道：

"放在这儿吧！表哥洗好浴会来的。"

诸葛太太遂把袜子放在桌上，大家坐着闲谈了一会儿，天色就慢慢地黑暗下来。室内亮了电灯，诸葛雄方才浴罢进房，笑着说道：

"表妹，什么全齐，就少一双袜子，我赤着脚呢！"

"喏！在这儿，你袜子没有了，这是姨爹的。"

玉梅瞟了他一眼，笑盈盈把桌子上的袜子拿给他，低低地说。诸葛雄

190

接过，坐到沙发上去穿袜子。诸葛龙倒是怪俏皮地说道：

"这就是年轻的人做错了事情要赤脚哩！"

"阿雄，你以后千万给我争一口气，省得听这种瘟话。"

诸葛太太向阿龙白了一眼，她又听不过地代为儿子打不平。但阿雄却并不作声，管自地低头穿袜子。就在这时，张妈上来请大家到楼下吃夜饭去了。

晚饭后，玉梅和诸葛雄在卧房里闲谈着。这时四周很静悄，只有梳妆台上那架意大利石雕刻成的摆钟，在嘀嗒嘀嗒地响着。两人互相望了一眼，还是诸葛雄先开口说道：

"表妹，光阴真过得快，一忽儿之间，我们分别竟有两年了。"

"可不是？光阴固然过得快，但人事的变迁也转得快。这次表哥的归来，倒真有些出乎我的意料。"

玉梅认为这是一个说话的好机会，错过了未免有些可惜，因此转了转乌圆眸珠，很感慨地回答。诸葛雄的脸部上却并无什么反应，他点了点头，也微微地叹了一口气，说道：

"记得我出走的时候，上海的市民还在热血沸腾地帮忙着国军抗战杀敌。但两年后的今日，我归来了，所见到上海的景象却又是另一番面目了。"

"你也感到痛心吗？"

诸葛雄回答的话使玉梅有些惊奇，她猜不透表哥究竟是什么存心，因此她益发怀疑起来了，遂怔怔地问了他这一句话。诸葛雄只把头点了点，却并没有表示什么意见。玉梅是竭力想在他说话之中可以得到一些线索，但是他不说话，这叫自己倒有些性急，遂把眼向他一瞟，又低低地问道：

"表哥，你在这两年之中到底上过前线打过仗没有？"

"仗当然打过的。"

"可是，中日战争没有结束，而全面抗战正在扩展，你怎么反而回到上海来了呢？而且又弄成了这么狼狈的样子，那真叫人有些不明白了。"

玉梅这几句话问得真厉害，把诸葛雄的两颊问得热辣辣地发烧起来。他黯然了一会儿，方才支支吾吾地说道：

"我因为在战地中曾经受过伤，军队开拔了转移阵地，我就流落在后方医院。结果，我遇到了骗子，同时我也过不惯这枪林弹雨中的生活，所以我就这样地漂流了。"

"你遇了骗子？什么骗子？"

"他……叫我不必冒了危险打仗，他……他又邀我在沦陷区内过着荒唐的生活，后来我见情形不对，我才偷偷地逃了。表妹，这些话我告诉了你，你可别跟别人乱说呀！"

诸葛雄满面羞惭地说，他的神情是分外慌张，还向玉梅低低地央求。玉梅的芳心有些隐隐作痛，也有些怨恨，逗了他一瞥凄婉的目光，又难过又感叹的语气，说道：

"表哥，你为什么这样有始无终呢？既然你害怕被枪炮打死，当初你又何必出走去从戎？现在到了这个地步，你怎么又能够贪生怕死地改变初衷呢？表哥，我真代你痛惜！你光明的前途，我觉得是被你毁灭了！"

"可是，事到如今，又有什么办法呢？唉！前线的炮火实在太厉害，震耳欲聋，我的心有时候几乎碎了。战场上死几个人好像不算一回稀奇的事，流着脑浆的，断了腰肢的，折了大腿的，我真的看不惯。此刻想来，还有些惨不忍忆哩！"

玉梅听他滔滔地说，还连连地摇头，一时默然了，她心头只觉空洞洞的，感到说不出的痛苦。忽然猛可地站起身子，倒竖柳眉，娇嗔着说道：

"表哥，你这人真变得太快太可怕了！"

"表妹，你……你……不要走，你……为什么这样恨我？我可不明白呀！你倒告诉给我听听吧！"

诸葛雄一把抓住了她，急急地说，他的感觉好像有些麻木的样子。玉梅站脚不住，身子又倒向沙发上来，遂哀怨地说道：

"你当初踏上征途的时候，我看了你那封信，我心里是多么感动，我曾经为你流泪，但这眼泪是痛快的泪，是敬爱的泪，并不是伤心的泪，也不是痛苦的泪。我万万也料不到两年后的今日，你归来的情形，会使我这样失望，会使我这样难过，我简直替你悲痛欲绝地大哭起来。表哥，我知道姨爹姨妈的心眼儿上只有罗小姐，就是你的心中，当然也爱上了有财有貌的罗小姐。不过我……我虽然是情场失败者，但我仍旧爱着你。表哥，你不要误会，我不是爱你的人，因为你的人已经有别人在爱了，这我可不必费心了。但我所爱你的，却是你的前途。表哥，你该知道沦陷后的上海，一切的情形是多么黑暗！多么万恶啊！你已经是离开了的人，此刻又归来了，这不是自投苦海吗？表哥，我再跟你说一句，你知道罗局长和姨爹他们……他们是……都已做了……唉！我觉得你也要有加入这个圈子的可能了。"

玉梅这一番话是说得多么真挚至诚，她为了长辈的关系，她还把汉奸两字熬住了没有说出来。她深深地叹了一口气，明眸里已经是眼泪汪汪的了。诸葛雄紧紧地握住了玉梅的纤手，他感动得几乎要流下眼泪来。虽然他有千言万语要跟她诉说，可是他却没有开口，默默地出了一会子神。

时钟当当地鸣了十下，玉梅这才站起身子，哀怨地瞟了他一眼，用了温和而委婉的语气，低低地说道：

"表哥，我走了，最后我希望你珍惜你自己宝贵的前途，好自为之吧！我做表妹的，总算对你也尽了一份力的了。"

"表妹，我知道，我心里感激着你。"

诸葛雄站起身子来相送她，颤抖着声音，低低地回答。等玉梅走了后，室内是只剩阿雄一个人了，他感到一阵说不出的凄凉，真是觉得无限惆怅。这夜阿雄在床上，想到表妹对待自己的多情和痴心，他非常喜欢和悲哀，眼角旁忍不住涌上了晶莹莹的泪水。但是他又很快地把手擦了擦眼皮，好像有人在说：

"匈奴未灭，何以家为？"

他心中的思绪又平静下来，似乎感到有些疲倦，把四肢伸展了一下，也就沉沉地入梦乡去了。第二天早晨，诸葛雄起身，梳洗完毕。张妈进来，说老爷叫少爷去一次。阿雄匆匆来到上房，见父亲坐在桌旁吃点心，妈还躺在床上。诸葛龙先开口对他说道：

"阿雄，你和我一同来吃了点心，回头马上跟我到罗公馆去见罗局长，他说不定有好差使给你干的。"

"哦！妈还没有起来吗？"

诸葛雄很听话地答应了一声，他一面坐下吃点心，一面回头向床上望了一眼，低低地问。诸葛太太从被窝儿内伸出脸来，说道：

"我醒着，可是懒得起身。"

"时候原还很早，没有事情，妈只管多睡一会儿吧！"

诸葛雄在母亲那里，是更加显出孝顺的样子，低低地说。但诸葛太太反而从床栏旁靠了起来，含了微微的笑容，说道：

"自从你出走之后，罗小姐倒曾经来望我过好多次，她见我为了你伤心，连她也会淌眼泪。所以你今天见了她，要跟她好好亲热亲热才好呢！"

"你妈这话倒也说得不错，我瞧罗小姐这孩子倒是挺多情的。"

诸葛龙见儿子红了脸，不作声，知道他是怕难为情，遂也笑嘻嘻地叮嘱他。这时诸葛太太忽然又想到了什么似的，连忙关照阿龙说道：

"哎！你跟罗局长说起来，千万不要说穿阿雄是弄得像叫花子那么回来的。否则，恐怕要看轻他。"

"这个……其实罗局长也根本没有知道阿雄是去当过兵的，假使他不提起，我当然也不会说什么的。"

"不过，罗小姐是知道的，我想在这两年日子中他们父女之间总会互相说起的，所以我猜罗局长一定会问起的。假使他问了你，你怎么回答他呢？"

诸葛太太认为这问题也很重要，所以事先非得讨论一下不可。诸葛龙恐怕自己意思说得不对，难免又要受太太的埋怨，所以沉吟了一会儿，很调皮地反问道：

"照你的意思，预备怎么样说法呢？"

"我的意思，最好说阿雄并没有当过兵打过仗，他在外面因为吃不起苦，便做生意了。最近回家来，而且还发了一票财哩！"

"发了什么财？"

诸葛龙听太太还给儿子死争面子地说发了财，一时又好气，又好笑，遂故意用了俏皮的口吻问她。诸葛太太被他这么一问，心头不由冒了火，遂恨恨地白了他一眼，喝道：

"你算什么意思？一定要说穿我，老实说，我是为了你的面子关系才这么叫你去说谎的，你这人真不懂好歹！"

"发了财就发了财，那也没有什么关系，你何必又发脾气？我瞧你这两天肝火旺，得去请个大夫来瞧瞧才好哩！"

"放你妈的臭狗屁！你咒念我生病吗？我好好的人，饭吃三碗，瞧什么大夫？你这人真是存心不良，最好我死了，你就快活了！"

"阿弥陀佛！这真是天晓得的事情。我是关切你的身子，一番好心，倒又犯了恶意，真是要命！"

诸葛龙见她火上添油，越来越凶，因此只好自认晦气，匆匆吃完了点心，擦擦嘴，站起身子，叫张妈吩咐阿三把三轮车侍候，预备要走。阿雄一面暗暗好笑，一面也赶快吃毕点心，到房中去披了一件春季大衣，向母亲告别，跟着父亲跳上三轮车到罗公馆去了。诸葛龙倒也刁刻，他刚才在太太面前受的气，此刻坐在三轮车上，把阿雄又一本正经地教训了一顿。阿雄却一声不响，好像没有听见一样。因此诸葛龙也觉多教训没有滋味，遂也住口不说什么了。

诸葛龙父子两人到了罗公馆，时已九时十分。沈妈招待两人在会客室内坐下，说老爷刚起身，两位坐一坐，我进内去通报。阿龙点头说好，一面悄悄地又向阿雄叮咛了一番。不多一会儿，先听到一阵叫声，送过来道：

"阿龙，怎么？今天这样早到来干吗？"

"哦！罗局长，打扰你了。你瞧瞧这个小孩子，你老兄还认识吗？"

诸葛龙慌忙站起身子，拱拱手，一面又指阿雄，笑嘻嘻地说。诸葛雄很小心地走上前去，恭恭敬敬地向他一鞠躬，叫了一声罗老伯。罗武智口里衔了雪茄，他睁大了眼睛，向阿雄打量了一会儿，似乎依稀还有些认识，这就哦哦地响了两声，说道：

"这位是你老弟的令郎呀？听说他……在两年前就离开上海的，怎么他几时回来的呀？"

罗武智这样一问，诸葛龙心头倒是别别地一跳，不由暗暗敬佩太太倒有先见之明，这就连忙镇静了态度，笑着说道：

"你真是好记性，只有见过一次面，你就记住了。他正是小犬阿雄，说起这孩子真是又好笑又好气，他当年上了胡赖朋友的圈套，一同莫名其妙地到外埠去。谁知在半路上遇到飞机轰炸，所以大家各自逃命地分散了。这孩子流落在他乡，倒也亏他的，居然在外面组织一家小范围的百货商店，这两年来倒给他发了一票财。因为他记挂着我们，所以最近把商店盘了，回到上海来。我想孩子到了上海，总要给他找个工作做做才好，所以特地把他带来见老兄，请你在局里给他安插一个位置吧！"

诸葛龙根据太太这句发财的话，自己又加油加酱地添了许多作料，才算把这个谎话说得十分入情入理。罗武智起初对于阿雄确实有些顾忌，因为他听女儿告诉过，说阿雄是从戎去的。那么对于眼前自己的地位，当然有些抵触了。不过此刻一听阿龙的告诉以后，方才明白他没有加入过任何军队，一时脸上又浮现一丝笑容来，点头说道：

"很好，很好，我们局里司法科的股长因病辞职，这个位置就给贤契担任吧！"

"老伯这样栽培，小侄真是感恩不尽。"

诸葛雄方才插嘴说了这两句话，同时又向他深深地一鞠躬。罗武智听他口才伶俐，不由喜欢得哈哈地笑了一阵，说道：

"哪里哪里！我和你父亲情同手足，说句冒昧的话，他的儿子，就跟我的儿子一样，可以栽培，当然要栽培。何况你又是一个有用的人才，我们局里当然是很需要啊！"

"老兄，你也说得太以客气了，还说什么冒昧两字，这孩子要真有像你那么的一个爸爸，还不是他的造化吗？"

罗武智听诸葛龙这样说，倒忍不住耸着肩胛又大笑了一阵。这时沈妈送上三客牛奶吐司。阿龙说我们已经吃过点心了。武智说吃过了再吃一点儿也不要紧，于是三个人且喝且谈。阿雄不知哪里去学来的马屁这一功，把罗武智拍得非常窝心。就是阿龙听了，他也认为十分满意，觉得两年不见的阿雄，才像是自己亲生的儿子，一时那张嘴，也就笑得合不拢来了。点心毕，时候快近十点钟了，罗武智向阿雄说道：

"我和你爸爸此刻一同到局里去了，你就在我家里吃了中饭走吧！明天早晨，你到局里来视事好了。"

罗武智正说时，只见二姨太太悄悄地出来。诸葛龙连忙含笑招呼，一面向阿雄说，这位是二伯母，你还认识吗？阿雄一见了二姨太，想起过去她塞纸团给自己约在舞厅碰面而没有去的一回事情，他那颗心几乎别别地又跳跃得厉害。好在这已经是两年以前的事情了，所以他也装出若无其事地向她一鞠躬，叫了一声二伯母。二姨太秋波斜乜了他一眼，笑盈盈地说道：

"这位是诸葛少爷吗？我们好久不见了，可怜大小姐是多么想念你啊！"

"绮雯，你回头去叫淑娴出来。我走了，你给我招待招待他，留他吃了午饭再走。贤契，你不要客气，这儿和你自己家中一样的。"

罗武智披上大衣，戴上呢帽，握了司的克，听绮雯这样说，便笑嘻嘻地关照她。一面和阿雄点头，一面和诸葛龙走出会客室。阿王已把汽车停在院子里伺候，罗武智就叫阿龙同车，两人到局里办公去了。

诸葛雄送他们走后，呆呆地站在石级上出神。他身后的二姨太伸手把他衣袖一扯，低低笑着说声进里面坐吧！阿雄这就回身跟她入内。二姨太取了一支烟卷，递了过来，含笑说声抽烟。阿雄道了谢，二姨太忙又给他划火，然后自己吸了一支，笑着说道：

"记得从前你是不会吸烟的，现在居然也学会了，可见你是进步得多了。"

"惭愧得很！学会了吸烟，怎么能算是进步？不过是无聊而已。"

"其实吸吸烟卷是没有什么问题，只要不抽鸦片就行。"

二姨太见了他脸，好像很不好意思地回答，遂笑了一笑，还用了一个比方说。诸葛雄点点头，却没有表示什么。二姨太忽然笑道：

"诸葛少爷，你好像很怕我，这是什么缘故？"

"没……没有呀！你这样温和可亲的性情，如何会使人害怕呢？"

诸葛雄有些口吃的成分，急急地回答。二姨太走到他身旁来，把手在他肩胛上一搭，笑盈盈逗了他一个媚眼，说道：

"就凭你这句话，我要跟你翻老簿子了，记得我曾经约你到舞厅去游玩，你为什么失了我的约？你不是为了怕我，才不愿意跟我接近吗？"

"哪里有这一回事？我完全地记不起来了。"

"你不用赖的，是我在小船厅门口亲自交给你的纸条。"

二姨太听他否认着，遂把凭据说了出来。诸葛雄这就没有再抵赖的余地了，遂愕了一愕，很抱歉的样子，说道：

"也许我因为抽不出空，所以没有来，这是两年前的事情，我们还谈它做什么？二伯母，请你原谅。"

"伯母，伯母，你要把我叫老了，记得过去我曾经要你叫我一声姊姊的，你怎么又忘记了呢？快叫我一声姊姊！"

二姨太说话的表情是妩媚到了极点，把粉脸几乎靠向他的肩胛上去了。诸葛雄觉得一阵脂粉的幽香，触入了鼻管，真有些混陶陶的。正在这时，门外有脚步声，二姨太慌忙站开了身子，只见淑娴的丫头阿玲在门外一张望，便匆匆地走了。二姨太知道这小丫头一定要去报告淑娴的，遂向阿雄叮嘱着说道：

"你说过去的不谈，那么现在我当面约你，星期日晚上在米高美舞厅见面，你再不能失约的，你若再做黄牛，我可不依你。"

　　二姨太说完，也不等他答应，就匆匆地走了。诸葛雄佩服她好像算到了似的，在她走后不上三分钟，果然见淑娴急急地进来了。当她一见了阿雄，便奔上前来，啊了一声，没有开口说话，两人的手就紧紧地握住了。

第四回

　　春天的气候，暖和和的，是十分的温情。草木都长得绿油油的，茂盛得可爱。百花在枯萎之中也蓬勃地开放，红红的、黄黄的花朵，在灿烂的阳光下争妍斗艳。这季节是青年人最欢喜的，踏青游春，大家都会活动起来。但春天在无忧无虑的人们心中固然是感到可爱而且兴奋，然在心绪恶劣境遇不如意的人们心头感觉上，那春天反而会勾引起烦恼苦闷，全身软绵绵的，真有说不出的不舒服。这在罗淑娴的芳心里，就是这个样子。

　　她此刻在自己的卧房里，好像坐也不舒服，立也不舒服，真所谓有些坐立不安的样子。她走到窗口旁去，凭了窗栏，手托香腮，凝眸远眺着院子里的景色，一切都已披上了绿色的衣服，几株垂柳，也在春风荡漾中丝丝地飘飞着不停。几只燕子，在呢喃地飞鸣，一会儿穿入云霄，一会儿息在屋檐上的窠内。淑娴的心头又想起了诸葛雄，不觉深长地叹了一口气。她心头百感交集，遂忍不住低低吟了几首七绝，匆匆走到写字台旁坐下，开了笔套，誊写出来道：

　　　　别时容易见时难，国破家残泪满怀。
　　　　街头禽兽太猖狂，问君何日故乡还？

　　　　无限伤心无限愁，娇柔弱质何处走？
　　　　老父甘愿为人奴，忍气吞声恨悠悠。

　　　　陌头柳色年年绿，怜侬相思无寄托。
　　　　含泪且把燕儿怨，莫非书信中途落？

罗淑娴写完了这三首七绝，把那支笔懒懒地放了下来。也不知道为什么缘故要这样悲酸，她的眼泪，会像雨点儿般地滚下了两颊。就在这个时候，三姨太悄悄地走进房来，忍不住笑着叫道：

"大小姐，你也太用功了，在春假里还坐在房中做功课吗？"

"不！我偶有感触，写着玩玩的。"

罗淑娴见了三姨太，慌忙收束了泪痕，红晕了两颊，似乎有些难为情的样子，把那张笺儿折了起来。三姨太见她沾着丝丝泪痕，遂蹙了眉尖儿，很关心地低低问道：

"你在写些什么？怎的又伤心着呢？"

"唉！这个年头儿，国事家事，何事不足伤心？"

三姨太见她深深地叹了一口气，神情是非常悲哀。这就走到她的背后，拍拍她的肩胛，用了安慰的口吻，说道：

"但事情绝不是伤心能发生什么效力的，我们在这恶劣的环境里，我们是只好忍耐着才好。大小姐，你写些什么？能不能给我看看呢？"

"看是可以看的，但你不要笑我。"

罗淑娴赧赧然的意态，倒令人感到可爱。三姨太一面伸手展开那张笺，一面很正经点点头，看了一看之后，便先笑道：

"大小姐，原来你在作诗，你说别时容易见时难，我说相见也不难。你不要难过，我知道你和诸葛先生一定还有团圆的日子。"

"三姨娘，这第一首诗，我倒并非有什么儿女之私，实在是怀念祖国的意思。假使诸葛先生可以回来了，那我们国家一定也胜利了，这满街的豺狼，不是也可以滚蛋绝迹了吗？"

三姨太后面这一句团圆的话，叫罗淑娴听了，很难为情，她粉脸好像海棠花那么娇红，秋波斜乜了她一眼，遂低低地解释。三姨太笑了一笑，却没有作答，遂又看第二首。她看完了第二首诗，脸上也不觉浮现了怨恨的颜色，叹了一口气，很难受的样子。接着又看了第三首，方才微微地笑道：

"大小姐，不要说你要恨那燕儿了，就是我也觉得很可恨。它们随了春天匆匆地又飞回江南来了，但为什么不把诸葛先生的信带一封来呢？早难道是在半路上掉落了吗？对于这一点，我也真觉得有些奇怪。"

"我别的倒也不担心，就只怕他在外面遭了不幸……"

淑娴说到这里，再也不忍说下去，大有眼泪汪汪的样子。三姨太把纸放在桌上，连忙摇摇头，安慰她说道：

"这个你倒不用胡猜，我说诸葛先生一定平平安安在外面工作的。也许是工作太忙，或是环境关系，他怕连累你，所以才不给你信息的吧！大小姐，听说日本人把邮件检查得很厉害呢！"

"唉！他怎么知道我爸爸已经是……我……我……一定会让他看轻的。"

"大小姐，你不要难过呀！我知道诸葛先生他会原谅你的苦衷，因为他自己的爸爸，不是也这样的无廉耻吗？"

三姨太把手帕给她拭了颊上的泪痕，神情是非常慈爱。就在这时，丫头阿玲由房外进来，报告着说道：

"大小姐，金先生来瞧望你。"

"这讨厌鬼！三头两天地到来，我被他缠绕得烦也烦死了！你这丫头也真笨，不会向他说我不在家吗？"

淑娴一听金廷德又来了，她心里非常讨厌，这就白了阿玲一眼，怨恨地向她埋怨着说。阿玲红了脸，说道：

"金先生很厚皮，我说小姐不在家，单怕他不相信，他会自说自话闯到里面来的。万一西洋镜拆穿，那叫我怎么说呢？"

"这也怪不了阿玲的，大小姐，你把这张诗笺藏过了吧！假使被他看见了，那就不大方便的了。"

三姨太听阿玲这么诉说，遂代为低低地庇护她说，一面指指诗笺，很细心地提醒了她。淑娴一听不错，遂把诗笺藏入抽屉。不料这时一阵皮鞋声音，只见金廷德却笑嘻嘻地走了进来，说道：

"对不起，对不起，我很冒昧地走到罗小姐卧房内来了，不知道罗小姐允许我在闺房内坐一会儿吗？"

"没有关系，我房里什么朋友同学都进来坐过，那算不了什么的。"

淑娴想不到他真会自说自话地闯进卧房来，一时心头的愤怒，几乎眼睛里要冒出火星来了。但事情已经到了这个地步，又不便跟他翻脸，一时眸珠转了转，索性显出十二分大方的态度，把手一摆，笑盈盈地回答。其实淑娴的闺房，除了她几个知己的女同学能进来，此外就没有一个人进来过。但她所以这么回答，也无非不肯给金廷德感到过分得意的意思。果然，廷德心中的兴奋也就慢慢地淡了下来，暗想：她的卧房原来是谁都可以进来的，那么我来房内坐一会儿，确实也并没有什么可宝贵了。他一面想，一面已含笑步入房内，望了三姨太一眼，点点头，叫了一声三太太。淑娴一面吩咐阿玲倒茶，一面拉了三姨太衣袖，是叫她不要走开的意思。廷德坐下之后，却向四周打量着一会儿，方才向淑娴含笑说道：

"罗小姐，你房中布置得真美丽真考究，我坐在这里，觉得真是太舒服了！哎！哎！瞧我这人说话也太糊涂了。像罗小姐那么身份，那么美丽的人儿，要如住一间普通的卧房，那也太委屈了你啊！是不是？哈哈！"

金廷德自说自话，又自己哈哈地笑，一面在袋内取出白金的烟盒子来，揭了盖儿，递过两支来，接着说道：

"两位抽烟吗？"

"我们不会抽烟，所以房内没有备着烟卷，倒叫客人吸自己的烟，很对不起！"

三姨太摇摇头，含了微笑，代替着淑娴回答。一面又叫阿玲拿自来火盒子，廷德连说两声我有我有，他摸出打火机，燃着了烟卷，吸了一口，笑道：

"三太太，你别客气，我和罗小姐虽然是初交，但也可说一见如故，况且这三个月来的日子，我们的感情也不坏，大家都像自己人一样，所以你可不必说客气话，否则，彼此倒显得生疏了。"

金廷德这几句话，听到淑娴和三姨太的耳朵里，两人都不禁为之愕然。尤其在淑娴的心里，更感到娇羞和恼怒，这就沉着脸色，却是默无一语。过了一会儿，三姨太方徐徐搭讪着说道：

"金先生今天到来，不知有什么贵干吗？"

"我想罗小姐这几天是春假期内，一个人住在家里，一定十分冷清，所以来望望她。并且请她到外面去游玩游玩，不知道罗小姐肯陪我一同去玩玩吗？"

淑娴为了不愿他在自己卧房里多坐的缘故，她没有办法，只好委委屈屈地答应下来。表面上兀是含了笑容，点头说道：

"很好，我也正闷得慌。阿玲，你给我短大衣拿出来。"

"三太太，你也一同去玩玩吗？"

金廷德扬了眉毛，表示十分得意，站起身子，又向三姨太太笑嘻嘻问。三姨太摇摇头，说我不去了，一面又叮嘱淑娴早点儿回来。淑娴由阿玲手内穿上了短大衣，方才跟了廷德到外面去玩了。

"罗小姐，此刻三点多了，看影戏来不及，还是跳茶室舞去好吗？"

两人走出罗公馆大门，廷德方才向她低低地问。淑娴表示没有异议，于是跳上一辆三轮车，到新仙林跳茶室舞去了。在这敌伪势力下的上海，当然是特别荒淫糜烂。敌人的目的，是叫上海人民在醉生梦死中度着商女不知亡国恨的生活，使中国人的爱国思想逐步减去，而至于消灭，那样就可以使中国灭亡。这计谋是很毒辣的，有一班麻木的同胞，在当时确实这样地沉迷着荒淫着，所以战后的上海，畸形发展，舞厅、戏院仿佛雨后春笋，十分蓬勃。茶室、茶舞、晚舞不算，还有晨舞，简直一天到晚叫上海人民在这舞天舞地的舞圈子里糊涂着。所以他们到了新仙林的时候，全舞厅已挤得水泄不通，要不是金廷德是个老主客的话，两人还弄不到座位哩！

"舞厅的生意这样好，我有钞票的话，一定也去开一家舞厅。罗小姐，你赞成吗？"

两人坐下后，泡了茶，廷德见着满舞池里的对对舞侣狂欢地跳着舞，便回头望了她一眼，笑嘻嘻地问。淑娴却淡淡地说道：

"我没有什么意见，你有这个志愿，你就只管经营吧！"

"你为什么不肯参加一点儿意见呢？"

"我又不投资做这一项事业，叫我有什么意见可参加？"

淑娴怪俏皮地回答，两眼望着音乐台出神。金廷德碰了她这一个钉子，一时倒黯然了半晌。忽然他在袋内摸出一只精美的小盒子来，拉拉淑娴的手，说道：

"罗小姐，我有一样小小的礼物送给你，你瞧，这枚钻戒还中你的意吗？"

"常言道，无功不受禄，我无缘无故地怎能接受你挺贵重的礼物？"

淑娴回头一看，见这枚钻戒足有一克拉多大小，在霓虹灯光反映之下，亮闪闪的，有些耀人眼目，遂摇摇头，一本正经地谢绝着说。金廷德连忙说道：

"你不是三月里生日吗？我送一些些礼物，这是应该的事情，怎么能

203

说无缘无故呢？罗小姐，你若不肯收下，那就是瞧不起我了。"

"不是那么说的，一个人小生日算得了什么一回事，你郑重其事地送我这种名贵礼物，叫我怎么好意思接受呢？你送我别的，我一定收受。这一枚钻戒，恕我不能收下，对于这一点，还得请你原谅才好。"

淑娴听他这样说，一时倒有些为难了，幸而她是个聪敏的姑娘，乌圆眸珠在长睫毛里一转，方才低低地回答。她心中却在暗想：一个女孩儿家，怎么能接受男子送的戒指呢？我是万万也不能答应的。金廷德见她很决绝地推拒，心中自然很不快乐，遂想了一想，说道：

"我想这枚钻戒大概太小一些了，所以你心里不欢喜吧？"

"太小？金先生，你说这话也太客气了。老实说，这么大的钻戒我还不曾看见过呢！你瞧我手上可戴着饰物吗？"

淑娴说到后面，还把两手向他一伸。金廷德有些情不自禁地把她手握住了，色眯眯的神气，说道：

"我真有些奇怪，像你那么有钱人家的小姐，为什么手上没有一样饰物戴着呢？老实说，像你这样白白胖胖的手指上，要戴上那枚亮晶晶的钻戒，不是更显得华贵而美丽了吗？"

"我家首饰是不算少，爸爸给我也不知买了多少呢。但我却不要戴，都藏在铁洋箱里。"

淑娴很快地缩回了手，却又表示毫不稀奇地回答。金廷德笑了一笑，吸了一口烟，说道：

"你真是做人家，难道舍不得戴吗？"

"倒并非是舍不得，因为我不忍心戴在手上。"

"那是为了什么缘故呢？"

"国破家残，多少同胞流离失所，没有吃，没有穿，而且还没有住哩！我们假使再爱虚荣，戴这种不实用的饰物，良心问题上如何说得过去呢？"

金廷德想不到她会说出这几句话来，一时良心被正义猛击了一下，脸上由不得也浮现了羞愧的颜色，只好讪讪地说道：

"罗小姐真是一位时代的女性哩！"

"不敢承当这一句夸奖，假使我果然是一个时代的女性，那我早已不在上海留恋了。"

"你预备到什么地方去呢？"

淑娴见他脸色很有一些阴险的成分，这就不敢过分地说得露骨，遂笑了一笑，逗了他一个媚眼，说道：

"在舞厅里谈这些话太觉无聊，金先生，我们跳舞吧！"

金廷德见她忽然又这样地表示亲热起来，一时心里倒荡漾了一下，遂把钻戒暂时藏起，拉了她的手，一同走入舞池里去了。两人在跳舞的时候，金廷德又低低地说道：

"罗小姐，我觉得世界上的姑娘，除了你之外，谁也看不入我的眼里，你的美丽，真可以说是只有天上才有的呢！"

金廷德刚说完了话，忽然背后有人一撞，廷德向前一冲，几乎和淑娴香了一下面孔。两人慌忙回头去望，只见一个女子也正向他们望过来。廷德定睛一瞧，那女子不是别人，却是张曼华。她逗过来一个娇嗔，还嘬了嘬嘴，廷德心头别别一跳，再看曼华身旁那个男子，谁知就是自己的冤家对头李自成。这就恨恨地骂了一声"他妈的，贱货"！淑娴瞟了他一眼，笑着问道：

"那个女子你认识她的吗？"

"不！谁认识她？这种舞女最不要脸，不是好好跳舞，一味地向舞客灌迷汤，撞来撞去，险些把我们撞了一跤，你想恨不恨？"

金廷德恐怕淑娴对自己更加没有好感，所以慌忙摇摇头，一面辩白，一面表示恼恨地回答。淑娴俏皮地一笑，说道：

"其实这班舞客到舞厅来的目的，也无非是来接受舞女的迷汤而已。舞女假使没有迷汤，舞客怎么会沉醉在灯红酒绿之中呢？"

"但我的脾气就和别人不同，最恨的就是迷汤功夫，所以我平日跟舞女是不常跳舞的。"

"你不跟舞女跳舞，你的舞步是怎么学会的呢？"

"这……这是我在学校里时候，和同学们跳'派对'时学会的。但我跟女同学也没有发生过什么恋爱等情，罗小姐相信我吗？"

淑娴却并不作答，只微微地一笑。就在这时，音乐停止，两人遂回到座桌旁来。金廷德把袋内那枚钻戒又摸了出来，交到淑娴的手里，低低地说道：

"罗小姐，请你赏给我一个脸，你就收下了好不好？"

"要如我存心收下的话，我就老早地收下了。金先生，你不要太客气，这样倒反使我很不好意思起来了。"

淑娴平静了脸色，把那钻戒盒子又退了过来，很认真地回答。金廷德自然感到万分失望，遂呆呆地出了一会子神，忽然又低低地说道：

"罗小姐，我觉得你一定很讨厌我吧？"

"不！我假使讨厌你的话，那我也不跟你到舞厅里来玩了。"

金廷德听她这么说，心中倒又欢喜起来，遂握紧了她手，表示无限诚恳的样子，情不自禁地说道：

"罗小姐，我心坎儿上有句冒昧的话要跟你说，我……爱你，你……你……能不能接受我的爱吗？"

"金先生，我觉得你谈这个问题，那未免是太早一些了。第一，我还在求学时代，根本谈不到爱情两字。第二，老实地说，我们认识的日子太少，彼此不能盲目地谈爱。否则，将来感到失望的时候，就懊悔来不及的了。所以谈爱的问题，最好在两年以后，不知金先生以为对吗？"

淑娴被他赤裸裸的追求爱起来，一时绯红了两颊，相当受窘。但事情到了这个地步，也不得不厚了面皮，向他说出了这几句话。廷德听了，虽然很不快乐，但也没有办法。不过表面上还非常热诚的样子，低低地说道：

"罗小姐的话虽然有道理，但我总是一心一意地爱上了你，现在爱你，再过两年，还是爱你，就是再过十年二十年，我始终是爱你到底的。"

"假使你真有这么好的忍耐性，那你就静静地等待着吧！"

淑娴望着他嫣然地一笑，低低地说。金廷德也猜不透她到底是存了什么意思，不过看她的意态，好像也并没有十分讨厌自己。这就暗暗地想着，只要功夫深，铁杵磨成针，欲速则不达，这是一定的道理。廷德这样想着，他也就不再过分地向她追求了。

在新仙林跳罢茶室舞出来，时已五点。金廷德请淑娴到起士林去喝咖啡，淑娴却推说头痛要早些回家去休息。廷德只好给她讨了街车，送她回去。眼望着淑娴坐了车子去远，廷德便一个人赶到米高美舞厅来跳茶舞。他一进门就叫张曼华坐台子，但舞女大班说张小姐还没有到来，等她一到舞厅，马上来陪伴金先生。廷德暗想：曼华一定和这个姓李的小子在外面吃点心，我呆等着太傻，还是到隔壁金谷去吃一些点心再来吧。廷德想定主意，遂向仆欧吩咐了一声，他便走到金谷咖啡室去了。

金廷德在金谷吃毕咖啡吐司，时已五点三刻，遂匆匆又到米高美来。刚到门口，忽然背后有人轻轻地一拍，廷德回头去看，不是别人，正是张曼华，遂伸手拉住了她，笑着说道：

"快跟我坐台子去。"

张曼华跟他到了座桌旁，两人一同在沙发椅上坐下来，曼华还故作娇嗔的样子，白了他一眼，冷冷地说道：

"你又有新户头了，还来叫我坐什么台子呢？"

"嘿！我不跟你吃醋，你倒反而来向我酸溜溜呢？你茶室又不是新仙林做的，为什么和这个小子到那边去游玩呀？你和我冤家在一起亲热，这不是故意气我吗？"

金廷德冷笑了一声，他也很气恼地回答。曼华逗给他一个娇嗔，恨恨地叹了一口气，说道：

"新仙林舞女大班小王叫我去帮忙的，我情面难却，没有办法，只好答应了他。今天早晨，打了两个电话给你，你没有在，我请不到你这个要人帮忙，所以才叫小李来坐我一只台子的。你自己有了新的，把我旧的丢到脑后去了，还来冤枉我哩！我知道你们大少爷有的是钱，把我们舞女无非是玩弄玩弄而已。身子被你一弄到手，你还曾把我放在心上了吗？刚才在新仙林把我当作陌路人般地看待，真叫我越想越气人哩！"

张曼华滔滔地说到这里，似乎心头十分哀怨和委屈，她真有这副手段，竟把眼泪扑簌簌地滚下来了。金廷德被她一哭，糊里糊涂的心头会软了下来，遂拍拍她的肩胛，笑道：

"可是，你也不要误会呀！我根本没有搭上什么新户头呀！"

"哼！这还用抵赖吗？刚才那只壳子难道是你的夫人不成？我看她也是和我同一票货色而已。"

"你倒不要看错了人，她是罗局长的千金小姐，怎么也把她当作舞女看待呢？"

"千金小姐？哦！怪不得你不要看我了，原来你一心一意在追求人家千金小姐了，是不是？"

张曼华擦了擦眼皮，还是愤愤地回答。金廷德伸手拧着她的面颊，却笑嘻嘻地说道：

"我瞧你真像一只雌老虎，这样凶恶做什么？你现在还没有正式给我做妻子呢，已经管束得这么紧了，将来结了婚，我不是一些自由也没有了吗？"

"结婚？恐怕我没有这样好福气。其实，我也犯不着跟你吃醋，像我不过是一个被人玩弄的舞女罢了，有谁会真正地爱上我呢？只是我吃了这碗断命饭，客人一个也不能得罪，所以应酬他们也是没有办法的事情，希望金大少爷能够原谅我的苦衷才好。"

"你这些话算讽刺我吗？"

金廷德听她这样说，心中又不自在起来，遂睁了三角眼，恶狠狠的样子问她。张曼华却立刻又倒入他的怀内去，含了媚笑，说道：

"我怎么敢讽刺你？请你不要多心吧！来！我们跳舞去。我的意思，你是应该可怜我这个恶劣环境的。"

金廷德在她柔媚的手腕下又软化了，遂搂着她腰肢在舞池里跳舞了。曼华是紧紧偎着他胸部，贴着他面孔，还故意把身子一耸一耸地抖动，于是金廷德的感觉上，真有些混陶陶起来，心中暗想：我在淑娴身上百般追求，却始终得不到一些温柔的安慰，这到底是曼华可爱，她的举动，使自己每根骨头都会感到舒服哩！这就低低地在她耳边笑道：

"曼华，我们好久不曾欢聚了，今天夜里，你能'阿开'吗？"

"这并非我不肯答应你，因为你没有真心爱我，我不能太委屈地让你轻薄。"

"你是恨我这两个月的日子没有来跟你亲热吗？但我也有我的苦衷，因为我曾经调到南京去工作过的。"

"省省吧！何必说这些话来欺骗我呢？你干脆地说好了，这两个月日子是在追求那一位千金小姐，我可说到你的心眼儿里去吗？"

曼华表面上是那么怨恨地说着，但她的举动，对廷德却还是相当温情亲热。廷德这就无话可答，正在这时，幸而音乐停止，于是两人携手回到座桌旁来了。这时廷德的脑海里，是充溢着肉欲的神秘，他想今天晚上，一定要把曼华摆平。所以他立刻在袋内又摸出那只淑娴不要的钻戒来，把盒盖揭开，拿到曼华的面前，笑道：

"曼华，你看这枚钻戒的光头还算好吗？"

"你买来送给那位千金小姐的吗？"

曼华低头去看，果然见是一枚挺大的钻戒。她脸上立刻会显现一丝笑容来，把钻戒拿着看了看，回眸瞟他一眼，低低地问。廷德笑嘻嘻把钻戒接过，亲自套到她的手指上去，说道：

"你说话为什么老是那样酸气扑鼻呢？我是诚诚心心买来送给你的。你瞧，这枚钻戒戴在你的手上，你的身价就会增高万倍哩！"

"吃什么死人豆腐？我有福气戴这样大的钻戒？"

金廷德这几句话听到曼华的耳朵里，她是感到了意外的惊喜，顿时眉飞色舞地笑出声音来。不过她还有一些将信将疑的样子，秋波斜乜了他一眼，又故意这么娇嗔他说。廷德笑了一笑，说道：

"钻戒已经戴在你的手指上了，你还说没有福气吗？那你真也太会自谦了。"

"哎！我真有些弄不懂，那枚钻戒到底是真的还是假的呀？"

曼华见他认乎其真地说，一时倒又疑惑起来，暗暗想道：这枚钻戒的价值，照现在市面说，少算也得值几千万不可。我有时候在珠宝店门口走过，只有在橱窗外看看，心中也曾经想过，我不知可有福气戴这些名贵的钻戒？但总是梦想而已。谁知如今居然成了事实，而且比珠宝店橱窗内陈列着还要大上几倍，这……不是太以使人感到意外惊喜了吗？因此她倒又疑心这是一种锡兰钻了，于是情不自禁地问出了这一句话来。

金廷德听了，忍不住暗暗地好笑，觉得一个做舞女的姑娘，到底是少见多怪，竟会疑心那枚钻戒是假的了，遂笑着说道：

"假的真的，你自己细细地看呀！老实说，你也不是什么乡下刚到上海的人，我难道还可拿假的东西来欺骗你吗？"

"你不要生气，我并非说你拿假的来欺骗我。我的意思，因为那枚钻戒是太值钱的东西，你竟会买来送给我，这是使我感到意外的惊喜，因此我真喜欢得有些糊涂起来了。"

曼华细细地看了一会儿，觉得霓虹灯光反映之下，钻戒上光芒四射，真是耀得眼睛也睁不开来，一时方才相信，这完全是真的了。她心里这一快乐，真是把心花儿都朵朵地乐开了，遂情不自禁地倒向廷德的怀抱里去，微仰了脸，眉开眼笑地回答了这两句话。金廷德这时心里就有一个感触，同样地把这枚钻戒送给女人，一个却像煞有介事的还坚决地拒绝，而一个竟乐得这一份样儿的程度。在一个眼光里看着，把这枚钻戒好像当作一块石子那么不稀奇，而一个却完全当作珍宝一样地看待。我在女人身上花钱，总要花到像曼华那种女子身上去，这才不冤枉呀！遂伸手摸到她的胸部上去，笑着道：

"你只要从这一点看来，你总可以明白我心里是否真心爱你的了。曼华，今天晚上，你到底答应我吗？"

"你叫我到东，我就不敢向西。小金，这枚钻戒花多少钱买的呀？"

金廷德这轻薄的举动，曼华是并没有一些恼意，还扬了眉毛，娇媚地微笑。廷德把五个手指一伸，说道：

"花五千万的代价才买到的，这是火油钻，在钻石之中算为上品的了。这也是你的造化，才戴得到这样珍贵的钻戒呢！"

"呀！这么贵吗？小金，你待我太好了，我将把我整个的心都交给了你，你愿意接受我这颗心吗？"

"为什么不愿意？只要你肯跟姓李的小子冷淡，我将来一定还有更名贵的礼物送给你。"

"好！从今天起，我一定跟小李冷淡。不过，小金，我希望你跟我结婚，我再也不愿在这舞海中浮沉了。"

"你不要性急，等我有了发财的机会，我要顶一座小洋房，那么我才跟你结婚呢！"

两人说到这里，齐巧音乐台上敲出一支黑灯舞来。全场的灯光，顿时熄灭了，曼华猛可搂住了廷德，她自动地把小嘴儿凑到廷德嘴唇皮上去紧紧地吻住了。

这天晚上，廷德和曼华便在祥生公寓里住了夜。但廷德心里还念念不忘淑娴，所以临睡又打个电话到罗公馆，问淑娴头痛可曾好些了吗？那边是阿玲接听电话的，说小姐已经睡了，头痛好些了，并说了谢谢他挂念的话，就把电话挂断了。

阿玲放下听筒，匆匆来到小姐房中，见淑娴倚在床栏旁，拿了一本书，在小小的一盏床头电灯下静静看阅着。见阿玲进房，便低低问道：

"是谁来的电话？"

"金先生打来的电话，他问小姐头痛好了没有，我说好了，小姐已经睡了，他才把电话挂断了。"

"真讨厌！这小子也不知道几时会死哩！"

淑娴恨恨地咒念着说，她放下小说书，忍不住又感伤地叹了一口气，心中暗暗地想道：这小子今天居然直接地向自己求起爱来，这样下去，往后的麻烦一定很多。我要避免这麻烦，我应该用什么方法才好呢？出走吧，到哪儿去安身？留在家里，目睹种种不如意的事情，可怜我内心是多么痛苦！左思右想，只觉十分烦恼，因此她忍不住又暗暗地流起眼泪来。

因为晚上失了眠，第二天早晨所以醒来得迟一点儿。淑娴起床，漱洗完毕，吃了点心，时已九点半了。正在这时，阿玲急匆匆地走进房来，似乎很惊喜的表情，报告着说道：

"小姐，诸葛少爷回来了哩！"

"你这小丫头！胡说八道来诳我吗？"

淑娴自然不会相信，秋波白了她一眼，还恨恨地娇嗔她。阿玲却显出一本正经的态度，又笑着说道：

"小姐，我没有诳你，诸葛少爷在会客厅里跟我们二姨太在说话哩！你不信，你快出去瞧个仔细好了。"

"什么？他已到我家来了吗？"

淑娴这才惊喜得跳起身子来，一面说，一面便匆匆地走到会客室内来了。当淑娴见到阿雄的时候，她反而喜欢得有些愕住了。两人也说不出什么话，紧紧地握住了手，尤其淑娴的眼角旁，还展现了晶莹莹的一颗。

诸葛雄对于淑娴，本来也没有什么好感。他以为淑娴在这个豪富家庭中长大成人，必定是个只知享受爱好奢华的贵族小姐。这和自己理想中的对象，相差得太远一点儿，所以淑娴对他虽有一番痴心，他却付之东流。他心中所爱的，却还是在这位郎露茜小姐的身上，但沪战爆发之后，郎露茜惨遭不幸，从此杳无消息。诸葛雄认为露茜一定死在战区之内，所以他只觉万念俱灰，预备投军杀敌去了。那时候他对淑娴虽然开始有了认识，但也不得不匆匆分别了。

今天在久别重逢的情形之下，阿雄见淑娴对自己果然有悲喜交集、盈盈泪下的成分，觉得淑娴对自己，果有一番真挚的痴情，一时倒也忍不住深深地感动起来，遂把她手摇撼了一阵，低低地说道：

"淑娴，我们整整有两年不曾见面了，你身子好吗？"

"好！我……我……想不到你忽然会回到上海来了。"

淑娴点头说了一句好，她满面虽然是含了妩媚的笑，但她的眼泪依然像雨点儿一般地滚落下来。诸葛雄明白她这眼泪，也许是为了欢喜过分的

缘故,遂拿了一方手帕,给她粉颊上轻轻地拭了一下,微笑着说道:

"你好像清瘦一点儿了。"

"可是,你却黑得多了!"

两人互相地望了一会儿,要说的话虽然很多,但一时里也不知从哪一句说起才好。所以各人先关心地说了一句,大家倒忍不住破涕笑起来了。淑娴接着又低低问道:

"你什么时候回上海的?"

"我……我……不多几天之前……"

诸葛雄支支吾吾地回答,好像有些不方便告诉的样子。淑娴眸珠一转,似乎理会过来了,遂把他手轻轻一拉,低低地说道:

"我们到里面去坐吧!"

诸葛雄也不知道她所说的里面是什么地方,遂默默地跟着她向里面走。这似乎有些意料之外,谁知淑娴却引导阿雄走进她的闺房里来。一时有些局促的神气,搓了搓手,怔怔地愕住着。淑娴却一摆手,说道:

"请坐呀!老是站着干什么呢?"

诸葛雄方才含笑点点头,在小方桌旁的椅子上坐下了。淑娴也在他对面坐下,望了他一眼,又低低地问道:

"你吃过了点心没有?"

"在家里就吃了来的。"

"阿玲,没有你的事了,你出去吧!"

阿玲倒上了两杯茶后,听小姐这样吩咐,遂答应一声,掩上房门悄悄地退到房外去了。诸葛雄见淑娴把自己关在卧房里,一时倒有些心跳。但表面上的态度,还十二分镇静,握了茶杯,一口一口慢慢地呷着。淑娴沉默了三分钟后,方才低低地问道:

"你这次回到上海来,我想你一定负有任务的吧?"

"啊!什么任务呀?我不懂你这话是什么意思。"

诸葛雄啊了一声,却显出莫名其妙的样子,向她低低地反问。淑娴听他这样回答,一时也显出惊骇的表情,呆住了一会儿说道:

"那你回到上海来做什么呀?"

"我……我……在外面站不住脚,所以我只好回到上海来了。"

诸葛雄微红了两颊,似乎被她问得有些羞愧的样子。淑娴对于他这两句回答的话，一颗芳心，真是大失所望，她的粉脸感到一阵子焦急的热燥，不免也涨得通红，又急急地问道：

"你……在这两年日子中，你到底在什么地方工作？你能不能把你的经过情形，详详细细地向我告诉一遍吗？"

"我在外面流浪了两年，我简直一些也没有什么成绩干出来，所以这次回上海，我真觉得十二分的惭愧！"

淑娴见他低了头，话声是带了颤抖的成分，好像连望自己一眼的勇气都消失了。这就叹了一口气，心头真有说不出的怨恨，埋怨地说道：

"你走的时候，不是说为国去出力吗？我弄不明白你到底是怎么一回事？究竟你在干些什么呢？"

"我在战场上也打过仗，后来受伤了，流落在异乡客地，我没有生存的能力，我只好回到上海来了。"

"那么你许多的同学呢？"

"死的死了，失散的失散了，总而言之，在外面的生活太苦了，我实在有些受不了。"

"你当初雄赳赳、气昂昂地出去，但如今垂头丧气地回来，那你不是失却了当初出去的本意了吗？我真为你痛惜！"

淑娴说到这里，连初见面时的一点儿兴奋都消失了。她有气无力地站起身子来，走到写字台旁，把抽屉内昨天作的诗笺取出，看了一会儿，叹了一口气，预备伸手撕去，但却被诸葛雄夺了过去。他把那三首七绝看了一遍，抬头望着淑娴，含笑说道：

"问君何日故乡还？我如今不是回来了吗？你为什么偏又显出这样不高兴的样子来呢？那不是奇怪吗？"

"我想不到你会这样平平庸庸地回来，我没有见到你的时候，我心里想念。但今天我见到了你，我反觉伤心。"

诸葛雄见她凄凉地回答着说，眼泪却扑簌簌地掉下来了。一时也有些黯然，低头看着诗笺，又轻轻地说道：

"你爸爸又做局长了，你心里不赞成吗？"

"你爸爸做了副局长，你心里赞成不？"

淑娴有些薄怒娇嗔的神情，猛可抬起头来，泪眼盈盈地逗给他一个白眼，恨恨地问。诸葛雄呆了一会儿，说道：

"彼一时，此一时，你我爸爸，他们心中也有不得已的苦衷，我们应该要同情他们才好。"

"啊！这……话是你说的吗？阿雄，你变了，你变了，我真想不到你竟会变得那么快！拿来！我不愿把这些诗句给瞎了眼、丧了心的人看，反正是对牛弹琴，我白费什么心思呢？"

淑娴的两颊是涨得红红的，她的表情已没有了娇媚的成分，竖了眉毛，大有痛愤的样子，猛可抢回那张诗笺，哧哧地扯得粉碎。阿雄皱了眉尖，叹了一口气，搓搓手，低低地说道：

"淑娴，你为什么要发这样大的脾气呢？叫我心上不是很难受吗？"

"哼！你难受？我比你还要更难受哩！我倒要问你，你回上海来之后，你预备做些什么工作呢？"

"我想再读书，可是爸爸却要我到局里去担任工作。刚才你爸爸已经给我安排了一个位置，我明天就到局里去视事。"

"好！你……你……也跟着他们做官了！"

"这样我才能和局长的女儿做朋友哪！"

诸葛雄见她气得摸着额角，好像要昏过去的样子，这就索性说了这句俏皮话，去讽刺她的芳心。淑娴把手向房外一指，冷笑着说道：

"我没有资格交得到像你这样的一个好朋友，对不起！从此以后，我们一刀两断，永远不要再见面吧！"

"何苦来？淑娴，你也太没有意思了。"

淑娴说完了这两句话，她心头是悲痛极了，翻身倒在床上，忍不住抽抽噎噎地哭泣起来了。诸葛雄却走到床边去，伸手按住了她肩胛，低低地说好话。淑娴泣了一会儿，立刻又翻身坐起，恨恨地说道：

"请你出去，请你出去！我不愿意你在这儿多站一分钟，我见了你这个人，我的眼睛里是快要出血了！"

"可是，我真有些不明白，你瞧了你的爸爸，你眼睛里会不会出血呢？"

诸葛雄这句话倒是把淑娴问住了，她绯红了两颊，在哀怨之中大有无限的沉痛，遂咬牙切齿地沉吟了一会儿，说道：

"他们老了，他们落伍了，他们是快要进坟墓了。他们贪生、怕死，还情有可原。像你正在英年，国家是多么需要有像你这种人才，来替祖国尽忠出力。谁知你回到上海，却来丢送你的前途，干这些无耻的工作。我觉得失望，我觉得心痛。阿雄，想不到你回上海后会给我一个这样恶劣的印象，那我不是良心黑，还是你死在外面永远不回来，那我也许终身会给你流眼泪，终身会记念着你哩！"

"淑娴，你真是一个爱国的好女儿！"

诸葛雄心头感动得有些悲哀起来，他眼角旁也涌上一颗晶莹莹的热泪。淑娴见他流泪，一时芳心不免又活动了，暗想：阿雄不是一个没有心肝的青年，也许还有救星吧！这就站起身子，紧紧地又握住了他的手，委婉地说道：

"阿雄，我相信你也是一个爱国的好男儿！你恐怕是一时糊涂，所以才预备到伪组织里去工作。假使你仔细地想想，你一定会觉悟，你一定会做一个清清白白的好国民。阿雄，你能接受我的劝告吗？"

"淑娴，你会这样苦心地劝告我，但你为什么不肯像现在一样地去劝告你爸爸呢？你爸爸在伪组织下做了局长，那你就是汉奸的女儿，一个汉奸的女儿，是否还能做一个清清白白的好国民呢？"

淑娴的粉颊上是浮现了羞愧的娇红，她把握着阿雄的手慢慢地放下来，一步一步走到窗口旁去，回头又向阿雄逗了一瞥哀怨的目光，叹息着说道：

"为了这件事，我和爸爸也不知吵过了多少次数。但是，爸爸受不了日本人的威胁和恐吓，他是懦弱地屈服了。我虽然几次三番要离开这个家，但一个弱女子，孤零零的又到什么地方去安身才好？我心里想找工作做，可是，谁又能知道？叫我自己去找吧，一时无从找起。唉！我当初心中唯一的希望，就是你能给我一个确实的地址，那么使我可以来找你。但怎么知道你会讯息杳然地却悄悄地回到上海来了呢？你想，我心中唯一的希望也成了泡影，那叫我悲痛不悲痛？"

"这就怨不得你人瘦削得多了。淑娴，虽然你有一个黑暗的家，但你的心田却是相当光明！"

诸葛雄跟着一步一步地走上去，明眸望着她的粉脸，似乎含有十分敬意的神情，低低地说。淑娴伸手擦擦眼皮，瞟他一眼，低低地说道：

"阿雄，我想跟你一块儿离开上海，你有这个勇气吗？"

"可是，离开上海，谈何容易？你我怎么过活？"

"我可以多带一些钱在手里，只要找到工作做，那怕什么呢？"

"但，我觉得上海很好，我不希望离开上海！"

淑娴见他摇摇头，这样回答，一时心中又怨恨起来了，遂沉着脸色冷笑了一声，严肃地问道：

"你觉得上海好在什么一点呢？"

"上海有舞厅，有戏院，有妓院，还有什么向导社、赌场，这些娱乐场在内地是没有的。"

"哼！你为了这样，才回到上海来的吗？你这无耻的东西！"

淑娴再也忍熬不住了，她铁青了脸色，冷笑了一声，便又愤愤地骂起来了。诸葛雄在这情形之下，他是没法再隐瞒了，遂一本正经地附了她耳朵，低声说道：

"淑娴，请你不要再骂我了，我老实地告诉你，我是一个地下工作的特务员。"

诸葛雄这一句话听到淑娴的耳朵里，她惊喜得愕住了。不过她脆弱神经还非常机警，立刻伸手把他嘴一扪，很快地走到房门口去张望了一下，见四下没有什么人，才放心地含笑走上来，紧紧握住他的手，低声说道：

"阿雄，你这话可是真的吗？"

"不假，我所以愿意到局里去工作，是正可以掩护我的本身、遮人耳目的一种办法。淑娴，我很惭愧，我泄露了自己的秘密。照理，我们干这一行工作的人，是绝对没有情感的，如今我却告诉你了。不过，我希望你给保守秘密，否则，我的生命，我的一切，都将被你毁了。"

"你放心，我将拿我的生命，来保护你的安全。"

淑娴掀着酒窝，她是万分欣慰地笑了，忽然伸张了两臂，搂住了阿雄的脖子，踮着两脚，凑上小嘴去，竟和阿雄紧紧地吻住了。

第五回

    诸葛雄自落娘胎至今整整二十三年来，可说从来也没有和女子有过这样的亲吻，现在被淑娴这么一下子举动，他的神魂几乎也有些飘荡起来了。但他冷静的头脑，忽然又压制了这热烈的情感，遂把淑娴身子轻轻地推开，当他和淑娴四目相接的时候，两人的脸已涂过了胭脂那样绯红起来了。淑娴赧赧然地瞟着他，低低地说道：

    "阿雄，你觉得我这举动，太失了女孩儿家的身份了吗?"

    "不！这也许是你太感情了一些的缘故。我想你绝不会跟任何一个男子发生这样的情形，我很庆幸我能享受这专有权。"

    淑娴听他这样回答，一颗芳心，真有无限的感激，遂紧紧地又握住了他的手，扬了眉，含了得意的笑容，说道：

    "阿雄，我很感谢你说的这两句话，你真不愧是我的知音人。"

    "在过去，我确实对你没有好感，因为我想不到一个贵族小姐也会有这一种清高的人格、优美的思想。尤其在这么恶劣的环境中，而没有渲染一些不良的恶习，那是多么不容易，所以我非常地敬佩你。"

    诸葛雄的话，听到淑娴的耳朵内，她却没有感到喜悦的表示，眼角旁反而流下晶莹莹的眼泪来了。这使阿雄当然感觉万分惊奇，遂急急地问道：

    "怎么你好好的竟伤心起来了呢?"

    "我想在过去我是多么痴情地爱上了你，谁知你却没有爱我的意思。假使你对我始终并无好感，那我如何不要伤心呢?"

    诸葛雄觉得淑娴可怜，遂半抱了她娇躯，拍拍她的肩胛。两人默默地温存了一会儿，阿雄方才徐徐地说道：

"淑娴，我劝你不要太痴心，因为这年头和平常不同，在必要的时候，我们只有牺牲一切，来替祖国效力争光。我是个已经受过训练的人，我知道我的情感已淡薄了不少。在我脑海里好像只有一个希望，那就是完成我的任务！"

"我觉得可爱，但我也觉得可怕，我们为什么要生长在这战争的时代？假使我们能够快快乐乐、无忧无虑地在这爱河里沉醉，那是多好啊！"

"可是要快快乐乐、无忧无虑地过日子，那就得奋斗，挣扎，牺牲！即使我们达不到这个日子，我们总希望我们下一辈的同胞，能够有这样的好日子过。"

"阿雄，你越说越使我感到恐怖可怕了，我觉得……我们应该抓住了现实。"

淑娴偎在他的胸怀，微仰了粉脸，显出那么楚楚可怜的样子。诸葛雄却依然显出毫无情感的意态，淡漠地说道：

"不过，我们应该以不越范围为原则，倘然在我达到任务了之后，那你应该用理智来克服情感，永远地忘掉我这一个人，那你就不会感到痛苦了！"

"阿雄，我不许你这样说……"

淑娴把手很快地扪住了他的嘴，她颤抖了语气，大有哽咽的成分。诸葛雄却微微地笑起来，他显现了果决的精神，说道：

"淑娴，你的神经不要太脆弱吧！"

"照你说来，我们见面，连一分钟一秒钟都是宝贵得很的。阿雄，我的心好像空洞洞的，我希望你给我一些现实的安慰。"

诸葛雄见淑娴踮起了脚尖儿，仰望着自己出神，一时有些情不自禁，他大胆地搂住了淑娴脖子，又再度地紧紧地吻住了。

"啊？对不起！对不起！我没有想到你们在这个……我太鲁莽了。让我退出房外去，你们重新再来一个吧！"

他们正在热吻的时候，谁知三姨太悄悄地推门进来。当下见了他们的情形，全身一阵子燥热，她自己两颊也已海棠花那么娇红了，因为淑娴和阿雄已惊开了身子，大家感到难为情，所以三姨太把一只脚又退到房门外去，笑嘻嘻地说。淑娴连忙走上去，把三姨太拉住了，笑嗔道：

"三姨娘，你不要吃豆腐了，快一同来谈谈吧！"

"诸葛少爷，我们好久不见了，你几时回上海来的？"

三姨太这被淑娴拉进房来，遂向阿雄瞟了一眼，笑盈盈地搭讪着问。诸葛雄颇感局促不安地搓搓手，也只好红了脸，笑道：

"我回上海才没有几天，罗太太，你好。"

"谢谢你，我们身子倒托福安好。诸葛少爷人黑得多了，外面一定很辛苦吧！可怜我们大小姐真挂念你，你也太糊涂了，为什么不写封信来给大小姐呢？"

诸葛雄听三姨太这么说，遂望了淑娴一眼。淑娴羞涩地向阿雄一瞟，却慢慢地垂下头来。阿雄知道淑娴对自己确有一番痴心的爱，但在三姨太面前，只好圆了一个谎，说道：

"现在邮政很不便，我寄了两封信，也许送错地方了。好在我已回到上海，而且我将要加入罗老伯局里工作，那我们以后碰面的机会就很多的了。"

"啊！你……也要到局里去工作吗？"

三姨太听阿雄这样说，一时也不免啊了一声叫起来，她心里当然十分骇异，回眸看看淑娴，见她却并没有什么反应，心里一转念，觉得其中必定有些缘故。因为阿雄点点头，并没有再回答什么话，于是自己也就不再问他了。三个人谈了一些空话，时已十二点半了。阿玲进来报告，说饭厅里已开了饭，请诸葛少爷外面去用饭。淑娴向阿雄说了一声请，三个人遂走出卧房去了。

诸葛雄在罗公馆吃这一餐午饭，真觉得十分受窘。你道为什么？原来罗家除了三个姨太太外，就是淑娴这个大小姐。因此阿雄坐在她们四个女人之中，举动上倒大受拘束起来。尤其大姨太待他十分客气，把他当作小孩子似的，一会儿给他夹鱼，一会儿给他夹肉。还有二姨太那两道秋波，水盈盈的好像具有勾人魂灵那么的魅力，只管偷偷地向他送情。淑娴不用说了，也时时对他微笑。三姨太虽没有什么邪念，但对英俊的阿雄，多少有些好感，因此媚眼也常向他窥望。诸葛雄在这情形之下，真仿佛唐僧落在女人国，反而赧赧然地连吃进去的饭菜也体会不出究竟是什么滋味了。

午饭毕，略用香茗。诸葛雄不便久留，遂欲告别回去。淑娴大有依恋不舍之情，遂问他什么日子再来，阿雄说道：

"没有一定，反正以后我一定常常会来望你们，说不定明后天就来。"

"这样吧！星期日你到我家来吃中饭，饭后我们出去玩玩好吗？"

淑娴听他并没有约定日子，这当然有些靠不住，遂转了乌圆眸珠，低低地说。诸葛雄毫不介意地连说好的，好的。回眸望到二姨太的脸上，大有失望的样子，她也不说什么话，先匆匆地走到外面去了。众人也不注意她，诸葛雄手拿呢帽，方才告别走出罗公馆来。当他走不了二十几步路的时候，忽然后面有阵急促的脚步声追上来，同时听到一个女子声音叫道：

"诸葛少爷，你慢些走。"

"哦！我道是谁？原来是罗二太太！"

诸葛雄回眸望去，见是二姨太，遂只好微笑着招呼她。二姨太把秋波怨恨地逗了他一瞥，低低地说道：

"星期日我约你米高美舞厅游玩，你又要做黄牛了吗？"

"星期日还没有到哩，你怎么知道我又会失约了呢？"

二姨太听他说得非常靠硬的样子，这就冷笑了一声，把小嘴儿一噘，很有理由般地反问他说道：

"你刚才不是已经答应淑娴在星期日跟她一同去游玩了吗？那你又没有分身术，你还能再到米高美去应我的约吗？"

"这个……"

诸葛雄倒是被她怔怔地问住了，说了这个两字，由不得眸珠一转，方才笑嘻嘻地接下去说道：

"我既然先答应了你，那我对淑娴说的就是敷衍性质。"

"此刻在我面前只好这样地敷衍我，到了星期日，只怕你话又不是这样说的了。我觉得你这人太没有信用！"

"那么依你说，叫我怎样地办才能算有信用。"

诸葛雄觉得在这环境下是不能太守道德的，否则，也许反而对自己有许多的不利，这就望了她一眼，又含笑问她。二姨太很快地说道：

"本来是一张远期支票，现在这张支票我马上要兑现了，你肯不肯付现钞？"

"好！好！凭你一句话，我还有什么不遵命的吗？"

二姨太说的话怪俏皮而且富有趣味性的，诸葛雄忍不住扑哧一声笑出声音来。他一面回答，一面伸手向街上的三轮车一招，就拉了二姨太匆匆地跳上车子坐下了。三轮车驶行的时候，阿雄才低低地问道：

"还只有一点二十分，这样早上哪儿去玩？"

"到了南京路再做道理，反正这一段路程至少要花费半个小时，两点钟就有办法了。"

诸葛雄点点头，遂向车夫吩咐了一声南京路，那三轮车便直向霞飞路驾驶了。这条包含异国情调的霞飞路，两旁人行道上的行人，本来大都是黄头发绿眼睛的洋人居多，自从日军进占租界之后，大部分的英美人都被逼入到集中营去，所剩下的也只有少数罗宋人及德法犹太籍的居民而已。二姨太似乎有些感慨的神情，微微地叹了一口气，说道：

"打仗到现在，上海除了这条马路比较找不到一些沦陷的样子，其余的地方，就都有着日本人耀武扬威的足迹。诸葛少爷，这是为什么道理呢？"

"这是因为此地是法租界，法国被德国吞没了，我们是靠着德国人的势力，好像在德国做寓公一样。"

"哦！原来是这个样子，所以我们住在上海的百姓，真仿佛天堂似的，一些没有受到战争的痛苦。"

"你所说的，也无非只有一部分人民的生活而已。你瞧，你瞧，这里就可以遥对着上海的人民，一半固然在天堂里快乐，而一半却在地狱里熬痛苦哩！"

当他们说话的时候，车子已到黄金大戏院的门口，只见门口买戏票的人，真所谓人山人海，排了队伍，好像看戏不要花钱的样子。但黄金大戏院斜对面有家米店，门口也是人山人海，不过这一批人都是衣衫褴褛老老小小，鸠形鹄面，手拿面粉袋，大家都在轧户口米。因为有些人争先恐后的缘故，所以秩序不免紊乱。这么一来，那旁边的安南巡捕，本身是个亡国奴，但还狐假虎威，神气活现，不管人家痛痒，拿了木棍子和皮鞭，就在这些贫民头上乱抽了下去，根本没有一些人类同情的意念。诸葛雄伸手向那两处指着说，他心中真有说不出的悲愤。但二姨太瞧了，却不了解地说道：

"我想这班人也太以贪小了，为什么穷凶极恶地要去轧户口米呢？你瞧，哎哟，哎哟！断命那个杀千刀的巡捕，真是要死快了，不管死活地打下去，想想阿要作孽哪！"

诸葛雄觉得二姨太的话，就是饱肚不知别人饥，这种人在上海最多，他觉得很惆怅，忍不住深长地叹了一口气。三轮车由虞洽卿路转弯，直到大新公司门口停下。诸葛雄付了车钿，一看手表，齐巧两点钟，想不到这一段路程竟花费四十分钟。二姨太跳下三轮车后，却老实不客气地把手挽住了阿雄的臂弯，含笑说道：

"看影戏太沉闷，我们还是到米高美去坐一会儿。"

"也好，哦！慢些，我还要到大新公司去买两条领带。"

诸葛雄点头说了一声也好，忽然他瞥眼见到对面马路一个西服青年，挽了一个女子，也向米高美走进去。诸葛雄的目力有了相当的训练，他认出那个青年就是金廷德，因为他早已知道廷德是司令部的翻译官，而且和罗武智有相当的勾结。他觉得自己身旁有了这位二姨太，那就非避一些嫌疑不可。这就立刻止步，又动出脑筋来回答，一面把身子已步进大新公司去了。

诸葛雄的目的，并非真预备要买领带。所以他在领带部看了一会儿，认为货色看不上眼，预备到永安公司去买。二姨太没有说什么，只好跟着他又走到永安公司来。但既到永安公司，诸葛雄却又不存心买了。二姨太心头有些着恼，遂逗给他一个娇嗔，说道：

"跟着你跑来跑去，你寻什么开心？你肉麻钱不买了，我买两条送送你好吗？"

"这领带花样不大好看，我倒并不是舍不得钱。"

"这许多花样难道都不中你的意吗？我给你拣两条，你一定认为欢喜。"

二姨太说着话，在最高价的种类里拣了两条鲜艳夺目的领带。回头问阿雄说你欢喜吗？阿雄点头说好，伸手欲拿钱袋，但却被二姨太先抢着付去了钱，说道：

"我说送给你，你还和我客气做什么？"

"那怎么好意思？我不是好像存心问你在讨一样了吗？"

"两条领带的钱，能值多少？你这样看重着当作一件大事情般的，那你的派头也太以小了。"

诸葛雄被二姨太这么一说，于是也不再客气了，说了一声谢谢你，他把店员包好的领带藏进到袋里去，一面说道：

"我们省得走来走去，还是到楼上大东舞厅去坐一会儿好吗？那边地方也很宽敞，我说比米高美舒服哩！"

"好的，反正大东、米高美都是一样，只要有音乐听，有舞可以跳，我倒不计较一定要上哪一家舞厅。"

二姨太笑盈盈说，两人于是乘了电梯，来到三楼大东舞厅。这时差不多已经三点光景，舞厅里已有了六七成的客人。侍者招待入座，泡了两杯清茶。二姨太似乎有些迫不及待的样子，立刻拉了阿雄，要到舞池去跳舞。诸葛雄笑着说道：

"你也太性急，我们坐着吸一支烟，休息一会儿跳不是更有劲儿吗？"

"我们先跳一次再休息，那也一样的。"

诸葛雄没有办法推拒了，只好跟着她步入舞池里去了。二姨太偎在阿雄的怀里，表示十分得意，笑盈盈说道：

"记得两年前罗局长生日那一天，我们曾经舞过一次。你的舞步依然怪熟悉的，我想你在外面的时候，跳舞一定也没有间断过。"

诸葛雄点点头，但他却忍熬不住要笑出来，心中暗想：这两年中连女人都没有看见一个，还跟什么人去跳舞呢？但二姨太却继续问道：

"你在外面另外可曾交过女朋友吗？"

"没有，我见了女人会脸红，哪会交女朋友？"

"天下没有老实的人，你这话我可不相信，但也许你是为了我们大小姐的缘故，所以不肯再交女朋友是不是？"

诸葛雄没有作答，微红了脸，却憨然地笑着。二姨太把粉颊几乎要贴到他的脸上去，把钩着他肩胛的手拍了拍，说道：

"你这孩子很好，爱情专一，不忘旧侣，那是很不容易的。不过，最近来，另外还有一个男子也在追求淑娴，你恐怕没有知道吧？"

"哦！是谁？"

"一个姓金的，名叫廷德，他是日本司令部的翻译官，这小子的势力很大，你可要当心一点儿。"

二姨太见诸葛雄表示相当惊异的样子，这就认乎其真地关照他，完全表示十二分好心的意思。诸葛雄故作不明白的神情，怔怔地问道：

"你这话不是奇怪，我为什么要当心呢？"

"两个男人，一个女人，这是一幕三角恋爱的戏剧，那么演到末了，总有一个会失败。假使姓金的失败了，他当然要恨着你，说不定对你有不利的举动，那你还不是应该要当心一些吗？"

"那没有关系，他既然势力很大，我可以让步的。况且你说的金廷德，这名字很熟悉，说不定还是我的同学呢！"

"爱情这样东西是最小气的，不要说你们是同学关系，即使你们是最亲爱的兄弟，恐怕为了一个女人，也会闹得头破血流的吧！"

二姨太听他说得好大方的，情愿肯让步，这就撇了撇小嘴儿，表示不相信地回答。诸葛雄笑了一笑，却说道：

"势力是他大，手段是他强，我不让步，难道等他来陷害我吗？拿性命和他拼，这当然是很不犯着的。"

"哎！你这孩子！倒是想得很明白的。"

"你怎么老是叫我孩子呢？我这么大的年纪了，被你叫得怪不好意思呢。"

诸葛雄故意显出赧赧然的样子，忸怩地说。一个风骚的女子，最喜欢的就是这么老实似的青年，所以二姨太认为阿雄的意态，令人感到可爱，这就忍不住咻咻地笑起来了。

音乐停止，两人携手回座。诸葛雄心中不免暗暗地想着，觉得今天和二姨太在此跳舞，倒也并不虚此一行，因为在无形之中，得到了廷德也在追求淑娴的秘密。确实，这使我应该是要加以留心的了。他一面想，一面在袋内摸出烟盒子来，打开盒盖儿，取了一支给二姨太。二姨太呀了一声，笑道：

"两年前你是不吸烟的，现在居然连烟盒子都备起来，可见你这人真是学坏了不少。"

"你不知道，这是因为心绪恶劣的缘故，所以需要抽烟。"

"大概你得了淑娴另有人在追求的消息，所以心头很受一些刺激吗？"

"不！这年头，倒并不一定需要谈恋爱。"

诸葛雄摇摇头，吸了一口烟，慢慢地喷去了后，微笑着回答。二姨太把身子靠近了他一些，用手去抚摸他的面孔，笑道：

"恋爱是青年人的精神食粮，一个青年人要没有爱的慰藉，他的生活是多么单调，多么枯燥呢！"

"这也未必一定是这样，我在外面过了两年孤零零的生活，却也不觉得寂寞呢！"

诸葛雄刚回答到这里，忽然见右边走来一个女子，向自己叫了一声诸葛先生。阿雄仔细一望，原来是史忠花，这就站起身子，握了一阵手，一面含笑介绍着说道：

"这位是罗太太，这位是史小姐，她从前和我是同学。"

二姨太听了，遂也站起身子，和忠花点头招呼。诸葛雄问忠花要不在这儿一同坐一会儿，忠花摇摇头，说另有事情，一面把秋波瞟了他一眼。诸葛雄懂得她的意思，遂叫二姨太等一会儿，他跟着忠花走出舞厅外来。两人一面走，忠花便低低问道：

"你回家后的情形怎么样？事情进行得顺利吗？"

"一切都好，晚上八时我来详细报告你们。"

忠花点点头，两人握手别开。这里诸葛雄又匆匆回到舞厅里来了。诸位大概已经明白阿雄的任务了吧！原来他回家所以弄得这么叫花子的样子，完全是掩人耳目的一种办法。当初在《征》小说里，史忠花好像并没有跟他们一同走，但在临走之前，忠花因为郎露茜已死，而蔡志坚又要走了，觉得自己一个人留在上海太没有趣味，所以她也跟着大家一同离开上海的。现在大家回到上海，他们也都变成特务工作的人员了。

诸葛雄在座桌旁坐下的时候，二姨太把秋波斜乜了他一眼，俏皮地笑嘻嘻说道：

"是不是叫到外面去被她责骂了一顿吗？"

"别开玩笑，她和我毫无一点儿关系，完全是极普通的朋友而已。"

"我不相信。"

"那就没有办法了，假使她真是我的爱人，那还不跟我吃醋了吗？怎么肯仍旧放我进来跟你在一起呢？"

诸葛雄这么一说，二姨太心中暗想：倒也不错。天下没有这样漂亮的女朋友，发现了我们在一起，还肯管自地走开吗？遂笑了一笑低低地说道：

"不过，她假使真要跟我来吃醋，那就太以天晓得的了。谁知道我们的关系，却是相差了一级哩！我好比是军长，你只不过是个师长而已。"

二姨太说得很风趣，诸葛雄忍不住扑哧一声笑起来，遂点头说道：

"不错，怪不得你老是叫我孩子了。本来嘛，我原该叫你一声伯母的，但你又说我要叫老了你。所以我只好叫你罗太太，这似乎是个最普通的称呼。"

"凭良心说，我只不过长了你四年。假使照现在我们的人看起来，我比你恐怕要嫩面一点儿哩！"

"照理说，女子比男子容易苍老，但你所以还这样嫩面，大概是没有生育过的缘故。"

"断命这个老甲鱼还有什么用呢？假使我嫁一个年轻的丈夫，我相信我至少已有两个孩子了。"

"这也不一定，并非我庇护罗局长，生育孩子，大部分责任是负在你们女人的身上。"

"我不相信，女子是个个会生育的，都是男子不中用，才没有孩子的。那么瞧大姨太、三姨太，她们两个人难道跟我一样也是不会生育的吗？我想没有这么巧吧！"

诸葛雄听她提起了大姨太和三姨太，一时倒也无话可说了，暗想：奇怪得很，二姨太就说她不会生育，但大姨太、三姨太她们难道也不会养孩子的吗？照此说来，倒确实是罗武智不中用了。但他想到了淑娴，便又否认着说道：

"但完全说罗局长不中用，那也不能够的。假使他没有生育的本领，那么淑娴这女儿又怎样生下的呢？"

"这……个……我想他是因为在年轻时候养下的，年纪老了，精力衰了，还有什么用呢？我比方那么说一句，假使你我发生了一次关系，我相信我马上就会有孕。"

二姨太和阿雄只管讨论研究这生育问题，一时把二姨太说得两颊会感到热辣辣起来。她靠着阿雄的肩头，两眼水汪汪的含了勾人灵魂那么的魅力，瞅住了阿雄脸，竟大胆地说出这两句话来。阿雄听了这话，心头立刻别别地乱跳，两颊也红了起来，一时没有回答，却呆呆地愕住了一会儿。二姨太见他木然的样子，遂附了他耳朵，又低低地含笑问道：

"你相信我这些话吗？"

"我不敢相信。"

"那么我们不妨试一试，你有这个胆量吗？"

二姨太说话的语气有些急促，她的身子已整个地斜到阿雄的怀里去了。阿雄虽然也早已知道二姨太所以跟自己亲热的目的，就是在于这一点，不过他没有想到事情竟会发生得那么快，一时不得不认真地说道：

　　"罗伯母，你不要跟我太开玩笑吧！是你自己也说过的，我们之间的关系，不是相差了一级吗？"

　　"但我们年龄是正应当互相谈恋爱的，诸葛少爷，你为什么又要叫我伯母了呢？难道你嫌我老吗？"

　　诸葛雄见她满面显出痛苦的样子，大有眼泪汪汪的神气，低低地说。一时倒也沉默了良久，方才皱眉说道：

　　"这是不可能的事情，我们岂能违背良心荒乎其唐呢？况且万一被罗局长知道，你我的性命，不是都要发生危险了吗？罗太太，我希望你仔细想一想，你就明白我们绝不可以干这种无耻的行为。同时我希望你把男女间的爱看得纯洁一点儿，比方说，我们一同在跳舞，这难道不能算为在谈爱吗？何必一定要涉及肉欲上去呢？这我们都应该尊重自己的人格才好。"

　　二姨太被诸葛雄絮絮地责备了这一大篇的话，她心中感到无限羞愧，一时忍不住滚滚地落下眼泪来了。诸葛雄被她一流泪，倒也窘住了，遂拍拍她的肩胛，笑着说道：

　　"罗太太，你不要伤心，我有什么话得罪了你，请你原谅。"

　　"不！你是一个神圣的青年，我非常敬佩你。我以为女子的色，一定可以迷醉任何一个男子的，一定会胜利的。但我的理想错了，我今天到底是失败了。诸葛少爷，你看轻我的人格吗？"

　　"不！我希望你能想明白，能珍爱你宝贵的身子，我始终同情你在这环境里可怜的身世。"

　　凭诸葛雄这两句话，二姨太知道阿雄并非是个没有情感的人，正因为他有情感，他才拒绝我的爱，一时更加伤悲，这就益发抽抽噎噎地哭泣起来。诸葛雄急得搓手不已，说道：

　　"罗太太，你不要太小孩子气呀！"

　　"还君明珠双泪垂，恨不相逢未嫁时。诸葛少爷，我是一个少妇，他是一个老头子，我怎么能如意呢？"

　　二姨太这才停止了啜泣，向他凄凉地说。诸葛雄见她泪眼盈盈，好像海棠着雨，倒也颇觉楚楚可怜，遂握了她手说道：

"罗太太，我可以时常跟你在一处游玩，解你心头苦闷。只不过我们之间，最好能保持纯洁清白，这是人生最有意思的事，而且我们也可以对得住罗局长。"

"我很感激你这样的多情，那么我们跳舞吧！"

二姨太虽然觉得阿雄真是一个傻瓜，但也只好点点头回答。一面拉了他的手，一同步入舞池里去了。在舞池里二姨太对待阿雄的热情，真是无以复加。但阿雄只是抱定宗旨，以不跟任何女子发生肉体关系为原则。至于二姨太表面的亲热，他倒认为并不在乎，所以也和她亲亲热热地跳了一会儿舞。

茶室散后，二姨太要在大东接连地跳茶舞。但阿雄的意思，觉得多跳舞也很头晕，还是去瞧一场电影比较有兴趣。二姨太只好答应了他，于是两人又在大光明里消磨了两个钟点。

看完电影出来，外面已是万家灯火了。阿雄一看手表，七点还差十分，遂望了二姨太一眼，低低说道：

"我们到晋隆吃西餐，还是到又一村吃中菜去？"

"两个人吃西餐比较实惠，我们到晋隆去吧！"

随了二姨太的话，两人便走到晋隆饭店，吃了两客精美西菜。餐后已七点五十分，二姨太还有兴趣到舞厅去游玩，但阿雄坚决地说另有要事，不能奉陪，他匆匆地跳上车子，和二姨太分手走了。二姨太站在人行道上，觉得阿雄这种青年，在这个社会里，倒的确是不可多得，她忍不住深长地叹了一口气，也只好懒洋洋地回家去了。

诸葛雄匆匆赶到白克路西成里五十六号他们的机关里，齐巧是八点零两分。只见蔡志坚、史忠花、林志伟、沈大文都在里面。这就含笑说道：

"对不起，我来迟两分钟了。"

"来迟两分钟倒还没有关系，我以为你被这位罗太太迷住了忘记来了哩！"

史忠花逗他一个媚眼，俏皮地打趣他说。诸葛雄红了脸，有些不好意思地搓搓手，但却一本正经地说道：

"其实呢，我们干这一行工作的人，不要说两分钟，就是连两秒钟都差不得，所以这是我的过错，以后一定要改正才是。"

"小诸葛，你不要说这些话了，还是快报告我们经过的情形吧！你能不能到局里去弄个差使干呢?"

蔡志坚微微地一笑,遂向他急急地问。诸葛雄把自己乔装乞丐回家后的经过情形,详详细细地对大家诉说了一遍。蔡志坚听了,立刻和诸葛雄握手,笑道:

"好!你已达到目的了。以后我们借助你力量的地方很多,我贺你喝一杯咖啡!"

蔡志坚说到这里,把茶几上放着的一杯咖啡交到他的手里。阿雄一口气咕嘟嘟地喝完了,含笑说了一声谢谢。史忠花又笑问道:

"那位罗太太到底是什么人呢?"

"就是罗武智的二姨太太,这种女人真不要脸,要不是我有坚强的理智,那我今夜恐怕要做情场中的俘虏了。"

诸葛雄说着,大家都忍不住好笑起来了。蔡志坚又问道:

"你从前不是说罗武智有个女儿,她和你很好吗?"

"是的,她叫罗淑娴,这次我们见面,她感到非常痛心,责备我不该无志无气地回上海来,而且更怨我不该到局里去工作,她简直和我要闹决裂的样子。"

"想不到汉奸的女儿,也有这么爱国的思想。那么你怎样说呢?我以为你还是承认没有志气的好。"

"可是,我被她情感激动得太厉害了,我只好把实情告诉了她。她听了我的话,惊喜得把我抱住了,用她的嘴,来吻我的嘴,并且嘱我放心,她将用生命来保护我的安全。我想,她是有血性的女儿,大概没有什么问题吧!"

诸葛雄说完了这些话,众人的眉不免皱了起来。林志伟用了埋怨的口吻,说道:

"她到底是个汉奸的女儿,我以为你不该这么信任她。"

"但是,我难道就不是个汉奸的儿子了吗?"

"这情形又不同了,因为你是受过训练的。"

"我并非直接地就告诉了她,实在因为她再三劝告我,甚至愿意跟我一同离开上海,我才说出真情的。我想她很有志气的,她绝不会因此而出卖了我。"

蔡志坚听他们争论起来,遂连连摆手,吸了一口烟卷,说道:

"事情已经这样，大家争吵又有什么意思呢？不过，我关照小诸葛，你以后不要太感情作用，因为万一事机泄露，这不但会连累大众，而且更会误了国事的。"

"老蔡，你放心，一个做事一人当，除了死，还有什么更可怕的事。我脑海里很清楚，危机降临头上的时候，我只有一个死，绝不连累大众的！"

诸葛雄涨红了脸，急急地声明着自己的意志说。史忠花连忙拍拍他的肩胛，打圆场地笑道：

"不要老是说什么死啦活啦的话了，怪没有意思的。我只怨郎露茜没有活在世界上了，否则，你也不会和罗小姐有爱情的作用了。"

史忠花一提起了郎露茜，诸葛雄心头就感到有些悲哀，他低了头，忍不住微微地叹了一口气。大家又说了一会儿话，方才各自分手别去了。诸葛雄到了家里，阿龙夫妇问他这样晚在什么地方，阿雄谎说和淑娴在外面游玩的，于是他们也就不追究了。

到了次日，阿雄由父亲带到局里去工作，从此便在局里司法科做了股长。这天星期日阿雄应淑娴的约，匆匆到罗公馆里来。只见会客室内，淑娴已和一个西服青年在谈天了。仔细一看，不是别人，却是金廷德，于是先含笑招呼道：

"小金，好久不见，你还认识我吗？"

"啊！你……你……不是小诸葛吗？真的，好久不见了，你在什么地方得意呀？"

金廷德见了诸葛雄，起初也愣了一愣，后来才仔细认出来了。这就站起身子，大家握了一阵手，笑嘻嘻地问他。诸葛雄道：

"我在局里司法科担任股长的职位，你呢？"

"我在司令部做翻译。"

诸葛雄是有些明知故问，但廷德却老实地告诉了他。这时淑娴很奇怪地在旁边愣住了一会儿，遂忍不住低低问道：

"你们两位怎么认识的呀？"

"我们是同学，本来常常在一起，打仗后就分散了。哎，小诸葛，听说你离开上海过，怎么又回来了？"

金廷德望了淑娴一眼，含笑告诉她。一面忽然又想到了什么似的，对阿雄低低地问。诸葛雄虽然有些心跳，但却竭力镇静了态度，摇摇头，说道：

"你听什么人告诉的？我一向在上海，只不过没有事老躲在家里罢了。这次爸爸做了副局长，我才有了工作做哩！"

"你爸爸做了副局长，还是靠靠我的福气哩！"

"那么我应该谢谢你啰！"

诸葛雄见他很骄傲的样子，遂也故意笑嘻嘻地说。金廷德很得意地却打了一个哈哈，接着又向淑娴和阿雄望了一眼，问道：

"你们认识了多久？"

"我们认识的时候，你恐怕还不知在什么地方呢！"

淑娴冷冷地一笑，完全有讽刺他的意思。诸葛雄却有些着急，遂向淑娴连连丢了两个眼色。果然，金廷德心中非常不快乐，暗暗想道：原来你不肯答应爱我，完全是为了小诸葛的缘故，今天才算给我拆穿秘密了，遂也俏皮地说道：

"那么你们的交情一定是很深厚的了？"

"这也不见得，我们无非是世交，所以比较熟悉一点儿而已。小金，我们现在是志同道合，以后希望多多联络才好。"

诸葛雄听他这句话完全包含了酸素作用，这就连忙低低地解释，并且向他表示亲善，他不希望小金对他有仇视的意思。金廷德却阴险地笑了一笑，没有回答什么。淑娴见他这种态度，完全有侮辱人的表示，芳心十分着恼，遂偏偏和阿雄有说有笑，表示很亲热的样子。诸葛雄恐怕事情弄僵，误了国事，遂起身说道：

"罗小姐，我还有事情，先告别了。小金，你多坐一会儿吧！"

"阿雄，你不是答应我在这儿吃午饭吗？怎么要走了呢？"

淑娴见阿雄要走，而且还改口称呼小姐，她心中一急，便站起身子来急急地说。金廷德听淑娴直呼阿雄，可见她完全是爱上了小诸葛，而小诸葛偏还假惺惺作态，一时气得也跳起身子，冷冷地说道：

"原来你们是早已约好了的，那倒是我不识相了。小诸葛，你忽然要走了，这是什么意思？是不是多着我在这儿吗？那么我马上就走好了。"

"不，不！小金，你不要误会，我怎么会多着你在这儿呢？那可太冤枉人了，别走，别走，大家不要走好吗？"

"哼！你们说的是什么屁话？我是罗公馆的大小姐，我不是窑子里的妓女，你们想得明白一些，我外面男朋友还有几十个呢！这算得了什么稀奇。你们这种态度来对付我，简直是在侮辱我，我可受不了，你们都给我滚！一个也不要留在这里。"

　　淑娴气得粉脸变色，圆睁了杏眼，怒气冲冲地说出了这两句话，她倒在沙发上却忍不住呜呜咽咽地哭泣起来了。

第六回

诸葛雄和金廷德被罗淑娴这么一哭一骂之后，两人便怔怔地愣住了。就在这时候，二姨太笑盈盈地进来，一见这个情形，便吃了一惊，慌忙急急地问道：

"哎呀！这是怎么的一回事情呀？你们两个人也太没有礼貌了，竟把我们大小姐欺侮得哭起来了。大小姐，别哭，别哭，你可不是三岁两岁的小孩子，这么哭着，那是太难为情了。你有什么委屈，快告诉我，我给你打抱不平。"

二姨太一面说，一面便坐到沙发上去，把淑娴身子半抱着，她似乎很善于做小花脸的样子。诸葛雄忙也笑着说道：

"我今天到来，原是来回头一声的，因为我另外还有一些要紧事情，所以不预备在这儿吃中饭了。谁知罗小姐误会了，连小金也误会了，大家一误会，罗小姐就发脾气了。哈哈！说起来都是我不好。"

"金先生误会什么呀？"

"好了，不要问了，不要问了。他们高兴来，就来走走，不高兴来，谁也不必上门，我又不曾拉着他们。哼！"

罗淑娴听二姨太还追根究底地问下去，遂鼓着小嘴儿，阻止她说。她冷笑了一声，神情表示非常愤激。阿雄和小金听她这样恼恨地说，两人反而不走了，不约而同地坐了下来。二姨太知道他们中间一定在闹着醋风波，这就瞟了他们一下媚眼，倒是哧哧地笑了。这时候罗武智也进来招待他们了，淑娴趁此便回到自己的卧房来了。

罗淑娴回到卧房不上五分钟，三姨太匆匆地走进来。她似乎已经知道了一些消息，此刻见淑娴果然眼皮红红的，遂连忙说道：

"大小姐，好好怎么跟他们闹起来了呢？"

"唉！断命这个小金，真是魔鬼！他几乎要管束我的自由起来，叫人恨不恨？阿雄也浑蛋，看见小金，竟像害怕的样子，这真是太寿头了。就说我们相爱着，那怕什么？我不相信这个世界连爱的自由都得受拘束不成？"

三姨太听了她这几句话，心里已经明白了大半，遂关上了卧房的门，走到淑娴身旁，低低地说道：

"你倒不要怨诸葛少爷见了金先生害怕，因为他是司令部的翻译官，势力很大，万一他暗地里陷害了诸葛少爷，那也不是闹着玩的事情，所以我劝你表面上还是淡漠一点儿的好。你和诸葛少爷太亲热，金先生自然要妒忌的。"

"照你说来，我们为了小金，就永远不能有结婚的日子了吗？三姨娘，你不知道，小金前几天他向我求过爱，他还不明不白地送我钻戒，我稀罕他的钻戒吗？他简直在做梦。"

"但……是……这样子就得结怨小人，我倒有些为你担心。"

"那么把我身子就糟蹋在奴才的手里吗？三姨娘，我情愿死！"

罗淑娴恨恨地把脚一顿，她倒在床上忍不住又哭起来。三姨太坐到床沿边，拍拍她的腰肢，哎了一声，说道：

"大小姐，你别急呀！我的意思，你总要忍耐。在这恶劣的环境里，你应该做人要圆滑一点儿，口里亲热些，那又不蚀本的。你若和这种小人强硬，这是很犯不着的。"

"那么他跟我求婚，他要我结婚，怎么办呢？这……口头上难道也可以敷衍得过去的吗？"

罗淑娴停止了哭泣，泪眼盈盈地坐起身子，向她怔怔地问。三姨太倒是被她问住了，沉吟了一会儿，由不得微微地叹了一口气，徐徐说道：

"我想你总可以用一些手段去对付他的，得能挨过两年三年之后，恶势力一崩溃，那不是就有办法了吗？"

"我的一切，连爸爸都不敢过问我的。谁知道在这小子面前，却要受到拘束，叫我真有些不甘心。"

淑娴很委屈地回答，她忍不住又默默地流下眼泪来了。三姨太劝她不要伤心，还是装出没有事样地到外面去招待招待吧。淑娴遂坐到梳妆台旁

234

去，叫阿玲倒了洗面水，把泪痕揩去，重新化妆了一番。当她们两人来到会客室的时候，出乎意料的，金廷德和爸爸已经不在了。室内只有二姨太和诸葛雄在谈着话，三姨太先奇怪地问道：

"咦，金先生呢？"

"刚才司令部来了电话，叫老爷和小金去一次，不知道有什么事情发生了呢。"

二姨太低低地告诉。淑娴和诸葛雄互相望了一眼，彼此都有些难为情，红了脸，却没有说话。三姨太知道他们是为了我们在一起的缘故，她先很识趣地退到外面去了。三姨太一走，二姨太当然也只好悄悄地回身出来，于是室内就剩了他们两个人。淑娴逗了他一瞥歉意的媚眼，先低低地说道：

"刚才我发脾气，并不是为了你，你应该要原谅我。"

"我知道，但是，小金很爱你……他……恐怕会妒恨我。"

诸葛雄搓搓手，若有忧虑的样子，轻声回答。淑娴似乎很羞涩的，把粉颊涨得像玫瑰花朵那么红。但立刻又愤愤地说道：

"他在梦想，他在热昏，我怎么会跟一个出卖祖国出卖灵魂的奴才发生好感？阿雄，你相信我，我不是一个低贱而没有知识的女子。"

"淑娴，你误会我的意思了，你要知道，我的工作，我的责任，我……绝对不能在恋爱圈子里和他角逐着。所以我的意思，你不能在他面前，明显地来爱上我，和我表示好感，表示亲热。因为……他的势力比我大，我也许会遭他的毒手。所以你要爱我，还是爱在心里。在表面上，你最好和他亲热些。淑娴，你不要怨恨我，为了国家，这就是牺牲，你懂得我的意思吗？"

罗淑娴听他这样说，遂频频地点了一下头，她眼泪又涌了上来。不过她还很不屈服地说道：

"其实你名义上也是圈内之人，而且爸爸又是副局长，他也没有能力来跟你作对呀！阿雄，你胆子何必这么小呢？"

"这不是我胆子小，干我们工作的人，胆子最大，不过却要谨慎，太马虎了，这是很有危险性的。淑娴，你假使真心地爱我，你应该为我的地位作打算。"

诸葛雄一本正经地回答，他已站起身子来，走到淑娴的旁边，和她紧

235

紧地握住了手，低低说声我走了。淑娴不知为什么心中只觉无限的悲酸，她流着眼泪，猛可抱住了阿雄，两人情不自禁地又吻住了。

诸葛雄出了罗公馆，匆匆地跳上车子，来到白克路的机关里。在楼下会客室里碰见了沈大文，遂先向他问道：

"昨天给你们的情报，你们统统拍出了吗？"

"完全拍出，小诸葛，老蔡受了伤哩！"

沈大文一面点头，一面又悄悄地告诉了他。阿雄听了这个惊人消息，心头别别乱跳，遂慌张了脸色，急急问道：

"怎么受伤的？他人在哪儿？"

"在楼上房中，你快上去详细地问史小姐好了，我还有事情，马上要出去了。"

沈大文说着话，已向外面走了。诸葛雄三脚两步地走到楼上，跨进了卧房，只见蔡志坚躺在床上，史忠花在一旁相陪。原来他们为了避人耳目起见，这幢房子算是志坚和忠花出面顶的，壁上悬有两人结婚小照，弄堂里的邻居只当他们是对新婚夫妻。其实呢，他们根本没有结过婚，仅仅是对未婚夫妻而已。不过他们非常纯洁，因为客堂楼是志坚、大文、志伟三个人睡的，史忠花一个人却是睡在亭子间。他们有个志愿，就是日本人不打出中国去，他们绝不正式结婚。

诸葛雄到了房中，走近床边，见志坚闭了眼睛，颇有昏迷的状态。一时又不敢过分的大惊小怪，遂把忠花拉到窗口旁来，低低问道：

"忠花，老蔡怎么受伤的？伤在什么地方？有危险性没有？"

"被人刺伤了胸部，假使不医治得快，那恐怕有些危险。"

史忠花轻声告诉，她眼皮有些红润。诸葛雄回眸向床上望了一眼，皱了眉毛，搓搓手，说道：

"那你为什么不把他送医院呢？凶手是什么人？"

"凶手是七十六号十五大队的大队长李自成，他……已经被志坚杀死了。这案子发生后，外界一定很轰动，志坚恐怕到医院之后，被人起疑，反而误了事情，所以他不愿就医。我虽有些医药常识，昨夜给他敷上了药，但今天早晨热度很高，人竟有些昏迷的样子，我正没有法子，你……倒想想办法，能不能把他送医院呢？"

"哦！那姓李的已被老蔡杀死了吗？他妈的，也总算除了一害。这事

236

情发生在什么时候？我却一些没有知道。”

“在昨夜十一点半，今天早晨报上已有消息了，你没有看见过报吗？”

诸葛雄摇摇头，心中暗想：我昨天八点钟出局跟爸爸回家的，今天星期日，还没有到过局，早晨又没看报，所以不知道了。一时又想到司令部忽然叫罗武智和小金去一次，大概就是为了对于这一件暗杀事情发生的问题了。他虽然忧愁志坚的伤，但因为走狗已死，心中也感到一阵痛快，便又问道：

“这件事情发生的经过，你知道得很详细吗？”

“我是主角，我怎么会不详细呢？”

“啊！你还是主角？那么老蔡杀死那只狗的时候，你也在旁边吗？”

“嗯！我亲眼看见的，他们斗得真厉害，危险极了，志坚要没有这一点子气力，恐怕性命还要送在他的手里呢！”

史忠花告诉到这里，她似乎又在回忆着昨夜惊险的一幕，脸部上是起了一种紧张的表情。诸葛雄把拳头握得紧紧的，他好像也在代为费力的样子，说道：

“你能把经过情形告诉我一点儿听听吗？”

“是前天的晚上，我在高士满舞厅里认识了这个李自成，他把我当作交际花看待，竭力向我献媚，并夸张他的势力很大，在上海虽不是数一数二的大人物，却也很可以算数的了。我追问了他的地位，他才告诉出他是七十六号的一个大队长。当时我就跟他亲热，预备探听他机关里的消息。不料这小子倒也守口如瓶，不肯完全地宣布。我想这种奴才，多留一个在上海，对我们行动自然十分不利。我若不动脑筋把他做掉，说不定我们会死在他的手里。所以我心头便开始有了杀的动机。”

史忠花滔滔地说到这里，顿了一顿，眉宇之间大有杀气腾腾的样子。诸葛雄听得津津有味，遂在袋内摸出烟卷，燃了火柴，吸了一口烟，喷去了之后，又追问她说道：

“那你用什么手段呢？”

“当时我心中暗想：这小子生得个子很高大，而且身备手枪，我一个女子要想杀死他，这也不是一件容易的事情。我正在暗暗动脑筋，他却向我有求爱的意思。我心生一计，约他明天晚上百乐门舞厅碰面，一定有一个美满的答复给他。他听了很欢喜，就送我五百万现钞，这样匆匆地分手了。我回到家里，就把这事情跟志坚商量。志坚认为这个工作非达成任务不可，当下我们计议了一番，事情就这样决定了。"

"难道老蔡一个人去对付他吗？当时为什么不叫老沈、老林一同去呢？我想三个人一起动手，也许老蔡不至于会受这样的重伤。"

诸葛雄听到这里，忍不住又急急开口发表意见。史忠花轻轻地叹了一口气，她又有些凄凉的神色，说道：

"事情也巧，昨天晚上，总部里有密电到来，老林、老沈都另外有任务去干，所以志坚只好一个人去对付。其实志坚的意思，杀一个小小的汉奸，也用不到大批人马。他的受伤，我认为完全是出在轻敌的毛病上。"

"那么后来怎么了呢？"

"第二天晚上九点钟，也就是昨天晚上，我匆匆赶到百乐门舞厅，果然这小子已经先我而等着了。当时我们相见甚欢，亲亲热热地跳了一会儿舞，他说要喝啤酒，我表示赞成。酒后的小子，更加丑态毕露，他把手里一枚钻戒脱下来，说今夜跟他去开房间，他就把这枚钻戒送给我。"

史忠花说时，把手向他一扬。诸葛雄见她当中那个手指上果然有了一枚钻戒，遂忍不住又笑了一笑，说道：

"你们女人在这个社会上真有办法，那你怎样回答他呢？"

"我想这种小子的东西也乐得接受，明天我把它卖了不是可以救济难胞吗？所以我含笑点头，老实不客气地拿了下来。他十分猴急，在十点钟时候，就催我离开舞厅。我因为和志坚约定时间在十一点钟，所以故意延迟到十点半才出了百乐门。我说肚子很饿，不吃饱了，没有精神。他只好在附近一家广东食品公司里请吃了咖啡西点，挨到十一点左右，我们才挽手向爱文义路走去。因为那时马路上很少车马，两旁商店早已打烊，四周是静悄悄的，连行人也很稀少。在走到平乐里的时候，我已发觉里门口站着一个西服青年，那就是志坚了。"

"既然行人也很稀少，老蔡为什么不把他一枪干脆地先结果了呢？"

"你不知道，忽然对马路也有几个舞客舞女嘻嘻哈哈地走来。我明白志坚不能开枪，他开了枪，就得惊动旁人，那当然就会连累自己的。所以他等我们走过了前头，他就用枪在这小子背后一挺，喝声往弄内走，否则，就打死他。这小子倒是非常怕死，他以为是强盗打劫，遂低低说道：好汉，要钱只管说，何必穷凶极恶呢！"

"他妈的！谁要他的钱？偏要他的狗命！"

诸葛雄非常紧张地骂了一声他妈的，忍不住插嘴说。史忠花却并没有作答，依然一本正经地说下去道：

"志坚把他逼进弄内之后，万不料这小子倒也有一下子功夫，不知怎么一来，竟回过身子，把志坚握着枪的手腕扼住了。志坚连忙把枪丢了，伸出左拳，朝他下颚砰的一拳，这小子向后仰天一跤，跌得四脚朝天。谁知他趁机也摸出手枪，志坚眼快手快，一个翻身，猛可扑下，一手也捏住他握枪的手腕，一手狠命地在他颊上又是一拳。这小子负痛，把枪也放弃在地，两人赤手空拳就大打起来。两人闷声不响地恶斗不已，我却没有办法插上手去帮忙，只好守在弄门口望风，恐怕有警员巡查来此，那可不是糟了吗？谁料就在这时候，忽听志坚叫了一声哎哟，我回头望去，只见志坚跌下地去，那小子跨在志坚身上，在月光之下，见他手里不知什么时候拿出来的一柄亮闪闪小刀，竟向志坚喉管里直刺了下去。我在这个时候，真是急得一颗心要从口腔里跳出来了，遂也不管死活地奔上去，瞥眼见到地上那支手枪，立刻拾起，向他脑后砰的一枪，这小子也就饮弹跌倒。我急忙扶起志坚，见他胸部染着一堆鲜血，我也不及问他伤得怎样，慌忙扶他奔出弄口，齐巧有一辆空三轮车驶来，我急急一招手，连说后面有强盗，快快把我们载着跑走。那个车夫倒是热心好人，一见志坚好像受了伤的样子，以为后面真有强盗追来，他便拼命狂驶，不上一刻钟，已到白克路。我们恐怕车夫多事，所以在西成里不到就下车，多给他几个车钱，他就称谢自去。我们方才慢步回家，幸喜弄内已无一个人影，所以没有什么人发觉志坚受伤回来。但志坚到了家里，身子已不克支撑了。小诸葛，你瞧他这样昏迷的模样，那可怎么办才好呢？"

史忠花絮絮地一口气告诉到这里，回头又向床上的志坚指了指，她急得真有些眼泪汪汪的神气。诸葛雄听完了之后，他额角上已冒了无数汗点儿，暗暗地叫了一声好险。一面走到床边，一面伸手摸摸志坚额角，果然非常烫手。这就皱了眉头，在室内踱了一会儿步，忽然拍了拍额角，向忠花说道：

"有了，我马上给你去请医生，你好生地侍候着他吧！"

诸葛雄也不等忠花回答，就急匆匆地奔到楼下去了。他走出了西成里，跳上车子，急急来到吕班路的求智小学，三脚两步地跨入校门，走进

239

传达处，含笑问道：

"对不起！我找李玉梅女士，请你通报一声。"

"哦！你找李先生吗？请问贵姓？有名片吗？"

诸葛雄连忙在袋内摸出一张名片，交给了他。校役请他入会客室内坐下，说请等一会儿，校役便走进教务处去了。今天因为是星期日，所以校内非常静寂，一些声音也没有。诸葛雄站在会客室门口，望到操场上冷清清的情景，只有两三只麻雀在草地上飞来飞去，他只觉得有些凄凉的成分。约莫十五分钟后，方见校役手持诸葛雄的卡片出来，含笑交给他，说道：

"李先生在您卡片上有闲话写着。"

诸葛雄等了那么久，心中已经很不耐烦，此刻见表妹还是没有亲自接见，心中大为恼恨，遂把自己名片接过，只见上面写着到：

> 表哥，你现在是做了高官，身份和过去不同了，我也许会没有资格接见你。况且我身子很不舒服，对不起！有劳你往返了。
>
> 表妹玉梅
> 即日

诸葛雄看了这几行字之后，他把恼恨的意思却完全地消失了，反而忍不住扑哧一声笑出来，暗想：表妹真也是个不平凡的女性，太伟大了。一面想，一面却不管三七二十一地向里面走了。那个校役忙说道：

"先生，你……不能进去呀！李先生不愿见您啦！"

"少说废话，我是局里派来调查凶手的，你敢阻拦我。"

诸葛雄见他拦住了自己，不肯让自己入内，这就瞪着双目，伸手在袋内摸出手枪，向他一扬，凶巴巴地回答。那校役见了手枪，早已软化了，遂不敢再说什么话，眼望着他走进里面去了。

诸葛雄走进教务处，见室内没有第二个人，只有玉梅呆呆地坐在案桌上出神。她突然见到阿雄进来，粉脸上在一度木然之后，立刻又显出悲愤的样子，把头别了转去，表示不愿见的意思。诸葛雄很敬佩她，遂小心地走上来，低低地叫道：

"表妹，我们好久不见了，你为什么不理我呀？"

"我配不上资格跟你说话，表哥，请你恕我没有礼貌，你、你……回去吧！"

李玉梅猛可站起身子，满面显出娇嗔的表情，秋波白了他一眼，把手向门外一指，恨恨地说。诸葛雄却忍气吞声地还向她鞠了一个躬，含了笑容，低低地说道：

"表妹，我们到底是亲戚关系，况且从小又是一块儿长大的，我觉得我纵然有对不住你的地方，你也应该原谅我的苦衷啊！"

"哼！你对不住我，我绝不会这样地恨你。但是你对不住祖国，你对不住民族，你出卖了灵魂，你出卖了良心，我觉得我上次对你所劝告的一番话，完全是白费心血，白费口沫，在你根本就把我当作放屁一样。我觉得痛恨，我觉得悲伤，我这一辈子也不希望再见到你！"

李玉梅冷笑了一声，鼓着红红的粉腮子，痛心疾首地说出了这一番话。她恨恨地一顿脚，预备向门外奔出去了。诸葛雄心中是感动到了极点，他猛可拉住了玉梅身子，急急地说道：

"表妹，你不要这样痛恨我呀！我……我……可以详细地告诉你，你……你……一定会同情我了。"

"同情？我……到死都不会同情一个做汉奸的青年。"

李玉梅始终是毫无感情作用地铁青了面孔，倒竖了柳眉，万分决裂地回答。诸葛雄搓搓手，低低地说道：

"当然，一个做汉奸的人，怎么能得到社会上人士的同情呢？但我并非是真正的汉奸，我今天来找表妹，还有一件事情要来恳求你，希望表妹息怒，你且坐下来吧！"

"哼！我不相信一个不诚实人的花言巧语，我以为你是一个很有势力的人，根本就没有需要我来帮助你的事情。"

李玉梅虽然是在椅子上又坐了下来，但她兀是气呼呼的表情，很鄙视地回答。诸葛雄向室外张望了一眼，低低地说道：

"这是一件非常重要的事情，表妹，我能不能到你卧房里去告诉呢？这里恐怕有些不大方便吧！"

"没有什么不方便的，今天星期日，教员们都回家去了，只有我一个没有家的人，才住在校里。此刻除了传达处的校役之外，再找不出第三个人来，你有什么话，你只管说吧！"

"表妹，你不是有一个很知己的医生朋友吗？"

"是的，她叫丁洁人，你问她干什么？"

诸葛雄突然问出这句话来，使玉梅感到意外惊异，遂点点头，凝眸含矓地望着他反问着说。她此刻的神情，怒气是消失了许多。诸葛雄低低地说道：

"我要求表妹去做说客，请丁大夫帮忙，来救治我们一个同志。"

"你这话太可笑了，丁大夫的私人医院在克能海路十八号，你只管把病人送进去，那根本就用不到我去做说客的。"

玉梅口里虽然这么回答，但心中暗暗猜疑，觉得这其中必定有个隐秘的道理。诸葛雄苦笑了一下，他支支吾吾地有些欲语还停的样子，忽然他见案桌上放有一份报纸，第一页正面上的新闻标题，就是：

"昨夜平乐里发生血案。特务机关七十六号要员李自成被刺殒命。"

这就灵机一动，把那份报纸拿来，交到玉梅手里，低低说道：

"表妹，你知道李自成是被谁杀死的？"

"我觉得你今天跟我说话，东拉一句，西扯一句，牛头不对马嘴，简直有些神经错乱。李自成被什么人暗杀，你来问我，我怎么知道？难道你司法股长特地来向我调查这件案子吗？哼！那就太以笑话了！"

诸葛雄问的话，听到李玉梅的耳朵里，她倒又引起误会来了，这就把粉脸一沉，又冷若冰霜地回答。诸葛雄倒是笑了起来，遂走近一步去，附了她耳朵，低声说道：

"表妹，你不要误会，杀死这个奴才的就是我们的同志。可怜他现在也受了重伤，但又怕外界追究，所以不敢把他送到医院去救治，为的是怕误了国家大事。表妹，我恳求你，你跟丁大夫去商量，她老人家也许会起慈悲之心，而冒险去相救的吧！"

"表哥，你这话可当真的吗？"

玉梅惊骇得猛可站起身子，她乌圆眸珠睁得大大的，有些疑信参半的样子，急急地问。诸葛雄握住了她手，诚恳地说道：

"完全真的，我绝对没有一句假话。"

"那么你……"

"我……我……是地下工作的一员。这次乔装乞丐回家，乃是掩人耳目的不得已办法。表妹，你相信我，我到底还是一个中华民国的国民。"

诸葛雄扬了眉毛，得意地笑着说。玉梅刚才那副盛怒的意态已消失了，她怔怔地愕住着，忽然她大颗的眼泪滚下来了。诸葛雄有些抱歉，拍拍她的肩胛，低低说道：

"表妹，你不要伤心，并非我狠心地瞒着你，你应该原谅我的苦衷。"

"不！我没有伤心，我太兴奋了，我欢喜过了度。表哥，不知者不罪，你原谅我没有礼貌对待你。"

玉梅摇摇头，她流着泪，但却又浮现了媚笑，欣慰地回答。诸葛雄见她海棠着雨般的娇靥，真个是我见犹怜。同时她此刻说话的语气，也分外温和。他觉得表妹是个多情而可怜的姑娘，自己多少有些对不住她。虽然很想把她来一个拥抱，但却又始终鼓不起这个勇气。只好把她纤手紧紧地摇撼了一阵，含笑说道：

"表妹，你不要这样说，我哪会见怪你？我心中是只有深深地敬佩你，你太不平凡了，我觉得你是个时代的好女儿！"

"你那个同志叫什么名字？他伤得怎么样了呢？"

"说起来也许你还认识他，那年到南京请愿在火车站上和我一同被殴伤的这个蔡志坚先生，当时在医院里你来探望我，你和他不是也谈了很多的话吗？"

"啊！就是他？"

"是的，就是他，他的胸部被这小子拿刀刺伤了，血流了很多，此刻神志有些昏迷哩！"

玉梅脑海里对于这个高高个子挺强壮的蔡志坚似乎还留有一个印象，一时惊喜地问。她喜欢的，是这两个志同道合的同学，到现在究竟还是同生共死地在一起冒险工作，他是代表了中华民族的魂灵。而惊忧的，是不知他伤得到底要紧不要紧。当下听了阿雄的告诉之后，她认为事不宜迟，遂立刻在衣钩上取下一件短大衣，匆匆地披上，说道：

"既然伤很不轻，那我们马上就到丁大夫那儿去一次吧！"

"慢着，表妹。"

"你还有什么话吗？"

"我和你一同去，还是你一个人去？"

"我一个人去吧！"

"那么我们的地址，你是应该记着的。在白克路西成里五十六号内，我可以等着你们。"

"瞧我，真是急糊涂了，连你们地址都没有问明白哩！好吧！我记住了，此刻我们一同走吧！"

玉梅笑了笑，自己埋怨着自己说。她点点头，把地址记在心里，于是两人急急地出了求智小学的大门。分手的时候，阿雄又悄悄地叮嘱道：

"表妹，丁大夫假使答应便好，倘若不肯答应，你可千万不要把我们地址向她告诉呀！"

"表哥，你真把我当作了傻子看待了。放心吧！丁大夫是个有思想有理智的好医生，她一定会答应的。"

玉梅微微地一笑，和他握握手，便匆匆地跳上车子走了。诸葛雄觉得十分安慰，遂也坐车回到西成里来。这时已有十一点光景，史忠花一个人在房中正感到忧急，一见阿雄回来，便略有喜色地问道：

"事情怎么样？有没有办法吗？"

"有办法，有办法，你放心，丁大夫马上就可以来了。"

阿雄取了一支烟卷，一面吸烟，一面回答。史忠花好像落了一块大石那么放下心来，连忙给他倒了一杯茶，一面又问他丁大夫是个怎么样的人。阿雄遂把恳求表妹去做说客的经过情形，向她略为诉说了一遍。正在说时，下面有人敲门。阿雄立刻走下楼去，史忠花伏在楼窗口，只见阿雄开门，外面进来一老一少两个女子。忠花知道丁大夫果然来了，她心里一快乐，忍不住笑出声音来了。不上一分钟之后，一阵脚步声，房外阿雄已陪伴她们入房，并给忠花介绍了一下。忠花一面招待，一面细看丁大夫是个五十多岁的妇人，短发，但两鬓花白，虽然有苍老之色，但精神相当饱满，她并不多开口说话，态度非常静穆。一进房，和忠花略为点头之后，便即走到床边。玉梅把手里给她提着的那只药箱，连忙拿了上去。丁大夫开了箱盖，拿出听筒，套在耳上，把志坚胸部先听察了一会儿。忠花急急问道：

"丁大夫，有危险性吗？"

"好险，只差一些，右肺受伤了。"

丁大夫沉吟着，好一会儿，才拿下听筒，低低回答。忠花和阿雄都捏了一把冷汗。这时丁大夫取出火酒瓶，把火酒倒在瓷盆内，用药水棉花浸着，在志坚创口上把污血洗濯清洁。然后敷上药水，又拿针线把他创口缝好。一面又给他注射了两针药剂，并当场配合一瓶药水，交给忠花，说道：

"每隔一小时，给他吞服一羹匙。"

"丁大夫，我们太感激你了……"

史忠花说这两句话，她几乎流下泪来。丁大夫摇摇头，却含笑没有回答，管自地把医药器具放进到药箱子里去。诸葛雄悄悄地拉了玉梅一下衣袖，问丁大夫出诊的诊金多少，玉梅摇头说道：

"丁大夫不要你们诊金的，她老人家假使要诊金的话，她就不来了。在这么恶势力的环境之下，丁大夫对你们的勇敢，她表示感佩。"

"哦，丁大夫，我们说不出什么感谢的话，愿您老人家永远健康。"

"谢谢你，我希望你们成功。"

丁大夫听诸葛雄这样说，方才也笑着回答。一面向玉梅说，我们回去了。诸葛雄要给她们讨车子，玉梅说："我会给丁大夫讨车子，你们不必出来了，免得受人注目。"阿雄、忠花认为玉梅很细心，遂送到楼下，就止步了。不上十分钟，玉梅又敲门进来了。大家到了楼上，玉梅低低说道：

"我已给丁大夫讨好车子，送她回去了。丁大夫叫我来关照你们，不要忧急，她明天自己再会来复诊的。"

"丁大夫这样好的良医真是不容易找，同时李小姐这么热心仗义，为我们奔波忙碌，那就更难得了。李小姐，我们真不知该怎样来报答你才好啊！"

史忠花听了，紧紧地握了玉梅的手，很感激地说，表示非常亲热的样子。玉梅微微地一笑，却简单地答道：

"这不是我们热心仗义，是因为你们热心仗义的缘故，所以才使我们感动的。史小姐，我走了，表哥怎么样？"

"和你一同走吧！"

诸葛雄点点头，于是两人别了忠花，匆匆走出西成里来。他一看手表，低低说了一声"这么晚了，我们该吃中饭了"，遂望着玉梅，说道：

"我们到新雅去好吗？"

玉梅也觉得和表哥一同在外面吃饭的日子，这几年来还只有第一次，遂很高兴地答应了。两人到了新雅酒楼，拣了一个幽静的座桌坐下。取过菜单，各点两只，吩咐侍者拿上。侍者问两位可喝酒，玉梅瞟了阿雄一眼，说我不喝，你怎么样？阿雄说大家不喝，还是吃饭吧。侍者答应，遂匆匆下去。不多一会儿，饭菜拿上。两人在吃饭的时候，玉梅免不得低低问道：

"史小姐和蔡先生已经结婚了吗？"

"没有。"

"房中不是挂了结婚照吗？怎么说没有呢？"

李玉梅听表哥说没有，她表示惊奇，遂怔怔地问。诸葛雄沉吟了一会儿，他拿调羹舀了一匙汤，喝下嘴后，方低低说道：

"他们不过是订婚过了而已，这结婚照挂着另有一种作用，表示他们是一份居民而已，外界就不会起疑了。其实他们还是很纯洁，史小姐是住在亭子间的，还有两个同志，和蔡先生住在一个房中的。"

李玉梅点点头，却没有作答。她心里似乎有些感触，人家都是有了知心着意的了，独有我心里要爱的人却不可得，这是多么不幸呢，因此忍不住微微地叹了一口气。诸葛雄奇怪地问道：

"表妹，你为什么叹气呀？"

"没有什么，我想这个时局也不知弄到如何收拾。等战事结束的时候，我们也不知道仍旧还能够活在这个世界上吗？"

"那是想不到这许多了，我以为我们青年，做一天人，尽一天责任。比方说今天的事情，像表妹也可以说是替国家出一份力量了。"

两人一面谈着，一面吃饭。直到一点半钟，方才饭毕。照玉梅的意思，很想和阿雄去看一场电影，但阿雄说另有事情，玉梅也只好和他快快地作别回校去。

诸葛雄回到家里，只见爸爸在室内踱圈子，看他神情焦急得好像热锅上蚂蚁的样子。他一见阿雄回来，便严厉地问道：

"你在什么地方？直到这时候才回家，你可知道外面闯了大祸吗？"

"我知道，我早知道，我在外面调查凶手呀！"

诸葛雄很敏捷地说出了这几句话，这叫诸葛龙倒是哑口无言，责备不出什么话来了。不由叹了一口气，说道：

"你知道吗？司令部把罗局长传过去训斥了一顿，说我们办事不好，为什么让这班重庆分子还在上海活动，叫我们要好好侦查破案不可。罗局长受了鬼子的怨气，他便老实不客气地把我也叫了去教训了一顿，并且说你是司法科股长，你对于这件案子，也得负相当的责任。我看你此刻快到罗公馆里去一次，向罗局长报告侦查的经过，这样在你也可算是尽了责任了。"

"好，那么我马上就去一次吧！"

诸葛雄觉得父亲的话也很有道理，遂点头说好，立刻又坐车到罗公馆里来了。罗局长这时在二姨太房中抽鸦片，虽然心头很是烦闷，但有了二姨太在一旁眉开眼笑地解闷，倒也忘去了不少的忧愁。忽听外面报告说诸葛少爷来见老爷，罗武智暗想：莫非凶犯已有下落了吗？于是立刻匆匆来到会客室接见阿雄，并急急问道：

"贤侄，对于这件暗杀案，你可有什么线索没有？"

"报告老伯，自老伯到司令部去后，我就得知李自成被暗杀消息，当下我便至出事地点，挨门挨户地把整个平乐里都调查一遍，因为平乐里的居民，都有户口及正当职业，所以肯定凶犯绝不是弄内之人，恐怕是重庆分子，把李自成引诱到平乐里内才下手的。这件案子必须好好侦查，倒不是一天两天就可以破案的。"

诸葛雄胡说八道地报告了一阵，说得认乎其真的样子。罗武智口衔雪茄，微微地叹了一口气，在室内踱了两步，说道：

"他妈的！这些小子太可恶了，在这年头，太太平平做做人不好吗？偏喜欢捣老子的蛋，真是痛恨极了。贤侄，李自成虽然不是什么大人物，但到底也是七十六号的重要人。所以司令部对于该案颇为重视，我们的责任都相当重大，希望你不要太含糊，和探员们加紧地侦查才好。否则上面催逼下来，我也只好问到你们身上了。"

"是，局长，我们一定加紧侦查。"

诸葛雄见他声色俱厉的样子，遂站起身子，把脚一并，表示接受命令，很郑重地回答。罗武智才算定心了一点儿，他只管连连地猛吸雪茄，忽然回过头来，皱眉说道：

"这班重庆分子也太以自不量力，在这样环境之下，何必还要寻事吵闹呢？李自成被暗杀，我真也有些担心，比方说我这样进进出出，不是也很有些危险性吗？贤侄，你觉得用什么方法才能使我安全呢？"

"我的意思，只有多用保镖，那么才可以安全。"

诸葛雄忍不住暗暗好笑，心里骂着偷生怕死的奴才！但口中却贡献着意见回答。罗武智连连点头，把手一拍，自言自语地说道：

"对，对，我明天起，非用八个保镖来保护我的四周不可。"

"局长，小侄告退了。"

诸葛雄不愿多看这种神经质的样子，遂鞠了一躬，悄悄地别了出来。当他跨出大门的时候，忽然见迎面驶来一辆三轮车，上面跳下两个女子，却是三姨太和淑娴。阿雄咦了一声，便含笑问道：

"你们在什么地方呀？"

"早晨你走之后，大小姐闷闷不乐，我怕她闷出病来，所以和她去看了早场电影，又在外面吃了午饭，方回家来的。诸葛少爷，你怎么又上我家来了呢？"

三姨太代替淑娴回答了，一面又向他奇怪地问。诸葛雄方才明白了，遂皱了眉尖，低低说道：

"还不是为了李自成暗杀案的事情，我们又得忙碌一阵子呢！"

"那你此刻上什么地方去？"

"我回家去。"

"三姨娘，你进去吧！我跟他去走一会儿。"

淑娴回头向她低低说，三姨太神秘地一笑，她一面跨进旁边那扇小铁门，一面还向两人招了招手。淑娴把秋波逗了阿雄一瞥，低低地说道：

"我们找个地方去谈一会儿好吗？"

"也好，顾家宅公园去散一会儿步吧！"

于是两人跳上原来的这辆三轮车，又坐到顾家宅公园去了。两人在公园里的树荫下的椅子上坐着，春阳暖和和地晒在身上，倒颇觉有些温情的安慰。淑娴悄悄地问道：

"李贼的被杀，你也许是很明白得详细吧？"

"不！我没有知道，恐怕不是我们一部分的同志。"

诸葛雄对于这一点，却非常谨慎。虽然淑娴是自己的爱人，但他却竭力装出不知道的神情回答她。淑娴却劝告地说道：

"你调查凶手，还是眼开眼闭吧！"

"这当然啰！其实，那也很不容易调查的。"

两人经过这两句谈话之后，彼此又静默了一会儿。今天是星期日，而且又是一个春光明媚的艳阳天。公园里的游人特别多，除了对对情侣之外，独多的是三五成群的学生子。阿雄、淑娴见草地上那些活泼的男女儿童，有的踢皮球，有的踢毽子，嘻嘻哈哈，真是十分快乐。在他们心中，好像不知忧愁为何物。诸葛雄感慨地说道：

"这可宝贵的黄金时代，我们今生是永远不会再有的了。"

"常言道，人到中年哀乐多，但我们也不过才二十一二岁的人，为什么心头总是压着一块大石那么感到气闷？唉！自从战争开始之后，我的性情完全变了。不要说再没有黄金时代，恐怕连黄铜时代也没有了。我们现在过的日子，只能算是烂铁时代呢！"

淑娴颇有同情地感慨，她微微地叹了一口气，好像有黯然神伤的样子。诸葛雄把手按到她肩胛上去，却又微笑着鼓励她说道：

"但是一个青年人不可无春夏之气，尤其在这个恶劣的环境中，我们要努力，我们要奋发。只要阴霾被风吹去，光明重临的时候，那我们虽然已到了老年，也许也会似童年那么欢腾跳跃起来哩！"

"我心中虽然也有同样的期望，但人事变迁，又好像流水浮云，纵然能够如愿以偿地期望到这个时候，但我们之间又不知道到了怎的光景。唉！我心里总觉得是空洞洞的，虽有千言万语要跟你诉说，但我却又一句也说不出来。真奇怪，连我自己也不知这到底是怎的缘故。"

"那完全是你情感太深厚的缘故，我希望你不要这个样子，恐怕会影响你身体的健康吧！"

诸葛雄感到淑娴一缕痴情的可怜，遂情不自禁地握住她的手，向她低低地劝慰。淑娴把娇躯靠向阿雄的怀内去，她的眼皮却有些润湿起来。两人在公园里依依不舍，留恋到日薄西山，方才握手分别，各自回去。

淑娴回到家里，经过会客室门口，只听里面有阵风骚的笑声，好像男女之间在互相闹着玩的样子，遂探首去一张望，原来是二姨太和金廷德坐在沙发上动手动脚地调笑着。一时心中很生气，遂回身就走。不料二姨太早已发觉，立刻站起身子，高声叫道：

"大小姐，金先生来望你，你出去了，却要我来招待了大半天哩！"

"哦！对不起！对不起！"

淑娴因为接受了阿雄的劝告，所以只好强颜欢笑地走进会客室去，低低地回答。二姨太因为心虚，认为大小姐这两句对不起至少是包含了一些讽刺的成分，遂红了脸，故意逗了她一瞥媚眼，退到外面去了。金廷德笑嘻嘻问道：

"罗小姐，你刚才回来吗？在哪儿玩？"

"心里闷得很，在公园里散一会儿步。"

"和什么人一同去的？是小诸葛吗？"

"他为了李自成被人暗杀，侦查凶手也忙不及哩！哪里还有工夫跟我一同去玩公园呢？"

淑娴想不到被他一句话又猜到心眼儿上去，这就红晕了两颊，却故作娇嗔的意态，白了他一眼，但又含笑回答。金廷德听她说了一个他字，心头真的有些酸溜溜的成分，但也不敢显形于色，还含笑说道：

"我只不过随便问一声，你可别生气啊！哎！哎！罗小姐，你觉得我和小诸葛比较起来，到底谁生得漂亮？"

"这我可不知道，你们是人，不是一样货物，可以比较哪一样好。"

"其实人和货色也一样，货色有好坏分别，人当然也有丑美分别。比方说你吧！我觉得在女人之中，你可以称为最漂亮的了。"

金廷德说着话，把两眼色眯眯地盯住了她。一面取了烟卷，燃了火，吸了一口烟，含笑挨近到淑娴身旁来，大有跟她亲热的样子。淑娴却用了俏皮的口吻，说道：

"漂亮又有什么用呢？这年头做人，却需要有好坏的分别。比方说这个李自成，报上说他是个很漂亮的小白脸，但结果被人暗杀了，他再生得漂亮一些也没有用啊！"

罗淑娴这几句话听到廷德耳朵内，不免有些刺心，他感到十分不安。因为自己和李自成是同一流的人物，不要明天我也遭别人的毒手吗？但口里却还毫不介意地说道：

"李自成这小子太骄傲，所以外面冤家很多。他被人暗杀，也可说是该死。比方说我吧，虽然做了这个地位的人，但人家都说我好，因为我肯帮人家的忙。"

"嗯！所以我相信你是绝不会有被人暗杀的事情发生的。"

"罗小姐，我们不谈这些，一块儿到外面去玩玩好吗？"

金廷德觉得这些话使自己总有些心惊肉跳的不安，遂摇摇头，打岔着央求。淑娴眉尖一蹙，低低地说道：

"我刚从外面回来，怪累的，我该休息一会儿了，改天奉陪你好吗？"

"假使我换作了小诸葛，他来央求你一同去玩，只怕你就不会推拒了吧？"

罗淑娴不肯去玩，使金廷德感到十分不快，遂阴险地一笑，很俏皮地问她。淑娴也不高兴起来，遂冷淡地说道：

"金先生，我觉得你这人真有些好笑，为什么老是要提诸葛先生呢？我以为你太不大方一些了。你该知道，我是一个大学里念书的女子，老实说，大学里的男同学也不知有多少呢！明天要给你看见我和他们一同跳舞游玩的话，这你又将怎么了呢？"

"你以为我吃醋吗？其实，我因为对你太痴心了的缘故。"

"我们之间不过是友谊地位而已，这吃醋两字根本就用不到。"

"不错，我知道我们的感情还没有到白热化的程度。但我今日以最纯洁的诚心，来请你去玩，你就答应我这一次好吗？"

金廷德连忙又赔了笑脸，用委婉的口吻，再三地邀请。罗淑娴为了保护阿雄的安全起见，没有办法地只好忍耐了怨恨，点头答应，委委屈屈跟着廷德又到外面去应酬了一会儿。

李自成被暗杀这一回事经过了几天轰动之后，又慢慢地平淡下来。好在暗杀的是中国人，并不是日本人，所以司令部对于这件事也不追究了，而且是根本遗忘了。罗局长和诸葛龙才算是轻松了一口气，阿雄更不必说，他还是干着他自己的工作。

光阴匆匆地过去，不知不觉已是到了榴火照眼的暑夏天气了。各学校照例都放暑假，罗淑娴一天到晚，住在家里，吃吃困困，十分无聊。这天下午，刚洗过浴，她坐在窗口纳凉，忽见金廷德身穿凡立丁西服，含笑走入房来。淑娴见了，不得不起身相迎，说道：

"大热天气，怎么倒有兴趣跑来跑去呢？阿玲，快来给金先生开瓶汽水来。"

"不要客气，我来请你到米高美跳茶舞去，那里冷气开放，真是避暑胜地，你就赏我一个脸吧！"

金廷德笑嘻嘻地说，他一面脱了草帽，拿手帕揩揩额角上的汗水。阿玲开上汽水，又拧上面巾。淑娴见廷德一口气把汽水喝完，遂摇摇头，说道：

"这么热的天气，我真懒得走，在家里坐着谈谈不好吗？"

"上星期我见你和小诸葛在南京路走着，那时天空中有猛烈的太阳光哩！难道你倒不嫌热了吗？"

"这……是我要买一件衣料，是我叫他陪我去买的。"

淑娴倒也由不得红了脸，支吾了一会儿，才低低地分辩。金廷德笑了一笑，望着她白嫩而透红的娇容，很温和地说道：

"那么今天我也陪你去买一件衣料好了，算我送给你。"

"我衣料都买舒齐了，实在不想再添什么了。"

"你倒想一想，还有别的需要买吗？丝袜、丝衫、丝裤、手帕……什么都有了吗？那么化妆品，唇膏、香粉、香水……"

"好了，好了，不用啰唆了，我都不要买，还是到舞厅去吧！"

淑娴被他缠绕不过，只好站起身子，似有怨恨的意思说。金廷德这才感到胜利的微笑，遂连连称谢。淑娴挟了白皮包，戴了太阳眼镜，方才和金廷德到米高美舞厅里去了。

两人到了舞厅之后，廷德当然要向淑娴求舞。在跳舞的时候，廷德见淑娴露了两条嫩藕似的臂膀，白白胖胖，一些没有瘢疤，实在令人醉心。还有她的胸部，因为夏天里衣服穿得单薄，那乳峰更加高高地耸着。廷德搂着这么一个美艳而肉感的姑娘，只觉阵阵的处女幽香，扑送鼻管，实在叫人有些神魂颠倒，不免想入非非起来。因此搂得紧一些，未免有些轻薄的表示。淑娴见他这样下作，心里十分不快乐。当他们舞毕回座，遂闷闷地呆坐。金廷德却并没知觉，还挨近了她身子，低低地说道：

"淑娴，恕我大胆叫你一声名字，我们到现在彼此的交谊也不算太浅吧！我今天忍熬不住了，我又要向你求婚了，你可怜我一番痴心，你就答应嫁给我吧！"

"我不懂，你这是怎么的一回事？竟向我表演起话剧来了。"

淑娴虽然要严厉地拒绝，但为了彼此的面子关系，所以只好用了滑稽的口吻，表示莫名其妙地问他。金廷德还以为她是怕难为情故意假惺惺作态，遂握了她手，认真地说道：

"淑娴，你别开玩笑了，我怎么会跟你演话剧呢？我是真真心心、诚诚实实地向你求婚，我需要你做我的太太。你是我生命中的源泉，我没有了你，我简直是活不下去了。淑娴，你……你……就爱上了我吧！"

金廷德一面说话，一面把握着她的手慢慢地摸到她臂膀上去了。淑娴恼恨地把手臂缩了过去，白了他一眼，正经地说道：

"金先生，请你尊重一点儿，动手动脚的，成个什么样子，不是太失了人格吗？"

"淑娴，你又和我开玩笑了，我们仿佛是一对未婚小夫妻一样了，摸一摸臂膀，那算得了什么稀奇哩？"

"我可没有福气做你的未婚妻，你得把头脑子弄清楚一些吧！"

淑娴见他益发自说自话起来，遂板起了面孔，很不好看地回答。金廷德这就再不能一味地厚了面皮贼秃嘻嘻了，沉了脸色，说道：

"淑娴，你不应该拿这种态度来对付我。"

"哼！笑话，你就应该拿这种态度来对付我吗？你要明白，我不是路柳墙花，你简直是侮辱我！"

淑娴见他反来责备自己，由不得倒竖了柳眉，冷笑了一声，气呼呼地回答。金廷德也铁青了脸，说道：

"我明白了，你是想借故来跟我闹翻，可以跟我断绝关系，是不是？"

"放屁！我和你有什么关系？大家清清白白，根本就没有一些关系。"

"好，淑娴，你也太辣手了。我明白你是爱上了小诸葛，所以把我抛弃了！你这水性杨花的女人，你真不要脸！"

金廷德气得抑制不住了，他莫名其妙的什么话都骂了出来。淑娴不甘受辱，紧咬银齿，猛可站起身子，把手一扬，啪的一声，量了廷德一个耳光。她匆匆地奔出舞厅，跳上三轮车，回到家里，倒在床上，忍不住哇的一声大哭起来了。

淑娴这一哭不打紧，倒把阿玲唬了一跳，急问小姐怎么了，但淑娴偏又不肯告诉，似乎受了万分委屈般地呜咽不停。一时没有办法，只好急急来报告三姨太。三姨太听了这个消息，慌慌忙忙地走来，坐到床边，拍拍她的腰肢，说道：

"大小姐，我听阿玲说你不是跟金先生一同出去的吗？怎么一忽儿就回来了？而且哭得这么伤心的样子，那是为了什么？谁欺侮了你？快告诉我呀！"

"……"

"哎呀！这么大热天，兀是哭个不停，当心发了痧呀！阿玲快拧手巾来，大小姐，你别闹孩子气了，究竟为了什么？好歹也该说给我听听哪！"

三姨太一面吩咐阿玲说，一面把淑娴抱起身子来焦急地问。阿玲拧上手巾，开了电风。三姨太拿手巾给她拭了泪痕，淑娴才把廷德轻薄自己的话向她诉说，一面愤愤地说道：

"这小子想娶我做太太，他真在做梦！没有好死的恶奴才！他一定会路倒死的！"

"大小姐，你也犯不着这样生气，这种小人，我倒劝你不要和他太认真，也许他会陷害你的。"

"大不了一个死，我怕他做什么？"

淑娴流着泪，痛愤地说。三姨太因又劝她一会儿，淑娴才气平了一些。这时天已入夜，阿玲来说，外面已开晚饭，三姨太遂拉了淑娴到外面吃夜饭去。

淑娴自从和小金闹翻了之后，这两天里更加心思恶劣，闷闷沉沉，几乎要病倒在床上了。这天早晨，淑娴还只有刚起身，坐在梳妆台旁，对镜梳洗。只见阿玲由房外拿了一个纸包进来，说是门房赵四拿给她的。淑娴接过一看，见上面写着"烦交罗公馆淑娴小姐收"几个字。因为不知里面是何物，遂拆开纸包，见是一只盛衬衫的纸盒。再把盒盖子揭开来看，显在眼帘下的却是一件血淋淋的衬衫。淑娴、阿玲两人都大吃了一惊，这就忍不住哎呀一声，灰白了脸色，没命地竭叫起来了。

第七回

　　金廷德被淑娴猛可恶狠狠地量了一下子耳光之后，他倒是怔怔地愕住了一会儿。这时舞厅里的人都向他注目起来，有些人认得他是一个狠天狠地数一数二的坏东西，想不到今天却被一个女子打了一记耳光，竟然服服帖帖一点儿没有还架的能力，所以大家都感到暗暗的惊奇。就在这当儿，匆匆见另一张座桌旁有个花信年华的少妇笑盈盈地走了过来，拍拍廷德的肩胛，低低地说道：

　　"金先生，怎么啦？跟我们大小姐闹别扭了吗？"

　　"哦！是罗太太吗？哎！哎！你们这位大小姐真不好侍候，我跟她这些日子来，也真不知受了她多少的委屈呢。"

　　金廷德铁青了脸，正在感到万分愤怒，没有落场势之时，忽然有人这么招呼自己，遂回头去望，一见了二姨太，遂含了一丝苦笑，低低地回答。二姨太就在他身旁坐了下来，逗了他一瞥媚眼，微笑着说道：

　　"不要生气，大小姐年纪轻，从小又是娇养惯的，所以免不了就要闹孩子脾气，你应该原谅她一点儿才好。"

　　"刚才她那种无礼的举动，你大概也瞧到的吧！还不是为了原谅她年纪轻，才不和她计较的吗？要如照我平日的性子，我可没有这样的老实了。"

　　金廷德听她代替淑娴说好话，一时总算有了一点儿面子，遂认真地回答。他取了一支烟卷，递到二姨太手里，还给她燃着了火。二姨太含笑道了一声谢，很美妙地夹了烟卷，吸了一口，娇媚地说道：

　　"这是你忍耐性好，并非我也怨大小姐不好，在这么大庭广众之间，如何能下这样辣手哩？我说金先生真是一个多情的人哩！"

二姨太的话，又像赞美，但也像嘲笑，金廷德猜不透她到底是什么作用，所以两颊也由不得红了起来，忍不住微微地叹了一口气。二姨太见他颓伤的样子，遂把身子挨近了他一些，纤手按了他肩头，低低说道：

"怎么？你灰心了吗？可是情场像战场，胜败乃兵家常事，不要紧。只要你有百折不挠的精神，我相信最后胜利终会属于你的。"

"只怕她另所爱吧！那我的希望就极其渺茫的了。"

金廷德回过头来回答，他猛可闻到一阵脂粉的芬芳，很浓烈地送入鼻孔里去，一时心头荡漾了一下。他觉得二姨太的肥胖，比淑娴更要肉感得多，这就情不自禁地把她手臂捏了一把，但立刻又放下了，摇了摇头，大有心灰意懒的表示。二姨太芳心暗想：我本来是要看中阿雄做我怀抱里的人，但阿雄这小子太傻，竟是不懂爱情的笨牛。我求其次，只好转念头到小金的身上去。今天真是一个好机会，我非用一些手段出来，达到了目的不可。但看小金的举动，猜想不会像阿雄那么傻呆，因为他摸摸捏捏的动作，已经可以证明他对我有些动心的了。二姨太这样想着，心里十分欢喜，遂秋波送情地笑道：

"我劝你不要太痴心了，天下美丽的女人要多少？就是她另有所爱，那你不会另找对象吗？要知道男女的爱，总要双方情愿，那才感到有兴趣呀！否则，那就未免在自寻烦恼了。"

"罗太太，我想问你一句话，你能告诉我吗？"

"什么话？我知道的，一定告诉你。"

"淑娴是不是爱上了诸葛雄呢？"

"嘿！你还只有今天知道吗？傻瓜！我劝你死了这条心吧！"

二姨太冷冷一笑，伸手拍了他一下肩胛，风骚地说。但廷德听在耳里，一阵妒火上升，两颊发烧，额角上热汗直冒，咬牙切齿的，一会儿把脸又气得发青了，恨恨地骂道：

"这小子胆敢和我角逐情场，我非给他颜色看不可。"

"金先生，怎么？你预备跟诸葛少爷争斗吗？"

"他不该夺我的爱！"

"但是据我所知道，倒是我们大小姐爱上他的缘故，并非他来跟你夺爱，所以你倒不能恨到他的身上。"

二姨太怕他们争风吃醋因此闯出祸水来，所以连忙又给阿雄代为辩白着说。金廷德这回没有说话，他呆呆地出了一会子神。二姨太欲拿一方小绢帕，给他额角上拭汗。这绢帕上也许有香水精洒过的缘故，所以香得使廷德有些心荡，回眸望着她，低低问道：

"罗太太，你一个人在玩吗？"

"嗯！真苦闷得很，没有一个青年人做朋友，还不是只好一个人在舞厅里摆拆字摊吗？像我们这种女子太命苦，唉！"

二姨太听了，秋波哀怨地逗了他一瞥媚眼，还微微地叹了一口气。金廷德是个聪明人，暗想：这个女人在吊我胃口了，我先和她玩玩也好，这种久渴着的姨太太，其情味一定比小姑娘更好的。于是把气愤慢慢平下，拉了她手，低低说道：

"罗太太，你说没有一个年轻人做朋友，那么我有资格做你的朋友吗？"

"别开玩笑了，像我这种人老珠黄的女子，你肯做我的朋友吗？"

"太客气了，像你这样女人，好像一朵正在盛放的花朵一样美丽，恐怕看不上眼像我这么丑恶的青年吧！"

"哎呀！你这话叫我怎么好意思呢？金先生，我们大家别闹客气，你也不必气愤，还是我跟你去跳舞吧！这年头做人，第一实惠的，就是及时行乐。等我们到了六七十岁的时候，你要想跳舞，也恐怕是跳不动的了。"

二姨太因为在阿雄那里碰过一鼻子灰，此刻在小金身上居然顺利地达到了目的，她心里这一快乐，连心花儿也乐开了，遂拉了小金身子，一同走到舞池里去了。

他们紧紧地搂抱着跳舞，二姨太的粉脸很有劲地偎在廷德颊上。她的胸部一耸一耸地颤动着，廷德的感觉上，就好像是碰了司必令的弹簧。他的右手，本来很大方地按在二姨太背脊上，后来向下缩放，竟按到她的腰肢上。但还没有满足他的欲望，大胆地施展他轻浮的动作。二姨太哼了一声，推开他身子，秋波白了他一眼，笑嗔道：

"你不要太兴奋了，这儿不是房间里，你也得防着别人见了笑话呀！"

金廷德绯红了脸，慌忙一本正经地说了一句是，他也感到难为情起来。音乐停止，两人携手回座。二姨太靠着廷德笑道：

"你这人很不老实，那就无怪大小姐要生气，你该知道她可比不了我，人家还是一个处女哩！"

"但……我对她根本没有这样……"

"好！那么我好欺侮一些，你就这样对待我了吗？"

二姨太故作娇嗔的表情，向他笑盈盈地责问。见了她这种眉开眼笑春情露面的表情，金廷德就知道她根本没有怒意，于是也浮滑地说道：

"不是这个意思，因为你全身的肉太富有引诱性，老实说，淑娴及不来你的美丽，所以我真有些情不自禁起来了。"

"少拍马屁，谁不知道我是一个最难看的女人！"

金廷德的赞美，使二姨太感到无限得意，但口里还这么说。廷德的手又按到她大腿上去，馋涎欲滴地说道：

"不要说难看的话了，我只希望有像你那么一个女人能够天天陪伴着我，那我就心满意足够快活了！"

"你这话可是真的吗？"

"当然真的，但这是不可能的事情，因为给罗局长知道了，这可不得了，老甲鱼不是要大掼醋瓶了吗？"

"只要你喜欢我，我总有办法能够陪伴你寻欢作乐的。假使晚上走不开，白天里我也得给你一些安慰啊！"

二姨太把粉脸靠在他的肩头上，满颊通红的神情，春色充溢着眉尖，向他直接地说出了这两句话。金廷德听了，忍不住笑起来，暗想：这妇人真大胆，淫得可爱。像张曼华做舞女的人，还要推三阻四地搭些架子，谁知她还不及一个舞女哩！但转念一想，这情形和舞女又有不同的地方。舞女推三阻四，是为了没有得到她所需要的金钱或其他物件。而二姨太呢？完全是需要性的慰藉，在她也许还可以倒贴我一点儿呢！金廷德这样一想，觉得别有风味，其乐洋洋，遂握了她白胖的臂膀，笑嘻嘻说道：

"我怎么不喜欢你？罗太太，我爱得你把我的心也快要跳出来了。"

"可是，你以后别叫我罗太太。"

"叫你什么？"

"亲热些不可以吗？"

"我想不出来。"

"我叫你亲爱的弟弟！"

"那我就叫你亲爱的妹妹！"

两人说着话，便都咻咻地笑出声音来了。二姨太秋波斜乜了他一眼，觉得这样能解风情的青年，才合自己的脾胃。若和阿雄相较，真有天地之别。遂乐得眉飞色舞地笑道：

"你怎么叫我妹妹？"

"那你怎么叫我弟弟？"

"我年纪比你大，不叫你弟弟，难道叫你哥哥？"

"我不信，你几岁？也许我是你的哥哥。"

"我二十七岁了，再过三年三十岁，真是老了。"

"我比你小一岁，只好做你弟弟吧！但我却喜欢你徐娘半老的女人，她们比小姑娘懂情义，不单是懂情义而已，我觉得其他一切一切，都比小姑娘好得多。"

金廷德说到这里，把手在她身上又有一下子轻薄的举动。二姨太生成的是个贱骨胎子，所以反而欣喜地笑起来了。

两人跳毕茶舞，在隔壁金谷饭店晚餐。吃饭的时候，两人喝了不少的酒。酒本是色的媒介物，所以当他们喝得糊里糊涂的时候，大家也就老实不客气地踏进了华安旅社大门去了。

二姨太对于金廷德，好像是大旱之望云霓、久渴之逢甘露一样的欢喜。所以两人接连地两天，在外面花天酒地，寻欢作乐。金廷德白相女人，也可说拿手本领。今天这个，明天那个，原不足为奇。二姨太既然把她玩过，也就丢过一旁。他脑海中始终念念不忘的就是这位罗淑娴，因淑娴是个处女，这和花间女人及姨太太之流，当然不可同日而语。但一想到淑娴对自己的态度，他又大为恼恨。不过推其原因，无非是为了阿雄的缘故。那么在情场上的地位而说，阿雄是我的敌人，有了他，那就没有了我。欲达到胜利目的，非用一下子手段不可。金廷德本是无恶不作心肝全无的青年，他为了自私，哪里还管得了友情？所以想了一个恶计，在那天下午四点钟的时候，会同了四个日本宪兵，来到局里把诸葛雄押到司令部去了。

诸葛雄虽然有些莫名其妙，但多少总有些担心。他心中暗暗想着，这是什么缘故？难道我的秘密被他们窥破了吗？一时吃惊不小，不过他表面上是相当镇静，绝对不露出慌张的成分。当他被押进司令部地狱内的时候，他才见到里面可怜的一群，真是太悲惨了。个个都光着上身，身上血痕斑斑，有的倒在地上呻吟，有的坐在草堆里流泪，真是惨不忍睹。

"小金，这是怎么一回事？我犯了法吗？"

诸葛雄见宪兵们走了，只剩廷德一个人在身旁，遂向他低低地问。金廷德阴险地笑了一笑，取出烟卷，递一支给阿雄，还客气地给他燃了火，方才徐徐地说道：

"小诸葛，你自己做的事，不见得会没有知道吧！何必还假惺惺来问我呢？"

"哎呀！我做了什么事？我真的一些也没有头绪呀！"

金廷德这些俏皮的话，听到阿雄耳朵里，他那颗心真是紧张得几乎要炸裂了，脸上一阵通红，但还表示不明白的样子，向他惊慌地问。廷德吸了一口烟，慢慢地喷去了烟圈子，逗了他一瞥阴险目光，说道：

"有人在司令部里密告你，说你有通敌的事情……"

"什么？这是谁密告我的？"

诸葛雄在一度变了面色之后，立刻又平静地问，他竭力显出坦白的样子。金廷德冷笑了一声，阴险地点点头，说道：

"你且别管是谁密告你，你到底有没有和敌人勾结过？"

"这是打从哪儿说起？他可有拿到我什么凭证吗？"

诸葛雄觉得一个中国人而向自己同族的人问出通敌的话，这小子根本已入了日本籍了。他气得发抖，几乎挥拳欲打了过去。但理智竭力压制着这浓烈的举动，还理直气壮很倔强地回答。金廷德似乎被他问得愕住了，由不得怔怔地呆了半晌，方才说道：

"常言道，无风不起浪，别人家无缘无敌不会来密告你，多少总有些关系的吧！"

"你这话也不对呀！没有凭证，空口白话的密告，这如何能作准呢？也许我结怨小人，这班没有心肝的畜生在暗中陷害我吧！小金，我们是从小同学，你也得给我代为辩白一下才好啊！"

在金廷德耳朵里听来，诸葛雄明明是放着和尚面前骂贼秃。他心中气愤得什么似的，暗暗骂道："你这小子死在眼前，还敢骂人"。但表面上还含了慈祥的微笑，点头说道：

"我们是同学，而且又是自己弟兄，那我当然要帮你的忙。不过，通敌的罪名可不是玩的，日本人一动了怒，连我性命都靠不住。所以我既奉命来审问你，在我实有重大的责任。小诸葛，我的意思，你在我面前不妨说老实话，因为我们是自己人，即使你真有这件事情，我也可以设法来解救你。"

"我有这件事情，我可以告诉你。但我绝对没有这一件事，叫我告诉什么好呢？小金，你若真把我当作自己弟兄看待，我认为你应该代我向日本人声明的。"

诸葛雄不是三岁小孩子，自然不会把他假亲热当作真好心的，遂故作愁眉苦脸的样子，向他低低地央求。金廷德沉吟了一会儿，在室内踱了一个圈子。这时四周很静悄，忽然在隔壁铁栅子内传出来一阵惨叫的声音，接着还有啪啪皮鞭抽在肉身上的响声，很调匀地奏合着。诸葛雄有些心惊肉跳，遂急急走到铁栅旁去张望，可是并不能见到这一幕惨剧，而仅仅能听到这一幕惨剧的声音，诸葛雄觉得听比看更要难过而酸鼻，他全身毛发悚然，咬紧了牙齿，几乎要落下泪来。但金廷德却走到他身后，拍拍他的肩胛，微微笑道：

"你听到这声音没有？这个被打的也是重庆分子，他不肯把他的机关告诉出来，所以在受这极刑的痛苦。"

"也许他是冤枉的呢？我觉得这位同胞太可怜太不幸了。"

诸葛雄回头过来，见到小金的笑脸，他觉得这小子的血已经冷了，心已经掉了。他惨痛，他悲愤，他终于流下泪来，心中暗想：这位兄弟是忠勇的，这位同志是可敬的。你虽然被打而惨死，但我相信你的精神，是永远和地球日月共存的。金廷德见他满泪，遂得意地问道：

"你心里感到害怕吗？"

"倒并非是害怕，我在伤心世界上又少了一个好人。"

"好人？你同情这个重庆分子吗？"

金廷德这会子板起了面孔，向他恶狠狠地问。诸葛雄在这恶势力之下不得已而摇了摇头，拭去了泪痕，低低地说道：

"我心里在想，这个同胞未必是重庆分子，也许他和我一样，也是受了莫大的冤枉，那么这种痛苦不是受得太悲伤了吗？"

"那么你在担心你会受到像他同样的遭遇吗？"

"我希望你能援救我，因为我是一个安分守己的好百姓。"

"我也希望你能够诚实一点儿，那么我在可能范围的情形下，我一定能够保护你生命的安全。小诸葛，请你不要太狡猾，你还是从实地招认了吧!"

"小金,你这样查无实据地苦苦相逼我,我觉得你太没有同学的情义了。你叫我招认,我招认什么好呢?"

"那么你果然没有和敌人勾结吗?"

"绝对没有这一回事。"

"好! 那么我去报告宪兵队长,也许马上就可以释放你。"

金廷德拍拍他的肩胛,微笑着回答。他把烟蒂头在地上一丢,就匆匆地走到武吉队长的办公室来。他和武吉队长耳朵旁低低地说了一阵,武吉点点头,立刻吩咐四名宪兵,到地狱里去做打诸葛雄了。

在半个钟点之后,金廷德匆匆地又到地狱里来。见诸葛雄身上那套凡立丁西服早已脱去,只穿了短裤和衬衫,倒在地上。见那衬衫上满沾了血渍,头发乱蓬蓬的,脸上也有丝丝的血痕。这就笑了一笑,暗暗骂声"这小子今天这一顿打,也够他受得了"。于是走上去,把他身子用脚踢了踢,但诸葛雄却人事不省地昏厥了过去。

金廷德在看到这一件血淋淋的衬衫之后,忽然灵机一动,他就立刻吩咐手下的走狗,把他衬衫剥了下来。当他脱去了衬衫,见到诸葛雄满身血肉模糊的惨状,心狠如狼的金廷德,也不免心中感到一阵寒栗,身子微颤了一下,暗想道:我和小诸葛到底没有什么怨仇,无非是为了一个女人而已。假使我的计划成功了的话,那我就饶了他一条性命吧! 小金这么想着,他取了这件血衫便离开了这惨无人道的地狱。

诸位看到这里,心中当然明白罗淑娴接到这一件血淋淋的衬衫就是诸葛雄身上之物了。当时淑娴和阿玲不约而同地哎呀一声竭叫起来,粉脸失色地倒退了两步。淑娴急急地说道:

"这……这……是怎么一回事呢?"

"小姐,你瞧,下面还有一张字条哩!"

阿玲胆子比淑娴大,伸手把衬衫一翻,见下面还有一张字条,心中奇怪,遂伸手取过,交给淑娴。淑娴急忙把字条展开,心慌意乱的一面忐忑地跳着,一面急急地念道:

罗小姐:

这真是一件不幸的事,你最心爱的好朋友诸葛雄先生,他却

262

被司令部抓去了。说他是个通敌的重庆分子，现在被司令部里打成了这个样子。我想你见到了这一件血淋淋的衬衫，你也许会悲痛欲绝了吧！唉！我怨诸葛先生真是太以糊涂了！

爱管闲事人启

罗淑娴在见到了这张字条之后，不由哇的一声，满眼一阵昏黑，全身乱抖，砰的一声，竟向后仰天跌倒地下去了。这么一来，把个阿玲唬得魂灵都飞掉了。一面蹲身抱住了小姐，一面乱哭乱喊。这一哭喊早已惊动了三姨太，由三姨太房中的丫头，去报告了罗武智，一时之间，罗武智、大姨太、二姨太便统统奔入淑娴的房中来。淑娴被众人一阵子推摸揉搓，也就悠悠地醒了转来。她也说不出什么话，倒在床上，忍不住又号啕大哭起来。

在众人的心中，起初还以为是淑娴中了暑，所以有的主张刮痧，有的主张请医生。但等淑娴醒转这么大声一哭，大家就奇怪起来。这时三姨太也发觉桌子上放着的这一件血衫，由不得哎呀一声，急急问道：

"阿玲，这……是什么地方来的？快告诉我们呀！"

"是门房赵四交给我的，小姐见了这张字条，便昏厥了。"

阿玲一面眼泪盈盈地说，一面把落在地上的那张字条，交给三姨太。佩君慌忙看了一遍，也粉脸失色地叫道：

"什么？什么？诸葛少爷被司令部里抓去了吗？"

"佩君，快拿给我看，到底是怎么一回事？"

罗武智也吃惊地说，一面接过字条，一面细细地看。当他看完之后，却立刻把脚一顿，恨声不绝地连骂了两声该死，说道：

"这……是太浑蛋，太浑蛋了！他自己找死，还要害人吗？我得打电话叫他老子到来不可。"

罗武智一面说，一面便管不了淑娴哭泣，向外面匆匆直奔出去了。这时大姨太和二姨太还弄得莫名其妙，遂急问诸葛少爷什么事被捉的。三姨太因为她们两人不识字的，遂向她们把字条上的话说了一遍。大姨太听了，是只会连声地念佛。二姨太似乎有些明白了的样子，点了点头，口里却没有说什么。大家呆住了一会儿，便悄悄地退到房外去了。三姨太看了这件血淋淋衬衫，她脑海里浮现了诸葛雄挺英俊的人，一时也忍不住泪下

263

如雨，遂向淑娴哽咽着说道：

"大小姐，我并不是埋怨你，诸葛少爷今日惨遭不幸，这完全是你跟金先生争吵的缘故，我猜这一定是金先生妒恨所致，而陷害到诸葛少爷的身上去了吧！"

"假使果然如此，我得报仇！我得报仇！"

罗淑娴听三姨太这么一说，她的态度猛可有些疯狂起来的样子，柳眉倒竖，杏眼圆睁，伸手在梳妆台上拿起一只玻璃花瓶，向地上猛力掷去。只听乒乓一声，满地碎玻璃片早已像水花般地飞溅起来。三姨太见她神情不对，遂急把她抱住，连忙低低地说道：

"大小姐，你不要这个样子，你不要这个样子呀！"

"三姨娘，我……做人还有什么意思？"

罗淑娴说完了这一句话，愤怒抵不住心头的悲痛，她忍不住又伤心得悲悲切切地哭泣起来了。阿玲拧上面巾，三姨太亲自给她拭拭眼泪，安慰她说道：

"大小姐，事到如此，你老是哭泣也没有用呀！我们总要想个办法，去救他出来，那才是正经啊！"

"阿玲，你把赵四去叫来。"

淑娴听她这样说，觉得很有道理，遂不再哭泣，回头向阿玲吩咐。阿玲答应，便匆匆而去。不多一会儿，赵四站在房门口，很小心地问道：

"大小姐，您叫赵四有什么吩咐吗？"

"我问你，刚才那个纸包是什么人拿来的？"

"是一个穿短衫裤的男子拿来的，他是一个老头子，他说这东西交给你们大小姐。我想问他是哪里来的，但他已经很快地走了。"

"嗯！没有你的事了，你出去吧！"

赵四莫名其妙地哦了一声，又匆匆走到外面去了。这里淑娴呆呆地沉吟了一会儿，三姨太秋波向她瞟了一眼，说道：

"这老头子是谁差来的呢？照我猜想，除了金先生之外，恐怕是没有第二个人的了。"

淑娴听了，并不作答。她暗暗地想道，阿雄本身确实是个地下工作者，那我是知道的。所以阿雄这次被捕入司令部，究竟是廷德陷害他呢，还是真的事机败露了？这倒是一个需要研究的问题。假使是真的事机败露了，阿雄的性命是完了，我神通无论怎么广大，恐怕也难以救他的了。想到这里，两眼望着那件血衫，泪水又像雨点儿般地直滚下来了。就在这时，阿玲匆匆奔入，说道：

"诸葛老爷来了，他在会客室里被老爷骂得狗血喷头哩！老爷的意思，叫诸葛老爷立刻到司令部去，声明他是个尽忠报日的好人，他儿子不孝，竟然串通敌人，当然可杀，只管把他枪毙，以绝后患好了。诸葛老爷没有办法，只好点点头答应着去了。"

"啊！这……这……还是中国人民所说的话吗？"

淑娴听了这个报告，她心中这一吃惊，真是非同小可，咬牙切齿，恨恨地说。她觉得爸爸的没有心肝，真是和畜生无异了。三姨太急急说道：

"大小姐，我看你此刻快些到诸葛老爷家里去一次，去劝阻他切不可到司令部去这样说呀！否则，诸葛少爷的性命不是完全地没有了吗？"

"是的，我马上就去。"

三姨太一语提醒了淑娴，她点点头，穿上了一双白麂皮鞋，拿了皮包，就匆匆坐车到诸葛雄家里来了。一敲进门，就听到诸葛太太在厢房里呜呜咽咽地哭泣，于是三脚两步地跨入厢房，只见旁边还有一个姑娘在含泪相劝。诸葛龙却在堂客里踱步，还恨恨地说道：

"你有这么一个好儿子！你还哭他做什么呢？他自己寻死倒也罢了，简直还要害你我两个老命也要送终哩！这……不孝之子，我真上了他的当！我……恨不得把他肉有三口好咬呢！"

"诸葛老伯！"

淑娴听他这样说，遂微有怒意向他叫了一声。阿龙一见罗淑娴，立刻又浮了一丝苦笑，咦了一声，招呼道：

"罗小姐，你……怎么会来呀？阿雄的事情，你知道了没有？"

"哦！罗小姐，我是只有这么一个命根呀！他若被日本人枪毙了，我还做什么人呢？你……千万可怜可怜他，你总要想个法子救救他的性命才好啊！"

诸葛太太一见淑娴，也早已站起身子，表示相迎的意思。她一面滔滔不绝地说，一面早已一把眼泪一把鼻涕地哭泣起来。诸葛龙却怒气冲冲冷笑着说道：

"我瞧你这人真是太糊涂了，罗局长也没有办法呢！你叫罗小姐又有什么法子可以救他呢？常言道：自作孽，不可活。他犯了这样大罪，还不是该死吗？"

"不！诸葛老伯，你不要这样说，我有办法救他。"

淑娴却平静了脸色，很认真地回答。只见那个姑娘很快地走上来，有些情不自禁地握住了淑娴的手，惊喜地问道：

"罗小姐，你真有办法救他吗？"

"罗小姐，啊！我跪下来向你叩头。"

诸葛太太略有喜色地也惊叫起来，竟真的趴在地上，向淑娴连连叩头。慌得淑娴急忙把她扶起，哎了一声，说道：

"伯母，你……何必这样呢？岂不是要折死了我？"

"罗小姐，你救了我的阿雄，你就是我家大恩人，我生生世世忘不了你相救的大恩，我……我……我说不出拿什么感谢你才好。"

诸葛太太一面说，一面眼泪又扑簌簌地滚落下来了。淑娴并不理会她这些话，把眼睛望到那姑娘的脸上去，低低问道：

"您这位贵姓？"

"哦！我姓李，名叫玉梅，是诸葛雄的表妹。罗小姐，你若真有办法把表哥救出来，这不但是我姨爹、姨妈大幸，而且也是我们国家大幸。"

李玉梅含了热情的目光，望着她粉脸，万分感激似的回答。淑娴点点头，心中暗想：原来阿雄还有这么一个年轻的表妹，那我倒是还只有今天才知道呢！见她这么关心阿雄的神气，显然他们之间至少也有些爱的成分。淑娴这样一想，不知怎么的，心中更有一层悲哀的意思，她几乎也要流下泪来了。这时诸葛龙又怔怔地问道：

"罗小姐，那么你用什么办法去相救他呢？照你爸爸的意思，他叫我到司令部去声明一切，要求他们公事公办，只管把阿雄枪毙。你现在说可以救他，万一你爸爸不许你救他，这……便如何是好呢？"

"老伯，你不要忧急，我总尽我的力量，使阿雄得到生命的安全。我此刻来您府上，就是关照你们切不可到司令部去声明一切。我想你们是父子关系，大概也不会这么忍心吧！"

"我……我……当然不忍心，但你爸爸命令下来，叫我又有什么办法呢？如今罗小姐既然肯帮忙相救，那我还有什么话说呢？我们生生世世都不会忘记你的恩德。"

"那么我走了，我立刻想法子去。"

淑娴说着话，便转身向外走，大家当然没有留她多坐一会儿，还希望她早点儿去营救阿雄，所以送到大门口，才匆匆地分别了。李玉梅也告别回校，一路上暗暗地想着，觉得淑娴真是一个有思想又能干的好女儿。她居然能拍胸负责相救表哥，可见他们之间的爱情也是相当深厚的。假使她果然能把表哥救出虎穴，那我以后绝不再有妒恨她的存心，我一定很喜欢地承认她是我的表嫂子。

李玉梅这样想着，她又暗暗地祈祷着说，但愿表哥能安然没有危险，我情愿吃十年长斋，以感谢苍天。忽然她又想到表哥被捕，万一被他们用毒刑相逼，而说出机关的所在，那么这一班同志不是都要被他们一网打尽了吗？玉梅这样一想，心头别别乱跳，她顾不得自己危险，就叫车夫改驶白克路去了。车到西成里门口停下，玉梅跳下车来，付了车资，三脚两步地走到五十六号门口，急急地敲门入内。这时蔡志坚的伤势早已痊愈，他们此刻都在家里，志坚看着报纸，史忠花却在弹钢琴，林志伟拉着梵婀玲，沈大文吹着口琴，大家在会客室里正热闹着消遣。志坚见了玉梅，因为自己的受伤，全靠玉梅仗义帮忙，才使自己安然没有发生不幸。所以十分感激她，连忙站起身子，含笑相迎，招呼说道：

"李小姐，外面很热吧！快请坐一会儿。"

"啊！你们都真有兴趣，还逍遥自在地玩弄着音乐器具吗？你们可知道事情出了乱子，诸葛雄被司令部里抓去了！"

这个惊人的消息，真仿佛晴天里起了一个霹雳，把众人都震惊得不约而同地猛可站起身子，啊了一声叫起来。大家早已变了脸色，齐口问了一句真的吗？李玉梅的粉脸是红红的，眉宇间浮现了痛苦的表情，急急地说道：

"这可不是开玩笑的事情，难道我还会故意吓吓你们吗？"

"李小姐，你怎么知道的呢？"

忠花走到玉梅身旁，急急地追问。玉梅遂把自己到表哥家里去，齐巧姨爹从罗公馆回来告诉表哥被捕的话，向众人诉说了一遍，一面又急急地说道：

"我看表哥被捕，这儿恐怕不是安全的地方了，你们还是快些到别地方去避一避风头才好。万一司令部派宪兵到来，那岂不是太危险了吗？所

267

以我急急来报告你们的。"

"李小姐，你真好，我们太感激你了。"

忠花情不自禁伸手过去，和她紧紧地握了一阵，两眼望着玉梅粉脸，表示无限感激的样子。蔡志坚却痛愤满面地说道：

"奇怪得很，这又是谁走漏消息呢？照说，阿雄在伪组织掩护之下，他绝对是不会露马脚的。"

"现在不是研究这个问题的时候，既然李小姐热心地来通报我们，我们快点儿离开这儿吧！"

忠花很急促地说，预备到别地方去躲避的意思。蔡志坚说道：

"我相信阿雄绝不会出卖我们的，他纵然到了生死关头的时候，他一定也视死如归的。我的意思，倒并不在乎急急地逃避，是需要想办法去救出阿雄才好。"

"对于相救阿雄出险，这一点罗小姐已负责去想法子。我看她有几分把握的样子，也许表哥会被她救出来的。"

玉梅在旁边忙又插嘴回答。志坚表示惊异的神气，连忙急急地问道：

"你说的罗小姐，是罗局长的女儿吗？"

"就是她，她和我表哥很有一点儿爱情的。"

"他妈的，我说这姑娘也许不是一个好东西！阿雄不是把他秘密说给她听了吗？我说也许这贱人走漏消息的。记得当初阿雄告诉我们，说他的秘密，罗小姐是知道的，我就竭力表示反对。因为一个汉奸的女儿，怎么会有爱国思想呢？现在果然发生了乱子，那还不是中了他们的美人计了吗？"

林志伟在旁边呆呆地出神，直到这时候，才把脚重重一顿，咬牙切齿地骂出了这两句话。沈大文听了，表示也有同感，遂连连说了两声对对！恨恨骂道：

"要如阿雄真的惨遭不幸的话，我们非把罗家父女杀死，替阿雄报仇不可！他妈的！这些狗留着不是反而会咬人吗？"

"两位不要误会，并非我帮着汉奸的女儿，这位罗小姐绝不是一个普通的姑娘，我相信我表哥被捕，绝不是她走漏消息的。"

"李小姐，你何以见得呢？"

沈大文听了，还表示不以为然的意思，向玉梅低低地问。玉梅遂把罗局长吩咐姨爹亲自到司令部去声明，并希望公事公办把表哥实行枪毙，但罗小姐随后急急赶来，劝阻姨爹不要到司令部去声明的话，向大家告诉了一遍。并又说道：

"在当初我的心里，对罗小姐的印象也很不好。但如今我见了她的人，我听了她说的话，我也觉得罗小姐绝不是想象之中那么讨人厌。她是一个时代的女儿，她和他父亲是完全不同的。"

"那么阿雄有希望被她救出来吗？"

大家听玉梅这样说，方才把愤恨淑娴的意思慢慢地消失，志坚又很急促地问她。玉梅呆了一会儿，皱眉说道：

"这倒难说，我想明后天总可以知道了。你们到底走不走？我不能久留，我也要走了。因为徒然做无谓的牺牲，那是很不值得的。"

"李小姐这话不错，我们走，我们大家都暂时地走吧！"

众人听了，都点头称是，大家一面说，一面忙碌了一阵子，也就匆匆地离开了西成里。在弄门口的时候，李玉梅方才和他们分手，管自地跳上车子回到校里去了。

这天晚上，玉梅一个人哪里睡得着？天气又很闷热，所以她悄悄地走到校内操场上来散步。天空是黑漆漆的，除了几颗闪闪烁烁的星斗之外，四周是黑暗得可怕。她呆呆地站立了一会儿，心中想着表哥在司令部里一定受了许多痛苦，也许他已受了很重的伤了吧！想到这里，一阵子悲哀，眼泪会扑簌簌地直滚落下来。

第二天早晨，玉梅很早地就起身，匆匆来到教务室，意欲打电话给姨妈，问问阿雄的消息。因为见报纸已经放在桌子上，遂先翻阅报纸，看西成里五十六号有没有被搜抄过。忽然在第二版报上见到一则很大的结婚启事，因为名姓很触目，所以表示惊奇，遂急急地念道：

武吉队长　干儿金廷德　　为　结婚启事
罗　武　智　长女淑娴

兹承陆大奎与尤长根两先生介绍，谨订于国历七月二十八日
　　　　　　　　　　干儿
假座新都饭店为　　　　　举行婚礼，敬告亲友。
　　　　　　　　　　长女

玉梅看完了这则结婚启事，不由惊奇得目瞪口呆，暗暗叫了一声哎呀！自言自语说道："罗小姐答应救我表哥出险，怎么自己反而跟别人结婚了呢？"她颓然倒在沙发椅子上，倒是怔怔地愣住了。

第八回

罗淑娴匆匆地别了诸葛龙，回到家里。三姨太见她回来，便急问她事情怎么样。淑娴便把诸葛太太在家哭泣的话告诉她，一面说道：

"要援救阿雄，没有第二个办法，只有跟小金商量。三姨娘，你给我代为打个电话给小金，说我请他到家里来一次。"

"打电话到司令部去吗？"

"是的，电话号码是八五三四六。"

三姨太点点头，淑娴房中本来有分机的，装在她那床边的夜壶箱上面。三姨太走了过去，伸手拨了号码，不多一会儿，听那边有人问话了，遂连忙说道：

"是司令部吗？对不起，请金翻译听电话。"

"哦！请等一等。"

那边接听电话的回答了声，不多一会儿，便换了一个人来听，那就是金廷德了。他似乎已经知道是个女子打给自己的，遂很温柔地说道：

"您是谁？找什么人呀？"

"金先生吗？我是罗家三姨太。"

"啊！是三太太，您有什么事情吗？"

"哦！我们大小姐请你到舍间来一次，你此刻有空没有呀？"

金廷德在那边听了，心中就明白是为了阿雄的事情了，不由暗暗地欢喜了，觉得自己的计划成功了。不过想着淑娴不肯亲自地给自己电话，不免又有些生气，遂故意搭一些架子，为难的样子，说道：

"不知道有什么要紧的事情，因为我此刻没有空，走不开身呢！"

"金先生，你等一等，我叫大小姐自己跟你说吧！"

三姨太没有办法，只好这样回答。一面把话筒用手扪住，一面回眸望了淑娴一眼，努努嘴，低声说道：

"他说没有空，你自己来跟他说吧！"

淑娴冷笑了一声，骂了一句这小子今天倒搭起架子来了，遂委委屈屈地走过来，接了听筒，只好勉强地显出亲热的口吻，叫道：

"金先生，你真是好大的架子，没有请你的时候，你自己每天会来一次的。如今请了你，你反而不肯来了，这是什么道理呀？"

"你……你……是什么人呀？"

"哎呀！连我的声音都听不出来吗？我是淑娴，你到底有没有空？我想你平日这样空闲没有事，今天总不见得突然地会忙起来吧？"

"原来是罗小姐！瞧我这人真糊涂，连你的声音都听不清楚呢！你叫我到府上来，到底有什么事情商量？假使很要紧的，我就抽空来一次。否则，我明天来好不好？"

淑娴觉得这小子真刁得可恶，遂只好忍气吞声地笑道：

"事情当然有一点儿，我要请求你帮忙哩！你快些来，我等着你。我想你是很关怀我的，我要你来，你当然不好意思推却吧！否则，你平日完全是假情假意的了。"

"好！马上来，我马上就来吧！那么回头见！"

淑娴这两句话发生了很大的效力，廷德服服帖帖连声地答应了，于是大家放下听筒，淑娴忍不住微微地叹了一口气。三姨太问道：

"他来了吗？"

"来了。"

淑娴有气无力地回答，她懒懒地坐到沙发上去，呆了一会儿，抬头望了三姨太一眼，央求着说道：

"三姨娘，谢谢你，给我去弄一包烟卷来。"

三姨太以为她回头要招待廷德用的，遂匆匆去拿了一听三炮台来。不料淑娴却揭开盖子，自己取了一支来吸。三姨太皱眉说道：

"你不会吸烟的，怎么学习起来了？"

"我心里气闷得很，吸一支玩玩。"

淑娴手托了额角，微蹙了细长的眉尖儿，显然是煞费苦心在动脑筋的样子。三姨太忧愁地说道：

"等会儿金先生来了，你向他用什么话要求呢？也不知他肯不肯帮忙呢？假使他袖手旁观的不肯帮忙，那又怎么办？"

"我既然开口向他要求帮忙，我总有办法能叫他答应的。"

两人说过了这两句话后，大家又静默了一会子。只有窗外树篷里的鸣蝉，唧唧喳、唧唧喳地叫得热闹，似乎受不住这太阳光淫威的压迫，而发出挣扎的呐喊。淑娴接连地烧完了两支烟，才听到房外有阵皮鞋声响进来。抬头望去，果然是金廷德，遂不情不愿地站起身子，不过面部上是显出相当妩媚的表情，含笑说道：

"对不起！对不起！大热的天气，劳驾你了。"

"哪儿，哪儿，你可别这么客气呀！"

"把上装脱一脱吧！三姨娘，给我吩咐阿玲开瓶汽水来。"

淑娴亲自开了电风扇，一面伸手给廷德宽衣服，一面向三姨太低低地说。三姨太答应一声，便走出房外去。这里淑娴又亲自递上了烟卷，她自己也取了一支。廷德见她这样殷勤地招待自己，自从认识至今可说还只有第一次，遂连忙取打火机给她先燃了火，笑道：

"怎么，你也会抽烟了？"

"为什么感到稀奇？我难道不能抽吗？"

"不是说你不能抽，因为我还只有第一次见到你抽烟，所以感到奇怪。"

两人正说着话，阿玲把汽水拿来，开了瓶盖子，给他们倒了两玻璃杯，然后又悄悄退出房外去。金廷德手握玻璃杯，喝了一口汽水，两眼向她一瞟，含笑问道：

"罗小姐，那天我在米高美对你失礼的举动，你心中还生着气吗？我这两天来，心里总觉得很不安。"

"你别提过去的事了，那是我不好，不该太认真。你很受一些委屈了吧！事后想想，我真有些懊悔。我今天请你到来，一方面也就是跟你表示道歉。那天的事，还得请你原谅我吧。"

淑娴转机也相当灵敏，她听廷德提起这事，便也笑盈盈地回答，她似乎还有些不好意思的表情。金廷德也是刁猾的人，暗想：你迷汤少灌，这种马后炮，我是绝不会来领你情的。心中虽这么想，但表面上也谦虚地说道：

"哎呀！你叫我原谅，这话太客气了。其实说来，那天原是我不好，但事情既已过去，我们彼此能够互相谅解，那当然是件好事情。罗小姐，那么你其他还有什么贵事要我帮忙呢？"

"哦！我来给你看一件东西。"

淑娴哦了一声，把桌子上放着的那盒子血衫拿来，走到廷德坐的长沙发旁，并肩一同坐下来，把血衫及字条交到他怀内，说道：

"你瞧瞧这张字条谁写的？他里面告诉我诸葛雄被司令部抓去了，而且打得这个样子。我想你是司令部内工作人员之一，你心中大概有一些知道的吧？"

金廷德想不到淑娴会有这一下子举动来对付自己，一时心头别别乱跳，两颊也由不得热辣辣地红晕起来了。但也只好镇静了态度，把字条接过，也看了一遍，忽然故作惊慌地叫起来，说道：

"什么？小诸葛……他……他是重庆分子吗？"

"笑话了，人已落在你们司令部的手里，你怎么还假装糊涂呢？"

淑娴冷冷地一笑，这会子脸色很不好看地回答。金廷德却一本正经地摇摇头，说道：

"我委实没有知道呢！因为司令部里抓进来的罪犯，一天之中少说也有几十个，不是我手里办的事情，我怎么能知道呢？"

"也许你真的没有知道，那是我错怪了你。不过，我今天请你到来，对于这一件事，也需要你来帮一个忙，能不能把阿雄相救出来呢？"

淑娴把血衫和字条放过一旁，偎近了他一些身子，又显出亲热的表示，温情地说。金廷德今天的态度相当大方，绝对没有色眯眯的样子。他搓了搓手，皱了眉尖，好像非常困难的神气，说道：

"假使他是犯了别的罪而被抓的，那我绝对有办法救他出来。但他是个重庆分子，那就觉得为难了。因为日本人对于这种罪犯，是一些都不肯放交情的。我就是去说情，恐怕也得被日本人责罚哩！所以这件事情，并非我不肯帮忙，实在对于大局太严重了。我说阿雄真也糊涂，既然在局里做了工作，又去加入重庆分子，这……不是自寻死路吗？"

"你这话虽有道理，不过我明白阿雄被捕，完全是冤枉的。我绝对可以担保他，他并不是什么重庆分子。无非是为了我的关系，所以遭人妒忌，把他陷入苦海，预备丧他性命而已。"

274

"罗小姐，你这话一说，叫我倒也不安起来。难道照你目光看，我也是其中的一个嫌疑人吗？"

金廷德红了两颊，有些不快乐的样子，索性向她直接地问。淑娴把手按到他的肩胛上去，温情地说道：

"你何必多心呢？我说的也并没有瞎猜疑呀！因为阿雄被捕，照理说，我既不是他的亲戚，又不是他的家族，那么根本和我毫无关系。可是外界偏把这件血衫和字条，送到我的手里，这算什么意思呢？那不是很明显的事吗？无非妒忌我们亲热一些，所以便下这个毒手了。金先生，假使把你换作了我的地位，你会不会想到这一层上头去呢？"

"哎！你这话倒也很有理呀！那么你心里总有一些知道，这到底是什么人陷害他呢？"

淑娴这些话，说得廷德只好连连点头，表示也有些同情地回答。他真是刁恶得厉害，还向淑娴故意这么问。淑娴冷冷一笑，正色道：

"金先生，你难道还要我明显地说出来吗？我生平没有其他的男朋友，比较接近一些的，除了阿雄之外，那就是你了。"

"哎呀！那你难道以为阿雄被捕，是我陷害他吗？那就太以冤枉人了。罗小姐，你不是曾经说过，你在学校里有很多的男同学吗？那我以为妒忌你们也绝不只是我一个人的。"

金廷德被她说得额角上汗水也淌出来了，这就惊叫了一声，表示完全受冤枉的意思。淑娴觉得这样地说着，是绝对不发生什么效力的。她蹙了眉尖，呆呆地沉吟了一会儿，暗想：我记得阿雄曾经对我这么说过，"淑娴，我劝你不痴心，因为这年头和平常不同。在必要的时候，我们只有牺牲一切，来替祖国效劳争光。"我明白阿雄所说的牺牲，他是把生命都也包括在内的。为了祖国，连生命都可以牺牲，那么更何论其他呢？淑娴这么想着，她似乎下了一个决心地把牙齿一咬，说道：

"金先生，在外界看来，总以为我是爱上了诸葛雄。其实呢，我可以坦白地表明，我绝对并没有爱他。"

"这是你口里说说而已，即使在外界耳朵里听来，恐怕也绝不会相信的吧！"

"假使我确实爱上了他，那么他今天被人陷害，受到这样的痛苦，似乎倒还有一些代价。可是现在呢，我觉得他真可怜极了。因为我并不爱他，我就是要嫁人的话，我也绝不嫁给他。不过，他今日被打得这个样子，我心头感到不安和抱歉。倘然他受伤过重而死，那么我就是变成刽子手了。这是所谓我虽不杀伯仁，伯仁由我而死，那我如何能一日安心呢？所以我现在要声明嫁人了，使外界可以明白，我绝对没有爱上诸葛雄。"

淑娴说这两句话的表情，在静肃之中带着悲愤的成分。她眼眶子里虽然贮满了眼泪，但她没有流下来，她把泪水都咽向肚子里去。金廷德表示惊讶，他很认真的样子，问道：

"你预备嫁人了？"

"是的，我现在要嫁人了。"

"你要嫁给谁？"

"我要嫁给一个能把阿雄救出来的人，假使你有能力把他救出，那我就嫁给你。"

金廷德听她这样说，他不免乐得心花都朵朵开了，猛可握住了淑娴的手，但还有些不大相信的样子，笑问道：

"你不要跟我开玩笑吧？"

"谁跟你开玩笑？只要你把阿雄救出来，我就是你的太太了。"

淑娴把身子偎到他的怀内去，秋波含了勾人灵魂那么的魅力，脉脉含情瞅着了他，真使廷德有些混陶陶起来。遂毅然说道：

"好！假使你言而有信的话，我一定冒了危险去相救他。"

"冒了危险？你又有什么危险呢？"

"嘿！他是因为重庆分子而被捕的，我去相救他，我必定要向日本人说，他不是重庆分子，他是一个好人。否则我来做一个保人，那么明天他倒真是个地下工作的人物，我不是要被日本人大大地责罚了吗？你想，这还不能算是冒了危险吗？不过，我为了一片痴心，为了忠实地爱你，那我也管不到这么许多了。"

"小金，你这样专一地爱我，我真是太感激你了。"

淑娴显出热烈的情绪，紧紧地握了他的手，改口叫了他一声小金回答。廷德在一度感到欣喜之后，忽然又感到了可疑，遂低低地说道：

"你说不爱阿雄吗？"

"是的，我不爱他，假使我爱他，我怎么会答应嫁给你？"

"可是，你是因为要救他性命才答应嫁给我的，所以我觉得你心里一

276

定是仍旧爱着他的。"

"这话倒不是这样说的，因为他被捕是我累害他的，所以我才要救他出来。至于我答应嫁给你，那就是表白我并没有爱阿雄的意思。小金，你这人也未免太多疑了。"

淑娴被小金说到心里去，她的两颊倒是绯红起来。不过她乌圆眸珠，在长睫毛里一转，立刻煞费苦心地又说出了这几句话。说到末一句的时候，表示非常不高兴，她站起身子，噘着小嘴，走到窗口旁去了。小金只好跟着站起，走到她身旁，拍拍她的肩胛，笑道：

"淑娴，你不要生气，这倒不能怪我多疑，实在是因为你的态度转变得太快了。前几天我在米高美向你求婚，却挨了你一记耳光。谁知现在你为了阿雄，就情情愿愿地嫁给我了。你想，我怎么不要起疑心呢？"

"不过，我嫁给你这是事实，又不能骗你的，哪还有什么可疑？"

"但我心里总有些放心不下，只怕我想法子救出了阿雄，你倒又不肯嫁给我了，叫我不是吃一个空心汤圆吗？"

"那么依你说要怎么办，你才能相信我呢？"

金廷德见她完全屈服的样子，遂怔怔地想了一会儿，忽然有了一个主意，遂低低地说道：

"假使你今天跟我结婚，我就今天去救他。你若明天跟我结婚，我就明天把他救出来。这样子办，我才觉得有些保障。"

"今天结婚，明天结婚，这无论如何没有这么快的。我觉得你太不信任我，你没有真心爱我的意思。"

"就是因为真心爱你，所以才这么怀疑的。淑娴，我爽爽快快地跟你说，你几时跟我结婚，我就几时把他救出来，你看怎么样？"

淑娴觉得这小子的手段真厉害，一时心头痛恨得了不得，但皱了眉尖，却也奈何他不得，想了一会儿，说道：

"就说我们今天就结婚，你新房预备做在哪儿？"

"我们可以开国际饭店的房间，长开一个月，做我们的新房。在这一个月之内，我再找寻房子，买家具，这不是很好吗？"

"这法子我可以答应你。不过，我得跟爸爸说一声，他老人家的意思怎么样，不是该征求他的同意吗？"

"我想你肯答应，他老人家心中是绝对没有什么问题的。"

"那么我打个电话给爸爸，叫他马上回家，我们就把这头婚事，今天决定了好不好？"

金廷德想不到她竟有这么性急，一时暗暗欢喜，但也有一点儿妒恨。因为他知道淑娴的性急，并非为了急于要跟自己结婚，实在是为了要救阿雄的缘故。但表面上也只好含笑点头，说了一声很好。淑娴于是立刻摇个电话到局里，叫爸爸马上回家，说有要事商量。淑娴刚放下听筒之后，望了廷德一眼，又认真地说道：

"我在嫁给你之前，我得跟阿雄见一见面，这个条件，你允许我吗？"

"可以，但你见了他，也许会伤心的。因为你这一见面之后，从此你是我的太太，你再也不能嫁给他了。"

金廷德点点头，浮了阴险的笑容，完全有刺她心头的意思。淑娴却并无一点儿反应，毫不介意地说道：

"你以为我要见他一面算是留个纪念吗？不！不是这个意思，我要知道你是不是真的把他救出来了。因为你不信任我，我似乎也难信任你。"

"没有关系，那我可以答应你。"

金廷德说着，伸手到袋内去摸烟盒子，淑娴指指茶几上的烟罐，两人默默地静寂了一会儿。大约一刻钟之后，罗局长回家来了。他匆匆走进女儿房中，一见廷德也在，倒有些惊奇的样子，含笑说道：

"金先生什么时候来的？"

"才来了不多一会儿。"

金廷德站起身子，很恭敬地回答。罗局长把手一摆，是叫他不必起来的意思，于是两人一同又坐了下来。罗武智问道：

"淑娴，你叫我回家有什么事情商量呀？"

"爸爸，我要跟小金结婚了，您赞成吗？"

罗局长觉得女儿态度有些异于寻常，这就不免怔怔地愕住了一会儿，望了他们一眼，勉强含笑说道：

"你们两人同意吗？"

"都同意的，所以才跟爸爸来告诉的。"

"那很好，我想拣个日子先来订一个婚吧！"

罗局长点点头，吸了一口雪茄，微笑着说。但出乎意料的，淑娴很快地笑道：

"爸爸，您太牛步化了，我们需要速战速决，今天马上结婚。"

"今天就结婚？那怎么来得及？对于新房、嫁妆问题，什么都没有预备好呢？"

"没有问题，新房在国际饭店，里面家具应有尽有，嫁妆不用备了，爸爸就折些现金给我也行。"

"淑娴，你……你……真有些变了，这是什么意思呢？"

"爸爸，您不答应吗？那是不是不喜欢金先生做女婿吗？"

"哪里哪里！金先生这么少年英俊，真可说是我女儿的乘龙快婿哩！不过，我的意思，为什么要这样急促呢？"

罗局长被女儿这么一说，恐怕金廷德要生气，遂慌忙又笑嘻嘻地回答，表示非常倚重他的意思。廷德这时也插嘴说道：

"爸爸，假使你喜欢我的话，那就请你答应我们吧！"

"既然你们已经接头好了，我还有什么话说呢？不过今天结婚，那是万万也来不及。我的意思，今天是二十四号，明天是二十五号，二十八号是星期日，能不能延迟到二十八号呢？"

"小金，你看怎么样？"

"这样吧！明天在报上先登结婚启事，一连登四天，那么我们就二十八号结婚好了。"

金廷德见淑娴瞟着俏眼，向自己低低地问，这就想了一会儿，方才有个主意回答。罗局长点头说道：

"好吧！就准定这样是了。但我们假座哪一家酒楼呢？"

"新都饭店也很不错，因为我干爸武吉队长和李直先生很要好，酒筵可以打个八折呢！"

"那么就是我和武吉队长出面登载启事吧！我在局里另外再找两个现成介绍人，明天就登载在报上好不好？"

大家商量既定，罗武智便先出房去办理这件事情了。这儿淑娴望了廷德一眼，低低地说道：

"时期已由我爸爸去办理了，那总没有什么不可靠的了。小金，你现在可信任我了？"

"相信，相信，我完全相信了。"

金廷德笑嘻嘻地走上去，紧紧地握住了她手，两眼望着她红红的嘴唇，不免有些色眯眯起来，遂轻轻笑道：

"淑娴，我们二十八号要结婚了，那么现在我们不就是一对未婚的小夫妻了吗？我想跟你来一个'开水'，不知道你肯答应吗？"

"啊！你这人也太不老实了，我们结了婚之后，我的身子也属于你的了，那何况我们亲一个嘴呢？这算得了什么？小夫妻要没有这一种亲热，那还算是夫妻了吗？"

淑娴认为这就是牺牲，她显出大方的态度，把两手按着他的肩胛，眉开眼笑的意态，真令人感到神魂都有些飘荡起来。金廷德这一快乐，心头只觉奇痒难抓，遂得意地笑道：

"不知怎么的，我爱你，但也怕你，因为怕你又会揍我一记巴掌的！"

"傻子！彼一时，此一时，现在我们是夫妻了，我还会揍你吗？"

淑娴秋波斜乜着他，憨然地媚笑。金廷德方才大了胆子，把她的颈项钩抱住了，低了头，把她紧紧地吻住了。

金廷德这两年来，仗了敌伪势力，在女人地界里，可说是无缝不钻的。被他玩弄过的女人，真也不可胜计。但他觉得今天和淑娴这一吻，比和任何一个女人接吻要甜蜜得多光荣得多。因为一个不容易追求到手的女人，忽然追求到了，这在每一个男子的心中，真好像是获得珍宝一样的可贵。所以金廷德此刻的心头感觉上，飘飘欲仙似的已不知道自己置身在什么境界的了。

"小金，你胜利了，你总该满足的了。"

"我愿生生死死做你的仆役，你要我长，我不敢短啊！"

良久之后，淑娴轻轻推开他，低低地说。廷德点点头，表示非常忠心耿耿地回答。淑娴于是又说道：

"那么你可以把阿雄去救出来了，他到底受了伤没有？你该把他快送到医院里去才好啊！"

"好！我马上就去，送他进什么医院，我回头打电话来告诉你。"

金廷德方才心满意足地点头说好，他和淑娴紧紧一握手，就穿上了西服上装，匆匆地向外面走了。淑娴等他走远之后，她方才感到一阵悲酸触鼻，眼泪会大颗地滚了下来。

第二天早晨，各报上都登载了廷德和淑娴结婚的启事。这消息被李玉梅看见了，她心里当然感到奇怪，暗暗地想了一会儿，觉得金廷德这个名字很耳熟，忽然想起来了。这个姓金的，不就是表哥的同学吗？记得那年表哥因请愿受伤在医院，姓金的不是也曾经来探望过表哥吗？当时他还讽刺表哥和蔡先生请愿的报酬是流血等话，唉！言为心之先声，想不到这小子果然认敌作父，做了十恶不赦的叛徒了。一时又想，罗小姐难道因为表哥被捕，所以改变爱的方针，而和姓金的结婚了吗？假使果然如此的话，这女子我把她错认是个时代女儿，竟是个无情无义水性杨花的淫娃了。不过，我想事情绝不会那么简单，觉得其中多少还有一些缘故的。因为昨天我在姨爹家中，亲眼见到罗小姐悲愤的表情，她是多么有思想的一个姑娘呢！她岂肯嫁给这种走狗做妻子？玉梅呆呆地出了一会子神，忽然把手一拍桌子，由不得哦哦地叫起来。自言自语说道："对了，对了，一定是幕三角恋的悲剧，所以这小子起狠心把表哥借故陷害了。那么罗小姐嫁给姓金这小子的消息，也许正是罗小姐欲营救表哥的一个苦肉计。"玉梅心细如发，到底被她想出一些头绪来了。不过她十分同情罗小姐，一时反而代为罗小姐悲哀起来。

正在这时，电话铃声响了。玉梅连忙接过话筒，问道：

"求智小学，请问找谁？"

"对不起！李玉梅小姐在吗？"

"我就是玉梅，你贵姓？"

"哦！李小姐，我是史忠花，你今天报纸看过了没有？怎么罗小姐和人家结婚了？到底是怎么一回事？你详细吗？"

"可不是？我也正感到奇怪呢！史小姐，我们在下午约个地方谈谈好吗？此刻我马上到姨爹那儿探听消息去。"

"好的，好的，我们在大三元碰头好不好？下午两点钟。"

李玉梅点头答应，遂放下听筒，她急急坐车赶到诸葛雄的家里。只见姨爹、姨妈正在唉声叹气地说话，无非是怨恨罗小姐没有情义，见阿雄被捕，就马上跟别人结婚了，可见人心势利，真是不胜浩叹。玉梅听了，很是纳闷，一面招呼，一面问道：

"表哥可有出来的希望吗？罗小姐难道没有来过回音？"

"出来？到了司令部，总是凶多吉少，还有什么希望呢？罗小姐昨天说得好好的，今天一嫁了别人，那就什么都完了。唉！我们也怨不得别人，怪来怪去，总是阿雄这畜生太不争气！自作其孽，所以才弄到这么地步呢！"

诸葛龙垂头丧气地回答，他除了长叹之外，是只有连连猛吸烟卷，表示烦恼得十分的样子。诸葛太太听了这些话，知道阿雄的性命，总是难保的了，一时悲从中来，忍不住放声大哭。玉梅被诸葛太太一哭，因此也被引逗得泪如雨下。就在当儿，张妈匆匆进来，说道："有电话来了。"玉梅一听，慌忙走到电话间去了。约莫五分钟后，玉梅脸含喜色地匆匆进来，叫道：

"姨妈，你不要哭了，你不要伤心了，表哥已有救星。"

"呵！真的吗？阿弥陀佛！是谁把他救出来的呀？"

诸葛太太听了这个消息，她立刻破涕为笑，慌忙急急地问，在她心中至少还有一些不大相信的意思。诸葛龙也站起身子，一连串地问她可是真的吗？玉梅告诉着道：

"是罗小姐来的电话，她说表哥已由金廷德做保，大约三天后，可以出司令部。此刻由金廷德请了医生到司令部去医治表哥的伤处，叫我们只管放心好了。"

诸葛太太听了这话，立刻跪在地上，对了窗外天空，拜了四拜，口里念佛不止。诸葛龙奇怪地说道：

"罗小姐一面相救阿雄出险，一面便嫁人了，这是什么意思呢？我真有些弄不懂起来了。"

"姨爹，这是很明显的事情，罗小姐为了要救表哥性命，才嫁给金廷德的。所以我很敬爱罗小姐有这么伟大的精神。她不但是爱之神，而且还是个民族的好女儿！若把她当作汉……"

李玉梅说顺了嘴，几乎把汉奸女儿四字都说了出来。幸亏她想得快，觉得在汉奸面前说汉奸，这到底很刺姨爹的心，因此连忙缩住了，以下的话也就没有再说下去。诸葛龙方才也想过来了，一时只好连声叹息，来掩饰自己的局促不安了。大家此刻心中虽然放宽了不少，但还很忧愁着阿雄的受伤不知厉害不厉害，所以又你一句我一句地祈祷了一会儿，不知不觉的，却已午饭时分。饭后，玉梅应忠花的约，便到大三元去了。

诸葛雄为什么还不能出司令部来呢？这无非是金廷德的计谋，不肯在婚前给淑娴和阿雄见面。恐怕一见面之后，事情难免又要起变化的。直到二十八日的早晨，淑娴方才对廷德要挟说道：

282

"你今天到底预备给我和阿雄见面吗？假使你还是拖延的话，那你今天也不必想跟我结婚了。因为你完全欺骗我，我知道阿雄也许已经是不在人世的了。否则，你为什么不肯给我去见他一面呢？"

"你放心，阿雄是绝对活在世界上的。下午两点钟，我陪你到医院里去看他，他已经安安全全地在医院里调养哩！"

金廷德却笑嘻嘻地说，他完全有死样怪气的作风。淑娴恨不得把他咬几口，但下巴扣在他的门槛上，那又有什么办法呢？也只好又哀怨地说道：

"在什么医院里？你预先难道不能告诉我吗？"

"你何必性急呢？此刻到下午两点钟也不过四五个钟头，难道你就等不及了吗？我回头陪你去探望了阿雄之后，我们就到新都饭店礼厅上去结婚，那不是很好吗？"

淑娴没有办法，也就含恨不再说什么了。

好容易到了下午两点钟，金廷德方才陪了淑娴坐车来到一个医院里。淑娴跳下车子一看，见是大公医院，遂三脚两步地走进院内，由金廷德向问讯处一问，方知阿雄是睡在头等五号病房里。两人匆匆步入病房，只见床上果然躺着一个青年。淑娴急奔到床边，见阿雄满面伤痕，十分凄惨，一时悲痛欲绝，叫了一声阿雄，眼泪已涔涔而下。

诸葛雄在毒辣的魔爪之下，已经是受了无限的痛苦。他有些糊糊涂涂的，只觉得在五分钟之前刚由司令部给他搬迁到医院来，他也不晓得自己到底还有活命的希望没有。可是此刻忽然见到了淑娴，他惊喜得猛可把淑娴手拉住了，说道：

"你是淑娴吗？你……是淑娴吗？我是不是在做梦呢？"

"不！你没有做梦，我是淑娴，我来看望你。"

淑娴要想用手去摸他的脸，但见到他满面的伤痕，又怕累痛了他，所以缩了回来，一面哽咽着回答，一面几乎要哭泣起来。诸葛雄定了定神，他见到淑娴身后的金廷德，他觉得有些奇怪，虽然要想仔细地问她，但有许多话不便问出来。而淑娴的心中呢，和阿雄有同样的痛苦，她有千言万语要向阿雄诉说，但为了身后有金廷德在着，她不能说，她也不敢说。所以两人流泪眼观流泪眼，默默地望了良久，兀是没有说一句话。金廷德含笑走过来，表示好意的样子，说道：

"小诸葛，你现在没有危险了，日本人那儿我给你做了担保，所以把你释放了。你好好在这里医治伤处，过两天就会好起来的。"

"哦！谢谢你，承蒙你救了我的性命，我真是感激你。"

"不要客气，我们从小是同学，互助是应该的事情。阿雄，我还要报告你一件消息，今天是我和淑娴在新都饭店结婚的好日子，可惜你是不能喝我们的喜酒了。"

廷德故意去刺他的心，遂接着微笑地告诉。阿雄哦了一声，他的脸色由惊骇而转变到平静，便把两手拱了拱，说道：

"对不起！我……就在这儿跟你道贺吧！"

"等我们养了孩子的时候，我再请你吃红蛋吧！"

廷德非常得意，又笑嘻嘻地回答。一面拍拍淑娴肩胛，催促她说道：

"淑娴，时候差不多了，他们要等得性急了，我们该结婚去了。"

淑娴在这时候，她又想反抗，倒竖柳眉，圆睁了杏眼，咬牙切齿的表情，大有杀气满面的样子。她这种表情，廷德因为在她背后，所以没有见到。那么相反的，诸葛雄眼睛里是看得清清楚楚的，他知道事情是有着蹊跷，他明白淑娴心中有说不出的苦衷，于是低低地说道：

"罗小姐，你去吧！不要误了你们的吉期。"

淑娴听他这样说，心里委屈到极点，她虽然要哭出来，但理智告诉她，我不能太富于感情作用，而反连累了阿雄，于是也不说话，硬了心肠，回身向外就走。廷德恐怕她有什么意外，遂也匆匆地跟出病房去了。

诸葛雄心中是雪亮的，他知道自己这次被捕，绝不是真正的事机败露，完全是小金因妒恨而起的毒心，所以陷害我受苦。大概是淑娴答应了他的婚事，他才把我释放了。淑娴是可怜的女子，她为了救我性命，才牺牲她的身子。她是多么伟大，我诸葛雄绝不怨恨她负心，她是我救命的恩人哪！诸葛雄正在想时，忽然窗外乌云四聚，一阵风过，竟然唰唰地落起大雨来了。

天气本来是相当闷热，经过一场大雨之后，才算是凉快了不少。但窗子没有关，那雨点儿就斜飘进病房来，湿了地板一大块。诸葛雄叫了两声看护小姐，但没有人答应。不过雨是愈落愈大，房内已流进了不少的雨水。诸葛雄勉强支撑着身子，走下床来，预备去关窗户。不料这时有个看护小姐从病房门口经过，一见病人在关窗子，这就立刻奔进房来。因为见到满地板的雨水，遂蹙了眉尖，怨恨地说道：

"小莉到什么地方去了，真是吃饭不管事，她做看护在管些什么呢？先生，你快去躺下，我来关窗子吧！"

"啊！你……你……是人还是鬼呀？"

诸葛雄回头望去，一见那个看护小姐的脸，由不得大吃了一惊，遂啊了一声，急急地问。那看护小姐听问，也急急向他脸孔打量，虽然是伤痕斑斑，但哪里会不认识呢？于是也惊叫起来道：

"你……是诸葛先生吗？"

"你……是郎露茜小姐吗？我想不到你还活在这个世界上！"

诸葛雄说着话，全身发抖，已向前扑下去。郎露茜急忙把他抱在怀内，她心中不知是悲是喜，叫声："可怜的诸葛先生，你怎么会弄成这个样子呢？"她满眶眼泪便扑簌簌落下来了。

《归》写到这里，暂告一小段落，至于郎露茜在这次沪战中死里逃生，受尽千辛万苦的经过情形，是要在《恨》小说里向诸位读者详细地告诉了。

一九三七年初夏
作者

恨

第一回

　　虽然是在黑沉沉的夜里，但天空是血红的，仿佛一炉子火炭似的，燃烧得厉害。深夜的空气并不寂静，相反显得嘈杂而热闹。一会儿轰隆隆，一会儿哗啦啦，一会儿噼噼啪……这声音是令人心惊肉跳，魂飞魄散，几乎会昏厥倒地的。这到底是怎么一回事呢？原来就是沪战开始后第二天八一四的夜里，在闸北四周，便陷入在火网里。一个炮弹落下之后，那居民的房屋就像浪花飞溅起来。浓密的黑烟，随了狂风卷向天空中，接着在浓烟里面冒出毒蛇尖那样的火焰。这是一次人类的浩劫，中国人民的浩劫，闸北战区中的居民的浩劫，是一群穷苦无力逃难老百姓的浩劫！

　　一线曙光，从黑漫漫的长夜里破晓了。天空中已消失了鲜血般的红光，但战神的脸是显得万分恐怖，使阳光不敢透露出来。灰色的浮云中，掺和了淡黑的烟雾，一阵一阵地向上冒，这烟雾在夜里就是火光。整个的闸北，在火炉子里融融地燃烧。

　　郎露茜这个可怜的姑娘，她因为家里人口众多，无力逃难，因此只好在战区里听天由命。但野心国家是惨无人道的，在飞机滥施轰炸、炮弹无情乱放之下，他们安得不遭难其中呢？有钱的人，平平安安地逃入租界，顶房子，借旅馆，仍旧安如泰山，连一些惊吓都用不到受着。但穷苦的人是只好等死了，不！也许是老天可怜着她，不忍心这位聪明美丽的姑娘死在炮弹之下吧，她在一度昏厥之后而悠悠地醒了回来。

　　这时天色已亮，郎露茜有些神志糊涂地还不知道自己到底是生是死，睁开眼睛向四周一望，只见屋倒墙坍，砖石遍地，几根屋梁还在融融燃烧。她奇怪着自己为什么没有给砖石木柱压死，抬头一望，原来自己的身上覆了一张八仙桌。虽然一根桌脚已断，但三只桌脚还撑住地上，因此砖石等倒下来就压在桌面上，自己固然没有罹难，而且连一些微伤都不曾伤及。郎露茜惊魂稍定，忽然想到了爸妈和弟妹，她的芳心立刻又焦急起来。于是慢慢爬起身子，口里叫着"爸爸！妈！弟弟！妹妹！"喊个不了。但叫了多时，却没有人答应。露茜暗想：难道父母弟妹都死了吗？那留下我一个人，又有什么意思呢？一阵悲痛，忍不住泪如泉涌。回眸四望，这明明是中院里的房屋，还有几幢房子侥幸没有中弹，还孤独地矗立着。郎露茜一面在瓦砾中爬行，一面哭喊着爸妈弟妹。

忽然被她发现了倒墙下面露着一条手臂，虽然衣袖上沾了灰沙和泥土，但郎露茜还可以认得出这是爸爸穿的白竹布短衫。可怜郎露茜心中这一悲痛和焦急，她也顾不得地上高高低低凹凸不平的难走，猛可站起身子，奔了上去。但两脚被乱砖头一绊，身子早又跌了下去。膝踝撞在砖石上，她的嫩肤上已流了血。可是她并没有感觉得疼痛，仍旧地爬行着过去。伸手把砖石泥土拼命地挖开，当她发觉爸爸脸的时候，谁知已经血肉模糊，惨不忍睹，早已气绝身死了。这时郎露茜心头的悲痛，岂是笔墨所能形容的呢？这就摸着爸爸冰冷的手，放声大哭起来。

郎露茜哭了一会儿，心中暗想：在这个年头做人，性命太不值钱了，爸爸就这样不明不白地死了，这冤枉向谁诉说呢？我纵然哭死了又有什么用，还是快些再找寻母亲和弟妹要紧，也许他们没有死哩！这就忍痛丢了爸爸，东张西望地又四处找寻，口里还高声叫道：

"妈！妈！你在哪里？露芬！露清！露英！姊姊在叫你们，你们听见没有？为什么不回答我呀？"

"大姊……大姊……"

忽然听到了这两声颤抖的呼叫，郎露茜好像发现了什么珍宝一般兴奋和快乐，遂又急急地叫道：

"你是露芬还是露清？你在什么地方？"

"我是露清，大姊，我在这里呀！我痛死了！嗬嗬！嗬嗬！"

露清是露茜的弟弟，他还只有八岁，他听了姊姊的问话，一面低声地告诉，一面便大声哭起来。有了他这一阵子哭声，倒使露茜有了找寻的目标，遂急急地循声而往，果然被她发现八岁的弟弟被一根笨重的木柱压住着，他虽然想挣扎，但却是一些也动弹不得。露茜瞧了，慌忙奔上前去，用尽气力，把木柱移开，抱住了露清，姊弟两人都哭了起来。一会儿露茜急急问道：

"弟弟，你可曾受伤了没有？"

"我……我……不知道，我只觉浑身都痛，腿……上更痛得厉害。哎哟哎哟！大姊，爸爸和妈呢？他们都到什么地方去了？"

露茜听弟弟这样回答，知道他小身体一定被木柱压伤了。正在不知如何是好，忽然又听弟弟问起爸妈，她想到爸爸已死于非命，眼泪又滚滚地落下来，哽咽着说道：

"弟弟，我们找吧！妈！妈！露芬！露芬！"

"妈！二姊！二姊……"

姊弟两人高喊了一阵子，却听不到她们的回答。露茜问露清能走吗，露清两脚落地，便呼痛不止，显然他的脚是被压伤了，遂用尽气力，把弟弟先抱着离开了瓦砾堆，来到弄堂里空地上，放他坐下。低低叮嘱他不要动，说我找寻妈和妹妹去。露茜第二次奔入瓦砾堆中，被她发现了母亲躺在一把断了脚的椅子旁边，手臂上流着血，这血和灰沙混合着，已没有了红的颜色。她另一条手臂还紧紧地抱着那个三岁的露英妹妹，但露英的头顶上竖着一块尖石头，血流满面，看来已经是没气的了。露茜爬到母亲身旁，一摸她胸口，还有热气，知道母亲还有救星，遂急急摇撼着她身子，哭叫着说道：

"妈！你醒醒！你醒醒吧！"

"啊！你……是露茜！我们在阴世路上会面了吗？"

郎太太被露茜弄醒过来，她睁开眼睛，惊骇的神情，望着露茜的脸，怔怔地问。露茜连忙摇头说道：

"不！妈，我们还活着，我们还活着哪！"

"露英！露英！啊！苦命的孩子！她……没有气了……"

郎太太听露茜告诉还活着，遂回头去望她怀抱内的小女儿，但露英已经不会啼哭了，郎太太一阵伤痛，便伤心地哭了。露茜也哭道：

"妈，爸爸也死了！"

"什么？他……也死了？哦！这算不得稀奇，我们还能活着，这本来是侥幸的事。露茜，你的弟弟和露芬呢？他们也完了吧？"

郎太太在一度悲痛欲绝之后，她又点点头，自言自语地说。接着含了眼泪，又向露茜低低地问，神情是分外凄惨。露茜连忙说道：

"弟弟没死，我已把他抱出弄堂里坐着，二妹还没有找到，不知是生是死。妈，事到如此，没有办法，你只好弃了小妹的尸体，快些逃性命吧！"

"露清没有死吗？啊！阿弥陀佛，这总算是你爸爸的积德，我们郎家还留着后代。露茜，你妈虽然还活着，但伤得很厉害，看来早晚也逃不了一个死。假使活着受苦，那还不如死了可以免却痛苦吗？好在露清活着，我很放心。你们姊弟两人快逃命吧！我不想再逃，我预备跟你爸爸、妹妹在这儿葬身了。"

听了露清活着的消息，郎太太满面惨痛之余，也会浮现了一丝欣慰的苦笑，她颤抖着声音，低低地说。但露茜如何肯丢了一息尚存的母亲自己逃命呢？于是抱了她身子，流泪说道：

"妈，你不要这样说，你快些跟我走吧！我们一块逃命，一块过活。否则，我们就一同死在这里也好，我也不走了！"

"那不行，那不行，你的弟弟怎么办？好！我走，我走！"

郎太太听女儿这么说，心中不免急了起来，遂只好挣扎着站起，她低头看着地上躺着露英的尸身，她的眼泪像雨点儿似的滚落下来。露茜半抱半扶地把她扶出来，幸亏郎太太伤的是手臂，所以两脚尚能行走。当她走到弄堂里和露清相见的时候，母子抱在一起，又呜呜咽咽地哭了起来。露茜也顾不得他们母子在哭泣，她又一拐一拐地奔入瓦砾中去找寻露芬了。

正在这个时候，忽然见巷堂外奔进一队救护员来。他们见了郎太太母子俩坐着哭泣，便急急地说道：

"不要哭，不要哭，此刻铁门开着，你们快跟我逃到租界去吧！"

"露茜！露茜！你在哪里？铁门开了，我们快走呀！"

郎太太一听，连忙急急地叫喊。露茜在瓦砾堆中匆匆地奔出来，哭丧着脸，流泪说道：

"我找不到二妹在哪里，怎么办好呢？"

"看来凶多吉少，哪里再管得了她？露清这孩子腿坏了不能走路，我又抱他不动，你快来抱弟弟走吧！回头铁门一关，我们再也没有性命了。"

郎露茜听母亲这样说，也只好硬了心肠，把弟弟抱在手里，一面扶着母亲，急急地走出弄口外来，只见弄外停了一辆卡车，上面都是头破血流受伤的老百姓。郎露茜要求他们给自己母女上车，在车上坐下。不多一会儿，这一队救护员又在弄内抬出几个受伤的居民，扛到车上。朗露茜自说自话地问着，说我的二妹救出来没有，众人没有回答，都在她灰沙沾满了的脸上逗了一瞥，不多一会儿，汽车便开出铁门外去了。

郎露茜六口之家，只逃出了三个人。爸爸和小妹是死定的了，她亲眼瞧见的，所以倒也死了这条心。只有二妹露芬，生死未卜，万一没有死，只受了一些伤在瓦砾堆中，可怜她不是活活地要饿死吗？爽爽快快地死了，失了知觉，那倒不算痛苦，像这样慢慢地死去，那不是太痛苦太悲惨了吗？露茜这样想着，一路上眼泪没有干过，她真有些痴痴然的样子。

这一卡车受伤的百姓，送进了红十字会，由医生把他们一个一个地医治。露茜虽然没有受伤，但膝踝上跌破了，刚才鼓着勇气把弟弟、母亲救出来，倒也不觉得什么，可是此刻定心下来之后，却觉膝盖上疼痛十分，连走路都有些困难。

红十字会的伤人实在太多了，所以除了重伤的百姓能在医院住宿，认为轻伤的人，经过医生包扎之后，便即催促出院的。护士长在一一地检视过来，见露茜母女三人伤得还轻微的，遂对他们说道：

"你们的伤没有什么性命危险，所以请你们出院吧！"

"先生，你……做做好事，发发慈悲心吧！我们的家在闸北被炮火毁了，在这租界里没有安身之所，请你给我们住几天吧！"

郎太太一听他来催促出院，先着急了起来，愁眉苦脸地哀求着说，眼泪已扑簌簌地滚了下来。露茜听了，也慌忙恳求着说道：

"先生，我们虽然是受了一些轻微的伤，但我和弟弟都伤在膝踝上，所以一时里难以步行。你做做好事，就给我们住几天，等我们能行走的时候，一定离开这儿好了。"

护士长回头望了露茜一眼，见她穿了一件淡青的麻纱旗袍，可是已经肮脏得不成样子。露茜两条手臂，虽然圆圆的很丰腴，但沾了灰沙和泥土，还有两处皮肤擦开了，有了一些血印子。她头发乱蓬蓬的，也沾上了白白的灰沙，脸蛋轮廓生得端整，但却抹上了一个鬼脸，从而可知他们确实是从炮火之中逃出来的，一时动了一些哀怜之心，遂点点头，说道：

"那么你们就住着吧！不过病房是没有份了，跟我到那边走廊里坐着吧，回头我给你一个牌子。"

"多谢先生的恩典，希望你长命百岁吧！"

郎太太不待露茜回答，就急急地说，还向他连连地拱手。那个护士长微微地一笑，却没有作答，领了他们三个人到那边长廊里来。这长廊本来是人行道，现在变成临时病房，满地的都是受伤的穷苦百姓。护士长指定了一个地位，给他们三人坐下，便匆匆地走开去了。

郎露茜回眸见这四周受伤的同胞，个个鸠形鹄面，狼狈到了极点，有几个断了腿的，折了手的，还在呼痛呻吟，空气是沉闷而悲惨。她心中不免想到了爸爸和露英惨死的情形，她的眼泪，又像雨点儿般地滚下来。她觉得战争实在太残酷了，乱世的人民，根本比鸡犬还不如，性命太不值钱了。可怜爸爸和小妹就这样死在瓦砾堆中，不要说没有谁会给他成殓安葬，恐怕……想到这里，再也不忍想下去，她几乎掩着脸哭泣起来，但又怕伤了母亲老人家的心，所以她竭力忍熬住了。这是敌人恩赐给我们吃这样的苦，我有这么一个日子，总要给爸爸报仇，跟敌人拼命不可。郎露茜这时心头由悲痛而变成愤激，她眉宇之间也会浮现了一股子杀气。

不多一会儿，那护士长匆匆走来，给露茜一块牌子，他没有说话，又走开去了。露茜见牌子上写着五百四十六号的字样，翻面还有"母子女三人"五个字，心中暗想：大概凭这块牌子住宿的吧！于是藏在贴身的衣袋内。这时有个伤了腿的男子，忽然大骂起来，说道："他妈的！这惨无人道的鬼子兵！毁了我的家，杀了我的父母、妻子、儿女，剩下我孤孤零零一个人，我和你势不两立！我马上当兵去，我要杀敌！我要杀敌！我要报仇！"

那男子的神经受了过分的刺激，他疯狂地跳了起来。但他到底是伤了腿部的人，一时痛得站不住，终于昏倒地上去了。被这男子如此一来，激动了满地坐着的难胞的痛心，有的哭爹，有的哭子，有的哭夫，有的哭妻，这是一幅多惨多悲的流民图呀！郎太太、露茜、露清也都随着哭泣起来了。

已经是中午的时候了，国历八月，在农历还是七月里的天气，这是盛夏的季节。长廊上无遮无蔽，烈日热辣辣地照逼着这可怜的一群，大家都是臭汗盈盈，好比活地狱里受罪一样。郎露茜想着这次从炮火之中虽然是九死一生地逃出了性命，但身边一些东西也没有带着，在这盛夏天气，晚上睡觉，固然不用被褥还可以过去，但衣服不能换，洗浴无处洗，这样光景，和乞丐有什么分别？那以后的生活将怎么样过下去？假使在这社会上丢脸挨苦，倒还是死了干净得多呢！露茜这样想着，真是急断了肚肠根。但光是急又有什么用？她除了叹气之外，是只有默默地流泪了。但这时露清却叫肚子饿了，他说口里一阵阵清水冒上来，实在饿得有些受不住了。郎太太摸着身边的钱袋，这是她在家里预先就藏好的二十五元钱，幸亏没有遗失，遂取了一元钱，低低地说道：

"被你一叫肚子饿，我也饿了起来。露茜，你一定也很饿吧？我们想法子去买大饼、油条来吃好吗？不过你们姊弟俩走不了路，我又认不得这里是什么路，那可怎么办呢？"

"老太太，我给你们去买好了，不过买来之后，给我也吃一副大饼油条。"

坐在郎太太隔壁一个中年男子，衣衫褴褛，他是伤了头部，用纱布包扎着，当下就含了笑容，向郎太太低低地回答。郎太太听了，好不欢喜，遂向他连连道谢，一面把钞票交给他，一面说买来当然大家吃。那男子接了钱，便匆匆走出红十字会去了。

约莫十分钟后，那男子买了两副大饼、油条回来了。一副放在嘴里咬着吃，一副拿在手里，他并不走到郎太太这边来，却另外找个空地坐下，管自地吃着。郎太太一见这情形，不由急了，遂走了上去说道：

"喂！你这位先生怎么啦？我叫你代买几副大饼、油条，你为什么不给我呀？还有找回来的钱呢？快拿给我呀！"

"咦！你这个老太婆莫非疯了吗？谁拿过你的钱呀？我买我的大饼、油条吃，与你什么相干？这年头做人，自管自也管不了，你还问我讨吃吗？对不起！没有没有。"

郎太太做梦也想不到这男子会回答这两句话，一时气得全身发抖，脸都发青了，张大了眼睛，气呼呼地说道：

"什么？什么？你……这个骗子，你……骗了我一块钱，你……丧尽天良，真是太狠心了，太没有人格了！"

"放你妈的臭屁！谁骗你的钱呀？你这老媪妇胡说八道，莫非是个疯子吗？你再吵吵闹闹的，我可请医院里的人把你赶出去了！"

郎露茜见那男子凶巴巴地站起身子，大有挥拳欲打母亲的样子。这就顾不得膝踝上疼痛，一拐一拐地走了过去，把母亲拉开了，向那男子说道：

"先生，我们都是遭灾落难之人，受了鬼子的苦，我们都是一样可怜的人。照说呢，我们难胞应该互相爱护帮助才好，不料你还用这种手段来欺骗我们，拐骗了一元钱，那是吃得完用得完的，但你的良心，我觉得是太黑一些了。妈，我们也不必和他多争论，反正口说无凭，钱已落在他的手中，还有什么理由可说呢？不过使我们多受了一个教训，可以知道社会是黑暗的，人心是险恶的。同样在患难之中的人，尚且这么损人利己，那就无怪异邦鬼子，惨无人道地要来侵略我国了！唉！这世界，这世界真是完了！"

"露茜，他……他……竟这么的黑良心，虽然只有一元钱，但也有一百个大饼可以买，我们娘儿也有几天可以活命。现在……现在……他骗了我们，我们良善的人终于是上当的了！唉！天哪！为什么要给我们九死一生中逃出来呢？和爸爸一块儿的中弹死，不是干净得多了吗？"

郎太太听了女儿这一番痛心疾首的话，她也惨痛欲绝地说，一面忍不住掩脸哭泣起来。露茜拉了她走回原来的坐地，一面也长吁短叹地流泪。那男子默默地吃着大饼、油条，虽然没有说话，但他心头似乎也有些羞愧和不安。唉！这就是绝路无君子，从此这上海社会就更没有太平的日子了。

可怜露清咽着唾沫，拉了郎太太衣袖，却还哭吵着要吃大饼、油条。幸亏这时红十字会里的侍役，已抬了一大桶薄粥来，因为伤人多，没有这许多饭碗来分配，所以一个人一只洋铁罐子，每人盛了一罐子薄粥，也没有菜，也没有筷子。郎太太母子三人，各捧一只洋铁罐子，低了头，稀里呼噜地喝粥汤。露清一不小心把嘴儿割破了，满口流着血，八岁的孩子懂得了什么，便哇的一声哭了。郎太太急忙拿衣袖给他拭去血水，叹了一口气，说道：

"苦命的孩子，你要吃得小心一些啊！"

"唉！这还是人过的生活吗？早知道逃到租界里是受这样的痛苦，我情愿和爸爸死在一块了！"

郎露茜眼泪像雨点儿一般掉落在洋铁罐子里，人家说眼泪淘饭吃，这是形容做人的苦，但他们是眼泪淘粥喝，这生活是更比黄连苦三分啊！

太阳走完了一天的行程，疲倦地沉沦到西山脚下去了，夜风一阵阵地吹拂着，气候比较凉快了许多。郎太太母女三人又喝过了晚上的粥汤，他们默默地呆坐着。这时空气相当静悄，因此可以听到隆隆的炮声，在天空中隐约地播送。郎露茜抬头望着西北角上微红的天，她想着还有几许同胞在战区中没有逃出来，此刻不幸的恐怕已随了炮声而化为灰尘了吧！郎露茜这么想着，泪水又会滚下了两颊。郎太太叹了一口气，说道：

"露茜，这样下去，也总不是一个办法，我的意思，还是找你的表姨妈去吧！你瞧我们身上脏的这个样子，没有衣服换身，没有面布洗脸，没有席子，没有线毯，这么三个光身，那还不成了叫花子吗？"

"可是表姨妈只住了一个亭子间，还有三个小孩子，他们自己也有人满为患的苦楚，怎么再能有给我们三人容纳的地方呢？叫别人为难，我们情愿自己苦一些。过两天后，再做道理吧！"

郎露茜听母亲这样说，遂摇摇头，表示不情愿去打扰人家的意思。郎太太愁眉苦脸地说道：

"我吃些苦，倒也没有什么问题。只怕你们姊弟俩在晚上受了凉，生起病来，这不是更加地糟了吗？"

"我想这几天还不至于会受凉，等我的伤好了之后，我再慢慢地想办法。唉！我们竟会弄到这个地步！"

郎露茜一面说，一面心中不免想起诸葛雄来了。诸葛先生确实是关心我的一个知音人，他在八月十一那天下午，曾经约我在光明咖啡馆谈话，他叫我想法子搬到租界来。可是我没有充分的经济力量，我没办法实行我搬家的事情。他也很感慨地说，只恨他能力不够，否则，他一定会帮我的忙。我想沪战一开始，他心中一定很焦急，说不定会到处打听我的消息。虽然我明天可以去找寻他，求他帮助我，他见我狼狈得这个样子，他一定会给我想法子的，不过他的父母，已给他定下了局长的女儿做妻子，我一个女孩儿家又何必再去麻烦他呢？露茜这样思忖着，泪水只管从眼角旁涌上来，于是她又想到了史忠花，明天还是去找忠花去吧！忠花她住的虽然也是一个亭子间，但她到底只有一个人。凭我们的友谊交情，和她去商量，她一定肯给我们住到她家里去。

就在这时候，那个护士长带了两个护士，拿了伤药水，挨次来给这班伤人换药水。挨到郎太太的面前，郎太太伸了手臂，给他们解散了纱布，重新敷药水。接着他们又把露茜姊弟俩膝盖上的伤处也换了药水敷着，郎太太感激地望了他一眼，低低地说道：

"先生，你真好，我问你借只面盆，舀盆冷水，洗个脸好吗？"

"小刘，你去舀盆冷水来给他们吧！"

那个护士长向郎太太母女三人望了一眼，完全像抹上了鬼脸一样，确实肮脏得太不卫生，于是向身旁的护士吩咐着说。他一面带了另一护士，又走到别个伤兵旁边去换敷药水了。不多一会儿，那个叫小刘的护士端了一盆冷水匆匆走来。郎太太千恩万谢地谢个不了，连忙接放在地上，向露茜低低地说道：

"你平日最爱清洁的人，你快洗脸吧！"

露茜也觉得脸有些发臭难闻，遂伸手去拧盆水里的面巾。在灯光之下，见到那条面巾，是乌黑的像一方灰布，不但破陋，而且龌龊，大概是一方抹桌子的布条。露茜呆了一呆，她觉得抹到脸上去，有些受不了。但郎太太在旁边却低低说道：

"露茜，你还发怔干吗？照你现在这副肮脏的脸，有这么一方破布给你洗脸，你已经是够福气的了，快洗吧！你洗好了，我和你弟弟也要揩一把哩！"

露茜因为没有用镜子照过自己的脸，当然不知道自己的脸是肮脏得怎一份样儿，今听母亲如此说，方知自己的脸，一定像舞台上的小花脸儿。于是顾不得手巾乌黑，就低下头去，好好地洗了一下脸。当她发现洗下来的一盆乌黑的冷水，一时忍不住啊了一声，说道：

"这……怎么会肮脏得这个模样呢？"

"从炮火、浓烟，屋倒墙坍的灰沙泥土堆里爬出来的人，如何不要脏得这个样子呢？你索性把手臂也洗一洗，回头我去换盆冷水来给你弟弟也好好洗一洗。"

郎太太叹了一口气，向女儿感慨地回答。露茜觉得此刻夜风吹在脸上，真有说不出的爽朗和快感，遂连忙把那方破布又洗了手臂，她心中想着，要在平常的日子，怎么会想到这一方破布有如此宝贵呢？因为这种破布，丢在地上，恐怕拾都不会去拾哩！露茜一面感慨地想，一面匆匆地洗毕。齐巧那个护士长又走过来，露茜站起身子，低低问道：

"谢谢先生，请问冷水在哪里取的？"

那个护士长这会子瞧到了露茜之后，他只觉得眼前一亮，竟然目不转睛地呆呆地愕住了。你道为什么？原来露茜从战区里九死一生地逃出来，流着汗，淌着泪，沾着灰沙泥土，这个脸儿，真所谓一颗宝石埋藏在污泥中一样，谁也不会去注意她，只当她是个丑姑娘。此刻在灯光之下，瞧到了露茜真面目，那仿佛是宝石透露了光辉，灿烂得耀人眼目。那个护士长暗暗想道，竟然是一个美人儿啊！爱美固然是人之天性，尤其是一个女人的美丽，更会引起无论谁的好感。那么这个护士长当然也不会例外，当时还有些将信将疑，这个姑娘莫非另有其人吗？因为露茜被他看得非常难为情，所以两颊不免浮现了娇艳的红晕。这在那个护士长眼睛里看来，就更觉得美丽可爱了。他似乎动了爱怜之心，伸手把面盆接来，低低说道：

"你膝踝上不是有着伤吗？我给你去换一盆清水来吧！"

"谢谢你，真是太不敢当了！"

露茜那两道秋波才显出妩媚的光芒来，万分感激地逗了他一瞥，温情地回答。那护士长说声没有关系，他便匆匆地去了。郎太太说道：

"这位先生真好，他完全有慈悲心肠，所以世界上坏的人固然多，好的人也不少。"

露茜听了却没有作答，依然在地上坐下。不多一会儿，那护士长把冷水换了来。这会子面盆里却放了一条雪白的西湖毛巾，他微笑着说道：

"刚才小刘真拆烂污，把一条抹桌布拿错了。"

"先生，我们的脸太脏了，那手巾太清洁了，我们反而擦不上去。"

郎太太很感激地说，她脸上含了一丝苦笑。护士长望了露茜一眼，微笑着说道：

"我给这位小姐再洗一个脸，第二次洗是应该用这块毛巾的。"

露茜听了，道了一声谢，遂又洗了一个脸。这时候面部上亲着这方软绵绵的西湖毛巾，她真觉得有说不出的舒服了。过了一会儿，郎太太和露清用抹布第一次先洗清了脸，然后也用西湖毛巾第二次用清水洗濯过。这都是那护士长给他们服侍的，郎太太心中很过意不去，遂低低地请教他贵姓。他说了一声姓陈，便拿了面盆走开去了。

这时他们母女三人迎着微微的夜风，方才觉得爽快了一些。郎太太望了露茜一眼，似乎稍有安慰地说道：

"吉人天相，我们一定有贵人帮助的！想我们前生没有作孽，今生也没有做过什么伤道德的事情，老天也不忍心叫我们吃苦吧！"

"妈，这年头还分什么好人坏人呢？我们良善的人吃这种苦楚，但作恶的人，也许正在享受歌舞升平的欢乐哩！唉！假使老天有知的话，第一把鬼子兵先一个一个地死光！"

露茜认为目前这些消极的话太近乎空虚，她觉得现在需要解决的就是现实问题，所以她竖起了柳眉，愤愤地回答。郎太太却有一种信仰地说道：

"你瞧着，残暴不仁的国家，哪里会久长？日本现在狠天狠地地横行不法，但总有一天会失败的！"

"妈，我要睡了。"

"你就睡在我的怀里吧！"

露清闭着小眼睛，低低地说。郎太太抱着他身子，慈祥地安慰他回答。这时四周很静寂，除了几个受伤的人在呻吟外，那只有夜风中送过来噼噼啪啪轰轰的枪炮之声了。露茜只觉有股子心酸触鼻，大颗的热泪会在眼角旁涌了上来。

正在这个时候，忽然见陈先生匆匆地走过来。他肋下挟了一条席子，还有一条线毯，手里拎了一把茶壶、一只瓷茶杯，说道：

"你们这样子坐着，也不是一个道理，我拿条席子给你们铺在地上睡吧！口渴的时候，我给你们茶也预备好了。"

"陈先生，你待我们这样好，真叫我们太感激你了。"

郎太太再也想不到那个护士长会这样地优待他们，一时感激不尽，忍不住连声道谢地说。露茜对于他过分的关心，心头倒是引起了猜疑，觉得他所以这样独独地对待我们，在他心中多少是有些作用的。但我们在这样山穷水尽的时候，还有什么可顾虑呢？于是也向他道谢，一面铺了席子，把弟弟睡在席上，用线毯盖好。陈先生这会子并不走开，他也在席子坐下，望着露茜的粉脸，低低问道：

"你们是从闸北逃出来的吗？"

"是的。"

"除了你们母女三个人外，还有什么人没有？"

"我爸爸和两个妹妹都死在炮火之中了……"

露茜凄凉地回答，她忍不住又流下泪来。陈先生见了她海棠着雨似的娇容，备觉楚楚可怜，一时也微微地叹了一口气，继续又问道：

"你爸爸姓什么，他从前在什么地方办事的？为什么不早些逃避到租界来呢？"

"我爸爸姓郎，他是在闸北学校里做教员的。因为我们人口多，经济能力又很薄弱，所以我们无法逃避，只好让炮火来毁了我们的家，拆散了我们的骨肉。"

陈先生听她话声有些哽咽，一时也很难受，望着她默然了一会儿，方才又低低地问道：

"郎小姐从前是在学校里读书的吗？"

"不！我原在普济产科医院里做看护的。"

"那么你现在仍旧可以去做看护呀！"

"陈先生，你不知道，我在实习产科，根本没有薪水的，而且还要津贴医院里的饭钱呢！因为当初我想学会了产科，便可以有自立的能力。现在我们的家也没有了，第一个问题需要解决的，就是逃到了租界之后，在什么地方寄身……"

陈先生听她说到这里，也不由微蹙了眉尖，代为忧愁地急急问道：

"难道你们在租界里连一个亲戚朋友都没有吗？"

"亲戚是有几个的，但他们住的房屋也很狭小，我们怎么能去打扰人家呢？"

"在急难的时候，那也顾不得许多。我以为暂时去耽搁几天，慢慢地另想别法，多少可以松一口气。"

露茜听了，却并不作答。郎太太望了陈先生一眼，代为答道：

"陈先生，我这孩子就是那份高傲的脾气，要她苦苦地去求靠人家，她情愿在马路上挨苦的！"

"郎小姐倒是个有志气的人，但是你受了人家好处，不是慢慢可以补报人家的吗？我想那也没有什么大不了呀！"

"常言道：富贵有远亲，贫穷无近邻。况且这年头，大家都自顾不暇，我们这样狼狈而去，谁都会见了讨厌啊！"

"这也不可一概而论，亲戚朋友，首重义气，有义气的人，救济你也来不及，如何还会讨厌你们呢？"

露茜听他这样说，灵机一动，不免又想起了忠花，觉得我和忠花，情同手足，她若知道我死里逃生，她必定会收留我们到她家里去的。于是望了他一眼，低低说道：

"陈先生，我拜托你一件事，你明天给我打个电话到普济产科里去，找一个史忠花小姐，你跟她说，郎露茜在红十字会受了伤，她一定会来看望我的。"

"好吧！我明天一定给你代打电话给史小姐。请问郎小姐，您芳名是怎么写的？"

"露水的露，草字头下面一个东西的西字。"

"哦！郎小姐，那么你们早些睡吧！明儿见。"

陈先生点了点头，一面说着话，一面站起身子，便匆匆地走开去了。露茜觉得这位陈先生的年龄大概在三十，脸倒也并不生得怎么讨人厌。虽然他对自己有些过分关心，然而看他态度倒也相当诚恳热心，一些没有浮滑的意思，也许他真是个好人哩！露茜心里暗暗地想，但郎太太却说出口来道：

"这位陈先生真是一个贵人，他送席子、线毯给我们，又拿茶水给我们预备好，这真好比雪中送炭，叫我们实在太感激了。"

露茜因为自己是个女孩儿家，当然不好意思发表什么意见，遂哦了一声，慢慢地躺到席子上去了。这一晚郎太太母女三人因为太疲倦了，所以睡得特别香甜。直到第二天七点多钟，才被一个受伤的人大叫着痛啊吵醒过来。三个人揉揉眼皮，坐起身子，望着东方的天空，朝阳又红红地升起来，郎太太叹了一口气，说道：

"真像做梦似的，我们这样地又过了一天了。从今以后，你爸爸和妹妹，是永远没有再见面的日子了！可怜你爸爸一生忠厚老实，竟会弄得这么悲惨的结局……"

郎太太说的话，引逗得露茜又是泪如雨下。就在这当儿，陈先生给他们送来面水。露茜真觉得不好意思，遂感谢地说道：

"陈先生，你这么客气，叫我们如何对得起你？"

"没有关系，郎小姐，我已给你打电话到普济产科医院去过了，但他们回答，说史忠花昨天没有到院，今天也没有来，叫我迟一点儿时候再打过去。"

露茜一面道谢，一面暗暗奇怪，忠花为什么不到医院去呢？这是什么缘故呢？郎太太却给露清洗着脸，愁眉苦脸的也猜疑了一会儿。到了下午，陈先生又来告诉露茜，说一共去了四五个电话，都回说史小姐没有到院，这不知是什么缘故。诸位读者，忠花为什么不到医院服务呢？原来她跟了蔡志坚、诸葛雄等已经是踏上了征途哩！所以在露茜心中，又怎么能猜得到呢？

日子一天一天地过去，郎太太母女三个人在红十字会里过着痛苦的生活。但是一批一批受伤的难胞，只管由战区里运输过来。因此郎太太三人连这些苦日子都不能再过下去了，因为那时候他们一些轻微的伤已完全复原了，所以医院当局，不得不向一班伤势已经痊愈了的难胞下逐客令了，郎太太母女三个人自然也是其中一份子。他们想不到偌大一个上海，竟无他们寄身之所。正是大地茫茫，漂泊何处？三个人六行热泪，急得滚落下来了。

第二回

　　郎太太母女三人因为出了红十字会之后，实在无处可以安身，所以急得双泪直流，不知如何是好。护士长陈先生匆匆地走来，他手里拿了一封信，一见他们三人泪流满面的神情，似乎非常难过的样子，遂低低说道：

　　"郎小姐，我们红十字会也是出于不得已而叫你们走的，伤人一天一天地增加，痊愈的人若不出院，那如何住得下去呢？不过我是明白你们的苦衷，你们走后，恐怕是无处可以去安身的。现在我问你们，假使给你们到难民收容所去安顿，不知道你们愿意去吗？"

　　"陈先生，我们是穷途落魄、无家可归的一群可怜虫，只要有安身之处，那已经是够欢喜了，如何还有不愿意的道理呢？"

　　郎露茜听他这样问，遂连忙把手背擦去了眼泪，欣喜地回答。陈先生见她以手拭泪的动作多少包含了一些孩子气未脱的成分，一时更加感到她的楚楚可怜，遂把手里那封信交给露茜，说道：

　　"既然你们愿意去住的，我这有封介绍信给你带去。这收容所在民国路铁门旁边，里面有个办事员张之江先生，他是我的朋友。你把这封信交给张先生，他一定会收留你们的。"

　　"陈先生，你这么热心仗义，真不知叫我们如何感谢你才好。"

　　"陈先生菩萨心肠，将来一定会发财，一定有好报应的。"

　　郎太太听了露茜的话，也向他感激得流下泪来回答。陈先生微微地一笑，摇摇头，说道：

　　"这年头我倒不想发财过好日子，只希望为国家做些工作罢了。郎太太，你们不必多说感谢的话，还是早些去吧！"

　　"那么我们这些席子和线毯是应该还给你的。"

郎露茜把席子卷拢，又把线毯折好，还给陈先生。这真是出乎意料的事情，谁知陈先生摇摇手，说道：

"这原是我私人的东西，我可以做主意，送给你们吧！因为这几天晚上时冷时热，若没有毯子盖一些身体，只怕会受寒的。"

萍水相逢毫不认识的陈先生，他竟会这样爱护备至地关怀他们，这叫露茜心中由不得也深深地感动起来，因此眼角旁又涌上了泪水，情不自禁地问道：

"陈先生，我们还没有请教您的大名，您这样好地对待我们，也让我们记在心里，将来可以报答您的恩典。"

"我叫陈思民，郎小姐，这一些人类的互助，也谈不到恩典两个字，我有事情走了，你们快些去吧！"

陈思民说到这里，他伸手过来，很有和露茜握别的意思。但忽然他把伸出的手，又抬到头上去抓抓头发，红着两颊，匆匆地走开去了。郎露茜见他很光明磊落的态度，所以也很敬佩。眼望着他走远了，方才搀了弟弟，扶了母亲，慢慢地踱出红十字会。郎太太一路上赞美陈先生的热心，觉得他真是我们的恩人。

由红十字会到民国路的难民收容所，是要经过法租界的大马路。民国路是法租界和南市的交界路，所以也都有铁门的。因为这几天日本飞机毫无目标地轰炸，南市的居民区也有好几处被炸毁，所以这交界处的铁门也关了起来。每天开放，也有一定的时间。当郎太太母女三人走到郑家木桥铁门边的时候，只见铁门是关得紧紧的，望到铁门里沿民国路的人行道上坐着的都是一班无家可归的难胞。有几个难胞，也不知为了什么缘故，他们要想爬过铁门来。但这些可恶可杀的安南巡捕，却拿了木棍子，耀武扬威地把他们打了下去，不给他们爬过来。露茜瞧此情形，又焦急又心痛，焦急的是铁门不知什么时候开，我们怎么能走过去？心痛的是这些安南巡捕本身已经做了亡国奴，而我们中国的同胞，还要被亡国奴来欺侮，这无怪国父说中国是已到了次殖民地的地位了。国人若不再努力奋斗，来达到国际上自由平等的目的，则中国的前途实在是太危险了。所以这次战争，实在是中国生死存亡的最后关头。露茜这样想着，她把家破人亡的痛苦暂时忘记了，她希望中国能得到胜利，把日本打败，赶出在中国的土地上，那么中国老百姓纵然粉骨碎身，受尽千辛万苦，也不算这么冤枉了。郎太太见露茜呆呆地站着，遂忧煎地问道：

"我们不能过去吗？这铁门什么时候才能开呢？"

"谁知道什么时候才能开，我想总有一个时候会开的，我们等着吧！妈，你吃力吗？到那边墙角旁去坐一会儿吧！"

露茜摇摇头，低低地回答。郎太太也觉得两腿酸汪汪，因为她是一双缠绕过的小足，走了这一阵子路，足尖实在够疼痛了。当下点头说好，遂也顾不得羞耻，在铁门边的墙角旁蹲身坐下。露清拉了姊姊的手，望着铁门里要爬到外面来的人，奇怪地问道：

"姊姊，我们要想过去过不去，他们为什么还要爬过来呢？"

"也许他们的家是住在外面的，说不定他们是去探望朋友亲戚，因此被关进到里面去的，这和我们要到难民收容所去安身，当然是不同的了。"

露茜想了一会儿，才猜测地回答。正在这时，忽然见两个男子，抬了一个竹箩，匆匆走到铁门旁来，竹箩里面都是大饼，大概是什么慈善人家来救济这班无衣无食难胞的，因为铁门关着，这两个男子就把大饼一五一十地抛了进去。可怜铁门里这班难胞，也许有饿了几天没吃的，所以大家争先恐后地抢啊夺啊！有几十个小孩子，他们为了饥饿而奋斗，甚至于打起架来。露茜看到了这一幕情景，她非常伤心。但此刻已经上午十一时了，快近午饭的时分，而他们母女三人还没有一些东西下过肚子，所以见了这焦烘烘香喷喷的大饼，他们腹中也会叽里咕噜地吵了起来。郎太太忍不住对露茜说道：

"露茜，我们也是难胞，我们能不能问他去讨几个大饼来吃呢？"

"妈，我们还有些钱呢！我给你去买来吃吧！"

可怜露茜是个多么高傲脾气的姑娘，她如何肯忍气吞声伸手去问人家讨大饼吃呢？因为他们到底是才做流浪的人啊！所以再也老练不出脸皮来，遂皱了眉头，表示为难的样子，低低地说。郎太太老年人当然有她的忖头，因为袋内仅仅剩下的二十五元钱，如今已被无赖骗去了一元钱，只有二十四元了，这些钱真所谓是命根钱一样，用去一个，就少了一个，能够可以节省不用的话，那么还得防防要紧关头的时候，所以对于露茜主张去买了来吃的话，表示大不赞成。遂望了女儿一眼，叹了一口气，低低说道：

"事到如此，你还怕什么难为情呢？我们到此地步，和乞丐又有什么

306

分别？你怕惶恐、坍台，那么我去问他们讨吧！"

"妈，你……别去，我去，我会去的！"

露茜听见母亲这样说，一时没有了办法，只好含了眼泪，急急地阻止母亲站起身子来。露清也连忙说道：

"姊姊，你也别去，我去吧！"

露清说着话，已很快地奔了上去。他一个八岁的小孩子，真也可怜得很，赔了笑脸，伸了手，低低地说道：

"先生，谢谢你，我们也是难民，给我们几个大饼吃吧！"

"他妈的！你这小鬼！也来冒充难民吗？"

那个男子见了露清，不但不给，反而伸手，啪的一声，量了他一个巴掌，还大声地骂着说。露清到底是个小孩子，因此便哇的一声哭了起来。郎露茜在这个时候，如何还能忍得住不走过去？遂匆匆奔到他们面前，急急地说道：

"你们不能动手打人呀！我们确实是从闸北炮火中逃出来的难民，他并没有说谎呀！你瞧，我们的娘还在那边呢！"

那两个男子一听一个姑娘代为辩白，遂向她望了一眼。这里又是女子生得美丽占一些便宜了，因为露茜生得是个很漂亮的脸蛋，所以那两个男子就不免色眯眯起来。一个故意吃她豆腐说道：

"你们既然是难民，为什么不到铁门外面去呢？"

"我们是从红十字会里刚出来的，这里有封介绍信，我们预备到难民收容所去安身的。"

郎露茜为了要想问他们讨几个大饼，所以不得不从实地向他们告诉，还取了陈先生的介绍信给他们看，是要他们相信自己是难民的意思。他们像煞有介事地看了信，点点头，两人互相望了一眼，嘻嘻地一笑，一个说道：

"小王，这个姑娘无家可归，还是你收留去了做个家主婆吧！模样挺漂亮的，这种便宜货乐得享受啊！"

"假使她一个人，我倒是满意，但还有一老一小要跟了来吃，那我可吃不消呀！小金，还是你把他们收留了吧！机会错过了可惜的。"

郎露茜听他们你一句我一句地竟把自己大吃豆腐，一时又羞惭，又悲愤，遂恨恨地把信夺了回来，逗给他们一个白眼，说道：

"你们是在救济难民呢，还是在调戏良家妇女？我觉得你们这种人心肝全无，根本不是人养的畜生！"

"啊！什么？你这小姑娘已经做了难民，还敢开口骂人吗？"

"难民就不是人吗？你们胡说八道地放屁，难道是应该的行为吗？我看杀你们无非是两个伙计而已，不要神气活现，又不是你们出的钱来救济，不吃你们大饼，难道饿死给你看不成？弟弟，我们走！"

郎露茜忍无可忍，她气得身发抖，一面恨恨地骂着，一面拉了弟弟的手，回身就走。这两个男子其中一个，似乎觉悟到自己的行为不好，遂拿了五六个大饼追上来，说道：

"小姑娘，火气不要太大，我们跟你说着玩玩打什么紧呢？大饼快拿去吧！你们饿死在路上，倒是我们伤阴骘了！"

露清这时肚子实在饿极了，他见了大饼，早已翻身奔上去拿接。但露茜心头是滋长了悲哀的滋味，她觉得那男子后面说的话至少是包含了讥讽的成分。虽然她想阻止弟弟不要拿，但弟弟已经接了过来，遂叹了一口气，管自地头也不回走到母亲身旁来，愤愤地说道：

"妈，这是什么世界？这是什么社会？我们从今以后，就永远见不到光明的了。"

"妈，这大饼还热的，你快吃吧！姊姊，你不要难过了，吃了大饼再说吧！"

露清却不明白姊姊说的话是什么意思，他奔到母亲面前，把大饼分给郎太太吃，一面又拿一个给姊姊，急急地说。然后自己把大饼咬在口里，正是吃得津津有味。郎太太也不理会露茜的话，低了头吃大饼。可怜露茜见了母亲和弟弟的样子，她的眼泪滚滚地掉落下来，暗想：这是侮辱换来的大饼，吃在嘴里是多么辛酸啊！唉！鬼子害得我这么苦，我若没有母亲、弟弟的话，我情愿死，我情愿奔进战场跟鬼子去拼死！

不知哪里播送过来一阵唱赞美诗的歌声，听到了露茜的耳朵里。抬头望去，原来对面高大的房子，还是一个教堂。此刻从窗门口送出来的歌声词句，正是：

"主死十字架上，因为爱怜你……主要救你，主要救你，主要救你现在……"

"轰轰！轧隆隆！嘭！嘭！"

然而在赞美诗的歌声中，忽然又掺和大炮声、飞机声、炸弹声，不绝于耳。郎露茜听了，心中自然非常感触，觉得同样的是在上海一隅之地，一面是炮火连天，家破人亡，一面却还有这么多信徒们安安闲闲地唱赞美诗。主要救你现在，他在救谁呢？我们在这个环境之下是否要主耶稣来救一下呢？但事实上我们得到谁的救助呢？露茜心中这样想着，她一切都感觉空虚，她认为只有用自己的血和肉去和敌人拼命，这才是现实的收获。

　　正在呆呆地痛思，忽听有人高喊一声铁门开了。于是露茜便惊觉过来，抬头望去，只见两个安南巡捕，果然把铁门拉开了。这时候的秩序就显得相当混乱，铁门外奔进去的也有，铁门里奔出来的也有。露茜连忙说道：

　　"妈、弟弟，你们拉着我的身子，不要走散，我们趁这时候快进去吧！回头铁门又关起来，不知道什么时候才开哩！"

　　"好！我们走！"

　　郎太太鼓作了勇气，站起身子，一手拉了露清，一手拉了露茜，随着众人走向铁门里去。在走进铁门之后，方才定心了一些。露茜抬头见到四明公所的大门开着，两旁竖着竹竿，中间有横匾一块，写着南市第三难民收容所的字样。暗想：这年头，人和鬼就住在一处了。但总比住在露天里要好得多。于是母女三人走了过去。看门的职员把露茜阻拦住了，问道：

　　"你们做什么来？"

　　"我们找张之江先生，他在哪里？请您通报一声好吗？"

　　露茜含了微笑，低低地回答。那职员听了，遂叫他们等一等，他便走进里面去了。不多一会儿，走出一个年约四十、身穿西装的男子来。那个职员指指露茜三人，说他们就是找张先生来的。那个张之江见露茜等三人并不认识，正欲问话，露茜开口便说道：

　　"你这位是张先生吗？我们是陈思民先生介绍来的，这里还有陈先生一封信。"

　　露茜说到这里，把一封信交到他的面前。张之江听了陈思民三字，一面接过，一面哦了一声，把信拆开。看了一遍，忽然眉头一皱，表示很为难的样子，自言自语地说道：

　　"这收容所早已客满，那可怎么办呢？"

　　郎太太听了这话，急得双泪直流，愁眉苦脸地向他苦苦哀求，说他们家已被毁，丈夫也已死去，实在无处安身，请张先生千万发个慈悲心才好。张之江点点头，一面向他们招手，说且进里面来，我给你们想想法子看。郎太太千恩万谢地谢个不了，一面和露茜姊弟跟着张先生走进账房间。张之江似乎职位很高，他在写字台旁大模大样坐下来，一面把信纸又看了一遍，一面抬头向露茜望了一眼，问道：

"你们是母女吗？"

"是的，我们从闸北炮火中受伤逃出来，先在红十字会里住过几天的。"

"你们和陈先生是亲戚吗？"

"不是……"

郎露茜不便说谎，遂摇头否认着说。张之江笑了一笑，瞟了露茜一眼，说道：

"可是陈先生信上却写着舍亲呢！"

"陈先生真是好人，他热心仗义，有侠士风度，实在太令人感激了。我想张先生是陈先生好朋友，一定也有慈悲心肠，会收留我们可怜娘儿三个吧！"

郎太太见女儿听了张先生的话，两颊浮现了红晕，并不作声，于是连忙用了奉承的口吻，向他央求地回答。张之江点点头说道：

"你们确实很可怜，我也非常同情你们，况且又有我朋友的介绍信，那我当然想办法收留你们。根富，前面那间屋子里还有空地位吗？你去看看。"

"有一个空地位的，昨天那个姓沈的老头子刚刚死了搬去的。"

张之江一面回答，一面向正在扫地的茶房间着说。那个根富抬起头来说，表示不必去看已经知道了的意思。露茜听这是死人睡过的地位，不由吃了一惊，紧锁了翠眉，问道：

"不知道那个人是患什么病死的？"

"是被飞机上开机枪打伤的，没有关系，不是什么痨病，不会传染的。因为血流多了，上了年纪的人受不住，就死了。"

根富茶房似乎懂得露茜的意思，遂向她滔滔地告诉。张之江见露茜显出哀怨的神情，却也令人感到妩媚的风韵，遂安慰她道：

"郎小姐，现在地位实在没有空，所以只好委屈你们暂时住几天，等有好的地位空出来，我一定给你调换是了。"

"张先生，你太客气了，怎么说'委屈'两字呢？我们有地方可以安身，已经是很感谢你帮忙的了。"

郎露茜听张之江这样一说，心中倒觉不好意思，遂含了微笑，低低地回答。张之江向根富吩咐道：

"你去打扫清洁，四面浇一些药水消消毒，比较卫生一点儿。郎太太，你们在这儿先坐一会儿吧！"

"张先生，你真好，你要费心了。我们碰见的都是好人，这也是老天可怜我们吧！"

根富答应着，便走出去了。这里张之江想到了似的，亲自给他们倒了两杯茶，放在桌子上。郎太太拱着双手，她感动得又扑簌簌地流下眼泪来。张之江很同情地问道：

"你们在租界里没有亲戚朋友吗？"

"这个年头，大家都自顾不暇，假使去找亲戚朋友帮忙，也只有遭人家白眼而已，所以我们也不愿多此一举。"

郎露茜低低回答，微微地叹了一口气，显得很悲痛的样子。张之江取了一支烟卷燃烧着，想了一会儿，说道：

"但是住在难民收容所，这也不是一个根本解决的办法。你们以后的生活，将会怎么办呢？"

张之江这两句话，倒是把她们母女问住了。一时忧煎得泪流雨下，默不作声。过了一会儿，郎露茜才勉强忍住泪水，低低地说道：

"我想慢慢总要找工作，然后另外再租房子住。我明白这四明会所当作难民收容所，也无非临时性质，绝不会维持长久的。"

"郎小姐读书读到什么程度？从前办过事情吗？"

"只有初中毕业，我在产科医院里只有做过三个月的看护，所以也没有什么了不得的经验。张先生，你有机会给我留心留心，给我介绍一个职业做，只要有口苦饭吃，那我就感激不尽的了！"

郎露茜见他很关怀热心地问着自己，于是把他当作长辈看待的，向他低低地恳托。张之江点点头说道：

"好的，我有机会一定给你介绍，你们暂时地就安心在这儿住下吧！"

郎太太听了，又千恩万谢地向他先谢了起来。张之江连说不要客气，这时根富进来，说一句收拾清洁了。张之江亲自陪送他们母女三人过来，这个屋子本来是陈设神主牌位的，现在四面都住了难民，平常日子是阴森森、冷清清得可怕，但如今却显得闹哄哄的了。张之江给他们指定了睡的地位之后，方才告别出外。

这时许多难民，见了新来的郎太太母女三人，大家都来探问。在互相诉苦之下，有的流泪，有的叹气，有的更哭了起来。露茜想到昨夜是在红十字会睡的，今天就流浪到四明公所来，但再过几天，又不知要流浪到什么地方去，越想越悲伤，越想越痛心。她暗暗说道：我们难道是生了乞丐的命运吗？假使真的没有出头的日子，我情愿死，我情愿死了干净，再不愿在这黑暗私利的社会上丢脸受苦。

黄昏又降临了大地的时候，许多难民在屋外天井里都烧饭了。他们没有炉子，没有锅子，用几块青砖砌成了一只风炉似的，用洋铁罐子当作了锅子，在垃圾堆中拾了破纸屑当作柴烧，此情此景，实在惨不忍睹。郎太太和露茜还有些糊里糊涂的，到此才明白这和红十字会不同，是没有供给粥汤喝的。郎太太愁眉苦脸地说道：

"我们怎么办呢？没有米，没有柴，还是去买些大饼、油条来当夜饭吃吧！露茜，你说好吗？"

"也好，还是买些吃吧！"

露茜点点头，表示赞同的意思。郎太太伸手在袋中正欲摸钱的时候，忽然隔壁那个小孩子匆匆从外面奔进来，手里捧了四五个大饼，走到他娘面前，笑嘻嘻说道：

"妈，外面铁门旁边又在发大饼了，我拿到了五个，你快吃吧！"

这消息听到这班难民的耳朵里，大家都喜之欲狂，遂一窝蜂般地都奔出去了。露清见那个孩子，也不过近十岁光景，竟有五个大饼可以拿，于是也跳起身子，说道：

"妈，我也去拿五个来给你吃吧！"

露清说着话，也不等母亲、姊姊回答，就急急地奔到铁门旁去了。露茜欲想叫住他，但他怎么理会呢？露茜又觉得放心不下，因此只好跟着弟弟追出去了。郎太太眼瞧着姊弟两人去远，心里真有说不出的感慨，深长地叹了一口气，眼泪忍不住又扑簌簌地滚落下来了。就在这时候，那个张之江手里拿了两只很大的面包，含笑走来，望了郎太太一眼，说道：

"郎太太，这两只面包，你们放着吃吧！我知道你们刀没刀，枪没枪，自己是没有办法烧饭吃的。"

"张先生，你太好了，叫我们拿什么来报答你才好呢？"

常言道：雪中送炭世间少，锦上添花最风行。在困难之中，郎太太觉得所遇到的都是热心仗义的好人，她心中是如何不要感动呢？因此含了热泪，诚恳地回答。张之江连忙说道：

"郎太太，你不要客气，我们人类稍尽互助义务，这是应当的事情。再说你们是陈先生介绍来的，我也得特别照顾才是啊！咦！郎小姐和她的弟弟呢？他们到什么地方去了？"

"哦！他……他……们出外去买些东西，就回来的。"

郎太太不好意思说他们姊弟两人去拿大饼的，所以支支吾吾地只好圆了一个谎回答。张之江点点头，又问道：

"郎太太，你这位小姐多大年纪了？"

"还只有二十岁哪！她的弟弟还只有八岁，我是五十多岁的人了，真是老的老，少的少，以后也不知道怎么样过活才好。"

郎太太听问，又勾起无限的心事，愁眉苦脸地回答。张之江沉吟了一会儿，也微微叹了一口气，说道：

"我见你们也不是受得起苦的人，所以这样挨下去，也总不是久长之计。郎太太，你也得有个打算才是啊。"

"事到如今，吃不了苦也得吃，又有什么办法呢？早知如此，倒还是被炮火烧死了干净得多。这年头做人又有什么滋味呢？"

两人正在说话时，忽然见露茜领了露清匆匆地回来了。露清满嘴鲜血，呜呜咽咽地哭进来。郎太太吃了一惊，连忙急急问道：

"哎呀！这……这……是怎么一回事？竟满口的鲜血呀！"

"没……没……什么，弟弟走路不小心，跌了一跤，嘴唇皮跌破了。"

郎露茜一见张之江也在这儿，心中又急又羞，绯红了脸，只好这样地回答。但露清是个八岁孩子，他怎么懂得姊姊所圆谎的意思呢？还气愤地骂道：

"断命这不要脸的小浮尸！我把大饼已经拾到了手，他竟用强来抢夺我，还推我跌了一跤，嘀嘀！嘀嘀！"

朗露清边说边哭，哭得十分伤心。郎太太和张之江方才明白了，可怜露茜惶恐得无地自容，低了头，只有连声叹气。郎太太也哑口无言，因为自己刚才说他们自己买东西去，谎话拆穿了，这不是很难为情吗？张之江却摸了露清的头，慈祥地说道：

"小弟弟，不要哭了，你是一个文弱的孩子，你怎么有气力去抢夺这些大饼呢？下次不要去拿，我给你们送来两只面包，你们马马虎虎当作夜饭吃了吧！"

"张先生，我们怎么好意思吃你的东西呢？"

郎露茜趁此机会，抬起头来，瞟了他一眼，很感激地说。之江微微地一笑，摇摇头说道：

"那没有什么关系，郎小姐，你不要客气吧！可怜小弟弟满口的鲜血，我去拿开水来给他漱漱口吧！"

"张先生，我跟你去拿好了，不要再劳你的驾了。"

郎露茜不好意思叫人家再拿来拿去地服侍我们，所以一面说，一面跟着他走到账间房去了。这里郎太太很肉疼地把露清抱在怀内，偎了他的小脸，流着眼泪，低低说道：

"苦命的孩子，真是太可怜了。"

"妈，这都是日本人害我们的，我长大起来，一定要报仇！"

母子两人说着话，露茜拿了一把茶壶、一只茶杯，匆匆走进来，先倒了一杯给弟弟漱了口，然后和郎太太各喝一杯，露清已把面包扯了好几块，分给母亲和姊姊，大家吃着软绵绵的面包，真有说不出的香甜。郎太太感叹地说道：

"我们这样山穷水尽的环境之下，总算还有这香喷喷的面包可以充饥，这不得不感谢张先生的恩典，世界上好人到底也不少啊！我们碰见的都是贵人哩！"

郎露茜没有回答什么话，她心中却在暗暗地想，张先生的年纪虽然比陈先生大上十几岁光景，可是他的一切的言语和举止，似乎不及陈先生来得老成而规矩。我想陈先生帮助我们，确实是一片侠义心肠，对于这个张先生，那就有些另外的作用了。刚才我跟他去取茶的时候，他对我说的话，至少是包含了一些调戏的成分。我在这个环境之下，真所谓虎落平阳被犬欺，要想翻脸不可能，也只好承受着默不作答。唉！身为女子真是太薄命，已经到了这个苦尽苦绝的地步，还有这班丧失心肝的人来欺侮我们呢！露茜想到这里，实在难以把面包咽下去，两行热泪忍不住又滚滚地落下了粉脸。

光阴匆匆地过去，在活地狱似的难民收容所里，一忽之间，郎太太母女三人已经住了一星期了。在这一星期的日子中，张之江待他们特别好，不是送茶送水，就是送面包、大饼等食物，有时候还拿罐头、牛肉来给他们吃。露茜对于他越送得殷勤，她心里越是担着忧愁。这天下午五点光景，张之江拿了一个纸包笑嘻嘻地走过来，说道：

"郎小姐，我觉你身上这件旗袍再也不能穿下去了，所以我给你剪了一块花洋纱来，我此刻陪你去成衣铺里量量尺寸，赶快制成了换身才是。"

"哦！谢谢你，不知多少钱，我付给你。"

露茜觉得自己没有衣服换身，确实也是一件苦恼的事情。因为这样下去，自己真的要变成乞丐模样了。所以见了那件衣料倒也很欢喜，不过又怕受人家恩惠太多了，一个女孩家有什么可以报答人家呢？所以她芳心里又不免感到了忧愁，遂显现了一副尴尬的面孔，低低地说。张之江摇摇头，连忙说道：

"贵不了多少，我是送给你的，不用你付钱哩！"

"我们已受了张先生很多的好处，心里真觉得不安，怎么好意思再叫你破钞买衣料呢？"

"你何必太客气呢？我们算来是个同乡人，在客地遇到了同乡，尤其在患难之中，那我们不是和自己人差不多吗？"

"露茜，张先生既然这么说，我们还是从实收的好。反正我们有了出头的日子，可以慢慢地报答张先生。"

郎太太是一味地认为之江是热心好人，所以在旁边低低地回答。张之江很得意地耸耸肩胛，微笑着说道：

"郎太太这话不错，你就别客气了。等我明儿有了钱，我再给郎太太和小弟弟也剪些衣料来换身哩！"

"不！我们是不用了。"

郎太太听了，慌忙笑嘻嘻地回答。张之江又催露茜一同到成衣铺去，露茜于是跟着之江走出难民收容所来。两人走在人行道上，之江向露茜望了一眼，低低叹口气说道：

"郎小姐我觉得你身子一定怪腌臜的，非洗个浴不可吧！"

315

"等衣服做好了再洗吧！没有换身的衣服怎么办呢？"

郎露茜低了头，赧赧地回答。张之江沉吟了一会儿，眸珠一转，计上心来，遂连忙说道：

"我有办法可以向我亲戚去暂时借一件衣服来给你换身，你说好吗？我亲戚家里离此不远哩！"

"那可不中了，况且又到什么地方去洗浴呢？"

"郎小姐，你瞧，前面不是有个小客栈吗？我给你去开个房间好了。因为我觉得你身子已有些发臭，你不要计气，我在你身旁一同走着，臭气很难闻哩！这样在夏天的季节，对于卫生也大有妨害呢！"

可怜郎小姐本来是个最好洁的姑娘，她在夏天里每日非洗浴不可。现在差不多有十天没有洗浴换衣，这如何不要发生汗臭了呢？郎露茜是个多么美丽的姑娘，在医院中史忠花有时候亲着她吻着她，说我的小妹妹真是香人，不要说男子欢喜，就是我们同性的人见了也没有一个不喜爱呢！谁知道一个香人，如今被张之江说她全身已发臭了！郎露茜听了，心中是多么羞愧和悲痛呢！她绯红了两颊，垂下了头，却不知怎么回答才好。张之江遂拉了她的手，继续说道：

"郎小姐，你不要迟疑了，还是跟我进去吧！"

这时候的郎露茜，还有什么勇气拒绝他呢？遂默默无语地终于被他拉入那家小客栈里去了。在小客栈里开了一个房间，张之江付了房钱，向露茜说道：

"郎小姐你吩咐茶房倒水洗浴吧！我此刻就给你到亲戚家里借衣服去。"

"张先生，那么你索性把短衫裤子也借一套来吧！一切劳你的大驾，我将来一定好好谢你。"

张之江点点头说好，他便匆匆地去了。这里露茜吩咐茶房倒了水来。她把房门关了，好好地洗了一个浴。当她洗毕浴之后，全身觉得有说不出的舒服，但忽然想到回头张先生来了，我怎么开门见他呢？她没有办法，只好把龌龊短衫裤子穿上了。正在这时，门外果然有人笃笃地敲门。露茜遂忙把房门开了，但只开一半，伸出手去，说道：

"张先生，谢谢你，你把衣服交给我，请你在门外等一会儿，让我换上了衣服，你再请里面坐吧！"

郎露茜话还没有说完，不料张之江却自说自话地已推门进来，他色眯眯的样子，望着露茜嘻嘻一笑。觉得浴后的露茜，好像出水芙蓉，白里透红，脸仿佛剥出鸡蛋的样子。他心里荡漾了一下，一面伸手关门，一面走了上去，说道：

"郎小姐，我给你衣服鞋袜都拿来了，你可以换了。"

"张先生，谢谢你，那么请你到外面去等一会儿好吗？"

张之江这种情形和举动，露茜心头已经别别乱跳，感到分外吃惊，但她表面上还镇静了态度，含了笑容，低低地说。不料张之江把衣服包在桌上一放，他扑的一声，竟在露茜面前跪了下来。露茜知道事情不妙，绯红了脸，故作莫名其妙的样子，急急说道：

"张先生，你……你……这是做什么呀？"

"郎小姐，我……我……一见到你，我心里就非常地爱你，我……我……现在诚诚恳恳地向你求婚，你肯答应嫁给我吗？"

郎露茜听他这样说，虽然心中是非常愤怒，但却不敢显形于色，只怕他用强迫手段来侮辱自己，自己难免要吃亏了。于是平静了脸色，微微地一笑，说道：

"张先生，你还没有结过婚吗？"

"我这么大年纪了，没有结过婚是谁也不会相信的，只不过我的妻子死了多年，还没有续弦，所以我要娶你为妻。假使承蒙答应，我们就可以同居一处，而且还可以负担你母亲和弟弟的生活，这样你们也再不会吃苦了。"

"张先生，我很感激你这么爱我，但这问题很重大，能不能让我考虑一下，问过了我母亲之后，再答复你好吗？"郎露茜想用缓兵之计，先逃过今天难关，再做道理。万不料张之江此刻已有些迫不及待的样子，他见了肉感的露茜，一阵性的冲动，他仿佛疯狂了的狗一样，猛可站起身子，直扑到露茜的身上去了。

第三回

　　张之江这家伙虽然已经是个四十朝外的男子了，但色眯眯的还是十分性好渔色，他见露茜穷途落魄，遂故意显出热心关怀的样子，慷慨解囊地剪了衣料，引诱露茜出外，把露茜哄骗到小旅馆内去洗浴换衣服。郎露茜原是个极其精细的姑娘，她对于张之江本来就存了一份戒心，因为她觉得张之江的行动和言语，没有像陈思明那么诚实真挚，所以对于之江的互助，原也不大愿意接受。无奈露茜偏偏又是个好洁的姑娘，在这盛夏的季节竟然半个多月没有洗浴换衣，这全身是多么腌臜不舒服呢！所以之江利用这一点，露茜终于是上了他的圈套。

　　当时郎露茜见之江好像是只疯狂了狗般的，竟向自己直扑过来，她心中自然又急又怕，灰白了脸色，连忙把身子一闪，她很灵活地躲避了过去。张之江扑了一个空，身子几乎跌了一跤，遂回过身来，望着露茜有些气喘喘的样子，说道：

　　"郎小姐，我……我……这样痴心地爱你，你……你……难道不答应我吗？"

　　郎露茜认为在这种畜生面前，是无理可喻的，所以她也并不作答，就翻身夺门而走。张之江如何肯放过她？遂抢步拉住了她，欲搂住她腰，强行非礼。郎露茜在这个时候，气得柳眉倒竖，粉脸铁青，一时也不知打哪来的一股子勇气，伸手在他颊上啪地一记耳光。张之江冷不防挨打，心头一惊，把搂住她腰肢的手松了下来。露茜趁此机会，一个翻身，便向小旅馆门外飞也似的奔出去了。

　　是因为心慌意乱的缘故，可怜露茜在小旅馆门口还绊了一跌，不过她此刻已忘记了跌痛，很快地爬起身子，又三脚两步奔回难民收容所来了。

郎太太见女儿回来，她因为没有知道女儿在外面是受过这样的委屈，所以笑嘻嘻地说道：

"露茜，你量了衣服尺寸回来了吗？不知这衣服几时可以拿取呢？张先生真是个好人，我们真不知如何地感谢人家才好呢。"

"哦！好人！真是太好了！"

露茜在席子上坐下了，绷住了粉脸，似乎怒气冲冲地回答。露清望着姊姊的脸色有些异样，这就摇撼了她一下肩胛，问道：

"姊姊，你怎么啦？为什么一脸不高兴的样子？难道被人家欺侮过了吗？"

露茜想不到竟被年幼的弟弟一语道破了自己心中的不如意，这就心头感觉一阵子悲酸，眼泪便滚滚地落下来了。郎太太被女儿一哭，心中也奇怪起来，遂急急地问道：

"露茜，你……你……到底为了什么缘故呢？快些告诉我听呀！"

"妈，知人知面不知心，这话真是太不错了。"

郎太太听女儿呜呜咽咽地从哭泣声中说出了这两句话，显然是话里有骨子，一时皱了稀疏的眉毛，又急急地问道：

"你……你……这话是什么意思？难道张……先生……欺侮你了吗？"

"……"

露茜点点头，却并没作答。

"哎呀！他……怎么欺侮你呢？"

郎太太不免急起来，哎呀了一声问她。露茜因为怕这事情传扬开来，自己一个女孩家，又很难为情，遂附了郎太太耳朵，低低地告诉了一阵。郎太太听了，气得呆呆地半声说不出来。良久之后，才深深地叹了一口气，说道：

"想不到张先生待我们好，完全是有不良存心的目的，他已活到这么一把年纪了，还如此不老实，这世界上好人真是太少了！"

"姊姊，你不要伤心，张先生既然不是个好人，我们以后不要理睬他好了。他送东西给我们吃，我们也不要他好了。"

露茜听弟弟一知半解地劝告自己，遂也收束了眼泪。母女两人，觉得这年头，真是世风日下，人心不古，真正肯帮助人家的人能有几个呢？所以郎太太倒又想起了陈思明先生，说陈先生和我们素不相识，他竟然送我们席子和线毯，并又介绍我们到难民收容所来安身，这种热心仗义的人，才可算是真正的好人！露茜因为自己是个女孩家，所以不便发表什么意思，默默地只管想了一会儿心事，觉得我和张之江既然发生了破裂，那么他当然是要怀恨在心，说不定对我们还有不利的行动。所以最好办法，我们就是要离开这儿。不过茫茫大地，又到何处去安身好呢？一时愁眉不展，长吁短叹，想到往后的日子，真不知如何地过活。痛定思痛，忍不住又暗暗地流下眼泪来。

天色慢慢黑下来，已经是七点钟光景了。郎太太母女三人正在吃着大饼、油条当作晚饭，忽然见张之江一本正经地走了过来，用了骄慢的态度，说道：

"郎太太，你们这儿的地位已经另有别的难民来居住了，请你们马上就迁移到别的地方去吧！"

郎露茜一听他这样说，明知他是公报私仇，故意来为难我们，一时心头更加愤激万分，站起身子，冷笑了一声，说道：

"你这是什么话？请问这儿是否是难民收容所？我们母子三人是否也是难民？另有别的难民，我不明白他们是特别难民不成？他们来了，我们就得让他们，这究竟是什么公理？你倒说给我们听听。"

张之江被露茜这样的一责问，一时倒也怔怔地愕住了一会儿，暗想：这个小贱人的口才倒也厉害，我非给她一个下马威不可。这就瞪着眼睛，喝道：

"这儿没什么公理可说的！据我调查结果，你们并非是真正的难民，原是马路上的叫花子而已，而且你们行动不很正常，这儿收容所内，自从你们进门之后，时常有东西失窃，看来一定是你们偷取的。所以我们这里是绝不能收留你这三个害群之马，再不许啰里啰唆，还是识相一些，快给我早些滚吧！"

"放你臭屁！你这无耻的奴才！你自己是个下流东西！你还敢来侮辱我们的名声吗？"

郎露茜的愤怒，已经超过了一切的悲哀和伤心，她咬紧银齿，明眸中好像要冒出火星来的神气，气呼呼地回骂着说。张之江听了，当然恼羞成怒，他伸手把露茜狠命地一推。露茜的身子，本来瑟瑟地发抖，所以被他一推，这就站脚不住，身子向后跌了下去。但张之江还心有未甘的样子，

320

预备赶上去用脚踢她。早被郎太太拦上去阻住了他，又急又气又哀求似的说道：

"张先生，你……你……不能倚势欺凌我们呀！你……怎么能动手打人呢？我们已经被敌人毁了家庭，你叫我们走到什么地方去呀？你……做人要公正一些，你……打我们可怜这一老一小的弱者，你……也没有什么威风呀！"

"你这老娼妇！我打了你便怎么样？"

张之江这时候还讲什么人道正义，他扯破了面皮，大发兽性，一面暴跳如雷地骂，一面伸手在郎太太颊上啪啪两记耳光。郎露茜觉得这世界太暗无天日了，无怪日本人要打中国来，因为中国人实在太没有知识了。她猛可跳起身子，迎了上去，娇喝道：

"你这无耻王八！你利用职权来欺压我们难民吗？我们大家到警局里去评个道理！你这不要脸的东西！"

"什么警局不警局？你们给我滚出去！你这小贱人！莫非还要来尝尝老子拳头的滋味吗？"

张之江一面说，一面恶狠狠地把衣袖一卷，预备动手要打她的样子。郎太太活了这么年纪，还挨了两记耳光，心中灰痛了极点，明知自己势孤力单，和这豺狼成性的畜生争吵，绝无公理可说，并且又恐怕露茜被他侮辱，吃了眼前亏，也是很犯不着。这就把露茜拉过一旁，流泪说道：

"露茜，这儿没有真理，我们不必同他说话。既然他叫我们走，我们就走好了。张先生，不过今天已经深夜了，能不能再给我们住一夜？明天一清早就离开这儿好不好？"

"不能，不能，一小时一刻钟都不能挨下去，马上给我滚！"

"妈，我们走！"

露茜觉得无论如何再也不能在这儿给他侮辱下去，于是把地上席子一卷，挟了那条线毯，向外就走。露清在旁边，起初是唬得呜咽哭泣，此刻他胆子也大了，一手拉了母亲，一面跟了姊姊向外面走，口里恨恨地骂道：

"这个黑心人！将来没有好结果的！"

"他妈的！你这小杂种！你开口骂人！"

张之江还凶巴巴地追上去，似乎恨不得还要把他们吞吃下去的样子。

郎露茜只装没有听见，他们母女三人匆匆奔出了难民收容所的大门。只见天空是黑漆漆的，远处隐隐约约还响着枪炮之声，满街都是那些无家可归的一群，鸠形鹄面，真是凄凉满目。露茜微微地叹了一口气，眼泪又大颗地滚落下来。郎太太哽咽着声音，边泣边说道：

"我们到什么地方去好呢？"

"妈，陈先生是好人，我们还是找陈先生去，要求他来救救我们吧！"

露清抬了满颊是泪的小脸，望着母亲低低地说。郎太太觉得儿子这话倒也不错，我们在这环境之下除了陈先生之外，还有谁来同情我们可怜我们呢？于是收束了泪痕，说道：

"露茜，你弟弟的意思也不错，我们还是找陈先生去吧！但不知道郑家木桥的铁门有没有开着呢？"

"妈，你别听弟弟的孩子话，这年头，大家都是自顾不暇，陈先生不是已经帮助过我们了吗？若再去麻烦人家，我觉得太不好意思。也许人家也没有力量，这不是反使人家感到为难吗？"

露茜心中却不以为然地回答，她心里也有一层考虑，因为自己是个姑娘，陈先生是个男子，这自然要避一些嫌疑的。郎太太听了急得愁眉苦脸的样子，双泪交流，说道：

"那么我们到何处去安身好呢？出了这难民收容所，我们是真的要流浪街头做乞丐了！唉！我……们为什么要逃出来呢？倒不如死了干净吗？"

"但是这个环境之下，死也不是一件容易的事情。一个人到了死不能生不得的境遇之下，这……真是太痛苦了！"

露茜听了母亲惨痛的话，她的心里也未始不想到了"死"，因为这样活着，人生又有什么意思呢？但是想到怎么样的死法，觉得也很困难，因此她也连声叹息地回答。可怜他们母子三人从战区逃出来的时候，大家都想到这认为安全乐土的租界来找生路。谁知逃出性命之后，却又会想到了死的可爱，这是多么悲痛伤心的一回事情啊！读者诸君，瞧了这情形，倒不要以为这是作者故意写成这么惨尽惨绝的结构。假使闭眼回忆着这一年前沪战后光身逃入租界来的难胞，真不知有千千万万的人都像郎露茜母女三人一样的生生死死两为难哩！

他们母女三人一路流泪，一路来到铁门旁边。只见铁门是关得紧紧的，并没有开着。露茜只好把席子就在人行道上摊开来，向郎太太说道：

322

"妈，今夜我们就在露天过一夜吧！到了明天，我想法子去找史大姊，她在医院里虽然不干了，我可以到她家中去找的。事到如此，不去麻烦她，还有什么第二个办法呢？"

"好的！那么你明天就找她吧！她是你的好朋友，我相信史小姐，她一定会帮我们忙的。"

郎太太听露茜这样安慰着说，心里果然宽慰了不少，一面拉了露清一同在席子上坐下，一面点点头，轻声地回答。接着望了女儿一眼，亦怂恿地说道：

"露茜你也坐着休息吧！唉！我真想不到张先生会翻脸得那么快！他果然是为了存心不良才待我们好的，这真是叫人心痛哩！"

"这种奴才！照理我可以到警局去告他的。说他利用职权，欺压难民，他是有罪名的。"

露茜在地上坐下之后，竖了柳眉，气愤地说。郎太太叹了一声，摇摇头，说了两声算了算了道：

"这年头兵荒马乱，大炮炸弹还在头顶上乱飞呢！谁知道谁的性命能活到几时，何必向他计较？他自己作恶，自己罪过。我们不理睬他最好，他将来自己也会得到报应的。"

"可是现在时代不同，潮流变了，好人没有好日子过，作恶的人却能够享受人间的奢华和幸福呢！真是太以气人，老天没有眼睛哩！"

"也许我们前生作过什么孽，所以今生才吃这样的苦楚呢！"

郎太太很迷信地自怨自恨地说，她是只会扑簌簌地流着眼泪。露茜没有回答什么，抬了头，默默地望着天空，呆然地出神。这时露清已躺倒在地上，他闭了小眼睛，似乎已有睡意。但夜风阵阵地吹着，郎太太恐怕他受寒，遂拿线毯给他轻轻地盖上。她自己也有些倦了，坐不住地倒下身子，向露茜说道：

"睡吧，明天一早可以去找史小姐。"

"妈，你睡好了，我睡不着，还是让我坐一会儿的好。"

人行道上来来去去的行人不绝，这叫郎露茜一个女儿家如何能安安心心地睡觉呢？况且还有些不三不四的小流氓，时常溜来溜去地向她张望，所以使她更不能躺着了，她叫了一声妈，低低地回答。郎太太上了年纪的人，支撑不住，便也管自地睡下了。露茜给他们线毯盖好，手托香腮，低了头，只管想着心事。我明天去找史忠花，她虽住的是个亭子间，好在她只有一个人，我若恳求她一同在她家里暂时耽搁一下，大概她是不会拒绝我的。不过我们虽有了安身之所后，吃饭问题，也是相当重要。在这战争开始的时候，还有什么生意可做呢？假使没有工作做，也很难活命的。想到这里，她脑海中又浮现着一个俊美的少年来。这少年是谁？不用说，当然是诸葛雄了。诸葛雄和自己虽是初交，不过他非常地爱我，他曾经向我要求，一同奔到外码头去，追求光明。因为他的爸爸，给他定了一门亲事，他却完全不赞成。只可惜当初我为了这老老小小的家庭，竟没有答应他，使他感到十分失望。不过他仍旧热心地关怀着我的家庭，在八一三之前，他劝我快快迁居到租界来。但为了经济能力不够，我又辜负了他一番好意。假使我能够在忠花那儿安身之后，我想去找诸葛先生，请他帮助我找一个职业，不知他有这个能力吗？假使他能力够得到，我想他一定会帮助我解决我的困难。露茜一个人只管呆呆地思忖，忽然轰隆隆的一个炮声，响过行云。接着迫击炮，机关枪噼噼啪啪，好像百子爆竹似的狂响起来。这不但露茜大吃一惊，就是熟睡着的郎太太母子俩也会震惊得坐起身子来。露清莫名其妙地揉着小眼睛，已是哭了。这时马路上的行人，无不心慌意乱，有的奔逃，有的躲避，铁铁嗒嗒的脚步声音，不绝于耳！接着天空中飞机也出现了，轧轧的声音，配合着隆隆的炸弹声，真使人心惊肉跳，不寒而栗。露茜知道又是一场激烈战的开始了，抬头见黑漆漆的天空早又烧成血一般的通红了。

自从炮声、炸弹声、飞机声、机关枪声狂响之后，马路上除了无家可归的这一群难民之外，许多路人都纷纷地逃避回家去了。这时四周的空气是包含了紧张而恐怖的成分，郎太太抱着露清的身子，裹着线毯，全身瑟瑟地发抖。露清把脸藏在母亲的怀内，吓得几乎要哭出来了。露茜望着这烧红了的天空，听着这噼啪轰隆的炸声炮响，不免有些痴痴然的出神。

大约有了两小时之后，枪炮之声，始告平息。不过在夜风之中，断断续续的偶然还有几声放枪的声响，在这深夜的空气中流动，似乎更令人感到了凄凉的意味。露茜望了母亲一眼，低低地说道：

"妈，没有什么了，你和弟弟只管睡吧！"

"不知道是什么时候？"

郎太太打了一个哈欠，低低地问着说。露茜还没有回答，就听外滩大时鸣钟当当地敲了两下，显然已经是子夜两点了。郎太太接着说道：

"已经这么晚了吗？露茜，你也闭一会儿眼养养神吧！"

露茜见街上行人已少得多了，遂应了一声哦，她也倒下身子躺下了。但是老天也太不同情这一班可怜的难民了，在三点钟的时候，天空中忽然会唰唰地落起雨来。于是寂静的空气，又起了一阵骚动。露天里睡着的难民，大家都是从睡梦中惊醒，躲避到屋檐下去了。郎太太母女三人也不得不把席子卷起，坐到人家店门口的石阶沿上来。这时夜风很大，雨点儿很猛，打在身上，颇觉有些寒意。郎太太叹道：

"我们已经苦到这般地步，老天还要收拾我们呢！穷人的命也实在太苦的了！"

露茜回答不出什么来，她的眼泪，也和雨点儿一般滚滚地沾满了粉脸上了。唰唰的雨点儿直落到第二天东方发白，方才细小了一些，露茜母女三人可说是一夜没有合眼，次早精神十分萎顿。露清又嚷着肚子饿，郎太太在袋内摸出一角钱来，叫露茜去买大饼来吃。这时露茜心中的希望，是铁门能够早些开，那么她可以到租界里去找史忠花了。可是失意之人，偏偏逢到都是失意，直到下午三时敲过，还不见开铁门。据说战事太紧了，所以今天铁门也许是不开的了。露茜听了这消息，叹了一口气，说道：

"我们还要受一夜苦呢！"

"姊姊，姊姊，你瞧，那边人拥满了，不是在开铁门了吗？"

露茜听弟弟这么告诉，遂回头去望，见果然铁门边拥满了人。于是急急说声妈我去了，她也不等郎太太回答，身子就向铁门边奔过去了。郎太太眼瞧着露茜身子消失了，她暗暗地祈祷着说：但愿给她找到了史小姐，给我们住到她家里去。那么比住在马路上总可以少吃一些苦哩！

露茜走后一小时，郎太太忽然发现张之江从前面走过来。因为不愿再见这个黑良心的奴才，所以把脸别了过去，故作没有看见的样子。不料张之江却在郎太太旁边站住了，讽刺地说道：

"原来你们在这儿住着吗？哦！这儿地方大，比较舒服一些吧！"

郎太太虽然非常愤怒，但却是并不理睬他。张之江笑了一笑，却又故作讨好的口吻，低低地说道：

"郎太太，我见你们住在露天里，究竟不是一个办法，我瞧你也不是吃得惯苦的人，所以总要动动脑筋才好啊！"

"……"

郎太太别转了脸，仍旧不理他。张之江这就觉得很没趣味，遂待了一会儿，方又说道：

"郎太太，我老实跟你说吧！这并非是我心肠狠，实在是你女儿太不中抬举，假使你承认我是你女婿，那我不但可以另租房屋给你们居住，而且还可以负担你们娘三人的生活费用呢！郎太太，你的意思怎么样？倘若认为赞成的话，我看你还是向你女儿劝告劝告吧！"

郎太太听他用这些话来引诱自己，遂冷笑了一声，本欲开口向他责骂，但仔细一想，我犯不着跟他吵闹，多费什么精神呢！郎太太上了年纪的人，涵养功夫到底很深，她只向他淡然逗了一瞥鄙视的目光，依然默不作答。张之江在这么情形之下，真是有火发不出来。明知她是讨厌自己的意思，但人家始终不开口，叫我要想骂也骂不下去呀！因此暗暗地怀恨在心，冷笑了一声，骂声不知好歹的老娼妇，他便恨恨地走开了。

露清向他背影啐了一口，也狠狠地骂了一声："王八蛋！死不要脸！还来问什么臭口呢！"郎太太恐怕张之江听见，又要多生是非，遂扪住了儿子的嘴，叫他不要骂出来。

天色又慢慢地昏暗下来，但露茜却还没有回来。郎太太心中十分着急，因为此刻铁门还没有关，假使关上了之后露茜就不能过来了。正在万分挂念的时候，只见露茜从密密的细雨缝里走来了。她一双鞋子已经是稀湿了，衣服也潮得很厉害。郎太太急忙问道：

"露茜，怎么去了大半天？史小姐找到了没有？"

"没有……她……搬家了！"

露茜似乎走得非常倦怠，在石阶沿上坐下，一面有气无力地告诉，一面又流下泪来。郎太太的心头刺上了一支失望的利箭，她只觉一阵子惨痛，神情木然的也流泪不已。过了一会儿，才低低地问道：

"你难道没有问二房东，史小姐为什么要搬家？她……她又搬到什么地方去了呢？"

"二房东说，史小姐把房子退租了，她把一切家具变卖了，好像是离开上海到外埠去似的。唉！奇怪得很！忠花难道是回乡下去了吗？"

露茜说到后面，叹了一口气，又低低地猜测着说。郎太太心头是空洞洞的好像是失落了一件什么一样的难过，茫然地说道：

"那么我们怎么办呢？还有什么法子可以想吗？"

"姊姊，刚才这姓张的奴才又来过了。"

露茜听母亲这样问，一时垂首默不作答。露清想到了什么似的，却对姊姊悄悄地告诉。露茜抬头奇怪地问道：

"是张之江吗？他又做什么来呀？"

"别提了，你听了之后，也是徒然生气而已。"

"可是我却要听听，他这该死的东西难道还要来捉弄我们吗？"

郎太太恐怕女儿生气，所以打岔地回答。今听女儿一定要问仔细，遂把之江自言自语的话，向露茜告诉了一遍。露茜听了，果然怒目切齿，恨声不绝地骂声这狗王八蛋真是在做梦哩！不料正在这时，有两个小流氓般的男子，笑嘻嘻地走上来，向露茜搭讪着说道：

"阿姐，你一个人坐在这儿为什么伤心呀？哦！是不是没有安身之所呀？不要难过，跟我回家去好不好？"

"你们这班无耻之徒，敢调戏我的女儿吗？"

郎太太见这两个小流氓，一面说话，一面竟然动手动脚地向露茜胡调起来，这就上前去，拦住了他们，怒气冲冲地责骂。不料这两个小流氓，却动手打了郎太太一个巴掌，恶狠狠地说道：

"你这个老娼妇！滚开一点儿，这是什么人的地界？你眼睛睁开，他妈的！赶来开口骂小爷吗？"

郎露茜一见情形不对，她急得没有办法，就大声地喊起救命来了。经露茜一喊救命，这就见前面奔来一个男子，连问什么事情，露茜抬头向那男子一看，不由惊喜欲狂，这就仿佛见到了什么似的，拉住了他手臂，急急地问道：

"陈先生，陈先生，这……两个流氓欺侮我们，他还打了我妈的耳光哩！"

"啊！原来是郎小姐吗？"

原来这个男子不是别人，就是红十字会里的护士长陈思明呢！当下把露茜拉过一旁，瞪着双目，向那两个小流氓喝道：

"你们是什么东西？胆敢在这儿欺侮良家妇女吗？"

"他妈的！你这小子是什么东西？胆敢来管我们小爷的闲事吗？你不打听打听，小浦东可不是好惹的吧！识相点儿快滚，不识相叫你今天摆平了，看小爷的颜色。"

两个小流氓一面说，一面把衣袖一卷，恶狠狠地似乎动手要打思明的样子。陈思明笑了一笑，望了他们一眼，说道：

"怎么？你们预备动手打我吗？"

"你这小子不知厉害，今天非打你服帖不可！他妈的！"

"你们一共多少人打我？"

陈思明却并无一些畏惧的颜色，还用了俏皮的口吻，向他们笑嘻嘻地问。小浦东圆睁了那双三角眼，把旁边的同伴一推，说道：

"小山东，你走开，他这小子讥笑我们两个人打他呢！好汉打架，一个对一个，没有关系，我非和你较量较量。"

"我不是讥笑你们两个人打我一个，我是说你们两个人打我恐怕不够气力，至少再去喊十个人来才对。"

"放你妈的臭屁！你敢说这种大话吗？小浦东，来！我们一齐动手。"

那个小山东听思明这样撒野的话，不由气得暴跳如雷，遂挥拳向思明就打。陈思明原来学过拳术，所以不慌不忙，一个招架，就此一脚，早把小山东踢倒在地。一面接住了小浦东打过来的拳头，随手一拆，小浦东的手臂早已翻到背后，身子扑地跪倒在地上。思明把手一放，说声去吧，小浦东竟冲倒在泥水地上了。陈思明哈哈大笑，说道：

"我不为难你们，你们知道厉害，快快走开。要不然，我下了辣手，你们这两根小骨头，恐怕还禁不起我三拳头哩！"

小山东、小浦东见思明果然厉害，觉得好汉不吃眼前亏，遂爬起身子，一溜烟地逃之夭夭了。郎太太和露茜姊弟两人站在旁边，见他们动手，本来是非常害怕，因为陈思明文质彬彬，外形看来，真是个白面书生，以为他和流氓打架，怎么有这个力量？谁知道事情出乎意料，两个流氓竟然被他打得逃跑了。郎太太破涕为笑，向陈先生千恩万谢地谢个不了，一面又问道：

"陈先生，你今天怎么也会在南市走路呀？"

"郎太太，我是特地到难民收容所来望你们的呀！因为我不放心，所以抽空来望望你们到底有没有住在收容所里。谁知张先生回答我，说你们因为吃不起苦，所以找亲戚家里去了……"

"陈先生，张先生说谎，我们是被他赶出来的。"

郎太太不等思明往下说，就急急地告诉。陈思明一听这话，皱了眉头，显出惊异的表情，咦了一声，问道：

"奇怪，他为什么要赶你们出来呀？难道你们做错了什么事吗？"

"没有，没有，我们一些也没有做错事情。"

"那么这是为何缘故？"

"因为……因为……张先生存心不良，他是个无耻的狠心人！"

郎太太见女儿低了粉颊，似乎怕难为情的样子，遂也不敢直接地告诉，支支吾吾地回答。但陈思明听了，还是莫名其妙，因急问详细的缘故，郎太太没有办法，方才把张之江调戏露茜不遂，所以恼羞成怒，把我们借故赶出来的话，向思明诉说了一遍。陈思明方才恍然大悟，但他不听犹可，既然知道了底细，不由勃然大怒，遂怒气冲冲地说道：

"这人面兽性的张之江，真是太可恶了！我还把他当作好朋友看待哩！郎太太，你跟我去，我非教训他一顿不可。"

陈思明一面说，一面回身要走。露茜静默了好一会儿，此刻就不得不抬起头来，伸手一把拉住了他，红了脸，低低地说道：

"陈先生，算了吧！多一事不如少一事，这种没有人格的人，我们又何必去跟他理论呢？谢谢你这么热心，我们真感激你。刚才要没有你来解围，我们不知道又要怎么受流氓的亏哩！"

"唉！我真想不到张之江竟有这种卑鄙下流的行为，我会跟他交了朋友，那我不是瞎了眼吗？"

陈思明被露茜拉了手，方才将愤怒慢慢息下来，但他叹了一口气，还表示无限感慨的神气，接着又向露茜问道：

"那么你们昨夜在什么地方睡的呢？"

"还有什么地方？不就是这儿马路上吗？"

郎太太插嘴回答，她又不免老泪纵横了。陈思明搓搓手，低头望到他们母女三人的脚，鞋子都浸满了泥水，实在脏得不像样子，一时暗想：天又下着雨，今夜他们在马路上也难以安身呀！因此心中颇为不忍，呆呆地沉吟了一会儿，又低声问道：

"我想你们这样在马路上过日子，这总不是一个根本的办法。况且作恶之徒又这么多，你们老的老，小的小，不是很容易受人家欺侮吗？我的意思，你们总要找个亲戚朋友家来暂时安身一下才好，否则，你们……不是沦为……"

陈思明说到这里，觉得乞丐两字不便说出来，遂顿了一顿，望着露茜出神。露茜憔悴的芳容，也添上了一圆圈赧赧然的娇红，羞愧地说道：

"我们的亲戚，都是自顾不暇，我不是早就跟陈先生告诉了吗？为了我们，叫人家加重困难，这我们是不愿意的。"

"在这患难的时候，你们也太替旁人着想了……郎太太，我们虽是萍水相逢，但我却不忍眼瞧你们流浪街头，所以我愿意帮你们一些忙，不知道你们愿不愿意接受呢？"

郎太太想不到陈先生会自动地向自己问出这些话来，一时惊喜万分，满含了笑容，连忙说道：

"陈先生，你说话太客气了，还问我们愿意不愿意呢，可怜我们无家可归，真是求生不得，求死不能，山穷水尽，走投无路。陈先生肯帮助我们，我们感恩还来不及，如何还有不愿意的道理呢？"

"既然愿意，那么我们且走出铁门外面去，再做道理。回头铁门一关，事情就麻烦了！"

陈思明说着话，已向铁门外走了。郎太太拉了露清，遂和露茜也身不由己地跟着思明走出铁门外来。大家站在公馆马路上，陈思明方才向郎太太低低地又说道：

"郎太太，我在上海只有一个人，住在八仙桥贤和里十五号的一个亭子间里，本来我在红十字会服务，原是早出晚归的，这几天会里太忙，所以我是住宿在那边。我这间亭子间预备让给你们母女三人居住，你们说好吗？"

"那还有什么不好吗？陈先生，你真是我们的大恩人……"

郎太太一听这话，真是喜出望外，一面说，一面已是向他跪下去。陈思明见她在马路上就跪拜起来，这就窘住了，红了脸，连忙把她扶起，说道：

"哎！郎太太不要这样子，被人家看见了，怪不好意思的。那么八仙桥离此不远，你们就跟我回家去吧！"

郎太太一路上是谢个不停地向思明只管说着感激的话。但陈思明却管自地走得很快，离开他们有几丈路远，他情愿走了一程，再等着他们走近，然后又管自地向前走。露茜知道陈先生这人的脾气，是很爱避嫌疑的，遂向母亲低低地说道：

"妈，陈先生不喜欢人家多说感谢的话，你就别说了。"

"露茜，你又说傻话了，这种好人，世界上能找得出来几个？我们怎么能不向他感谢呢？唉！陈先生才是社会上真正热心帮助人的好人哩！"

郎太太却不以为然地，还是赞不绝口地感谢着说。露茜于是不再说什么，急急地跟着思明走到八仙桥贤和里。陈思明在里门口站住了，向郎太太望了一眼，低低地叮嘱道：

"郎太太，我们得先商量商量，假使二房东问起来，我们应该说是个什么关系，比较妥当一些呢？因为上海的二房东很势利的，他这亭子间原是租给我一个人住的，如今突然给你们住了，他们恐怕会加以干涉的。"

"我们就说亲戚关系吧！陈先生，你说好吗？"

"照我的意思，最好说你是我的妈，郎小姐和这位弟弟算是我的弟妹，二房东知道你们是我的家族，他一定没有什么话可说了。不过我这意思是鲁莽得很的，还请郎太太原谅我才好。"

"哎呀！陈先生，你还说鲁莽呢！我觉得太委屈你了。要是我真有你那么一个……这……才是我的福气哩！"

郎太太听他这样说，真是悲喜交集。原来郎太太本来也有一个大儿子的，只可惜不幸早夭而亡，所以她一面十分感动地回答，一面忍不住流下泪来了。露茜好久不开口说话，此刻也向思明盈盈一笑，低低地说道：

"很好，我们就叫你大哥吧！"

陈思明听了，也不禁脸红了一红，微笑着点头，匆匆地先走到十五号门口去了。在大门口，思明又站住了，回头向郎太太说道：

"你们说是浦东那边过来的好了。"

郎太太点点头，陈思明遂敲门入内。来开门的奇巧是二房东太太，当下见了思明带着郎太太母女三人进来，便愕了一愕，表示奇怪的样子。陈思明很灵敏地先向房东太太介绍说道：

"王太太，这是我妈，这是我妹妹和弟弟，他们刚从浦东逃过来的。妈，这位就是二房东王太太，她是挺和气慈善的好人！"

郎太太遂向王太太招呼了一声，一面跟着匆匆到楼上亭子间来。王太太虽然觉得亭子间里人要嘈杂起来，但既然是陈先生的家族，因此也就无话可来责问了。陈思明请他们坐下之后，便先开了窗户。这时天色已经黑下来了，思明开亮了电灯，伸手去拿热水瓶，但自己两三夜没有回家来睡，瓶内哪里还有热水？正欲下楼去泡水，万不料郎太太又向思明跪了下去。露茜见母亲这个样子，自己也就不得不跟着跪下去。露清自然也学母亲、姊姊的举动，跟着跪倒在地上。这么一来，真是把思明急得手忙脚乱，一面啊啊地叫着，一面却是逃到窗口旁边去了。

第四回

郎太太母女三人一齐向陈思明跪拜下去，简直把他当作寺院里的佛爷一样了。陈思明当然万分受窘，觉得扶他们又不方便，不扶他们也很不好，因此把身子躲避到窗口旁去，一面又连连摇手说道：

"快起来，快起来，回头给王太太瞧见了，那可不是玩的。"

露茜听了，心中暗想：这话倒也不错，既然是母子兄妹的关系，还用叩谢这种大礼吗？假使二房东此刻推门进来，确实很难自圆其说的，于是扶了母亲、弟弟，站起身子，秋波瞟了他一眼，低低地说道：

"陈先生，你待我们这样的恩典，真是我们重生父母一样，我们也说不出什么感激的话，也只有心里记着你是了。"

"郎小姐，我帮助你们，也无非尽一些人类互助的义务而已。所以你们不必老是挂在口头上，叫我听了，倒觉得不好意思。"

"大哥，你以后最好不要叫我郎小姐，恐怕被王太太听见了要起疑心。"

陈思明听她这样叮嘱，他两颊立刻会热辣辣地绯红起来，暗想：你自己先叫我先生，那我自然只好称你小姐了。但他竭力又镇静了态度，点头笑了一笑，说道：

"那么我就叫你二妹吧！你们坐一会儿，我泡些水来给你们喝茶！"

"大哥，我去泡水好了。"

"不！你刚来这儿，老虎灶不容易找到，还是我去吧！"

露茜一面说，一面伸手去接热水瓶。但陈思明摇摇头，却匆匆地已走到楼下去了。郎太太待思明走后，便轻轻叹口气，才开颜一笑，说道：

"我们总算安身有所的了！"

"但……这也不过是暂时性质，我们总不好意思一辈子住下去，将来还是另外要想法子的。"

露茜坐在小桌子旁，在那盏十五支光的电灯下，细细打量着这房内的陈设。一张半铁床、一张小方桌、一个书橱、两只箱子，还有几张圆凳子以及零零碎碎的日用品。大概是一个人的生活，所以东西都摆得很乱。壁上有几张镜框，一张十二寸半身的相片，那就是陈先生的玉照。这大概还是他年轻的时候，所以风姿比现在更漂亮。其余几张是团体照，猜想是到什么地方去旅游时候摄来的。露茜正在打量着，听母亲欣喜地说，于是回头望了她一眼，低低地回答。郎太太说道：

"这当然啦！我自然不能把他当真地认作儿子看待，不过我们有这儿可以暂时作为过渡之地，这实在是件太幸福的事情了。唉！天无绝人之路，这句话我倒相信了。也许是天上神明可怜我们娘儿三个人吧！所以才会遇到像陈先生这么的好人哩！"

"我不是早说过吗？只有陈先生……不！不！只有大哥才是天下第一好人呢！姊姊还不相信哩！"

露清在旁边也插嘴回答，他小脸上也堆满了愉快的笑容。露茜却不作答，她因为已经受过张之江的一次亏，所以她此刻芳心里总不免有些担忧。陈先生这么热心地帮助我们，虽说是他任侠好义，但我们到底无亲无眷，萍水相逢，他不去帮助别的难胞，而单单帮助我们母女三人，可见他对我多少也有些含蓄吧！假使他也向我追求起来，那么叫我怎么好呢？露茜呆呆地想到这里，全身颇觉热燥，一颗芳心，也跳跃得剧烈。正在这时候，陈思明泡好了开水回家。他在茶杯倒了四杯茶，其余的开水倒在面盆里，向郎太太说道：

"你们都该洗个脸吧！这水太热，我到楼下拿些冷水来吧！"

"大哥，我去拿，我去拿。"

露茜见他说着话，手里已拎了铜勺子，这就连忙接过来，急急地说。思明也就不再和她客气，把铜勺子交给她，由她到楼下去拿冷水了。这时郎太太望着陈思明，她心里却有一个感觉，陈先生大约二十七八岁吧，说他年纪大也并不大什么，假使他能做我女婿的话，我倒也很中意。但不知道露茜心中欢喜不欢喜。就是露茜欢喜的，但陈先生愿意不愿意？这自然也还是一个问题。所以郎太太很想问问陈先生的身世，最要紧的就是问他有没有娶过妻子。但因为自己身边有着一个女儿在，所以对于这些话也就不好意思问出来了。大家静静地沉默着，倒是露清指了指壁上那张小照，问思明说道：

"大哥，你这张小照摄得很好，那时候多大年纪了？"

"这是五年前摄的相片，那时候还只有二十四岁吧！"

郎太太暗暗地盘算着，陈先生是有二十九岁了。因为心中对他发生了无限的好感，所以倒也觉得男子在这年龄正当干事业的时候。正欲再向他搭讪着问，露茜把冷水拿了上来。她在面盆里倒了一半，思明在毛巾架子上取下面巾，放在盆里说道：

"你们洗脸吧！"

他说着话，身子却站到房门口外去。两眼向扶梯下望着，五分钟后，听思明向下面说道：

"在这里，在这里，你拿到楼上来吧！"

郎太太母女三人已洗完脸，听思明这样说，心中都感到惊奇，于是六道目光，都向门外望去。只见一个小伙计，拿进四碗排骨面来，放在桌子上。思明说你回头来拿碗吧！小伙计答应一声，便匆匆回去了。郎太太母女三人方才恍然大悟，一时红了脸，真有说不出的感激和不安，因此大家怔怔地愣住着，却没有说什么。陈思明在一只洋铁罐子里取出了四双筷子，放在桌子上，望了大家一眼，说道：

"我知道你们也没有吃晚饭吧！大家马马虎虎拿面来当晚餐吃好吗？"

"大哥，你太客气了，为什么叫顶贵的排骨面呢？其实我们吃两个大饼也很好的了。又要你花费，我们心中真过意不去。"

露茜觉得在这种情形之下，若再不向他说几句客气话，那似乎也太不近人情了，于是眸珠一转，秋波瞟了他一眼，低低地说。陈思明似乎不大会应付这一种客套，所以他没有回答。管自地把露清抱到桌子旁坐下，然后说声坐下来吃吧，他便和露清坐在一起，先握了筷子吃了。郎太太见他这样直爽，完全是至性待人，因此也和露茜坐到桌子旁，大家默默地吃面了。

可怜他们母女三人，本来是露天过夜，流浪街头，有一顿没一餐，吃烧饼过日子。如今不但安身有所，而且今夜还吃着这油水很足的排骨面，因此觉得这滋味的鲜美，真是比龙肝凤肺更为珍贵，大家稀里呼噜，把一些面汤都喝干净了。露清到底是个小孩子，他十分满足地笑道：

"逃难出来之后，这几天里从来也没有吃到像今天这样美味好吃的面呢！大哥，我们真不知怎么谢谢你才好哩！"

"住在高楼大厦的富翁们，天天吃着山珍海味，恐怕对于这种排骨面还不要吃呢！但我们有这样宝贵的面当饭吃，实在是已经一步登天的了！"

露茜红着粉颊，也感慨地说。陈思明叹口气，低低地说道：

"世界就是这样永远不平等的，否则，鬼子兵也不会凶巴巴地打进中国来了。不过我们同样是大地上的人类，我们要享受平等的权利，我们是只有从艰苦中来奋斗，我们的国家是如此，我们国民也是如此。国家不努力创造，就会被野心家吞没；国民不努力挣扎，那么慢慢地也会堕落灭亡的。"

"大哥，你这话说得很对……"

郎露茜听了他这一番言论，心中颇为敬佩，遂点点头，附和着说。一面拿了面盆以及四双筷子，便走到楼下去了。不多一会儿，露茜拿了一盆清水上来，把洗清的筷子插好，然后拿手巾拧了一把，先交到陈思明面前，温情地说道：

"大哥，擦个脸吧！"

陈思明心里不免荡漾了一下，但却觉得很难为情，哦了一声，红着脸，站起身子，急忙接了洗脸。擦过了脸后，他不好意思把手巾再交给露茜，所以便丢进面盆里去。露茜又把手巾拧了给母亲和弟弟也擦过了脸，然后自己洗脸毕，又把污水拿下楼去。她在自来水龙头旁搓着面巾，忽见陈思明走下楼来，说道：

"二妹，我到红十字会去了，你们早些睡吧！"

"陈先生，你不住在这儿了吗？"

"红十字会里这几天太忙了，我一方面固然分身不开，一方面这儿有我妈和弟妹住着，我若再住这儿，人太多了，房东太太只怕会怪我太不识相吧！"

陈思明见了房东太太，便笑了一笑，预先地向她说了这几句话。每一个人的脾气，就是只要对方能知道好歹，那么自己就是吃亏一点儿，心里也会很情愿的。所以王太太听思明很知道好歹，她倒不好意思起来，还笑着说道：

"怪来怪去都是东洋鬼子害人，假使不打仗的话，你母亲、妹妹当然也不会逃到上海来，所以在这非常时期，我倒也原谅你们的。"

　　"是呀！我早知道王太太是慈悲的好人，我母亲、妹妹还得请你照顾哩！好了，王太太，我们再会吧！"

　　陈思明觉得闲话说得好听些，又不会蚀本的，所以笑了一笑，还用了奉承的口吻，向王太太低低地说。一面点点头，一面已向客堂外走了。这在陈思明心中倒是想不到的事情，他走到大门口的时候，却有人跟着追出来，并且低低地叫了一声大哥！思明回头望去，原来是露茜。这就怔了一怔，轻声问道：

　　"你……有什么事情跟我说吗？"

　　"大哥，你……明天来吗？"

　　露茜所以会跟着出来，她完全是被情感激动得太厉害的缘故，因为她觉得陈先生互助的精神是太伟大了。不过此刻被思明一问，倒是愕住了，因为她想不出什么话来可以回答，所以用了柔情的媚眼，向他温和地一瞟，低低地问。陈思明觉得从她这一句话中猜想，就可以明白她和自己确实有些依恋之情，心里不由忐忑地乱跳，但他的理智终于坚强地压制着这情感的发展，遂回答说道：

　　"没有一定，我抽得出空的时候，我一定会来望你……"

　　陈思明一面说，一面已向堂口外走了。露茜见他并没有一些对自己发生爱意的表示，一时更加感到他的不容易，所以望着他的背影，呆呆地由不得叹了一口气。谁知正在这个当儿，陈思明又匆匆地走回来了，向露茜低低地说道：

　　"我床底下的木头箱子里还留有两斗多一些米，你们烧着吃吧！天气热，不吃完，米反正要生蛀虫的。还有我衣箱子里的两块白府绸料子，你们就自己制成几件衣服换身吧！反正我放着也没有用。二妹，你不必客气，假使你将来有钱的时候尽管可以还给我的。"

　　"大哥，你……太好了，我生生死死忘不了你的大恩。"

　　"其实这也说不上什么恩之一字，你还是进去吧！"

　　陈思明说完了这两句话，他挥挥手，这回真的匆匆地走出弄外去了。露茜想不到他走回来又会对自己叮嘱了这两句话，一时感动得忍不住流下眼泪来。但又恐怕被人家看见了奇怪，于是慌忙收束了眼泪，方才回身进内，拿了面盆，匆匆走到亭子间来。郎太太说道：

"陈先生走了，你知道吗？"

"哦！我知道，他还叮嘱我，说他床底下有两斗米，只管叫我们烧着吃好了。他又说箱子里有白府绸衣料子，叫我们自己制两件短衫裤换身。唉！我真想不到世界上还有这么的好人。"

露茜坐到桌子旁，一面回答，一面却微微地叹了一口气，她有些痴痴的样子。郎太太倒忍不住笑起来，望着露茜的粉脸说道：

"我们能遇到这样的好人，应该欢喜才是，你这妮子怎么倒又叹气起来了呢？"

露茜被母亲这样一说，倒也立刻又嫣然地笑了。这时露清蹲了身子，在床底下望了一会儿，又站起身来，笑嘻嘻地说道：

"妈、姊姊，真的有一箱子来哩！我们住也有了，吃也有了，从此再不会饿死的了。只不过，我还没有学校可以读书的。"

"你不要性急，慢慢总要给你读书的。"

露茜因为知道弟弟是个懂事的好孩子，遂低低地安慰他说。郎太太这时两眼望到箱子上去，想了一会儿，说道：

"露茜，陈先生既然说过了，那么我们就不用客气，开了他箱子，取出白府绸来赶制几件短衫裤吧！因为我们再不换身，实在也挨不过去了。"

"我想将来有钱的时候，我们可以买了还给他的。在这急难的时候，我们也只好暂时救救急的了。"

露茜说着话，一面站起身子。把陈先生的衣箱揭开，好在他原没有上锁。第一只衣箱里，都是些春秋冬三季的衣服，并没有什么白府绸衣料。于是开了他第二只衣箱，里面果然有两块白府绸衣料，遂取了出来，其余的东西，也不去细瞧，把箱盖子合上。打量这衣料，只有两套另一件短衫裤可做，不过夏季的衣裤，尽管可以做得短一些，所以勉强地也可以裁剪三套。照露茜的意思，预备连夜地赶制起来。但昨晚一夜没有好好合眼，此刻他们母女三人，却不断地连连打着呵欠。郎太太揉揉眼皮，说道：

"我看今晚早些睡吧，明天赶制也不迟，反正脏衣服穿在身上也不是一天两天的日子了。"

"好吧！我的眼睛也只会闭上来，真的倦极了。"

"妈，我们今夜可以舒舒服服睡在床上了，这是多么惬意哩！"

338

露清拍拍手，十分高兴的神情，也笑嘻嘻地回答。被露清这么一说，郎太太和露茜心中又觉得很感触，不约而同的大家倒又叹了一口气。这天晚上，他们母女三人睡在床上，真是香甜极了。直到第二天早晨九点钟敲过，才醒了过来。好在夏天的季节，大家就用冷水洗过了脸，然后买了大饼来当早点心吃。露茜这时第一步工作，便是用剪刀裁剪短衫裤子。然后拿了母亲的钱，到弄堂外洋货店去买线团以及针纽扣子等物。当她回家之时，郎太太告诉她，说小伙计已把昨夜吃的面碗收取了，我问他这面多少钱一碗？他说要一角五分，四碗面就得六角钱，大饼不是有六十只可以吃吗？我真代陈先生肉疼哩！露茜却没有作答，坐到桌子边干针活。郎太太也帮着女儿一同钉纽扣，缝领子，母女俩静悄悄地赶制衣裤。露清没有事，在抽屉内翻出一支铅笔，他又找了一张白纸，写着字。到十一点钟的时候，郎太太才盛了米到楼下淘米去。陈先生这个家虽然是他一个人生活，不过他日用品都预备得很整齐。什么小锅子、洋风炉，一切都不短少。所以郎太太觉得并没有什么困难之处，不上半个钟点就把午饭煮好了。

名义上他们说是吃午饭，实际上也无非是喝粥汤而已，至于小菜呢，却是一包油氽黄豆，他们中午吃半包，这剩下的半包，预备晚上过粥吃。照说呢，陈先生既然留下了两斗多米，郎太太身边还有二十元左右的钱，假使换了别的人，也许会烧饭吃，并且买一些好的小菜来下饭。但郎太太母女在商量之下，觉得要在这个恶劣的社会上生存下去，唯有含辛茹苦地奋斗不可。否则，仍旧要沦落为乞，这岂非辜负了陈先生一番拯救的苦心了吗？所以他们是竭力节约，来过着他们国难中最苦的生活。

露茜先把弟弟的一套短衫裤子赶制完成，时已黄昏将近。她急忙去拿了水来，把弟弟浑身上下洗了一个清洁，然后给他穿上了新衣服。露清这时感到浑身舒服极了，忍不住跳了跳脚，笑嘻嘻地说道：

"我的好姊姊！我舒服极了，我真感谢你哩！"

"你不要感谢我，你还得先感谢大哥。弟弟，你长大之后，陈大哥的恩典，你是要牢记在心里的。"

"嗯！我知道，他是我们的恩人。"

郎太太听了他们姊弟俩的话，又见儿子恢复了过去清洁的样子，她心里是乐得什么似的，忍不住咧开了嘴也笑起来，遂连忙取了露清换下的脏衣裤，到楼下去洗濯了。这里露茜继续地赶制母亲的衣服，到了第二天的下午，郎太太也洗了浴，换了新衣服。那么挨到露茜自己身上，便在第三天的下午了。

匆匆地过了一星期，郎太太母女三人心中倒着实很是想念思明。但想不到陈思明却一去而不复来，竟把他自己的家很放心地交给郎太太母女三人了。露茜觉得非常奇怪，这到底是什么道理呢？难道红十字会忙得抽不开身吗？不过总不至于连一星期回家一次的工夫都没有。仔细地想起来，觉得陈思明这个人是很忠厚老实的，他也许是为了避一点儿嫌疑，所以不来的吗？假使果然如此，他这样的君子品格，实在是世间少有的了。

当夜露清已熟睡在床上了，郎太太和露茜还坐在灯下补袜子等破东西。母女两人谈着将来的生活问题，觉得总要找些事情做做，那么才能活得下去，大家商讨了一会儿，还是做些小生意，也可以贴补些家用。郎太太说道：

"我想明天烧一些五香豆，放些甘草，让我到马路上去贩卖。这样子多少也可以赚几个钱，你看好不好？"

"事到今日，还有什么办法呢？也只好这样试试看。唉！"

露茜点点头，表示赞成地回答，她又郁闷地叹了一口气。郎太太慢慢地又提到陈思明的身上去，望了露茜一眼，说道：

"我真觉得奇怪，陈先生上星期一去之后，却一次也没有来过，这不知是什么缘故。他难道倒放心我们不会把他屋子里东西都偷完了吗？"

"妈，这是什么话？他假使不信任我们，也不会带我们到这儿来住了。"

"这样的人实在太难得，不过我也有些不明白，他为什么不来瞧望我们呢？"

郎太太听女儿这么说，遂又赞美地自言自语地说着。露茜低了头，却没有作答。郎太太窥测女儿的意态，似乎对陈先生也生有一种好感，于是接着说道：

"我想陈先生一定忙得分不开身吧！"

"也许不是这个缘故。"

"那么你猜是为了什么呢？"

"陈先生是很忠厚的，他因为有我这么一个姑娘在这儿，所以不好意

340

思来吧!"

郎太太听女儿这么猜测着,倒不由得扑哧一声笑了起来,摇摇头沉吟了一会儿,说道:

"照理说呢,这是不会的,因为这里是他自己的家,难道行了好心,反而连累自己的家都不敢回来了。"

"可不是?我见他跟我说话的时候,老是脸红红的,所以我觉得他是非常怕难为情。其实一个人的好坏,原是很可以分辨的,他又何必避这些嫌疑呢?"

露茜这几句话中很明显地对陈先生表示非常的好感,郎太太不由微微地一笑,遂故意这么说道:

"陈先生还只有二十九岁哩!"

"……"

露茜觉得母亲没头没脑地忽然说了这一句话,那当然多少包含了一些作用的,一时心头别别乱跳,两颊立刻会热辣辣地红晕起来。她低了头,却默不作答。郎太太见女儿神色似乎有些害羞,这就暗想:女儿对他恐怕也有些倾心吧!于是低低地说道:

"露茜,假使你嫁个陈先生那么的丈夫,你心里欢喜吗?"

"妈,你怎么自说自话的?谁知道人家心里怎样呢?"

露茜说到这里,仔细一想,又觉得自己这话说得不对,难道我是承认要想嫁给他了吗?一时全身发燥,连耳根都羞得通红起来了。郎太太似乎已明白女儿的意思了,遂笑了一笑,低低地说道:

"露茜,你也不用怕难为情,好在这儿只有你我母女两个人。假使你对陈先生也有好感的话,那么陈先生下次来的时候,我就详细地问问他身世。假使他还没有结婚的话,我倒不妨征求他的意思……"

"妈,这年头,我们且别谈这些吧。"

郎太太见露茜红了脸,不让自己再说下去就急急地回答。知道女孩家,到底总有些害羞的,于是笑了一笑,不再说什么,母女俩也就各自脱衣安寝了。这晚露茜睡在床上,由不得暗暗地想了一会儿心事。觉得自己穷途落魄,真是走投无路,若没有陈先生拯救,恐怕早已沦为乞丐,此刻还会像个人的样子吗?不要说公子哥见了我逃走,就是普通的小伙子,也不会来娶我一个叫花姑娘呢!所以我有今日这样清清洁洁地在社会上做人，实在是陈先生的恩赐。我若以身相报，这原是应该的事情。但就是不知道陈先生心中到底喜欢娶我吗，这倒是一个问题。虽然我心里爱的原是诸葛雄，但我们的环境，门不当，户不对，这私利的人情、残酷的封建思想，紧紧地拘束着我俩，离间着我俩，这使我们如何还有达成花好月圆的一天呢？所以我再也不必痴心恋恋着诸葛雄了。好在他已经配了一个罗局长的女儿做夫人，在日久生情之下，他自然也会把我慢慢地忘记的。我何必去想念他，可怜我母女三人假使真的做了乞丐，在马路上碰见诸葛雄的时候，只怕他也未必会来理睬我们了。露茜心中经过这一阵子的思忖，她把诸葛雄的印象淡然了。她觉得陈思明是自己心眼里不能忘记的一个人，于是她决心预备听从母亲的话，跟陈思明做一对患难中的夫妻了。

可是非常奇怪，郎太太母女三人在贤和里已住了一个多月的日子，而陈思明始终还没有来过一次。郎太太的意思，要露茜到红十字会里去找他。但露茜觉得自己一个女孩家，寻上门去找他，觉得总有些难为情。所以她想出一个主意来，便在外面借打一个电话到红十字会去找思明。不多一会儿，听那个男子的声音，温和地问道：

"我是陈思明，请问你这位小姐是谁呀？"

"哦！你是大哥吗？我是露茜呀！"

"原来是郎小……哦！哦！是二妹，二妹吗？不知道你有些什么事情要找我？"

"事情没有什么，只是你一个多月的日子没有回来，我妈非常想念你，你为什么不来呀？是不是没有空吗？"

露茜听他叫了郎小姐之后，立刻又改呼了两声二妹，一时倒忍不住好笑，遂向他絮絮地回答。陈思明听她说她妈很记挂他，这句话是真还是假的，那当然是个问题。说不定她怕难为情，所以推托在她妈的身上了。思明这样想，心里又荡漾了一下，遂微笑着说道：

"这儿确实忙得很，所以也分不开身了。承蒙你妈记念着我，那么我星期日来吧！"

"今天星期三，还有四天，那么你准定星期日来，我们等着你。"

这句等着你的话，陈思明听了，有些甜蜜的感觉，于是连声地答应，便把电话挂断了。这儿露茜匆匆地回家，把自己打电话去的事情向母亲告诉。郎太太很高兴地说道：

342

"那么星期日我们应该预备一些菜才是，不知他什么时候来？"

"这倒没有问他……不过，他若上午来，就请他吃午饭。假使下午来，就请他吃夜饭，所以菜只预备一些好了。"

母女商量已定，静静地等候着星期日到来。这天郎太太还起个早，露茜亲自去买菜，并且还烧了一锅子饭，他们是预备靠陈思明的福气，大家吃一顿饭。但事情出乎意料，星期日那天陈思明并没有到来，却叫郎太太母女俩白白地忙碌一阵子。露茜心头当然有些失望。这晚睡在床上，由不得时常叹气。郎太太似乎也知道女儿有些闷闷不乐，遂搭讪着说道：

"照说，陈先生是个有信用的人，他说一定来，是绝不会不来的。我想他临时一定发生了什么事情了，所以不能分身来了。"

露茜没有作答，应了一声，却管自地又想了一会儿心事。陈先生这么热心地救助了我们，放放心心地把他家都交给我们了。箱子又不上锁，日用品又不整理着藏起来，他简直完全是出让给我们一样了。我以为他对我一定有些爱素作用，我当初怕他天天会回家要来缠绕我呢，谁知道我打电话去请他，他结果还是没有来。从这一点看起来，他根本不是为了爱我而所以帮助我的。我真不相信世界上有这样伟大的人！露茜在这么思想之下，她芳心里对这位陈先生倒益发感觉敬爱起来了。

第二天，陈思明仍旧没有来。到了晚上，郎太太带了露清拎了一篮子五香豆到大世界门口去贩卖。因为夏天晚上，七八点钟，天色还明亮，且气候也凉快一些，所以他们一老一小，譬如到外面纳凉，借此做些小生意，也是好的。露茜在家里却洗着母亲和弟弟换下来的衣服，一个人正在静悄悄的时候，谁知道一阵子皮鞋脚步声响上楼来。露茜回头望去，不由哎了一声，连忙问道：

"大哥，你昨天为什么不来？不是给我们上当了吗？"

"对不起！对不起！昨天医院里太忙了，所以分不开身哩！你妈和弟弟呢？他们上哪儿去了？"

原来上楼的男子不是别人，正是陈思明。他手里拿了一只面包、一罐子牛肉，一面在桌子上放下，一面含笑回答。露茜连忙倒了一杯冷水给他喝，又在面盆内拧了一把手巾给他揩汗。听他问起了母亲和弟弟，这就两颊一红，显出很难为情的样子，低低地说道：

"不瞒大哥说，他们趁现在没有事，到外面做小生意去了。我们自己

343

烧的五香豆，一分钱一包，卖给人家，一篮五香豆，也好赚六七角钱哩！"

"哦！这年头不是这样的刻苦耐劳地动脑筋，怎么能活得下去？所以我认为你们这办法很好。"

"唉！有什么好办法呢？这是敌人害我们的，否则，何至于到卖五香豆度活的日子？"

露茜似乎有些感到惶恐似的，叹了一口气，低低回答。陈思明却不以为然的神气，一本正经地说道：

"卖五香豆过日子也算不得什么低贱呀！只要不偷不抢，自食其力，这是最神圣的工作。"

陈思明一面说着话，一面由不得向她瞧望了一会儿。觉得露茜这位姑娘，真是生得太美了，白里透红的两颊，总是浮现了青春的红晕。因为身上穿了清洁的衣服，这和第一次见面的时候，固然大不相同，好像判若两人。就是第二次见面的时候，也没有像今天这么令人可爱呢！俗语说，三分人品，七分打扮。像郎小姐还不过穿件干净衣服，已经是那么美丽了，假使给她再一打扮的话，那真可以压倒世界上的美人哩！思明似醉似痴地向她呆望着。露茜觉得有些难为情，她手里搓洗着衣服，秋波脉脉含情地瞟了他一眼，忽然想到了什么似的，赧赧然地说道：

"大哥，你那两块白府绸的料子，我已给你派用场了，真……有些不好意思的。"

"那没有关系，我藏着原也没有用呢！哦！这两斗米恐怕吃完了吧！我想放出一些钱来，你们再买两斗藏着，这战事一时之间不会结束，上海成了孤岛之后，物价恐怕会狂涨的，所以粮食倒要备足一些。"

陈思明摇摇头回答，表示叫她不用客气的意思，他一面在袋内取出十元钱来，放在桌子上，是给他们买米用的。露茜呀了一声，她粉脸益发娇红起来，连忙说道：

"大哥，你……这个恩典，我……们实在不好意思再接受了，况且这两斗米还没吃完，至少还有一斗哩！"

"什么？你们三个人已经吃了一个多月的日子，两斗米还没有吃完吗？"

"我们烧粥吃的……"

"不管烧粥吃的，也没有这么节省的，你们恐怕有时候买大饼吃的吧？"

"没有……"

郎露茜非常受窘，低低地说了没有两个字。她以下的话却说不出来，低垂了粉脸，显然是非常难为情。陈思明于此可见他们平日的做人家，一时倒颇觉不忍，遂低低说道：

"我说你们一日三餐总要吃得饱，老的饿不起，小的不吃饱不会长大起来。你太节省了，挨饿的还是你自己。所以我说穷人别的花费不起，青菜淡饭总得吃饱才好。二妹，我们既然已认作了兄妹，那么你也别闹客气。我做大哥的，有一份力量，总要尽一份帮助之力。所以这十元钱，你只管收下去买米吧！还有房钱方面，我刚才在楼下已碰见过王太太，也付给她了，你们可以不必再付。我怕你多付，所以顺便关照你一声。"

郎露茜听到这里，她呆呆地愕住了，也没有说什么话，两行热泪却从眼角旁滚滚地落下来了。陈思明瞧此情形，起初倒是愕然。但仔细一想，方知道她是感激自己的意思，遂微笑着说道：

"二妹，别傻了，大热的天气，不要难受吧！"

"大哥，我们住了你的房子，你还要给我们付房钱。我们吃完了你的米，你再拿钱出来给我们买米。这种大恩大德，叫我们受了，何以为报呢？"

郎露茜拭着眼泪，方才低低地说。她秋波脉脉含情地望着思明，泪水依然扑簌簌地流到粉颊上来。陈思明摇摇头，一本正经的样子，低低地说道：

"无论什么事情，我认为总是一个缘。虽然在红十字会里无家可归的难民真不知有多多少少，但为什么我独独同情你们呢？这就是我自己也说不出一个所以然来。但我帮助你们，并不希望有所报答，对于这一点，你是不用耿耿于怀的……"

"在你施恩于人当然是不望报答，不过我们受恩于人，又岂可以得而忘呢？所以……大哥的恩典，我们这一生再也忘不了。"

陈思明听她这样说，倒不免微微地一笑，呆呆地坐了一会儿，却没有回答什么。郎露茜洗好了衣服，她并不拿到楼下去用清水洗濯，思明问道：

"为什么不用清水洗濯呢？"

"你一个人坐着不冷清吗？"

"没有关系，我坐一会儿就走的。"

郎露茜听他这样说，一时便也拿了木桶走到楼下自来水龙头旁去了。等露茜洗清衣服上来，把衣服晾在竹竿子上。陈思明又低低问道：

"你妈和弟弟不知要到什么时候才能回家？"

"有时候十点钟，有时候十一点钟，并不一定的。"

"这学期别说了，我以为下学期，你应该送弟弟上学校里去读书才好。因为小孩子天天闲着，也很不好。"

"哦！下学期我当然得想法子让弟弟上学校去读书。"

郎露茜觉得他所谈的，无不都是关怀我们一家人前途的问题，一时更加地敬爱。虽然想对他说些温情体己的话，但却始终鼓不起这个勇气。两人默坐了一会儿，陈思明见手表已九点半了，于是站起身子，向露茜告别，预备要走。露茜回头见桌子上的钞票和面包等物，遂又叫住了思明，说大哥你把这面包忘拿了。还有这些钱，也请大哥带回去吧！思明道：

"面包和牛肉是我买来给你们吃的，这十元钱准定你们买米吧！二妹，你既然叫我大哥，那就别客气，我走了。"

陈思明说着话，身子已走到楼下去了。露茜一直送他走到大门口，方才感激涕零地回到楼上来。十点半的时候，母亲和弟弟欢欢喜喜地回家，原来他们一篮子五香豆都已卖完了。露茜当下也把陈先生已经来过，不但代付了房金，而且还拿出十元钱来给我们买米，及送我们面包牛肉等话，向母亲告诉了一遍。郎太太听了，真是感无可感，也只有赞不绝口地称颂着他。不过心中很懊悔自己没有遇到陈先生，否则，一定要打听他的身世，但只好等着下次再有机会的时候而已。可是陈思明这次来后，足足又有半个月没有到来。露茜因为这几天战事十分不好，所以未免有些担忧。不料这天下午，郎太太母女没有想到陈思明会来，他却偏偏急匆匆地到来了。

第五回

　　郎太太母女三人从炮火中九死一生地逃入租界，不知不觉已有两个多月的日子了。这时候的天气，也慢慢地寒冷起来。露茜在克勤克俭、省吃俭用之下总算也添了一些夹衣和棉衣。只不过露清还不能入校读书，因为顾到了东，就顾不了西，这笔教育费，实在负担不起，所以露茜只好买了几本教科书，自己空下来的时候，教弟弟读书写字。好在露清是个上进的好孩子，他虽然不能进学校，在家里有了姊姊这个良师，倒也非常用功。

　　这几天战事很不好，国军遭敌人前后包抄，所以有放弃上海之意。露茜虽然在国难中已经苦得连饭都没有吃，不过她倒很关心时局，未免有些忧心忡忡。同时更因为陈先生又有半个多月没有到来，心里不知怎么的，也有些不大如意。但事情往往出人意外的，露茜没有想到陈先生会来，可是这天他却偏偏地到来了。陈先生来了，这在母女三人的心中都会感到一阵欣喜。露清是正在写字，他立刻含笑站起身子，亲亲热热地拉住思明手，一面叫着大哥，一面问他为什么这许多日子才来。郎太太也忙着让座问好，露茜笑盈盈地倒了一杯茶，递给他手里，低低地说道：

　　"大哥，你很忙吧？"

　　"哦！也忙不了什么……"

　　陈思明点点头，却又回答了后面这句话，好像有些心不在焉的样子。露茜觉得他的话有些矛盾，神情也有些异样，似乎心事重重的神气，这就含笑说道：

　　"大哥，你坐一会儿，我去买些东西。"

　　"哎！你去买什么东西呀？"

　　陈思明听她这样说，方才回头望了她一眼，急急地问。露茜雪白的牙齿微咬着殷红的嘴唇皮子，憨笑了一会儿，说道：

"大哥，你今天总吃了午饭走吧！我去买些小菜。"

"不！你别忙，我拿些衣服去，坐一会儿就走的。"

"陈先生这是你自己的家呀！你为什么要这样客气呢？那叫我们心中更不安哩！"

郎太太听陈思明就要走的，遂在旁边也插嘴回答。露清拉了他的手，却连说大哥吃了饭再走吧！露茜含情脉脉地瞟了他一眼，说道：

"大哥，你假使承认我们兄妹的话，你应该吃了饭走。再说你又不常来的，好容易见你来一次，就这么匆匆走了，我们心里会觉得难过。"

"好！那么我就在这儿吃午饭吧！"

陈思明觉得她的话多少包含了一些情意绵绵的成分，这就没有勇气再拒绝了，遂微微地一笑，答应了回答。露茜这才回过笑容来，她便回身走出房外，却被陈思明又叫住了，说道：

"二妹，我关照你，我午饭答应在这儿吃，可是你别去买什么小菜，最好是随便什么吃一些。否则，我还是不想在这儿吃。"

"原不买什么呀！青菜淡饭，再普通也没有的了。"

"哦！青菜淡饭已经够好了，这年头，国破家残，民族有灭亡之忧愁，假使给我吃山珍海味，恐怕我也食不能下咽哩！唉！"

陈思明沉痛地回答，他满面显出悲愤的样子，说到末了，又深长地叹了一口气。露茜非常敬佩他，点点头，说声我知道，她便悄悄地走下楼去了。

露茜走后，露清又七搭八搭地向思明搭讪着说话。思明站起身子，走到箱子旁，把要紧穿用的衣服等物，整理在一只箱子内，他预备饭后带走的。郎太太在一旁说道：

"天气慢慢地冷了，我们心中也在记挂着，陈先生为什么不来把衣服拿去呢？"

"因为工作太忙，所以总是抽不开身来。"

陈思明说着话，又到桌子旁坐下了。他在衣袋内摸出一包烟卷来，递一支给郎太太。郎太太摇头忙说我不吸烟，一面给他找火柴划火。陈思明连忙欠身，说了一声谢谢，于是彼此又沉默了一会儿。郎太太望着思明的脸，含了微笑，几次三番的似乎欲语还停的样子。思明起初只管一口一口地吸着烟卷，好像也在想什么心事。对于郎太太的神情，倒也并不注意。后来偶然回头望了她一眼，见她嘴唇微微地掀动着，遂开口问道：

"老太太，你有什么话说吗？"

"我……我想……我们受了陈先生这么大的恩惠，实在使人没齿不忘，真不知叫我们如何报答才好。"

"老太太，你别说这些话，我早已跟二妹说过，这也是我们的一个缘。"

陈思明说的缘，并非是什么男女间姻缘的缘，他是说世界上的万事，都有一个缘。比方说，他们萍水相逢，居然成了患难之交，这当然也可说是一个缘。不料听在郎太太的耳朵里，她就误会了思明的意思，还以为他对露茜已经有过表示的了，于是大了胆子，低低地说道：

"陈先生，你在上海只有一个人吗？"

"是的。"

"陈先生，我很冒昧地跟你说这些话，假使陈先生没有结过婚的话，我想把露茜嫁给你，一则，使我们住在你家中也有了一个名目，二则也算我们报答了陈先生这一番待我们的大恩。不知道陈先生对我露茜是否也有一些爱怜之情呢？"

郎太太说这几句话的神情，是十分局促，而且心头跳得很厉害，使她两颊也有些热辣辣的发烧。但陈思明心中也有些感到意料之外，他的心，比郎太太更跳得剧烈，他的脸孔，比郎太太更涨得血红，支吾了一会儿，方才一本正经地说道：

"老太太，我……所以帮助你们，无非是尽了一些人类互助的义务，我并没有一些什么别的作用，所以老太太倒不要误会才是。"

"我没有什么误会呀！你是一个品格高尚的真君子，我们是很知道的。所以我要把女儿嫁给你，也是因为敬佩的缘故。"

郎太太听了思明一本正经的话，倒忍不住笑了起来，遂也连忙向他急急地解释。陈思明呆了一呆，笑道：

"老太太，你的美意，我非常感激。不过……我今天到这儿来的原因，一方面是取衣服来的，一方面是向你们来告别的……"

"啊！陈先生，你……要到什么地方去了呀？"

郎太太非常吃惊地啊了一声叫起来，心慌意乱地问。陈思明皱了眉毛，十分凄凉而愤激的表情，说道：

"我们的军队也许要放弃上海，因为上海一隅之地，既已前后受敌，徒然牺牲，也是无益。好在我当局表示长期抗战，绝不谈和。所以我们红十字会同人，也预备随军西移，为国效劳……"

"那么陈先生难道马上要离开上海了吗？"

郎太太不等思明说完，又急急地问，看她表情有些难过的样子。陈思明点点头，他抽着烟卷，却没有回答。郎太太接着又说道：

"陈先生，你这个家打算怎么办呢？"

"我想就给你们住下去吧！"

"陈先生，你……"

"不要难过，希望我们胜利之后，我回到上海，还能和你们相见，这也是不久的事情。"

陈思明见郎太太说到你字的时候，却说不下去，眼泪扑簌簌地流了下来，这就用了温和的语气，向她低低地安慰。郎太太收束了泪痕，呆呆地想了一会儿，接着又低低地说道：

"陈先生，我活了这五十多年来，对于像你这么的好人，我实在还只有第一次碰到，所以我心里太感动了，怎不要叫我流泪呢？"

"这是老太太说得我好罢了。"

陈思明很不好意思地回答，他握了玻璃杯，喝了一口茶。郎太太又沉吟了一会儿，忽然有了一个主意，说道：

"陈先生，我想你虽然要离开上海，这也没有多大的关系。我的意思，预备你没有动身之前，我把女儿就嫁给你。那么我们住在这屋子，你虽然不在我们也很安心了。否则，那真叫我们有些说不过去！"

"不！老太太，你一些也不必耿耿于怀的，这是我喜欢给你们住下去，你又何必说不过去呢？"

陈思明听郎太太一定要把露茜嫁给自己，虽然这样美丽的姑娘，还有哪个见了不爱呢？但是他有坚决的理智在警告自己，这是不可能的事情。所以他竭力压制着情感的发展，摇摇头回答。郎太太心中真是感到奇怪极了，天下竟有这样不贪女色的男子吗？于是又急急地问道：

"我想陈先生大概嫌我女儿人品生得不好吧？"

"哪里哪里，郎小姐的品貌可说十全十美，在上海许多姑娘中，恐怕谁也及不上她的聪明美丽呢。"

"你既然这么说，那为什么不答应？我觉得其中一定有个缘故的。"

"老太太，我老实地告诉你吧！因为我已经是个有妻子的人了。"

这消息真有些惊人，使郎太太不免皱了眉头，倒有些疑信参半。正欲动问，却见露茜匆匆地回家来了，她买了一些鱼和肉，还有些青菜萝卜，笑盈盈说道：

"妈，我到楼下厨房去烧菜，你拿竹箩子淘一些米吧。"

露茜一面说，一面把秋波斜乜了思明一眼，微笑着又很忙碌地走到楼下去了。郎太太且不先盛米，继续又向思明低低问道：

"陈先生，那么你夫人是住在什么地方的？"

"她吗？住在乡下，我们是一个大家庭，我上面爸妈也有，我弟兄有好多个，我的妻子还养了一男一女，儿子已经八岁了，女儿也有五岁了。老太太，我这话完全是事实，所以我不能为了贪图自己的幸福，而陷害郎小姐的终身。对于老太太这一部分的美意，我只有表示心领谢谢。"

郎太太听了他这一番告诉，真是敬佩得难以形容，连连点头称赞，说道：

"陈先生，像你这样君子人，实在太难得。我觉得你的品格，和圣贤人又有什么分别呢？这个年头，上自官儿，下到百姓，哪一个不贪财？哪一个不贪色？像张先生这么年纪的人，他千方百计地还想污辱露茜的身子，这若和你一比，真是有天壤之别。"

"老太太，其实这也算不了什么，我以为一个人应该有正正当当的行为，清清白白的思想。假使廉耻全无，礼义全忘，这如何还能算是一个人呢？所以我不过是一个守本分的人而已，实在不敢受你这样的赞美，倒叫我听了不好意思呢！"

"唉！假使个个人都有陈先生那么的思想和品格，人类哪儿会互相残杀，社会哪儿会这般混乱，恐怕这世界真是个美丽的乐园了！"

郎太太一面感叹地说，一方面才量了米，到楼下淘米去了。这儿陈思明没有事，却教了露清一课书。他们两人说了一会儿话，倒也不觉得寂寞。十二点一刻的时候，郎太太母女已把饭菜烧好拿上来了。露清先笑着告诉说道：

"妈，大哥教我读书，他教得挺好的，可惜我没有福气能够请大哥天

351

天来教我读书，因为大哥是要离开上海了。"

陈思明听露清这么告诉，再瞧露茜的脸，却并无惊异的反应，可见郎太太在楼下已把什么话都向女儿告诉过了，于是也笑着说道：

"弟弟很聪明，这孩子长大了，一定很有希望。所以我说老太太将来的福气，也不可限量呢！"

"一个才八岁的孩子，等他长大成人会赚钱的时候，只怕我的鼻子要朝北的了。像我们这么命苦的人，如何还谈得到福气两字呢？"

"妈，你别这么说，再过十年，我一定会赚钱了。那时候妈的年纪也不过六十出头一点，这也算不了老呀！妈活到八十岁，还不是整整地有二十年福气可以享受吗？"

这几句话因为是出在一个八岁孩子的口里，所以大家倒又忍不住笑了起来。这时露茜把饭盛出了，她自己却盛了粥，一面向思明说道：

"大哥，时间已不早，你一定饿了，快坐下吃饭吧！"

随了露茜这句话，四个人在小方桌边坐了下来。思明见郎太太母女俩的碗内都盛了粥汤，这就低低说道：

"你们为了我特地又烧饭的吗？其实你们也太客气，我倒也喜欢吃粥哩！"

"是大哥自己的米，你还说什么呢？被你一说，我们更觉难为情了。况且这两个月来，大哥还没有回家吃过一顿饭，也没有什么好小菜请你吃，我们实在已经觉得很抱歉了呢！"

"这年头，我们还想吃什么呢？其实我很知道，为了我，你们今天已花费了不少钱，因为你们平日一定节省得很的。"

陈思明听露茜红了脸低低地说，于是连忙也不安地回答。郎太太连说花不了什么，花不了什么，这都是吃你自己的东西。大家经过这几句谈话，彼此又沉默了一会儿。露茜方才瞭了思明一眼，低声问道：

"大哥，听说你们红十字会预备随军队西移吗？"

"是的，我觉得国军撤退之后，上海一定很混乱很黑暗，我们留在上海有什么意思呢？所以还是随军西移，为国家去干些工作，比较痛快一点儿。"

露茜点点头，表示无限敬仰的意思，接着又说道：

"你离开上海之前，我想你总该写信去告诉你的家里吧！"

"这当然，否则，他们也会不放心的。"

"不过，你的爸妈，你的夫人，他们也许会不赞成你上战场去服务的吧！"

"你这猜测也许可能，因为我爸妈都是六十多岁的人了，他们老年人的思想，自然希望他们儿子不要去冒这个危险。至于我的妻子，那更不用说，她是个乡村里的女子，她没有受过高等教育，她一定也很怨恨我会到战地去工作的。不过，在这非常时期的环境之下，假使人人不肯冒这个危险，那么中国恐怕早就亡了。在这小小的上海，也绝不会和敌人奋勇反抗到三个月之久，所以这次我军撤退，在我们心中，并不悲观，因为中国地方这么大，敌人占领上海，须费时三月，那么敌人要打倒整个的中国，恐怕三十年也打不了。最后胜利，必属于我，这是每个国人都有这个信心的。"

"大哥，你真勇敢，你真伟大，抛弃了父母妻子，为国去效劳，这是太不容易了！"

陈思明滔滔地说出了这一番话，露茜听了，真是敬佩得五体投地，两眼含情脉脉地望着他，诚恳地回答。思明微笑道：

"这是国民应尽的责任，那没有什么稀奇。况且我已经有了儿子女儿，那还怕什么呢？几时为国成仁，将来儿子也会给我报仇啊！"

"不！不！大哥，你一定会达上成功的道路。"

"陈先生不过二十九岁的年纪，儿子竟有八岁了，真是好福气，我相信你们父母子女一家人都会团圆的。"

"谢谢你们这样地希望我。"

郎太太母女俩齐声地祝祷着说，陈思明听了心中非常高兴，遂感谢地回答。吃完了这一餐饭时，时已下午一点零五分。露茜倒了一盆面水，拧了面巾，给他洗脸，一面倒上了一杯开水，给他喝茶，并又低声说道：

"大哥，你家里人知道你是住在这贤和里的吗？"

"知道的，因为我们平时也常通信的。"

"那么我觉得我们以后在这儿恐怕有些不方便吧！"

郎露茜微蹙了翠眉，低低地回答，她有些忧愁的样子。陈思明似乎不懂她的意思，怔怔了一会儿，问道：

"怎么啦？你觉得有什么问题吗？"

"你家里人既然知道你是住在这儿的，那么你走了之后，说不定你夫人会到上海来拿取一切的家具，明儿若见了我们这一群人，使你夫人心中不是要引起误会了吗？所以我想你几时离开上海，我们也得另外想办法再找安身之所才好。因了我们的缘故，万一使你们夫妇间发生了感情的破裂，这岂非是我们的罪恶吗？"

陈思明这才明白了她这一番意思，心中倒着实感激她关怀自己的一切。觉得露茜真是一个多情又细心的姑娘，因此大有恨不相逢未娶时之遗憾，默然了半晌，方才徐徐地说道：

"二妹，你这意思很不错，我非常感激你。不过我既然帮助了你们，我也绝不能半途而废，使你们仍旧去过流浪的生活。所以我预备写信去告诉我父母，说我到战地去工作之前，已把上海的租屋退去了。至于屋子里一切家具，也被我变卖了……"

"不！不！大哥，这……是不可以这样说谎的……"

陈思明被他说了一句谎话，倒也不免红了脸有些惭愧起来了。但回头见露茜的粉颊，却已沾了无数的泪痕。思明这就奇怪地问道：

"二妹，你干吗这样伤心呢？"

"不！我并不是伤心，因为我心里太感动的缘故……"

露茜摇摇头回答，她话声简直有些哽咽的成分。思明望着她泪人般的样子，他的情感也激动了，只觉得无限的凄凉，一时也不知说些什么才好，因此木然地出神。郎太太接口说道：

"陈先生，这屋子里东西哪一样不是你的？难道我们无缘无故的能……"

郎太太说到这里，也有些说不下去了。思明微微地一笑，安慰他们说道：

"你们不要难过，这屋子里东西能值几个钱呢？老实说，这个年头，兵荒马乱，性命也不是自己所有的，那更何况是身外之物吗？所以我倒绝对的并不稀罕。"

"可是我们萍水之交，受你的恩惠太重，叫我们如何地报答？"

"你又说这些话了，我假使要人报答的话，我也不来帮助你们了。"

"我想我们暂时给你保守着这些东西，等你回上海的时候，我们一定原物奉还你，希望那时候我们的环境能够好一些。"

"二妹既然这样说，也好，就随便你的意思好了。不过，在必要的时候，请你只管做主好了。我们乡下虽不能算为豪富之家，但尚有薄田数亩，我父母妻子绝对不会有饿死的顾虑。所以对于这里一点点东西，他们根本也不会介意的。"

"大哥，你这一份深情厚谊，我们还有什么感谢的话可说呢？我们只有虔虔心心地祝祷上苍，保佑你一路平安，将来达到胜利的目的。那时候我一定敬酒三杯，高高兴兴地庆祝欢迎你哩！"

"好！二妹，你说得真好！时候不早，我该走了。"

陈思明见她挂着泪痕，絮絮地说，而且满面还含了娇笑，一时觉得这位姑娘不脱孩子气的成分，心中更加感到她的可爱，遂也笑嘻嘻地望着她，很兴奋地回答。一面瞧了手表，便站起身子来，去拎了他整理好的那只皮箱。郎太太因为陈先生太好了，所以起了依恋之情，一面跟着站起，一面颤巍巍地问道：

"陈先生，那么你几时再来呢？"

"等鬼子兵打出了中国的土地，我一定会来望你们的。"

"大哥，我在这儿敬礼，祝你胜利！"

露清把脚一并，还把右手举到额角上去。陈思明见了，又放下皮箱，把露清抱起，在他小脸上吻了一个香，笑道：

"好孩子，你要好好学上进，给你妈争气才好。"

"大哥，我知道。"

陈思明含笑拍拍他肩胛，又放下他身子，一面提了皮箱，一面向郎太太说声老太太再见吧，他便匆匆地走到楼下去了。露茜心里觉得些空洞洞的难受，愣住了一会儿。郎太太说道：

"你该去送送他啊！"

露茜这才醒觉过来似的也急匆匆地追奔到楼下去了。露茜一直送他到弄堂口，思明回头望了她一眼，低低说声别送了，进去吧。露茜却恋恋不舍地望了他一眼，低低地叫道：

"大哥，你在哪一天动身，我想去送送你。"

"不必客气了，因为我也不知道在哪一天动身哩！"

"大哥，那么请你常常写信来告诉你的健康，使我也好放心。"

陈思明听她感情地说，大有眼泪汪汪的样子，这就有些情不自禁地伸手把她握住了，低低地说了一声我一定会写信给你。露茜和思明握手还只有第一次，他们都呆呆地怔住着。思明觉得露茜的纤手真是柔若无骨，虽然令人爱不忍释，但到底有些难为情。意欲放了她的手，可是露茜的纤手，却相反地也紧紧握着自己，这就感到心里不住地荡漾，几乎木然起来了。

在他们两人的心里，可说都有了爱慕的意思。但陈思明是已经使君有妇，在他固然不愿对不起乡下那个贤妻，就是露茜也不愿以儿女之情来颓伤他的英雄气概。同时她更不愿意为了自己的敬慕，而离间了他们夫妻间的情义。所以最后用了凄婉的口吻，低低地说道：

"大哥，你的情义，我今生无法报答，唯期之于来生耳！"

陈思明是个很聪明的人，他虽然忠厚于外，然内心什么都非常明白。他听露茜这么说，换句话说，明明是说我今生不能嫁你为妻，以身相报，也只好等待来生的了。一时非常遗憾，虽有千言万语要向她诉说，但结果却是一句也说不出来。良久，方才低低地说道：

"二妹，我们再见吧！"

"大哥，祝你平安回来！"

陈思明不愿再让感情来冲动自己，因为他觉得内心非常痛苦，所以硬了心肠，便头也不回地放开了步子，向前走了。露茜在思明面前，竭力忍熬住悲哀的发展，此刻见思明走了，她心里的悲酸，再也压制不下去，这就扑簌簌地滚下眼泪来了。弄堂口的行人很多，见露茜木然淌泪，大家还以为她是有神经病的，因此都望着她注意起来。露茜见路人停步向自己呆望，这才猛可理会过来，于是一骨碌转身奔进弄内回家去了。

不多几天，国军真的向西撤退，于是上海便形成孤岛。孤岛上的同胞，一班知觉麻木的，无不纷纷活跃，因此畸形发展，蒸蒸日上。什么舞厅，向导社，女子按摩院，仿佛雨后春笋，比比皆是。同时因为各路交通断绝，货物来源较少，物价也就逐步上升，一班贫苦同胞真是焦头烂额，苦不堪言。那么郎露茜母子三人，自然也是在这水深火热恶劣环境中的一份子。每天生活，不要说喝粥汤两字，在这时候又觉得喝粥汤真是一件幸福的事情了。因为那时候一班贫民，大家以玉蜀黍粉，并面糊当饭吃。至于下饭的小菜，那就根本谈不到的了。

光阴匆匆，不知不觉已到第二年的春天了。日子一天一天地过下去，

356

露茜的境况也就一天一天地苦难下去。真所谓有了朝顿，没了晚顿。郎太太的意思，把陈先生剩下东西变卖一些，暂救眼前的急难。但露茜却不肯这样做，因为陈先生既然这么信任我们，我们岂能私卖他的东西。这于良心问题，实在说不过去。郎太太叹了一口气，说道：

"事到如此，还有什么办法呢？难道预备活活地饿死吗？况且陈先生走后，这半年来，连一封信也没有给我们，可见他这个家是预备送给我们的了。我们暂时以济燃眉之急，则算不了什么太心黑呀！反正将来可以补还给他的，我以为不妨可以变通一下。"

"妈，卖物度日，这也不是一个根本解决的办法。再说弟弟老是闲在家里，也很不好，我觉得非给他上学读书不可。"

"唉！连吃饭都发生了问题，还读什么书呢？"

"妈，我有一个解决生活的办法，但不知妈同意吗？"

"是什么办法呢？"

"早晨王太太对我说，这样子下去也不是个道理，所以劝我做舞女去，我想事到如今，也只好顾不了许多。反正跳舞只要自己不受引诱，这和妓女到底是不同的。我为了生活，我为了弟弟的前途，我只好牺牲一下子了，但母亲的意思怎样呢？"

郎露茜在这无可奈何的情形之下，只好沉痛地说出了这几句话。郎太太因为旧式女子的关系，所以她还莫名其妙的样子，低低地问道：

"我不懂呀！跳舞是怎么的一回事情呢？"

"跳舞厅是一个很大的厅堂，里面椅子上都坐了女子，给男子们抱住了跳舞，这样子我们就可以得到舞票，拿了舞票再向舞厅当局换取钞票，那么我们就可以生活了。"

"年轻的姑娘，给男子们抱住了跳着，这到底不大好吧！"

"妈，只要我不卖身体，跳跳舞原也没有什么关系的，我们为了要生存在这世界上，又有什么办法呢？"

"可是太委屈了你，叫我心中多难受的！"

"要吃饭要活命，这一些委屈也算不得稀奇呀！"

郎露茜叹了一口气，苦笑着回答。郎太太没有说话，忍不住流下泪来。母女俩既然商量已定，于是郎露茜便入夜巴黎舞厅里去伴舞了。以郎露茜的美色，在这灯红酒绿里伴舞，慢慢地如何不疯狂了一班色眯眯的男子呢？因此不到两个月，她的芳名便大红而特红起来。她拥有了大量的舞客，而这班舞客个个都是汽车阶级，无不欲想把她娶去为妾。但露茜对于这种市侩、奸商，怎么会放在眼里？所以除了陪伴他们跳舞吃饭之外，其他不正当的行为，她一律加以拒绝，所以使这班色鬼可望而不可即，大家都不肯放松地继续追求捧场，大有鞠躬尽瘁、死而后已的精神。这么一来，郎露茜母女三人的生活，立刻由困苦之中而变成宽裕起来。于是露清可以上学读书了，郎太太也可以柴米油盐酱醋茶地忙碌起来。

郎露茜在舞厅里并不化名，她就是叫郎露茜，她所以不改名换姓，她是为了给她一班朋友易于找寻的缘故。因为一个舞女，要和舞客谈真爱情，这是痴子。舞客花了钱，无非找寻快乐，只要把舞女身子弄到了手，便早已抛置脑后了。郎露茜是个洁身自爱的姑娘，她虽然是做了舞女，可是她并不希望嫁一个汽车阶级的舞客。所以她心里时常痴心地想念着陈先生，觉得像陈先生这么的好人，我就是嫁他为妾，我也情愿。但他……这半年多的日子连封信都没有写来，也不知道是生是死呢。她除了想念陈先生之外，她自然也想念着诸葛雄，因为诸葛雄对自己确实也有至性流露的爱，他确实也是一个好青年。不过露茜心中感到很奇怪，我既成了红舞女，舞厅当局，把我郎露茜三个大字天天登着报纸上做广告，难道诸葛雄、史忠花等一班人一个也没有发现吗？为什么竟没有人来找我呢？这不是很奇怪吗？照理说，诸葛雄第一个会来找我的。他难道已和罗局长女儿结婚了吗？抑或不在上海了呢？露茜为了这个问题，时常暗自难受，闷闷不乐。

流光易逝催人老，一忽儿又是秋凉天气未寒时矣！郎太太不知怎的受了一些风寒，竟是恹恹地病倒在床上了。露茜心里非常焦急，因为这几个月来，她已有了不少的积蓄，所以她当然连忙给母亲延医服药，可是喝药像喝水一般，郎太太的病势，不但没有减轻，而且天天还加重起来。露茜本来是做茶舞晚舞两场的，现在因为家里没有人照顾，所以她只好单做晚舞一场，白天里陪伴着母亲，服侍汤药。这天郎太太流着眼泪，对露茜说道：

"露茜，我这个病恐怕是不会好了。"

"妈，你别说这些令人感到伤心的话吧……"

露茜一阵子悲酸，眼泪早已滚滚地落下来了。郎太太苦笑了一下，深长地叹了一口气，望着泪人般的露茜，继续说道：

"我死了倒也没有什么痛苦，只是死后的一切费用，可又要累苦了你。露茜，你妈真不识相，早知道今天还是要死，何不死在炮火之中呢？至少也可以省掉一笔葬殓的费用。如今……如今……这一副千斤重担，又要压在你的肩胛上了。"

"妈，你是会好起来的……你千万不要胡思乱想，女儿的心也被你说得片片地碎了。"

"唉！好起来？只怕是做梦吧！"

郎太太叹着气，低低地说。露茜伏在床边，捧着母亲的手，却抽抽噎噎地哭泣起来了。郎太太却又拍拍女儿的肩胛，低低说道：

"好女儿！你不要哭呀！妈有话跟你说……"

"妈，我不要你说这些伤心的话……"

露茜的眼泪，又像雨点儿般地直滚落下来。郎太太呆了一呆，说道：

"我觉得做舞女到底是件不名誉的事，况且你爸爸活着的时候他是多么清高……"

"妈，不过……女儿做舞女到现在，也没有干过什么不清白的事情呀！为了活命，为了弟弟的前途，我想爸爸在天之灵，他老人家一定会同情我，原谅我的。妈，因为这并非是我甘心堕落呀！"

"我知道，我并不是说你甘心堕落。我是说，你做舞女，都是我们害你的。"

"妈，我……不要你这样说。"

"孩子！我现在有一个意思，不知道你能够采纳吗？我比方那么说一句，我假使死了之后，我希望你在舞客之中，好好坏坏拣一个嫁了他吧！我以为这样比做舞女总好得多。你虽然是个意志坚决的姑娘，但灯红酒绿中的环境，四周是满布的荆棘，一不小心，就有失足的危险。万一上了人家的当，这叫我在九泉之下，如何能放得下心来？孩子！我说你不要一定拣年轻俊美的丈夫，只要良心好，有情义，能维持生活，就是年龄大一些，你……也嫁了吧！这是做妈的临死之前对你说的话，不知道你心中也以为对吗？"

郎太太断断续续地说着话，说到后面，大有上气不接下气，十分吃力的样子。这叫露茜听了，回答什么好呢？因此她是惨痛欲绝的，只有呜呜咽咽地泣个不停。这时候露清也从学校里放学回家，他一见姊姊在床边哭泣，知道母亲生命危险了，一时奔到床边，跳到床上，抱住郎太太脖子，也哭泣起来。

郎太太见了儿子，因为儿子还只有九岁，所以触目惊心，泪如雨下。偎着露清小脸，叹了一口气，说道：

"孩子！你真是太苦命了，没有了爸，但到如今将又没有了妈……好在你还有一个姊姊，我相信姊姊是不会错待你的。不过，你要好好地用功读书，听从姊姊的话，不可对姊姊有失礼的行为。因为你妈已是个垂死之人，你的一切是全靠姊姊来抚养你的了。所以姊姊就和母亲一样，你……总要争气才好。"

"妈！妈！你……会好的。"

露茜姊弟听了这一番惨痛的话，便不约而同地又哭泣起来了。但死神已降临到郎太太的头上了，它狰狞了面孔，十二分的残酷，并不因露茜姊弟的哭泣而引起了一份同情可怜之意。终于在当夜半规残月之间，奄然物化了。

郎太太死后，可怜露茜姊弟俩哭得死去活来，倒幸而房东王太太来给她帮忙办理后事。从此以后，姊弟两人更加孤苦无依地过着凄凉生活了。这次郎太太死后成殓一切费用，倒也花去了不少。露茜当然不得不继续地伴舞，向这班暴发户、投机商身上去拿取一些瘟生钱来用用。直等日本人进了租界，伪组织相继而起，她便脱离伴舞生涯，预备另找高尚的职业了。原来这又是第二年的春天了，追求露茜的舞客越来越多，简直使露茜无法应付，况且她细窥这些舞客中的人，个个都是甜言蜜语，说得天花乱坠，十分恩爱，什么天长地久，什么白头偕老。露茜知道这些话都是砒霜里的白糖，甜蜜之中的毒质，所以她在假意敷衍之下，当然一个也不会上他们当的。

她暗暗地想了一会儿，觉得母亲临终的时候，曾经对我说过的，这灯红酒绿的环境中，四周都是荆棘，一不小心，就有失足之可能，所以叫我好好坏坏嫁一个人，说比做舞女要好多了。其实母亲这话也是错误的，嫁了这种舞客，老实说，将来还是要做舞女的，因为他们没有真爱情，无非是存心玩弄玩弄而已。假使要做一个清清白白的人，那么只有脱离舞海不可。好在我已积蓄了不少的钱，我可以住在家里吃几个月也不成什么问题的了。露茜在打定了这个主意之后，于是便悄悄地脱离舞国了。可怜这一帮追求她的舞客，见露茜突然失踪，因此弄得疯疯癫癫，大家天天在舞场里找寻，但如何还有露茜的影子呢？

原来露茜在报上已见到了一则大公医院招考看护的启事，所以她便匆匆地去应试。好在对于看护一事，露茜还有一些经验，当下就被医院录用了。露茜在这时候，方才觉得自己是重入了女子真正服务社会的阶段。她非常高兴，也非常安慰，觉得母亲在天之灵，她老人家一定也万分放心的了。

露茜在大公医院任职三个月，因为办事成绩十分优良，所以已升为护士长之职了。这已经是六月中旬盛夏季节了。露茜在大公医院里十分忙碌。忽然间乌云四聚，大雨倾盆，露茜恐怕护士疏忽，所以到每个病房里去巡视，当她经过五号病房的时候，忽见一个病人，跌跌撞撞地走到窗旁去关窗门，看他身子摇摇摆摆似乎难以支撑的神气，这就暗暗埋怨着五号病房内的看护小莉，说她不知哪儿去了，一面急急奔上去，说我来关，我来关。但那个病人，此刻已支撑不住了，竟仰天向后跌了下去。露茜赶忙伸手去扶，那病人正跌在露茜怀内，两人四目相接，在怔了一怔之后，大家哎呀了一声，由不得都大叫起来了。你道这个病人是谁？原来就是露茜心坎上时时刻刻想念的诸葛雄哩！

第六回

　　诸位大概还记得《归》的结尾，是诸葛雄被金廷德陷害，捕入司令部一顿毒打，遍体血痕斑斑，几乎送了性命。后因罗淑娴舍身相救，允诺婚事，金廷德才把诸葛雄释放，送入大公医院医治。淑娴和廷德结婚之前，曾和阿雄在医院相见一面，当时因为廷德监视在旁，所以两人相对流泪，默无一语。诸葛雄心中是很明白的，他知道金廷德并不是真的晓得因我地下工作而捕捉我的，他完全是为了争风吃醋，以为我和他角逐情场，所以淑娴不爱他而爱了我，因此他便借口来害死我了。现在淑娴之所以答应跟他结婚，这也是很明显的事，无非她要救我性命而所以忍痛牺牲罢了。对于这一点，诸葛雄表示欣慰。他觉得淑娴肯牺牲身子，嫁给金廷德，那么我以后的性命大概是不成什么问题的了。

　　不过诸葛雄心中是做梦也想不到的事情，他在大公医院里遇见了郎露茜，所以目瞪口呆，尤其罗淑娴被金廷德夺去之后的感觉上，他是更加惊喜欲狂，一时望着她粉脸，急急地问道：

　　"哎呀！你……你……是郎露茜小姐吗？你……你……还活在这个世界上吗？"

　　"是的，我还活着，我没有死，诸葛先生，你……不是生着病？你……你……浑身怎么都受了伤呢？"

　　郎露茜一面回答，一面在发觉他满面满身都是伤痕的时候，立刻又显出骇异的表情，向他急急地问。诸葛雄听了，苦笑了一下，他慢慢地挨近床边，身子便躺倒下来。露茜关上了窗户，跟着走到床边，给他盖上了线毯。因为阿雄没有回答，所以自不免暗暗地猜疑了一会子。

　　这时窗外的暴风雨真是大极了，俄而似万马奔腾，俄而似千军呐喊，唰唰的雨点儿把玻璃窗敲得擂鼓般地作响。室内的光线是特别暗沉，好像已经入夜的光景。忽然一道电蛇般的电光，在玻璃片子上很快地闪过了之后，接着哗啦啦一阵天塌地崩的雷声，响得震耳欲聋。郎露茜冷不防之间，一颗心也会吓得像小鹿似的乱撞起来。诸葛雄见她粉脸涨得血红，知道她有些害怕，遂向她搭讪着问道：

"郎小姐，我们整整地有两年多的日子没有看见了吧！你一向好吧？"

"好！你……你……也好……"

郎露茜听一个好字，不知怎么的她心头感到万分的悲酸，嘴里低低地回答，泪水却在她眼角旁涌了上来。诸葛雄见她流泪，而且她的话声也有些颤抖的成分，这就感觉她的遭遇必定是十二分的悲惨，遂懊悔这么问，于是急急地又说道：

"八一三那天，交通断绝，我打电话一问忠花，知道你没有出来，那时我心中真急得不得了，但又有什么用呢？我们都为你流泪伤心，都以为你们一家人定然死于炮火之中了。原来你们是逃出来的，这真是谢天谢地，你们全家都平安吗？"

"唉！这事说来，真是一言难尽……"

郎露茜叹了一口气，她的眼泪索性大颗地滚落下来。诸葛雄颇感到有些黯然神伤，望着她又怔怔地问道：

"怎么啦？难道你爸妈……遭遇意外不幸了吗？"

"是的，我们六口之家，只有妈、弟弟和我没有遭难。爸爸和三岁的小妹我是亲眼见他们惨死的，还有我那个十五岁的妹妹露芬，却存亡不知，因为找不到她的尸体呢！"

"那么你们逃出来之后，又在什么地方安身呢？"

"茫茫人海，何处是我们安身之所？我们受了一些微伤，先在红十字会里住了两天，后来到难民收容所去投奔，可是没有多日，就流落街头为乞了……"

"你为什么不找亲戚朋友家里去暂时安身呢？"

诸葛雄见她一面流泪，一面惨淡地说。因为听她曾经沦为乞丐，所以也非常伤感，遂又急急地问。露茜低低说道：

"在这兵荒马乱的时代，一班亲戚朋友谁不是焦头烂额、自顾不暇？所以我也不愿打扰人家，只去找过史忠花，可是忠花已经从普济产科医院辞职了，而且她也回乡去了。我除了她是最知己的朋友，我还能再找什么人去呢？"

"郎小姐，你难道不能来找我吗？"

"我……心里原是也这么想过，但我……到底鼓不起这个勇气。"

"不过……我那时候恐怕也不在上海了……"

"你到什么地方去过吗？"

"哦！郎小姐，那么你们后来又怎么样了呢？请你详详细细地告诉我好吗？"

诸葛雄觉得不便告诉她，所以只把头一点，一面又向她追问着说。郎露茜方才把红十字会的护士长陈思明先生，一而再、再而三地救助资金，直到国军撤退，陈先生也随军出发的话，向他诉说了一遍。诸葛雄听了这话，真有些将信将疑，想不到在这世界上还有这么任侠好义真正的好人，一时连声赞美，说道：

"这真是天无绝人之路，所以你们会遇到这么热心伟大的好人，那么你们母女三人就住在他家里了吗？"

"是的，陈先生走后，竟杳无信息，使我们非常挂念，但愿老天保佑，他在外面平平安安才好。"

"那是当然的，我相信好人终有好报的。郎小姐，你妈老人家很健康吧？"

"在这水深火热的环境之下，如何还有健康两个字呢？我妈被环境折磨得已经离开人世了……"

"啊！那么你们只有姊弟两个人了？"

"嗯！我们这个乐融融的家庭就被战争害得东分西散地凋零了，毁灭了！从此以后，我什么地方再能去找寻我的爸妈呢？"

郎露茜说到这里，眼泪又泫然而下。诸葛雄听了，不胜唏嘘，遂叹了一口气，沉痛着脸色，说道：

"覆巢之下，哪有完卵？国破家残，这也是一定的道理。郎小姐，你不要伤心，这年头岂能效新亭泣乎！我们只有埋头苦干，才可以报这血海大仇哩！"

"……诸葛先生，你……你是被谁打伤的？为什么要把你打成这个悲惨的样子？你肯不肯告诉我呢？"

"郎小姐，这不是三言两语所能说得完的，我想等我伤势好了之后，我到府上来再详细地告诉你吧！"

郎露茜见他不肯直接地告诉，心中自然有些怀疑。正欲追问他的时候，忽然见房外走进一男一女，还没有开口说话，那女的先儿啊肉啊地痛哭起来。露茜回眸望去，见了这一男一女中年人，似乎还认得，他们就是诸葛先生的父母了。因为两年前在广德医院中也曾经见过他们一次的，于是让过一旁，诸葛太太早已直奔床前，拉住阿雄手，哭得伤心万分。诸葛龙见儿子被打得这个模样，也不由泫然泪下。诸葛雄因为自己在司令部受刑之时，险乎丧了性命，假使真的遭了毒手，我们母子今日如何还能够见面？所以也激起了一阵悲哀，眼泪掉了下来。但口里还劝慰着说道：

"妈，你不要伤心，我只不过是一些微伤，没有什么生命危险的。凭儿子这结实的体格，还可以受得住这惨毒的极刑吧！"

"阿雄，但是，你……你……到底是不是干地下工作的呢？"

诸葛龙用了认真的口吻，向他严肃地诘问。郎露茜还没有走出去，她听了这句话，芳心倒是忐忑得乱跳，暗想：诸葛先生准是被司令部里毒打的了。心里想着，两眼望到阿雄的脸部上去。只见阿雄非常静穆的态度，笑了一笑，说道：

"爸爸，你怎么这样忠厚呢？假使我真是干地下工作的人，金廷德怎么肯轻易释放我呢？你难道没有见到罗淑娴和金廷德结婚的启事吗？可见他完全是为了妒忌我才谋害我的。现在淑娴答应嫁给他，他称了心意，所以便放我出来了。这是很明显的事情，爸爸难道还没有弄清楚吗？"

"可怜的孩子，你真是太受委屈了，姓金的这该死的小子，他没有好死的，他这种毒害好人的行为，如何会有好的结果呢？人家不爱他，他偏偏强爱人家，这种畜生还能算是一个人吗？"

诸葛太太一面哭泣，一面怒气冲冲地说，她恨不得把金廷德咬几口肉才出了心头的怨气呢！这时郎露茜听了他们的话，心中方才恍然了，暗想：他们说的金廷德这三个字，好生耳熟的。猛可想起来了，那姓金的不就是曾经向我求过婚的那个小子吗？想不到他和阿雄强夺罗小姐呢！猜想起来，那金廷德一定已经是出卖灵魂做了倚势欺人的汉奸了。露茜想着，听诸葛龙又劝阻着太太说道：

"你说话得小心一些，给人家传到金廷德的耳朵里，不是又徒然地结怨吗？"

"哼！你这种人真是胆小如鼠，还亏你算是一个堂堂的副局长哩！瞧你自己的儿子，被人家毒打得如此模样，况且罗小姐分明是我家的媳妇，如今硬生生地被这个小子抢夺去了，我瞧你在社会上还有什么面子做人呢？阿雄有你这种死人般的爸爸，也算是大倒其霉的了。"

诸葛太太听丈夫并无一些愤怒的表示，还劝阻自己不要骂金廷德，这就怒不可遏，气得暴跳如雷，忍不住向他戟指大骂起来。诸葛龙红了脸，却有些惶恐的意思，叹了一口气，说道：

"太太，你也不要说这种疯话，这个年头，谁的手段强，谁就是老大。我虽然是个副局长，但怎么及得他是个司令部的翻译官势力大呢？你瞧罗局长，他也没有办法，服服帖帖的只好把女儿嫁给他呢！这何况是我呢？老实说，阿雄今日有性命，还算是不幸之中大幸。假使他一口咬定阿雄是地下工作的重庆分子，那么也不是只有冤冤枉枉地死吗？唉！这世界是多么黑暗啊！"

"爸爸，你难道还只有现在明白吗？"

诸葛雄听爸爸痛苦万分地说出这一番话来，遂用了俏皮的口吻，低低地问他。诸葛龙回答不出什么话来，却是喟然长叹，表示无限感慨的意思。这时诸葛太太已停止了哭泣，她想到了什么似的，说道：

"罗小姐真是令人太可怜可爱了，我知道她虽然嫁给了金小子，但她的内心一定是非常痛苦的。她完全是为了要救你性命，所以才忍痛牺牲自己的身体。这种小姐，是多么有情有义呢！她此刻已到结婚之时，她还急急打电话来告诉我，说你在大公医院医治伤处。唉！只怪我们没有福气，才娶不到像罗小姐这么一个好媳妇！"

"要娶美丽的姑娘做妻子，这实在是祸水。假使金廷德不是为了抢夺罗小姐的话，阿雄也不至于受到这么的苦楚呢！所以我的主张，以后阿雄娶妻子，倒不要拣人家姑娘太美丽才是。古来有多少英雄好汉，只为妻子生得美，而险些伤了性命，也有真的遭遇到了一命呜呼。不说别的，单拿水浒上人物而言，有林冲、杨雄、武大郎、宋江等的受了妻子美丽的亏。有的受尽苦楚，有的丧了性命。这和阿雄现在的情形，不是也有些相同吗？"

"好了，好了，瞧你这老头子此刻倒又说起什么水浒中的人物来了，你也讨论讨论儿子伤得这么厉害，该用什么方法来医治才好呢?"

诸葛太太没有好嘴脸地白了丈夫一眼，十分怨恨地说。诸葛龙听了，多少有些反感，遂淡淡地说道:

"你这话真也奇怪，我又不是医生，叫我讨论些什么呢?"

"哼! 我瞧你这黑心人，最好儿子被人家害死了，你才高兴哩!"

"这……这是打哪儿说起? 太太，你这么衔血喷人，叫我……不是太受一些委屈了吗?"

诸葛雄听爸妈吵闹起来，遂连连挥手，把他们劝住了。郎露茜因为心中已经有些明白了，遂也悄悄地走出病房外去了。不多一会儿，小莉和一个医生走进来，小莉手捧一盘药膏药水，是给阿雄换药的。诸葛太太见了医生，便愁眉苦脸地流着眼泪，急急问道:

"先生，我儿子这伤势到底要紧不要紧呢?"

"没有生命危险，不过皮肉受一些痛苦吧!"

"医生，你总要发发慈悲心，救他早些痊愈才好，那我就生生世世忘不了你的大恩。"

医生应了一声，却没有作答。他用了沉默的态度，叫小莉把阿雄衣服解脱，预备给他换敷药膏。诸葛夫妇一见儿子的肉体，没有一块完整的皮肤，真是血痕斑斑，惨不忍睹，心中悲痛万分，眼泪又滚滚地落了下来。

医生敷好药膏，又给阿雄喝了药水，便管自地走到别的病房去了。这里小莉叫诸葛雄好生休养，不要胡思乱想，她也另有工作去了。诸葛太太向阿雄问道:

"你想吃些什么? 告诉我，我可以去买。"

"我觉得太闷热，最好给我吃些西瓜。"

诸葛太太一听，猛回头向阿龙立刻用了命令式的口吻，叫他出外去买。诸葛龙向窗外望了一眼，皱眉说道:

"这么大的雨，回头去买吧! 此刻口渴，先喝些开水好不好?"

"叫你去买，就有这么许多推三阻四的话，你身上不是穿着雨衣吗? 落雨怕什么? 你不肯去，我去买。"

诸葛太太逗给他一个白眼，恶狠狠地说，一面站起身子，预备走出病房外去。诸葛龙这就急了，连忙阻拦了她，急急地说了两声我去，我去，他只好不情不愿地向房门外走了。其实这时窗外的雨已细小了许多，阿雄说开了窗子透透空气吧！诸葛太太没有回答，立刻走到窗旁去依顺了他。就在这当儿，忽见门外走进两个女子、一个男子，他们身上都披了雨衣。其中一个女子，急急奔到床边，她叫了一声表哥，泪水滚滚地已落下了粉颊。诸葛雄回头去望，原来那两个女子是表妹李玉梅和忠花，那男子不是别人就是蔡志坚。他非常兴奋的表情，笑着向他们点点头，说道：

"老蔡，小诸葛还没有死哪！"

"这当是谢天谢地啰！"

"但你受的苦楚也够多了！"

史忠花听志坚这么说，也低低地插嘴。她看着阿雄满面的伤痕，皱了眉尖，忍不住轻轻地叹了一口气。这时诸葛太太向玉梅问道：

"玉梅，你怎么知道阿雄是在这医院里呀？"

"我到姑妈家中去过的，是张妈告诉我，我才知道。这两位是我的朋友，他们也很焦急表哥的受伤，所以也来望望表哥。"

"真难为了你们都这样地记挂他，大家请坐一会儿吧！"

诸葛太太和志坚在两年前虽也碰到过一次，不过在她心中早已忘记得一干二净了。她表示感激的意思，向大家低低地说。忠花、志坚也含笑点点头，却默默地望着阿雄出神。大家虽有千言万语要诉说，可是为了诸葛太太在旁边，所以各人都默无一语，唯有心照不宣而已。诸葛雄见玉梅泪眼盈盈，备觉楚楚可怜，遂低低地说道：

"表妹，你不要伤心，我这个伤是没有性命之忧的。"

"阿雄，你不知道，可怜你表妹，为了你被捕，她真不知如何伤心和焦急，而且……她为你吃十年长斋哩！"

诸葛太太在旁边向他低低地告诉，阿雄听了，由不得心里一感动，眼角也涌上了一颗晶莹莹的泪珠来了。就在这时，诸葛龙捧了一只西瓜，匆匆地走进房中来了。他走得满头大汗地说道：

"这儿附近偏偏没有水果店，好容易走了两条马路才找到呢！我这做老子的，真变成孝子的了。"

"你听，你听，叫你买了一次东西，你就怨声载道了，我原没有一定叫你去买呀！既然买来了，还冤枉什么呢？"

"姨爹，这西瓜是表哥要吃吗？快交给我来分开吧！"

玉梅听姨爹、姨妈又要争吵起来，遂走上前去，伸手去把西瓜接过。诸葛龙这时两眼注意到房中那两个陌生人的身上去，望了玉梅一眼，低低地说道：

"玉梅，你什么时候来的？这两位是……"

"哦！他们是我的朋友，和表哥也相熟的，他们听了表哥惨遭不幸的消息，所以也来慰问他的。史小姐、蔡先生，这就是我表哥的爸爸。"

其实志坚对于诸葛龙是认得的，他还记得两年前在广德医院内的时候，还曾经和诸葛龙争论过。但如今故作还只有初见的样子，向他恭恭敬敬地鞠躬招呼。诸葛龙是个糊涂人，他是绝不会记得这么许多的，所以还客气地招待了他们一会儿。

玉梅捧了西瓜走出病房，意欲请看护拿小刀来切西瓜，不料在房门口奇巧碰见了郎露茜，玉梅遂低低说道：

"看护小姐，谢谢你，借一把小刀给我好吗？"

"你跟我来吧！"

郎露茜点点头回答，两人一同步入护士室，露茜在抽斗内取出一把小刀，交给玉梅，问道：

"你要不要用一只盘子盛起来？"

"那更好了，谢谢。"

玉梅微笑着说，露茜在橱上取下了一只白瓷盘子，放在桌上。两人偶然之间，相互地望了一眼，大家心中似乎都有一个感觉，真是好生面熟的。玉梅先开口问道：

"你贵姓？"

"敝姓郎，你贵姓？"

"我姓木子李，莫非你就是郎露茜小姐吗？"

"正是，啊！我也想起来了，你莫非是李玉梅小姐吗？"

露茜和玉梅在过去因为有些妒忌的缘故，所以彼此的印象很深。此刻在互相询问之下，于是大家都记得了，惊奇地问，而且彼此还紧紧地握了一阵手。露茜因为自己已经明白玉梅在医院里当然是为了探望阿雄的缘故，所以先热心地说道：

"李小姐，你表哥在这儿医院里养伤，你知道吗？"

"我知道，郎小姐，忠花小姐不是和你是好朋友吗？你可曾碰见过没有？"

"没有呀！这两年来音讯全无，听说她回乡下去了。"

"史小姐此刻也在表哥病房里，你快去见见吧！"

露茜一听到了这个消息，她真不免又惊又喜，遂连忙问了一声真的吗？玉梅此刻已把西瓜切开，一瓣一瓣地放在盘子内。她端了盘子，点点头说道：

"我怎么会骗你？你不信，跟我一同去吧！"

露茜也不作答，跟了玉梅，匆匆来到病房。玉梅先向忠花笑嘻嘻说道：

"史小姐，我给你介绍一个好朋友，你认得这位小姐吗？"

"什么？露茜，你……你……还活着？"

"史大姊！"

忠花回头一见露茜，由不得怔怔地愣住了。但立刻抢步上前，两人紧紧地握住了手，眼泪扑簌簌地滚落下来。忠花问道：

"小妹妹，你一家人都平安吗？"

"死了，死了，六个人，只剩下弟弟和我两人了。"

"可怜你的经过，一定是惨尽惨绝的了。"

"这还用说吗？不过这年头，国破家亡，原也算不了什么稀奇呀！"

两人流了一会儿泪，互相地告诉了一些遭遇的情形。忠花自然没有把她的实情相告，只说曾经回乡去过一次。两人叙述了一会儿别后境遇，又落了几点眼泪。玉梅却走上来说道：

"好朋友能重逢一处，这是一件欢喜的事情，你们不要光是流泪伤心，我们应该欢喜庆幸才好。"

"李小姐这话很有意思，小妹妹，我们该欢喜啊！"

忠花方才点点头，破涕为笑地说。诸葛雄躺在床上吃着西瓜，遂也含笑叫大家一同吃。这时诸葛龙有些心不在焉的样子，不时地看着手表，说道：

"时候不早，我要先走一步了。"

"你到什么地方去？"

诸葛太太瞪了他一眼，恨恨地问。阿龙有些说不出口来的样子，支吾了一会儿，方才低低地说道：

"罗局长和金廷德都有喜帖发给我，我若不去道喜，他们不是会疑心我有意跟他们结怨吗？"

"自己儿子被人家害得这个样子，自己媳妇被人家夺了去，你还去向他们道喜，那你除非是个没有志气的活死人了。只要礼到，人不到又有什么关系？哼！我瞧你这人也太没有资格了。"

诸葛龙在众人面前，被太太这么嘲笑责骂，一时羞愧得满面通红，也只好叹了一口气，皱了眉头，表示不得已的神气，说道：

"在这个环境之下，一个是顶头上司，一个是势力强硬的人，罗局长见了他也要退步三分，那何况是我呢？唉！在社会上做人不是一件容易的事啊！"

"爸爸这话也不错，为了避免结怨小人，你还是到那边去道贺吧！"

诸葛雄唯恐金廷德对自己还有不利的举动，所以他要父亲装作没有事般地去道贺。阿龙巴不得儿子有这一句赞同的话，他就向众人点点头，匆匆地走出病房外去了。

这里志坚和忠花略坐片刻，因为无话可说，也就先匆匆告别而去。两人走过医院问讯处的时候，见有两个西服男子，身披雨衣，头戴草帽，正在问头等五号病房向哪儿走的。志坚是个非常机警的人，他一听五号病房，不由暗想：这不是阿雄住的那一间吗？这两个男子去找阿雄有什么事情？分明是形迹可疑。于是悄悄地拉了忠花一下手，努努嘴，眨眨眼睛。忠花也是受过训练的人，她当然也会意过来，两人便掉转身子，悄悄地跟着那两个男子又向里面走了。头等病房一共是二十几间，志坚、忠花见那两个男子走到五号病房门口一张望，便即又向前面走过去了。这儿一条甬道是两头通外面的，一号病房那边走入可以由二十五号那边一端走出的。志坚见他们既找到了五号病房，却又不进里面去，一时更加可疑，遂向忠花附耳说了一句，忠花便悄悄地跟上去了。这里志坚又步入五号病房内，诸葛雄见他去而复回，心中表示稀奇，遂怔怔地问道：

"老蔡，怎么你又回来了？"

"哦！我碰见了两个人，他们叫我回来的。"

蔡志坚很俏皮地回答，神态非常沉寂。然而听在众人的耳朵里，大家都有些莫名其妙。玉梅也插嘴问道：

"蔡先生，你碰见了哪两个人？史小姐呢？她一个人走了吗？"

"我碰见刚才在这儿门口张望了一下的那两个男子，他们告诉我，说我应该回来一次的。"

蔡志坚仍旧死样怪气地回答，神情是显得格外严肃。诸葛太太连忙说道：

"是不是两个穿西服的男子吗？我也见到的，他们在门口一张望就走了，也许他们找错病房了，怎么，蔡先生和他们认识吗？"

"我和他们并不相识，但他们和阿雄是认识的。"

"既然和阿雄认识，为什么他们不进来呢？"

诸葛太太不明白的表示，向他急急地追问。志坚微微地一笑，却没有作答。但诸葛雄到底是个绝顶聪明的人，他立刻心惊肉跳，猛可坐起身子，说道：

"老蔡，我的性命已陷在危险的境地了吗？"

"小诸葛，你不要惊慌，等忠花回来了，再做道理吧！"

蔡志坚连忙把他身子扶着躺下了，低低地安慰他说。这时诸葛太太、郎露茜、李玉梅三个人听了他们的谈话，都表示非常骇异，齐齐地问志坚，说到底是怎么一回事呢？正在这当儿，忠花匆匆地回来了。她伸手掩上了房门，满面显出愤怒的表情，说道：

"果然是这么一回事，姓金的小子真是太可恶了！"

"忠花，你听到他们说了些什么话？"

蔡志坚也急急地问，史忠花恼怒得涨红了脸，说道：

"我只听他们这么说，人多不便下手，到了晚上再说……这两句话是再明显也没有的了，所以我们得防备防备才好。"

"这……便如何是好？我们……马上就出院吧！"

诸葛太太听金廷德还不肯罢休地要来害死阿雄，一时又急又怕，又怨又恨，一面说着话，一面已是哭出声音来了。玉梅说道：

"姨妈，你不要哭呀！被你一哭，连我们的心都被你哭糊涂了。好在我们已经知道了他的阴谋，我们总有应付的办法。"

"我以为此刻出院，也绝不是一个妥当的办法。因为他既然有了这个阴谋，恐怕在医院四周已经有了埋伏。所以你们有所举动，他们岂肯轻易地放过诸葛先生呢？所以这时候出院，危险性太大。"

郎露茜在旁边沉默了多时，这时也贡献着意见回答。蔡志坚连连点头，搓着两手，表示同情地说道：

"郎小姐这话很有道理，此刻出院，那不是一个安全的办法。"

"我想打电话到警局去，叫他们派警察来保护，这不是比较安全一些了吗？"

　　诸葛太太收束了眼泪，急中生智地又说出这个主意来。史忠花道：

　　"我们不单是为了眼前的安全而设想，我认为最好能够想个永久安全的办法。假使这次危险固然是免了，但姓金的毒蛇之心恐怕仍旧会想尽办法来陷害的，这不是应该需要考虑的问题吗？"

　　"那么最妥当的就是使用一个金蝉脱壳之计，这样掩人耳目地使外界知道诸葛雄确实是被他们害死了，从此以后，金廷德也就不会来注意诸葛先生了。"

　　郎露茜想出了这一个办法，大家听了，都非常赞成。不过拿什么东西来做阿雄的替身呢？这倒是一个问题。经过众人暗暗地商量之下，于是开始布置起来了。

　　这是晚上十点钟的光景，郎露茜一个人伴在诸葛雄的病房里，静悄悄地编结着绒线活计。白天里落着好大的雷雨，晚上天气却很晴朗，窗外还有皎洁的月光，很清澈地透露到病房里来。凉风拂拂，吹在身上，照理是非常舒服。但因为露茜心中有了一阵恐怖的意味，因此却感到有些凄凉的成分。郎露茜一面干着针活，一面暗暗地思忖：听了他们的谈话，我已经是很明白了，金廷德这小子为了争风吃醋，所以把阿雄害得这个样子，但两年前的阿雄，他对罗小姐根本没有爱意，他不是反对这头婚姻吗？其实金廷德把罗小姐夺去了，在阿雄心中也许是没有什么痛苦的意思吧！因为他爱的原来是我啊！不过两年后的阿雄，思想跟了环境转变，他是否还爱着我呢？这当然是一个问题。也许他以为我已经死了，所以他另外爱上了李小姐，这也未可知！因为他们是表兄妹，他们接近的机会，自然很多。阿雄在两年前虽然向我表白过，他对表妹，仅仅是一些亲戚关系而已，彼此绝无一些儿女之情的存在。其实我看李小姐对这位表哥，不但处处关怀，而且十分多情，显然她是很爱阿雄的，那么在我今日和阿雄重逢之下，虽然感到欣慰，但能否达到恋爱成功的目的，这还是十分渺茫。一会儿又想到史忠花刚才和自己说的话，好像没有和从前那份诚实真挚了。她说她曾经回乡下去过的，后来又回上海了。她和蔡先生情好意笃，这我固然早已知道。不过所奇怪的，他们和李小姐竟也显出特别熟悉的样子，可见他们在这两年中是交往得比我更亲密的了。一时感到人事的变迁，真仿佛流水浮云，实在令人不胜感叹。在两年前，我把阿雄当作唯一的爱人，我把忠花当作唯一的好朋友。但这两年后的今日，也许他们都已把我当作陌生人看待了，那也说不定啊！露茜想到这里，不由一阵子悲哀，激起了孤独的伤心，眼泪便流下来了。

郎露茜默默地流了一会儿眼泪，接着又暗暗地想道：诸葛太太刚才说的话，显然阿雄的爸爸也做了出卖灵魂的人了，因为在这时代做什么副局长，这岂是一件名誉的事情呢？不过她又觉得很奇怪，照阿雄的思想，他是个多么前进而爱国的青年，怎么会袖手旁观眼瞧他爸爸去干这种丧失心肝对不住国家的工作呢？难道阿雄被这恶势力也同化了吗？露茜想到这里，又连连摇头，自言自语地说了两声不会的不会的，我觉得阿雄一定有不得已的苦衷吧！

郎露茜这时脑海里的思潮起伏不停，忽然又想到阿雄被捕入司令部惨遭毒打的缘故，说他是地下工作的人员，在阿雄固然是矢口否认，不过我细细地想来，也许他确实是这一类热血分子，因为他不是曾经说过吗？在战事发生后，他是离开上海的，我问他曾经到什么地方去的，他没有明显地告诉我，只应了一声哦。可见他有难以告人的隐秘，这隐秘和大局太有关系了，所以他不敢告诉我吗？郎露茜越想越对，越想越切实，所以她一颗芳心，倒又表示十分安慰了。

正在这个时候，忽然一阵脚步声响，触入了耳鼓。郎露茜急忙抬头去望，在那盏淡蓝色的电灯光芒下，见到两个西服男子，戴着两副黑眼镜，急匆匆地走进来。郎露茜想不到果然会有这样事情发生，虽然早已有了防备，但她那颗芳心，也不禁像小鹿般地乱撞起来，慌忙站起身子，问道：

"你们找谁？"

那两个男子也不搭话，伸手在腰间拔出刺刀，向床边直奔。郎露茜为了显得逼真起见，急急地奔到床边去阻拦。但说时迟，那时快，这个手握了凶器的男子，早已把刺刀狠命地向床上戳去，拔出来看时，亮晃晃的刀尖上，全染了鲜血。露茜灰白了脸色，忍不住叫了一声哎呀。那两个男子见目的已达，然还恐怕露茜高喊，竟回过身子，向露茜胸口也是一刀刺了下去。露茜猝不及防，直觉一阵眼花缭乱，痛彻心肺，身子便仰天昏跌地下去了。

第七回

　　为了要使诸葛雄能够永久安全起见，所以郎露茜便挖空心思想出这个金蝉脱壳的计谋来。那么床上睡着的当然不是真正的阿雄，却是缚着一头母猪，盖上了一条细毯，枕上假装了一个人头，因为头上满扎了纱布，所以在暗淡的灯光之下，自然也分辨不出真伪来。

　　对于这个金蝉脱壳之计，虽然是成功了。但万万也想不到这两个凶手，恐怕露茜的追赶，竟也起了杀心，把露茜一刀也刺伤在地上了。等蔡志坚、史忠花、李玉梅闻声赶来，两个凶手早已逃之夭夭，一见露茜倒在地上，慌忙把她扶起。只见露茜脸色惨白，胸部上染了大堆的血水。三人大吃一惊，由不得啊了一声大叫起来。忠花连声地说道：

　　"露茜！露茜！你……你……怎么也遭了凶手的杀害了吗？"

　　"史大姊，不……要紧，我……受些微伤，但……是我们的计划是成功了。"

　　郎露茜被忠花一阵子叫喊，并又被她连连地摇撼身子，所以她从昏迷之中苏醒过来。虽然她胸部的感觉是那么疼痛，不过她竭力显出没有关系的样子，微颤地回答。李玉梅见她伤得这个样子，竟并无一些怨悔的意思，从可知她对表哥的爱情，是深刻到怎样的程度。她虽然觉得罗小姐去了之后，郎小姐还是一个最有力的情敌，不过此刻因了她的伟大，使自己也不免感动得流下泪来，遂急急地说道：

　　"蔡先生，你……你……快去请大夫去吧！郎小姐伤得不轻，非急救不可。"

　　志坚被她提醒，遂匆匆奔到医务室去了。这时忠花和玉梅把露茜抱到长沙发上躺下，两人除了怒目切齿地流着悲泪之外，一时之间，也说不出什么话来。不多一会儿，志坚和值夜班的刘医生急匆匆到来了。一见被害的郎露茜，因为认识是本院的护士长，这就万分惊异，也来不及问明缘由，立刻吩咐看护小莉等拿帆布软床来，把露茜抬到割症室来。史忠花和李玉梅亲自小心地脱去了露茜的衣服，只见右乳下显着创洞一个，血水尚在汩汩流出。经刘医生检视之下，创洞深约四寸许，已经伤及肺部，颇有性命危险之虞。刘医生皱了眉尖，口里当然没有说出来。一面马上施用手术，给她污血用药水洗濯干净，然后敷药轻轻地包扎，并给她注射了两枚预防伤口发炎的针药。这时露茜因流血过多，神志已入昏迷状态。于是暂时把她送到头等八号房间，给她静静地休养。刘医生方才向志坚等询问缘故，并欲报告警局，嘱他们派员前来调查该案的主犯。蔡志坚一面阻止，一面带领刘医生到五号病房，把病床上的线毯揭开，只见黑乎乎的一头母猪，鲜血直流得已死在床上了。刘医生大吃了一惊，不免向后倒退了两步，目瞪口呆的倒是怔怔地愕住了，一会儿，又急急地说道：

"这……这……是怎么的一回事？你们闹的是什么玩意儿呀？"

"刘医生，你且别急呀！我得从头至尾详详细细地告诉你，并且还希望你帮一个忙哩！"

蔡志坚说到这里，顿了一顿，接着又说下去道：

"这儿五号病房住的是个诸葛雄先生，他就是警察局法科的股长……"

"不错，这些我知道，但是他刚从司令部里释放送到这儿来的，听说他有地下工作的嫌疑，所以满身都受了毒打的伤痕。怎么？他……这人现在上哪儿去了啊？"

刘医生不等志坚说完，就点点头回答。忽然望到床上那只母猪，使他想到了阿雄的人，于是万分惊奇地问他。志坚沉痛地说道：

"刘医生，请你相信，诸葛先生是被日本司令部一个翻译官金廷德借口所谋害的，真实他并不是什么地下工作的人。况且诸葛先生的爸爸，他是警局的副局长，你想父子都是这一方面工作，如何会去干地下工作呢？"

"那么金廷德为什么要陷害他呀？"

刘医生听了他话，暗暗点头，但又怀疑似的神气向他追问缘故。蔡志坚是个口才伶俐的人，他于是又滔滔地说道：

"罗武智局长和诸葛龙副局长，他们当然是好朋友，因为世交的缘故，所以诸葛雄和罗局长的女儿淑娴时相过从，颇有些爱情作用，就是罗局长的心中，也很有把女儿嫁给诸葛雄的意思。不料这个金廷德仗了日本人的势力，也在追求罗小姐，罗小姐因为属意于诸葛雄，所以和他甚为冷淡。金廷德在追求不得之下，未免移怒于人，因为探悉罗与诸葛的关系，于是在莫须有的沉冤不白之下，把诸葛雄捕入司令部，惨遭毒刑，以泄私愤。"

"这姓金的小贼太可杀了，公报私仇，仗外人势力，残害自己同胞，这……真是狼心狗肺太无人道了。"

刘医生倒也是一个心直口快的至性人，他听到这里，大为不平，遂情不自禁恨恨地骂起来了。蔡志坚微微地一笑，继续说道：

"不过罗小姐也是一个多情的人，她知道了诸葛雄被捕的消息，心里非常悲痛。她不忍一个年轻的青年，为了自己，而遭到这暗无天日恶势力下的悲惨牺牲，所以她向金廷德要求，情愿以身相许，只不过把诸葛雄释放作为条件。刘医生，你瞧，这是今天报上登载的他们在新都饭店的结婚启事。"

蔡志坚说到这里，在衣袋内取出一张报纸，把其中一条罗金结婚启事指给他看。刘医生见果然有这么一回事，于是叹息道：

"这小子达到了目的，所以便把诸葛雄放了吗？"

"是的，不过他表面上虽然释放了诸葛雄，而暗地里还想害死他，果然今天夜里，两个凶手来实行暗杀了。幸而我们预先防备，所以死的是一只母猪而已。但不幸得很，郎小姐却也被他们行凶受了伤，这真是太令人感到遗憾的了。"

"可是，我觉得很奇怪，你们怎么能预先会知道他要派人来暗杀呢？"

刘医生这疑问是在情理中的，蔡志坚于是把自己在问讯处碰见了两个男子找五号病房，既到五号房门口却并不入内，那时房中人很多，又听他们说人多不便下手的话，向刘医生诉说了一遍，并又说道：

"我觉得那两个男子的形迹可疑，所以便防备到这个阴险小人有这一着棋子了。"

"那你当时为什么不捉住他们呢？"

"刘医生，那时候固然无凭无据，而且我们是个小百姓的地位，他们又是仗了外人的势力，我们如何能跟他们讲道理呢？"

刘医生被志坚这么一说，倒是默然了一会儿，沉吟着脸，表示也有些愤恨的意思，接着问道：

"那么你们这个移花接木的办法是谁想出来的？"

"就是郎小姐想出来的，她的目的，就是要使姓金的知道诸葛雄确系被他们害死了，那么以后就不会再有什么麻烦了。"

"我有些不相信，郎小姐是这儿的看护，她怎么会替你们想出这个主意来？与她又有什么相干呢？"

"刘医生，你不知道，郎小姐和诸葛雄在过去实在也是一对很要好的朋友呢！你若不相信，回头你可以亲自地问郎小姐，那么你就知道我说的完全是真情实话了。"

刘医生听了，方才明白过来，暗想：原来郎露茜和他也是要好朋友吗？这倒是一件意想不到的事情，于是忙又问道：

"刚才你不是说有事情要求我帮忙吗？不知道是什么事情呢？"

"哦！我希望刘医生给我们保守秘密，最好对外界说，诸葛雄确系被他们害死了，这样在金廷德可以称了心愿，诸葛雄以后也不会再遭受他的暗算了。刘医生若肯答应，这也不枉郎小姐想出这个主意来的一番苦心。"

"好！等我问明白了郎小姐之后，我一定会帮助你们这么做。"

蔡志坚知道他还有些不相信的意思，遂也点头说好。当时大家走近郎露茜的病床旁边，刘医生轻轻地唤了一声郎小姐。只见露茜微微地睁开星眸来，她向床边众人逗了一瞥惨淡的目光，却把眼皮又低垂下来。刘医生遂开口问道：

"郎小姐，刚才的计划是你想出来的吗？"

"是的……"露茜低沉地说，眼睛仍旧合上着。

"那位诸葛先生过去和你是朋友吗？"

"是的……"她的声音有些颤抖。

"既然床上睡的并不是诸葛先生，你为什么还要和凶手反抗呢？"

"我没有……反抗……"

"那你怎么会被凶手刺伤的？"

"我……我……恐怕他们识破机关，所以……我……不得不显出逼真的动作，去阻拦他们，谁知道他们杀了床上的……回身又刺了……我……"

郎露茜说到这里似乎有些气喘，紧锁了翠眉，显然她感到伤口上剧痛厉害。史忠花和李玉梅的芳心是感动到了极点，她们都忍不住地涕泗滂沱了。就是志坚和刘医生，也不禁黯然神伤。这时候露茜又断断续续地说道：

"刘医生，我很冒昧，为了一些私情，事先没有告诉你，我就这么做了。现在我把诸葛先生换在十五号病房休养，我请求你成全我们一番苦心，就把诸葛先生已被害死的消息传扬出去吧！"

"你放心，我一定依顺你的要求。你这伤还不至于有什么生命危险，你静静地休养吧！"

刘医生本来是很慈祥的，当下就答应了她，并且还含了眼泪，向她低低地安慰。郎露茜点点头，是表示感谢他的意思。一面又向忠花、玉梅说道：

"史大姊、李小姐，请你们不要把我的消息告诉诸葛先生，因为他的伤比我厉害，他知道我为了他而受伤，他一定会感到不安，这样当然会影响他的健康……"

"你自己养息吧！我们知道的。"

忠花、玉梅见她多情若是，大家喉间若有鲠撑住，竟不能回答，唯有落泪而已。于是旁边的蔡志坚，遂代替她们安慰了她。露茜方才合上眼皮，又昏沉过去了。

这里刘医生命几个心腹院役，把那头死母猪悄悄地移去。然后大家商量之下，先打给诸葛龙，说他少爷在院里被暴徒暗杀身死，在床旁侍候的看护小姐也遭到凶手刺伤。诸葛龙正从新都饭店吃了罗金两人喜酒回家，因为不见太太回来，正欲打电话到医院内来询问，谁知道他先接到了这个惊人的消息。虽然阿雄这个儿子并不十分孝顺自己，但自己年已半百，膝下只有一个儿子，一旦被人暗杀，如何不要急得心头乱跳？这就灰白了脸色，叫了一声哎呀！人几乎昏厥倒地下去。张妈急急赶来问道：

"老爷！老爷！你……怎么啦？得到了什么不好消息？你……你……竟急得这个模样呢？"

"天哪！这……是谁这么黑心要害死我的独生儿子呢？"

"什么？少爷被司令部抓去放出后又遭人暗杀了吗？"

"是呀！这……老天也不是太以残忍了吗？"

"老爷，你哭也没用呀！少爷既然被人暗杀，那么你快些到警察局去带领警员调查调查才好啊！把凶手捉住了，也好给少爷报仇哩！"

张妈见老爷坐在地上竟然放声大哭起来，因为他是一个男主人，自己又不便去拉他，所以急中生智地向他说出了这两句话。诸葛龙被张妈这么一说，才算清醒了过来。于是一骨碌翻身爬起，急急地坐车到警局里去了。

　　诸葛龙到了警察局，立刻带了几名警长，亲自到大公医院，匆匆走进五号病房。只见诸葛太太和玉梅两人在呜呜咽咽地哭泣，但病床上已没有了阿雄的尸体，雪白的被单上留了一大堆鲜血。诸葛龙一阵心头疼痛，由不得哭出声音来，问道：

　　"我的儿呢？我的儿呢？他……真的被人暗杀了吗？"

　　"是呀！阿雄死得好苦呀！你快跟我到太平间去瞧瞧他最后一面吧！"

　　诸葛太太一面回答，一面呜呜咽咽地哭着，拉了阿龙急急向太平间走，一面走，一面低低地说道：

　　"阿雄没有死，原是骗骗外界的人，你吩咐警长不要跟到太平间里来，叫他们向医生去调查吧。"

　　诸葛龙听了这话，真是丈二和尚摸不着头脑，但他是个老奸巨猾的人，当然知道其中定有缘故，遂很快地回过身子，见两个警长果然缓缓地随在自己身后，于是立刻吩咐道：

　　"你们快去询问值班的医生，凶手怎么样放进来的？这真是太可恶了！"

　　"是！是！局长！"

　　两名警长不敢违拗，连连称是，便掉转身子，走到医务室内来。刘医生见了他们，立刻说道：

　　"两位警长到来了吗？很好，我伴你们到八号病房里去，出事的时候，我们护士长郎小姐也在病房，当时郎小姐因高呼救命，也遭凶手刺伤，我们闻声赶去，凶手不知去向。详细情形，可以问郎小姐便知。"

　　刘医生一面说，一面带了两个警长来到八号病房。果然见病床上躺着一个身穿白色制服的少女，胸部受伤甚重，于是向她询问一回暴徒行凶时的情形。郎露茜见了两名警长，心里早已明白，遂把凶手手持利刃奔进病房，先杀诸葛先生，因为自己叫喊救命，亦遭刺伤倒地，以后怎么情形，却昏迷不知了。正在这时，诸葛龙夫妇也匆匆奔入，见了郎露茜受伤在床，颇为爱怜。两位警长因问要不要把少爷尸身车往验尸所去检验。诸葛龙这时心里已经宽慰，但表面上还现出悲愤的样子，说道：

"可怜我儿子既已被刺身亡，我也不愿再给他抛头露面去验尸。照我猜测，我儿才从司令部释放，即遭人暗杀，恐怕另有原因，这件案子就是查明，你们也没有力量办理呢！唉！这也许司令部的阴谋吧！"

诸葛龙胸有成竹地说，说到末了，表示无限沉痛的样子，不觉凄然泪下。两名警长听了这话，知道局长少爷原有地下工作的嫌疑而曾经被捕，今日被人暗杀，显然是日本人所干，这就倒抽了一口冷气，听局长自己也这么说，那么多一事不如少一事，当然求之不得，遂说我们慢慢调查真相，再做道理。诸葛龙点头称好，那两名警长也就回到警局里去了。

等警长走后，诸葛龙望着露茜粉脸，表示十二分感激的样子，低低地说道：

"郎小姐，你为我们受了伤，真叫我们心中太不安了。"

"没有关系，只要诸葛先生能够永久安全，我受些伤这也算有代价的了。不过，我要向你们两位老人家商量一件事，我家中还有一个十岁的弟弟，在我受伤期内，恐怕无人照顾，能否给我弟弟暂时地在你们府上住几天吗？"

"可以，可以，还有什么不可以吗？郎小姐，你府上住哪儿？我们马上去接他吧！"

"在八仙桥贤和里十五号亭子间内，谢谢你们，我心里非常感激。"

郎露茜听诸葛太太一口地答应，遂点点头，表示感谢的意思。不过她又慢慢合上眼皮，昏沉了过去。这儿诸葛龙夫妇又急急来到十五号病房，探望儿子。志坚、忠花、玉梅也在房内。诸葛雄见了父亲，叫了一声爸爸，无限悲愤地说道：

"金廷德这小子害得我好苦，我今生与他势不两立！"

"孩子，算了吧！这世界上是谁的势力？你还是忍耐点儿，好在外界都知道你死了，你以后还是回到乡下去住一个时期，等战事结束，再做道理吧！"

诸葛龙听了，用了颓伤的语气，向他低低地劝阻着说。志坚听了他这句外界都知道你死了的话，他觉得事情又有了问题，遂说道：

"我的意思，事情既已做到这个地步，非认真地做下去不可。最好向刘医生商量，弄一个尸体，我们把他连夜送殡仪馆入殓，以便掩人耳目。否则，明天报上消息传出，万一亲友们前来吊祭，就有许多不便了。"

大家听了这个话，都觉得志坚所考虑的，甚为有理。于是又把刘医生请来，商量了这件事情。刘医生说道：

　　"事情很巧，在三等病房里正有一个孤苦无依的病人刚刚死去，不过他的年纪很老，已有五十光景了，那非化妆不可。"

　　"这没有关系，可以满头扎了纱布，只剩两只眼睛好了，谁还能认得出来呢？"

　　蔡志坚很满意地点点头，立刻又想出计谋来回答。大家商量已定，诸葛太太遂又说道：

　　"我们和蔡先生、史小姐一同到殡仪馆去，玉梅伴了阿雄乘汽车回家，顺路到八仙桥贤和里十五号亭子间，把郎小姐的弟弟接回家去住几天，等郎小姐伤势痊愈，再把她弟弟送还她，因为她家里没有人照顾哩！"

　　诸葛太太忘记了阿雄在旁边，她糊里糊涂地竟把郎露茜受伤的话也说出来了。阿雄听了由不得大吃了一惊，这下猛可跳起身子，说道：

　　"什么？郎小姐她……她……受了伤吗？"

　　"哦！是一些轻微的伤，没有关系的。"

　　诸葛太太这才理会到失言了，于是又慌慌张张地安慰他说。但诸葛雄哪里肯相信？便跳下床来，说了一声我去瞧瞧她，便向房门外走了。志坚连忙拦住了他，说道：

　　"你忙什么？等郎小姐伤势好了，她会来望你的。"

　　"不！不！我为什么不能去望望她呢？她……为了我受伤，我若不去瞧望她，在她心中想来，我还能算是一个有情感的人吗？志坚，你是我的好朋友，你刚才不该瞒骗着我啊！"

　　诸葛雄急急地说，他的脸涨得血红，似乎万分痛苦的样子。志坚被他埋怨得哑口无言，忠花遂走上去说道：

　　"阿雄，这是露茜关照我们的，她说不要把她受伤的消息来告诉你，你还是好好回家去休养吧！你应该接受露茜待你的一番热心爱护之情。"

　　"不！我一定得去瞧望她不可。"

　　忠花这两句话听到阿雄的耳朵里，更仿佛是一个催泪弹，炸得阿雄整个心头是悲酸极了，他的眼泪已夺眶而出，身子挣扎着还要向门外走。玉梅知道劝他没有效力，遂蹙了眉尖，也走上来，低低地说道：

　　"我陪表哥去瞧望郎小姐，史小姐和蔡先生帮着姨爹、姨妈就去料理着殡仪馆中的事情吧！"

"阿雄，你望过了郎小姐，你便回家去休养要紧。"

诸葛太太又这样地叮嘱他说，但阿雄哪里去听她，早已跌跌冲冲地走出去。玉梅扶了他身子，说道：

"表哥，你别走得那么快呀！郎小姐在八号病房里。"

"她伤得到底要紧不要紧呢？"

"没有什么要紧的，过几天就会好，你放心吧！"

玉梅一面低低地安慰他说，一面扶了他已跨入八号病房。诸葛雄有些迫不及待的样子，扑到床边，哭出声音来般地叫道：

"郎小姐！郎小姐！你……受了伤吗？"

"哦！我……受了些微伤，就会好的。"

"什么？你……胸部受了重伤呀！郎小姐，这……叫我怎么对得住你？"

诸葛雄发觉她胸部包扎着纱布，还有鲜红的血水渗到外面来，一时心痛如割，惊叫了一声什么，泪水早已涔涔而下。郎露茜被他一流泪，她也忍不住伤心起来，遂含泪说道：

"诸葛先生，你不要这样说，这是我自己想出来的主意，和你是绝对不相干的。我希望你能够永久安全，就是我……不幸……"

"郎小姐，你也不要这样说，你会好起来的。"

玉梅听露茜说到这里，却哽咽住了，再也说不下去。又见表哥握住了露茜的手，却是抽抽噎噎地啜泣起来。于是含了眼泪，也低声地安慰她。露茜点点头，勉强地一笑，说道：

"是的，我过几天就会好的，诸葛先生，你是浑身受伤的人，你不要过分地伤心，这对你健康是有损无益的。"

"唉！你自己受了这样重伤，你还来顾全我呢！我对你过去的困苦，我一些没有帮助你，如今我们才见面第一天，你就为我受了这么重伤，我怎么说得过去？我怎么对得住你……"

诸葛雄见她还如此多情地来关怀自己，一时感无可感，大有痛不欲生的样子。郎露茜却没有再理会他，管自地问玉梅把他们后事怎么地办下去，玉梅遂向她低低地告诉了一番，并又说道：

"姨妈的意思，叫我此刻陪表哥回家，顺便把郎小姐的弟弟也接回家去，他们便到殡仪馆去了。"

"这样也好，我的弟弟就拜托你们了。诸葛先生，你还是回家去吧！"

郎露茜似乎很欣慰的样子，点点头，向阿雄轻声地催促。但诸葛雄却坚决地说道：

"不！我不回家去了。"

"你……这是什么意思？"

"我不愿离开你，我要看着你伤势一天一天地好起来。"

"这又何苦呢？诸葛先生，你要想想你自己处境的危险，在这耳目众多，万一有人认识你传扬开去，那对你前途仍旧是很有障碍的！你是一个有用的青年，我希望你感情不要太浓厚，留着你有才干的身子，多替国家出一份力量，那我就很安慰的了。"

玉梅在旁边听露茜这样说，一时也肃然起敬，把一些妒忌的意思，早已消失干净，遂情不自禁把手画着手心上，对露茜说道：

"郎小姐，你也许还没有知道吧！表哥的工作，就是……这个呀！所以他确实有重大的责任哩！"

露茜见她手指画的是"地下"两个字，她感到一阵兴奋，由不得嫣然地一笑，秋波瞟了他一眼，低低地说道：

"好！好！那我这个计划更有价值了。诸葛先生，你不要儿女情长，英雄气短，你不要留恋着我，你还是快些回家去吧！"

"郎小姐，你不但是我的知己，而且还是一个爱国的好女儿！我用什么话来赞美你才好？"

"我很惭愧，我哪儿当得起你这么的赞美？"

"我心灵上感到说不出的痛苦，我觉得为了我而害了你，这是太说不过去的事情。"

"士为知己者死，你既然认为我们是知己，那我就是为你死了，这又有什么可惜呢？诸葛先生，你不要忘了你重大的任务！"

阿雄、玉梅听露茜这么说，一时感极，不由纷纷泪下。玉梅见他们难舍难分，反而无限的同情，遂想出一个办法来，说道：

"表哥，我看这样吧！郎小姐也住到你家里去吧！我可以请丁洁人大夫天天到家里来诊治，这样免得你心挂两地，不知郎小姐的意思怎么样？"

"怕不方便吧！"

露茜想不到玉梅会说出这个主意，一时红了脸，似乎有些难为情的样子，摇摇头回答。诸葛雄连忙说道：

"这又有什么不方便？你为我牺牲性命都不可惜，难道你还和我们这么见外吗？丁洁人大夫我知道，她是一个慈祥的女医师，和表妹是极要好的朋友，她的医学很广博，前儿志坚也是胸部受了伤，被她医治复原的。郎小姐，你……就答应跟我们一同回家吧！"

"好！那么你们跟刘医生去说一声。"

"表哥，你坐一会儿，我同刘医生去说。"

玉梅听她答应，遂匆匆走到医务室找刘医生去了。刘医生因为露茜本身同意，自然没有话说。当下玉梅打电话叫了汽车，把两个受了伤的病人送到家里去。汽车到了诸葛公馆，好在时已黑夜，弄内人也没有谁注意。玉梅敲了大门，张妈连忙出外，先把露茜抱入屋子，然后由玉梅扶了阿雄进内。张妈见了阿雄平安回家，一时奇怪得目瞪口呆，暗想：少爷不是被人暗杀了吗？这……到底是怎么一回事情呢？因为忙着安顿他们到卧房里去睡下，所以也来不及问明缘故。后来由玉梅悄悄地告诉了她，张妈方才恍然明白。好在她是多年的老佣妇，自然给主子严守秘密的。这晚玉梅没有回校去，她在后厢房和露茜睡在一张床上，服侍她的要茶要水。露茜见她对待自己这么真心爱护，心里非常感动，遂握了她的手，叫了一声李小姐，说道：

"我这次的受伤，恐怕很是危险，倘然死了之后，我想托付李小姐两件事，不知道你能不能答应我？"

"郎小姐，你为什么要说这样令人伤心的话呢？"

玉梅心中很是悲酸，眼皮一红，泪水泫然而下。露茜却毫不在意地摇摇头，说道：

"生老病死，原是每个人在世界上必经的路程，所以对于死，我倒也并不十分害怕。尤其是在这年头做人，对于生命，本来随时可以丢送，根本没有什么稀奇。假使两年前我在战区里被炮火毁了，不是也早已完了吗？不过我六口之家，到现在只剩下了一个才十岁的弟弟，叫他孤零零一个人怎么过活呢？所以我很担忧。故而我要求你，请你向诸葛太太说个情，我死了之后，就收留他这个孤苦的孩子，把他抚养长成，那我在九泉之下，也就感恩不尽了。"

郎露茜一口气说到这里，那两行心酸之泪，也滚滚地落下来了。玉梅听了，不胜凄楚，忽然想到了什么，哎呀一声说道：

"我这人糊涂，把你弟弟忘记去接回来了。此刻已十二点半了，已是戒严时间，那可怎么办？"

"不要紧，明天也可以去把他接来的。李小姐，我想我的请求，你能答应我的吧！"

"你不要这样说，我明天一早就去请丁大夫来替你医治，同时把你弟弟也去接回来，那你只管放心好了。不要胡思乱想，你还是静静地休养吧！"

玉梅一面安慰她说，一面横在脚后头，也就睡着了。露茜本来还要说第二件事，今见她睡了，因此也就没有说出来，也昏昏沉沉地入睡了。

次日一清早，玉梅就悄悄起身，她坐车匆匆地去请了丁洁人大夫。那时丁大夫还没有起身，被玉梅吵醒，忙问缘故。玉梅说明来意，丁大夫便立刻起来洗漱完毕，也来不及吃早点心，便提了医药箱子，和玉梅坐车而去。经过八仙桥贤和里，玉梅叫三轮车夫暂停片刻，她匆匆走进十五号大门，把露清找寻到了，叫他整理一些衣服，并用锁扣了亭子间房门，就带了露清，一同到诸葛雄家里来了。露清当时莫名其妙，待到了阿雄家里，一见姊姊受伤在床，这就忍不住哭泣起来。郎露茜这时伤势很盛，两颊发红，见了这个幼小的弟弟，于是也泪流不止。丁大夫一面劝说他们不要伤心，一面视察她受伤的胸部，尚有血水流个不停。量了她的热度，竟有一百零二度，因此也代为忧煎，遂忙着把她伤口洗濯清洁，敷了药膏，又打了针，叫她静养。这儿玉梅伴了丁大夫到表哥房中，也给阿雄医治了一回。阿雄急急地问丁大夫，说郎小姐的伤有否生命危险？丁大夫说这倒难有把握，因为她是内部受伤，若和诸葛先生相较，还是她厉害得多。阿雄听了这话，心痛若割，忍不住泪流如雨。因为丁大夫在旁，所以不好意思过分地悲伤，等玉梅送了丁大夫走后，他便跳下床来，走到后厢房露茜的床边，拉了露茜的手，却是哭泣起来了。郎露茜和弟弟也在流泪说话，今见诸葛先生这个模样，自知生命危险，因此也相互哭泣。阿雄说道：

"郎小姐，你若万一不幸，叫我如何做人？"

"诸葛先生，你这话说错了，生死大数，早有注定，非人力所能挽回，你何必自寻烦恼？"

"我虽不杀伯仁，但伯仁由我而死……"

诸葛雄说到这里，奇巧玉梅进房，当下立刻阻拦着说道：

"表哥，你这话太冒昧了，郎小姐不过是微伤而已，你如何可以这么大惊小怪去伤她的心呢？丁大夫不是说她会好的吗？"

诸葛雄听了这话，由不得伸手连连打自己嘴巴，骂了两声该死，暗想：我这人真也伤心得糊涂了，怎么能说这些不吉利的话呢？于是强颜含笑地安慰她说道："郎小姐，你不要生气，我希望你马上就会好起来。"

"是的，我也这样希望着。露清，这是诸葛雄先生，但你以后得叫他大哥，还有这位是李玉梅小姐，你以后也得叫她大姊，他们一定会热心地照拂你的。"

郎露茜知道玉梅是不愿自己伤心的意思，所以劝阻诸葛先生对自己说这些话，她很感激玉梅，遂趁此给弟弟介绍着，她说这两句话中大有托孤的意思。露清很懂事地向阿雄、玉梅鞠躬叫呼。阿雄、玉梅在这情形之下，好像心头有块铁石镇压一般地难过，因此泪珠又滚滚地直掉下来了。还是露茜劝阿雄回房去休养，因为彼此在一起，也无非徒然增加悲痛而已。

这天傍晚的时候，诸葛龙夫妇和志坚、忠花方才由殡仪馆回家。大家先到阿雄房中，诸葛太太叹了一口气，说道：

"今天罗小姐和金廷德这王八蛋也来吊祭的。可怜罗小姐孝帏旁哭得死去活来，完全昏厥了过去。我们把她用茶灌醒，她还哀声直号，闻者无不为之泪下。她和我似乎有许多话要说，但因为姓金的在旁，所以一句也没有说出来。坐不了一会儿，却被姓金的硬逼着回去了。唉！罗小姐真是一个多情的姑娘，可怜她早已失身于贼了。"

诸葛雄听了这些话，想起淑娴种种的好处，自然是万分感激。但玉梅心中却有不同的感觉，暗想：这都是这个罗小姐害人精，若没有了她，表哥如何会被司令部捕去毒打？又如何会被姓金的妒忌用暗杀手段？又如何会累及郎小姐受到这么的重伤呢？假使罗小姐真心爱表哥的话，她也绝不肯失身于贼，情愿一死以还清白，同时也可表明她始终如一的心迹。所以今日的凭吊哭祭，也无非是一种虚伪做作而已。玉梅想了一会儿，遂又告诉姨妈，说郎小姐也已接回家中，而且我已请了大夫给她诊治过，照丁大夫的意思，说郎小姐还不能说已脱离险境，看她的转变怎样，假使热度能逐步减去，或有再生希望，否则……玉梅说到这里，顿了一顿，却没有再说下去，忍不住深长地叹了一口气。

诸葛太太听了这话，心中又暗暗焦急，于是和大家又急急到郎露茜房中来探望慰问。露茜见了诸葛太太，忙又命露清拜见伯父、伯母，并向诸葛龙夫妇托付了一回。话声凄切，害得众人又泪如雨下。这晚志坚、忠花、玉梅在阿雄家吃了晚饭，因为忙碌了一日一夜，大家也各自回去休息了。

夜里，诸葛太太在阿雄房中做伴，阿雄却只管默默地流泪伤心，他呆呆地沉吟了一会儿之后，方才望着母亲，低低地说道：

"妈，我有一个要求，不知道您老人家能答应我吗？"

"孩子，你说吧！你就是要天上的月亮，我总也想尽方法来依顺你的。"

诸葛太太也含了眼泪，低低地回答。阿雄听了，含了笑容，表示感激的意思，接着说道：

"妈，我要跟郎小姐马上结婚……"

"结婚？她……伤得这样沉重，如何还能结婚呢？"

诸葛雄这个要求，使她感到有些惊奇，遂皱了眉尖，急急地问。阿雄点点头，流下泪来，说道：

"妈，她为了我，受这么重伤，我的意思，她能够痊愈，固然我要娶她为妻。就是不幸的话，我也要把她当作妻子一般地入殓结果，使她有一些安慰。妈，这是我一些痴心，你就可怜我，成全了我吧！"

"可是，郎小姐心中是否赞成呢？"

"我知道，她一定赞成，在过去我们也是很知己的朋友。"

"那么我跟你爸爸去商量商量吧！"

"妈，假使你们答应的话，今夜就把郎小姐睡到我房中来吧！否则，我的伤恐怕也不会好起来了。"

诸葛雄后面这句话，是怕母亲不答应，所以才这么要挟她的。果然，诸葛太太听了，有些心惊肉跳，遂急忙来到上房，和诸葛龙说明了这一件事。阿龙皱了眉尖，表示有些为难的样子，但诸葛太太为了爱子心切，所以并不一定需要丈夫答应，她就做主地吩咐张妈把露茜抱到阿雄的房中来睡了。诸葛龙是出名的怕老婆，当然也没有反对，只有暗暗怨恨而已。

照理，诸葛太太这个举动，也得征求露茜自己的同意才好。但露茜这时已入昏迷状态，明知她是不中用了，为了依顺儿子的心意，所以她也顾不得这么许多了。露茜既睡到阿雄的床上，阿雄就和她并头地躺着。他含了眼泪，暗暗地想：今夜是我们洞房花烛吧！他忍不住一个人抽抽噎噎地哭起来了。

这时差不多已经子夜一点光景了，四周是静悄悄的分外凄凉。阿雄的哭声，把昏迷的露茜也会惊醒得睁开眼睛来。当她发现自己和阿雄睡在一起的时候，她在极度地感到痛苦之余，倒也又惊又羞地表示惊奇起来，遂低低地说道：

"咦！咦！这……这……是怎么的一回事呢？"

"露茜，你……不要奇怪，我已要求了爸妈，从今夜起，我们就是一对夫妻了。不过事先我并没有得到你的同意，不知道你能够原谅我吗？"

"……"

露茜做梦也想不到在今夜糊里糊涂地会有这样的事情发生，她一颗芳心中是感到说不出甜酸苦辣的滋味，默默地没有回答，眼泪却在眼角旁大颗地滚了下来。阿雄不知道她心中是什么意思，遂低低地说道：

"露茜，你觉得我太鲁莽了吗？"

"不！我知道你爱我，你在两年前就爱我，我非常感激你待我这样多情。"

"露茜，我亲爱的妻子，我……真……对不起你。"

诸葛雄把嘴去吮她脸上的泪水，但他自己已经是哭出声音来了。露茜含了妩媚的娇笑，低低说道：

"阿雄，我第一次叫你名字，请你恕我无礼。"

"不！我喜欢你这样叫我……"

"我们成了夫妻，我们就有了一层亲戚关系了，那么我弟弟将来的生活，大概是……不成问题了吧！我希望你把露清当作自己的弟弟一样，我死了……之后，我就没有什么记挂了。"

"不！你不会死，你会好起来，我们一同好好做人。你是我的灵魂，我愿意跟你同生同死，我……不愿意离开你。"

诸葛雄把脸紧偎了她的粉颊，颤声地说，泪珠一连串地流到露茜娇容上去了。露茜摇摇头，却很认真地说道：

389

"不！你这话错了，我并不是你的灵魂，中华民国才是你真正的灵魂！李小姐说过了，你是有任务的人，你不应该为了一个女子而灰心到这个样子。我希望你留着有用的身子，更要加倍地努力，为国家工作，那才使我有深刻的安慰哩！"

"露茜，你不但多情，而且还具有伟大的博爱，你真是一个太不平凡的姑娘了。我永永远远也忘不了你……"

"可是，我更希望你不要忘记中国……"

"你放心，我要踏着你的血迹，去跟我们敌人拼命。露茜，今天是我们新婚第一夜，我们说些高兴的话吧！"

诸葛雄既然说出了口，他又很快地变了话题，勉强含笑地说，他是怕引逗露茜的伤心。但露茜却深长地叹了一口气，苦笑着说：

"今天是我们新婚第一夜，但也是我们生离死别的最后一夜……"

诸葛雄不等她说完，只觉心如刀割，泪如泉涌，他不敢哭，却又闷声地啜泣起来。露茜含泪继续说道：

"不要哭，我跟你说话哪！虽然我们遭遇是这样悲惨，但今天我们还有这么同睡一个枕儿的日子，说起来我们到底还算是有缘分的。阿雄，最后我还有一件要事，需要拜托你，就是贤和里的房子，请你继续地去付房租，虽然陈先生是这么热心，但我希望给他保留着，将来有屋归原主的一天，也表示我这一生做人的清白。"

"我知道，我完全照办……"

诸葛雄哽咽着回答，他几乎心都碎肠都断了。露茜这时好像已得到了无上的安慰，微微地合上眼皮，不再说什么话了。诸葛雄见她连连地气喘，呼吸甚为迫促，知道危在旦夕，一时如醉如痴，仍旧以颊相偎，亲热到东方微微地发白。

次日一清早，玉梅请了丁大夫，又急急地赶来给露茜医治。玉梅见露茜睡在表哥床上，倒是有些莫名其妙，后来经诸葛太太的告诉，方才明白。玉梅心中不但没有妒恨，而且还非常同情，觉得这无非是表哥欲报无能的一个办法。丁大夫诊治过露茜之后，便摇头叹息，凄凉地说道：

"没有救的了，你们料理后事吧！可怜，这么一个美丽的女孩子……"

丁大夫这句话说出了口，阿雄伏在床边，痛哭得昏厥过去。玉梅和诸葛太太也都泪如雨下，连丁大夫也凄凉落泪。诸葛龙闻声赶来，急把阿雄抱起，大家倒茶的倒茶，叫喊的叫喊，把阿雄弄醒了过来。但他兀是哭泣地说道：

"露茜，你若死了，我跟你一同走！"

"阿雄，你别这么说，你自己身子也受了伤哩！快给丁大夫诊治诊治要紧啊！"

"妈，为了我，害死了一个可怜的姑娘，我还要活这条性命有什么用？"

阿雄听妈拉住了自己这么说，于是痛心疾首地回答。玉梅见床上的露茜，似乎有叫阿雄之意，遂向他说道：

"表哥，你不要这个样子，表嫂在叫你哩！"

阿雄方才停止哭泣，走到床边去，望着露茜惨白的粉脸，呆然发怔。露茜强挣出声音来说道：

"昨夜我……跟……你……说……的……话……，你……你难道……忘了吗？"

"没……有，我……没有忘记。"

"好！那么……我……希望你活下去，勇勇敢敢地活下去！"

露茜低沉地说，她又叫了一声玉梅姊。玉梅也挨近床边，流了眼泪望着她出神。露茜接着有气无力地说道：

"你待我真好，我……我……很感激，阿雄，我……我……希望你不要忘记玉梅姊姊的情义……请你们给我叫一声弟弟。"

玉梅听露茜这样叮嘱阿雄，心里非常感激她，遂匆匆走到后厢房，把露清叫醒，因为时候尚早，露清正在熟睡，一听姊姊病危的消息，他也来不及穿鞋子，就奔到姊姊的床边，放声大哭起来。露茜见了弟弟，也泪下如雨，但已口不能言，唯有以手抚弟弟头发而已。诸葛太太知道事情不好，遂叫阿龙快快去预备后事。阿龙虽有怨恨之意，但不敢有违地走出房去了。

这时露茜直声地又向诸葛太太叫了一声妈！诸葛太太走近床边，望着她低低地问道：

"孩子！你还有什么话要跟我说吗？"

"……"

露茜已不能开口，只用手指着露清而已。

"我知道了，你放心，我把他当作小儿子一样，我绝不亏待他的。"

　　诸葛太太理会她的意思，也只好含了眼泪，低低地安慰她说。露茜听了，方才惨然地一笑，她喉间霍的一声，眼皮合上了，可怜这一缕幽洁的孤魂也就永远脱离这浑浊的人世了。就在这时，忠花和志坚急急赶到，一见露茜已长逝人间，阿雄哭昏在地，露清、玉梅呜咽不止。忠花想到自己和露茜十年友情，今日连最后一面都不能见，怎不心痛若割，一时悲从中来，也不免伏尸痛恸起来。

第八回

　　郎露茜死后，诸葛雄要求父母给她葬在上海公墓，并在碑上书写"亡室郎露茜女士之墓"，下首书"诸葛雄敬立"字样。这天新墓落成，诸葛雄亲自前去送她进穴，当日到墓地的人，有诸葛龙夫妇及玉梅、忠花、志坚、露清几个人，别的亲友一概都不知晓。阿雄瞧那墓穴，基地颇为高燥，朝南而坐，自朝至晚，太阳光可以完全照临。细瞧基地上先用梅园石作为底脚，其上就是一块大盖石，石上筑有生着两翅膀的爱神一个，用大理石雕刻而成，精致玲珑，十分可爱。墓之四周，已种植了一圈冬青树，碧油油的仿佛围成了一堵矮墙。阿雄瞧了，甚为满意。不过一想到一个美丽温情的姑娘，从此长埋黄土，不由得悲怆万分，泪如雨下。这时露清见公墓工人把姊姊的棺材抬来，早已放声大哭。忠花和露茜同窗又是同事，十年交谊不浅，今日一旦分离，怎不心痛？于是也呜咽哭泣。玉梅想到露茜身世，和自己一样孤苦伶仃，她今日已得到永远的归宿，不知道自己往后将如何结局，一时将他人悲伤，哭自己心头，也啜泣不止。时虽初秋季节，但聆此哀哀哭声，颇令人凄凉砭骨，大有寒意。不多一会儿，已到进穴之时，工人等把露茜棺木，平稳放下，等到石盖盖上，露清哭声之惨，有甚于巫峡猿啼，引逗得诸葛龙夫妇也凄然泪下。诸葛雄一面献上花圈，一面也失声哭起来。志坚等含泪鞠躬之后，恐怕阿雄过分悲伤，有伤身体，遂竭力劝他节哀。这里玉梅也把露清哄住了哭，大家在一抹夕阳之下，万分依恋不舍地也只好离开公墓，坐车回家去了。

　　诸葛雄回家之后，便回房休息。志坚临走的时候，到他房中来告别，见他兀是暗暗流泪，遂向他正色地说道：

　　"阿雄，你不要太以儿女情长，英雄气短，要知道我们干这一种工作

393

的人，假使情感太浓厚了，恐怕会毁了自己的前程。所以我希望你想开一些，不要忘记你重大的责任才好。"

"是的，我知道。"

诸葛雄因为他是自己的上司，所以在职务上的地位而说，他是绝对需要服从志坚的命令。于是收束了泪痕，一本正经地答应着说。志坚一面点头，一面又好言相劝了一会儿，方才和忠花一同作别回去。玉梅因为学校里快要开学，所以也回家去预备一切了。

当夜，阿雄一个人睡在床上却不能合眼，想起自己和露茜一段姻缘，虽然是早已种在两年以前，可是万万也想不到是做了这么一对挂名的断肠夫妻。虽然露茜已属于我所有了，但这到底是空虚而缥缈，真是离奇曲折，谁能相信我会娶一个垂死的妻子呢？一会儿，又想她死的一天，奇巧是阴历七月初六，俗语谓：七月初七，乃是牛郎织女相会之期，但我们连这仅仅一年一度相会的日子都不能挨过去，可见我们的命运比牛郎织女更加苦恼十分。诸葛雄想到这里，大有如醉似痴，一时不禁跳下床来，坐到写字台旁，百感交集地执笔写到：

> 郎露茜女士乃余的爱侣也，年方二十有二，貌美艳，而性尤温和，且志高，思想卓绝，诚女界中不可多得之人才。不幸为解余危，而女士反遭横祸，伤及要害。余欲完成生平愿望，是夜即与女士洞房花烛，讵料次早七月初六天刚黎明，遽尔香消玉殒。回首前尘，恍若一梦，呜呼痛矣！
>
> 露茜吾妻千古
>
> 结褵才半夕，方期锦瑟重弹，镜里青娥留旧稿。
>
> 乞巧是明朝，讵料银河莫渡，人间乌鹊恨填桥。
>
> 诸葛雄泣挽

诸葛雄写到这里，泪又涔涔而下，湿了笺纸一大堆，遂把笔杆放下，长叹一声，黯然神伤地躺倒床上去了。

如此匆匆地过了一月，在这一个月的日子中，玉梅差不多天天到家跟他做伴相慰。阿雄因为死的死了，嫁的嫁了，剩下了李玉梅一个人，于是一缕情丝自然也慢慢地系到她的身上去。这时他的伤已痊愈，身体完全复原。照诸葛太太的意思，要阿雄住到乡下去，最好玉梅去伴着他，就此与他们结婚。阿雄听了，遂和志坚商量此事。志坚说道：

"我在前星期已接到上峰命令，要调我们到广西去工作。我因上海有一部分事情没有结束，所以并没跟你说起。现在你既完全复原，我预备定个日子即便离开上海。至于李小姐的问题，我的意思，或者请她一同去。她虽没有受过训练，但为人聪明而机警，多一个女人在身旁，可以避免外界的耳目，所以对我们也很有帮助。但不知道李小姐有否此意，你倒和她去商量一下。"

"如此甚好，我明天打电话来给你回音吧！"

阿雄点头回答，两人遂匆匆别去。他坐了车子，急急赶到玉梅的学校里。玉梅见表哥前来找她，想必定有要事商量，遂邀表哥到自己宿舍里坐下。好在此时宿舍内并无一个人，玉梅亲自给他倒了一杯茶，低低地问道：

"表哥，你今日到来有什么事情吗？"

"我有事情和你商量，不知你意下如何？"

"你说吧！"

"妈的意思，叫我到乡下去住一个时期，并且希望你跟着我一同去，我想这是妈因为不知道我干什么工作的缘故。今天我碰见了志坚，他对我说……"

诸葛雄说到这里，附了玉梅的耳朵低低地说了一阵，接着望了玉梅的粉脸，微笑着问道：

"表妹，你有没有这个胆量跟我们一同走呢？因为你和我一同走了，在爸妈心中还以为我们是一同到乡下去的，我想请你考虑考虑之后，给我一个答复好吗？"

玉梅听表哥这样说，可见他心目中是只有我一个人的了，一时万分兴奋，遂立刻笑盈盈地说道：

"这根本没有什么考虑的余地，只要你们认为我跟着你们走还有一些用处的话，那我决心地跟你们一同走！"

"表妹，这可是真的吗？"

"当然真的，一些也不假。"

"你不害怕吗？"

"我怕什么？我只要跟表哥在一块儿，我还有什么可怕的呢？"

玉梅因为阿雄紧紧地握着自己的手，好像很惊喜的样子，这就扬了眉毛，掀着酒窝，很兴奋地说出了这几句话。可是既说出了口，她又觉得非常难为情，红晕了粉脸，却是赧赧然起来了。诸葛雄见她这样妩媚的神情，心里荡漾了一下，又低声笑道：

"我妈还有一层意思，表妹听了不知道也赞成吗？"

"你不说出什么意思来，叫我如何明白呢？"

"我妈的意思说，她希望我们回到乡下去结婚，成功一对夫妻。"

玉梅想不到阿雄会对自己说出这几句话来，一时连耳根子都通红了。芳心中在一阵子喜悦之后，却立刻又伤心起来，叹了一口气，垂了粉脸，却有些眼泪汪汪的样子。诸葛雄见了，倒表示有些惊奇，遂低低地说道：

"表妹，你不愿意吗？"

"哦！不！"

"那你干吗反而伤心了呢？"

"我做梦也没有想到和表哥还有这么的一天……"

玉梅方才把盈盈秋波逗给他一瞥哀怨的媚眼，这会子她的眼泪真的扑簌簌地滚下来了。诸葛雄听了，也不禁黯然，心里暗想：过去的事情，使表妹太受一些委屈了，这也难怪她要怨恨伤感呢！遂走上前去，伸手按了她的肩胛，低声说道：

"表妹，你恨我吗？"

"不！我并不是恨你，因为在已经绝望之余，而再得到了愿望，这使我感到又悲又喜，好像是重做了一世人的样子。"

"唉！你太痴心了，我觉得真对不起你。"

诸葛雄心中万分感动，他叹了一口气，也忍不住地流下泪来。玉梅见了，方才破涕嫣然一笑，娇媚地说道：

"表哥，我们过去的不要再谈了，从今天起，我们携着手，步入我们新生命的大道，努力去创造奋斗吧！"

"是的，我希望我们能够达到成功的道路。表妹，那么你既然答应跟我们一同走了，我马上在这儿打个电话给老蔡，然后你跟我一同回家去和母亲说吧！"

"好的，我陪你到电话间去。"

玉梅点头回答，一面陪了阿雄到电话间，打个电话给志坚，叫他晚上到自己家里来一次。志坚知道他电话里不便说话，遂答应说好。这儿阿雄、玉梅匆匆坐车到家里，奇巧诸葛龙也在上房里。阿雄叫了爸妈，玉梅也招呼过了。诸葛太太望了玉梅一眼，先含笑问道：

"是阿雄来找你的吗？"

玉梅觉得姨妈这句话至少问得有些神秘的作用，遂红着粉脸，默不作声。阿雄遂代为答道：

"妈，您老人家的意思，我已向表妹告诉过了，表妹很赞成跟我一同回乡下去……"

"玉梅，你真的愿意吗？那很好，阿雄一个人在乡下，就有照顾了，但你们预备几时动身呢？"

诸葛太太很欢喜的表情，向他们笑着问。玉梅因为不知道他们的行期，自然不能贸然回答，所以向阿雄望了一眼。阿雄因为志坚也没有跟他说过准确动身的日子，所以故作沉吟了一会儿，说道："上海离南京也算不得怎么远，表妹学校里还有些事情没有舒齐，等她交代完毕，我们临时决定什么时候动身也来得及的。"

"那么阿雄一切行李，是应该预早准备准备，免得临时忙乱起来。"

"我此刻给表哥去整理整理吧！"

玉梅听了姨妈的话，遂和表哥到他卧房里去了。这儿诸葛太太微微地叹了一口气，向阿龙望了一眼，说道：

"都是你，要配高亲，到结果，还是我们的玉梅做了阿雄的媳妇。其实呢，玉梅这孩子也怪可爱的，早知如此，何必费尽心血，反而几乎害了阿雄一条性命呢！"

"这又不是我一个人的主意，你不是也赞成罗小姐的吗？此刻倒来埋怨我的不是，那也太没有意思呢！"

"什么有意思没意思呢？你不说出罗小姐的人来，我要赞成也无从赞成起呀！你这个枉为是个堂堂副局长，做了局长，又有什么屁用？自己儿子受了人家这么的亏，竟连一些保护能力都没有，我瞧你做人还有什么面子呢？"

"好了，好了，一切都是我的罪孽，事到如此，还有什么怨来怨去的呢？我也算得倒霉了，莫名其妙地弄进一个死媳妇来，成殓下葬，这笔冤枉钱，问谁去算账？"

诸葛太太听他还肉疼着露茜一笔葬费，一时不由得大怒起来，恶狠狠地白了他一眼，啐了一口，骂道：

"放你妈的狗臭屁！郎小姐为了保全阿雄的性命才牺牲性命的。她连生命都为了我们送掉了，她临死的时候，没有一些叫冤枉。你花了一些钱，倒叫冤枉了吗？你这人到底有没有心肝的？我瞧你，一些好歹都不知道，你还是去死了干净。"

"我是你们灰孙子，我开口不得的，就是说了这一句话，也没有惹你骂得狗血喷头的罪孽呀！"

"你活了这一大把年纪，一些不明道理，对付你这种人除了骂我觉得真没有办法哩！"

"好！好！你骂，你骂，我就让你好了。"

诸葛龙气愤得有些忍熬不住了，遂恨恨地一顿脚，预备向房外走出去。不料又被诸葛太太吼了一声，骂道：

"你今天有本领到外面去，我就斫断你的两条腿。"

"我……又不是到外面去，我……无非走到楼下去坐一会儿呀！等太太怒气平静了一些，我……再来陪伴你。"

诸葛龙到底命中被她克住，所以两脚有些发软般的，竟真没有勇气向房门外走了，连忙回过身来，还赔了笑脸，低低地回答。诸葛太太似乎尚有余怒，伸手在沙发上一指，说道：

"你给我坐着，让我骂，你不许开口。"

"好，好，好，你就只管骂……"

诸葛龙仿佛没气死人似的在沙发上坐下了，说到这里，心中暗想：我就当你在放屁，也没有关系。于是取了一支烟卷，预备听她唱小调了。诸葛太太真的从头骂起，一直骂到了脚，还是滔滔不休。但阿龙却装作没有听见般的，给她一个不理睬。因此诸葛太太也觉得没有趣起来，遂自动地停止了责骂了。这时天已入夜，张妈开上晚饭，玉梅、阿雄也到上房来吃饭。诸葛龙真佩服他的忍耐功夫，他居然一些没有气恼的意思，这晚胃口特别好，吃了三碗饭，还想再添半碗哩！

晚饭后，不多一会儿，蔡志坚匆匆地来了。阿雄连忙把他接到自己房内来说话，约莫谈了半个钟点，方才告别回去。这儿玉梅和阿雄暗中又商量了一会儿，她也回到学校里去了。

这样又过了三天，玉梅便到阿雄家里来，她向诸葛太太说，学校里事情已经告一结束，假使明后天要动身的话，也没有什么问题了。诸葛雄在旁边听了，故意插嘴说道：

"既然这样，我想明天早晨就动身回南京去，不知妈的意思怎么样？"

"也好，早些离开上海，也好让我早些安心。那么车票怎么办？我叫你爸爸马上去买好吧！"

"妈，这可不用了，爸爸在局里也有公事，怎么能叫他给我们去买车票？回头爸爸又要恨我了。"

"表哥，我有一个朋友，他是车站里售票的。所以车票绝对不成问题，回头我打电话去给他好了，他明天保险会给我们留好。"

"那好极了，我们就拜托他吧！"

诸葛雄和玉梅两个人玩着鬼把戏似的说着话，诸葛太太听了，还信以为真，当下点头说好。玉梅坐了一会儿，说也要到学校里去整理衣箱，预备回去。阿雄故意叮嘱她说道：

"表妹，那么明天在学校里等着我，我直接地就来约你一块儿上车站好了。"

"这样也好，省得我再到这儿来。姨妈，那么我们再见了，回头在姨爹那里给我代为告别一声，恕我不来面辞了。"

"好的……玉梅，你们一路小心，阿雄这个人我交付了你，你总要好好照顾他才是。你们到了南京之后，就写信来告诉我们，免得使我们记挂。"

"姨妈，你放心，我一切都知道的。"

玉梅见她有些依恋之情的样子，一时倒也不免有些黯然，遂呆呆地站立了一会儿。但又恐怕露出破绽，于是硬了心肠，就匆匆地走了。

这天晚上，诸葛龙从局里回家，听了阿雄明天一早就要动身的消息，他有些依依的样子，遂只好向他劝告了一会儿。阿雄唯唯答应，在上房里直坐到十一时敲过，方才道了晚安，回房去休息。阿雄躺在床上，不免想起了露茜的惨死，他忍不住又暗暗地流了一会儿眼泪。次日起来，露清先急急奔入阿雄的房中，口里叫着大哥，说你今天就要动身上南京去吗？那叫我怎么办呢？他一面说，一面已流下眼泪来。阿雄见了露清，自然更会想到露茜，所以也凄凉欲泪，但他还竭力忍熬住了，拍拍他的肩胛，安慰他说道：

"小弟，你不要难过，我爸妈很疼爱你，他们不会亏待你的。你跟我来，我们一同到上房去吧！"

诸葛雄说着话，拉了他的手，一同来到上房。今天爸妈也起得很早，他们已在吃点心了。当时忙叫阿雄、露清也坐下来，一同吃点心。诸葛雄边吃边说道：

"爸、妈，我在临别之前，要跟两位老人家说几句话，孩儿这次性命，可说是露茜救我的。换句话说，可怜露茜她是代替我死了。所以她的弟弟，我们总要好好培植他才好，这样使露茜在九泉之下也可以得到安慰了。况且露清这孩子很聪明可爱，爸妈譬如多养一个小儿子吧！"

"阿雄，你放心，我这人绝不像你爸爸一样糊涂，我在露茜临死的时候，我也早已对她说过，我会把露清当作小儿子一样疼爱的。"

"妈，我谢谢你的大恩。"

露清这孩子果真十分灵活，他听诸葛太太这么说，便即离座向她跪倒，拜了下去。诸葛太太连忙把他扶起，倒忍不住呵呵地笑了。大家点心吃毕，诸葛雄见时已不早，遂起身告别。他心里虽有些悲哀的意味，可是他绝对不敢显形于色。这时张妈把人力车叫来，诸葛雄遂硬了心肠向楼下走。张妈把皮箱行李已经给他放在车子上，诸葛龙夫妇和露清直送到大门外来。但人力车夫并不顾到他们离别的伤感，他拉着车杠，便即拔步飞跑了。诸葛雄坐在车上，在拉出弄口的时候，还回过头来向他们招了招手，素来不大爱惜儿的阿龙，他今天也不知道为什么缘故，只觉得有一股子悲酸触鼻，眼泪竟滚滚地落下来了。

自从阿雄走后，从此消息沉沉，仿佛石沉大海。一个月来，竟连一个字也没有寄下。这使诸葛龙夫妇当然感到了怀疑，遂写信到南京家中去询问。在南京他们的屋子里，原有一个族中的寡妇住着，不多几天，就有回信到来，说阿雄和玉梅根本没有回南京家中来过，这件事情，倒要调查明白才好。诸葛龙夫妇接读此信，不由目瞪口呆，半晌说不出话来。暗暗猜测，难道他们途中被暴徒害死了吗？抑是另有其他的缘故呢？可怜害得诸葛太太倒又哭泣了几天。这样一天一天过去，竟又过了两年，而阿雄、玉梅的消息，始终杳如黄鹤。诸葛太太认为凶多吉少，遂也不再想念他们了。因为露清这孩子不但听话，而且非常孝顺自己，所以在寂寞凄凉之余，也就格外地爱护他了。好在露清非常用功读书，因为成绩好，所以跳升了两班，他今年十二岁，已经是小学毕业了。

这样又过了一年，诸葛龙却生起病来，虽经延医服药，却是没有效力，终于在一个凄风苦雨的夜里，撒手归西了。入殓之时，露清就以儿子的地位，戴孝成服。可怜那时候的诸葛太太，自然是更少不了露清。也只有露清在放学后回家，是她老人家唯一的安慰伴侣了。

岁月如流水去不停，一春过了又一春。我国经过八年艰苦的浴血奋战，终于是正义战败了野蛮，最后胜利，降临到我们头上。那时候薄海欢腾，普天同庆，每个同胞，无不笑匽生春，为之雀跃不止。露清已经有十六岁了。他个子生得很高大，显然是由童年而进展到少年时期了。他也很有爱国思想，在双十节国庆纪念那一天，他和中学里的同学们，大家书写了爱国庆祝的标语，到各条马路上去张贴。当他回家的时候，经过南京路，在永安公司门口遇见一对中年夫妇，他们身边还带着年轻的一男一女，好像是他们儿女的样子，露清仔细向那中年男子望了一会儿，觉得颇有些面熟。这就满腹思索了一会儿，忽然给他想起来了，于是情不自禁地走上前去，拉了他的衣袖，低低地说道：

"你……你……是不是陈思明先生吗？"

那中年男子不是别人，原来果然就是陈思明。当下他听这样的招呼他，遂向他呆望了一会儿，因为整整地有八年没有看见了，况且露清已由孩童改变成少年，所以人样完全不同的了。他似乎想不起这是什么人，遂含了笑容，低低地问道：

"你这位贵姓大名？我……想不起来了……"

"我叫郎露清，是郎露茜的弟弟。陈大哥，你忘了吧？"

"啊！你是露茜的弟弟吗？长得这么高了，我真不认识你了，我来给你介绍，这是我的内人，这是我的儿子和女儿。"

陈思明想不到这个少年就是露茜的弟弟，一时惊喜万分，忍不住笑嘻嘻地说，并且握了他的手，表示十分亲热的样子。露清向他夫人叫了一声大嫂，又向他的子女点点头，表示招呼的意思，一面问道：

"陈大哥，你贤和里去过没有？"

"没有去过，因为我还只有前星期从乡下搬居到上海来。你姊姊好吗？

我想这八年中她一定结婚了吧？"

"我姊姊在六年前已经死了……"

露清含了眼泪，凄凉地说。陈思明叫了一声哎呀！他脑海里立刻浮现起一个讨人喜欢的娇靥来，想不到这么一个年轻美丽的姑娘，竟然死了。一时也凄然欲泪，叹了一口气，向他追问致死的原因，并六年来露清生活的情形。露清也向他简单地告诉了一会儿，并且悄悄地叮嘱思明，叫他把贤和里的房子仍旧前去收回，说里面一切什物，丝毫没有动过，因为恐怕房东没收，所以房金按月都去付清。这是姊姊临终时的一番意思，表示做人清白。所以今日遇见了陈大哥，使我也可以卸脱这个责任了。陈思明听他这样说，一时在万分敬佩之余，又觉无限感伤。但因为夫人在旁，不敢过分显形于色，只问了露清现在住的地方，预备改日前去拜访，彼此便匆匆别去。

过了几天，陈思明买了许多礼物，去探望露清，表示谢谢他这几年来代付房金的意思。从此以后，他们也时常地走动，倒成了亲戚一样。

胜利带来的欢乐慢慢地已经成为过去了，罗局长当然难逃法网，他已被捕入狱。至于罗公馆的家产，也被当局全部没收。诸葛太太得到了这个消息，倒又暗暗庆幸阿龙已经早年地死去。要不然的话，到今日也是罪犯之一。而且也绝不能像现在这么过着安定的生活了。只是想到了阿雄、玉梅，至今存亡未卜，忍不住又暗暗地伤心。这是做梦也想不到的事情，在胜利后的第二年春天，阿雄忽然像神仙似的翩然回家来了。他满脸黝黑，而且人中上留了小撮的短须，真是苍老了不少。当下母子见面，悲喜交集，相抱大哭。诸葛太太含泪说道：

"阿雄！阿雄！我在做梦吗？"

"不！妈，阿雄真的回家了。爸爸呢？"

"你爸爸死了。"

"怎么？他……老人家生病死的吗？"

"你不要难过，倒还是他早年死了，我没有受累。否则，到今天他自己入狱固然无法可想，就是你妈也要没处安身哩！孩子！你不知道吗？罗局长已经被捕入狱，连他公馆都被封了呢！"

阿雄听爸爸死了，不免伤心落泪。但诸葛太太却还表示幸亏他死得早，反而低低地安慰他说。阿雄这时又想到了淑娴，这就急急地说道：

"妈，那么罗小姐呢？她怎么样了？还有这个姓金的小子，大概总也逃不过法律的制裁吧？"

"这个我倒不详细，因为我也不看报纸，消息不大灵通。哎呀！我这人糊涂，还没有问你玉梅的人呢？她可曾和你一同回来吗？"

阿雄被母亲这么一问，他由不得泪如雨下地哭泣起来，沉痛万分的表情，叹了一口气，说道：

"妈，表妹……她……她……在四年前也已经为国牺牲了，她虽然死得悲惨，但是她的精神永远不会死，和地球日月可以争光辉的。"

"阿雄，我真有些弄不明白，你们当初到底是上什么地方去的？你们又到底在做些什么工作呢？"

诸葛太太听玉梅也死了，一时忍不住哭泣起来。母子两人哭了一会儿，她方才又向阿雄急急地问。阿雄在这时候，当然不再隐瞒，遂把自己在外所干工作，向母亲告诉了一遍。并且说蔡先生和史小姐还在重庆，没有回上海来。诸葛太太听了，也说不出什么话来，她觉得老天对待阿雄未免太残酷一些，嫁了罗小姐，死了郎小姐，照理说，玉梅实在不该再叫她死了。但是她偏偏又为国捐躯了，这不是叫阿雄感到终身的遗恨吗？母子两人正在且泣且诉，忽然见露清匆匆地放学回家来了。露清见了阿雄，似乎还很认识他，遂兴奋地叫道：

"大哥，你……回来了吗？"

"妈，他……是谁？"

"咦！不就是露清吗？"

"啊！长这么大了？露清，我们八年没有见了，怪不得你长得这么高大了。其实，那也难怪，瞧我连胡须都留着了。"

诸葛雄握了露清的手，望着他的脸，觉得有些像露茜。他心里又欢喜又悲伤，很感慨地说出了这几句话。诸葛太太茫然地问道：

"阿雄，你几岁了？"

"我几岁了？连我自己也记不起来了。"

"我倒算得出来，少爷不是已经三十二岁了吗？"

"怎么？我已经三十二岁了？我好像自己还只有二十岁哩！"

张妈站在旁边插嘴着说，听在阿雄耳朵里，他才感到惊奇地叫起来，心中暗想：我还没有结过婚哩！诸葛太太叹息着道：

"这都是敌人害我们的，可怜老大个子还没有成家呢！阿雄，现在我需要给你讨个媳妇不可，我这老太婆快六十岁了，还没有抱个孙子官儿呢！"

诸葛太太这几句话才把众人都说得笑起来了。大家伤心过了一会儿之后，因为母子今日重逢一处，况且又是重光山河之时，所以彼此也又欢喜起来。诸葛雄见露清也快长成人了，那么自己总算不负露茜所托，所以他心头也有了不少的安慰。这晚他们坐在一处吃晚饭，诸葛太太的笑容却没有平复的时候了。

过了几天，诸葛雄在马路上却遇见了一个女子，年纪已经有二十八九岁光景，穿得十分朴素，但却有些面熟，仔细一认，忽然想起来了，遂上前去拉住了她，招呼着说道：

"佩君小姐，我们好久不见了！"

"你是谁？哦！你……是鬼啊！你是鬼啊！"

原来这个女子就是罗局长的三姨太太，她被阿雄拉住了后，还以为是歹徒故意调笑，所以柳眉一竖，向他恨恨地叱喝。但忽然觉得这个男子好像是诸葛少爷的时候，这就粉脸失色地由不得惊叫起来了。阿雄心中明白，遂连忙笑道：

"佩君小姐，你不要害怕，我确实是诸葛雄，我并没有死啊！"

"你……没有死？这……这……是怎么一回事？那天殡仪馆内，我们大小姐明明还去向你吊祭过的呢！"

佩君见他好好儿能开口说话，况且又在青天白日之下，自然不会遇见什么鬼怪，一时望着他显出万分惊奇的样子，又急急地问。诸葛雄笑道：

"这事情说来话长，我们能否找个地方谈一会儿吗？"

"也好，前面就是复兴公园了，我们进去坐一会儿吧！"

两人在公园里拣了一张椅子坐下，诸葛雄把所以假传自己被杀死了的消息原因，向她一五一十地告诉了一遍。佩君方才明白过来，这就痛愤万分地说道：

"作恶之人，焉有好的结果？金廷德这小子在五年前早已被人身斫三十刀一命呜呼了。"

"这是真的吗？哈哈！我总算也出了一口怨气了……不过，罗小姐怎么办呢？她……的终身不是被这小子害了吗？"

诸葛雄在痛快地笑过了一阵之后，立刻又表示难受的样子，向她低低地探问淑娴消息。佩君叹息地说道：

　　"我们大小姐所以嫁金廷德，完全是为了要救你的性命。谁知婚后第二天即得到你被谋害的消息，她是几乎要疯狂起来了。那天到殡仪馆来向你吊祭之后，当夜回家，就和金廷德大吵大闹。他们可说只有做了一夜夫妻，大小姐就不再和他住在一起，怒冲冲地奔回家来。她也不顾接受什么劝告，就拿了一把剪刀，将头上青丝完全剪去，闭了眼睛，连一句回答都没有……"

　　"唉！可怜，淑娴真有烈心。"

　　"金廷德本是个没有情义的人，他既把大小姐弄到手之后，对于她也不放在什么心上，所以也不强求和大小姐破镜重圆，他竟鬼头鬼脑地和二姨太搭上了手。这样过了两年，大小姐便真的到南京清凉山玉佛庵里去出家了。罗局长因为爱面子，所以这些事情连你爸爸在着的时候也一些没有知道。不料大小姐出家后第二年，这姓金的就被仇人害死了。现在是胜利了，罗局长被捕入狱，大姨太一急成病，不久便死了。二姨太听说仍旧做妓女去，可是年纪大了，她竟沦为街头神女了，说来也真是凄凉之至……"

　　佩君一口气说到这里，忍不住又感伤地连声叹息。诸葛雄觉得罗局长之所以这样结局，当然是他平日所伤阴骘太多，故而弄成这样悲惨下场。可见为人在世，到底非正义不可。于是又悄悄地问道：

　　"佩君小姐，那么你怎么样呢？现在生活程度又一天一天地高起来了，不知你寄身在哪儿？"

　　"罗公馆被封之后，我就住到朋友家里去。现在我已在上海儿童教养院里找了一个职位，每日和一班无父无母的孩子为伴，这就是我此生终老的地方了。"

　　"佩君小姐，我一向很敬重你，果然，你没有随俗浮沉，你真是一个好女性。唉！不过好女性都是太命苦了！"

　　诸葛雄说到这里，他想起了露茜的死，玉梅的死，淑娴的出家为尼，觉得社会上女子都是那么薄命，他忍不住又深长地叹了一口气。两人感伤了一会儿，方才出了复兴公园，握手各自回去。

　　诸葛雄自从得到淑娴在南京清凉山玉佛庵出家为尼的消息后，他便很想到南京去寻找淑娴。过了一星期，奇巧军部里有个使命，要到南京军部去一次。于是他和母亲说知，便动身到南京去了。

离开南京城东北约十里许外，有流水一湾，两旁种植桃李桑柘，曲曲折折，迤逦着水流潺潺，不知源头何处。此条流水，名之为白石涧。再前行，便得一山，山的南麓，古木参天，翠柏苍松，横亘道旁。人行其下，唯闻松涛如潮，万籁俱寂。且有二三飞禽，在树篷内不时上下鸣答。偶然也有一声清磬，由林中穿越而过，飞度耳际，令人万念俱消，好像已隔尘世一般。抬头远望，只见白云片片，遮没山腰，云堆里隐隐露着一角琉瓦，其下有一堵高仅及肩的矮红墙，墙内有一片翠竹，随风摇曳，飘飘然如入仙境。这就是南京清凉山上的玉佛庵，这时庵门口步入一个军服男子，原来就是诸葛雄。他到了南京，先把公务办好，便抽空到玉佛庵来瞧望罗淑娴。当下阿雄步入大殿，由当家师太迎接入内。阿雄说明来意，那当家师太皱眉似有为难之色，说道：

"诸葛先生欲见罗小姐，恐怕不能够吧！因为罗小姐已改名为悟空师太，她不见男子已有六个年头了。"

"请你拿我名片进内，她也许肯见我的。"

当家师太见他委婉央求，一时也不忍过拒。又因为他是个军人，所以心中略有顾忌，遂请他略坐片刻，她便匆匆入内而去。不多一会儿，当家师太出来，急急地说道：

"悟空师太说诸葛先生已经死了多年，如何还有第二个诸葛先生？请你不要冒名前来骗她，她是不肯接见你的。"

"我……我……并没有死呀！我……我实在是真正的诸葛先生呀！"

诸葛雄听了，心里十分焦急，遂慌忙认真地辩白。但仔细一想，我对她辩白又有什么用呢？这就冷笑着把身边手枪取出，瞪着眼睛，说道：

"请你陪我进去瞧她，若有半个不字，我可要你性命。"

诸葛雄这个急中生智的办法，倒是挺有效力的，而且省却了许多的口舌。因为当家师太见了手枪，她灰白了脸，已没有勇气再表示拒绝，就服服帖帖地伴着阿雄走进禅房去了。

曲径通幽处，禅房花木深。罗淑娴在这个境界里，度着清静的生活，悠悠地已有六个年头了。诸葛雄沿着走廊，随了当家师太来到一间禅房。只见正中一幅观音大士的佛像，旁有对联一副，写着："日月上方诸品静，心持半偈万缘空。"左旁另有琴桌一张，桌上焚着一支奇南香，缥缥缈缈，在室内盘绕，闻之颇为幽香。只见桌旁尚有一副挽联，上面写道：

诸葛雄吾友千古

百感在心头，看莽莽神州，来日大难谁共挽？

一瞑隔天上，剩茫茫浩气，瓣香亲爇有余哀。

罗淑娴含泪拜挽

诸葛雄瞧完了这副挽联，又感伤又叹息，而且又觉得好笑。伤感的是淑娴对我真情爱，确实是十分难得。好笑的是我还活在世上，却瞧到了人家挽我的哀词。正在呆呆地出神，忽见淑娴全身僧服，已随当家师太由内房而出。她出来的神情是非常愤怒，好像预备跟什么人拼命的样子。但当她见阿雄的时候，立刻又显出惊骇的表情，啊了一声，顿时怔怔地愣住了。诸葛雄见她憔悴了不少，显然她已没有了少女时代的青春美丽了，遂低低地叫道：

"淑娴，我是阿雄！我没有死，我还活着。我前次的死，是掩人耳目，因为我怕金廷德还想害死我。现在……我胜利中回到上海，我知道你在这儿出家的消息，所以我特地来瞧望你的。"

"哦！你请坐吧！"

淑娴听了，方才恍然明白。她因为在这清静的境地里已过了六年的生活，所以她的情感已冷淡了许多，遂点点头，把手一摆，是请他坐下的意思。当家师太见他们真的是认识的，于是也就放下了心来，她给阿雄倒上了一杯香茗，便管自地走到外面去了。诸葛雄坐下之后搓了搓手，一时觉得无话可说，遂低低地问道：

"淑娴，你为什么不愿见我？"

"我以为是金廷德冒了名来缠绕我，所以严加拒绝，我哪儿想得到你真的还活在这个世界上。"

"你还没有知道吧？金廷德在你出家第二年就遭仇人杀了三十几刀而死了。这是佩君小姐告诉我，她现在儿童教养院里做事情。"

"死得好，只可惜死得太迟一些罢了。"

罗淑娴点点头，淡然地回答。诸葛雄又低低地说道：

"你爸妈被捕入狱了，你大姨娘急病死了，你那二姨娘沦为娼妓了，只有你三姨娘，她真是一个好女性！"

　　"这种结局，都是我意料之中的事情，没有什么惊人的地方。诸葛先生，我们别谈这些吧！"

　　罗淑娴想到过去爸爸不肯接受自己劝告的一回事，她心头感到隐隐作痛，眼泪在眼眶子里涌上来，但她还竭力抑制悲哀的发展，依然淡淡地回答。于是两人沉默了一会儿，院子里的一丛翠竹，被风吹动得沙沙地作响，这使静寂的禅房内更添了几分凄凉的意味。阿雄望了她一眼，又搭讪着说道：

　　"我们整整的有八九年没见了吧？唉！光阴真过得快。"

　　"是的，一忽儿，我们都到中年了，也许再过几年都老了。"

　　罗淑娴这一回却微微地一笑，她似乎并没有感到青春已逝的悲哀。阿雄伸手摸了一下下巴，显出很正经的态度，说道：

　　"不！我们才只三十岁左右的人，只能算是壮年，我们在这胜利后的中国，我们确实还有许多工作要去干。淑娴，凭你过去的思想和行动，我认为你是个时代的女性，我希望你能还俗，跟我回去干些应干的工作。"

　　"彼一时，此一时，环境造成我这样的命运，那是没有什么怨天尤人的。谢谢你的美意，我不能离开这清静可爱的地方。虽然现在是胜利了，但我觉得世界永远还是这么浑浊得可怕，我和功名富贵已没有缘分了。"

　　"但是，我们过去的交谊不浅，我同情你，我更爱惜你，我希望我们还能够有美满的一天。"

　　"过去是一个梦，就是眼前又何尝不是一个梦？百年世事三更梦，万里江山一局棋，你瞧，称霸一世的日本，到现在还不是一个梦？"

　　"话虽不错，固然是有这句'举世尽从梦里老'，但下面还有一句'谁人肯向死前休'，所以我认为既然到世界上来做人，我们总要向积极的一条路上才好。"

　　诸葛雄知道她已心灰意懒，完全看破红尘了。不过他还尽力去劝告她，希望她能够积极起来。淑娴微微地一笑，把手指到观音大士神像旁的对联去，说道：

　　"'月在上方诸品静，心持半偈万缘空。'我的心头，我的脑海，什么都没有，什么都是空的了。"

"可是，你这副挽联上明明在担忧来日大难谁共挽，我却以为你还忘不了这危难中的国家呢！"

"这是八年前的旧作，那时候无非为了纪念你而已。如今这副挽联用不到了，我应该把它撕去才是。"

罗淑娴两颊微微一红，她一面说，一面站起身子，走到琴桌旁，把那副挽联扯下来撕了，回头还向阿雄说道：

"不知者不罪，请你原谅我的冒昧才好。"

"不！我心里只有感激你的情谊深厚，淑娴，我觉得你的终身是我害了你的。所以我非请你还俗不可，因为我的心还是悬宕着，我希望你能给我一些安慰……"

诸葛雄说到这里，眼泪夺眶而出。他走上前去，要想握她的手，但淑娴把身子倒退一步，却把手缩到背后去，凄凉地说道：

"诸葛先生，你的意思，我非常感谢，唯期之于来生吧！"

"淑娴，我不远千里而来，你怎么能使我失望呢？"

诸葛雄方欲再三要求还俗之间，忽然钟声当当，鼓声咚咚，悠然地飞度耳际。淑娴把手合十，低低说道：

"诵经之时已届，我不能再与君作长谈矣！"

淑娴说罢，毫无留恋之意，稽首管自往佛堂而去。诸葛雄追随其后，尚依依不舍。但至佛堂门口，淑娴掩身而入。阿雄欲跟入佛堂，门已紧闭。用手叩之，并呼彼名不止。但笃笃木鱼之声并喃喃念经之音韵，已凄凉地播送出来。阿雄在室外徘徊良久，抬头见天空日已将暮，林鸟归巢，于是不得不离开了玉佛庵，移步来到清凉山上。彳亍地走下山来，只见天上浮云，地下流水，一时想着死去的露茜、玉梅，更觉心酸触鼻，泫然泪下。正是：茫茫情海，此恨绵绵，在诸葛雄的心头，将永无尽期矣！

编后有感

　　《征》《归》《恨》三部小说的故事，从八一三战事爆发写起，至胜利后结束为止，字长约四五十万言，其中形形色色、曲曲折折的情节，虽不敢说包罗万象，但也写得无所不有的了。

　　本来《恨》是不预备写的，因为大明主人陈端兄很同情郎露茜遭遇的可怜和凄惨，所以非叫我续编不可。然而在《恨》的说部中，并没有把露茜的结局写得甜蜜而美丽，这一点我向陈端兄表示非常抱歉。因为陈君这么多情，而作者却是如此残忍不情，仍旧写成了这么一个血泪斑斑的收煞，实在是很不应该的。不过作者也并非故意要赚人眼泪，实在是这个年头儿，可"恨"的事情太多。比方说，食米要三千多万一担，白报纸要三千多万一令，只要翻开报纸来一看，可说是"触目皆是恨"。假使在这使人"恨"的环境里，而偏偏写出欢乐的故事来，这当然是太以矛盾了。不过，作者很希望在《恨》后面再能续写一部《乐》，然而这部《乐》几时才能着手编写？诸位读者固然没有知道，就是作者自己也不知道何年何月才能够写出来呢！

冯玉奇叙于民国三十七年初夏

图书在版编目(CIP)数据

征·归·恨／冯玉奇著. — 北京：中国文史出版
社,2018.3

(民国通俗小说典藏文库·冯玉奇卷)

ISBN 978 - 7 - 5205 - 0055 - 5

Ⅰ. ①征… Ⅱ. ①冯… Ⅲ. ①长篇小说 - 中国 - 现代
Ⅳ. ①I246.5

中国版本图书馆 CIP 数据核字(2018)第 010336 号

点　　校：清寒树　旷　野
责任编辑：蔡晓欧

出版发行：**中国文史出版社**

网　　址：http://www. chinawenshi. net

社　　址：北京市西城区太平桥大街 23 号　邮编：100811

电　　话：010 - 66173572　66168268　66192736（发行部）

传　　真：010 - 66192703

印　　装：廊坊市海涛印刷有限公司

经　　销：全国新华书店

开　　本：720×1020　1/16

印　　张：26.25　　字数：406 千字

版　　次：2018 年 9 月第 1 版

印　　次：2018 年 9 月第 1 次印刷

定　　价：75.80 元